Guido Dieckmann, geboren 1969 in Heidelberg, arbeitete nach dem Studium der Geschichte und Anglistik als Übersetzer und Wirtschaftshistoriker. Heute zählt er als freier Schriftsteller mit seinen historischen Romanen, u. a. dem Bestseller «Luther» (2003), zu den bekanntesten deutschen Autoren dieses Genres. Im Rowohlt Taschenbuch Verlag erschienen bislang «Die Jungfrau mit dem Bogen» (rororo 24566), «Die Meisterin der schwarzen Kunst» (rororo 24806), «Die Königin der Gaukler» (rororo 25410) und «Herrin über Licht und Schatten» (rororo 25590). Guido Dieckmann lebt mit seiner Familie in Haßloch in der Pfalz.

GUIDO DIECKMANN

Die Stadt der schwarzen Schwestern

Historischer Roman

Rowohlt Taschenbuch Verlag

Originalausgabe
Veröffentlicht im Rowohlt Taschenbuch Verlag,
Reinbek bei Hamburg, April 2013
Copyright © 2013 by Rowohlt Verlag GmbH,
Reinbek bei Hamburg
Umschlaggestaltung anyway, Barbara Hanke / Cordula Schmidt
Satz aus der Kepler PostScript bei
Dörlemann Satz, Lemförde
Druck und Bindung CPI – Clausen & Bosse
Printed in Germany
ISBN 978 3 499 25937 1

Für Philippa

Kapitel 1
Oudenaarde in Flandern, Juli 1582

Dicht gedrängt standen die Menschen vor ihrem Rathaus und sahen zu, wie eine Gruppe Gefangener durch die engen Gassen auf den Grote Markt getrieben wurde. Einigen der Männer und Frauen hatte man die Hände gefesselt, unsicher stapften sie durch den Matsch und rutschten auf den glatten Pflastersteinen aus. In ihrem Rücken blitzte der Stahl spanischer Lanzen auf, mit denen die Kriegsknechte die Schritte der Gefangenen lenkten.

Die ganze Stadt trug Ketten. Alle Tore waren besetzt, über die Mauern liefen fremde Soldaten. Über Nacht waren die Bürger der alten flämischen Tuchweberstadt Oudenaarde zu Gefangenen geworden, die voller Angst einem ungewissen Schicksal entgegensahen. Einige von ihnen trugen Bündel mit Habseligkeiten bei sich, weil sie fürchteten, aus der Stadt vertrieben zu werden, aber die meisten hatten aus Resignation oder Angst ihren Besitz zurückgelassen. Während sich der Gefangenenzug auf das Rathaus zu bewegte, wurde es immer finsterer. Es schüttete bereits seit dem Morgengrauen, der Himmel war bedeckt. Das Laub der Bäume, die vor den Arkaden der hohen Bürgerhäuser standen, rauschte, ansonsten war nicht viel zu hören. Dort, wo normalerweise das Leben pulsierte, wo die Leute Handel trieben oder in ihren Werkstätten beschäftigt waren, war an diesem Tag alles verwaist. Man hatte den Eindruck, als lauere ein Raubtier, das nur darauf wartete, sich auf alles zu stürzen, was sich an jenem trübseligen Vormittag in Oudenaarde regte.

Die Stadt schien den Atem anzuhalten.

Stunden vergingen. Als die Rathaustür endlich aufging, trat eine Handvoll Spanier, die meisten von ihnen im Harnisch, ins Freie. Kurz darauf wurde ein Mann grob über die Schwelle gestoßen. Es handelte sich um Vitus Osterlamm, den abgesetzten Bürgermeister. Während man ihn für gewöhnlich im reichverzierten Brokatmantel durch die Stadt stolzieren sah, trug er jetzt einen einfachen Schnürkittel aus grobem Leinen. Die goldene Amtskette mit dem Siegel der Stadt schleifte hinter ihm her; offensichtlich hatte der Statthalter ihm nicht erlaubt, sie noch einmal anzulegen. Auch eine Kopfbedeckung war ihm verboten worden. Wind und Regen fuhren durch sein schütteres, ergrautes Haar, wirbelten es auf wie das Gefieder einer Krähe. In dem Blick, mit dem er die Menge nach Verbündeten absuchte, lag jedoch noch immer ein Ausdruck von Stolz. Er schien nicht wahrhaben zu wollen, dass sein Amt unwiederbringlich verloren war. Nicht einmal, als er von bewaffneten Söldnern auf ein überdachtes Podest gezerrt wurde, ließ er davon ab, den Statthalter und den König mit Schimpfworten zu belegen. Die Bürger hielten erschrocken den Atem an. Wie konnte er es wagen, in seiner Lage so unvorsichtig zu sein? Hatte er völlig den Verstand verloren? Die Männer im Gefolge des Statthalters lachten über den Tobenden, sie hielten ihn für einen Hanswurst, einen Possenreißer. Erst als der Bürgermeister anfing, wild um sich zu schlagen, zog einer der Waffenknechte seine Peitsche durch Osterlamms Gesicht. Osterlamm schrie auf, Blut spritzte ihm über die Wangen. Dann verstummte er abrupt.

Herzog Alessandro Farnese, der Statthalter des Königs, strahlte neben dem Bürgermeister Ehrfurcht aus. Farnese ging auf die vierzig zu, hatte sich aber Haltung und Auftreten eines jungen Mannes bewahrt. Er war hochgewachsen und stark, weder sein Haupt- noch sein Barthaar wiesen auch nur im Ansatz graue Stellen auf. In seinen schwarzen Augen lag ein Ausdruck von Schläue, der verkniffene Zug um den Mund verlieh ihm etwas Männliches, Entschlossenes. Mit strenger Miene blickte er von dem Podest auf die verängstigten Männer, Frauen und Kinder hinab, die zu seinen Füßen kauerten und darauf warteten, dass er das Wort an sie richtete. Farnese stand im Ruf, ein harter, unerbittlicher Soldat zu sein, Besiegten aber Achtung zu erweisen, wenn er sie der Milde für würdig hielt. Sein Verhältnis zu König Philipp II. von Spanien, seinem Onkel, war bis zu Beginn seines Feldzugs unterkühlt gewesen, doch Farnese war klug genug einzusehen, dass er Spanien brauchte, um seinen Widersacher zu besiegen. Prinz Wilhelm von Oranien hatte sich ein Jahr zuvor zum Statthalter der nördlichen Provinzen der Niederlande erhoben. Da Philipp II. Wert darauf legte, dass Farnese alle Städte unterwarf, die es wagten, dem Habsburger den Gehorsam zu verweigern, war davon auszugehen, dass er Oudenaarde nicht ungeschoren davonkommen lassen würde.

Nachdem Farnese die Leute auf dem Platz eine Weile beobachtet hatte, hob er die Hand. Ein blonder Mann, der für ihn übersetzen sollte, trat zu ihm, aber Farnese schickte ihn mit einer Kopfbewegung fort. Er konnte genug Flämisch, um direkt zu den Bürgern der besiegten Stadt zu sprechen.

«Ihr Leute von Oudenaarde, hört mir zu», erschallte kurz darauf seine Stimme. «Die Stadt ist wieder in der Hand eures rechtmäßigen Königs. Den Schöffenrat, der euch zum Ungehorsam gegen die Krone verführte, erkläre ich für abgesetzt. Vom heutigen Tag an werden keine Ketzergottesdienste mehr innerhalb der Stadtgrenzen geduldet. Die Kirchen werden wieder für die heilige Messe nach römischem Ritus geweiht. Orden, die vor den Gräueln der ketzerischen Geusen geflohen sind, erhalten

Gebäude und Privilegien zurück. Eure Zünfte, Bruderschaften und Gilden werden als Buße mit ihrem Vermögen dafür bürgen. Andernfalls sollen sie laut königlichem Erlass aufgelöst und ihre Angehörigen mit dem Tode bestraft werden.»

Einige Männer, die den vornehmeren Familien der Stadt angehörten, fingen an zu murren. Ein scharfer Blick aus Farneses dunklen Augen ließ sie verstummen. Farnese atmete tief durch, dann fuhr er fort zu sprechen. Seine Miene blieb dabei gleichmütig, während sein Ton an Schärfe zunahm.

«Offensichtlich waren die Verfahren der heiligen Inquisition und die Strafgerichte meines Vorgängers Herzog von Alba nicht das Richtige, um euch Niederländern, Gehorsam beizubringen. Aber glaubt mir, ihr werdet wieder lernen, treue Untertanen König Philipps zu sein! Ich habe Mittel und Wege, euch zu zeigen, wem Achtung gebührt und wem sie versagt bleiben muss.» Ein kaltes Lächeln trat auf sein Gesicht. «Diese Medizin schmeckt bitter, aber sie wirkt.»

Ein irres Gelächter unterbrach ihn. Es kam von Osterlamm, der sich die Amtskette über die Handgelenke gelegt hatte und damit rasselte. «Verflucht sei jeder, der sich der spanischen Gewalt beugt», brüllte er mit zornrotem Gesicht. «Soll doch der König von Spanien über sein eigenes Land herrschen, uns hat er nichts mehr zu sagen. Und der Teufel in Rom auch nicht. Wir werden der Union von Utrecht treu bleiben, bis uns Prinz Wilhelm von Oranien zu Hilfe kommt. Er wird dich und deine Truppen in die Nordsee treiben, wo ihr hingehört.»

Osterlamm hatte schnell gesprochen, doch Farnese hatte ihn sehr wohl verstanden. Eine Zornfalte erschien auf seiner Stirn. Rasch flüsterte er seinem Schreiber, einem hageren Burschen, der eine wurmstichige Aktentruhe unter dem Arm trug, etwas ins Ohr, woraufhin der Mann ein Papier ausrollte und mit lauter Stimme Namen aufzurufen begann: «Lodewijk Helinck, Antoon de Moor, Karel Verleyen», hallte es weit über den Platz.

Die Genannten, vornehmlich Ratsherren und einflussreiche Kaufleute, erbleichten. Unruhe ergriff die Menge. Köpfe wurden geschüttelt, Verwünschungen ausgestoßen. Nur zögerlich setzten sich die Männer in Bewegung, um vor den Statthalter zu treten. In der Nähe des Podests wurden ihnen Fesseln angelegt. Die Männer blickten sich entsetzt um, leisteten aber keinen Widerstand. Ihre Gefangennahme konnte nichts Gutes bedeuten. Ein Blick auf den Bürgermeister, der nun ebenfalls in Ketten gelegt wurde, genügte.

«Ludovicus van Keil, Clement Dekens, Jan Cabooter», fuhr der Ausrufer fort.

Einige Bürger, die befürchteten, ebenfalls auf der Liste zu stehen, versuchten, sich heimlich davonzustehlen, doch eine Flucht war aussichtslos. Das Gewirr kleiner Gässchen, das sich hinter dem alten Boudewijnturm auftat, lud zwar dazu ein, unterzutauchen, wurde aber zu gut bewacht. Die spanischen Soldaten hatten Absperrungen errichtet und trieben jeden Stadtbewohner, der zu entkommen versuchte, mit Schlägen und Tritten auf den Rathausplatz zurück. Dort wurden sie von ihren Nachbarn beschimpft. Sollte ein Blutbad vermieden werden, musste das Volk dem Statthalter gehorchen.

Griet Marx stand weit hinten im Gedränge. Eingepfercht zwischen schwitzenden Leibern, bekam sie kaum Luft. Neben ihr stand ihr Schwiegervater Frans, der krank war und sich nur mit Mühe auf den Beinen hielt. Sooft der Schreiber den Mund aufmachte, um einen Namen in die Menge zu rufen, bemerkte sie, wie der Alte erschrocken zusammenfuhr. Die Angst stand ihm ins Gesicht geschrieben.

Griet sprach ihm leise Mut zu, fühlte sich aber selbst vollkommen hilflos. Frans Marx war Teppichweber, über viele Jahre war er allerdings auch Ratsherr der Stadt gewesen. Mittlerweile war er ein alter, gebrechlicher Mann. Griet konnte sich nicht vorstellen, dass die Spanier von ihm etwas wollten.

Griet zog sich mit dem alten Mann zusammen vorsichtig unter das Vordach des Brunnens zurück, wo sie Schutz vor dem Regen zu finden hoffte. Griets Schwiegermutter Hanna hatte sich hier bereits einen Platz erkämpft. Bei ihr befanden sich Griets kleiner Sohn Basse sowie dessen Kinderfrau Beelken. Sie sahen mitgenommen aus. Kurz vor Tagesanbruch hatten vier Soldaten sie aus dem Haus gezerrt und unter Flüchen und Drohungen durch die Gassen gejagt. Die Söldner hatten sie nicht beraubt, waren aber auch keineswegs sanft mit ihnen und ihrer Habe umgesprungen. Frans Marx hatte einen Stiefeltritt in den Bauch abbekommen, weil er nicht schnell genug aufgestanden war, und Beelken, die es gewagt hatte, Basses Milchkrug hinter ihrem Rücken zu verstecken, hatten die Kriegsknechte das dünne Unterkleid mit dem Degen zerfetzt, bis Blut über ihren Bauch gelaufen war. Griet hatte in dem Durcheinander nur noch Zeit gefunden, ihre Witwenhaube vom Haken zu reißen und ihr langes, kupferrotes Haar darunter zu verbergen, bevor einer der Söldner auf sie aufmerksam werden konnte.

Sie musste an ihren Mann Willem denken. Willem, einer der begabtesten Teppichweber Flanderns, hatte innerhalb seiner vier Wände zu heftigen Wutausbrüchen geneigt. Wäre er noch bei ihnen gewesen, hätte er sich den Kriegsknechten nicht kampflos ergeben. Mit bloßen Fäusten hätte er sich auf die Männer gestürzt, hätte auf sie eingeprügelt und somit das Todesurteil für die gesamte Familie unterschrieben. Zeit seines Lebens war er gedankenlos gewesen. Stark wie ein Bär und geschickt bei allem, was er anfasste, aber gedankenlos. Griet wusste nicht, ob sie dem Himmel dafür danken oder ihm zürnen sollte, dass er ihr in dieser Zeit der Not, des Krieges und Aufruhrs den Ehemann genommen und sie mit dem kleinen Basse allein zurückgelassen hatte. Und mit Frans Marx, der sich dicht an sie drängte. Auf Frans konnte sie nicht zählen; der Kummer um den Verlust seines einzigen Sohnes hatte ihn krank gemacht.

Griet blickte sich um. Ihre Anverwandten standen zitternd beisammen und starrten sie an, als erwarteten sie ausgerechnet von ihr Trost. Warum von ihr? Sie war immer für schwach und kränklich gehalten worden, die Freunde ihres Mannes hatten sie als Edelfrau verspottet, die nicht zupacken konnte und daher als Meisterin in einer Manufaktur ungeeignet war. Weder Frans noch sein Sohn hatten ihr nach der Geburt des Kindes erlaubt, sich mit dem Handwerk zu befassen, obwohl sie mehr von der Kunst der Teppichweberei und dem Handel mit Verdüren verstand als die meisten Zunftgenossen. Auch ihrer Schwiegermutter war sie immer nur im Weg gestanden. Erst als Willem mit anderen jungen Männern auf die Stadtmauer geschickt worden war, hatte Frans ihr erlaubt, in den Auftragsbüchern nach dem Rechten zu sehen und sich bei den Webstühlen um alles zu kümmern, sodass die Produktion weitergehen konnte.

Mit Begeisterung hatte sie sich in die Arbeit gestürzt. Seit sie als kleines Mädchen zum ersten Mal eine Manufaktur betreten hatte, liebte sie die Vielzahl bunter Garne, die Seide und die feinen Gewebe, die zur Herstellung von Wandbehängen verwendet wurden. Dann war Willem verletzt nach Hause gebracht worden, ein feindliches Geschoss hatte ihn am Kopf getroffen. Eine Weile hatte er noch gegen das Wundfieber gekämpft, doch nachdem der Priester gegangen war, der das Sakrament der letzten Ölung gespendet hatte, war Griet klar geworden, dass Willem sterben würde. Kurz nach seinem Tod fiel auch die Stadt. Den abschließenden Kampf um die Brücke, die Sprengung des Haupttores und den nur wenig später aufbrausenden Lärm vor ihren vernagelten Fenstern hatte Griet wie einen bösen Traum wahrgenommen. Während ihre Angehörigen durcheinandergeschrien hatten, war sie an Willems Sterbebett sitzen geblieben und hatte das blasse Licht der Totenkerze angestarrt. Es war von Anfang an töricht gewesen, auf den Bürgermeister zu vertrauen, der geglaubt hatte, die spanischen Truppen vertreiben zu können. Natürlich gab es noch einige Städte in Flandern und Brabant, die dem König Widerstand leisteten, aber diese verfügten über erfahrenes Kriegsvolk, Waffen und starke Befestigungsanlagen. In Oudenaarde verstand man sich auf Tuchmacherei und Kunsthandwerk, wie man Stadtmauern verteidigte, wusste niemand im Schöffenrat.

Gegen Abend zündeten die Spanier Öllampen und Fackeln an, mit denen sie ihre Gefangenen in Schach hielten. Ihr Schein tauchte den Platz und das hohe, stolze Rathaus in ein mildes Licht. Einige aus der Gruppe begannen zu schwanken, sie konnten sich nicht mehr auf den Beinen halten. Doch sobald jemand auf das Pflaster sank, war ein Soldat zur Stelle, der ihn mit Lanzenstößen zwang, wieder aufzustehen.

Griet presste die Lippen aufeinander. Wann immer die Wachen gerade wegschauten, schöpfte sie eine Handvoll Wasser aus dem Brunnen, um Basse trinken zu lassen. Wie so oft, wenn Griet unruhig wurde, spürte sie auch an diesem Abend ein unheilvolles Ziehen und Brennen in ihrem rechten Arm. Er hing schlaff an ihrem Körper herab, als gehörte er nicht zu ihr. Kein Wundarzt hatte ihr je erklären können, warum sie in ihm keine Kraft hatte. Nach ihrer Hochzeit war sie im ganzen Land umhergereist, um sich von gelehrten Männern untersuchen zu lassen, und war doch nur jedes Mal bitter enttäuscht nach Hause zurückgekehrt. Dann hatte Willem ihr verboten, weitere Heilkundige aufzusuchen. Er befahl ihr, sich damit abzufinden, dass ihr Arm verkrüppelt war. Also fügte sie sich in ihr Schicksal. Bei der Hausarbeit gingen ihr Mägde zur Hand, und ihre Pflichten im Ehebett konnte sie auch mit einem Arm erfüllen. Insgeheim war Griet jedoch die Befürchtung nie ganz losgeworden, Willem könnte sie wegen ihrer Behinderung nicht als vollwertige Frau ansehen, sondern lediglich als liebgewonnenen Gegenstand dulden.

Bei dem Gedanken an Willem ließ Griet die Hand ihres Schwiegervaters los. Trotz ihres eigenen Unwohlseins entging ihr nicht, wie die Aufregung ihres Schwiegervaters wuchs. Sie musste an die zehn Männer denken, die ins Rathaus geschleppt worden waren. Dies war nun schon Stunden her. Offenbar waren sie als Geiseln ausgewählt worden, um der stolzen Bürgerschaft beizubringen, wer von nun an in Oudenaarde das Sagen hatte. Oder um mitzuteilen, wie hoch das Lösegeld war, das Farnese aus der Stadt herauszupressen gedachte. Reichte es Farnese, um seine Soldaten bezahlen zu können, kam die Stadt vielleicht glimpflich davon. Vorausgesetzt, die Ratsherren unterwarfen sich und benahmen sich nicht so verstockt wie Osterlamm. Als Griet diese Vermutung ihrem Schwiegervater zuflüsterte, traf sie ein leichter Rippenstoß, der sie gegen ihre Schwiegermutter prallen ließ.

«Was soll das?», beschwerte sie sich bei der Frau, die sich mit ausgebreiteten Ellenbogen an ihr vorbeidrängte. «Könnt Ihr nicht aufpassen?» Die Frau mit dem groben Gesicht kam ihr bekannt vor, sie gehörte zu den Marktkrämerinnen, die vor der Lakenhalle, dem alten Gildehaus der Tuchmacher, oder am Fleischhaus Wurst auf langen Planken verkauften.

«Ihr gehört doch zu denen, nicht wahr?», zischte die Frau. «Euretwegen versauern wir hier, und Gott allein weiß, ob die Spanier uns gehen lassen oder aber niedermetzeln wie die armen Teufel in Antwerpen. Ich war dort vor sechs Jahren, mittendrin in dieser Hölle aus Feuer und Tod. Ich weiß, wovon ich rede. Man sollte Euch einen Kopf kürzer machen, weil Ihr die Tore nicht früher öffnen lassen wolltet.»

Griet holte tief Luft. Was fiel der unverschämten Frau ein? Sie wollte erwidern, dass das alles Hirngespinste seien und niemand etwas zu befürchten habe, der den Anordnungen der Spanier folgte. War es nicht ein gutes Zeichen, dass Alessandro Farnese seinen Söldnern die Erlaubnis zur Plünderung verweigert hatte, nachdem die Stadttore gefallen waren? Seither waren zwei Tage vergangen. Zwei volle Tage, in denen nicht eine Tür aufgebrochen worden war. Nachdem das spanische Fußvolk und die Reiterei das südliche Stadttor eingenommen hatten und in die Stadt eingedrungen waren, um Türme, Bastionen sowie das alte Kastell zu besetzen, hatten sie gleich darauf einen Boten losgeschickt. Er war durch die Hoogstraat, die Nederstraat und die Viertel am Hafen der Schelde gezogen, um den verunsicherten Bürgern von Oudenaarde zu verkünden, dass keinem etwas zustoßen würde, der in seiner Stube blieb. Lediglich ihre Musketen und Degen mussten sie vor die Tür werfen und sich ruhig verhalten.

«Ihr Tuchmacher werdet mit den Spaniern verhandeln und dann Euren Geldsack öffnen, damit Eure Häuser und Kornspeicher verschont bleiben», eiferte sich die Frau. «So ist das doch schon immer gewesen. Der Dukatensack regiert das Land. Aber was wird aus uns? Uns bleibt nur der Bettelsack, wenn wir nicht bezahlen können, was die Spanier verlangen.»

Ein paar Leute, ihrer Kleidung nach Gerber aus den ärmeren Vierteln, nickten zustimmend. Erschöpft und verängstigt wandten sie sich nun gegen diejenigen, die sie für die Niederlage der Stadt verantwortlich machten. Dabei war der alte Marx stets bemüht gewesen, sich aus dem Streit der Parteien im Rat herauszuhalten. Er und seine Frau besuchten sonntags die

Messe und hatten darauf bestanden, dass ihr Enkel in die Register der Sint-Walburgakerk aufgenommen worden war, obwohl sie insgeheim mit dem Glauben der Calvinisten sympathisierten. Marx hatte auch nicht dafür gestimmt, dass die Stadt dem Prinzen Farnese Widerstand leisten sollte, seinen Sohn hatte er nur widerstrebend auf die Mauern gehen lassen. Das alles schien in dieser Stunde der Not keine Rolle mehr zu spielen. Griet stockte der Atem, als zwei Soldaten sich einen Weg durch die Menge bahnten. Sie steuerten geradewegs auf Frans Marx zu und nahmen ihn fest, ohne auf Griets Protest zu achten. Jemand musste verraten haben, dass auch er zu den Ratsherren gehörte.

Lange Zeit geschah gar nichts. Die Wartenden mussten weiter auf dem Platz ausharren, nach einer Weile erlaubten die spanischen Soldaten immerhin, dass ein paar Frauen Wasser aus dem Brunnen schöpften. Dann bemerkte Griet, wie sich mehrere Karren ihren Weg durch die Menge bahnten. Sie waren mit Wandbehängen beladen, deren Seidenfäden im Licht der untergehenden Sonne grünlich schimmerten. Vor dem Eingang sprangen Diener herbei, um die kostbaren Stücke abzuladen und ins Rathaus zu schaffen. Griet hielt die Luft an, als sie auch Bordüren aus der Manufaktur ihrer Familie erkannte.

Hanna Marx stellte sich mit gefalteten Händen neben ihre Schwiegertochter. «Sie werden Frans und den anderen Herren doch nichts antun?», fragte sie ängstlich. «Der Statthalter ist ein vernünftiger Mann, das hört man doch überall. Er wird den Ratsherren ins Gewissen reden und sie dann entlassen, nicht wahr?»

Griet gab eine ausweichende Antwort, die ihre Schwiegermutter aber zu beruhigen schien. Sie stellte keine Fragen mehr, die Griet ohnehin nicht beantworten konnte. Griet war froh darüber, denn sie befürchtete, dass die Stadt doch nicht so glimpflich davonkommen würde. Um die alte Frau abzulenken, fragte sie, was es mit den Wandbehängen auf sich hatte, die ins Rathaus gebracht worden waren.

«Ich weiß es nicht», erwiderte Hanna. «Ich habe nur gehört, dass die Teppiche in der Kapelle des Spitals hinter dem Kloster St. Magdalena aufbewahrt wurden. Frans sagte, sie seien alles, was wir dem Statthalter bieten könnten. Die Verteidigung der Stadt hat den Rat mehr Geld gekostet, als wir dachten. Und Antwerpen und Gent blieben uns bis heute die versprochene Hilfe schuldig.» Ihre Augen füllten sich mit Tränen. «Ach, ich glaube, das Weib vorhin hatte nicht ganz unrecht. Hätten wir uns doch nur gleich ergeben und die Tore freiwillig geöffnet. Willem würde noch leben. Die Spanier sind zornig, weil sie so lange vergeblich gegen unsere Mauern angerannt sind und dabei viele ihrer Söldner verloren haben. Es war ein Fehler, sich gegen die spanischen Habsburger zu erheben, nur weil der Adel aus dem Norden seine alten Privilegien bedroht sah. Was haben wir mit denen zu schaffen? Wir sind nur einfache Weber und Tuchmacher.»

Griet schluckte. Jetzt konnte sie für Frans und die anderen nur hoffen, dass der Statthalter sich ebenso für Wandteppiche begeisterte wie König Philipp. Mitten in ihren düsteren Gedanken erschien der Statthalter an einem der obersten Fenster des Rathauses. Er rief der Menge etwas zu, was Griet aber nicht verstehen konnte. Als Nächstes hörte sie einen gellenden Schrei und sah, wie etwas aufblitzte. Dann schoben mehrere Hände einen zusammengerollten Teppich aus dem Fenster. Als dieser sich plötzlich bewegte, ertönten mehrere Aufschreie. Zu ihrem Entsetzen erkannte Griet, dass die Spanier einen Mann in den Wandbehang eingerollt hatten. Hilflos musste er nun ertragen, Stück um Stück über die Brüstung hinausgeschoben zu werden.

Barmherziger Gott, dachte Griet, als ihr klar wurde, was der Statthalter sich ausgedacht hatte. Sie sah, wie ein Seil um ein

Teppichende gebunden und die Schlinge an einer der beiden Fahnenstangen unterhalb der Fensterbrüstung befestigt wurde. Wenige Augenblicke später baumelte der Mann hilflos und für jedermann sichtbar an der Fassade des Rathauses. Obwohl der in den Teppich Eingerollte nicht sehen konnte, wo er sich befand, schien er zu spüren, dass er mehrere hundert Fuß über dem Pflaster in der Luft hing. Er fing sich hektisch zu bewegen an, doch damit erreichte er nur, dass die Schlinge immer näher auf das Ende der Stange zu rutschte.

Griet erschauerte, während Hanna neben ihr panisch die Hände rang. Ihre Lippen formten lautlos den Namen ihres Mannes.

Großer Gott, durchfuhr es Griet. War er es? Steckte Frans in dem Teppich?

Um sie herum begann sich Widerstand gegen das brutale Vorgehen des Statthalters zu regen. In flämischer und auch in spanischer Sprache wurden Flüche ausgestoßen. Nur wenige Schritte von Griet entfernt hoben einige junge Burschen Steine und Erdklumpen auf und warfen sie auf die Rathausfenster und die spanischen Soldaten. Griet wurde angerempelt und grob gegen den Brunnenrand gedrückt. Mit ihrem lahmen Arm hatte sie der aufgebrachten Menge wenig entgegenzusetzen. Beelken kämpfte sich mit Basse zu ihr durch, das Gesicht des Mädchens war kalkweiß. Basse schrie wie am Spieß und streckte seine Ärmchen nach Griet aus, doch sie fühlte sich zu schwach, um den Jungen auf den Arm zu nehmen.

«Stell dich hinter mich», rief sie Beelken zu. Obwohl sie wusste, dass dies im Falle einer Panik nicht viel nützen würde, schob sie die Kinderfrau näher an den Brunnen heran. Dann blickte sie wieder zu den Fenstern hinauf. In der Schöffenstube, hinter den winzigen Butzenscheiben, glaubte sie, einen hellen Feuerschein wahrzunehmen.

«Seht, sie verbrennen ihn», kreischte eine Frau vor ihr und deutete hinauf. «Gott sei seiner Seele gnädig!» Aus dem Fenster fuhr eine Faust mit einer Fackel heraus und berührte den Wandteppich, der sogleich Feuer fing. Der Mann im Innern des Teppichs stieß verzweifelte Schreie aus, die aber von dem anhaltenden Lärm auf dem Platz und einer Anzahl von Fanfarenstößen übertönt wurden. Wenige Augenblicke später riss das Seil, und der Teppich fiel auf den Platz hinunter. Kreischend sprangen die Menschen auseinander, um nicht von dem brennenden Wandbehang erschlagen zu werden.

Griet rührte sich nicht; ihre Füße schienen sich in Blei verwandelt zu haben. Erschüttert sah sie mit an, wie ein weiterer verschnürter Teppich über die Fensterbrüstung gehoben und in die Tiefe geworfen wurde, und dann noch einer und noch einer. Jeder Aufprall wurde von Entsetzensschreien aus der Menge begleitet.

Längst hatten die jungen Burschen ihren Widerstand gegen die spanischen Wachsoldaten eingestellt; statt sich weiter nach Steinen zu bücken, standen sie nun kleinlaut beisammen oder tauchten gleich ganz in der Menge unter. Griet vermochte nicht zu sagen, wie lange das Strafgericht dauerte; als der Herzog schließlich wieder am Fenster erschien und die Urteile über die aufsässigen Ratsherren für vollstreckt erklärte, war sie einer Ohnmacht nahe. Mit letzter Kraft zwang sie sich, nach ihrer Familie Ausschau zu halten. Sie fand Beelken auf die Knie gesunken, Basse fest umklammernd. Die junge Frau drückte seinen Kopf gegen ihre Brust, um den Jungen von den Geschehnissen abzuschirmen. Er wimmerte leise und versuchte, sich aus Beelkens Griff zu befreien, doch es schien ihm nichts zu fehlen. Griet beugte sich zu ihm hinunter und streichelte ihm über den Kopf.

Als die Soldaten den Familien und Freunden erlaubten, die Leichen der Ratsmitglieder auf Karren zu laden und wegzubringen, taumelte Hanna Marx schluchzend auf Griet zu. Sie wollte nicht allein zum Rathaus hinübergehen, um unter den Toten nach Frans zu suchen.

Griet musste ihre Schwiegermutter stützen, die Beine der alten Frau zitterten so stark, dass sie kaum vorwärtskam. Dabei bemühte sie sich verzweifelt, den Qualm zu ignorieren, der von den Überresten des ersten Hingerichteten aufstieg. Hastig schlug sie einen Ärmel vors Gesicht. Doch der schreckliche Gestank schien sich sofort in ihr Gewand, in ihr Haar, ja selbst in ihre Haut einzunisten. Aus den Augenwinkeln sah sie, wie Coen und Adam, die Söhne des Bürgermeisters, mit Hilfe eines Knechts ein Brett herbeischleppten. Vor dem verbrannten Teppich legten sie es nieder. Adam zog etwas aus dem Aschehaufen, das wie ein Ring aussah, und zeigte es seinem jüngeren Bruder Coen, der nach Luft schnappte, bevor er langsam dem Knecht zunickte. Die beiden jungen Männer, deren Leben sich, wie allseits bekannt war, bislang nur um Wirtshäuser und das weibliche Geschlecht gedreht hatte, standen wie betäubt vor den Überresten ihres Vaters. Griet erinnerte sich an den Ring, den der Bürgermeister stolz am Finger getragen hatte. Auf ihm war das Wappen der Stadt eingraviert, eine Initiale, die wie eine Brille aussah und zu Weisheit und Vorsicht mahnen sollte.

Der Anblick der trauernden Menschen, mit denen sie schon so lange in Nachbarschaft lebte, erfüllte Griets Herz mit tiefem Kummer. Wie würde Hanna es verkraften, wenn sie auf Frans stießen? Wie viele Wandbehänge würden sie aufrollen müssen, bevor sie seinen blutigen Leichnam fanden?

Am liebsten wäre Griet fortgelaufen und in der Nacht untergetaucht, aber sie konnte Hanna unmöglich allein lassen. Warum bei allen Heiligen hatte Alessandro Farnese die Männer so hart bestraft? Gewiss, Osterlamm war kein angenehmer Mensch gewesen. Als eifernder Calvinist hatte er zugelassen, dass Kirchen und Klöster entweiht, Kunstwerke von großem Wert zerstört und missliebige Ordensleute aus der Stadt vertrieben worden waren. Kaum drei Jahre war es her, dass Osterlamm und seine Söhne bewaffneten Rebellen aus Gent die Stadttore geöffnet hatten. Diese hatten den alten Schöffenrat, der mehrheitlich aus Katholiken bestand, davongejagt und einen neuen eingesetzt, der jeder Entscheidung zustimmte, die Osterlamm traf. Ebenso hatte er das verhängnisvolle Bündnis mit den sieben nördlichen Provinzen und den Truppen des Rebellen Wilhelm von Oranien vorangetrieben. In den Augen des spanischen Königs galt das als unerhörter Verrat, der nun grausam bestraft worden war. Dennoch empfand Griet es als geradezu teuflisch, den gesamten Rat aus den Fenstern des eigenen Rathauses zu Tode stürzen zu lassen. In Wandteppichen, die aus den Manufakturen der Verurteilten stammten. Griet zitterte, als sie sich das listige Lächeln des neuen Statthalters in Erinnerung rief.

Farnese war ein herzloses Ungeheuer, keine Frage. Er und seine Soldaten waren ebenso für Willems Tod verantwortlich wie für den der Ratsherren, und nun hatte er ihr auch noch den Schwiegervater genommen. Ohne ihn würde die Teppichweberei den nächsten Winter nicht überstehen.

«Lass uns weitersuchen», bat Hanna Marx, die Griets Zögern bemerkt hatte. «Frans war mir viele Jahre lang ein guter Mann. Er verdient es, dass wir ihm die letzte Ehre erweisen.» Hanna hatte kaum zu Ende gesprochen, als sie sich mit einem Schrei an den Hals griff. Dann stürzte sie auf eine Gestalt zu, die bleich, aber unversehrt aus der Rathaustür trat, und fiel ihr laut weinend um den Hals.

Es war Frans Marx. Er lebte.

Kapitel 2

Obwohl es schon weit nach Mitternacht war, brannten in der Wohnstube des Teppichwebers Marx noch alle Lampen. Griet und ihre Schwiegereltern hatten sich um den Eichentisch versammelt, an dem sonst nur sonntags oder an Feiertagen der Weberzunft gespeist wurde. Schweigend blickten sie auf die Schüssel mit kaltem Hammelfleisch, aber keiner rührte das Essen an. Zu tief saß allen der Schreck in den Gliedern. Hanna griff immer wieder nach der faltigen Hand ihres Mannes, als müsse sie sich davon überzeugen, dass sie auch kein Gespenst mit nach Hause genommen hatte. Wie alle war sie davon ausgegangen, dass Frans mit den anderen Ratsmitgliedern aus dem Fenster geworfen worden war. Von den Verurteilten hatte nur ein einziger, der Gewandschneider Hendryk van Porten, den Todessturz überlebt. Mit vielfach gebrochenen Gliedern war er in einer Karre fortgebracht worden; niemand wusste, wohin.

«Ich bin zu müde, ich kann nicht mehr denken!» Sooft jemand die Sprache auf das Strafgericht brachte, wehrte Frans ab. Griet wollte den alten Mann keineswegs quälen, dennoch fiel es ihr schwer, ihre Neugier zu zügeln. Was mochte den Statthalter bewogen haben, Frans Marx zu verschonen? Hatte er mit ihm geredet? Oder eine Forderung gestellt?

Eine Weile später, Hanna wollte schon aufstehen, um ihrem Mann in die Schlafkammer zu helfen, fing Frans doch noch zu sprechen an.

«Zunächst dachte ich, der Statthalter wollte verhandeln», sagte er leise. «Er erkundigte sich nach unseren Geschäften und Familien, wollte wissen, wie lange wir in der Stadt ansässig seien und ob wir bereit wären, wieder die Messe zu hören. Aber damit konnte er mich nicht täuschen. Mir war klar, dass er den Schöffenrat vernichten würde. Und dann fing Osterlamm wieder an, herumzuschreien und auf Farnese loszugehen. Man hätte ihn nicht nur fesseln, sondern auch knebeln sollen. Ich habe nie zuvor einen Menschen so wüten gesehen. Als wäre der Leibhaftige persönlich in ihn gefahren. Wäre Osterlamm nicht gewesen, hätten die anderen Ratsherren vielleicht eine Chance gehabt, mit dem Leben davonzukommen. Aber der Wahnsinnige riss sie mit ins Verderben. Er verriet Farnese, wer die Urkunde unterschrieben hatte, in der sich die Stadt der Utrechter Union unterstellt. Anschließend beschimpfte und bedrohte er Farnese von neuem. Er sei ein verdammter Papist, der zur Hölle fahren würde, und habe sich das Amt des königlichen Statthalters mit Lug und Trug erschlichen. Die eigene Mutter würde er wie eine Gefangene in Namur festhalten, aber die sei schließlich auch nur eine Höllenhure, kaum besser als er selbst. Und Farneses Großmutter sei ein armseliges Dienstmädchen gewesen, das den Kaiser verhext habe, um nicht in einem öden Loch versauern zu müssen. Mir wurde ganz anders, als ich ihn so viel Gift versprühen hörte.»

Frans holte tief Luft, bevor er weitersprach. «Nachdem er den Statthalter beleidigt hatte, erklärte er, dass die Spanier verschwinden sollten und dass König Philipp seine alten Rechte an den Provinzen Flandern, Holland und Brabant längst eingebüßt hätte. Einige der Ratsherren versuchten vergeblich, Osterlamm zu beschwichtigen, aber es war zu spät.» Frans schob die Schüssel mit Eintopf zur Seite, ließ es aber zu, dass Griet ihm den Becher mit dunklem Bier füllte. Gierig trank er, als gelänge es ihm auf diese Weise, die furchtbaren Erinnerungen fortzuspülen. Ein dünnes Rinnsal lief über sein stoppeliges Kinn.

«Der Statthalter gab sich zunächst unbeeindruckt. Er beachtete Osterlamm gar nicht. Aber ich bemerkte, wie der Mann innerlich kochte. Von einem Kerl wie Osterlamm lässt sich der Herzog von Parma und Neffe des spanischen Königs nicht angreifen.»

«Ein Heuchler ist er», platzte es aus Griet heraus. Verbittert stellte sie den Bierkrug auf ein Regal über der großen Truhe. «Farnese hatte sein Urteil gesprochen, noch bevor sein Schreiber die Ratsherren aufrief, zu ihm ins Rathaus zu kommen. Er ist ein Tyrann vom Schlag seines Vorgängers Alba. Nein, schlimmer. Herzog von Alba kam in die Niederlande, um uns in die Knie zu zwingen, das hat auch Willem immer gesagt. Seine Gerichte schickten Tausende aufs Schafott. Wenigstens gab er sich nicht den Anschein eines gerechten Richters und spielte mit uns.»

«Alessandro Farnese hat seinen Soldaten bei schwerer Strafe verboten, Oudenaarde zu plündern», gab Frans Marx leise zu bedenken. «Dies hätte Alba niemals getan, der ließ seine Männer wie die Teufel hausen. Vergiss nicht, dass Farneses Mutter in Oudenaarde zur Welt kam. Das verbindet ihn mit uns Flamen auf ewig. Es gibt ein paar Familien, die sich noch an Margarethe erinnern, und obwohl der Statthalter durch und durch Italiener ist, könnte seine Herkunft für uns von Bedeutung sein. Er wird schon aus taktischen Gründen nicht zulassen, dass die Heimat seiner Vorfahren wirtschaftlich weit hinter Antwerpen oder Amsterdam im Norden zurückfällt.» Frans atmete schwer. Sein Gesicht nahm einen gequälten Ausdruck an, der Griet nicht gefiel. Ihr entging nicht, wie oft die linke Hand des Teppichwebers zum Herzen wanderte. Farnese mochte sein Leben geschont haben, innerlich aber war Frans Marx gebrochen. Ein Greis. Unruhig blickte Griet zu den hohen, gerundeten Fenstern, die ein Knecht sofort nach ihrer Rückkehr mit Brettern vernagelt hatte. Unter anderen Umständen hätte sie nach einem Arzt geschickt, damit er nach Frans sah, aber dem einzigen Mann, dem sie solchen Mut zutraute, mitten in der Nacht durch eine von Kriegsvolk besetzte Stadt zu laufen, war der alte Karel Bloemhuis aus Leiden, und der lebte am anderen Ufer der Schelde, bei der Kirche von Pamele.

«Vielleicht hat der Statthalter mich laufen lassen, weil ich der Älteste war», murmelte Frans Marx. «Ein gebrechlicher Greis, dessen einziger Sohn schon auf dem Friedhof liegt, kann den Spaniern kaum gefährlich werden.» Er lächelte schwach. «Als die Reihe an mir war, flüsterte ein junger Spanier dem Statthalter etwas zu, worauf dieser mich kurz musterte, dann aber in den Raum nach nebenan schickte. Dort wartete ich, bis der junge Mann kam und mir sagte, ich könnte nach Hause gehen. Es wäre mir sehr viel wohler, wenn ich wüsste, warum ich verschont wurde.»

«Wer war dieser Spanier?», fragte Griet nachdenklich.

«Hör endlich auf, dir den Kopf darüber zu zerbrechen!» Hanna Marx warf Griet einen Blick zu, der sie warnte, sich in Männerangelegenheiten einzumischen. Frans war verschont worden, er war bei ihnen und konnte, sobald es ihm besser ging, wieder in der Manufaktur arbeiten. Das allein zählte, war es da noch wichtig zu erfahren, warum der Statthalter ihn hatte laufen lassen? Schon morgen früh, wenn die Sonne aufging, würde das alte Haus wieder zu atmen anfangen. Wie ein Kind freute sich Hanna darauf, in aller Frühe aufzustehen, um in der Speise- und Wäschekammer für Ordnung zu sorgen. Vermutlich würde Alessandro Farnese die Bürger zu Einquartierungen zwingen. Wenn sie keine Vorräte anlegten, würden ihnen die Spanier bis zum Winter die Haare vom Kopf fressen.

Nachdem Hanna ihrem Mann geholfen hatte, sich ins Bett zu legen, rief sie Beelken und eine ältere Dienstmagd aus ihren Kammern, damit sie ihr trotz der späten Stunde halfen, die Stube aufzuräumen. Nichts sollte mehr an die vergangenen Stunden voller Angst und Schrecken erinnern. Hanna beschloss, diesen Tag einfach aus ihrem Kopf zu verbannen, als habe es ihn nie gegeben.

Als Griet bemerkte, dass die junge Beelken sich kaum noch auf den Beinen halten konnte, nahm sie ihr kurz entschlossen den Besen aus der Hand, schickte sie zu Bett und fegte die Scherben zerbrochener Schalen und Tiegel, welche die Eindringlinge rücksichtslos zu Boden geworfen hatten, allein auf. Niemandem war geholfen, wenn das Mädchen krank wurde, nur weil Hanna beschlossen hatte, die Augen vor der Wirklichkeit zu verschließen.

Beelken lächelte sie an. «Aber Frau Griet, schmerzt Euer Arm nicht zu sehr?», erkundigte sie sich mitfühlend. Griet schüttelte den Kopf. Der Anflug von Schmerz, den sie auf dem Marktplatz im Arm gespürt hatte, war längst vorbei. Nun fühlte er sich wieder taub und nutzlos an wie sonst auch. Doch zum Fegen genügte auch die linke Hand. Energisch fuhr der Besen über den Dielenboden. Beelken wünschte eine gute Nacht und verschwand in ihrem Zimmerchen, einer Abseite hinter der Küche, die sie mit Basse teilte. Der Junge schlief längst. Vor Erschöpfung waren ihm die Augen zugefallen, kaum dass Griet ihn ins Bett gelegt hatte.

Als es im Haus endlich still war, zog sich auch Griet zur Nachtruhe zurück. Nachdenklich sah sie sich in den beiden Räumen mit den niedrigen, buntbemalten Holzdecken um, die sie gleich nach ihrer Hochzeit mit Willem bezogen hatte. Oft waren sie hier nicht allein gewesen. Solange Willem noch gelebt hatte, hatten sich bei Tagesanbruch Weber und Freunde,

Dienstboten und Familienangehörige in der Stube eingefunden, um an langen Bänken ein gemeinsames Frühstück einzunehmen. Hier war gelacht und geschimpft, beratschlagt und sogar gefeiert worden. Basse hatte nach Milch geschrien, seine Großmutter über teures Fleisch, faules Gemüse und freche Krämerinnen geklagt. Zuweilen hatte Willem hier seinen Arm um Griets Taille gelegt und ihr versprochen, eines Tages ein eigenes Haus zu bauen oder vielleicht sogar in eine andere Stadt mit ihr zu ziehen. Nach Antwerpen oder Brügge, wo die Teppichweber auch nicht schlecht lebten. Griet schluckte bei dem Gedanken, so weitermachen zu müssen wie bisher und keinen Mann mehr an ihrer Seite zu haben, der ihr eine Zukunft versprach. Es graute ihr davor, morgen früh aufzustehen und festzustellen, dass alle ihr Leben weiterlebten.

Griet fing an zu weinen. Es sah alles so trostlos aus. Frans würde neue Wandbehänge weben lassen, und Basse würde, so Gott ihn am Leben ließ, eines Tages das Handwerk erlernen und die Geschäfte übernehmen. Sie freute sich für ihn, gewiss. Aber sollte das alles sein, was ihr vom Leben blieb? Sich für andere zu freuen? Oder um andere zu zittern? War sie denn kein Mensch mehr mit Wünschen und Gefühlen? Die drückende Enge schnürte ihr die Kehle zu. Sie versuchte sich zusammenzunehmen, aber die Tränen wollten einfach nicht aufhören, über ihre Wangen zu laufen. Griet bemerkte, dass sie noch immer das trübselige Witwengewand trug, das nach Rauch und Aufruhr roch. Mitten in der Stube schlüpfte sie aus Kleid, Mieder und Strümpfen und stopfte alles ohne zu überlegen in das Ofenloch. Das Feuer war fast heruntergebrannt, flammte aber schnell hoch auf. Nackt von Kopf bis Fuß, das lange Haar offen über den Schultern, sah sie zu, wie ihr Kleid verbrannte. Dabei ließ sie die Hand über ihren Körper wandern, und als sie die verbotenen Stellen fand, schloss sie die Augen. Ihr Vater hatte sie früher immer als Schönheit bezeichnet, und sie hatte nicht daran gezweifelt, bis die Sache mit ihrem Arm geschah. Wirklich eitel war sie nie gewesen, obwohl sie sich wie alle Mädchen über hübsche Kleider und Schmuck gefreut hatte. Seit sie jedoch kein Gefühl mehr im Arm hatte, kam sie sich plump und hässlich vor. Willems seltene Zärtlichkeiten hatten sie nicht vom Gegenteil überzeugt.

Erneut blickte sie auf den Feuerschein auf ihrem Körper. Ihr dichtes Haar leuchtete rot wie Kupfer. Ihr Bauch und ihre Schenkel waren auch nach Basses Geburt noch straff, ebenso ihre Brüste. Ob sich noch einmal ein Mann fand, der es mit ihr versuchen mochte? Vielleicht war eine erneute Heirat der Ausweg aus der bedrückenden Enge dieses Hauses? Sie war noch jung, galt in der Stadt als ehrsam und hatte bewiesen, dass sie in der Lage war, Söhne zu gebären. Bestimmt gab es den einen oder anderen Handwerksmeister in Oudenaarde, der nur darauf wartete, sich mit der Familie Marx zu verbinden.

Die Sache hatte nur einen Haken, genauer gesagt drei. Zum einen gehörte Griet nur durch ihre Heirat mit Willem zur angesehenen Familie Marx. In Zukunft würde sie lediglich im Haus geduldet sein, weil sie Basses Mutter war. Zum zweiten durfte sich kein Heiratskandidat Hoffnungen auf eine reiche Mitgift machen. Frans Marx war bestimmt nicht bereit, ihr das Brautgeld, das ihr Vater nach ihrer Übersiedelung aus Brüssel gezahlt hatte, zurückzuerstatten. Doch der dritte Punkt wog für Griet am schwersten. Sie konnte es sich nicht vorstellen, noch einmal mit einem Mann glücklich zu werden. Wie wollte sie da heiraten?

Kapitel 3

In dieser Nacht fand Griet keine Ruhe. Zweimal schreckte sie aus Albträumen auf, in denen Hände aus brennenden Wandteppichen nach ihr griffen. Ihr Kopf fühlte sich schwer wie ein Tonkrug an, als sie im Morgengrauen die Treppe herunterkam. In der Küche traf sie Hanna, die vor ihr aufgestanden war, um mit einer Magd zusammen das Frühstück zuzubereiten.

«Frans fühlt sich nicht wohl», verkündete die alte Frau mit fester Stimme. «Er wird heute nicht vor die Tür gehen. Vermutlich ist es auch besser, wenn er sich in den nächsten Tagen nicht auf der Straße blicken lässt.»

Griet stimmte ihrer Schwiegermutter zu. Welcher Laune Frans sein Leben auch verdanken mochte, sicher war er in der besetzten Stadt deswegen noch lange nicht. Griet dachte sogar darüber nach, ob es nicht angebracht war, ihn eine Zeitlang aufs Land zu bringen. Oder nach Brüssel, wo er im Haus ihres Vaters abwarten konnte, bis sich die Wogen etwas geglättet hatten. Doch als sie wenig später mit ihrem Schwiegervater darüber sprach, lehnte er ihren Vorschlag ab. «Was soll aus der Weberei werden, wenn ich einfach davonlaufe?», erklärte er. «Außerdem weißt du, dass dein Vater und ich es nicht lange in einem Raum miteinander aushalten, ohne dass es Streit gibt. Wir sind zu verschieden.»

Griet lächelte widerwillig. Oh ja, dieser Umstand war ihr sehr wohl bekannt. Ihr Vater Sinter van den Dijcke gehörte der geachteten Brabanter Rechnungskammer an, hatte aber in den letzten Jahren immer weniger Interesse an seinem Amt gezeigt. Früh verwitwet, galt Sinters Interesse mehr schönen Frauen, dem Würfelspiel und der Musik als trockenen Akten. Er verbrachte seine Abende damit, seinen häufig wechselnden Geliebten Verse vorzulesen oder für sie auf der Laute zu spielen. Um den Krieg, der in Flandern und Brabant tobte, kümmerte Sinter sich nicht, der ging ihn nichts an. Griet hatte ihn seit ihrer Hochzeit, welcher er nur widerwillig zugestimmt hatte, nicht oft gesehen. Es gab nicht viele Gemeinsamkeiten zwischen Vater und Tochter, immerhin schrieben sie einander hin und wieder. Mit der Handwerkerfamilie, bei der seine Tochter lebte, verstand sich Sinter van den Dijcke dagegen überhaupt nicht.

«Bevor ich Sinters Haus betrete, lasse ich mich auch noch in einen Teppich rollen und aus dem Fenster werfen», pflichtete Hanna Marx ihrem Mann bei. «Tut mir leid, mein Kind, ich will dich nicht beleidigen. Aber dieser Mensch ist einfach unmöglich. Ein Kerl in seinem Alter, der singt und Lieder dichtet wie ein verliebter Jüngling und sich in Tavernen die Nächte um die Ohren schlägt, sollte sich einfach schämen. Außerdem hat er es immer mit dem König und dessen Statthaltern gehalten.»

Griet senkte den Kopf. Es traf sie, wie Hanna über ihren Vater sprach, auch wenn sie den Grund für deren Abneigung genau kannte. Sinter van den Dijcke hatte nie einen Hehl daraus gemacht, dass er die Begeisterung seiner Tochter für die Kunst des Teppichwirkens nicht teilte und viel lieber einen anderen Ehemann an ihrer Seite gesehen hätte. Möglichst einen aus altem Brabanter Adel.

Gegen Mittag holte Hanna ihr Schultertuch und verkündete, den trauernden Angehörigen des Bürgermeisters einen Besuch abstatten zu wollen. Sie bat Griet, sie zum Haus der Familie Osterlamm zu begleiten. Griet fühlte sich unwohl dabei, wusste aber, dass sie sich dieser nachbarschaftlichen Pflicht nicht verweigern durfte.

«Ruf Beelken», sagte Hanna. «Sie soll mit uns kommen.»

Die Kinderfrau folgte Griet nur zögerlich. Sie war bleich und zitterte, während ihre Augen die menschenleere Gasse nach Spaniern absuchten. Vermutlich war die Erinnerung daran, wie sie grob durch die Straßen Oudenaardes getrieben worden war, noch zu frisch. Hanna hatte die Kratzer auf Beelkens Brust noch in der Nacht mit einer Salbe aus Schmalz und Ringelblumen behandelt. Die äußeren Wunden würden bald heilen.

Wie Beelken befürchtet hatte, begegneten die drei schon nach wenigen Schritten der ersten spanischen Patrouille. Ihre finsteren Mienen verrieten, dass sie sich langweilten und das Verbot ihres Befehlshabers, in der Stadt zu plündern, missbilligten. Schlecht gelaunt traten sie nach dem Federvieh, das auf den Gassen nach Futter pickte, und einer stieß mit seiner Lanze Tonkrüge und Schüsseln von den Fenstervorsprüngen.

Griet bemühte sich, den spanischen Posten aus dem Weg zu gehen, aber ihr Herz klopfte, sooft sie eine neue Gruppe Soldaten auch nur von ferne kommen sah. Bei der Sint-Walburgakerk zog eine Eierhändlerin, die ihr Kopftuch tief in die Stirn gezogen hatte, ihren Karren über den aufgeweichten Boden. Ihr Gesicht war feuerrot vor Anstrengung. Griet kannte die Frau, auch wenn sie noch nie mehr als ein paar Worte mit ihr gewechselt hatte. An Markttagen stellte sie ihr kleines Gefährt vor der Lakenhalle ab, weil sie von dort aus das geschäftige Treiben am besten überblicken konnte. Da noch nicht bekannt war, wann in Oudenaarde wieder Markttag abgehalten werden durfte, zog sie von Haus zu Haus, um ihre Ware zu verkaufen. Sie hielt vor den Häusern, deren Fensterläden nicht geschlossen waren, und klopfte. Kaum jemand öffnete ihr.

An der Abzweigung, die am Badehaus vorbei zum Kirchplatz

führte, wurde der Alten der Weg versperrt. Grinsend näherten sich zwei spanische Soldaten ihrem Karren. Griet bedeutete Hanna und Beelken, hinter ein paar Sandsäcken, die zur Verteidigung der Mauern hatten dienen sollen, Schutz zu suchen. Sie verstand kaum ein Wort Spanisch, bekam aber doch mit, dass die Händlerin nach einem Passierschein gefragt wurde. Als das Weib mit den Schultern zuckte, stieß der Soldat sie so grob zur Seite, dass sie in den Straßenschmutz fiel. Die Alte heulte auf, was ihre Peiniger, die kaum älter als fünfundzwanzig Jahre waren, offensichtlich amüsierte. Sie nahmen einige der Eier aus dem Stroh und fingen an, sie einander zuzuwerfen, wobei die meisten auf dem Boden zerbrachen oder in dampfenden Dunggruben landeten. Die Männer lachten boshaft. Schließlich kippten sie den Karren um und traten die Ware der Händlerin in den Schmutz.

Die Eierhändlerin raufte sich das weiße Haar, während sie sich hilfesuchend umblickte. Von dem Geschrei der Frau und dem Gelächter der Männer angelockt, erschienen einige Gesichter an den Fenstern, klappten jedoch erschrocken die Läden wieder zu, als das Weib bittend die Arme hob. Keiner wagte es, sich mit den Bewaffneten anzulegen.

«Lass uns vorbeigehen, sie schauen gerade nicht her», flüsterte Hanna. «Wir können hier doch nichts ausrichten. Die Burschen dürfen nicht plündern, deshalb sind sie wütend. Wenn sie einen Wagen nach Waffen oder verbotenen Schriften durchsuchen und dabei ein paar Eier zerbrechen, wird sie niemand zur Verantwortung ziehen.»

«Außerdem hat uns ja niemand einen Passierschein ausgestellt», meldete sich Beelken, deren Stimme wie das Fiepen eines Welpen klang; offensichtlich rechnete sie damit, jede Sekunde von einem der Spanier gestellt und in den nächsten Schuppen gezogen zu werden.

Griet biss sich auf die Lippen. Sie war anderer Meinung. Wenn sich jetzt niemand zur Wehr setzte, würde es in ganz Oudenaarde bald wie auf einem Friedhof aussehen. Bald würde es kein Flame mehr wagen, sich auf der Straße blicken zu lassen, der Markt würde veröden, Handel und Handwerk würden zusammenbrechen. Schon jetzt drangen Söldner auf der Suche nach angeblichen Waffenverstecken vereinzelt in die Wohnungen harmloser Bürger ein und verwüsteten sie. In Pamele, jenseits der Schelde, war es offenbar schon zu Gewaltakten gekommen.

Noch während Griet überlegte, ob sie einschreiten und der alten Händlerin helfen sollte, bückte sie sich, um eines der heil gebliebenen Eier aufzuheben, das ihr direkt vor die Füße gerollt war. Es fühlte sich warm an.

«Was machst du, um Himmels willen?», zischte Hanna Marx. «Bist du verrückt geworden? Hast du vor, uns ins Unglück zu stürzen?» Die alte Frau stieß einen spitzen Schrei aus, als Griet sich mit dem Ei in der Hand dem jammernden Weib und den beiden Spaniern näherte. Diese starrten sie argwöhnisch an.

«Was willst du denn?», stieß der größere der beiden hervor. Mit seinem dünnen Bärtchen und der gebräunten Haut sah er noch jünger aus, als Griet ihn geschätzt hatte. Sein herrisches Auftreten, mit dem er seine Männlichkeit unter Beweis stellen wollte, täuschte nicht darüber hinweg, dass er nichts als ein pickeliger Jüngling war, dem man ein paar Dukaten und eine Lanze in die Hand gedrückt hatte. Vermutlich reagierte er seinen Frust, in der flandrischen Provinz dienen zu müssen, anstatt es sich in Madrid gutgehen zu lassen, an den Einwohnern der besiegten Stadt ab.

«Zeig mir deinen Passierschein, aber schnell!»

Griets Finger schlossen sich um das Ei in ihrer Hand. «Ich war gestern auf dem Marktplatz wie alle anderen», sagte sie so ruhig sie konnte und hoffte inständig, ihr flatterndes Herz verriete nicht, wie sehr sie sich fürchtete. Hanna hatte völlig recht. Sie war verrückt geworden, kein normal denkender Mensch brachte sich in Lebensgefahr, nur weil eine alte Händlerin herumgestoßen wurde und ein paar Eier zu Bruch gegangen waren. Doch nun war es zu spät, davonzulaufen. Die Krämerin kümmerte die Spanier längst nicht mehr. Sie hielten das Weib nicht auf, als es seinen Karren aufrichtete und sich eilends aus dem Staub machte. Stattdessen musterten sie Griet von Kopf bis Fuß.

«So, du warst also auf dem Platz?», stieß der zweite Soldat hervor. Er war kleiner als sein Kamerad, dafür aber muskulöser und breiter gebaut. Sein Gesicht, das von einer ungepflegten Löwenmähne umrahmt wurde, wirkte aufgeschwemmt, als habe er die Nacht durchgezecht. «Dann hast du wohl auch gesehen, welche Strafe jeden von euch Rebellen erwartet, der sich unseren Befehlen widersetzt.» Er machte eine fordernde Handbewegung. «Nun, worauf wartest du? Hast du eine Erlaubnis, dich auf der Straße herumzudrücken?»

«Oder wenigstens ein paar Dukaten, die du uns schenken möchtest?», meinte der andere grinsend. «Falls nicht, ließen wir uns auch in anderer Währung bezahlen. Deine Brüste sehen nicht so schlaff aus wie dein Arm.»

«Der Statthalter hat nichts von Passierscheinen gesagt», wandte Griet ein. «Er hat uns aber versprochen, dass wir zur Kirche gehen dürfen, wann immer uns danach ist. Ich möchte jetzt die Beichte ablegen. Wollt ihr mich etwa daran hindern?»

«Beichten willst du?» Die beiden Soldaten verzogen höhnisch das Gesicht. Es lag auf der Hand, dass sie Griet kein Wort glaubten. Der Große kniff Griet in die Brust. «Was willst du denn beichten?», flüsterte er mit einem schmierigen Lächeln auf den Lippen. «Dass du es mit der verdammten Ketzerbrut treibst, die der Herzog gestern ihrer gerechten Strafe zugeführt hat? Schade, dass er nur den einen hat brennen lassen. Verdient hätten es die anderen auch. Herzog von Alba war damals nicht so zimperlich mit euch.» Er schnaubte verächtlich. «Ihr wartet doch nur darauf, dass wir euch den Rücken zukehren, damit ihr und eure verfluchten Geusen uns das Schwert in den Leib bohren könnt.» Er trat noch näher an Griet heran, sie konnte seinen sauren Schweiß riechen. «Aber vielleicht schaffst du es ja, mich und meinen Kameraden milde zu stimmen, wer weiß? Hier im Süden sollen die Niederländer doch etwas von den Genüssen des Lebens verstehen, ganz anders als die traurigen Gestalten im Norden, die nur den Handel im Kopf haben.»

«Lasst mich auf der Stelle los!»

«Nun zier dich nicht. Ein verkrüppeltes Weib, noch dazu eine Witwe, hat doch bestimmt nicht viel Spaß im Leben. Wir könnten das ändern, und niemand muss davon erfahren.»

Griet verwünschte ihren nutzlosen Arm. Sie hätte ihn dringend gebraucht, um dem frechen Kerl einen Hieb zu verpassen. So blieb ihr nur ein Weg, um ihn sich vom Leib zu halten. Sie holte weit aus und schlug ihm das rohe Hühnerei gegen die Stirn. Überrumpelt sprang der Söldner zurück und wischte sich mit dem Arm den Dotter aus den Augen, während sein Kamerad schadenfroh auflachte.

«Dich flämisches Hurenstück mache ich fertig», schrie der Spanier voller Zorn. «Das büßt du mir!»

Griet wich zurück. Sie hatte während der vergangenen Tage genug erlebt, um zu wissen, dass der Mann keine leeren Drohungen ausstieß. Auch wenn sie von ihm bedrängt worden war, hatte sie es gewagt, einen Söldner auf offener Straße zu schlagen. In anderen Städten und Dörfern waren Menschen bereits für weniger hingerichtet worden. Rasch raffte sie ihre Röcke und rannte die Gasse hinunter, an deren Ausgang der Kirchplatz der Sint-Walburgakerk zu sehen war. In das Gotteshaus durfte der Soldat ihr nicht folgen, so besagten es die Gesetze der Kirche, in Flandern wie in Spanien. Griet sah den schlanken Glockenturm, an dem eine Fahne im Wind flatterte, vor sich aufragen. Es war nicht mehr weit, sie konnte es schaffen. Vielleicht hatten sich sogar Hanna und Beelken nach St. Walburga geflüchtet, um dort abzuwarten, was mit Griet geschah.

Fast hatte sie die Treppe erreicht, als zwei Männer aus der Kirche kamen: ein ältlicher Priester und ein blonder junger Mann mit wachen blauen Augen und einem verschmitzten Lächeln, der zwar flämisch wirkte, jedoch wie ein spanischer Edelmann gekleidet war. Er trug ein gepolstertes Wams aus nachtschwarzer Seide, einen strengen weißen Spitzkragen und Stiefel aus weichem Kalbsleder. Ein Barett, das keck auf dem Scheitel des Mannes saß, sowie ein blitzender Degen am Hüftgürtel, dessen Stahl vermutlich aus Toledo stammte, rundeten seine Aufmachung ab. Als der Fremde Griet die Kirchentreppe hinaufstürmen sah, runzelte er die Stirn. Der Priester stieß überrascht die Luft aus und machte einen Schritt zur Seite, um nicht umgerannt zu werden.

Griet stürzte an den Männern vorbei, doch noch ehe sie die Tür aufstoßen konnte, spürte sie, wie jemand von hinten nach ihrem gefühllosen Arm griff und sie herumriss. Ein heftiger Schlag mitten ins Gesicht ließ ihre Lippe aufplatzen. Diesem folgten sogleich ein zweiter und dann ein dritter, der Griet niederstürzen ließ. Stöhnend schlug sie auf die steinernen Platten und versuchte, mit ihrem heilen Arm den Kopf vor weiteren Schlägen zu schützen.

«Na los, hoch mit dir», blaffte der Söldner sie an. Das Haar des Mannes kringelte sich nass und klebrig an seiner Stirn. Als sie nicht reagierte, packte er Griet an der Schulter und schüttelte sie grob. Sie schrie vor Schmerz.

«Darf ich erfahren, was das zu bedeuten hat?», mischte sich der junge spanische Edelmann ein. Er würdigte Griet keines Blickes, schien aber über die Unverfrorenheit, mit der der Soldat sie vor der Kirchentür schlug, verärgert zu sein. «Ich mag es nicht, wenn Frauen in meiner Gegenwart verprügelt werden, hörst du? Außerdem störst du meine Unterhaltung mit dem ehrwürdigen Priester.»

Der Söldner warf einen wütenden Blick über die Schulter und erkannte, dass er es nicht mit seinesgleichen, sondern mit einem Edelmann zu tun hatte. Da war es besser, ihm den nötigen Respekt zu zollen. «Verzeihung, Señor, aber diese Frau hat sich ohne Erlaubnis auf der Straße herumgetrieben. Als ich sie zur Rede stellte, griff sie mich an. Ich habe sie bis hierher verfolgt.»

«Das habe ich gesehen.» Der Edelmann verschränkte die Arme und musterte Griet, die noch immer auf dem Boden kauerte. Einen Wimpernschlag lang ruhte sein Blick auf ihrem tauben Arm, dann wandte er sich wieder dem Soldaten zu. «Du erhebst eine schwere Anschuldigung, mein Freund. In einer unterworfenen Stadt findet das Kriegsrecht Anwendung, auch nachdem sie sich ergeben hat», erklärte er. «Widerstand und Aufruhr werden mit dem Tod am Galgen bestraft.»

Der Söldner nickte eifrig. «Ja, gewiss, Señor, das ist mir bekannt.»

Griet horchte entsetzt auf. Aus den Augenwinkeln sah sie, wie der Kamerad des Söldners nun ebenfalls die Treppe hinaufstieg, um den Wortwechsel nicht zu verpassen.

«Welchen Grund sollte die Frau denn gehabt haben, sich euren Befehlen zu widersetzen?», erkundigte sich der Mann im schwarzen Wams.

«Nun ... ich denke, sie hatte einfach keinen Passierschein, und daher ...» Der Soldat geriet ins Stottern. Er hatte nicht damit gerechnet, nun selbst einem Verhör unterzogen zu werden. Er warf seinem Kameraden einen Blick zu, ihm zu helfen, doch der Soldat, der in einigem Abstand auf der Treppe stehengeblieben war, dachte nicht daran, sich in die Sache hineinziehen zu lassen.

«Heute Morgen hat der Statthalter, Herzog Alessandro von Parma, verfügt, dass die Bürger von Oudenaarde vom Einbruch der Dunkelheit an nur noch mit besonderer Erlaubnis auf die Straßen gehen dürfen», erklärte der Edelmann. «Dies gilt nicht für Wundärzte, Hebammen und andere, deren Beruf es verlangt, dass sie auch nach Sonnenuntergang das Haus verlassen. Diese neuen Bestimmungen sollen nach dem Angelusläuten auf dem Markt angeschlagen und dann in den Gassen ausgerufen werden. Diese Frau konnte also unmöglich schon jetzt etwas von Passierscheinen wissen.» Er schaute skeptisch hinauf in den Himmel. «Es sieht auch nicht wirklich dunkel aus, oder?»

«Also war es auch nicht recht, so ein Papier von der Frau zu verlangen», sagte der Priester. Er hob mahnend den Zeigefinger. «Gebe Gott und die heilige Jungfrau, dass die finsteren Zeiten, durch die unsere arme, geprüfte Stadt geht, bald der Vergangenheit angehören. In Zukunft werden in Oudenaarde wieder Recht und Gesetz einziehen, das Recht der heiligen Kirche und das Gesetz unseres rechtmäßigen Königs Philipp aus dem Hause Habsburg.»

«Wie ich Euch kenne, Pater Jakobus, werdet Ihr tun, was in Eurer Macht steht, um Eure wiedergewonnenen Schäfchen mit diesen Gesetzen vertraut zu machen.» Der junge Mann nickte dem Geistlichen zu, doch in seiner Stimme lag auch ein Hauch von Ironie.

«Und was geschieht nun mit dem Weib hier?», brachte sich der Wachsoldat in Erinnerung. «Genehmigung hin oder her. Sie hat sich widerspenstig aufgeführt und mich angegriffen. Ihr habt doch eben selbst gesagt, dass das ein todeswürdiges Vergehen ist.»

Der junge Mann dachte nach. Sein Blick schweifte über den verwaisten Kirchplatz und die still in der Morgensonne daliegenden Häuser. Wohin er auch sah, verrammelte Türen. Nur das Grunzen einiger Schweine verriet, dass die Stadt nicht völlig verlassen war. Die Angst der Menschen lag wie ein fauler Geruch über der Stadt. Nach dem Strafgericht auf dem Grote Markt, wo das Blut der Hingerichteten noch auf den Pflastersteinen klebte, würde es lange dauern, bis die Stadt wieder aus ihrem totenähnlichen Schlaf erwachen würde. Zu lange.

Schließlich nickte er. «Jawohl, wie es aussieht, hast du recht, mein Freund. Sie hätte einen Soldaten unseres Königs, der beauftragt wurde, in den Gassen für Ordnung zu sorgen, nicht einfach angreifen dürfen. Sag mir nur noch eines: Welche Waffe hat sie gegen dich geführt? Ein Schwert? Einen Dolch? Konntest du sie entwaffnen, bevor sie floh?»

Der Kamerad des Söldners konnte nicht mehr länger an sich halten. «Wenn Ihr es genau wissen wollt, Señor: Es war ein Ei», platzte er heraus. «Ein frisches, braunes Hühnerei. Einige Reste von Dotter und Eierschalen könnt Ihr noch im Haar meines Freundes finden.»

«Halt du dich da raus», schrie der Söldner aufgebracht. «Das ist kein Spiel!» Er ballte die Fäuste und hätte sich vermutlich auf seinen Kameraden gestürzt, um ihm einen Fausthieb zu verpassen, wenn der Priester ihn nicht zurückgehalten hätte. Pater Jakobus hatte nun genug von den beiden Unruhestiftern vor seiner Kirche. «Du hast uns genug von unserer Zeit gestohlen. Deine Anschuldigungen gegen die Witwe sind aus der Luft gegriffen. Wenn ihr nicht wollt, dass ich mich beim Statthalter über euch beschwere, solltet ihr jetzt verschwinden. Ihr werdet wohl wissen, dass der Herzog keine Übergriffe auf die Einwohner dieser Stadt zulässt. Die Aufrührer wurden bestraft, die Unschuldigen haben nichts zu befürchten. Darauf gab er uns sein Ehrenwort.

Vergesst nicht: Rachsucht ist eine Sünde, die der Herr nicht ungestraft lassen wird! Er sorgt für seine Witwen und Waisen.»

Die beiden Soldaten warfen Griet und dem Mann im schwarzen Wams einen giftigen Blick zu, traten aber den Rückzug an. Vor dem Priester und seinen Warnungen schienen sie keine große Angst zu haben, die Rolle, die der Edelmann spielte, konnten sie indessen nicht einordnen. Möglich, dass er die Macht hatte, sie an einem Strick baumeln zu lassen.

«Und nun zu Euch, Frau», richtete der junge Spanier das Wort an Griet, die noch immer am Boden kauerte. Er forderte sie auf, sich zu erheben, reichte ihr aber nicht die Hand. Der Blick, mit dem er sie maß, war kühl und keineswegs freundlich. «Klärt mich doch einmal über die Gepflogenheiten der hiesigen Einwohner auf. Nimmt eine ehrbare flämische Witwe immer ein Ei mit, wenn sie zur Kirche geht?»

Griet schüttelte den Kopf. «Nein, aber manchmal spielt uns das Schicksal gerade dann eines in die Hände, wenn wir es brauchen. Ich hasse es, Nahrung so sinnlos zu vergeuden, in diesem Fall hatte ich keine andere Wahl. Vielleicht interessiert es Euch, woher das Ei wirklich stammt?»

«Nein», stoppte sie der Spanier. «Um das Wohlergehen unvorsichtiger Weiber kümmere ich mich selten. Ihr scheint vergessen zu haben, was sich gestern kaum hundert Schritte von diesem Ort ereignet hat. Vielleicht habt Ihr mit offenen Augen geschlafen oder mit anderen Weibern getratscht, während auf dem Grote Markt Menschen starben.»

«Wie könnt Ihr so etwas Furchtbares annehmen ...» Griets Angst verwandelte sich in blanke Wut. Der Spanier wusste nichts über sie. Wie sie in diese missliche Lage geraten war, kümmerte ihn nicht, und über die Schläge, die sie hatte einstecken müssen, verlor er kein Wort. Dennoch war er so unverschämt, sie als gedankenloses Klatschweib zu bezeichnen.

«Die Gassen sind so kurz nach Einnahme der Stadt noch zu unsicher.» Seine Stimme klang nun eine Spur versöhnlicher. «Farneses Offiziere haben sich vorübergehend im Stadhuis eingerichtet, und die Reiter sind mit ihren Pferden in die Lakenhalle gezogen. Für die Fußsoldaten werden aber noch dringend geeignete Quartiere gesucht, alles geht drunter und drüber. Ihr solltet Gott danken, dass Ihr weder Dolch noch Messer bei Euch hattet. Wäre eine Waffe in Eurem Kleid gefunden worden, hätte ich keine andere Wahl gehabt, als diesem dummen Kerl zu erlauben, Euch in den Boudewijnturm zu sperren. Es ist fraglich, ob Ihr Euer Zuhause dann jemals wiedergesehen hättet.»

Griet zuckte trotzig die Achseln. Ihr war klar, dass sie ohne das Eingreifen des jungen Spaniers verloren gewesen wäre, das hieß aber noch lange nicht, dass er sie einfach so rügen durfte. «Darf ich fragen, wem ich den guten Rat verdanke, Señor?» Griet wollte sich ihren Groll nicht anmerken lassen.

Der Spanier zog galant sein Barett. «Sagen wir einfach, ein Mann des Rechts und Diener des Königs hat ihn Euch kostenlos gegeben. Und nun müsst Ihr mich bitte entschuldigen, ich habe noch einiges mit meinem Freund, dem Pater, zu besprechen. Versprecht mir, dass Ihr künftig vorsichtiger seid und die Eier zu Hause in die Pfanne schlagt, anstatt sie an den Kopf eines dahergelaufenen Trottels zu werfen.»

Griet öffnete den Mund, verzichtete aber auf eine Entgegnung. Ein Mann des Rechts also. Gruß los lief sie die Treppe hinunter, ohne sich noch einmal nach den beiden Männern umzudrehen, die ihr nachschauten, bis sie hinter einem Torbogen verschwunden war.

«Eine merkwürdige Person», sagte der junge Spanier kopfschüttelnd. «Ich habe in diesem Land schon viele hübsche Frauen gesehen, aber ...» Er lachte. «Nicht so, wie Ihr meint,

Pater. Meine Aufgaben, die ich für den spanischen Hof zu erfüllen habe, erlauben mir kaum zu essen und zu schlafen. Ich bin ständig unterwegs, nun auch noch im Auftrag des Statthalters. Wie sollte mir da der Sinn nach weiblicher Gesellschaft stehen? Vermutlich würde sowieso jede Frau in Flandern vor mir fliehen, solange ich dieses schwarze Gewand trage.» Er kratzte sich nachdenklich am Kopf. «Trotzdem wüsste ich gern, wer diese Witwe war.»

Pater Jakobus lächelte. Voller Zuneigung blickte er den jungen Mann an. «Weil sie Euch an Eure Mutter erinnert, mein lieber Floris?»

Die Miene des Spaniers verfinsterte sich. «Pater, das kann nicht Euer Ernst sein!»

«Streitet es nicht ab, Floris, ich kannte Euch schon, als Ihr noch in den Windeln lagt, und weiß daher genau, was in Euch vorgeht. Schließlich war ich mit Euren Eltern befreundet. Ich kann mich noch gut erinnern, wie Ihr einst auf flämischen Dorffesten mit Spielkameraden jauchzend vom Heuboden gesprungen seid oder wie Eure Augen glänzten, wenn ich Euch an meinem Bierkrug nippen ließ. Damals war ich noch ein einfacher Mönch, aber ich habe nicht vergessen, wie innig Ihr Flandern geliebt habt.»

«Das ist lange her», erwiderte der junge Mann kühl. «Das Kind, an das Ihr Euch zu erinnern glaubt, gibt es nicht mehr, Pater. Floris musste sterben, damit Don Luis de Reon geboren werden konnte. Ich bin spanischer Offizier, durch und durch.»

«Oh nein, mein Junge, Floris lebt weiter. Ich sehe ihn doch vor mir, auch wenn er inzwischen zum Mann gereift ist und wie ein Spanier aussieht. Manchmal frage ich mich, was aus Euch geworden wäre, wenn Euer Vater nicht beschlossen hätte, Euch nach Spanien an König Philipps Hof zu schicken. Versteht mich bitte nicht falsch, Ihr habt eine gute Erziehung genossen, auf die Ihr stolz sein dürft. Aber ich beobachte auch, dass Ihr seit Eurer Rückkehr atemlos zwischen zwei Welten hin- und herjagt. Ihr erinnert mich an den Hasen, der einen Igel zum Wettlauf aufforderte. Wann immer er glaubte, am Ziel angelangt zu sein, musste er feststellen, dass der Igel schon vor ihm angekommen war. Er kam nie auf den Gedanken, dass es zwei Igel geben könnte.»

Don Luis lachte. «Nun gut, Ihr seid ein guter Märchenerzähler, Pater. Aber woher wollt Ihr wissen, wie es in mir aussieht, wenn nicht einmal ich selbst das weiß?» Die Stirn des jungen Mannes legte sich in Falten, sein Tonfall wurde schärfer. «Es spielt gar keine Rolle, wie es mir geht. Ich habe Euch nicht der guten alten Zeiten wegen aufgesucht, Pater, sondern weil Ihr der einzige Mann seid, dem ich hier vertrauen kann. Ich habe einen Auftrag zu erfüllen, den mir eine höchst angesehene Person erteilt hat.»

Der Geistliche nickte. «Das ist mir wohl bekannt, Don Luis. Mein Bischof hat mich bereits davon unterrichtet und mir befohlen, Euch behilflich zu sein. Ich schätze aber, dass dies gar nicht mehr nötig sein wird.»

«Was wollt Ihr damit sagen? Spannt mich nicht länger auf die Folter.»

Pater Jakobus druckste einen Moment herum. «Die Frau, die Ihr fortgeschickt habt ... nun, es ist dieselbe, über die wir vorhin sprachen.»

Wie vom Donner gerührt starrte Don Luis de Reon den kleinen Priester an, der es plötzlich recht eilig hatte, in seine Kirche zurückzukehren. Doch noch vor der Tür packte Don Luis ihn am Arm. «Wollt Ihr damit andeuten, die Frau im Witwenkleid war die, wegen der ich Euch aufsuchte? *Madre de Dios*, warum habt Ihr das nicht gleich gesagt. Ihr habt zugesehen, wie sie verschwand?»

«Ihr haltet Euch für gewitzt», wandte der Pater ein, «aber Ihr müsst noch viel lernen. Glaubt mir, Floris, wenn Ihr Euren Auftrag erfolgreich ausführen wollt, dürft Ihr Euch keine Unachtsamkeit leisten. Und keinen Hochmut.»

«Und Ihr meint, Ihr seid der richtige Mann, um das zu beurteilen?» Don Luis war erbost. Dass der Priester seine Familie und seine Vergangenheit kannte, gab ihm noch lange nicht das Recht, ihm Ratschläge zu erteilen, um die er nicht gebeten hatte.

«Floris, beherrscht Euch», mahnte der Priester. «Ich weiß, dass Ihr ein junger Heißsporn seid, der das Temperament seines Vaters geerbt hat. Aber die Angelegenheit, die Euch nach Oudenaarde geführt hat, könnte viele Menschen ins Unglück stürzen, die das nicht verdient haben. Es ist schon genug Blut vergossen worden, seit in den Niederlanden Krieg herrscht.»

Don Luis seufzte. «Woher wisst Ihr so viel über diese vertraulichen Dinge? Und nennt mich gefälligst nicht Floris.»

Der Priester wischte Don Luis' Einwand mit einer Handbewegung fort. «Wie gesagt, mein Bischof hat mir schon erklärt, wie delikat Eure Mission in Flandern ist. Man könnte sie auch als Buße für Sündenschuld verstehen. Eine Buße, die Ihr meines Wissens auf Euch genommen habt, um wieder mit Gott und der römischen Kirche ins Reine zu kommen. Vergesst nicht, dass Ihr schon einmal versagt habt. Versagt Ihr ein weiteres Mal, wird es Euch nicht nur in diesem Leben schlecht ergehen, sondern auch nach dem Jüngsten Gericht. Haltet Euch das Beispiel Eurer Mutter vor Augen!»

Der junge Spanier wandte sich ab. Warum musste der Pater seine Mutter erwähnen? Weil sie auch für ihn eine Heilige gewesen war? Wenn ihr Leben doch so reich an guten Taten gewesen war, warum hatte Gott dann nicht besser auf sie aufgepasst? Warum hatte er, der Allwissende und Gerechte, es ausgerechnet ihm, einem Taugenichts, überlassen, für eine Heilige zu sorgen?

Hatte er nicht gewusst, dass er kläglich versagen würde? Er war nicht für sie da gewesen, als sie seine Hilfe gebraucht hätte, dabei wäre es so leicht gewesen, sie zu beschützen. Es war alles umsonst gewesen.

Don Luis straffte die Schultern. Wem half es, Zuflucht zu ketzerischen Gedanken zu nehmen? Das hatte er schon einmal getan, und es war ihm schlecht bekommen.

«Verzeiht mir bitte, Pater», sagte er und lächelte kleinlaut. «Ich war mal wieder aufbrausend und nicht gerade höflich zu Euch.»

«Unwichtig, wenn Ihr nur tut, was man von Euch verlangt.» Der Priester klopfte Don Luis auf die Schulter. «Und nun kommt mit!»

Pater Jakobus führte ihn durch das Kirchenschiff in die Sakristei, wo er zielstrebig auf eine vom Holzwurm zerfressene Lade zuging, sie öffnete und ihr einige alte Bücher entnahm. Don Luis sah sich nach einer Kerze um, da es in dem Raum nicht nur kalt, sondern auch dunkel wie in einer Gruft war.

«In meinen Registern werdet Ihr alles finden, was Ihr über diese Leute wissen müsst, mein Freund», erklärte der Pater, während er das erste Buch aufschlug und mit flinken Fingern einige der engbeschriebenen Seiten umblätterte. Don Luis blickte ihm über die Schulter. Mühsam begann er einige flämische Namen zu entziffern, auf die ihn der Priester hinwies. Die Eintragungen dazu waren in lateinischer Sprache, die Don Luis gut genug beherrschte, um zu verstehen, worum es ging. Nach einer Weile fand er sich leidlich zurecht. Mit wachsender Erregung nahm er das nächste Buch zur Hand, das Pater Jakobus auf das Pult gelegt hatte. Ja, die Eintragungen waren echt. Damit waren Zweifel kaum noch möglich. Don Luis' Auftraggeber hatte sich nicht geirrt.

Don Luis hob langsam den Kopf. Er zitterte, doch lag das

nicht an der Kälte in der Sakristei, sondern an der inneren Unruhe, die sich seiner bemächtigte.

«Ich hätte besser nach Jerusalem pilgern sollen», sagte er nachdenklich, nachdem der alte Priester seine Register wieder in der Lade verstaut hatte. «Oder gleich zum Heiligen Vater nach Rom, damit er mich von dieser Last befreit.» Er schüttelte den Kopf. Noch einmal rief er sich in Erinnerung, was er soeben gelesen hatte. Die Berichte über Taufen, Eheschließungen und Todesfälle in der Familie, nach der er forschte, klangen so harmlos. Nichts verriet, welch tödliche Gefahr daraus erwachsen konnte, falls sie in die falschen Hände gerieten.

«Diese Griet Marx ahnt nichts?», vergewisserte er sich leise. «Ist das möglich? Hat ihr Vater denn niemals mit ihr über ihre Herkunft gesprochen?»

Der Pater wusste es nicht. «Ich habe Griet Marx getraut und ihren Mann beerdigt, aber über ihren Vater weiß ich wenig. Nur dass er in Brüssel lebt. Er scheint schwierig zu sein, zu großem Ansehen hat er es nicht gebracht. Seinen Schwiegersohn, den Teppichwirker Marx, mochte er nicht besonders, allerdings hat er sich nie gegen die Obrigkeit erhoben, wie so viele seines Standes.»

Don Luis hatte genug gehört. Er verspürte das Bedürfnis, in die Kirche hinüberzugehen und dort eine Weile die Stille und den Weihrauch auf sich wirken zu lassen. Vielleicht sollte er die Jungfrau um Hilfe für seine Mission bitten. Solche Dinge lagen ihm nicht, er war kein Bücherwurm wie der Pater. Bei jedem waghalsigen militärischen Unternehmen hätte er mit Freuden seinen Hals riskiert, aber bei dem Gedanken, länger als ein paar Tage in einer flandrischen Stadt zu verweilen, begannen seine Hände zu schwitzen. Und um die kratzbürstige junge Witwe zu überwachen, musste er sich darauf einstellen, eine ganze Weile in Oudenaarde zu bleiben.

Er sah Ärger auf sich zukommen, großen Ärger. Ob es ihm noch einmal gelingen würde, die Familie Marx zu schonen? In einer Stadt wie Oudenaarde machten Gerüchte schneller die Runde als ein Humpen Schwarzbier in einer Schenke, und der Hass der Bürger auf Spanier wie ihn saß tief. Wie lange würde es dauern, bis die Ersten anfingen, sich zu fragen, warum ausgerechnet *ein* Ratsherr verschont geblieben war? Falls sie die Wahrheit errieten, würde Griet Marx nicht lange überleben.

Don Luis de Reon betete nicht. Stattdessen verließ er die Kirche und schlug den Weg zur Posthalterei ein, wo der Statthalter und seine Offiziere Quartier bezogen hatten. Er musste dringend mit Alessandro Farnese sprechen und ihm mitteilen, warum er Oudenaarde noch nicht verlassen konnte.

Kapitel 4

Griet fand Hanna und Beelken im Haus der Familie Osterlamm, einem mehrstöckigen Gebäude, das mit seinen zackigen Stufengiebeln und dem mit Schindeln gedeckten Türmchen wie der Stadtsitz eines wohlhabenden Edelmanns aussah. Eine hohe, von wilden Weinstauden umrankte Mauer schützte das Haus vor neugierigen Blicken, doch als Griet eintrat, standen die Flügel des Tores so weit offen, dass man den ganzen Hof von der Straße aus einsehen konnte. Auf dem Gelände selbst regte sich nichts. Keine Magd ließ sich im Hof oder an der Tür des Brauhauses sehen, wo sonst viel Trubel herrschte.

Griet musste eine Weile warten, bis jemand auf ihr Klopfen reagierte. Ein Diener öffnete die Tür und musterte sie. Wortlos führte er sie dann die Treppe hinauf zur *huiskamer*, einem geschäftlichen Unterredungen vorbehaltenen Raum, wo sich schon viele Familienmitglieder, Freunde und Nachbarn zur Totenwache eingefunden hatten. Nach den Anordnungen des Statthalters waren Zusammenkünfte dieser Art zwar streng verboten, doch keiner der Anwesenden schien sich darum zu kümmern. Nicht einmal Hanna Marx, die Griet erleichtert um den Hals fiel, um sie wenig später wegen ihres Leichtsinns mit bitteren Vorwürfen zu überschütten.

«Ich hab's doch gewusst, sie haben dich grün und blau geprügelt», zeterte die alte Frau, ohne sich um die Blicke der Umstehenden zu kümmern. «Hast du auch nur einmal an mich … ich meine an uns und an dein Kind gedacht? Nein, das hast du nicht. Ich sehe es dir an. Du benimmst dich unmöglich.» Hanna rang die Hände. «Kind, was ist denn nur los mit dir? Du hast deinen Mann verloren, du bist verwirrt. Wir alle trauern um Willem, nicht nur du. Ich auch. Aber wenn du dich weiterhin zu solchen gefährlichen Dummheiten hinreißen lässt, werde ich dir in Zukunft nicht mehr erlauben können, das Haus zu verlassen.»

Wer, dachte Griet, hatte es sich denn in den Kopf gesetzt, die Angehörigen des Bürgermeisters ausgerechnet heute aufzusuchen? Wenn jemand die Augen vor der Wirklichkeit verschloss, dann Hanna und gewiss nicht sie. Zum Glück zog sich die alte Frau kurz darauf wieder in einen der mit Polsterbänken ausgestatteten Erker zurück, um mit einigen Nachbarinnen die Ereignisse des Vortags zu besprechen. Griet bekam derweil Gelegenheit, sich umzusehen.

Die geräumige *huiskamer* entsprach in keiner Weise der strengen calvinistischen Lehre, die Sparsamkeit und Schlichtheit empfahl. Sie war verschwenderisch eingerichtet. Fünf Rundbogenfenster aus buntem Glas funkelten im Schein goldener Kerzenleuchter wie Kirchenfenster in der Weihnachtsnacht. An den Wänden hingen Ölgemälde in prachtvollen Rahmen, die so schwer waren, dass ein einzelner Mann sie kaum bewegen konnte. Einige der Teppiche vor dem Kamin kannte Griet, sie trugen das Webzeichen der Manufaktur Marx. Griet wollte sie gerade näher betrachten, als das Schluchzen einer Frau ihre Aufmerksamkeit erregte. Hinter einem golddurchwirkten Vorhang nahmen Adam Osterlamm und seine Schwester Pamela die Beileidsbekundungen zweier Männer entgegen. Der ältere von beiden bemühte sich um den jungen Mann. Er trug einen knielangen, mit Zobelstücken verbrämten Mantel und eine aus Pelz gearbeitete Mütze, die ihm ständig in die Stirn rutschte. Sein jüngerer Begleiter tätschelte derweil der Tochter des Verstorbenen mitfühlend die Hand. Es waren Jooris de Lijs, ein Weinhändler, der in der Nachbarschaft wohnte, und der Druckermeister Pieter Rink. Rink neigte höflich den Kopf, als seine und Griets Blicke sich kreuzten. Damit machte er Adam auf sie aufmerksam.

Der junge Mann war blass. Seine teilnahmslos dreinblickenden Augen verschwanden fast in den Höhlen, während seine Nase scharf aus dem schmalen Gesicht hervorstach. Seine Vorliebe für teure Kleidung war stadtbekannt, doch er trug noch denselben einfachen Leinenkittel, in dem Griet ihn auch am Vortag auf dem Grote Markt gesehen hatte. Das Kleidungsstück war zerknittert, mit Ruß beschmiert und roch unangenehm nach Rauch. Zweifellos hatte Adam Osterlamm kein Auge zugemacht, seit er den Leichnam seines Vaters geborgen hatte.

«Eure Schwiegermutter hat mir bereits berichtet, dass Ihr Euch auf dem Weg hierher in Gefahr begeben habt», sagte er, nachdem er Griets Gruß zurückhaltend erwidert hatte. «Das war unüberlegt. Die Spanier hätten Euch auf der Stelle mit ihren Lanzen durchbohren oder zumindest in eine Scheune schleppen und dort über Euch herfallen können. Glaubt Ihr, die stört Euer Witwenkleid? Ihr könnt froh sein, dass Ihr nur ein paar Ohrfeigen abbekommen habt.»

«Lass es gut sein», fiel Adams Schwester ihm schluchzend ins Wort. Die junge Frau schenkte Griet einen warmherzigen Blick, in dem zumindest ein Hauch von Verständnis lag. «Beelken hat mir in der Küche erzählt, was vorgefallen ist. Die Witwe Marx hat sich mutig vor eine Krämerin gestellt, der zwei Söldner aufgelauert hatten.» Betrübt neigte sie den Kopf, während die Finger mechanisch über das Holz ihres Stuhls glitten. «Ich beneide Euch um Eure Tapferkeit, Griet. Wir sind alle wie gelähmt vor Angst. Wir wissen nicht, wie es weitergehen soll, nun, da wir in Ungnade gefallen sind. Der neue Statthalter wird uns alles wegnehmen.

Das Hab und Gut eines Rebellen wird beschlagnahmt und fällt der Krone zu, so lautet das Gesetz. Das bedeutet, dass wir schon bald bettelarm sein werden.» Sie fing wieder an zu weinen.

«Er wird es nicht wagen, unseren Besitz anzutasten», rief Adam hitzig. «Dem ersten Landsknecht Farneses, der es wagt, meinen Hof zu betreten, jage ich eine Ladung Blei in den Bauch. Oder ich fackle das Haus eigenhändig ab, damit es niemandem in die Hände fällt. Farnese sieht doch so gerne Flammen auflodern. Bei der heiligen Jungfrau von Brügge, das kann er haben, dieser Teufel!»

Griet fuhr erschrocken zusammen. Sie hatte Verständnis dafür, dass Osterlamms Sohn erschöpft und wütend war. Nicht anders war es ihr nach Willems Tod ergangen. Doch was Adam von sich gab, konnte als Anstiftung zum Aufruhr ausgelegt werden. Sein Jähzorn würde ihm und seiner Familie, ja allen, die hier versammelt waren, zum Verhängnis werden. Ein einziger Spion genügte, um sie alle ans Messer zu liefern.

«Es ist doch noch gar nicht gesagt, dass die Spanier Euren Besitz konfiszieren», wandte sie vorsichtig ein. «Mein Schwiegervater ist der festen Überzeugung, dass Alessandro Farnese die Stadt nicht bluten lassen will. Seine Mutter wurde hier geboren, seine Vorfahren dienten als einfache Leute im Haus des Vogts de Lalaing.»

«Glaubt Ihr wirklich, ein Kerl wie der Statthalter lässt sich von sentimentalen Erinnerungen leiten?», rief Adam höhnisch. Er betrachtete sie mit einem plötzlich erwachten Argwohn, als nehme er ihre Anwesenheit erst jetzt wirklich wahr. «Wie naiv Ihr doch seid, Griet Marx.»

«Bei aller Achtung vor Eurer Trauer, Adam!» Der Drucker Pieter Rink, der den Wortwechsel bislang kommentarlos verfolgt hatte, kam Griet nun zu Hilfe. «Ihr solltet ein wenig ausruhen, anstatt die Witwe des Teppichwebers zu kränken, mein

Freund. Frau Marx wollte Euch nur Hoffnung machen. Und Hoffnung brauchen wir doch alle, nicht wahr?»

Pamela nickte. Da sie wusste, wie streitsüchtig Adam war, schien sie erleichtert, als sich ihr jüngerer Bruder zu ihnen gesellte. Coen Osterlamm wirkte weit gefasster als Adam. Zwar verriet auch sein Gesicht Anzeichen von Müdigkeit und Kummer, doch hatte er saubere Kleidung angelegt und sich die langen Haare gebürstet. Stumm drückte er die Hände, die ihm entgegengestreckt wurden, ohne auch nur im mindesten preiszugeben, was in ihm vorging.

Nachdem er sich eine Weile mit dem Seidenhändler unterhalten hatte, wandte er sich Griet zu. «Sieh an, wer uns an einem Tag wie diesem die Ehre erweist», sagte er. Im Gegensatz zu Adam klang er nicht schroff, sondern höflich. Er küsste Griets Hand. «Es bedeutet mir viel, dass Ihr gekommen seid.»

Griet senkte verlegen den Blick. Sie fühlte sich unbehaglich; Adams Blicke in ihrem Rücken verrieten, dass sich längst nicht alle über ihre Anwesenheit freuten. Je mehr Zeit verstrich, desto größer wurde die Zahl derer, die sie mit teils vorwurfsvollen, teils neidischen Blicken anstarrten. Hanna, die noch immer im Erker saß, schien nicht wahrzunehmen, wie die Frauen, die sie seit Jahren kannte, nach und nach von ihr abrückten, bis nur noch die achtzigjährige Mutter des Glasmalers Blommaert übrig war, die nicht mehr gut hörte und schon reichlich wirr im Kopf war.

«Ihr müsst sehr erleichtert sein, dass der alte Frans Marx mit heiler Haut davongekommen ist, nicht wahr?», erkundigte sich Coen liebenswürdig lächelnd. «Schließlich sah es so aus, als ob alle Ratsmitglieder getötet würden.» Mit einer galanten Geste forderte er Griet auf, sich zu setzen, und befahl einer Magd, ihr den Becher mit einem würzigen Burgunder zu füllen.

«Wir rechneten mit dem Schlimmsten», gab Griet zu. Ohne sich etwas aus Wein zu machen, nippte sie gehorsam an ihrem Becher. Coen verfolgte jede ihrer Bewegungen, wobei sein Lächeln keinen Moment lang nachließ. Irgendetwas stimmte hier nicht. Obwohl der junge Mann höflich zu ihr war, wuchs in Griet ein Gefühl der Beklemmung, das ihr die Luft abzuschnüren drohte.

«Und Ihr habt wirklich keine Ahnung, was den Statthalter bewogen haben könnte, Euren Schwiegervater als Einzigen zu schonen, während er die anderen Ratsherren töten ließ? Ich meine, der alte Mijnheer Marx muss doch mit Euch und mit seiner Frau darüber gesprochen haben. Welche Erklärung hat er Euch gegeben?»

«Das frage ich mich auch!», rief Adam so unbeherrscht, dass sich seine Stimme überschlug. «Es muss einen Grund geben, warum der alte Marx noch lebt, während mein Vater und neun seiner Freunde tot sind. Na los, raus mit der Sprache.» Er schüttelte die Faust.

Griet glaubte sich verhört zu haben. Meinte Adam wirklich sie? Sie klammerte sich mit Gewalt an ihren Messingbecher, trank aber keinen Schluck mehr. Was hatte das alles zu bedeuten? Sie befand sich doch im Haus ihrer Freunde und Nachbarn. Im Kreis der Menschen, denen sie vertraute, weil sie sie seit langer Zeit kannte. Viele von ihnen hatten zum Klang der Sackpfeife auf ihrer Hochzeit getanzt, mit Willem waren sie durch die Schenken gezogen. Warum ließen sie es zu, dass sie derart rüde bedrängt wurde? Nein, das war nicht recht. Die Spanier, die ihre Stadt besetzten, und der Statthalter Farnese waren die Feinde, vor denen sie sich hüten mussten. Aber doch nicht sie und das Haus Marx. Gegen solche Vorhaltungen musste sie sich wehren.

«Vielleicht sucht Ihr Euren Grund einmal im Verhalten Eures Vaters», erwiderte sie. «Frans sagte mir, der Bürgermeister habe alle verraten, die das Bündnis mit Utrecht unterschrieben hatten.» Noch bevor sie ausgesprochen hatte, wurde ihr klar, dass sie einen schweren Fehler begangen hatte. Einen Fehler, der kaum wiedergutzumachen war. In der Stube wurde es still, sämtliche Gespräche verstummten. Als Griet den Kopf hob, blickte sie in Gesichter, die ihr mit Abscheu und Hass begegneten. Dies entging nicht einmal Hanna. Hastig stand die alte Frau auf und machte ein paar Schritte auf Griet zu, um dann abrupt stehenzubleiben. «Liebe Nachbarn ...», fing sie an, sprach aber nicht weiter, denn niemand beachtete sie. Obwohl sie Frans Marx' Frau war, schien es keinen der Anwesenden zu interessieren, was sie zu der Angelegenheit zu sagen hatte.

Griet suchte nach einer Möglichkeit, den Weinbecher loszuwerden, fand aber keine. «Es tut mir leid», sagte sie. «Ich wollte Euch nicht verletzen, Coen. Euer Vater und der gesamte Rat haben für unsere Stadt getan, was sie für richtig hielten. Sie folgten ihrem Gewissen bis in den Tod. Wer bin ich, dass ich ihre Entscheidungen in Frage stellen dürfte?»

Coen Osterlamm hob die Augenbrauen. «Ja, das ist die Frage, die sich momentan jeder hier stellt. Wer seid Ihr? Und welche Ziele verfolgt das Haus Marx in Oudenaarde?» Coen war unverändert gefasst; nicht einmal sein Lächeln war vollständig aus seinem Gesicht verschwunden. In seinen Augen entdeckte Griet jedoch eine erbarmungslose Härte, die ihr bislang nicht aufgefallen war. Seine Blicke wirkten wesentlich einschüchternder auf sie als Adams unbeherrschtes Geschrei. Aber auch Pamela, die wieder zu weinen angefangen hatte, ließ erkennen, dass sie Griets Bemerkung übel nahm.

Griet stand auf; ihre Beine zitterten, und ihr tauber Arm wurde ihr so schwer, als zöge er sie zu Boden. «Ihr kennt mich doch seit Jahren», sagte sie verzweifelt. «Mein Mann war mit vielen von Euch gut befreundet.» Sie wandte sich an den Weinhändler, der betroffen die Schultern hob. «Ihr habt gewiss nicht vergessen, wie meine Familie Euch damals geholfen hat, als

Euer Lagerschuppen hinter dem Haus der Sint-Jozef-Bruderschaft abbrannte. Es war so klirrend kalt, dass die Schelde am Dreikönigstag zufror. Mein Mann hat Eure Weinfässer mit seinem Gespann in die Teppichweberei gefahren und dort bis zum Frühling untergestellt. Es störte ihn nicht, dass dafür drei unserer besten Webstühle weichen mussten.»

«Willem war ein guter Kerl», bestätigte de Lijs unumwunden. «Ich kannte ihn seit meiner Kindheit. Er hätte niemals mit den Spaniern krumme Geschäfte gemacht, dazu liebte er seine flämische Heimat viel zu sehr.» Verlegenheit färbte seine Wangen rot.

«Wir dürfen uns nicht gegenseitig die Köpfe einschlagen», ergriff nun Pieter Rink das Wort. «Das würden wir bald bitter bereuen. Frans Marx saß noch im Rat, das ist wahr. Aber seid doch ehrlich, Freunde. Viel Einfluss hatte der alte Mann nicht mehr. Die Calvinisten regierten die Stadt mit der Bibel in der Hand, und Leute wie Marx zuckten mit den Achseln. Vielleicht ist das dem Statthalter zu Ohren gekommen. Er wird gewiss kein Mitglied des Hauses Marx mehr als Ratsherr von Oudenaarde dulden.»

Coen schüttelte den Kopf. «Das genügt mir nicht, Meister Rink. Aber wenn Ihr und de Lijs der Meinung seid, dass damit alle Fragen beantwortet sind, will ich mich einstweilen damit zufriedengeben.»

Griet legte ihren heilen Arm um die Schulter ihrer Schwiegermutter, die so durcheinander war, dass sie sich ohne Widerworte aus dem Raum begleiten ließ. Auf der Treppe hörte sie, wie Adam die Tür aufriss und ihr etwas hinterherrief. Es klang alles andere als freundlich, aber sie drehte sich nicht mehr um.

«Wir müssen noch auf die Bürgermeisterin warten», murmelte Hanna abwesend, während sie mit einer Hand ihren Rock raffte, um auf der schmalen Stiege nicht zu stolpern. «Sie ruht noch in ihrer Schlafkammer, habe ich gehört. Es gehört sich nicht, zu gehen, bevor wir ihr unser Mitgefühl bekundet haben. Die Osterlamms und die Marx' gehören doch zu den vornehmsten Familien der Stadt.»

«Ja, gewiss», sagte Griet. Sie hatte es oft genug hören müssen. «Und nun komm weiter! Wir müssen nach Hause.»

Hanna blieb unverwandt stehen und starrte Griet an. Ihr Blick war jetzt ebenso feindselig wie der Adams. «Sie freuen sich gar nicht, dass Frans noch lebt und in Freiheit ist», zischte sie. «Es wäre ihnen lieber, er wäre tot oder läge im Kerker. Das habe ich in ihren Augen gelesen. Dann wäre für sie alles in Ordnung, und niemand würde unangenehme Fragen stellen. Aber so ... Mein Gott, Griet, was sollen wir denn tun, wenn die Leute uns mit Missachtung strafen? Diese Schande ... Ich würde das nicht überleben. Dann wäre es vielleicht besser gewesen, sie hätten Frans auch ...» Sie schlug sich auf den Mund. «Oh, mein Gott, siehst du, wie weit du mich treibst mit deinem Ungehorsam? Ich versündige mich, und daran bist du schuld. Die anderen haben recht. Was wissen wir schon von dir?»

«Sie werden sich wieder beruhigen, ich verspreche es dir. Rink und de Lijs werden ihnen schon den Kopf zurechtrücken.»

«Das ist alles deine Schuld, Griet», wiederholte die alte Frau. «Seit Willems Tod bist du so seltsam. Ich trauere doch auch um ihn, natürlich mache ich das, er war mein Sohn. Aber benehme ich mich deswegen wie eine Verrückte? Dass du dich wegen dieses Eierweibs mit den Spaniern angelegt hast, war Irrsinn. Aber sie haben dich nicht mitgenommen, und deswegen ist der junge Osterlamm misstrauisch geworden. Nur deshalb.» Sie hustete rau. «Er hat gefragt, wer du bist, Griet», sagte Hanna. «Ich habe es genau gehört. Und bei Gott, im Moment könnte nicht einmal ich diese Frage beantworten!»

Damit ließ sie Griet auf der Treppe stehen und stolperte die letzten Stufen hinunter, um nach Beelken Ausschau zu halten.

Kapitel 5

Während der nächsten Wochen blieb Griet im Haus und kümmerte sich gemeinsam mit Beelken um Basse. Der Junge dankte es ihr mit guter Laune und benahm sich so brav, dass Griets Niedergeschlagenheit langsam wich. Sie vergaß sogar Hannas bittere Worte.

In den Straßen regte sich das Leben allmählich wieder. Die Nachbarn öffneten ihre Werkstätten und Läden, aus der Schmiede, deren Garten an den Hof der Teppichweberei grenzte, drang vorsichtig das Geräusch erster Hammerschläge. Wäscherinnen und Mägde liefen mit Körben voller Wäsche durch die Gasse. Hin und wieder zeigte eine im Vorbeigehen auf Griets Fenster. Dann zog sich Griet rasch zurück. Sie wollte nicht gesehen werden, nicht nach dem, was man ihr im Haus des früheren Bürgermeisters an den Kopf geworfen hatte. Frans erging es ähnlich, zumindest nahm Griet das an. Er war noch schweigsamer geworden. Früh im Morgengrauen stand er auf und verließ ohne Abschied das Haus, um in die Weberei zu gehen. Dort blieb er für gewöhnlich so lange, bis Hanna ihn nach Hause holte. Griet ahnte, dass er den Teppichwebern keine große Hilfe war, denn seine Gicht erlaubt es ihm nicht, auch nur einen einzigen Faden zu knüpfen oder das Schiffchen durch die straffgespannten Fäden zu lenken. Doch mochte die Kraft auch aus seinen Händen gewichen sein, das Gespür für die richtige Auswahl an Garnen und Stoffen hatte er nicht verloren. Frans hatte Griet und Willem einst beigebracht, Muster zu entwerfen, nach denen später gewoben wurde. Nun gab er sein Wissen an die Webergesellen und Lehrlinge weiter. Zwischen den Webstühlen fühlte er sich einfach wohler als zu Hause. Über den Tag des Strafgerichts verlor er kein Wort mehr, und Hanna hatte Griet verboten, ihn noch einmal dazu zu befragen.

Eines Nachmittags wurde Griet von plötzlichem Lärm im Haus aufgeschreckt. Sie hörte, wie das große Tor aufgestoßen wurde und eine Schar Reiter im Galopp auf den Hof jagte. Im nächsten Augenblick erklang eine Fanfare.

Einquartierung, war ihr erster Gedanke. Sie würden das Haus räumen müssen.

Lange war die Familie davon verschont geblieben, nun schien man ihnen doch noch Soldaten ins Haus zu setzen. Sie konnten nur hoffen, dass die Männer ihre Mägde in Frieden ließen und sich nicht so wild und zügellos aufführten wie drüben bei de Lijs, wo die Söldner über die Vorräte im Weinkeller herfielen, wann immer ihnen danach war. Um nicht gegen das Plünderungsverbot des Statthalters zu verstoßen, warfen sie dem unglücklichen Kaufmann zwar stets ein paar Dukaten vor die Füße, doch damit ließ sich nicht einmal der Schaden beheben, den sie bei ihren Gelagen anrichteten. Der Wein blieb unbezahlt. De Lijs, dem klar war, dass eine Beschwerde im Rathaus nur wenig Aussicht auf Erfolg hatte, musste zähneknirschend zuschauen, wie die Soldaten bei ihm ein- und ausgingen.

Griet legte ihre Näharbeit zur Seite und stand auf, um nach unten zu gehen. Da Frans in der Teppichweberei war und Hanna Besorgungen machte, fiel ihr die Aufgabe zu, sich um die Soldaten zu kümmern, eine Pflicht, auf die sie gern verzichtet hätte. Sie seufzte, während sie vom Fenster aus zusah, wie mehrere Männer von ihren Pferden stiegen. Wenn sie Glück hatte, gaben sie sich mit einigen der Gesindekammern hinter dem

Haus zufrieden, welche immerhin in der Nähe der Stallungen lagen. Griet hatte gehört, dass die Spanier ihre Pferde nur ungern aus den Augen ließen. Auf dem Flur stieß sie mit Beelken zusammen, die mit vor Angst weit aufgerissenen Augen durch ein Loch in einem der Fachwerkbalken starrte.

«Der Statthalter ist gekommen», flüsterte sie Griet zu. «Ich erkenne ihn genau. Er ist da, um uns zu holen.» Dem Mädchen schossen vor Aufregung Tränen in die Augen. «Ich hab's gewusst, dass sie uns eines Tages verhaften würden. Vermutlich war es nur ein Versehen, dass Mijnheer Marx an jenem Abend auf dem Grote Markt freigelassen wurde. Die ganze Stadt zerreißt sich doch darüber das Maul. Adam Osterlamm und seine Freunde verbreiten überall, der Meister habe die Spanier mit Gold bestochen, damit sie ihn nicht hinrichten.»

«Unsinn», sagte Griet. «Woher soll er denn so viel Gold haben? Außerdem gab es reichere Ratsherren als ihn, denen das auch nicht gelungen ist. Wir müssen hinuntergehen und fragen, was die Männer von uns wollen.»

Das Mädchen schüttelte energisch den Kopf. «Das kann ich nicht. Bitte verlangt das nicht von mir. Ich fürchte mich zu sehr.» Griet seufzte, doch böse konnte sie dem Mädchen deswegen nicht sein. Beelken war blutjung gewesen, als sie ins Haus der Teppichweber gekommen war. Ihre Mutter, so hatte es Griet erzählt bekommen, war an der Pest gestorben, als Beelken noch klein gewesen war. Ihren Vater, der angeblich aus Frankreich kam, kannte sie nicht. Hanna hatte das verwahrloste Kind im Siechenhaus aufgelesen, wo sie in der kleinen Kapelle für die Kranken gebetet hatte und den schwarzen Schwestern, die sich als Einzige trauten, Pestkranken beizustehen, bei der Pflege zur Hand gegangen war. Sie galt in der Familie als Glückskind, weil sie die Seuche überlebt hatte, daher hatte Willem darauf bestanden, sie zu Basses Kinderfrau zu machen. Griet hatte geweint, weil ihr lahmer Arm sie dazu zwang, ihr Kind einer anderen Frau zu überlassen. Sooft sie sah, wie Beelken den kleinen Basse lachend in die Luft warf oder mit ihm ausgelassen durch die Stuben tollte, spürte sie einen Stich im Herzen. Sie redete sich ein, dass es närrisch war, auf eine Dienstmagd eifersüchtig zu sein, schließlich beschäftigte jede Familie, die etwas auf sich hielt, Ammen und Kinderfrauen. Aber ein wirklich inniges Verhältnis hatte sie zu der jungen Frau nicht entwickeln können. Hanna dagegen hatte einen Narren an ihr gefressen und behandelte sie fast wie eine eigene Tochter.

Griet befahl Beelken, nach dem schlafenden Basse zu schauen, und eilte dann selbst hinunter. Sie wollte nicht riskieren, dass die Spanier anfingen, auf dem Hof Hühner und Ziegen zu jagen oder sich an eine der Mägde heranzumachen. Als sie auf die Treppe trat, kam ihr der alte Geleyn entgegengelaufen, ein Knecht, der seit vielen Jahren in Frans Marx' Diensten stand. Seit er nicht mehr gut zu Fuß war und sich auf einen Stock stützen musste, versah er die Aufgabe eines Verwalters. Er wirkte nicht weniger aufgeregt als die junge Kinderfrau.

«Bitte, kommt rasch, Herrin», rief er. «Der Statthalter ist mit einer Schar seiner Begleiter von einem Jagdausflug in die Ardennen zurückgekommen und wünscht nun einzukehren. Ich habe das Tor geöffnet, wie man mir befahl. Aber nun weiß ich nicht mehr, was ich tun soll. Die Männer verlangen, dass Feuer gemacht wird. Außerdem wollen sie Wein und Dunkelbier.»

«Der Statthalter, sagst du?» Griet verstand nun gar nichts mehr. «Er will sich hier bei uns ausruhen?»

Geleyn klopfte nervös mit seinem Stab auf den Boden. «Nun, ich glaube nicht, dass ihm der Sinn danach steht, sich auszuruhen. Schaut selbst, Herrin!»

Ehe Griet eine Antwort fand, füllte sich der Innenhof mit lärmenden und lachenden Männern in Jagdkleidung. Im Nu entstand ein unbeschreiblicher Wirbel. Stallburschen eilten unter Befehlen über den Sand, führten Rösser zu den Stallungen und schleppten Wassereimer und Haferbündel. Einige Jäger präsentierten stolz ihre Beute: einen wilden Keiler, mit den Läufen an lange Stangen gebunden, außerdem zwei stattliche Hirschböcke und Körbe mit Rebhühnern und Hasen, denen das Fell über die Ohren gezogen wurde. Verdutzt sah Griet zu, wie die Jagdbeute an Ort und Stelle ausgenommen wurde. Derweil luden Knechte Bier- und Weinfässer von Karren ab, und es dauerte nicht lange, bis in der Nähe des mächtigen Lindenbaums ein Feuer auflodert. Bratspieße wurden über der glühenden Kohle befestigt. Musikanten spielten auf, die ungebetene Gesellschaft ging daran, ihren Jagderfolg zu feiern.

«Ihr seht nicht aus, als würde Euch meine kleine Überraschung Freude bereiten, Herrin.» Betäubt von dem Trubel, hatte sich Griet an das eiserne Geländer der Treppe geklammert. Als sie ihren Blick hob, erkannte sie denselben jungen Mann, der ihr vor der Kirche zu Hilfe gekommen war. Wie damals trug Don Luis auch heute ein schwarzes Wams und eng anliegende Beinkleider. Er sah nicht so aus, als habe er einen Jagdausflug hinter sich, er schien geradewegs aus einer Schreibstube zu kommen. Seine Fingerspitzen waren mit Tinte beschmiert.

«Ihr?», rief Griet. «Dann verdanke ich Euch diesen Überfall? Wie könnt Ihr es wagen, hier auf meinem Hof Eure Wildschweine zu rösten und unseren Wein zu trinken? Ich werde meinen Schwiegervater holen, damit er diesem Treiben ein Ende macht.»

Griet drängte sich an Luis de Reon vorbei, blieb aber nach einigen Schritten stehen. Vor ihr tauchte ein hochgewachsener Mann mit schwarzem Bart auf, der sie mit einer Mischung aus Neugier und Misstrauen ansah. Griet erkannte ihn auf Anhieb und ärgerte sich, dass sie sich nicht früher ins Haus zurückgezogen hatte. Jetzt ließ es sich nicht mehr vermeiden, sie musste dem Statthalter begegnen. Zurückhaltend erwiderte sie den Gruß des Mannes, der ihre Stadt und ganz Flandern in die Knie gezwungen hatte, dachte aber nicht daran, vor ihm das Knie zu beugen. Farnese schien das auch nicht zu erwarten. Im Gegenteil, in seinem nachlässig geschnürten Lederwams, unter dem eine breite, dunkel behaarte Brust zu sehen war, mit schmutzigen Stulpenstiefeln und seinem bis in die Stirn gezogenen Barett sah er männlich, aber nicht gerade fürstlich aus. Einzig der spitzgeschliffene Dolch an seinem Gürtel wirkte bedrohlich. Er schien müde, aber mit sich und dem Verlauf des Tages zufrieden zu sein. Offensichtlich war ihm das Jagdglück hold gewesen, ihm und seinen spanischen Begleitern, die inzwischen mit Hammerschlägen die Spundlöcher der Weinfässer geöffnet hatten und den Herzog von Parma hochleben ließen. Die Hunde bellten wild beim Gegröle der Männer.

«Ein reizender Einfall, uns einzuladen, meine Teure», richtete Alessandro Farnese das Wort an Griet, die das Treiben rund um den Lindenbaum mit unterdrücktem Groll verfolgte. Ein verlockender Bratenduft stieg ihr in die Nase. Wie um alles in der Welt konnte sich dieser Mann hier eingeladen fühlen?

«Frau Griet?»

Sie begegnete Farneses forschenden Blicken. Etwas lag darin, was sie verunsicherte, aber sie konnte nicht sagen, was es war. Sie musste zugeben, dass der Herzog einen besseren Eindruck auf sie machte, als sie angenommen hatte. «Verzeiht, Euer Gnaden, was habt Ihr gesagt?»

«Der Statthalter bedankt sich dafür, dass Ihr so gütig seid, eine ausgehungerte und müde Meute zu beherbergen», erklärte Don Luis ironisch, bevor der Herzog den Mund aufmachen konnte. Griet funkelte ihn an. Was war hier los? Wenn das ein Scherz sein sollte, dann war es ein schlechter. Vor dem großen

Tor zur Gasse hatten sich inzwischen die ersten Neugierigen eingefunden. Sie tuschelten miteinander. Bis zum nächsten Angelusläuten würde sich in ganz Oudenaarde herumgesprochen haben, dass Griet den Statthalter bewirtete.

Wie soll ich das unseren Nachbarn erklären, ging es ihr durch den Kopf. Nun würde man sie doch erst recht für eine Verräterin halten.

«Natürlich hätten wir auch noch eine weitere Nacht unter freiem Himmel zubringen und erst morgen in die Stadt zurückkehren können, aber das Wetter scheint umzuschlagen», sagte Don Luis. «Es ist hierzulande doch recht tückisch. Vermutlich zieht bald ein Unwetter auf, das die Straßen unpassierbar macht.»

«Was erwartet Ihr von den Ardennen?», stieß Griet giftig hervor. «Wenn Ihr Eure bleichen Wangen wärmen wollt, wärt Ihr besser in der Mancha geblieben.»

«Ich glaube nicht, dass unser Freund, Don Luis, die Schönheit Eurer flandrischen Heimat herabsetzen wollte», griff der Statthalter schlichtend ein. Er lächelte nicht. Seiner Miene nach schien ihm auch nicht nach einem Fest im Haus eines unterworfenen Flamen zu sein. «Es war mir ein Bedürfnis, das Haus Marx ein wenig näher kennenzulernen», sagte er nach einer Pause. «Wandteppiche gelten seit langem als der wahre Reichtum dieser Stadt. Sie haben Oudenaarde einst zum Juwel der flämischen Ardennen gemacht, und es gibt kaum ein Weberzeichen, das im Habsburgerreich bekannter ist als das des Hauses Marx.»

Griet wusste, dass sie auf dieses Lob reagieren musste, daher rang sie sich ein dünnes Lächeln ab. «Ihr seid zu gütig, Euer Gnaden. Vielleicht möchtet Ihr einige unserer Arbeiten besichtigen, solange Euer wilder Eber noch am Spieß garen muss?»

«Eine ausgezeichnete Idee.»

Griet rief Geleyn, der ihr die Schlüssel zum Gewölbe brachte. Dann bat sie den Statthalter, ihr hinter das Haus zu folgen. «Von mir aus könnt Ihr auch mitkommen», sagte sie zu Don Luis. Es klang schroffer als beabsichtigt. Vielleicht war es ungerecht, den jungen Mann ihren Unmut spüren zu lassen, aber sie konnte sich nicht bremsen. Schließlich war auch er ein Spanier. Davon abgesehen wurde sie den Verdacht nicht los, dass Don Luis dafür verantwortlich war, dass sich sein Herr bei ihr einnistete. Was er damit anrichtete, ahnte er vermutlich gar nicht. Griet spähte vorsichtig über die Schulter zu den Nachbarn, die noch immer am Tor standen und sie beobachteten. Die Mienen der Männer und Frauen verhießen nichts Gutes. Sie würde sich den Mund fusselig reden müssen, um die Leute zu beruhigen.

Kurz darauf stand sie mit den beiden Männern in einem weiß gekalkten Gewölbe, das vom Fußboden bis hinauf zur Decke mit Wandteppichen verkleidet war. Die größten Stücke zählten nicht weniger als fünfzehn Ellen und verhüllten das kahle Mauerwerk so komplett, dass man sich beinahe in einem herrschaftlichen Palast wähnte.

«Donnerwetter», sagte Farnese nach einer Weile. «Ich habe nie zuvor etwas so Wunderbares gesehen. Euer Gemahl und sein Vater waren in der Tat Meister ihres Handwerks.» Er senkte die Stimme, als befände er sich in einer Kirche. Langsam schritt er die Wände ab, lobte die Farbenpracht der schillernden Fäden und pries die exakten Strukturen, die keine Unregelmäßigkeit aufwiesen, sowie die Auswahl der Motive. Das Mienenspiel und die Gestik der abgebildeten Figuren beschrieben Menschen, die in der Tat so lebendig wirkten, dass Don Luis den Eindruck gewann, sie könnten jeden Augenblick ihre Glieder bewegen oder ihn anstarren. Griet, die sich des Zaubers, den die Teppiche auf ihre Betrachter ausübten, bewusst war, lächelte. Eilig zündete sie Kerzen und Lampen an, bis der kleine Raum in hellem Glanz erstrahlte.

«Diese Teppiche zeigen immer wieder denselben Mann», fiel Don Luis auf. Er deutete auf drei Wandbehänge, die im hinteren Teil des Raumes über einem Gestell hingen. «Verzeiht mir, Herzog, aber ich habe den Eindruck, dass der stattliche Bursche in der Rüstung Euch ein wenig ähnlich sieht.»

«Unfug, Mann», herrschte Farnese ihn an. «Seid Ihr blind? Das ist Alexander der Große, einer der bedeutendsten Feldherren, die jemals gelebt haben.» Er durchquerte den Raum mit schnellen Schritten und zog die Handschuhe aus, um das feine Gewebe zu berühren. «Hier steht er am Fluss Granikos», erklärte er beinahe andachtsvoll. «Auf diesem empfängt er seine Krone, und dort sieht man ihn vor dem jüdischen Hohepriester, nachdem er die heilige Stadt Jerusalem eingenommen hat. Der Priester trägt eine besondere Kopfbedeckung, auf der der Gottesname zu lesen ist.»

Er holte tief Luft, bevor er Griet mit einem finsteren Blick maß. Ohne jede Vorwarnung schlug die Stimmung um. Im Gewölbe schien es noch kälter zu werden. «Was wollt Ihr von mir?», murmelte Farnese in gefährlich leisem Ton.

Griet glaubte, sich verhört zu haben. Unfähig, auf die Frage des Statthalters auch nur ein Wort zu erwidern, hob sie die Schultern. Damit erreichte sie jedoch nur, dass dieser zu toben begann.

«Glaubt Ihr etwa, ich sei ein Narr? Wollt Ihr mich verhöhnen? Ich weiß sehr wohl, warum Ihr mir Eure Teppiche zeigt. Ihr seid der Meinung, ich sei ein Barbar, ein wilder Grobian, weil ich befohlen habe, Eure feigen, verräterischen Ratsherren in Teppiche zu stecken und auf den Grote Markt zu werfen, nicht wahr? Gebt es ruhig zu.»

Griet erschrak. Hatte sie den Statthalter zunächst nur gehasst, jetzt wurde er ihr auch unheimlich. Ja, sie fürchtete sich vor ihm. Er schien in ihren Gedanken zu lesen wie in einem Buch, das allein war beängstigend. Hinzu kam, dass Don Luis mit seiner Bemerkung, der Alexander auf den drei Wandbehängen sehe Farnese verblüffend ähnlich, offenbar einen empfindlichen Nerv getroffen hatte. Doch welchen Grund mochte der Herzog haben, sich darüber so zu erregen? Griet hatte die Skizzen, nach denen die Alexandermotive gewebt worden waren, lange vor der Eroberung Oudenaardes angefertigt. Den Herzog aber hatte sie zum ersten Mal am Tag des Strafgerichts vor dem Rathaus gesehen, und auch da nur aus der Ferne.

Don Luis schien von der veränderten Haltung seines Herrn ebenso überrascht wie sie. Verwirrt starrte er zuerst ihn, dann die Alexanderteppiche an.

«Es sind diese Teppiche, die Euch so in Rage versetzen, nicht wahr?», sagte Don Luis nach einer Weile. «Denkt Ihr an ein schlechtes Omen? Oder an eine versteckte Drohung? Aber ich bitte Euch, Herzog. Nicht einmal der schnellste Weber der Stadt wäre fähig, drei so gewaltige Wandbehänge in weniger als drei Wochen zu entwerfen und zu weben. Nicht einmal, um Euch zu ärgern.»

Farneses Gesichtszüge entspannten sich ein wenig. «Na schön. Ich bin gerne bereit, mich dem Hause Marx gegenüber versöhnlich zu zeigen. Schließlich habe ich den alten Weber am Leben gelassen und damit ...»

«Eine weise Entscheidung», fiel Don Luis ihm ins Wort. Damit stürzte er zur Tür und riss sie auf. Auf einmal schien ihm der Boden unter den Füßen zu brennen. «Aber nun sollten wir auf den Hof zurückkehren, sonst denken unsere Freunde am Ende noch, wir seien in einen Hinterhalt geraten. Ihr könnt froh sein, dass Ihr mich als Leibwächter dabeihattet.»

Der Statthalter klopfte ihm lachend auf die Schulter. «Nehmt

Ihr den Mund da nicht ein wenig zu voll, mein Junge? Blass, wie Ihr seid, solltet Ihr vielleicht öfter reiten oder die Klinge führen, anstatt Eure Nase in Bücher zu stecken.»

Don Luis stimmte in das Lachen mit ein. Er schien erleichtert, dass Farneses Stimmung sich so rasch wieder gewandelt hatte. Doch er hatte sich zu früh gefreut. Bevor der Statthalter den Raum verließ, drehte er sich noch einmal zu Griet um, die mit zitternden Fingern die Kerzen löschte. «Die drei Alexanderteppiche gefallen mir. Wen auch immer sie darstellen mögen: Ich will sie haben. Lasst sie mir doch morgen in mein Quartier bringen. Ich zahle jeden Preis dafür.»

«Eine glänzende Idee», sagte Don Luis in einem Tonfall, der seine Äußerung Lügen strafte. «Vielleicht lasst Ihr die hübschen Teppiche gleich nach Spanien schicken.»

«Hört Ihr mir nicht zu? Ich sagte doch, dass *ich* sie haben will.»

«Aber König Philipp könnte mit ihnen die Wände von El Escorial schmücken. Wie ich hörte, stehen die Bauarbeiten im neuen Palast vor dem Abschluss. Philipp wäre Euch für ein solches Geschenk zweifellos ewig dankbar. Vergesst nicht, wie sehr er für flämisches Kunsthandwerk schwärmt.» Während Don Luis den Statthalter zu überreden suchte, fuchtelte er in dessen Rücken mit den Armen, um Griet zu warnen. Vergeblich.

«Die Alexanderteppiche sind unverkäuflich», erklärte Griet. «Ich habe sie einst für meinen verstorbenen Gatten weben lassen und werde mich nicht von ihnen trennen. Niemals.»

Farnese stieß überrascht die Luft aus. Mit so viel Widerspenstigkeit hatte er offensichtlich nicht gerechnet. Zuerst sah er Griet wütend an, dann glitt ein verächtliches Lächeln über seine Lippen. «Mit einer Frau zu verhandeln hat mir noch nie Glück gebracht», sagte er leise. «Es wird besser sein, sich in Geduld zu üben und zu warten, bis Meister Marx wieder im Haus ist. Mit einem Mann wie ihm werde ich gewiss rasch handelseinig.» Er stieß Don Luis in die Rippen. «Na los, Junge. Zeigt mir doch mal, wo ich mir hier den Staub vom Gesicht waschen kann. Und dann lasst uns zusehen, dass wir noch einen Happen abbekommen.»

Er warf Griet einen durchdringenden Blick zu. «Begleitet Ihr uns zum Festmahl, meine Teuerste? Der Keiler hat sich tapfer gewehrt, aber sein Widerstand hat ihm nichts genützt. Jetzt dreht er sich im eigenen Saft an meinem Spieß.»

Kapitel 6

Als Griets Schwiegereltern zurückkehrten, ließ die Strafpredigt nicht lange auf sich warten. Beide waren weniger entsetzt darüber, dass ihr Hof wie ein verlassenes Feldlager aussah, viel erschrockener waren sie, als sie erfuhren, was sich im Gewölbe zugetragen hatte. Ihrer Ansicht nach hätte Griet die Wandteppiche an den Statthalter verkaufen sollen.

«Dein Starrsinn wird uns alle ins Unglück stürzen», prophezeite Hanna. Sie stand am Herd und hackte frischen Speck, den sie anschließend mit Kräutern vermengte und mit Bier und Mehl zu einer dicken Soße verkochte.

Griet saß stumm auf einem Schemel und bemühte sich angestrengt, Basse, der ausdauernd auf ihrem Schoß herumturnte, mit einer Hand festzuhalten. Sie hatte erwartet, dass Hanna kein Verständnis für sie aufbringen würde, doch dass Frans sich ebenfalls über sie aufregte, enttäuschte sie. Sanft setzte sie Basse auf dem Fußboden ab und trat ans Fenster, um auf den Hof hinauszuschauen. Dort waren Beelken und einige Mägde mit Schaufeln und Besen bemüht, die Spuren des Gelages zu beseitigen. Wohin sie blickte, sah sie umgestoßene Becher und die Scherben zerbrochener Teller und Schüsseln, die achtlos ins Gebüsch geworfen worden waren. Abgenagte Knochen schwammen in Pfützen verschütteten Weins. Zwischen den Ästen des Lindenbaums entdeckte Griet die Überreste des Keilers, die noch an dem rußgeschwärzten Bratspieß hingen. In der Dunkelheit sah das Skelett gespenstisch aus, seine leeren Augenhöhlen schienen das Haus zu fixieren. Sie hoffte inständig, dass Geleyn es bis zum nächsten Morgen abgenommen und Sand über die Aschehaufen geschaufelt hatte.

«Ich werde morgen früh gleich zu de Lijs laufen», sagte Frans Marx nach einer Weile. Er sah dabei nicht Griet an, sondern seine Frau, die ihnen den Rücken zukehrte. Seit die Spanier Oudenaarde besetzt hielten, überließ sie nicht einmal mehr das Brotbacken ihren Mägden, sondern stand von morgens bis abends selbst am Herd. Sie behauptete, es beruhige ihre Nerven. Beelken war die Einzige im Haus, von der sie sich beim Kochen helfen ließ. Griet wurde von den Frauen mehr und mehr zur Untätigkeit verdammt.

«Und was willst du bei de Lijs?», fragte Hanna, ohne den Blick von ihrem Topf zu nehmen. «Die Weinvorräte auffüllen, die die Spanier uns im Hof weggesoffen haben?»

Frans schüttelte den Kopf. «Jooris de Lijs ist uns noch einen Gefallen schuldig. Er wird die Alexanderteppiche morgen nach Einbruch der Dunkelheit zur Posthalterei bringen. Soll der Statthalter doch damit glücklich werden, wenn er sie unbedingt haben will. Hauptsache, er lässt uns danach in Frieden.»

Griet glaubte, sie höre nicht recht. Hatte Frans vergessen, wem die Teppiche gehörten? Voller Wehmut erinnerte sie sich daran, wie sie nächtelang über den Skizzen gebrütet und die Geschichte des Feldherrn Alexander studiert hatte, bis ihr vor Müdigkeit der Stift aus der Hand gefallen war. Wie hatte sie sich gefreut, als der alte Geleyn, dessen Hände damals noch nicht so gezittert hatten, nach ihren Anweisungen zu weben begonnen hatte. Schließlich hatte sie die Arbeit allein fortgesetzt, obwohl ihr das mit einer Hand schwergefallen war. Sie hatte ein Geheimnis um ihre Ausflüge in die Weberei gemacht, wollte sie doch Willem damit überraschen. Und das war ihr gelungen. Willem war so stolz auf seine Frau gewesen, dass er in der ganzen Stadt herumerzählt hatte, wie Griet trotz ihres Arms ein Kunstwerk geschaffen hatte. Wie konnte Frans nun einfach über ihren Kopf hinweg entscheiden, was aus ihrer Arbeit werden sollte.

Sie holte tief Luft. «Das erlaube ich nicht. Ich habe dem Statthalter gesagt, dass ich ihm meine Alexanderteppiche nicht verkaufen werde, und dabei bleibe ich.»

«Ach wo, das spielt keine Rolle mehr», sagte Frans leise. «Du lebst in meinem Haus und wirst tun, was ich dir sage.»

«Du kannst mich nicht zwingen, die Wandteppiche herzugeben!» Griet starrte ihren Schwiegervater an, als habe sie einen Fremden vor sich. Sie begriff nicht, was in ihm vorging. Es war noch nicht lange her, dass er sich auf dem Rathausplatz an sie geklammert hatte, weil die Angst vor den Spaniern ihm die Kehle zugeschnürt hatte. Damals hatte er ihr den Vorzug vor seiner jammernden Frau gegeben und sich von ihr trösten lassen, nun aber, wo es ihm wieder besser ging, behandelte er sie wie ein aufsässiges Kind. Durfte er ihr die Alexanderteppiche wirklich wegnehmen und ihren Erlös in die eigene Tasche stecken? Bei dem Gedanken überlief es sie heiß und kalt. Fieberhaft überlegte sie, an wen sie sich wegen eines Rats wenden konnte. Der junge Spanier fiel ihr ein, dieser Don Luis. Er hatte sich bei ihrer ersten Begegnung als einen Mann des Rechts bezeichnet, was ihr allerdings recht großspurig vorgekommen war. Sie verwarf den Gedanken so rasch, wie er ihr gekommen war. Vermutlich war der Spanier nur ein Aufschneider, der sie noch dazu in eine unmögliche Lage gebracht hatte. Heilig schien ihm nichts zu sein. Nach dem, was heute vorgefallen war, würde er ihr ohnehin nicht helfen, im Gegenteil. Don Luis würde sie auslachen und fortschicken. War nicht sogar der Vorschlag, ihre Alexanderteppiche nach Spanien zu bringen, um dem König eine Freude zu machen, von ihm gekommen?

Als habe Frans ihre Gedanken erraten, brauste er auf: «Keine Angst, Griet, niemand hat vor, dich zu bestehlen. Du wirst das Geld für die Teppiche später zurückerhalten, Florin um Florin. Sobald unsere neue Manufaktur genügend abwirft. Einstweilen solltest du dankbar sein, dass du auch künftig bei uns ein Dach über dem Kopf haben wirst.»

«Von welcher neuen Manufaktur redest du?», wollte Griet wissen. Eine böse Vorahnung befiel sie. Die Blicke, die Frans und Hanna sich zuwarfen, gefielen ihr nicht. Die beiden hatten etwas ausgeheckt.

Hanna wandte sich von ihrer Herdstelle ab und verschränkte die Arme vor der Brust. Mit einem triumphierenden Blick funkelte sie die Frau ihres Sohnes an. Schon lange hatte Griet sie nicht mehr so selbstsicher erlebt. Sie spürte, wie ihr Mund beim Anblick der alten Leute trocken wurde. Was um alles in der Welt hatten sie vor?

«Dir sollte doch klar geworden sein, dass wir in Oudenaarde keine Zukunft mehr haben», rief Hanna. «Du hast unseren Sohn der Lächerlichkeit preisgegeben, weil du glaubtest, trotz deines lahmen Arms in der Weberei arbeiten zu müssen. Du hättest hören sollen, wie die Leute hinter deinem Rücken über dich lachten.»

«Aber das ist nicht wahr. Wer soll das getan haben?»

«Spielt das denn noch eine Rolle? Du hast Willem vergrault. Er fühlte sich nicht mehr wohl im eigenen Haus, deshalb ist er Osterlamms Aufruf, die Mauern zu verteidigen, bereitwillig gefolgt. Ich habe gespürt, dass ihm vor seinem Tod etwas auf der Seele lag, aber er traute sich nicht, darüber zu sprechen. Daran bist du schuld.» Hanna hob drohend den Zeigefinger. «Nun wirst du der Familie gehorchen! Du wirst dich fügen und aufhören, Schwierigkeiten zu machen.»

Frans räusperte sich. Die anklagenden Worte seiner Frau

schienen ihm zu stark zu sein, doch er pflichtete ihr bei. «Wir haben beschlossen, die Stadt zu verlassen und in Antwerpen eine Teppichweberei aufzubauen. Antwerpen fiel nach der großen Plünderung wieder den Unseren in die Hände. Der Seehandel blüht auf, die Stadt verfügt über einen der größten Häfen der Welt, größer als der von London. Antwerpen hat eine Burg und starke Mauern, viel stärkere als Oudenaarde, Brügge oder Gent. Damals, vor sechs Jahren, fiel die Stadt durch Verrat. Das wird nicht noch einmal geschehen. An Antwerpen werden sich die Spanier die Zähne ausbeißen. Und wir werden die schönsten Wandteppiche der Welt dort weben.»

Hanna nickte. «Adam Osterlamm hat auch gesagt, dass schon zahlreiche Kunsthandwerker ihr Bündel geschnürt haben, um fortzuziehen. Aus der Sint-Lucas-Gilde sind schon die ersten abgewandert. Es werden täglich mehr, die ihre Häuser zurücklassen, um in Antwerpen oder in Holland Zuflucht zu suchen. Vor acht Tagen haben wir Adriaan und Festus, unsere beiden jüngsten Gesellen, losgeschickt, damit sie sich in Antwerpen umschauen und ein geeignetes Anwesen für uns suchen.»

Frans stand schwerfällig von seinem Schemel auf und ging auf Griet zu. Unbeholfen legte er ihr einen Arm um die Schultern. «Hanna meint es nicht so», raunte er ihr zu. «Sie ist nur müde und unsicher. Das sind wir alle. In unserem Alter sollten wir solch ein Wagnis vielleicht nicht auf uns nehmen, aber ...» Er machte eine knappe Handbewegung, die seine Hilflosigkeit treffend beschrieb. «Die Leute hier trauen uns nicht mehr. Sie wenden den Blick ab, wenn ich auf der Gasse an ihnen vorübergehe. Die Weber laufen uns davon. Hanna schickte gestern Beelken zum Schmied, weil der Rechen entzweigegangen war, aber dieser Grobian spuckte nur in die Glut und drehte ihr den Rücken zu.» Seufzend strich er Griet übers Haar. «Wir gehen lieber freiwillig, bevor sie uns verjagen.»

Griet hörte Basses fröhliches Glucksen wie durch einen Nebel. Das war es also. Hanna und Frans wollten Oudenaarde verlassen. Das Haus Marx, auf dessen Erfolge sie immer so stolz gewesen waren, würde es bald nicht mehr geben. Griet nahm ihren Mut zusammen und drückte Frans die Hand. Ihre Wut auf den alten Mann war verflogen, stattdessen empfand sie Mitleid. Auf eine merkwürdige Weise fühlte er sich schuldig, denn wenn er mit Hanna die Stadt verlassen musste, so doch nur, weil seine Nachbarn nicht damit fertig wurden, dass nicht auch er hingerichtet worden war. Wäre er tot und begraben, würde man Hanna und Griet als ehrenwerte Witwen und Opfer des grausamen Statthalters trösten und versorgen. So aber würde ihnen immer ein Verdacht anhaften, ein schmutziger Verdacht, der sie zu Außenseitern machte und Anfeindungen aussetzte.

«Nun, vielleicht ist es besser, wenn ihr euch in Antwerpen ein neues Leben aufbaut», sagte Griet schließlich. Je länger sie über die Idee ihrer Schwiegereltern nachdachte, desto besser gefiel sie ihr. «Das Haus Marx ist in ganz Flandern berühmt. Im Grunde ist es gleichgültig, wo die Webstühle stehen, solange sie nur weiterhin beste Qualität liefern. Den Zunftgenossen in Antwerpen wird es eine Ehre sein, euch in ihre Register aufnehmen zu dürfen.»

Frans und Hanna blickten sie beide forschend an. «Das hört sich so an, als würdest du nicht mitkommen wollen», sagte der alte Weber streng. «Aber es ist ausgeschlossen, dass du allein in Oudenaarde zurückbleibst. Willem würde das nicht wollen.»

«Außerdem würdest du auf der Straße verhungern», pflichtete Hanna ihrem Mann bei. «Die Brüder Osterlamm wollen uns das Haus und die Weberei abkaufen. Adam ist bereit, uns ein hübsches Sümmchen dafür zu zahlen. Nicht so viel, wie es eigentlich wert ist, aber in stürmischen Zeiten wie diesen darf man nicht zu wählerisch sein. Es bleibt uns ja auch noch der Erlös der Alexanderteppiche.» Sie kicherte. «Der Statthalter persönlich finanziert uns die Flucht ins protestantische Antwerpen, ist das nicht herrlich?»

Griet fand das nicht. Noch gehörten die Alexanderteppiche ihr, und sie war nicht gewillt, ihren Gegenwert in ein Unternehmen fließen zu lassen, an dem sie nicht einmal auf dem Papier einen Anteil bekommen und in dem sie noch weniger zu sagen haben würde als in der alten Weberei. In Antwerpen, das lag jetzt schon auf der Hand, würde sie das Leben einer mittellosen, abhängigen Frau führen, die zunächst ihren Schwiegereltern und später einmal ihrem Sohn und dessen Familie auf der Tasche liegen musste. Sie sah ihr Schicksal schon vor sich, es war durchgeplant für Jahre. Es sei denn, sie änderte es.

Für Basse und mich wird morgen ein neues Leben beginnen, nahm sie sich vor. Und wenn ich dafür einen Pakt mit dem Teufel schließen müsste.

Kapitel 7

Frans ließ sich weder durch Bitten noch gutes Zureden erweichen. Starrsinnig beharrte er auf seinem Vorhaben, die Alexanderteppiche zu Geld zu machen. Da der Statthalter ein Auge auf die kostbaren Stücke geworfen hatte, hielt er es für nötig, sie so rasch wie möglich aus dem Haus zu schaffen, ohne mit Griet noch einmal darüber zu sprechen. Am nächsten Morgen stahl er sich aus dem Haus, kaum dass der Hahn gekräht hatte. Mit Hilfe eines Knechts lud er die Teppiche auf einen Wagen, um sie im Schutz der Dämmerung zum Haus des Weinhändlers de Lijs zu transportieren. Nachdem er de Lijs aus dem Bett geholt hatte, erklärte er ihm, was ihn so früh zu ihm führte. De Lijs hörte ihm schweigend zu. Als er erfuhr, um welche Stücke es sich handelte, stutzte er, war aber nach kurzem Zögern bereit, seinem Freund den Gefallen zu tun. Noch am selben Abend würde er die Teppiche zum Quartier des Statthalters bringen. Frans Marx schärfte ihm ein, was er dafür verlangen sollte, und begab sich zufrieden auf den Nachhauseweg. De Lijs war Kaufmann, gewiss würde es ihm leichtfallen, noch ein paar Dukaten mehr aus Alessandro Farnese herauszuholen.

Griet erwachte mit einem bitteren Geschmack im Mund. So schlecht hatte sie sich zuletzt gefühlt, als Basse sich angekündigt hatte. Aber schwanger konnte sie nicht sein. Geschwächt schlüpfte sie in Mieder und Rock, band ihr Haar zu einem Zopf und spritzte sich ein paar Tropfen eiskaltes Wasser ins Gesicht.

In der Stube war niemand außer Beelken, die gerade damit beschäftigt war, Basse zu füttern. Als der kleine Junge seine Mutter sah, rief er «satt», streckte ihr beide Ärmchen entgegen und strahlte übers ganze Gesicht.

Griet küsste ihn auf die Wange und sog dabei glückselig den süßlichen Duft ein, der dem Kind immer noch anhaftete. Niemand auf der Welt, fand Griet, roch so gut wie Basse. Als sie sich zu Beelken setzte, die mit einem Holzlöffel Breireste aus der Schüssel kratzte, fiel ihr auf, wie bleich das Mädchen war. Ihre Hände sahen geschwollen aus und zitterten leicht. Basse hatte nun genug. Er kniff heftig den Mund zu und blies die Backen auf.

«Macht nichts, die Schüssel ist fast leer», erklärte Beelken, als ob Griet eine Rechtfertigung verlangt hätte. Sie trug das Geschirr zum Spülstein und ließ etwas Wasser darüberlaufen.

«Bist du krank, Beelken?», erkundigte sich Griet. Ihr besorgter Blick fiel auf Basse, der aber vergnügt auf seinem Schemel hockte. Ihm schien es gutzugehen. Er hatte den Holzlöffel erbeutet und schleckte ihn nun doch ab.

Die junge Frau zuckte zusammen. Einen Moment lang schien sie nach einer Antwort oder einer Ausrede zu suchen, bevor sie die Schultern hob und resigniert antwortete: «Ich erwarte ein Kind, wenn Ihr es genau wissen wollt.»

Griet erschrak. Dieses schmächtige Mädchen wirkte in seinem weiten Schnürrock und dem geflickten Kittel, der aus Hannas Kleidertruhe stammte, doch selbst noch wie ein Kind. «Ach du liebe Güte, weiß meine Schwiegermutter schon davon?»

«Nein», flüsterte Beelken. «Bitte verratet mich nicht, Frau Griet. Die alte Meisterin wird mich fortjagen, wenn ich es ihr sage.»

Griet fand, dass Beelken übertrieb; so gut wie sie hatte es noch keine Dienstmagd im Haus gehabt. Da die Stimmung ihrer

Schwiegermutter in letzter Zeit jedoch häufiger schwankte, war Beelkens Angst vielleicht nicht ganz unbegründet. Hanna Marx war nicht mehr die Jüngste. Sie und Frans würden künftig ihre ganze Kraft brauchen, um ein neues Geschäft in Antwerpen aufzubauen. Über eine schwangere Magd würde keiner von beiden glücklich sein. Blieb Griet, wie sie es sich vorgenommen hatte, in Oudenaarde, so würden Frans und Hanna auch keine Verwendung mehr für eine Kinderfrau haben.

«Wer ist der Vater?», fragte Griet vorsichtig. «Einer der Teppichwirker? Oder ...» Sie wurde bleich. Konnte es sein, dass sich einer der spanischen Soldaten, die überall durch die Stadt streiften, an Beelken herangemacht hatte? Als sie Beelken mit ihrem Verdacht konfrontierte, errötete diese.

«Ihr erinnert Euch doch noch an den Morgen, als uns die Spanier aus dem Haus holten und zum Grote Markt trieben», erzählte sie stockend. «Da ist es passiert. Einer der Söldner hat mich in die Kammer zurückgestoßen, als alle anderen schon draußen waren, und ...» Sie sprach nicht weiter. Genau wie Griet blickte auch Beelken einer ungewissen Zukunft entgegen. Kein Wunder, dass sie wie ein Gespenst durchs Haus huschte und sich vor ihrem eigenen Schatten fürchtete.

Den Verlust ihrer Teppiche bemerkte Griet erst am späten Nachmittag. Als sie sie im Gewölbe nicht mehr fand, wurde ihr klar, dass Frans keine Zeit verloren hatte. Er hatte sie fortgeschafft, während sie geschlafen hatte. Wütend über ihre eigene Dummheit, schlug sie gegen die Wand. Sie hätte die Teppiche im Auge behalten, wenn nötig sogar im Gewölbe übernachten müssen. Doch hätte das geholfen? Zur Not hätte Frans einen Knecht gerufen, um sie wie einen Sack Mehl hinausschleppen zu lassen. Er hätte sich von einer Frau nicht aufhalten lassen.

Niedergeschlagen sank sie auf den Steinboden. Ihr Schädel brummte. Es dauerte lange, bis sie wieder fähig war, einen klaren Gedanken zu fassen. Wenn sie Frans richtig verstanden hatte, dann würde de Lijs die Teppiche zum Statthalter bringen. Er würde warten, bis es dunkel war, und sich dann zum Grote Markt begeben, vermutlich sogar verkleidet. Die Teppiche würde er gut verstecken.

Griet sprang auf. Sie hatte einen Entschluss gefasst. Die Alexanderteppiche gehörten ihr. Ihr allein. Sie brauchte sie, um mit Basse in Oudenaarde zu überleben, nachdem Frans und Hanna die Stadt verlassen hatten.

Folglich musste sie sich die Teppiche zurückholen.

Jooris de Lijs war schon immer der Meinung gewesen, delikate Angelegenheiten besser persönlich zu erledigen, statt andere ins Vertrauen zu ziehen. Daher schlüpfte er, kaum dass es dunkel wurde, in einen Kapuzenmantel und stieg auf den Bock seines Wagens. Seine Frau hatte sich nach dem Nachtmahl wie immer in ihre Kammer zurückgezogen, um Eintragungen ins Hausbuch vorzunehmen. Sie würde ihn also nicht so bald vermissen.

Tief in Gedanken bemerkte de Lijs nicht, dass hinter einem Stapel Fässer am Fährübergang nach Sint-Pamele eine dunkel gekleidete Gestalt auf ihn wartete. Als diese plötzlich auf den Wagen sprang, erschrak der Weinhändler zutiefst.

«Griet Marx?», fragte de Lijs ungläubig. «Was zum Teufel macht Ihr hier? Und was soll die Maskerade?» Sein Blick fiel auf die eng anliegenden Beinkleider aus grober Wolle und den unförmigen Schnürkittel, der Griets weibliche Formen verbarg. Niemals hätte er erwartet, die Witwe seines alten Freundes, die für gewöhnlich so ehrsam gekleidet war, in einer solchen Aufmachung auf der Straße zu sehen.

«Ich möchte einen ehrenwerten Kaufmann davon abhalten, einen Diebstahl zu begehen», gab Griet zurück. «Die Teppiche, die Ihr im Auftrag meines Schwiegervaters zur Posthalterei bringen sollt, gehören weder Frans noch Euch. Sie sind mein Eigentum. Habt Ihr mich verstanden? Wenn jemand das Recht hat, sie zu verkaufen, dann bin ich das, ich allein.» Griet zog das Barett, unter dem sie ihr rotes Haar verbarg, tiefer in die Stirn. Falls jemand zufällig aus dem Fenster schaute, würde er de Lijs in Begleitung eines jungen Handelsknechts sehen, der noch unterwegs zu einer Schenke war, um bestellten Wein auszuliefern. Sie bedeutete dem Händler, langsam weiterzufahren, was dieser, überrumpelt, wie er war, auch tat. Vorsichtig lenkte er sein Gefährt durch die engen Gassen, dem Grote Markt entgegen.

«Also schön, meine Liebe, ich glaube Euch», sagte de Lijs, nachdem er und Griet eine Weile vor sich hin gebrütet hatten. Dabei spähte er zu der jungen Frau hinüber, deren schmale Schulter die seine berührte. Er hielt Griet für tollkühn, aber ihre Nähe erregte und verwirrte ihn so sehr, dass sein Herz heftig zu klopfen begann. «Falls Ihr vorhabt, die guten Stücke dort hinten auf dem Wagen heimlich fortzuschaffen, soll es mir recht sein. Aber wenn der alte Marx und sein Weib erfahren, dass die Teppiche niemals ihr Ziel erreicht haben, möchte ich nicht in Eurer Haut stecken.»

Griet stieß scharf die Luft aus, ihre Hände schwitzten vor Aufregung. Es war ein törichtes Unterfangen, das wusste sie. Aber sie hatte sich entschieden, für ihr Recht zu kämpfen, und durfte nun nicht mehr zurückweichen.

«Ich habe Euch doch soeben erklärt, dass es sich um mein Eigentum handelt», sagte sie. «Außerdem werden die Alexanderteppiche ihr Ziel sehr wohl erreichen. Dafür werde ich nun selbst sorgen. Aber Ihr dürft mir gerne dabei behilflich sein, de Lijs. Dann war Euer kleiner Ausflug in die Stadt nicht ganz vergebens.»

De Lijs runzelte die Stirn. Er erwog kurz, das sonderbare

Mädchen vom Bock zu schubsen. Für einen kräftigen Mann wie ihn wäre das nicht weiter schwer gewesen. Doch Griet schien durchaus in der Lage, Widerstand zu leisten, und das durfte de Lijs, der sich Hoffnungen machte, zum Ratsherrn aufzusteigen, nicht riskieren. Bei dem Gedanken, auf dem Weg zum Markt mit gestohlenen Wandteppichen erwischt zu werden, die für die Spanier bestimmt waren, wurde ihm nun doch heiß. «Aus Euch werde ich nicht schlau, Griet», murmelte er. «Wollt Ihr nun, dass ich Euch zur Posthalterei fahre, oder nicht?»

Griet lächelte. «Ja, das möchte ich.»

Vor der Posthalterei, die in Erinnerung an die Obstbäume, die einst im Garten des Anwesens geblüht hatten, «Goldener Apfel» genannt wurde, brachte der Weinhändler sein Gefährt zum Stehen. Behände schwang er seinen massigen Körper vom Bock. Griet stieg ebenfalls ab, ließ aber die spanischen Soldaten, die vor dem Eingang Wache hielten, nicht aus den Augen. Die Männer warfen sich vielsagende Blicke zu, denn sie hatten de Lijs' Karren erkannt. Sie riefen ihm etwas auf Spanisch zu und lachten. Vermutlich nahmen sie an, der Händler sei zum Statthalter gerufen worden, um einige Krüge Wein zu bringen. Es war bekannt, dass Farnese eine besondere Vorliebe für die burgundischen Weine hatte, die de Lijs verkaufte. Griet kam dieser Umstand sehr gelegen. Sie überzeugte sich davon, dass ihre kostbare Fracht unter der dicken Lederplane vor neugierigen Blicken geschützt war, und ging dann ohne zu zögern auf die Tür des «Goldenen Apfels» zu.

«Wir müssen zum Statthalter», wandte sie sich an den Wachhabenden, der ihr als Erster den Weg versperrte. «Er wartet schon sehnsüchtig auf unsere Lieferung.»

«Eine Lieferung?» Der Blick des jungen Spaniers fiel auf de Lijs, der zwei schwere Weinkrüge vom Wagen ablud und keuchend zum Eingang schleppte. Griet konnte nicht umhin, den Mann für seine Voraussicht zu bewundern, denn als de Lijs dem Wachsoldaten einen der beiden Krüge mit einem breiten Lächeln vor die Füße stellte, machte dieser sogleich einen Schritt zur Seite und rief seinen Kameraden, dem er etwas zuflüsterte. Der Soldat musterte Griet und de Lijs kurz, dann aber nickte er.

«Mein Freund wird Euch begleiten hinein, Señores», sagte der Mann in gebrochenem Flämisch, «aber ob Seine Gnaden, der Herzog von Parma, Euch noch empfangen wird, kann ich nicht sagen. Es kommt an auf seinen Durst. Gluck, gluck. Ihr versteht?» Er lachte.

Griet folgte dem Spanier durch einen schier endlosen Korridor. De Lijs blieb einige Schritte hinter ihr zurück. Er fühlte sich fehl am Platz und grollte, weil Griet ihm nicht verraten hatte, was sie im Schilde führte.

Die alte Posthalterei war völlig überfüllt. Wohin Griet blickte, sah sie Männer, die Waffen und Harnische reinigten, in Decken eingerollt auf dem Fußboden schliefen oder in kleinen Grüppchen zusammensaßen, um im Schein der Kerzen Brot mit Ziegenkäse zu vertilgen. Die Luft war schwer vom Geruch gebratener Zwiebeln. Griet schaute sich um. Von irgendwoher drangen die Töne eines Musikinstruments an ihr Ohr, zu denen ein Mädchen mit rauer, aber ausdrucksvoller Stimme ein spanisches Lied sang. Es klang wehmütig. Einige Hände klatschten den Takt dazu.

«Señores!» Der junge Spanier schickte Griet und de Lijs eine schmale Treppe hinauf, an deren Ende sich ein halbdunkler Flur anschloss. Vor einer Tür, die ebenfalls bewacht wurde, blieb der Soldat schließlich stehen und forderte Griet und de Lijs auf, zu warten. De Lijs setzte seinen Krug ab und fand sich kurz darauf von nicht weniger als vier kräftigen Soldaten umringt, die seinen Wein umschwirrten wie Wespen den Honigtopf.

Schließlich wurden sie eingelassen. Sie fanden sich sowohl dem Statthalter als auch Don Luis de Reon gegenüber, die beide hinter einem Schreibtisch standen und sich über Papiere beugten. Die holzverkleideten Wände des Raumes waren von oben bis unten mit Skizzen verschiedener Festungsanlagen tapeziert.

Unwillig blickte Alessandro Farnese auf. Seine dunklen Augen schienen größer zu werden, als Griet ohne Umschweife ihr Barett abnahm.

«*Madre de Dios*», entfuhr es dem Wachsoldaten, der sie in der Annahme hierhergeführt hatte, er habe es mit zwei Männern, Händler und Knecht, zu tun, die der Statthalter zu sich befohlen hatte. Verblüfft starrte er Griets wallendes, kupferrotes Haar an, das nicht im Nacken hochgesteckt war, sondern über ihre Schultern fiel.

«Hinaus mit dir, du Tölpel», donnerte Farnese schlecht gelaunt, woraufhin der junge Mann das Weite suchte. Don Luis bemühte sich, ernst zu bleiben, konnte es sich aber nicht verkneifen, die Flucht des Jungen mit einem Grinsen zu begleiten.

«Darf ich fragen, was Euch so spät noch zu mir führt, Teuerste?» Der Statthalter warf die Urkunde, die er vor der Störung gelesen hatte, auf den Tisch und stemmte beide Arme in die Hüften. Über ihre sonderbare Aufmachung verlor er kein einziges Wort.

«Ihr wart es, der mir ein Geschäft vorschlugt, Herr», erwiderte Griet. «Erinnert Ihr Euch? Der Weinhändler de Lijs war so freundlich, mich zu begleiten, damit mir unterwegs nichts zustößt.» Sie nickte dem Weinhändler zu. «Wenn Ihr so gut sein würdet, draußen auf mich zu warten, de Lijs?»

De Lijs errötete vor Ärger, wagte aber nicht zu widersprechen. Er verbeugte sich knapp vor dem Herzog und Don Luis, dann verließ er den Raum. Seinen Wein ließ er zurück.

«Soll das heißen, Ihr habt Euch mein Angebot noch einmal

durch den Kopf gehen lassen?» Der Statthalter strich sich bedächtig durch den dichten schwarzen Bart. Er schien Griet nicht zu trauen. Er flüsterte Don Luis etwas zu, worauf dieser drei Becher mit Wein füllte. Einen reichte er Griet.

«Ein richtiges Angebot habt Ihr mir bislang noch nicht gemacht», sagte Griet. Sie sah zu, wie die beiden Männer anstießen und ihre Becher leerten, nahm selber aber keinen Schluck. Sie brauchte einen kühlen Kopf. «Deshalb bin ich gekommen. Ich bin bereit, Euch die Alexanderteppiche zu verkaufen, weil ich gemerkt habe, dass sie Euch etwas bedeuten.»

Farnese warf Don Luis einen Blick zu, in dem sich Triumph und Überraschung paarten. Der junge Spanier hob abwehrend die Hand. «Bevor Ihr sagt, dass Ihr es gleich gewusst habt, würde ich gerne wissen, wie es zu dem plötzlichen Sinneswandel der Teppichwirkerin kommt und was sie für die Wandbehänge haben will.»

«Ach was, sie ist eine junge Frau, und Frauen ändern häufig ihre Meinung. Ich werde ihren Sinneswandel auf jeden Fall großzügig belohnen. Holt meine Kasse aus der Truhe!»

Griet schüttelte den Kopf. «Bemüht Euch nicht, Herr», sagte sie. «Euer Geld will ich nicht.»

«Was denn sonst?» Der Statthalter warf ihr einen argwöhnischen Blick zu.

«Noch gestern war ich der Ansicht, ich könnte mich niemals von diesen kostbaren Stücken trennen. Seither habe ich viel nachgedacht.» Griet nahm nun doch einen Schluck Wein, denn ihr Mund fühlte sich so trocken an, dass sie befürchtete, ihre Stimme könnte beim Sprechen versagen. Dann fuhr sie fort. «Ich habe eingesehen, dass es etwas gibt, was mir wichtiger ist als einige Bahnen feingewebten Tuches, nämlich die Aussicht auf eine Zukunft für mich und mein unmündiges Kind. Die Eltern meines verstorbenen Gemahls haben vor, die Stadt zu verlassen. Ich möchte, dass Ihr ihnen für den ersten Teppich, den ich Euch gebe, freies Geleit aus der Stadt zusichert. Für Marx, seine Frau und alle Weber, die sie begleiten wollen. Meine Angehörigen sollen am Stadttor weder aufgehalten noch ihrer Habe beraubt werden.»

«Weiter!» Farneses Miene verriet nicht, was er von Griets Forderung hielt.

«Den zweiten Teppich tausche ich gegen eine Unterkunft, denn ich habe vor, in Oudenaarde zu bleiben. Ich bin nicht anspruchsvoll, es muss nichts Großartiges sein.»

«Warum bleibt Ihr nicht einfach im Haus der Familie Marx?», wollte Don Luis wissen. «Es steht doch leer, wenn sie fortgehen.»

«Mein Schwiegervater hat schon einen Käufer gefunden und ist offensichtlich handelseinig mit ihm. Der neue Besitzer würde vermutlich lieber einen Schwarm Wespen beherbergen als mich. Seit Seine Gnaden und die Spanier unser Haus mit ihrer Aufmerksamkeit beehren, ist unser Ansehen in der Stadt erheblich gesunken.»

Farnese lachte auf. «Euch Flamen kann man es aber auch nicht recht machen. Ist man streng mit euch, erhebt ihr ein großes Geschrei, kommt man euch entgegen, so seid ihr erst recht beleidigt. Also gut, meine Liebe, Ihr sollt Euer Quartier bekommen. Don Luis, Ihr habt mir doch von einem Gut berichtet, das seit einiger Zeit leer steht. Es soll einmal von Nonnen bewohnt gewesen sein.»

Don Luis nickte, machte aber ein skeptisches Gesicht. «Ihr meint das Haus der schwarzen Schwestern. Ein Nonnenorden, der sich hier in Oudenaarde der Pflege Pestkranker widmete. Ich weiß nicht, ob eine junge Witwe mit ihrem Kind ...»

«Was Ihr dazu zu sagen habt, interessiert mich nicht», fiel Farnese ihm ins Wort. Er wurde ungeduldig, war erpicht darauf, endlich den Handel abzuschließen. Griet entging das nicht. Wenn sie ehrlich war, hätte sie eine andere Unterkunft vorgezogen, denn die Nonnen, die vom Volk schwarze Schwestern genannt wurden, waren ihr immer etwas merkwürdig vorgekommen. Es verband sie nicht viel mit anderen Orden, die Frauen blieben lieber für sich und standen in dem Ruf, in ihrem Haus Geheimnisse zu hüten, über die man sich besser nicht den Kopf zerbrach. Bevor der Statthalter es sich noch einmal anders überlegen konnte, beeilte sie sich, ihm ihre letzte Forderung zu unterbreiten.

«Ich habe nichts gegen das Haus der schwarzen Schwestern einzuwenden», sagte sie. «Um in der Stadt zu überleben, werde ich allerdings einen kleinen Handel eröffnen müssen. Dafür brauche ich ein königliches Privileg, das nur Ihr mir ausstellen könnt.»

«Einen Handel?» Alessandro Farnese hob die Augenbrauen. «Warum nicht? Offensichtlich entspricht das Handeln und Feilschen genau Euren Fähigkeiten. Obwohl ich nie zuvor eine Krämerin traf, die für ihre Waren so ungewöhnliche Dinge verlangte wie Ihr. Was wollt Ihr denn verkaufen, wenn ich fragen darf? Spitze oder Knöpfe?»

Griet holte tief Luft, dann lächelte sie sanft. «Was die Menschen in einer von Krieg und Aufstand bedrohten Provinz am dringendsten benötigen, ist ein Gefühl von Sicherheit. Und diese Sicherheit werde ich ihnen verschaffen.»

Kapitel 8

Pater Jakobus war gerade beim Mittagessen, als Don Luis in die Stube platzte. Wehmütig blickte der alte Priester auf die herzhafte Fleischsuppe mit Graupen, die ihm seine Bedienstete gekocht hatte, bevor er die Schüssel zur Seite schob und den jungen Spanier einlud, bei ihm am Tisch Platz zu nehmen.

«Ich wollte Euch keineswegs beim Essen stören, Pater», sagte Don Luis. Ungeduldig beugte er sich vor. «Esst doch bitte weiter. Riecht verdammt gut, Euer Süppchen. Aber bemüht Euch nicht, ich würde heute keinen Bissen anrühren. Ich lag die halbe Nacht wach und habe gegrübelt.» Er stand auf und begann in der Stube umherzugehen. «Nun esst doch weiter! Ich kann wirklich warten, bis Ihr fertig seid. Tut so, als wäre ich gar nicht da.»

Pater Jakobus seufzte. Die Hektik, die der junge Mann mitbrachte, verdarb ihm nicht nur den Appetit auf Fleischsuppe, sondern verriet ihm auch, dass Don Luis eben nicht warten konnte. Warten musste also nur sein knurrender Magen. Bestimmt ließ sich die Suppe aufwärmen. Er würde seine Magd darum bitten, sobald er Don Luis losgeworden war.

«Was liegt Euch auf der Seele, mein Freund?» Er winkte Don Luis an den Tisch zurück. «Ist es schon wieder diese Griet Marx, die Euch den Schlaf raubt?» Er lächelte. «Wie ich hörte, redet man in der Stadt nicht gerade schmeichelhaft über sie und ihre Familie. Euer Plan scheint aufzugehen.»

«Hm, scheint so.» Zum Verdruss des Priesters begann Don Luis an der Schüssel mit Fleischsuppe zu schnuppern.

«Wollt Ihr nicht vielleicht doch ...»

«Nein, bemüht Euch nicht, Pater.» Don Luis atmete geräuschvoll aus. «Der alte Marx wird mit seinem ganzen Weberanhang die Stadt verlassen, noch diese Woche. Unser Herzog hat ihm Passierscheine nach Namur ausgestellt, doch ich bezweifle stark, dass er dorthin gehen wird. Vermutlich will er nach Antwerpen, zu den Aufständischen.»

Pater Jakobus verzog das Gesicht. «Nun, dort könnt Ihr sie wohl kaum noch im Auge behalten. Aber vielleicht ist das dann auch gar nicht mehr nötig. Ihr wolltet, dass sie aus Oudenaarde verschwinden, und das habt Ihr erreicht. Gratuliere! Wenngleich die Wahl Eurer Mittel nicht ganz ehrenhaft war, spricht der Erfolg für sich.»

Pater Jakobus stand auf, um Holz nachzulegen. Seit dem Wochenende war das heitere, sonnige Herbstwetter einer unangenehmen, vorwinterlichen Kälte gewichen, die mit Wind und Regen in die Knochen der Menschen kroch. Pater Jakobus hauchte sich in die Hände. «Ihr wollt mir doch nicht weismachen, dass Euch Gewissensbisse plagen.»

Don Luis funkelte den Priester an. «Ich habe getan, was ich für richtig hielt. Aber wie es aussieht, war das noch nicht genug. Griet Marx denkt nämlich gar nicht daran, die Stadt zu verlassen. Sie wird hierbleiben, gemeinsam mit ihrem Sohn.»

Pater Jakobus pfiff durch die Zähne. «Alle Achtung, das habe ich nicht erwartet.» Plötzlich begann er schallend zu lachen. Sein Oberkörper bebte so heftig, dass er sich an einem Wandregal mit Büchern festhalten musste.

«Verratet Ihr mir, was daran so komisch sein soll?», fragte Don Luis irritiert. «Mein schöner Plan sah vor, dass die Familie Oudenaarde verlässt, wobei es mir doch gar nicht so sehr auf den alten Weber und sein Weib ankam, sondern auf Griet Marx und ihr Kind. Was habe ich mit meinen Bemühungen erreicht? Ich habe die Frau kopfüber in eine Löwengrube geworfen, in der sie sich aber offensichtlich wohl genug fühlt, um den Löwen Äpfel und Birnen zu verkaufen.» Er seufzte. «Falls ihre Nachbarn sie nicht demnächst erschlagen sollten, wird sie etwas Dummes anstellen, das spüre ich wie Ihr Eure morschen Knochen. Das bedeutet, dass ich hier in Oudenaarde bleibe und für diese verrückte Person das Kindermädchen spielen muss.»

«Verzeiht einem alten Kauz seine Begriffsstutzigkeit, mein Junge», erwiderte der Pater. «Aber ich fürchte, nun kann ich Euch nicht mehr folgen. Wieso, bei allen Heiligen, ist die Frau so versessen darauf, in der Stadt zu bleiben, wenn ihr doch niemand mehr über den Weg traut?»

Don Luis zuckte mit den Schultern. Diese Frage hatte auch er sich mehr als einmal gestellt. «Nun, sie hat es sich in den Kopf gesetzt, künftig von der Familie ihres verstorbenen Mannes unabhängig zu leben. Davon abgesehen ist sie besessen von dem Wunsch, das Vertrauen ihrer Nachbarn wiederzuerlangen. Sie hat vor, Sicherheit zu verkaufen. Ist das zu fassen?» Er lachte freudlos.

«Sicherheit?» Pater Jakobus runzelte die Stirn. «Was ist denn das für eine ketzerische Idee? Sicherheit gewährt allein Gott, man kann sie weder kaufen noch verkaufen.»

«Ach, nein? Warum bietet die Kirche dann nach wie vor Ablassbriefe zur Tilgung von Sünde und Schuld an?», konterte Don Luis. «Ist das etwas anderes?»

«Das ist etwas völlig anderes!» Pater Jakobus suchte nach Argumenten, aber es fielen ihm keine ein. In seiner Jugend, lange bevor er die Priesterweihen empfangen hatte, hatte er sich viele Nächte um die Ohren geschlagen, um heimlich die Schriften Luthers und Calvins zu studieren, die auf abenteuerlichen

Wegen in die Niederlande geschleust worden waren. Er hatte darin so manche Antwort gefunden, aber nicht das Recht einfacher Gläubiger, neue Kirchen zu errichten und die alte den Päpsten und Bischöfen zu überlassen. Pater Jakobus predigte, was ihm sein Gewissen befahl, er hielt aber nichts davon, mit Gewalt all das abzuschaffen, was den Gläubigen seit Jahrhunderten Halt und Trost gab.

«Dem Statthalter scheint Griet Marx' Vorhaben jedenfalls zu gefallen, denn er hat ihr das Privileg bereits ausgestellt», brachte Don Luis sich wieder in Erinnerung. Er klopfte auf sein schwarzes Wams. «Ich habe das Dokument bei mir. Es enthält die Vollmacht, den Gilden und Zünften der Stadt sowie in allen umliegenden Dörfern Sicherheitsbriefe auszustellen. Auch einzelne Personen können sie für ein paar lumpige Dukaten kaufen. Je größer das Vermögen, desto teurer die Briefe. Der Besitz eines solchen Briefes verpflichtet Griet Marx, dafür zu sorgen, dass Hab und Gut des Betreffenden geschützt werden. Das mag insbesondere für Kaufleute interessant werden, deren Handelszüge oft in den Ardennen überfallen wurden. Die Briefe sind ein Jahr gültig. Sollten in dieser Zeit tatsächlich Schäden entstehen oder Verluste auftreten, so muss Griet Marx dafür geradestehen. Falls aber nichts geschieht, streicht sie ein hübsches Sümmchen ein und kann für ein weiteres Jahr Briefe ausstellen.»

Der Priester blickte nach wie vor skeptisch drein. «Mir will das nicht gefallen, dieses Geschäft mit Sicherheit», sagte er. «Es ist fast so verwerflich wie das Zinsnehmen. Damit beschwört die Frau nur Unheil herauf. Wie will sie die Menschen überhaupt vor Schaden bewahren?»

Don Luis machte eine hilflose Geste. «Das kann sie nicht», gab er zu. «Der Statthalter hat mich damit beauftragt, ihr neues Gewerbe zu beaufsichtigen. Sollte jemand vorsätzlichen Schaden anrichten, wird sein Brief sofort zerrissen und derjenige bestraft. Außerdem werden die in der Stadt liegenden spanischen Truppen künftig weniger Freiheiten genießen und sich daher zweimal überlegen, wie sie mit den Flamen und ihren Frauen umspringen. Farnese hat seine Offiziere angewiesen, ihren Mannschaften und den Söldnern scharf auf die Finger zu sehen. Diejenigen, die in der Stadt für Ordnung und für den Schutz von Häusern und Werkstätten sorgen, anstatt herumzuziehen und in den Kellern der Weinhändler und Gastwirte zu prassen, erhalten eine besondere Entlohnung.»

Don Luis ging zum Ofen hinüber, um sich wie Pater Jakobus die Hände zu wärmen. Der Ofen reichte bis zur Decke des Raumes und verfügte über einen festgemauerten Unterbau, der mit hübsch bemalten Kacheln geschmückt war. Die Wärme tat ihm gut, sie half ihm beim Nachdenken.

«Wie kann ich Euch denn nun behilflich sein?», hörte er Jakobus' Stimme. Sie drang dumpf durch die Wand aus Erschöpfung und Mutlosigkeit, die er selbst aufgebaut hatte.

Er drehte sich um. «Griet Marx zieht ins Haus der schwarzen Schwestern», sagte er leise. «Was wisst Ihr über diese Frauen?»

Der Priester hob erstaunt den Blick. Es war lange her, seit er das letzte Mal an die Nonnen und ihr altes Haus in der Wijngaardstraat gedacht hatte. Er hatte sie schon fast vergessen, sie, ihre merkwürdigen Heimlichkeiten und Bernhild, ihre Oberin, mit der er nicht nur angenehme Erinnerungen verband. Er wunderte sich, dass Don Luis sich ausgerechnet jetzt nach den Frauen erkundigte.

«Die schwarzen Schwestern wurden mehrfach von ketzerischen Bilderstürmern überfallen. Das erste Mal vor fünfzehn Jahren, als Margarethe von Parma in Brüssel regierte. Das Kloster in der Wijngaardstraat wurde dabei fast völlig verwüstet. Dasselbe geschah noch einmal sechs Jahre später. Doch die

Nonnen haben ihr Haus jedes Mal von neuem aufgebaut und sind weiterhin ins Liebfrauenspital gegangen, um Kranke zu pflegen. Bis vor etwa vier Jahren, da verließen sie bei Nacht und Nebel die Stadt. Sie gingen nach Brüssel, wie es hieß. Sonderbar war das, denn niemand hat gesehen, wie sie fortgingen. Sie waren einfach nicht mehr da. Mehr kann ich Euch nicht sagen. Sie zogen mir einen anderen Beichtvater vor. Pater Andreas von St. Pamele, der aber starb letzten Winter.»

Don Luis hörte dem alten Mann aufmerksam zu. Er wusste nicht, ob die Neuigkeiten seinen Plänen dienlich sein konnten. Er nahm sich vor, einen Boten mit Briefen nach Brüssel zu schicken, sobald der Statthalter ihm etwas Ruhe gönnte. Zunächst aber musste er in die Wijngaardstraat, wo Griet Marx bestimmt schon auf das vom Statthalter unterzeichnete Privileg wartete. Es würde ihm nichts anderes übrig bleiben, als es ihr auszuhändigen.

Ein eigenartiges Gefühl überfiel Griet, als sie das Haus der schwarzen Schwestern vor sich sah. Anstatt sogleich das Haupttor aufzusperren, blieb sie in einiger Entfernung stehen und ließ ihre Blicke über das alte Bauwerk am Ende des Wegs schweifen. Wie oft war sie auf ihrem Weg durch die Stadt hier vorbeigelaufen, ohne Notiz von dem Haus zu nehmen.

Ein untersetzter Turm mit einem Kreuz auf dem Dach, hohe Mauern und ein von Hecken umgebener Garten, über dem der sanfte Duft von Gewürzkräutern schwebte, verliehen dem heruntergekommenen Anwesen einen Hauch klösterlicher Anmut, ansonsten unterschied es sich jedoch kaum von den übrigen Gebäuden in der Gasse. Vor langer Zeit war das Haus zur Straße hin weiß gekalkt worden, inzwischen bröckelte der Putz an allen Ecken. Ein wenig abseits, nahe dem Tor, stieß Griet auf ein hübsches Pförtnerhäuschen, das hinter einer Brombeerhecke fast vollkommen verschwunden war. Anders als das düstere Hauptgebäude wirkte dieses Häuschen auf Griet so einladend, dass sie ihre Schritte spontan zu seiner Pforte lenkte. Sie stellte sich auf die Zehenspitzen und spähte durch eines der Fenster. Der Raum dahinter, von dem eine Tür in einen weiteren abging, sah groß genug aus, um es sich fürs Erste darin gemütlich zu machen. Vermutlich würden sie und Basse sich hier wohler fühlen als drüben im Kloster mit seinen leeren Zellen. Viele Möbel besaßen sie ohnehin nicht, da Frans und Hanna ihr Haus mitsamt Inventar an die Osterlamms verkauft hatten. Wie Griet gehört hatte, trug sich ausgerechnet Adam mit dem Gedanken, in das Anwesen der Familie Marx zu ziehen. Dies konnte ihr zwar egal sein, doch angesichts des feindseligen Verhaltens, das der Bürgermeistersohn ihr gegenüber an den Tag legte, versetzte ihr der Gedanke, Adam könnte sich mit seinen Gespielinnen in ihrem alten Ehebett wälzen, einen Stich in die Brust.

Griet zückte den langen, schwarzen Schlüssel und ging die paar Schritte über den Hof zum eigentlichen Klostergebäude. Der Eindruck der Verwahrlosung verstärkte sich auf der Schwelle des von zwei Säulen getragenen Portals. Sie fand weder Klingelzug noch einen Klopfer, dafür eine steinerne Heiligenfigur, die in einer Nische im Mauerwerk stand. Der Statue fehlten Kopf und beide Arme. Offensichtlich war sie während des Bildersturms beschädigt worden. Griet versuchte, den bedrückenden Gedanken an tobende Eiferer zu verscheuchen, die schreiend durch die hallenden Gänge des Klosters rannten und alles kurz und klein schlugen, was sie an den alten Glauben erinnerte. Doch als sie in die schattige Halle trat und sich umsah, wurden diese Bilder in ihrem Kopf nur noch schärfer. Mit klopfendem Herzen lief sie von Raum zu Raum und fühlte sich dabei wie ein Eindringling. Die meisten Zimmer waren kaum größer als Kammern und wirkten trotz ihrer niedrigen, rußgeschwärzten Balken und den Holzdielen auf dem Fußboden so kalt, dass Griet fröstelte. Als Lichtblick empfand sie die geräumige Küche mit ihrem Kamin, über dem noch zerbeulte Pfannen, Schöpflöffel, Bratspieße und Kessel an Haken hingen. Im Kapitelsaal der schwarzen Schwestern verdüsterte sich ihre Stimmung jedoch sogleich wieder. Hier spürte sie förmlich, wie ihre Atemzüge von den hohen Wänden widerhallten. Eine abweisendere Halle hatte sie nie zuvor betreten. Sie konnte sich vorstellen, warum die schwarzen Schwestern ihr Bündel geschnürt und das Weite gesucht hatten.

Nachdem sie das Kloster wieder verlassen hatte, atmete sie tief durch, um die Schatten zu vertreiben, die sich ihr plötzlich aufs Gemüt gelegt hatten. Ihr Entschluss war gefasst. Einen der Räume im Haupthaus brauchte sie, um ihre Schreibstube einzurichten, vielleicht auch noch einen zweiten für Akten, die bei dem Unternehmen, das ihr vorschwebte, gewiss schon nach kurzer Zeit Schränke und Truhen füllen würden. Dass sie mit Basse im Kloster schlief, kam allerdings überhaupt nicht in Frage. Dafür haftete dem verlassenen Gemäuer zu viel Schwermut an. Im Pförtnerhäuschen würde es ihnen dagegen gutgehen, Griet konnte darin kochen, und Basse fand vor der Pforte und im Hof genügend Platz zum Spielen. Außerdem bot das Tor einen gewissen Schutz vor Eindringlingen.

«Du hast dich also entschieden?», holte eine vertraute Stimme Griet aus ihren Gedanken. Hanna und Beelken, die sie gebeten hatte, während ihres Erkundungsgangs durch das Kloster auf Basse aufzupassen, standen plötzlich vor ihr auf dem Hof. Die Frau hatte Mühe, ihre Abscheu zu verbergen, als sie das Anwesen und den moosbewachsenen Hof begutachtete. Offensichtlich tat sie sich schwer mit der Vorstellung, dass ihr Enkel, Willems Sohn, künftig hier wohnen sollte. Basse dagegen machte ein begeistertes Gesicht. Er hatte den baufälligen Hühnerstall entdeckt, der versteckt unter einer Gruppe von hohen Bäumen stand, und flitzte auf den Verschlag zu. «Das gehört Basse», krähte er vergnügt. «Da will Basse wohnen.» Im Gebüsch raschelte es. Aufgeschreckt von Basses Geschrei, brach eine getigerte Katze hervor und flüchtete laut fauchend auf die Klostermauer, wo sie zum Bedauern des Jungen blieb und seine neuen Mitbewohner skeptisch musterte.

«Ich habe mir alles gut überlegt», erwiderte Griet leise. «Ich möchte nicht nach Antwerpen. Ich möchte hierbleiben.»

Die Katze fauchte erneut.

Hanna gab sich geschlagen. Sie hatte nicht wirklich erwartet, Griet umstimmen zu können. Dass ihr Abschied friedlich, ja sogar einigermaßen gefühlvoll ausfiel, lag einerseits an Basse, der die Haube seiner Großmutter großzügig mit Hühnerfedern schmückte, andererseits an den Passierscheinen, die Griet ihr zusteckte. Sie erlaubten den Schwiegereltern, Oudenaarde zu verlassen.

Am Tor hielt Hanna noch eine Überraschung für Griet bereit. «Beelken will unbedingt bei dir in Oudenaarde bleiben», vertraute sie ihr mürrisch an. «Nach allem, was ich für dieses undankbare Geschöpf getan habe, lässt sie uns jetzt im Stich. Sie wird ja sehen, wohin das führt.»

Griet war überrascht, sie hatte von Beelkens Absicht keine Ahnung gehabt, fragte sich aber, ob Hanna doch Verdacht geschöpft hatte. Entgegen ihren anklagenden Worten schien sie es nicht zu bedauern, die Dienstmagd in der Stadt zurückzulassen. Als sie mit gerafften Röcken der Wijngaardstraat hinab zum Ufer der Schelde folgte, drehte sie sich nur einmal kurz um, um Basse zuzuwinken. Dann verschwand sie hinter einer Hausecke.

«Ich hoffe, Ihr habt nichts dagegen, dass ich bei Euch bleibe», meinte Beelken mit einem zaghaften Lächeln. «Aber ich konnte mich einfach nicht von Basse trennen. Außerdem ...» Sie redete nicht weiter, doch Griet begriff auch so, was in ihr vorging. Beelken hatte befürchtet, im fremden Antwerpen vor die Tür gesetzt zu werden, sobald ihr Bauch sich zu wölben begann. Sie blieb nicht aus Anhänglichkeit, vielmehr aus praktischen Erwägungen, aber das störte Griet nicht. Sie hatte kein Geld, um Dienstboten zu bezahlen, doch Beelken und ihr Kind würde sie satt bekommen. Davon abgesehen würde sie von nun an dankbar für jeden Menschen in der Stadt sein, der ihr nicht den Rücken zukehrte.

Kapitel 9

Griet und Beelken arbeiteten bis in den Abend hinein, um das Pförtnerhäuschen bewohnbar zu machen. Sie scheuerten die Böden und kehrten den Staub hinaus. Durch die weit geöffneten Fenster drang zum ersten Mal seit Jahren wieder frische Luft in die Stuben. Sogar an die getigerte Katze wurde gedacht; ein Schälchen Milch vor der Haustür sollte ihr zeigen, dass ihr von den neuen Bewohnern keine Gefahr drohte. Zu Griets Erleichterung war das Mauerwerk nicht feucht, auch das spitz zulaufende Dach, auf dem sich ein zierlicher eiserner Hahn im Wind drehte, war offenbar dicht genug, um Regen und Schnee abzuhalten. In der großen Stube gab es einen Ofen, der, gespeist mit dem Holz des Hühnerstalls, bald überall im Haus eine wohltuende Wärme verbreitete.

Griet lauschte den Glockenschlägen der Sint-Walburgakerk, während sie Kisten, Bündel und Truhen öffnete, um ihren Vorrat an Linnen und Spitze zu prüfen. Von den schönsten Stücken würde sie sich trennen müssen. Vielleicht machten die Beginen, die nicht weit von hier einen kleinen Hof bewirtschafteten, ihr ein Angebot für Garn und Damast. Dann konnte sie die Krämer bezahlen, bei denen sie in Zukunft für ihr Gewerbe einzukaufen gedachte. Sie brauchte ein Schreibpult, ferner Wachs und Stempel, um Urkunden und Briefe zu siegeln. Außerdem musste sie den Druckermeister davon überzeugen, dass es sich für ihn lohnte, mit ihr Geschäfte zu machen. Gleich morgen würde sie zu Pieter Rink gehen und ihm den Auftrag erteilen, eine Urkunde zur Probe zu drucken.

«Vielleicht auch noch ein Schild», schlug Beelken vor, während sie Basse in den Schlaf wiegte. Der kleine Junge hatte sich geweigert, allein in der fremden Kammer zu bleiben, da die Dohlen laut schreiend um die Dachgiebel des Klosters flatterten und ihm Angst einjagten. Irgendetwas scheuchte die Vögel auf. Möglicherweise befand sich die Katze auf einem nächtlichen Raubzug rund ums Haus.

Griet spähte hinaus in die schwarze Nacht. «Ein besonderes Zeichen, wie bei einer Zunft», sagte sie leise. «Ja, das ist eine gute Idee.» Sie setzte den Schildermaler auf ihre Liste.

Unweit des Tores ertönte ein Scheppern. Die Dohlen kreischten, doch dann wurde es still.

«Pst», machte Griet, obwohl weder Beelken noch Basse einen Ton von sich gaben. Sie spitzte die Ohren. Da war es wieder; es klang furchteinflößend, fast so, als kratzte jemand draußen mit einem Rechen oder einer Sense über den Stein der Klostermauer. Beelken stöhnte auf. Sie hatte es auch gehört.

Jemand tappte auf dem Hof durch die Dunkelheit, und wer auch immer es war, er schien zu wissen, dass sie sich im Pförtnerhäuschen aufhielten. Griet vernahm nun ganz deutlich Schritte auf dem Kies, die sich langsam der Pforte näherten. Dann war nichts mehr zu hören. Der Eindringling war stehen geblieben.

«Wer kann das sein?», flüsterte Beelken. Sie legte ihre Hände vor den Bauch, eine schützende Bewegung, an die sich Griet noch aus der Zeit ihrer eigenen Schwangerschaft erinnerte. Griet befahl der Kinderfrau mit einem Blick, sich mit Basse in einen der Nebenräume zurückzuziehen. Kaum hatte sie sich wieder der Tür zum Hof zugewandt, begann draußen jemand stürmisch gegen den Fensterladen zu hämmern.

Griet erwog, laut um Hilfe zu rufen. Das Haus der schwarzen Schwestern befand sich in keiner gottverlassenen Gegend, sondern im Herzen der Stadt. Die Häuser und Katen jenseits der Klostermauern waren alle bewohnt. Ihre Nachbarn würden ihre Schreie hören, doch ob sie ihr auch halfen, war eine andere Frage. Längst hatte sich herumgesprochen, wer das leer stehende Gebäude bezogen hatte.

Nein, sie musste sich selbst helfen. Kurz entschlossen griff sie nach der verbeulten Pfanne, die sie aus der Küche des Klosters geholt hatte, ging damit zur Tür und legte sie dann zu ihren Füßen nieder. Es erforderte reichlich Mühe, mit einer Hand die Tür aufzureißen, dann zurückzuspringen, die Pfanne aufzunehmen und weit mit ihr auszuholen. Doch es gelang ihr, und sie stürzte sich mit einem Schrei auf die dunkel gekleidete Gestalt am Eingang. Diese gab ein ersticktes Ächzen von sich, wich aber angesichts der Bedrohung tatsächlich zurück.

Einen Augenblick lang geschah nichts. Sie standen einander gegenüber, verharrten. Dann trat der Mann, der so wild an Griets Tür geklopft hatte, in den Schein der Lampe. Griets Augen weiteten sich vor Überraschung.

«Vater?» Sie ließ die schwere Pfanne sinken. In einem Durcheinander von Erleichterung und Ärger schluchzte sie auf, bevor sie sich dem unerwarteten Gast in die Arme warf. «Vater, was machst du denn hier?», wiederholte sie, als könnte sie es nicht glauben, dass es keine Spukgestalt war, die sie narrte, sondern ihr Vater.

«Danke, dass du mir nicht die Pfanne auf den Kopf geschmettert hast», brummte Sinter van den Dijcke. Er löste sich aus Griets Umklammerung und ging an ihr vorbei in die Stube. «Ich konnte gar nicht glauben, was deine Schwiegereltern mir geschrieben haben», sagte er, während er sich die dicken Fäustlinge von den Händen streifte. Griet erinnerte sich, dass er sie fast zu jeder Jahreszeit trug, weil er behauptete, leicht zu frösteln. Tatsächlich aber waren sie das letzte Geschenk gewesen, das Sinter von seiner verstorbenen Gemahlin erhalten hatte.

«Sie halten dich für verrückt!» Er tippte sich mit vielsagender Miene gegen die Stirn. «Aber wundert dich das? Sie verstehen unsereins nicht. Es sind biedere Handwerksleute, auch wenn sie sich für begnadete Künstler halten. Mir kann der alte Marx nichts vormachen. Was dich betrifft, so muss ich ihm jedoch leider zustimmen. Für eine Witwe ist es in diesen schweren Zeiten unmöglich, schutzlos in einer fremden Stadt zurückzubleiben, die noch dazu von spanischen Truppen besetzt ist. Was hast du dir nur dabei gedacht?»

Griet setzte sich an den kleinen Tisch, auf dem sich die Borten, Garne und Stoffe aus ihrer Aussteuertruhe türmten, und verfolgte reichlich ernüchtert, wie ihr Vater sich seiner Stiefel entledigte. Da seine Freude über ihr Wiedersehen sich in Grenzen zu halten schien, half sie ihm nicht, sondern erklärte in deutlich kühlerem Ton, dass Oudenaarde für sie keine fremde Stadt war, sondern der Ort, an dem sie geheiratet und ein Kind zur Welt gebracht hatte.

«Darf ich fragen, wie es kommt, dass du ausgerechnet jetzt, mitten im Krieg, die Ardennen durchquerst, um mich zu besuchen? Wie ist es dir nur gelungen, die spanischen Stellungen zu umgehen, ohne gefangen genommen zu werden?»

Sinter lachte amüsiert auf, als hielte er derartige Gefahren für völlig abwegig. Er war ein breitschultriger Mann mit dunklen Augen, der trotz seiner Vorliebe für üppige Mahlzeiten, Bier und Wein noch immer in der Lage war, sein Gewicht zu halten. Haar und Bart mochten ergraut sein, doch das machte aus ihm keinen alten Mann. Sinter hielt sich betont aufrecht, eine Angewohnheit, die er sich bei den Edelleuten am Hof des Kaisers abgeschaut hatte. Sein Auftreten erinnerte daran, dass er in jungen Jahren ein aufgeweckter Bursche gewesen war, der mit seinem Lächeln zahlreiche Herzen gebrochen hatte. Noch immer war er bemüht, eine Aura des Geheimnisvollen zu verbreiten, doch sein Charme wirkte auf Griet zerschlissen wie sein Wams und der staubige Reiseumhang aus grober Wolle. Er schien nicht geritten zu sein, denn seine Stiefel waren schlammverkrustet. Außerdem trug er einen Stab bei sich, wie ihn sonst nur Pilger auf ihrem Weg ins spanische Santiago verwendeten.

«Als ich vom Tod deines Mannes und vom Fall Oudenaardes erfuhr, habe ich nicht lange gezögert», erklärte Sinter. «Ich habe mich ohne Umschweife auf den Weg gemacht, um nach dir zu sehen. Schließlich bist du meine Tochter.» Er schüttelte den Kopf. «Natürlich habe ich dich im Haus der Teppichwirker vermutet, nicht in einem aufgegebenen Kloster. Aber dort behauptete so ein aufgeblasener Gockel, er sei von nun an der Eigentümer des ganzen Anwesens, und die Familie wäre aus der Stadt geflohen. Als dein Name fiel, sprang er mich beinahe an wie ein wilder Stier. Ich muss schon sagen, eine fürchterliche Nachbarschaft hast du! Alles andere hätte ich mir für meine Tochter gewünscht, nur das nicht. Und was die spanischen Soldaten betrifft, so konnte ich mich am Stadttor mühelos legitimieren. Ich hatte gültige Papiere. Wie du weißt, bin ich ein rechtschaffener Diener des Königs.»

«Wie ich weiß, dienst du jedem, der zufällig gerade im Palast des Statthalters sitzt», platzte es aus Griet heraus. Sie war wütend, denn die alte Leier, auf der ihr Vater spielte, kannte sie nur zu gut. Wie oft hatte er sich in seinen Briefen über Willem lustig gemacht und Griet als Närrin beschimpft, weil sie ihm in die flämischen Ardennen gefolgt war, anstatt in Brüssel zu bleiben und sich standesgemäß von Edelleuten umwerben zu lassen. Starrsinnig war er nicht nur ihrer Hochzeit ferngeblieben, sondern auch Basses Taufe, obwohl sie nach dem Ritus der Kirche Roms vollzogen worden war. Was also erwartete er nun von ihr?

Sie erhob sich, weil sie Beelken mit Basse an der Tür stehen sah, die neugierig hereinspähte. «Frans und Hanna haben eingesehen, dass ich bleiben will, anstatt ihnen nach Antwerpen zu folgen. Der Statthalter billigt meine Entscheidung. Kannst du es ihm nicht gleichtun?»

«Oh, ich bin froh, dass du nicht mit den anderen nach Antwerpen gegangen bist», gab Sinter zu, ohne auf Griets Vorwurf einzugehen. «Trotz des Widerstands der Rebellen im Norden gewinnen die Habsburger an Boden, lange wird sich auch Antwerpen nicht mehr behaupten können. Farnese hat nach dem Tod Don Juans von Austria geschworen, seine Truppen nicht eher aus den Niederlanden abzuziehen, bis alle südlichen Provinzen, die sich der Utrechter Union angeschlossen haben, wieder unter der Herrschaft der Krone stehen. Für die Leute von Flandern wäre es besser, sich gleich daran zu gewöhnen. Nur so können sie es verhindern, dass Amsterdam und die übrigen Städte der nördlichen Provinzen ihnen den Rang ablaufen.» Er stieß scharf die Luft aus. «Überleg doch mal: Wem nutzen flämisches Tuch, Wandbehänge aus Brokat, Spitzen und Kunstwerke, wenn es keine Handelshäfen mehr gibt, die sie in die Welt hinausbringen?»

Griet staunte. Überlegungen dieser Art hatte sie von ihrem als oberflächlich bekannten Vater nicht erwartet. Noch überraschter war sie, als Sinter ihr eröffnete, dass er mit dem Gedanken spiele, selbst eine Weile in Oudenaarde zu bleiben.

«Nur so lange, bis sich die Lage wieder etwas entspannt hat und ich mich davon überzeugt habe, dass du allein zurechtkommst», sagte er freundlich. «Und da ich nun mal dein Vater bin, sehe ich es als meine Pflicht vor dem Herrn an, mich um meine verwitwete Tochter und meinen Enkelsohn zu kümmern. Das habe ich bedauerlicherweise zu lange dem Hause Marx überlassen. Nun kennt mich der arme kleine Junge nicht einmal richtig. Aber das werden wir schnell ändern, nicht wahr?»

Sinter winkte Basse zu, der sich schüchtern an Beelkens Rock klammerte. Für den Jungen war er ein Fremder, doch Basses Scheu verwandelte sich bald in Vergnügen, als Sinter ihn mit beiden Armen in die Luft warf und dann auf seine breiten Schultern gleiten ließ. Fröhlich trällernd zog er mit ihm um den Tisch. Der kleine Junge quietschte vor Vergnügen.

«Du willst nicht wieder nach Brüssel zurück?» Griet brummte der Kopf von dem Getöse, das ihr Vater und Basse veranstalteten, aber es freute sie, dass die beiden sich auf Anhieb verstanden. Wehmütig erinnerte sie sich an ihre Jugend in Brüssel. Damals hatte Sinter nur wenig Interesse an ihr gezeigt, seine Hingabe hatte allein Isabelle gegolten, seiner Frau und Griets Mutter. Sie hatte er auf Händen getragen.

Nach einer Weile ging Sinter erschöpft in die Knie, setzte Basse ab und streckte seine Hand nach Beelken aus, die ihm wieder auf die Beine half. «Danke, mein schönes Kind», murmelte er, während seine Blicke ungeniert über Beelkens wohlgeformten Körper wanderten.

«Ich hatte dich nach deinen Plänen gefragt», erinnerte ihn Griet.

Sinter warf ihr einen nachdenklichen Blick zu. «Meine Aufgaben als Mitglied der Brabanter Rechnungskammer erlauben mir natürlich keine lange Abwesenheit. Du kennst das ja, die Schreiber und kleinen Advokaten lassen alles schleifen, wenn ihr Herr nicht zugegen ist.»

Griet hatte keine Ahnung von den Belangen der königlichen Rechnungskammer und fragte sich, warum ausgerechnet ihr Vater sich dort besonderer Achtung erfreuen sollte. Aber sie beschloss, ihm nicht schon wieder zu widersprechen, und nickte höflich.

«Aber für mein Stadthaus in Brüssel und für die beiden Erbgüter bei Leuven, die deine Mutter mit in die Ehe gebracht hat, ist gesorgt. Um sie muss ich mir keine Gedanken machen, meine Verwalter sind fähige Männer.»

Griet wählte einige Leintücher aus, die sie eigentlich hatte verkaufen wollen, und drückte sie Beelken in die Hand, damit sie für ihren Vater das Bett in einer der Kammern herrichten konnte. Sinters plötzlich erwachter Familiensinn kam ihr merkwürdig vor. Dennoch wollte sie sich versöhnlich zeigen und ihrem Vater die Hand reichen. Nachdem er es sich in der Kammer bequem gemacht hatte, bot sie an, sein Pferd in den Stall zu führen. Sinter berichtete, dass sein Pferd während eines schrecklichen Unwetters vor dem Dörfchen Nukerke so erschrocken sei, dass es ihn abgeworfen und das Weite gesucht habe.

«Ich werde alt», erklärte er mit einem verlegenen Lächeln. «Früher hätte ich meinen Gaul durch jedes Gewitter geführt. Nun werde ich mich nach einem neuen umschauen müssen, sofern die Spanier den Pferdehandel wieder zulassen. Während eines Feldzugs wird oft jedes Ross beschlagnahmt.»

Griet wünschte ihrem Vater eine gute Nacht und kehrte in die Pförtnerinnenstube zurück. Gedankenversunken hob sie den Reiseumhang auf, den Sinter während seines Gerangels mit Basse zu Boden geworfen hatte, und fuhr mit ihren Fingern über das fadenscheinige Tuch. Es war staubig, aber weder nass noch feucht. Es roch auch nicht muffig. Keinesfalls hatte sich Sinter mit diesem Umhang durch ein Unwetter gekämpft, jedenfalls nicht bei dem Dörfchen Nukerke, das nur wenige Meilen von Oudenaarde entfernt lag. Stürmte es in den Ardennen, so verloren Reisende oft mehr als nur ihre Pferde oder Esel. Es war gefährlich dort draußen, der kleinste Schritt konnte einem zum

Verhängnis werden. Abgesehen von seiner schäbigen Kleidung machte Sinter auf sie aber keinen abgekämpften Eindruck. Auffällig war nur, dass er kaum Gepäck bei sich hatte.

«Beunruhigt Euch etwas, Herrin?», wollte Beelken wissen. Das Mädchen hatte sich einen von Basses kleinen Kitteln vorgenommen und flickte mit geschickten Handgriffen einen Riss. «Wir können doch froh sein, dass nun ein Mann im Haus ist, nicht wahr?»

Ich hoffe es, dachte Griet. Sie klopfte den Umhang aus und legte ihn auf ihre Kleidertruhe.

Kapitel 10

Am nächsten Morgen machte sich Griet auf den Weg zu Pieter Rink, dessen Druckerei sich in einem windschiefen Fachwerkhaus am Grote Markt befand. Ein wenig unbehaglich war ihr zumute, als sie den Platz überquerte. Seit dem Tag des Strafgerichts hatte sie es vermieden, hierherzukommen. Heute aber war Markttag, und einige Bauern aus den umliegenden Dörfern, die froh waren, dass die Spanier ihnen die Tore geöffnet hatten, boten Mohrrüben, Weißkohl und Eier an. Ihre Karren gruppierten sich wie eine Wagenburg um den Brunnen, dem Rathausplatz wollte keiner der Händler zu nahe kommen. Noch immer kennzeichneten dunkle Sandhaufen auf den Pflastersteinen den Ort, an dem die Ratsherren getötet worden waren.

Griet drängte sich durch das Gewühl der Menschen, die zusammenstanden, feilschten und Neuigkeiten austauschten. Hühner und Gänse gackerten und schnatterten in ihren Käfigen; auf einer Kiste hockte ein Flötenspieler, auf dessen Schultern ein kleiner Affe herumturnte. Das Tier war wie sein Herr gekleidet: rote Kniehosen und ein zerlumpter Leinenkittel, auf dem Kopf saß eine Lederkappe, die die Ohren bedeckte. Als Griet an dem Musikanten vorbeiging, zog der Affe sein Käppchen vor ihr und blickte sie so mitleiderregend an, dass sie nicht anders konnte, als eine Münze hineinzulegen. Zum Dank drehte das Tier ihr eine Nase und kreischte sie an.

Vor dem Tisch eines Blechschlägers, der Gürtelschnallen anbot, blieb sie stehen. Vielleicht sollte sie ihrem Vater als Zeichen, dass sie ihm nichts nachtrug, etwas mitbringen? Viel Geld hatte sie nicht übrig, doch der Blechschläger hatte ihr bei früheren Marktbesuchen häufig Komplimente gemacht, vielleicht ließ er mit sich reden? Der Mann war heute allerdings nicht zu sehen, er hatte seine Frau auf den Markt geschickt. Als Griet die Hand nach einer Schnalle ausstreckte, fuhr das Weib sie an: «Ihr bekommt hier nichts, macht, dass Ihr weiterkommt!»

Griet zuckte zusammen. Ihre Finger schlossen sich fester um das Band ihres Lederbeutels, den sie sich über die Schulter gehängt hatte. Als sie das rote Gesicht des Weibs ansah, erinnerte sie sich, dass die Frau sie schon einmal angekeift hatte. Das war ebenfalls hier gewesen, am Abend des Strafgerichts. Die Frau hatte Griet und Frans Marx beschimpft, weil sie sie und den Rat für das harte Vorgehen der Spanier verantwortlich gemacht hatte. Vermutlich würde sie ihre Ware eher in die Schelde werfen, als ihr auch nur ein Stück davon zu verkaufen. Griet spürte, wie die Marktkrämerinnen sie anstarrten. Sogar der Flötenspieler mit dem Affen unterbrach sein Spiel und warf ihr einen neugierigen Blick zu. Griet floh von dem Stand.

«Eure Spanier sind dort drüben», rief ihr die Blechschlägerfrau hinterher und zeigte auf die Lakenhalle, die gleich hinter dem Rathaus lag. In den Räumen des unteren Geschosses hatte das einfache Fußvolk Quartier genommen, darüber die Musketiere. «Sie warten sehnsüchtig auf Huren wie Euch.» Einige Männer und Frauen lachten, andere flüsterten miteinander.

Griet eilte auf die Druckerei zu. Als sie deren Tür hinter sich ins Schloss geworfen hatte, war sie den Tränen nahe, fühlte sich endlich aber auch sicher. Der Druckermeister stand mit schwarzen Händen vor einem Tisch und reinigte Punzen. Über seinem kahlen Schädel hingen Dutzende von Pamphleten und Buchseiten zum Trocknen, ordentlich an langen, quer durch die Werkstatt gespannten Schnüren befestigt. An einem Stützpfeiler erinnerte der *Index*, die mit einem Dolch ans Holz geheftete Liste verbotener Bücher und Druckschriften, jeden Besucher daran, dass Kirche und Obrigkeit stets wachsam waren.

Als der Drucker Griet erkannte, hellte sich seine Miene auf. Er nahm ein Tuch und reinigte seine Hände, bevor er sie mit einem breiten Lächeln begrüßte. «Ich freue mich, Euch wiederzusehen, meine Liebe», sagte er, ohne sich an dem Gemurmel seines Gesellen zu stören, der hinter der Druckerpresse stand und den Kasten mit Lettern sortierte.

Griet erwiderte den Gruß des Mannes dankbar. Nach dem Vorfall auf dem Grote Markt hätte es sie nicht verwundert, wenn Pieter Rink sie hinausgeworfen hätte. Das aber wäre eine Katastrophe gewesen. Sie brauchte seinen fachmännischen Rat, denn er war der einzige Druckermeister in Oudenaarde. Daher nahm sie ihren ganzen Mut zusammen und sagte: «Ich bin gekommen, weil ich Euch bitten möchte, eine gewisse Anzahl von Papieren für mich zu drucken. Vielleicht habt Ihr schon gehört, dass ich einen Handel eröffne?»

Pieter Rink nickte. «Wer am Markt wohnt, dem entgeht das Geschwätz nicht. Was Euch betrifft, so glaube ich nicht alles, was sich die Leute erzählen. Es tut mir leid, dass Adam Euch in seinem Haus derart angefahren hat. Das war nicht richtig von ihm. Er hat sich wohl bis heute nicht bei Euch dafür entschuldigt?»

«Adam hat das Haus meiner Schwiegereltern gekauft», sagte Griet ausweichend. «Das Geld brauchen sie, um sich in Antwerpen ein neues Leben aufzubauen.»

«Ja, dieser Tage verlassen viele Menschen ihre Heimat und begeben sich auf eine Reise ins Ungewisse. Gott helfe ihnen, dass sie den Mut nicht verlieren.» Der Drucker rieb noch immer an seinen Händen, gab den Kampf gegen die Druckerschwärze jedoch bald auf und schickte seinen Gesellen mit einem Auftrag aus dem Haus. Griet nahm an, dass er mit ihr allein sprechen wollte, und hoffte, ihn nicht ins Gerede zu bringen. Als sie ihm ihre Befürchtung mitteilte, führte er sie lachend durch die Werkstatt.

«Mein Haus wurde in den vergangenen Jahren so oft durchsucht, dass ich gar nicht mehr weiß, wer mir alles die Ehre gab. Wir Drucker leben in diesen Zeiten gefährlicher als jeder Landsknecht; viele von uns stehen mit einem Bein auf dem Scheiterhaufen, weil sie Schriften vervielfältigen, die der Obrigkeit nicht gefallen. Ihr wart noch ein Kind, als der König den berüchtigten Herzog von Alba in die Niederlande schickte, aber gewiss habt Ihr gehört, welchen Schrecken er als Statthalter verbreitet hat.» Er zuckte mit den Achseln. «Und wie sieht es heute aus? Nicht besser, wenn Ihr mich fragt. Als Osterlamm die Stadt regierte, wollte er mich beauftragen, die *Institutio* zu drucken, ein Werk Calvins, sowie die *Confessio Belgica*, eine Schrift, auf die sich die Protestanten berufen. Er bot mir eine Menge Geld dafür, aber ich weigerte mich. Hätte ich mich von ihm überreden lassen, so wäre ich am Gerichtstag vermutlich zusammen mit den Ratsherren hingerichtet worden, so aber fanden die Spanier keine verbotenen Bücher in meiner Werkstatt.»

«Es war gewiss klug, sich nicht von Osterlamm einfangen zu lassen.»

Pieter Rink warf einen Blick aus dem Fenster und überzeugte sich, dass niemand vor der Druckerei herumlungerte. Dann streckte er seinen Arm nach der Leine über seinem Kopf aus, an der harmlose Erbauungstraktate und Teile einer griechischen Grammatik hingen, und zog ein paarmal so kräftig an der Schnur, dass die daran befestigten Buchseiten raschelten. Griet bemerkte nun, dass das Ende der Schnur um einen eisernen Haken geschlungen war, der in die Wand geklopft worden war. Mit einem Knirschen löste sich nach einigem Ziehen ein Stück der hölzernen Verkleidung wie ein Pfropfen von der Wand. Es war kaum größer als die Hand eines erwachsenen Mannes, erlaubte aber den Blick auf einen schmalen Hohlraum, in welchem Griet zu ihrer Verwunderung einige Bücher und zusammengerollte Dokumente ausmachen konnte.

«Meister Rink ...», begann sie, war aber so durcheinander, dass sie keine Worte fand. Der Drucker besaß ein geheimes Versteck. Gut. Aber wieso zeigte er es ihr, einer fast Fremden?

«Ich hoffe, Ihr wisst nun, dass Ihr in mir einen Freund habt, Griet Marx!» Pieter Rink nickte ihr mit verschwörerischer Miene zu. Seine Augen glänzten. «Ihr seid anders, als die Leute in der Stadt von Euch behaupten, das weiß ich. Adam und Coen Osterlamm giften gegen Euch, weil sie Angst davor haben, ihr Vater könnte noch nach seinem Tod ins Gerede kommen. Schließlich waren einige angesehene Bürger im Haus, als Ihr seinen Verrat offenlegtet. Wenn die sich gegen Adam und Coen wenden, wird man sie bald so behandeln wie Euch heute. Und davor fürchten sie sich.»

«Ich hätte das über den Bürgermeister trotzdem nicht sagen sollen», meinte Griet. «Es war taktlos, aber Coen hat mich mit seinen Verdächtigungen herausgefordert. Ich glaubte, ich müsste meine Familie beschützen. Ich verstehe Adam besser, als er vielleicht denkt.»

Pieter Rink holte eine Leiter, um den Hohlraum wieder zu verschließen, ehe sein Gehilfe zurückkehrte. Welche Bücher er versteckte, verriet er Griet nicht, und sie wollte es auch gar nicht erfahren. Dass sie unfreiwillig zur Mitwisserin seines Geheimnisses geworden war, schmeichelte ihr einerseits, andererseits machte es sie beklommen. Doch wie die Dinge lagen, konnte sie bei der Herstellung ihrer Sicherheitsbriefe auf Pieters Geschicklichkeit und Einfallsreichtum bauen.

Der Druckermeister stand noch auf der Leiter, als die Tür aufging und Don Luis in die Werkstatt trat.

Griet erschrak. «Ihr?», brachte sie hervor. «Was sucht Ihr denn hier?»

Der Spanier zog seinen Hut und begrüßte zuerst sie, dann den Drucker, der bei Don Luis' Anblick bleich wurde. Gerade noch rechtzeitig war es ihm gelungen, den verräterischen Hohlraum mit dem Pfropfen zu schließen. Er gab nun vor, lediglich den Haken zu überprüfen, an dem das Seil befestigt war.

Don Luis lächelte. «Nun, ich hatte vor, Euch einen Besuch in Eurem neuen Heim abzustatten, Señora. Dort teilte mir Eure reizende Dienerin mit, Ihr seid ausgegangen, um Druckschriften in Auftrag zu geben. Etwas Geschäftliches, wenn ich fragen darf? Ich hoffe, Ihr habt nicht vergessen, dass der Statthalter uns zu Partnern gemacht hat.»

«Ihr träumt wohl! Wir sind keine Partner, und ich bin durchaus in der Lage, mich selbst um meine Geschäfte zu kümmern. Euch brauche ich dafür gewiss nicht.»

«Aber Ihr braucht das hier.» Don Luis zog ein Stück Papier aus seinem Wams, das er Griet überreichte. Es war das vom Statthalter unterschriebene und gesiegelte Privileg, das Griet benötigte, um unter dem Schutz der Krone tätig zu werden. Griet hatte es völlig vergessen.

Sie errötete, als sie die wenigen Zeilen überflog und feststellen musste, dass Don Luis de Reon darin tatsächlich als Bevollmächtigter und Aufseher ihres Gewerbes erwähnt wurde. Ärgerlicherweise verlieh ihm der Statthalter damit das Recht, sich in ihre Belange einzumischen und seine Nase in jeden Vertragsabschluss zu stecken, den sie künftig vornehmen würde. Vermutlich hegte er ebenso viel Misstrauen gegen sie wie sie gegen ihn. «Seine Gnaden bat mich, Euch noch einmal zu danken, dass Ihr ihm die Alexanderteppiche überlassen habt», sagte Don Luis. Flüchtig blickte er sich um. «Sie scheinen ihm wirklich am Herzen zu liegen. Er hat sie im Haus Cambier aufhängen lassen.»

«Bei mir braucht er sich nicht zu bedanken.» Vorsichtig rollte Griet das kostbare Dokument zusammen. Sie war glücklich, es endlich in Händen zu halten. Ungeachtet der Tatsache, dass es Einschränkungen enthielt und von einem Feind ihres Volkes unterzeichnet worden war, verhieß es ihr doch mehr Unabhängigkeit, als sie bislang in ihrem Leben gekannt hatte. Dennoch zögerte sie, das Dokument in ihrem Lederbeutel zu verstauen. Vermutlich war es im Pförtnerhäuschen nicht sicher. Sie würde Pieter Rink bitten, es in sein Geheimversteck zu legen, sobald Don Luis gegangen war.

«Der Statthalter hat für die Teppiche bezahlt, was er nun mit ihnen anstellt, kümmert mich nicht mehr. Von mir aus kann er Satteldecken für seine Pferde daraus nähen lassen oder sich im Winter die Stiefel damit ausstopfen.»

«Keine Angst, Señora, er wird nichts dergleichen tun», rief Don Luis lachend. «Er verehrt diese Wandbehänge so sehr, dass er sie von seinem Leibburschen bewachen lässt.»

Griet runzelte die Stirn. «Ihr wollt mich verspotten. So kostbar sind die Alexanderteppiche nun auch wieder nicht.»

«Für Euren Gatten mögen sie eine solide Handwerksarbeit gewesen sein und für Euch der Schlüssel zum Erfolg. Aber der Statthalter sieht mehr in ihnen. Ist Euch nicht aufgefallen, was in ihm vorging, als er sie zum ersten Mal im Gewölbekeller Eures Schwiegervaters erblickte?»

«Wie könnte ich das vergessen? Er brüllte mich an und warf mir an den Kopf, ich hätte sie ihm nur gezeigt, um ihn zu kränken.»

Don Luis entfernte ein Staubkorn von seinem schwarzen Wams. Griet fragte sich, warum er sich immer nur in triste Farben kleidete. Ihr als Witwe blieb nichts anderes übrig, doch er war ein Mann und niemandem Rechenschaft schuldig. Außerdem machte ihn das schwarze Tuch blass. Don Luis blickte sie nachdenklich an. «Er scheint zu glauben, dass die Alexanderteppiche ihm Glück bringen. Solange sie unbeschädigt in seinem Besitz sind, soll ihm das Kriegsglück hold bleiben. Behauptet er.»

Auch das noch, dachte Griet.

Don Luis wandte sich nun dem Drucker zu. «Ihr vergesst besser gleich wieder, was ich eben gesagt habe, hört Ihr? Sonst werde ich Euch ein paar Soldaten vorbeischicken, die einmal nachschauen, was Ihr dort oben in der Wand hinter dem Haken versteckt.»

«Señor, ich bitte Euch im Namen der heiligen Jungfrau ...», begann Pieter Rink zu stottern. Don Luis unterbrach ihn, indem er ihm beruhigend auf die Schulter klopfte.

«Ihr braucht vor mir keine Angst zu haben, mein Freund», sagte er. «Ich bin nicht Euer Feind. Fragt Señora Griet, ob man mir vertrauen kann. Oder ... nein, fragt sie besser nicht. Noch hat sie keine besonders gute Meinung von mir, ein Umstand, an dem ich selbst schuld bin. Euer Geheimnis ist bei uns beiden jedenfalls gut aufgehoben. Doch nun sollten wir keine Zeit mehr verlieren und uns dem Geschäftlichen zuwenden.»

Mit einem Seufzer steckte Griet das Privileg in ihre Ledertasche. Nun, da das geheime Versteck aufgeflogen war, behielt sie es doch lieber bei sich. In dem großen Haus, das ihr zur Verfügung stand, würde sich gewiss ein geeigneter Winkel finden.

Während Don Luis sich auf einen Schemel niederließ, begann sie Rink auseinanderzusetzen, wie sie sich die gedruckten Sicherheitsbriefe vorstellte.

Am Nachmittag suchte Griet einen Schlosser auf, bei dem sie ein schmiedeeisernes Schild in Auftrag gab. Dieses wollte sie vorne am Tor anbringen. *Securitas* sollte daraufstehen, das lateinische Wort für Sicherheit. Zu ihrer Erleichterung kam Don Luis nicht mit. Wenn er ihr weiterhin wie ein Schatten folgte, sah sie schwarz für ihr Geschäft. Es war auch so schon ein Wagnis.

Nach dem Abendessen überlegte sie ihre nächsten Schritte. Die ersten Briefe würde Meister Rink ihr in wenigen Tagen ins Kloster liefern. Bis dahin brauchte sie ein paar einflussreiche Fürsprecher in der Stadt, die nötigenfalls in der Lage waren, den Widerstand der stolzen Zünfte und Gilden zu brechen. Wenn es ihr nur gelang, ein paar der Kaufleute auf ihre Seite zu ziehen, hatte sie gewonnen. Pieter Rink stand auf ihrer Seite, er würde seinen Einfluss in die Waagschale werfen, und sein Wort hatte in der Stadt Gewicht. Doch da blieben immer noch Adam und Coen Osterlamm, die ihr nicht wohlgesonnen waren.

Griet klappte die Kladde zu, in die sie einige ihrer Gedanken notiert hatte, und rief nach Beelken. Ihr Vater war nicht zu Hause, wohin er gegangen war, hatte er nicht gesagt. Griet vermutete, dass er in einer Schenke saß. In der Gesellschaft zweier Frauen und eines Kleinkindes schien er sich zu langweilen, was Griet ihm nicht verdenken konnte.

«Er hat den halben Tag verschlafen», beklagte sich Beelken. «Anschließend verlangte er, dass ich den guten Schinken aus dem Wacholderrauch für ihn vom Haken nehme. Das Stück, das er sich abschnitt, war dicker als die Sohlen seiner Stiefel. Und die musste ich auch noch polieren, bevor er ging. Als ob ich mit Basse nicht schon genug zu tun hätte.»

Griet zuckte ungeduldig die Achseln. Ihr Vater war Gast in ihrem Haus. Es gehörte sich nicht, ihm Vorschriften zu machen, solange er den Bogen nicht überspannte. Insgeheim freilich stimmte sie Beelken zu. Ihre Aufgabe war es, für Basse zu sorgen, nicht dessen Großvater zu bedienen. Wenn es ihn nach Annehmlichkeiten verlangte, so hätte er seinen Leibdiener aus Brüssel mitnehmen sollen.

Als Beelken sich schmollend abwandte, um die Katze zu füttern, berührte Griet sie behutsam am Arm. Schwangere Frauen waren leicht reizbar, das wusste sie aus eigener Erfahrung. Als sie Basse unter dem Herzen getragen hatte, war es ihr nicht anders ergangen. Sie und Willem hatten andauernd gestritten.

«Ich werde dafür sorgen, dass du dich ausruhen kannst, wann immer dir danach ist», sagte sie in versöhnlichem Ton. «Du sollst dich hier nicht als Dienstmagd fühlen, sondern als meine ... Gehilfin.»

«Und als Freundin auch?»

Griet nickte knapp. «Selbstverständlich bist du das. Ohne deine Hilfe käme ich doch gar nicht zurecht.»

Das schien Beelken gern zu hören, ihre Laune hob sich augenblicklich. «Vielleicht solltet Ihr zum Weinhändler de Lijs gehen», schlug sie vor. «Wie ich erfahren habe, soll in Kürze eine größere Lieferung seines Burgunders nach Namur gebracht werden. Wenn er seine Ware mit einem Eurer Briefe absichert, werden andere Händler gewiss bald seinem Beispiel folgen.»

«Nun, vielleicht», antwortete Griet. Sie zögerte. Ihre letzte Begegnung mit de Lijs war nicht gerade gut verlaufen, dennoch war Beelkens Vorschlag gar nicht dumm. Sie brauchte de Lijs auf ihrer Seite und musste daher bereit sein, auf ihn zuzugehen.

Zu ihrer Überraschung begrüßte der Weinhändler Griet am nächsten Morgen in seinem geräumigen Kontor sehr liebenswürdig und unterbrach bereitwillig seine Arbeit, um sich mit ihr zu unterhalten.

«Ihr scheint es ja wirklich ernst zu meinen», entgegnete er auf ihr Angebot, seine Fracht nach Namur durch den Erwerb eines ihrer Briefe zu sichern. De Lijs winkte sie ans Fenster, das aus flaschengrünen runden Butzenscheiben bestand, und öffnete es, damit sie einen Blick ins Freie werfen konnte. Tief unter ihr floss gemächlich die Schelde vorbei. Zur linken Hand erkannte Griet die Brücke, welche die Stadt mit dem anderen Ufer verband; wenige Schritte von ihr entfernt lagen de Lijs' Lastkähne, die gerade von Knechten beladen wurden.

«Seht Euch das an.» In de Lijs' Stimme lag Stolz, als fühlte er sich wie der Kapitän einer Seeflotte. «Zwanzig Fässer besten Weines sollen auf Wunsch der Statthalterin in die Festung von Namur gebracht werden!»

«Ihr meint auf Befehl des Statthalters?»

De Lijs öffnete auch noch die übrigen Fenster, um frische Luft ins Kontor zu lassen. Griet, die es vorher noch nie betreten hatte, sah sich interessiert um. Der Raum war mit einem breiten Rechentisch, zwei Schreibpulten für Gehilfen, Regalen und gestapelten Fässern eher bescheiden als verschwenderisch ausgestattet. Eine hübsche silberne Lampe hing über einer Kommode, die mit Frachtbriefen und Auftragsbüchern vollgestopft war. Der Fußboden war gescheuert, jedoch lagen keine Teppiche darauf, um die Kälte, die durch sämtliche Ritzen drang, abzuwehren. Den einzigen Zierrat bildete das Familienwappen des Kaufmanns, das de Lijs' Vater einst in bunten Farben an die kahle Wand hatte malen lassen: ein Adler mit gespreizten Flügeln, die ein Boot und ein Fass beschirmten. Es drückte den Stolz der alten flämischen Händlersippe aus, auf Griet wirkte es jedoch einschüchternd.

«Margarethe von Parma ist offiziell bereits seit zwei Jahren wieder in Amt und Würden, deshalb nenne ich sie Statthalterin», erklärte de Lijs schließlich. «Philipp II. hat sie nach dem

Tod seines Halbbruders gebeten, die Regierungsgeschäfte erneut zu übernehmen. Das weiß aber kaum einer in Flandern. Farnese hat nämlich heftig dagegen protestiert, der Oberbefehl über Philipps Truppen genügt ihm nicht. Er will die ganze Macht für sich allein, versteht Ihr? Margarethe von Parma sitzt in Namur fest, manche munkeln sogar, sie sei eine Gefangene ihres eigenen Sohnes.» Er schnaubte verächtlich. «Zum Trost schickt er der armen Frau Wein, damit sie ihren Kummer ertränken kann. Margarethe hat ihren Bruder in Spanien bereits angefleht, sie wieder nach Italien zurückkehren zu lassen, aber Philipp ist der Meinung, sie müsse ausharren. Sein Neffe aus Parma ist ihm wohl selbst nicht ganz geheuer.»

Griet stieß die Luft aus. Davon hatte sie in der Tat nichts geahnt, doch es erklärte Farneses Misstrauen gegenüber seiner eigenen Verwandtschaft. Er fürchtete seinen Onkel, der ihn aus einer Laune heraus jederzeit abberufen und durch einen anderen fähigen Feldherrn ersetzen konnte, und er fürchtete seine Mutter, die einen Titel trug, den er nur benutzen durfte, um sich beim Volk Respekt zu verschaffen.

«Margarethe ist hin- und hergerissen», sagte de Lijs. «Wie ihr Vater, der alte Kaiser Karl, fühlt sie sich ihrer niederländischen Heimat verbunden, aber sie hat keine andere Wahl, als dem König zu gehorchen. Dieser Konflikt tobt in ihrem Innern, seit ich zurückdenken kann. Vor fünfzehn Jahren, als die ersten Aufständischen zu den Waffen griffen, kostete er sie ihr Amt.»

Er musterte Griet mit einem nachdenklichen Blick. Eine Weile sprach er nicht mehr, dann aber reichte er ihr die Hand. «Auf meine Ware habe ich immer selbst aufgepasst. Aber mir gefällt der Gedanke, Euch für den Schaden zahlen zu lassen, falls meine zwanzig Burgunderfässer nicht in Namur ankommen. Nicht dass ich Euch Verluste wünschen würde, beileibe nicht.» Er rückte näher an sie heran. «Ich schätze Euch sehr, Griet, das wisst Ihr doch hoffentlich. Auch wenn Ihr mich neulich vor dem Statthalter reichlich dumm habt aussehen lassen.»

«Das tut mir leid.» Griet drückte de Lijs' plumpe Hand und schenkte ihm ein versöhnliches Lächeln. Sie war froh, dass er ihr nichts nachtrug, doch als sie seine gierigen Blicke bemerkte, wünschte sie, sie hätte sich für ihren Besuch im Kontor etwas weniger herausgeputzt. Statt des eintönigen Gewands, das ihr Witwenstand ihr aufzwang, hatte sie heute ein orangenes Kleid aus schwerem Seidendamast gewählt, das ihre schlanke Gestalt vorteilhaft betonte. Ihr Schleier verbarg sittsam das rote Haar, war aber nach französischem Vorbild nicht unter dem Kinn straffgezogen, sondern nur locker um den Hals gewunden. An ihren Händen blitzten zwei goldene Ringe, von denen sie hoffte, dass sie sie nicht zu Geld machen musste. Ging de Lijs auf ihr Angebot ein, so war sie fürs Erste flüssig, dennoch galt es, klug zu wirtschaften.

«Ich kaufe Briefe für meine gesamte Fracht», entschied de Lijs schließlich. «Schickt mir die Dokumente, sobald sie vom Drucker kommen.»

Griet strahlte de Lijs an und versprach vollen Ersatz für seinen Wein, falls die Statthalterin nicht alle Fässer bekommen sollte. Im Vorraum des Kontors ließ sie sich mit klopfendem Herzen den vereinbarten Kaufpreis für den von de Lijs vorab erworbenen Brief auszahlen, berechnete dann sorgfältig den im Schadensfall auszuhändigenden Betrag und quittierte schließlich alles in einem Rechnungsbuch.

«Du hast ihr einen dieser närrischen Briefe abgekauft? Bist du verrückt geworden?»

Adam Osterlamm tobte, als er de Lijs am Nachmittag besuchte und von dessen Vertrag mit Griet hörte. Wütend trat er gegen eines der Fässer im Kontor. Den Becher Wein, den de Lijs'

Handelsknecht ihm einschenkte, übersah er. Coen, der seinen Bruder begleitete, hielt sich mit Anschuldigungen zurück, doch seine Blicke ließen keinen Zweifel daran, dass auch er die Handlungsweise des Kaufmanns missbilligte. Er nahm seinen Becher entgegen, forderte de Lijs' Gehilfen aber auf, den Raum zu verlassen.

«Hörst du schlecht?», half Adam stirnrunzelnd nach, als sich der junge Mann nicht sogleich in Bewegung setzte. «Verschwinde, Bursche, sonst mache ich dir Beine!»

De Lijs fasste den Sohn des Bürgermeisters scharf ins Auge. «Das ist immer noch mein Haus, junger Freund. Das heißt, ich bestimme, wann meine Bediensteten zu gehen haben.» Er gab seinem Gehilfen einen Wink, woraufhin dieser die Tür von außen schloss.

«Verzeiht die Kühnheit meines Bruders, Meister de Lijs.» Coen Osterlamm stellte den Becher auf de Lijs' Rechentisch. «Aber waren wir nicht übereingekommen, die Witwe Marx, die mit den Spaniern gemeinsame Sache macht, nicht zu unterstützen? Es sei denn ...», er lächelte listig, «Ihr habt Euch vorgenommen, sie zu ruinieren. Dann sähe die Sache natürlich anders aus. Eure Lastkähne müssten nur auf der Schelde kentern, dann wäre Eure gesamte Ladung bei den Fischen, und das Weib müsste zahlen.»

De Lijs schüttelte energisch den Kopf. «Oh nein, das könnt Ihr vergessen, Coen. Ich habe beschlossen, den Handel mit den Sicherheitsbriefen zu unterstützen. Meine Fracht gehört mir und liegt in Gottes Hand. Wenn es ihm gefällt, sie heil nach Namur zu bringen, werde ich im Frühjahr einen neuen Brief kaufen. Falls mein Wein verderben sollte, trägt die Witwe Marx den Schaden. So einfach ist das. Es wird unserer Stadt, vielleicht sogar eines Tages ganz Flandern, Gewinn bringen, ein Gewerbe dieser Art zu haben. Gehört nicht den Mutigen die Welt?»

«Mag sein, dass Ihr recht habt, aber glaubt Ihr nicht, dieses Gewerbe wäre in den Händen eines Mannes besser aufgehoben als in denen eines Weibes?» Coen bewegte spielerisch die Finger seiner rechten Hand. «Eines lahmen Weibes, wohlgemerkt? Mir scheint, Ihr denkt in dieser Angelegenheit nicht mit Eurem Kopf, sondern mit einem ganz anderen Körperteil, de Lijs.»

Der Weinhändler löste verärgert die Schnüre seines steifen Leinenkragens, um sich Luft zu verschaffen; ihm war heiß geworden. Sein Kopf tat ihm weh. Doch obgleich ihm nicht wohl war, fühlte er sich kräftig genug, Coen am Arm zu packen und ihm eine Ohrfeige zu verpassen, die den jungen Mann gegen die Wand schleuderte. Adam ballte die Fäuste.

«Denkt nicht mal daran, sonst zerquetsche ich Euch wie eine reife Pflaume», rief de Lijs ihm zu. «Es bedarf nur eines einzigen Wortes von mir, und die ganze Stadt erfährt vom Verrat Eures Vaters. Ich nehme nicht an, dass dies in Eurem Interesse liegt.»

Adam und Coen wechselten vielsagende Blicke, bevor Letzterer mit einem entwaffnenden Lächeln die Arme hob. Auf seiner Wange zeichneten sich die Finger des Weinhändlers rot ab. «Nun kommt schon, de Lijs. Versteht Ihr keinen Spaß mehr? Ich weiß, dass Euer Wort bei den Kaufleuten Gewicht hat, nicht nur in Eurer eigenen Gilde. Daher entschuldige ich mich bei Euch für meine kühnen Worte. Ich war hitzköpfig. Aber überlegt trotzdem einmal, ob es für Oudenaarde nicht gut wäre, die Geschäfte der Witwe Marx in erfahrenere Hände zu legen, bevor sie sie gleich ruiniert. Sie ist fremd, besitzt keinerlei Erfahrung. Die Teppichmanufaktur hat ihr Mann geleitet, nicht sie. Also, woher soll sie sich mit diesen Dingen auskennen?»

«Aber sie besitzt ein königliches Privileg», brummte de Lijs. «Pieter Rink hat es gesehen.»

«Fragt sich nur, wie lange sie sich dieses Privilegs erfreuen kann!»

«Wollt Ihr schon wieder davon anfangen? Spart Euch Euren Atem, denn ich werde Euch nicht mehr zuhören.» De Lijs runzelte die Stirn, konnte jedoch nicht umhin, zuzugeben, dass Coens Worte ihn nachdenklich gestimmt hatten. Griet war eine entschlossene Frau, die nicht nur Mut hatte, sondern auch bereit war, über ihren Schatten zu springen. Gewiss war es ihr nicht leichtgefallen, ihn um sein Vertrauen zu bitten. Aber sie hatte es getan. Er würde ihr mit seiner Erfahrung zur Seite stehen, wenn sie noch einmal zu ihm kam. Pieter Rink würde sie ebenfalls beraten. Doch genügte das, um ein so wichtiges Gewerbe auszuüben? Es ging dabei schließlich um mehr als um den Verkauf von Eiern und Speck auf dem Markt.

Nachdem Adam und Coen gegangen waren, setzte sich de Lijs an seinen Rechentisch. Er starrte aus dem Fenster zur Schelde hinunter, wo soeben die letzten Fässer seiner Fracht mit einem hölzernen Kran auf einen der Lastkähne gehievt wurden.

Kapitel 11

In den nächsten Tagen klopfte es nach und nach häufiger an der Tür des Pförtnerhäuschens. Es hatte sich in der Stadt herumgesprochen, womit Griet handelte, und dank der Fürsprache de Lijs' und Pieter Rinks, der mit seinen Briefen erstklassige Arbeit geliefert hatte, konnte Griet erste Erfolge verbuchen. Ein Handschuhmacher aus der Nederstraat, dessen Werkstatt an eine Nagelschmiede grenzte, machte den Anfang. Er lebte in ständiger Furcht, von der Schmiede könnten Funken auf sein Haus überspringen und das trockene Flechtwerk seines Daches in Brand setzen. Er berichtete, er habe überall um seinen Werktisch Wassereimer aufgestellt, doch die Feuchtigkeit schade seinen Knochen, daher habe sein Weib ihn zu ihr geschickt. Sollte der Schmied, der oft betrunken draufloshämmere, eines Tages sein Häuschen in Asche legen, so wolle er nicht als Bettler auf der Gasse enden, sondern sich in der Nähe der Schelde ansiedeln. Dort, wo es genügend Löschwasser gab.

Auch andere Handwerker, Walker, Gewandschneider und Putzmacher fanden sich bei ihr ein und erwarben Sicherheitsbriefe. Sie alle kannten de Lijs, waren mit ihm verwandt, befreundet oder standen in seiner Schuld. Obwohl Griet jedem Kunden zu verstehen gab, dass das königliche Privileg des Statthalters ihr nicht die Macht verlieh, Brände, Überfälle, Krankheit oder andere Katastrophen zu verhindern, schienen einige doch zu glauben, mit den Briefen gleichzeitig auch ein gewisses Anrecht auf Schutz in den Händen zu halten. Insbesondere da das Gerücht die Runde machte, die Zurückhaltung, die den spanischen Besatzungssoldaten auferlegt worden war, sei Griets angeblichem Einfluss auf den Statthalter zu verdanken. Da sie ihren Handel zudem in einem Haus eingerichtet hatte, das einst von frommen Frauen bewohnt worden war, begann die Stimmung in den Gassen von Oudenaarde allmählich zu ihren Gunsten umzuschlagen. Bald suchten sie nicht nur kleine Krämer und Handwerker auf, sondern auch Angehörige vornehmer Familien.

Eines Tages, Griet hatte eben erst das Tor geöffnet und die Hühner, die regelmäßig vom Hof des Nachbarhauses durch ein Loch in der Mauer schlüpften, hinaus auf die Gasse gejagt, stand Pamela, Adam Osterlamms Schwester, vor ihrer Tür. Die junge Frau ließ sich von einer Magd begleiten und lächelte verlegen, als Griet sie in die Halle führte.

«Wie finster es hier ist», flüsterte die Tochter des Bürgermeisters und zog das Tuch, das sie sich um die Schultern gebunden hatte, enger. Sie ließ ihre Augen durch den Eingangsbereich des ehemaligen Klostergebäudes schweifen, in dem sich seit Griets erstem Erkundungsgang nur wenig verändert hatte. Beelken hatte den zerkratzten roten Steinboden gescheuert und Staub und Spinnweben entfernt, doch die Halle wirkte nach wie vor abweisend und düster.

«Das liegt an den Bäumen vor dem Haus und an dem Efeu, der sich über die hohen Fenster gelegt hat», sagte Griet, die den Eindruck hatte, sich rechtfertigen zu müssen. «Das Gestrüpp lässt leider nur wenig Licht herein. An trüben Tagen ist es daher so dunkel, dass wir schon vor dem Angelusläuten eine Lampe anzünden müssen.» Um nicht noch länger über das Haus sprechen zu müssen, öffnete sie rasch die Tür zu dem Raum, in dem sie ihre Schreibstube eingerichtet hatte. Die war zwar nicht geräumig, aber Griet gefiel sie, weil sie nicht nur ein schmuckes gotisches Fenster besaß, sondern auch eine kleine Apsis, welche zu Zeiten der Klosterschwestern eine Heiligenfigur beherbergt hatte. Diese gab es längst nicht mehr, doch dafür bot die Nische genügend Platz für Griets Rechnungsbücher. Ein Stehpult, ein Wandteppich von der Manufaktur Marx, den Griet vor dem Verkauf hatte retten können, und zwei bequeme Scherensessel mit braunen Lederpolstern rundeten die Einrichtung ab.

Pamela nahm weder Platz, noch hielt sie sich mit langen Vorreden auf. Griets Frage, was sie zu ihr führe, beantwortete die junge Frau, indem sie wortlos einen wappengeschmückten Ring auf das Pult legte. Griet erkannte ihn sogleich wieder. Er hatte Pamelas Vater gehört; Adam und Coen hatten ihn am Gerichtstag auf dem Grote Markt an sich genommen. Wie Pamela nun zu dem Kleinod kam, vermochte Griet nicht zu sagen.

«Gebt Ihr mir für den Ring von Oudenaarde einen Eurer Briefe?» Pamela fragte das fast trotzig, wobei sie auch noch abwartend die Arme vor der Brust verschränkte. Griet warf ihr einen verwunderten Blick zu; sie hatte es nicht für möglich gehalten, dass Pamela überhaupt wusste, mit welchen Geschäften sich Griet befasste. Doch wie es aussah, war die Tochter des früheren Bürgermeisters genau unterrichtet. Griet beschloss, sie nicht anders zu behandeln als ihre männliche Kundschaft, denn bestimmt war es dem Mädchen schwergefallen, sie hier aufzusuchen. Zögerlich nahm sie den Ring in Augenschein. Er wog schwer in ihrer Hand, war hervorragend gearbeitet und mit seinen eingelegten Rubinen ein kleines Vermögen wert. Für Pamela schien er außerdem auch noch einen ideellen Wert zu besitzen, der nicht einzuschätzen war.

«Warum wollt Ihr den Ring von mir versichern lassen?», fragte sie nach einer Weile. «Befürchtet Ihr seinen Verlust?»

Pamela zuckte mit den Achseln. «Meine Mutter hat ihn mir

versprochen, aber Adam ...» Sie atmete tief durch, dann erklärte sie widerstrebend, dass sie den Ring aus dem Schrank in der Prunkstube genommen hatte, weil sie befürchtete, ihr Bruder würde ihn verkaufen, ohne sie auch nur um Erlaubnis zu bitten. Griet begriff. Seit dem Tod ihres Vaters war Pamela auf den guten Willen ihrer Brüder angewiesen, musste ihre Launen über sich ergehen lassen, ohne jede Möglichkeit, sich zu wehren. Der goldene Ring war das einzige Stück von Wert, das sie besaß, zumindest nach Wunsch und Willen ihrer Mutter, doch selbst dieses Andenken sollte ihr von Adam und Coen genommen werden. Griet konnte sich vorstellen, wie Adam reagierte, sobald er entdeckte, dass der Ring verschwunden war. Sie konnte nicht umhin, den Mut des Mädchens zu bewundern. Es war mit Sicherheit gefährlich, sich Adam zu widersetzen.

«Versteht Ihr nun, warum ich Euch aufgesucht habe? Wenn ich Euren Brief erworben habe, fühle ich mich sicherer. Dann wird es mir auch leichter fallen, meinen Brüdern zu begegnen. Sollten sie mir meinen Ring wegnehmen ...»

Griet ging hinüber zu der Nische, wo sie einige Seiten dichtbeschriebenen Pergaments verwahrte. Sie enthielten ein Reglement, das sie und Don Luis gemeinsam aufgesetzt hatten. Das Reglement spielte in einer langen Liste von Fragen und Antworten verschiedene Fälle durch, bei denen es um Schaden, Verlust und Entschädigung ging, es sollte Griet helfen, bei der Beurteilung ihrer Fälle einheitliche Maßstäbe anzulegen. Sie vertiefte sich in einige der Blätter, bevor sie sich wieder Pamela zuwandte.

«Normalerweise müsste ich zuerst Erkundigungen einholen, um sicherzugehen, dass es sich bei dem kostbaren Stück tatsächlich um Euer Eigentum handelt, versteht Ihr? Gewiss hat Euer Vater ein Testament hinterlassen oder im Beisein von Zeugen erwähnt, dass Ihr den Ring bekommen sollt.»

Pamelas Augen blitzten erschrocken auf, ihr Blick verriet Griet, dass sie einen wunden Punkt berührte. Ohne Eile rollte Griet das Reglement wieder zusammen und sandte ein stummes Dankgebet gen Himmel, weil Don Luis nicht da war und ihr über die Schulter schaute. Soweit Griet wusste, hatte der junge Spanier die Stadt verlassen, aber er hatte ihr nicht gesagt, wann er zurückkommen werde.

«Ich kann Euch nur mein Wort geben, Frau Griet», erklärte Pamela kleinlaut. «Der Ring gehört mir. Ich schwöre es Euch bei der heiligen Agnes.»

Griet zögerte immer noch. Don Luis würde sich nach seiner Rückkehr ihre Bücher ansehen und ihr mit unangenehmen Fragen zusetzen, dennoch kam es nicht in Frage, dass sie ein Geschäft ablehnte, nur weil der Spanier möglicherweise Vorbehalte hatte. Es gab noch ein Reglement, das wichtiger war als das, welches er ihr diktiert hatte, und dieses befand sich in ihrem Herzen.

Sie nickte Pamela freundlich zu. «Euer Wort genügt mir. Sollte der Ring Euch ohne eigenes Verschulden abhandenkommen, erklärt sich das Haus Marx van Oudenaarde bereit, Euch mit einem Betrag in Höhe von zweihundert Dukaten zu entschädigen. Fühlt Ihr Euch damit ausreichend abgesichert, falls ...»

Sie sprach nicht weiter, denn sie hatte es sich zum ersten Gebot ihres Handels gemacht, nicht zu tief in die persönlichen Angelegenheiten eines Ratsuchenden zu dringen. Es genügte schon, dass diese ihr häufig unverlangt ihr Herz ausschütteten und freimütig über ihre Nöte, Ängste und Befürchtungen sprachen. Pamela war entgegen ihrem noch reichlich kindlichen Wesen doch so klug, zu verstehen, worauf Griet anspielte.

«Meine Mitgift, zu der ich auch Vaters Ring zähle, wird es mir erlauben, im Haus meiner Brüder ein sorgenfreies Leben zu führen. Wenigstens so lange, bis jemand um mich anhält.» Sie lächelte schwach. «Sollte ich aber um meine Habe gebracht und aus dem Haus getrieben werden, so kann ich mich mit Eurer Entschädigung bei den Beginen einkaufen. Ich kenne Uta, die Vorsteherin des Hofes, seit ich ein kleines Mädchen war, und weiß, dass sie nicht zögern würde, mich aufzunehmen. Mit Nadel und Garn kann ich nämlich umgehen.»

Das bezweifelte Griet nicht. Sie freute sich zu hören, dass Pamela Osterlamm so unverzagt Pläne schmiedete, anstatt ängstlich abzuwarten, ob sie im Haus ihrer Brüder noch länger willkommen war. Doch zu der Genugtuung, in dieser Angelegenheit helfen zu können, gesellten sich alsbald neue Sorgen und Zweifel. Pamela war ja nicht die Einzige, die sich vor Adam und Coen fürchten musste. Sie selbst hatte sich den Brüdern schon wieder in den Weg gestellt, zumindest würden sie das so sehen. Und obwohl man Griet in der Stadt neuerdings etwas freundlicher behandelte, fürchtete sie, dass die Stimmung schnell wieder umschlagen könnte, wenn bekannt würde, dass sie mit Pamela gemeinsame Sache machte.

Als Griet das Kontor abschloss und draußen tief die von Wind und Regen abgekühlte Luft einatmete, ertappte sie sich bei dem Wunsch, Don Luis möge sich bald wieder blicken lassen. Es war seltsam mit ihm. Besuchte er sie, vergingen keine fünf Minuten, bis sie sich über ihn ärgerte. Dabei konnte sie selbst nicht sagen, warum sie ihn bei allem, was er vorbrachte, voller Argwohn betrachtete. Er verlor in ihrer Gegenwart niemals die Fassung, sprach immer leise und war von einer fast vollkommenen Höflichkeit. Wenn sie sich gemeinsam über die Rechnungsbücher beugten, kam es vor, dass Griet sogar vergaß, dass Don Luis Spanier und mit Farneses Truppen in die Stadt gekommen war. Dann genoss sie seine Nähe, den herben Kräuterduft, der ihm anhaftete, und die Wärme, die von seinem samtenen schwarzen Wams mit den aufgebauschten Ärmeln ausging. Einige Male hatte sie seine Fragen überhört, weil sie mit ihren Gedanken weit weg gewesen war. Irgendwo, wo es nach frischem Heu, Früchten und Kräutern duftete und die klamme Kälte des Kontors sich in die wohltuende Wärme eines Landes verwandelte, in dem es nicht so oft regnete wie in Flandern, irgendwo, wo die heiße südliche Sonne den Boden trocknete. Ein Land voll trauriger, aber wunderschöner Melodien, wie Griet sie damals im «Goldenen Apfel» gehört hatte. Wie Don Luis wohl lebte, wenn er nicht in Farneses Diensten stand? Was genau er für den Statthalter zu tun hatte, hatte er ihr nicht gesagt. Ob er nach Spanien zurückkehren würde, sobald seine Aufgaben in den Niederlanden beendet waren?

Griet hatte noch nie viel über das Land nachgedacht, in dem Philipp II. herrschte. Ihr Vater hatte ihr beigebracht, sich über die Regierung der Habsburger in Flandern und Brabant nicht den Kopf zu zerbrechen. Er war der Meinung, er sei der Krone Gefolgschaft schuldig, was nicht hieß, dass er freundliche Gefühle für die spanischen Truppen hegte, deren Garnisonen nun überall im Land lagen. Die Provinzen des Nordens hatten sich im vergangenen Jahr für unabhängig erklärt, doch dem Süden schien ein anderes Schicksal beschieden zu sein.

Griet sah zu, wie die Sonne langsam hinter den Dächern der Häuser verschwand. Der Turm der Sint-Walburgakerk schien in ihrem sanften gelben Schein zu brennen wie eine Opferkerze. Plötzlich sah Griet Beelken über den Hof auf sich zu eilen. Das Mädchen schien außer sich und machte beim Gehen so ungelenke Bewegungen, dass sie mehrmals stolperte und in ihren ausgetretenen Holzpantinen nur mit Mühe das Gleichgewicht hielt.

«Ist Basse bei Euch?», rief sie Griet zu. Es klang panisch.

Basse? Griets Herz zog sich in einem Krampf zusammen.

Nein, das war er nicht. Sie hatte das Kind seit Stunden nicht mehr gesehen, jedoch angenommen, es sei bei Beelken im Pförtnerhäuschen.

Beelken japste und keuchte. Ihre Hände wie so oft schützend vor dem Bauch, berichtete sie, dass es Basse im Haus zu langweilig geworden sei und er sie darum gebeten hatte, zum Kloster laufen und vor dem Portal auf Griet warten zu dürfen.

«Ich schwöre, dass ich den Kleinen immer im Auge behalten habe», heulte Beelken, während Griet sie aus großen Augen anstarrte. «Aber dann hat ... sich mein Kind gerührt, es war so heftig, dass ich ...» Sie atmete tief ein, bevor sie weitersprechen konnte. «Als ich wieder hinübersah, stand er nicht mehr vor der Tür.»

Griet schüttelte Beelken an den Schultern und zwang sie, sich ein wenig zu beruhigen, obwohl sie selbst alles andere als ruhig war.

«Sagt, dass er zu Euch ins Haus kam», jammerte Beelken flehentlich.

Griet schüttelte den Kopf. Nein, das war nicht der Fall, und das wussten beide. Basse reichte nicht einmal auf Zehenspitzen bis an die Klinke heran, und es gab weit und breit nichts auf dem Hof, worauf sich der Junge hätte stellen können, um sie herunterzudrücken. Davon abgesehen hatte Griet ihm strengstens verboten, das alte Gebäude ohne ihre Erlaubnis zu betreten. Basse war zwar aufgeweckt, doch für gewöhnlich auch gehorsam.

Griet rannte um das Klostergebäude herum, folgte der mit allerlei Sträuchern und Efeu überwucherten Mauer bis zu dem kleinen, verwahrlosten Friedhof. Dabei rief sie ständig Basses Namen. Manchmal versteckte er sich vor Beelken hinter einem der verwitterten Steine, da diese einen gewaltigen Eindruck auf ihn zu machen schienen. Doch er war nicht dort, das sah Griet sofort. Ihre Angst wurde größer, sie schnappte nach ihr, bis ihr Herz den eigenen Schlägen kaum noch standzuhalten schien. Ihr tauber Arm wurde heiß und begann zu zucken.

Sie musste weitersuchen, nur weil ihr Körper sich ihr wieder verweigerte, durfte sie nicht aufgeben. Irgendwo steckte Basse, er war ganz in der Nähe, das spürte sie. Er brauchte ihre Hilfe. Lieber Gott, lass mich ihn finden, betete sie verzweifelt. Als sie zurück zum Vorhof lief, stieß sie dort auf die verheulte Beelken.

«Wo ist mein Vater?», brüllte Griet das Mädchen an. «Er soll gefälligst nicht auf der faulen Haut liegen, sondern uns suchen helfen!»

«Herr Sinter ist nicht da. Er hat das Haus schon ganz früh verlassen, weil er mit jemandem sprechen musste. Aber ...» Beelken zögerte.

«Was noch?»

«Seine Kleider sind auch nicht mehr da. Ich habe es bemerkt, als ich die Stube nach Basse absuchte. Es ist alles fort.»

Vor Griets Augen zogen schwarze Wolken auf, so dicht, dass sie nicht nur ihren Blick auf das windschiefe Häuschen mit dem Wetterhahn, die brüchige Mauer und das Tor verhinderten, sondern auch noch jedes Geräusch verschluckten, das sich in ihrer Nähe regte. Es dauerte Momente, die Griet wie eine Ewigkeit vorkamen, bis die Wolke weiterzog und ihr erlaubte, wieder zu Verstand zu kommen.

Ihr Vater war also fort, fiel ihr ein. Er hatte seine Sachen gepackt und war ohne ein Wort der Erklärung verschwunden.

Und Basse mit ihm. Aber warum?

Draußen auf der Gasse schoben sich einige Menschen vor das Tor. Beelkens Geschrei hatte sie herbeigerufen. Ein paar ältere Frauen aus der Nachbarschaft blickten Griet aus runzeligen Gesichtern voller Mitgefühl an, bevor sie Beelken etwas zuflüsterten und dann kehrtmachten.

«Sie wollen uns bei der Suche nach Basse helfen», schluchzte Beelken gerührt. «Die Frau, mit der ich eben sprach, wohnt ein Stück weiter die Gasse hinauf. Ihr Hausknecht, der verrückte Tyll, hockt abends immer auf dem Rand der Pferdetränke und spielt Sackpfeife. Dann rennen die Kinder zu ihm, und er schenkt ihnen Vogelfedern.»

Griet fasste Beelken aufgeregt am Handgelenk. «Hat er Basse gesehen?»

«Nein, den nicht. Aber Euren Vater. Er erinnert sich, weil Herr Sinter wohl im Vorbeigehen eine von Tylls hübschesten Federn mitgenommen und sich ans Barett gesteckt hat. Tyll war wütend und hat ihm hinterhergeschimpft. Aber der Knecht behauptet, Euer Vater sei allein gewesen, und Gepäck habe er auch nicht dabeigehabt.»

Griet stöhnte enttäuscht auf. Sie musste sich allein auf die Suche machen. Nicht nach Sinter, mochte der bleiben, wo der Pfeffer wuchs. Es ging um Basse, nur um Basse. Nie würde Griet es sich verzeihen, wenn ihrem kleinen Jungen etwas zustieß, nur weil sie ihren Geschäften nachgegangen war, anstatt sich um ihn zu kümmern, wie es einer Mutter zukam. Laut seinen Namen rufend, lief sie die Straße hinauf, schaute unterwegs in jede Tonne, stieg jeden Kellerabgang hinunter und spähte durch Fenster in Stuben, bis man ihr mit wütenden Blicken den Laden vor die Nase schlug. Was sollte sie noch tun? Bald war es dunkel, dann würde man in der Stadt die Hand vor den Augen nicht mehr sehen. Griet wandte den Kopf, ihre Blicke suchten den Rathausturm. Sie hatte gehört, dass der Statthalter im Begriff stand, Oudenaarde zu verlassen. Doch so viel sie von Pieter Rink wusste, hielt er sich noch in seinem Quartier auf. Griet überlegte, ob sie es wagen durfte, Alessandro Farnese um Hilfe zu bitten. Sie hatte sich einmal geschworen, keinen Kniefall vor ihm zu machen, doch wenn er seine Soldaten ausschwärmen ließ, um nach Basse zu suchen, würde sie sogar mehr als das tun. Ohne länger darüber nachzudenken, raffte Griet ihren Rock und machte kehrt. Sie musste zum Grote Markt.

Sie schlug die Gasse der Knochenhauer ein und hastete am verfallenen Gemäuer der alten Ölmühle vorbei, deren hölzerne Flügel im Wind knarzten. Am Ende der Gasse stieß sie unversehens auf einen Menschenauflauf. Männer und Frauen drängten sich mit Lampen und Stangen um die Dunggrube eines Schlachters, die, von Brettern eingeschalt, fast die gesamte Breite der Gasse einnahm. Sie bestand aus einem aus Ziegelsteinen gemauerten Schacht, der tief in den Boden hinabreichte und für gewöhnlich mit einem Holzdeckel verschlossen wurde. Dieser lag nun mitten auf dem Weg, sodass der Gestank, welcher der Grube entstieg, sich ungehindert ausbreiten konnte. Griet hielt den Atem an, um die verpestete Luft nicht einatmen zu müssen, dennoch wurde ihr übel. Sie wollte sich gerade durch das Gedränge schieben, als ihr Blick auf einen Mann fiel, der aus dem Haus mit dem Schweinekopf über dem Türbalken kam und zunächst auf die Menge vor seinem Tor, dann auf die spanischen Soldaten einredete. Von dem Getöse aufgeschreckt, gingen die Soldaten daran, die Leute von der Gasse zu scheuchen. Der Mann beteuerte, seit Stunden im Haus Würste gestopft zu haben und nicht zu wissen, was abgesehen von Abfällen dort unten in seiner Grube schwamm.

Die Spanier machten ratlose Gesichter; sie verstanden kein Wort von dem Geplapper des Schlachters, daher schoben sie ihn rasch zur Seite und begannen, die Menschentraube vor dem Loch aufzulösen. Nur die beiden Männer, die mit langen Stangen in der stinkenden Grube stocherten, und eine weißhaarige Frau, die eine Laterne trug, ließen sie in Ruhe.

Griet fasste sich ein Herz und ging auf einen der Spanier zu, der neugierig zusah, wie sich die Männer vor der Dunggrube abmühten. Sie wollte ihn gerade bitten, sie zum Haus des Statthalters zu führen, als die Weißhaarige mit der Laterne aufkreischte. Inmitten des Unrats tauchten Stofffetzen auf, die einmal zu einem Kleidungsstück gehört hatten. «Ich hab's doch gleich gesagt», jammerte das Weib. «Nun seht ihr es mit eigenen Augen! Da ist einer im Dung versunken. Der Knochenhauer hat seine Grube nicht ordentlich verschlossen, und jetzt ...»

«Halt den Mund», brüllte der Schlachter erbost. «Die Grube ist immer verriegelt. Sie wird nur geöffnet, wenn ich nach dem Schlachten Abfälle entsorge. Und ich lasse sie regelmäßig reinigen. Mindestens einmal im Jahr.»

Einer der Männer zog mit seiner Stange das verschmutzte Stück Tuch aus dem Matsch und schwenkte es über den Köpfen der Spanier und der Alten wie eine Standarte. Die Soldaten sprangen mit vor Ekel verzerrten Gesichtern zurück und drohten dem Mann fluchend Prügel an, weil er sie nass spritzte.

Griet erschrak, als sie den Fetzen im Licht der Lampe genauer betrachtete. Er stammte von dem Reiseumhang, mit dem ihr Vater nach Oudenaarde gekommen war.

«Macht weiter, da schwimmt noch etwas im Loch», rief die Weißhaarige. Die Frau blickte Griet an, während sie ihre Lampe wieder auf die Grube richtete. «Hast du's schon gehört? Oben, bei den Weingärten, soll ein Kind vermisst werden.»

Griet reagierte nicht. Stumm verfolgte sie die monotonen Bewegungen der Männer, die mit ihren Stangen den Inhalt der Grube umpflügten, bis sie schließlich auf weitere Stofffetzen und auf einen etwa drei Fuß langen Gegenstand stießen. Dieser war in ein Leintuch gewickelt und mit Stricken verschnürt. Griet war einer Ohnmacht nahe. Sie zitterte, als die beiden Helfer das Bündel aus dem Loch zogen. Für einen erwachsenen Mann war es zu klein, demnach konnte nicht ihr Vater darin stecken. Aber ...

«Holt mir ein Messer», bat sie den Schlachter, der mit betretener Miene vor seiner Haustür stand. Aus den Fenstern der gegenüberliegenden Häuser starrten mehrere Augenpaare auf die Gasse, als Griet sich über das Bündel beugte, um die Stricke durchzuschneiden. Niemand hielt sie zurück, nicht einmal die spanischen Soldaten, die zu verstehen schienen, was Griet befürchtete. Tatsächlich hatte das vor Schmutz triefende Leintuch die Form eines kleinen Leichensacks. Mit einem einzigen Schnitt trennte Griet den Stoff entlang der Naht auf. Dann warf sie das Messer davon und schlug die Hand vor den Mund.

Die Weißhaarige öffnete den Mund, um zu schreien, dann aber lachte sie hoch und schrill.

«Heilige Jungfrau Maria, und ich dachte ...» Der Schlachter musste nicht aussprechen, was er gedacht hatte, alle wussten es. In dem Leintuch lag jedoch nicht der Leichnam eines Kindes. Es war der Kadaver einer Katze.

Jemand hatte ihr das Genick gebrochen und sie dann zusammen mit Sinters Kleidern in der Grube versenkt. Es war nicht schwer zu erraten, dass es sich um Basses Katze handelte.

Er lebt, schoss es Griet durch den Kopf. Sie erhob sich schwankend und ließ es zu, dass die Alte sie in den Arm nahm und behutsam zu einem Schemel führte, der neben dem Auslagebrett des Schlachters stand. Dort blieb Griet sitzen und starrte, überwältigt von ihren Gefühlen, ins Leere, bis die beiden Spanier schließlich auftauchten und ihr mit Händen und Füßen etwas mitteilten. Verständnislos funkelte sie die Männer an, doch dann bemerkte Griet, dass sie jemanden mitgebracht hatten. Es war Beelken.

Das Mädchen war bleich wie Sauerrahm, und ihre Augen waren gerötet, aber sie trug Basse auf dem Arm. Einen putzmunteren Basse, den nur der Gestank, der wie eine Wolke über der Gasse lag, zu stören schien. Griet stürzte schluchzend auf die beiden zu. Sie vergrub ihr Gesicht im Schopf des kleinen Jungen. Die Hand, die sich schwer auf ihre Schulter legte, nahm sie zunächst gar nicht wahr. Erst als die spanischen Soldaten, die ihre Scheu vor dem Wiedersehen von Mutter und Kind inzwischen überwunden hatten, mit einem lauten Knall den Deckel auf die Dunggrube schlugen, wandte sie sich um.

Hinter ihr stand ihr Vater und machte ein zerknirschtes Gesicht.

Griet starrte ihn an, sah, wie er den Mund öffnete, um zu einer Erklärung anzusetzen. Aber sie war zu müde, sie wollte nichts mehr hören. Nicht jetzt.

Rasch nahm sie Basse an die Hand und eilte mit ihm fort.

Kapitel 12
Namur, Oktober 1582

Don Luis lenkte sein Pferd durch das Tor der gewaltigen Burganlage von Namur, die sich mit ihren Mauern und Türmen wehrhaft auf einem Hügel hoch über dem Fluss ausbreitete. Die Torwächter, die in der Mittagssonne dösten, nickten ihm verschlafen zu. Sie brauchten ihn nicht zu fragen, was ihn nach Namur führte; Don Luis war bereits ein paarmal in der Burg gewesen, er kannte sich aus.

Er übergab sein Pferd einem Stallburschen und wandte sich dem Portal zu, über dem ein mächtiger, mit schwarzem Schiefer bedeckter Erker hervorragte. Die Fenster waren weit geöffnet. Er war gerne in Namur, hier überfiel ihn nicht das Gefühl, eingesperrt zu sein und nicht atmen zu können wie in der Stadt. Diesmal hoffte er jedoch, dass seine Gespräche sich nicht zu sehr in die Länge zogen, er wollte so bald wie möglich nach Oudenaarde zurückkehren.

Nicht wegen der Frau, nicht deshalb, sagte er zu sich selbst. Aber er spürte, dass es in der Stadt an der Schelde noch mehr gab als nur seinen Auftrag. Unterdessen stieg er die breite Treppe hinauf, die zu den Privatgemächern der Fürstin führte.

«Ich weiß nicht recht, was ich mit Eurem Bericht anfangen soll, mein Lieber», sagte Fürstin Margarethe, die offizielle Generalstatthalterin der Niederlande. Sie warf das Pergament, das ihr Don Luis ausgehändigt und in das sie sich vertieft hatte, auf einen Tisch und sah ihn mit ernster Miene an. Margarethe von

Parma ging auf ihr sechzigstes Lebensjahr zu, wirkte aber keineswegs greisenhaft. Sie hatte während der Jahre, die sie in Italien zugebracht hatte, an Gewicht zugenommen, weswegen sie nur noch selten ein Pferd bestieg. Aber sie ging nicht gebeugt. Ihr kantiges Gesicht wurde von einem Paar lebhafter dunkler Augen bestimmt, deren Glanz den Mangel an Liebreiz wettmachte. Margarethe von Parma, die als illegitime Tochter Kaiser Karls IV., aber ohne Mutter in Brüssel aufgewachsen war, gab ohnehin nicht viel auf höfisches Gebaren. Prunkvolle Roben, Juwelen und Duftwässerchen hatten sie schon als Mädchen gelangweilt. Margarethes große Leidenschaft galt der Jagd und der Musik. Hier, in Namur, schien sie sich nur noch einem Zeitvertreib hinzugeben, dem Lautenspiel. Tatsächlich entdeckte Don Luis das Instrument, das Margarethe in jeder freien Minute zur Hand nahm, auf einem Stapel von Notenblättern. Da die Fürstin ihn nicht so früh erwartet hatte, trug sie keine für offizielle Empfänge passende Kleidung, sondern ein schlichtes Kleid aus dunkelgrünem Wollstoff, das ihren rundlichen Bauch aber schlanker aussehen ließ. Auf dem sorgfältig frisierten Silberhaar thronte ein luftiger Schleier.

«Pater Jakobus teilte mir mit, dass Ihr mich in Namur zu sprechen wünscht», erwiderte Don Luis ausweichend, obwohl er wusste, dass die Fürstin gern gleich auf den Punkt kam. «Ich hielt es für meine Pflicht, Euch mitzuteilen, wie es um diese Familie in Oudenaarde bestellt ist.»

Margarethe stemmte die Hände in die Hüften. «Nun, das habt Ihr getan, aber ich bin nicht zufrieden mit der Entwicklung dieser Geschichte. Beileibe nicht.» Sie machte einen Schritt auf Don Luis zu. «Ich wollte, dass Ihr die Leute aus der Stadt schafft, die mein Sohn erobert hat, zu mir nach Namur. Was war daran so schwer zu verstehen, junger Mann? Nun sind die alten Teppichwirker in Antwerpen, die junge Frau handelt mit irgendwelchen Ablassbriefen, und zu allem Überfluss taucht nun auch noch ihr Vater aus Brüssel auf.» Sie schüttelte heftig den Kopf. «Nein, Don Luis, das gefällt mir nicht. Es bereitet mir Sorgen, weil ich meinen Sohn kenne. Fühlt er sich bedroht, wird er alles unter seinen Füßen zermalmen wie ein Stier. Nicht einmal vor mir wird er haltmachen. Seht Euch hier um. Es geht mir in der Burg von Namur nicht schlecht. Ein Heer von Bediensteten müht sich damit ab, mir das Leben so angenehm wie möglich zu machen. Ich habe meine geliebte Musik, und ich kann Briefe schreiben. Gestern verfasste ich wieder einen an meinen Halbbruder in Spanien. Ihr kennt Philipp, nicht wahr?»

Don Luis nickte, obwohl er sich nicht mehr besonders gut an den König erinnern konnte. Es war schon lange her, dass sein Vater ihn mit an den spanischen Hof genommen hatte, um ihn dort vorzustellen. Der König hatte ihm nur flüchtig übers Haar gestrichen und bemerkt, dass es zu hell sei für einen richtigen spanischen Jungen. Dann hatte ein Kapuzinermönch mit gütigen Augen, der im Thronsaal gewartet hatte, ihn an die Hand genommen und hinausgeführt. Die restliche Erinnerung war verschwommen.

«Mein Halbbruder hat mir in Aussicht gestellt, dass ich endlich nach Italien zurückkehren darf.» Margarethe lachte bitter auf. «Plötzlich ist er geneigt, mich anzuhören, nach all den Monaten. Er hätte keinen ungünstigeren Moment auswählen können.»

Don Luis stimmte der Fürstin zu. Um mit seiner Mission erfolgreich zu sein, war er auf zwei Faktoren angewiesen: Der Statthalter musste ihm auch weiterhin sein Vertrauen schenken, und er brauchte die Unterstützung der Fürstin. Wenn sie nach Parma ging, war er auf sich allein gestellt.

Während er noch grübelte, teilte ein Kammerdiener seiner Herrin mit, dass ein weiterer Besucher im Palast angekommen sei. Margarethe befahl dem Mann, diesen noch ein wenig warten zu lassen.

«Ihr habt Euch schriftlich nach den schwarzen Schwestern erkundigt?», fragte sie Don Luis.

Don Luis bestätigte es. «Euer Sohn hat Griet Marx das Haus der Nonnen übereignet. Ich dachte damals, wenn wir die frommen Frauen zur Rückkehr in die Stadt bewegen könnten, so müsste sie das Haus räumen und käme zur Vernunft. Ich hoffte, sie würde dann aus Ärger und Enttäuschung die Stadt verlassen.»

Margarethe von Parma lachte. «Das dachtet Ihr also *damals*. Heute nicht mehr?»

Don Luis zögerte mit einer Antwort. Sollte er der Fürstin sagen, wie gern er neuerdings zum Haus der schwarzen Schwestern ging und dass er es öfter tat, als seine Amtspflichten es eigentlich erforderten? Wie sehr er es genoss, in Griets Kontor zu sitzen und mit ihr über die *securitas populi*, die Sicherheit des Volkes, zu streiten? Würde Margarethe ihn verstehen?

«Ich glaube nicht, dass Griet Marx so rasch aufgeben wird», sagte er leise. «Sie hat für ihr Recht, ohne Vormundschaft in Oudenaarde zu bleiben, gekämpft. Eine Niederlage wird sie kaum eines Besseren belehren.»

«Wir werden es versuchen, mein Freund!» Margarethe von Parmas Miene verdüsterte sich. «Ich will, dass die Frau mit ihrem Kind und ihrem Vater nach Namur kommt, und wenn ich sie in Säcke stopfen und auf Eselsrücken hierherschaffen lassen muss.»

«Ich fürchte, das würde zu viel Aufsehen erregen, Herrin», sagte Don Luis. «Aber wenn Ihr Griet Marx anbieten würdet, für die schwarzen Schwestern Sicherheitsbriefe zu kaufen, um ihre Rückkehr nach Oudenaarde zu gewährleisten, würde sie wenigstens ein gutes Geschäft machen. Ihr könntet ihr dann auch zusätzliche Aufträge in Namur in Aussicht stellen, die ihre Anwesenheit in der Stadt erforderlich machen. Sie ist zwar misstrauisch, aber auch praktisch veranlagt. Wenn sie in Oudenaarde keine Bleibe mehr hat, wird sie geneigt sein, über Euer Angebot nachzudenken. Schließlich wurde sie sogar mit Eurem Sohn handelseinig, und den verabscheut sie, weil er als Eroberer und Richter kam.»

Margarethe von Parma runzelte die Stirn. «Alessandro mag viele Fehler haben, aber er ist ein Mann, der sowohl als Soldat wie auch als Statthalter seine Pflichten kennt. Ein hartes Durchgreifen mag ihn vielleicht nicht zum Liebling des Volkes machen, aber es verlängert unter Umständen sein Leben. Ich selbst war damals, als die Unruhen im Land ausbrachen, zu nachgiebig. Von meiner Schwäche profitierten Männer wie der Herzog von Alba, die das Land mit Blut und Schrecken regierten.» Sie seufzte. «Ach, Don Luis, wie sehr ich mich danach sehne, endlich nichts mehr von diesen Dingen hören zu müssen. Nur diese eine Pflicht muss ich noch erfüllen, damit ich wieder ruhig schlafen kann.»

Don Luis hielt sich im Hintergrund, als Margarethe ihren Gast hereinbitten ließ. Es war eine Frau fortgeschrittenen Alters, die das Ordensgewand einer Cellitin trug. Sie ging am Stock. Dankbar nahm die Nonne den Polsterstuhl an, den Fürstin Margarethe ihr anbot. So also sah eine schwarze Schwester aus. Don Luis war enttäuscht, begriff aber selbst nicht genau, warum. Vermutlich hatte er sich nach all den Gerüchten, die über die Frauen dieses Ordens, ihr Leben und ihr spurloses Verschwinden aus Oudenaarde im Umlauf waren, eine charismatischere Erscheinung vorgestellt als diese humpelnde ältliche Klosterfrau, die auf jedes Wort, das die Fürstin an sie richtete, nur lächelnd den Kopf neigte. Dessen ungeachtet schienen sich die beiden Frauen erstaunlich gut zu verstehen. Kaum zehn Minuten waren verstrichen, als Margarethe nach ihrer Laute griff, um der Klosterfrau einige ihrer selbstersachten Melodien vorzuspielen.

Die Ordensfrau lächelte unaufhörlich.

Nach weiteren zehn Minuten teilte die Generalstatthalterin Don Luis mit, dass sie mit der Vorsteherin der Klosterschwestern einig geworden sei.

«Und dafür musstet Ihr der Frau etwas vorsingen?», wollte Don Luis wissen.

«Seid nicht albern. Diese ehrwürdige Schwester versteht mehr von Musik, als Ihr glaubt. Sie gab mir einige gute Ratschläge, dafür versprach ich, dass sie sich mit ihrem Konvent wieder in Oudenaarde ansiedeln darf und ihren alten Besitz zurückerhält. Ihr werdet meinen Sohn im Namen König Philipps anweisen, alles Nötige zu veranlassen. Das wird ihm wehtun, da er ja seinerseits ein Geschäft mit der kleinen Marx abgeschlossen hat, aber darauf können wir keine Rücksicht nehmen. Im Gegenteil, die junge Frau wird vor Wut umso geneigter sein, mit *mir* zu verhandeln. Tragt ihr auf, sie soll sieben ihrer Sicherheitsbriefe ausstellen. Das Geld dafür gebe ich Euch gleich mit.»

Margarethe trat in den Erker und blickte hinunter auf den Burghof, wo jemand angefangen hatte, auf einer Flöte zu spielen. Ihre Züge wurden weich.

«Sieben schwarze Schwestern haben die Zeit des Bildersturms und des Krieges überlebt», murmelte sie. «Sieben alte Frauen. Sie fanden Zuflucht in der Abtei von Hertoginnedal und werden sich nun endlich auf den Heimweg machen, sobald sie Nachricht von Euch erhalten, dass alles für sie vorbereitet wurde.»

Unvermittelt drehte sich die Fürstin um. Sie fasste Don Luis scharf ins Auge. «Sie werden doch sicher in Oudenaarde ankommen, nicht wahr?»

Die blitzenden Augen der Fürstin verfolgten Don Luis, als er die Burg verließ. Der Wind wehte ihm sanfte Lautentöne aus dem Erkergemach hinterher, offensichtlich hatte sich Margarethe wieder angenehmerem Zeitvertreib zugewandt. Nun, ihm konnte es recht sein, wenn sie dort oben sang und auf ihrer Laute zupfte. Er hatte neue Anweisungen, die er gewissenhaft ausführen würde, sobald er wieder in Oudenaarde war. Freuen konnte er sich darüber nicht, im Gegenteil. Wenn er sich Griets enttäuschtes Gesicht vorstellte, wurde ihm schwer ums Herz. Sein Gewissen quälte ihn. Mit Griets Vertreibung aus dem Haus der schwarzen Schwestern würden auch ihre gemeinsamen Stunden im Kontor enden, ihre hitzigen, aber herzerfrischenden Streitgespräche. Don Luis dachte daran, wie hübsch die junge Witwe aussah, wenn sie sich mit ihm Wortgefechte lieferte. Manchmal verrutschte dabei ihre Haube, und einige Strähnen ihres flammendroten Haares purzelten keck über ihre Stirn. Gegenüber Pater Jakobus hatte er abgestritten, Interesse an den flandrischen Weibern zu haben. War das die Wahrheit? Er wusste selbst nicht mehr, was in ihm vorging.

Ich konzentriere mich ganz auf meinen Auftrag, nahm er sich vor, während sein Pferd träge durch die Gassen von Namur trabte. In der Stadt herrschte im Licht der späten Sonnenstrahlen eine geradezu schläfrige Stille. Don Luis überholte die Karren einiger Bauern, die hinter dem östlichen Stadttor den Pfad hinauf zur Burg einschlugen. Vermutlich hofften sie, das Gesinde der Fürstin könnte ihr auf dem Markt liegengebliebenes Obst und Gemüse gebrauchen. Vor einem Badehaus lockten zwei Mägde vorbeilaufende Männer mit allerlei Versprechungen, aber kaum einer folgte ihnen durch die Tür in das wenig vertrauenerweckende Gebäude. Müde trieben Sau- und Kuhhirten einige Tiere über den Marktplatz. Aus dem Glockenturm einer Kirche erscholl das Abendgeläut.

Don Luis überlegte gerade, ob er den Staub seiner Reise bei einem Bad im Zuber der freizügigen Mägde oder bei Bier und Wein in der Schenke am Fischmarkt loswerden sollte, als sein Blick auf eine schwarzverhüllte Gestalt fiel, die ihm mit energischen Gesten zuwinkte. Er stutzte, als er die schwarze Schwester wiedererkannte, die gerade noch in der Burg mit Fürstin Margarethe gesprochen hatte. Was hatte die alte Frau in der Stadt zu suchen? Und warum hielt sie ihn auf?

Don Luis schwang sich aus dem Sattel und ging langsam auf die Frau zu, die sich auf ihren Stock stützte. Aus dem Gesicht der Klosterfrau war das einfältige Lächeln verschwunden, stattdessen verrieten ihr Stirnrunzeln und die zusammengekniffenen Lippen eine Härte, die Don Luis verwirrte.

«Was wünscht Ihr?», fragte er. «Solltet Ihr nicht in Eurem Gästequartier sein?»

Die alte Frau verzog geringschätzig den Mund. Dann schlug sie mit ihrem Stock gegen die Hauswand. «Wir wollen nicht nach Oudenaarde zurück. In Oudenaarde wartet der Teufel auf uns!»

«Wenn Ihr damit den Statthalter meint, kann ich Euch beruhigen. Der wird die Stadt bald verlassen, um seinen Feldzug durch Flandern fortzusetzen.»

«Er wird alles von uns zurückfordern, was angeblich ihm gehört», stieß die Alte hervor. «Das Buch auch. Aber er wird es uns nicht entreißen, versteht Ihr?»

Nein, Don Luis verstand gar nichts. Von welchem Buch war die Rede, und warum fürchtete sie sich davor, nach Oudenaarde zurückzukehren? Als er bemerkte, dass die beiden Bademägde zu ihnen herüberschauten und kicherten, schob er die Nonne in eine schattige Gasse. Dort stank es fürchterlich, aber hier waren sie ungestört.

«Also, was soll dieses Gerede vom Teufel und seinem Buch?

Wenn Ihr nicht zurückwollt, warum habt Ihr das der Fürstin nicht gleich gesagt?»

«Wie hätte ich es ihr erklären können?», fauchte die Nonne. «Eure Briefe haben meine Schwestern aufgeschreckt. Euretwegen hat sich die Generalstatthalterin in die Idee verliebt, uns wieder nach Hause zu bringen, nachdem die Ketzer uns damals vertrieben haben. Sie glaubt, sie verrichtete damit ein frommes Werk, so, wie sie Klöster beschenkt und am Palmsonntag den Armen die Füße wäscht. Doch von dem, was in Oudenaarde geschehen wird, falls wir zurückkehren, hat sie keine Ahnung. Wie sollte sie auch? Nun ist die ganze Stadt dem Teufel geweiht, und er wird sie nicht mehr aus seinen Klauen lassen, bis wir die Macht des Buches ergründet und auf die Probe gestellt haben. Mehr braucht Ihr darüber nicht zu erfahren.»

Don Luis schüttelte seufzend den Kopf. Ihm fiel Pater Jakobus ein, der den Umgang mit der Vorsteherin der schwarzen Schwestern als schwierig beschrieben hatte, und er dachte an Griet, die ahnungslos Ratsuchende in den ehemaligen Räumen dieser merkwürdigen Frauen empfing. Plötzlich hoffte er, dass beide einander niemals begegneten, denn von der Alten ging etwas Verstörendes aus, das ihn beunruhigte. Aber die Reise der Nonnen zu verhindern lag kaum in seiner Macht. Also galt es, Griet und ihren Anhang so bald wie möglich nach Namur zu verfrachten.

«Tut mir leid, aber ich fürchte, ich kann Euch nicht weiterhelfen», sagte er bestimmt. «Ihr werdet Euch mit dem Gedanken anfreunden müssen, wieder in Oudenaarde zu leben. Mit oder ohne Eure Bücher. Fürstin Margarethe will es so. Vielleicht könnt Ihr Euer barmherziges Werk im Spital zu unserer lieben Frau fortsetzen und Kranke pflegen?»

Die Alte blickte ihn empört an, als hätte er etwas Unanständiges gesagt. Einen Moment lang konnte er sich vorstellen, sie würde ausholen und ihn mit ihrem Stock schlagen. Ihre Lippen verzogen sich zu einem Grinsen.

«Wir wissen, wer Ihr seid, Don Luis de Reon. Euer Brief war aufschlussreicher, als Ihr denkt. Ihr seid ein junger Mann, der nicht weiß, wo sein Platz in dieser Welt ist.»

Don Luis wurde ärgerlich. «Wenn Ihr Euch da mal nicht irrt, gute Schwester. In den nächsten Stunden wird mein Platz direkt gegenüber im Badehaus sein, wo mir ein paar entzückende Mädchen den Rücken waschen werden, bevor ich mit einem von ihnen in ein weiches Bett schlüpfe und die Kerze lösche.»

Die schwarze Schwester lächelte. Schlagartig gewann ihr Gesicht den Ausdruck zurück, den sie auch die Fürstin hatte sehen lassen. Nur ihre Augen blieben unvermindert kühl und starr. Don Luis wollte zu seinem Pferd zurückgehen, als die Alte ihm noch etwas hinterherrief.

«Ihr seid doch auf der Suche nach jemandem, nicht wahr? Deshalb streift Ihr ziellos durch die flandrischen Lande, ohne es je lange an einem Ort auszuhalten. Helft uns, Spanier, damit wir nicht nach Oudenaarde zurück müssen! Dann werdet Ihr erfahren, was aus Eurer Mutter geworden ist.»

Kapitel 13

Griet atmete den würzigen Duft des Weihrauchs ein, der durch die Kirche zog. Ihre Finger berührten die Perlen ihres Rosenkranzes, während sie versuchte, sich auf die Gebete zu konzentrieren, die der Priester vorne am Altar vorsprach. Es war ihr gleichgültig, dass der Ritus von dem betont nüchternen Stil der Calvinisten abwich, an den sie sich während der letzten Jahre gewöhnt hatte. Sie hatte das Bedürfnis, Gott dafür zu danken, dass Basse nichts geschehen war. Dass dabei ihre Gedanken abschweiften, konnte sie nicht verhindern. Zu viel ging ihr im Kopf herum. Neben ihr saß Basse und langweilte sich. Er hatte die Aufregung seiner Mutter nicht verstanden und fand es ärgerlich, dass sie ihn nun kaum noch aus den Augen ließ.

Um sich nicht den neugierigen Blicken anderer aussetzen zu müssen, hatte sich Griet tief verschleiert und Basse nicht weit von der Tür, gleich neben einer Säule, auf das harte Gestühl geschoben. Doch man hatte sie schnell erkannt. Einige Weiber drehten sich nach ihr um und steckten die Köpfe zusammen, um zu tuscheln. Griet blickte starr geradeaus. Ungeduldig klapperte sie mit ihren Perlen. Die Messe schien kein Ende zu nehmen. Für gewöhnlich liebte Griet die lateinischen Gesänge, doch heute hielt es sie nicht auf ihrem Platz. Kaum hatte der Priester, ein junger Dominikanerbruder, seiner Gemeinde mit weit ausgebreiteten Armen den Segen gespendet, da erhob sie sich auch schon und nahm Basse an die Hand. Zielstrebig schritt sie auf den Ausgang zu und nahm sich kaum noch Zeit, beim Opferkasten stehenzubleiben, damit Basse eine Münze hineinwerfen konnte.

Sinter stand vor der Kirche und wartete auf sie.

«Wir müssen reden, Tochter!»

«Ach, müssen wir?»

Der grauhaarige Mann nickte. Er war von Kopf bis Fuß neu eingekleidet, sogar einen Ring trug er am Finger; Griet hatte die Rechnung des Gewandschneiders in ihrem Kontor auf dem Schreibpult gefunden, aber kein Wort darüber verloren. Vermutlich würden in Kürze weitere Rechnungen folgen.

«Du kannst doch nicht ewig schmollen, Griet. Irgendwann musst du dein Schneckenhaus verlassen und ...»

«Falsch!», unterbrach ihn Griet, während sie mit Basse über den Platz schritt. Schmollte sie? Nein, keineswegs. Sie schmollte, wenn Kunden sie warten ließen oder wenn das Nachtessen kalt wurde, weil die Familie unpünktlich war. Wenn das eigene Kind verschwand und sie Angst haben musste, es tot aus einem Loch zu ziehen, war das kein Grund zu schmollen, sondern vor Wut und Verzweiflung krank zu werden.

Griet war jedoch nicht krank geworden, das hatte sie sich einfach nicht erlaubt. Dafür hatte sie Basse stundenlang mit Zucker und Milchbrei gefüttert, bis es dem Jungen schon fast zu den Ohren herausgekommen war. Sie hatte ihm in einem Zuber die Haut rotgeschrubbt, obwohl er gar nicht schmutzig gewesen war. Und sie hatte ihren Vater mit stoischer Ruhe übersehen und war aus dem Haus gelaufen, wann immer er mit ihr hatte reden wollen.

«Du tust gerade so, als hätte ich die Katze ersäuft», beschwerte sich Sinter, der Mühe hatte, mit Griet Schritt zu halten. Keuchend versuchte er, an ihrer Seite zu bleiben. «Dabei hätte ich doch genauso viel Angst um den Jungen ausgestanden, wenn ich geahnt hätte, dass du ihn vermisst.» Er zerrte an Griets Ärmel. «Darf ich dich daran erinnern, dass die verflixten Kerle meine Kleider zerrissen und in den Dreck geworfen haben, um dich zu ängstigen?»

Griet blieb stehen. Alles stand ihr wieder vor Augen: die lähmende Angst, als sie das kleine Bündel gesehen hatte, die Ohnmacht. «Tut mir leid um deine Hemden und Hosen», zischte sie Sinter an. «Aber wie ich sehe, hat der Gewandschneider gute Arbeit geleistet. Falls du seine Rechnung suchst, die liegt in meinem Kontor.»

Inzwischen hatten die drei das Haus in der Wijngaardstraat erreicht. Griet stieß das Tor auf und ging ins Pförtnerhäuschen, aus dem der Duft gebratenen Fleisches drang. Sinter folgte ihr.

«Ich wollte dich eigentlich bitten, die paar Dukaten für mich auszulegen, bis ich wieder zu Hause in Brüssel bin und an mein Geld herankomme», sagte Sinter mit einem entwaffnenden Lächeln. Vorsichtig berührte er Griets Arm. «Nun komm schon, sei mir nicht mehr böse!»

Griet senkte den Blick und gab sich geschlagen. Er hatte ja recht, überlegte sie. Sie zürnte dem Esel und schlug den Sattel. Nicht ihr Vater hatte ihr diesen bösen Streich gespielt. Er hatte Basse mitgenommen, ohne Beelken oder ihr Bescheid zu sagen, aber wie hätte er ahnen sollen, dass jemand in der Zwischenzeit einbrach, die Katze erschlug und alles so herrichtete, dass Griet sich fast zu Tode erschreckte?

«Wie kommt es, dass der verrückte Tyll dich allein hat weggehen sehen?», fragte Griet, als sie später beim Abendbrot saßen. Das Fleisch schmeckte gut, trotzdem hatte Griet nur wenig Appetit.

«Du meinst den Kerl mit den Vogelfedern?» Sinter nahm einen Schluck Dünnbier. «Ganz einfach. Nachdem ich im Wirtshaus ein wenig gewürfelt hatte, ging ich nach Hause, weil ...»

«... dir das Geld ausgegangen war?»

«Du bist so einfühlsam wie ein Mühlrad. Woher hast du das nur? Gewiss nicht von meiner Isabelle. Nun ja, jedenfalls fiel mir ein, dass ich dem Kleinen versprochen hatte, ihn hinunter zur Schelde mitzunehmen, damit er sich de Lijs' Frachtkähne anschauen kann. So was begeistert Kinder. Wir verließen den Hof durch die Seitenpforte, weil sie näher am Fluss liegt. Deswegen hat uns niemand gesehen.»

«Ich begreife einfach nicht, wer zu so etwas fähig ist.» Beelken schenkte Sinter Bier nach, bevor sie wieder zum Löffel griff, um Basse mit kleingeschnittenem Gemüse zu füttern. «Ihr hättet die Angelegenheit vor den Statthalter bringen sollen.»

Davon hielt Griet gar nichts. In ihrer Not hatte sie zwar vorgehabt, Farnese um Hilfe zu bitten, aber nun war sie froh, dass es dazu nicht gekommen war. Dafür sehnte sie Don Luis' Rückkehr herbei. In der Kirche hatte sie nach ihm Ausschau gehalten, vergeblich. Sie konnte nur hoffen, dass seine Aufträge für den Statthalter ihn überhaupt wieder nach Oudenaarde führten.

«Jemand möchte mich vertreiben», sagte Griet schließlich mit Nachdruck. «Die Sache mit der Katze traue ich Adam Osterlamm zu. Er ist wie ein verzogener kleiner Junge, vermutlich beobachtete er das Haus und hielt es für eine großartige Idee, mir Angst einzujagen. Aber wenn ihn niemand dabei gesehen hat, wie er unseren Hof betrat und die Katze fing, werde ich ihm kaum etwas beweisen können. Ich kann ihn nicht anzeigen, ohne damit auch unschuldigen Menschen wie Pamela zu schaden.»

«Und was wollt Ihr stattdessen tun?», fragte Beelken. «Wir müssen uns doch irgendwie schützen. Womöglich zünden uns diese Halunken noch das Haus an, während wir schlafen.»

Griet stand auf und ging ans Fenster. Noch einmal vergewisserte sie sich, dass Sinter das große Tor zur Gasse verriegelt und mit einem Bolzen gesichert hatte. Jenseits des Innenhofes lag das alte Gemäuer dunkel und still vor ihr; vom Licht des Mondes beschienen, sah es aus wie ein schlafender Riese. Irgendwo im Gebüsch raschelte es. Ein Nachtvogel stieß klagende Rufe aus.

«Wenn ich zum Statthalter laufe, wird der mich entweder auslachen oder mir spanische Soldaten vors Haus stellen.» Griet zuckte die Achseln. «Glaubt ihr, dass mich dann noch jemand aufsuchen wird, um einen Sicherheitsbrief zu kaufen?»

Sinter berichtete, wie die Männer in den Schenken und Badestuben der Stadt über den ungewöhnlichen Handel redeten. Die meisten standen ihm wohlwollend gegenüber. Aber es gab auch Stimmen, die empfahlen, erst einmal abzuwarten, ob die Witwe des Teppichwebers wirklich zurechtkam, ohne sich Hilfe von den Spaniern zu holen.

«Vielleicht wird es fürs Erste genügen, wenn wir einen kräftigen Hausknecht einstellen», sagte Griets Vater. «Ich könnte einen meiner Diener aus Brüssel kommen lassen, aber bis der ankommt ... Viele von ihnen sind schon etwas älter, ich behalte sie nur aus alter Verbundenheit.»

Griet gab ihrem Vater einen Kuss auf die Stirn. Er hatte sie auf eine Idee gebracht. Gleich morgen früh würde sie zu de Lijs gehen. Bestimmt konnte der Weinhändler ihr einen geeigneten Mann empfehlen.

Einiges hatte sich in de Lijs' Kontor verändert, seit Griet es das letzte Mal betreten hatte. Griet fragte sich, ob dies nur an dem muffigen Geruch von Staub, Kreide und schalem Bier lag, der die Luft zum Schneiden dick machte, oder nicht eher an der fürchterlichen Unordnung, die den Raum wie eine billige Schenke aussehen ließ. Überall lagen auf dem Boden umgestürzte Zinnkrüge, Essensreste und schmutzige Kleidung. Inmitten des Durcheinanders hockte der Weinhändler, der Griet aus glasigen Augen anstarrte. Endlose Augenblicke vergingen, bevor er sich aus seinem Lehnstuhl quälte und mit plumpen Schritten auf sie zukam. Es sah aus, als hätte de Lijs die Nacht durchgezecht. Sein Haar hing ihm zerzaust in die Stirn, das Wams war fleckig und zerknittert.

«Ich fürchte, ich komme ungelegen, lieber de Lijs», sagte Griet. Etwas anderes fiel ihr nicht ein. De Lijs war ein erwachsener Mann, und wenn er entschied, über den Durst zu trinken, so ging sie das nichts an. Trotzdem hielt sie es für passender, sich zu verabschieden und ein anderes Mal wiederzukommen.

«Bleibt, Griet!» Die Stimme des Weinhändlers klang unerwartet kräftig. Hastig fuhr er sich mit beiden Händen über das Haar und straffte seine Schultern. Als ihm dämmerte, wie es um ihn herum aussah, errötete er. Er schleppte seinen schweren Körper zum Fenster und riss es auf. «Entschuldigt die Unordnung», bat er. «Ich habe die ganze Nacht durchgearbeitet und muss schließlich am Rechentisch eingeschlafen sein. Ihr kommt gewiss, um Euch wegen der Weinlieferung nach Namur zu erkundigen.» Er versuchte ein dünnes Lächeln, was ihm angesichts seiner Kopfschmerzen jedoch misslang. «Verflucht, ich sollte weniger saufen. Leider habe ich noch keine Nachricht, ob die Fässer wohlbehalten angekommen sind. Ihr werdet Euch noch ein wenig gedulden müssen.»

Griet lächelte. «Ich danke Euch, dass Ihr mir entgegengekommen seid. Eure Großzügigkeit macht mir Mut, Euch um einen weiteren Gefallen zu bitten.»

«Einen Gefallen?»

«Ihr habt sicher schon gehört, was neulich in der Wijngaardstraat geschehen ist? Jemand ist in mein Haus eingebrochen, hat meine Katze getötet und dann die Kleider meines Vaters gestohlen.»

De Lijs runzelte die Stirn; er wirkte durcheinander, ließ Griet aber weiterreden.

«Meine Familie fühlt sich bedroht, und das darf ich nicht zulassen. Ich habe außer ihr niemanden mehr in Oudenaarde. Ich wollte Euch bitten, mir einen aufgeweckten Knecht zu empfehlen, der das Haus im Auge behält, insbesondere nach Einbruch der Dunkelheit.»

De Lijs sagte nichts. Er stand einfach nur da und musterte Griet mit nachdenklicher Miene. Dann endlich, als Griet bereits glaubte, er habe sie nicht verstanden, stieß er scharf die Luft aus. «Ihr habt also niemanden mehr in Oudenaarde? Sollte Euch entgangen sein, was ich für Euch empfinde? Ich habe die ganze Zeit geschwiegen, weil ich dachte, dass Ihr eines Tages aufhören würdet, mir gegenüber die spröde Schönheit zu spielen, aber offensichtlich habe ich mich geirrt. Ihr seid wie alle anderen. Kommt angelaufen, wenn Ihr etwas von mir haben wollt, ansonsten meidet Ihr mich, als hätte ich die Pocken.»

Griet erschrak; so aufbrausend hatte sie den gutmütigen Weinhändler noch nie erlebt. Sie schätzte ihn als alten Freund ihres Mannes, war jedoch nie auf den Gedanken gekommen, sie könnte ihm etwas bedeuten. Nun aber fielen ihr die Blicke wieder ein, die de Lijs ihr bei ihrem letzten Besuch im Kontor zugeworfen hatte. In der Tat, die waren anders als bloß freundschaftlich oder väterlich gewesen.

Wie konnte ich nur so blind sein, schalt sie sich und wünschte, gar nicht erst gekommen zu sein. Sie fühlte sich schrecklich. Sie musste etwas tun, um ihn zu beruhigen. «Hört zu, de Lijs, ich bedaure, wenn ich, ohne es zu wollen, Eure Gefühle verletzt habe», sagte sie. «Aber hört bitte auf, mich anzuschauen, als wolltet Ihr mich wie ein Stück Speck verspeisen. Das mag ich nicht. Wir sind Geschäftspartner, das ist alles. Außerdem seid Ihr verheiratet!» Und plump, fett und so alt, dass Ihr mein Vater sein könntet, fügte sie in Gedanken hinzu.

De Lijs stürzte zur Tür und schlug den Riegel vor. «So einfach lasse ich Euch nicht gehen, Griet. Ihr habt gewusst, worauf Ihr Euch einlasst. Habt Ihr wirklich geglaubt, all die kleinen Gefälligkeiten, die Ihr empfangen habt, würden Euch nichts kosten?» Er packte Griet am Arm und zog sie an sich. Griet öffnete den Mund, um zu schreien, aber de Lijs erwies sich in seiner Gier nach ihr als erstaunlich flink. Bevor sie sich versah, presste der Weinhändler seine Lippen auf die ihren und versuchte sie wild zu küssen. Griet wehrte sich verzweifelt, konnte jedoch nicht verhindern, dass de Lijs sie rückwärts durchs Kontor schob und mit einer einzigen Bewegung auf den Rechentisch hob. Als er seine Hose öffnete, stieß sie ihm ihren Ellenbogen in den Bauch. Er stutzte, schien überrascht, dann holte er aus und schlug ihr ins Gesicht. Als ihre Kräfte erlahmten und sie aufhörte zu kämpfen, beugte er sich über sie.

«Tut das nicht», bat Griet. Sie spürte, wie seine Hände über ihren Oberkörper glitten und an den Schnüren ihres straffen Mieders zerrten. Der Stoff riss, Tränen schossen ihr in die Augen. Ihre Wangen brannten. «Bei allem, was Euch heilig ist ...»

Er hob den Kopf und küsste sie erneut. «Du bist mir heilig, Griet. Nur du. Ich hätte Adam und Coen beinahe sämtliche Knochen gebrochen, als sie vorschlugen, dich mit Hilfe meiner Weinlieferung zu ruinieren. Und ich würde noch mehr für dich tun, weißt du? Den Burschen, der deine Katze in die Jauche geworfen hat, erwürge ich mit meinen bloßen Händen. Ich werfe jeden in die Schelde, der dir oder deinem Jungen zu nahe tritt, und schaue zu, wie er ersäuft. Du brauchst keinen jämmerlichen Knecht, der auf dich aufpasst, sondern einen Mann wie mich.»

Unversehens ließ er von ihr ab. Er machte einen Schritt zurück und hob beide Hände, um ihr zu versichern, dass er sie nicht mehr anrühren würde. Sein Rausch war verflogen, seine Miene jedoch blieb starr. «Steh auf und richte deine Röcke, du bist doch keine Hure.»

Am ganzen Körper zitternd, rutschte Griet von dem Rechentisch. Ihre Glieder taten ihr weh, doch noch schlimmer war die Demütigung. Sie würde viel Wasser schöpfen müssen, um dieses Gefühl abzuwaschen. Falls das überhaupt möglich war.

«Du bekommst deinen Knecht», sagte de Lijs. «Ich schicke ihn dir heute Abend rüber.»

«Behaltet ihn. Ich werde nichts mehr von Euch annehmen. Nichts, was Ihr mich auf diese Weise bezahlen lasst!» Griet funkelte den Mann böse an. Innerhalb weniger Momente hatte er alles, was sie an ihm geschätzt und bewundert hatte, in Abscheu verwandelt. Sie wollte ihn am liebsten niemals wiedersehen, auch wenn sie das Geschäft, das sie abgeschlossen hatten, miteinander verband.

«Sei nicht dumm, Griet!» De Lijs ließ sich auf seinem Lehnstuhl nieder. Das Fenster stand noch immer weit offen. Irgendjemand musste Griet um Hilfe rufen gehört haben. Doch gekommen war niemand.

«Nichts hat sich geändert, hörst du? Überhaupt nichts. Ich werde dir weiterhin behilflich sein, aber du wirst dich künftig anders erkenntlich zeigen als mit ein paar dürftigen Dankesworten. Ich werde dich zu einer reichen, geachteten Frau machen, Griet. Vor deiner Heirat gehörtest du doch dem niederen Adel an, nicht wahr?»

«Das ist lange her. Willem war mir wichtiger.»

De Lijs lachte auf. «Dein treusorgender Mann war hier in Oudenaarde hinter jedem Rock her. Du hast nur die Augen davor verschlossen. Wenn du wüsstest, wie oft ich dich damals in die Arme nehmen wollte. Aber genug davon. Mit meiner Hilfe wirst du die Macht und den Einfluss erlangen, um mit Burschen wie den Osterlamms oder dem spanischen Wichtigtuer, der dir im Kontor auf die Nerven geht, abzurechnen.»

Griet war wie betäubt, als sie sich auf den Heimweg machte.

Die Morgengeräusche der Stadt nahm sie ebenso wenig wahr wie die Grüße ihrer Nachbarn oder das Angebot des verrückten Tyll, sich eine seiner Federn ins Haar zu stecken.

Nichts hat sich verändert, gar nichts ist geschehen, redete sie sich ein, um das Gefühl von Übelkeit zu verjagen, das bei jedem Schritt ihren Magen erbeben ließ. Im Pförtnerhäuschen war es still. Ihr Vater hatte angekündigt, nach dem Frühstück mit Beelken und Basse zu Pieter Rink zu gehen, um neue Briefe abzuholen. Griet zog sich in ihre Schlafkammer zurück und warf sich verzweifelt aufs Bett. Warum war ihr Leben nur so unerträglich kompliziert geworden? Hatte *ein* Schicksalsschlag denn nicht gereicht? Mussten weitere sich wie eine Kette um ihren Hals legen, die so schwer war, dass sie sie zu Boden zog? Sie dachte an de Lijs' Worte und fragte sich, warum sie ihr überhaupt noch im Kopf herumgingen. Sein Angebot, ihr zu Reichtum und Macht zu verhelfen, falls sie seine Geliebte würde, hatte in ihr nur Verachtung ausgelöst, und doch war sie unsicher geworden. Hatte sie nicht erfahren müssen, was es bedeutete, als Witwe herumgestoßen zu werden? Und warum hatte de Lijs so gemein über Willem gesprochen? Gewiss nur, um sie für ihren Widerstand zu bestrafen. Willem hatte sie schon angebetet, als er noch ein halber Knabe gewesen war, für andere Frauen hatte er nichts übrig gehabt. Oder doch?

Griet vergrub ihren Kopf in dem Kissen und dachte nach. De Lijs hatte ihr verboten, darüber zu sprechen, was in seinem Kontor geschehen war.

War denn etwas geschehen?

Hielt sie sich nicht daran, würde er sie ruinieren. Er brauchte nur seine nächste Weinlieferung verschwinden zu lassen; gemeinsam mit Adam und Coen würde es ihm ein Leichtes sein, ihr auch alle übrigen Kunden abspenstig zu machen.

«Ich werde mich nicht von de Lijs vergiften lassen», nahm sie sich vor. Kurz darauf fiel sie in einen tiefen Schlaf, aus dem sie erst erwachte, als sie Basse nebenan vergnügt singen hörte.

Die nächsten Tage verbrachte Griet im Kontor, wo sie sich in die Arbeit stürzte. Es gab viel zu tun. Noch immer arbeitete sie an dem Reglement, ergänzte es durch immer neue Passagen und Ausnahmen. Die Beschäftigung damit und die Beratung neuer Kunden taten ihr gut, und wäre der neue Hausknecht, ein maulfauler Bursche namens Remeus, nicht gewesen, der tagsüber auf den Stufen der Klostertreppe hockte und döste, hätte sie den Morgen in de Lijs' Haus vermutlich bald als bösen Traum abgetan. Das schmierige Lächeln des Mannes, der ihr nur mit mäßigem Respekt begegnete, rief ihr jedoch immer wieder in Erinnerung, dass sie nicht geträumt hatte. Zu Griets Erleichterung ließ sich de Lijs bis in den November hinein nicht bei ihr blicken.

Doch die nächste unangenehme Überraschung ließ nicht lange auf sich warten. An einem frostigen Wintermorgen lockte Hufgetrappel Griet vor die Tür. Über Nacht hatte es ein wenig geschneit, sodass die Dächer des Klostergebäudes wie auch das Pförtnerhäuschen weiß bestäubt waren. Ein unangenehmer Wind rüttelte an Türen und Läden und verwehte die Schneespuren auf den Pflastersteinen.

Don Luis kam Griet mit schnellen Schritten entgegen, nachdem er die Zügel seines Pferdes am Torpfosten befestigt hatte.

«Wie ich sehe, seid Ihr zurück», empfing ihn Griet. Sie verspürte Herzklopfen und hoffte, dass der junge Mann das nicht bemerkte.

«Habt Ihr mich vermisst, Señora? Das würde mein Herz erwärmen.»

Griet rang sich ein säuerliches Lächeln ab. Wie konnte er fragen? «Keine Spur», sagte sie, «obwohl ich Euch gebraucht hätte, um ein paar Fälle durchzugehen, die mir Kopfzerbrechen bereiten. Wollt Ihr die Bücher sehen? Oder das Geld, das ich eingenommen habe?»

Don Luis verneinte. Stattdessen bat er Griet ins Kontor, wo er ihr in knappen Worten von seiner Reise nach Namur berichtete. Griet war entsetzt.

«Wollt Ihr damit sagen, dass ich mein Haus nach so kurzer Zeit schon wieder verlassen muss?» Griet blickte Don Luis ratlos an. Zwar war ihr das alte Gemäuer nicht wirklich ans Herz gewachsen, doch es war praktisch und bot ihr und ihren Angehörigen immerhin ein Dach über dem Kopf.

«Das Anwesen gehört Euch aber nicht, Griet», erinnerte sie Don Luis, während er sich am Ofen wärmte. «Der Statthalter hat es Euch nur vorübergehend überlassen. Wenn die rechtmäßigen Eigentümer im Namen der Kirche Anspruch auf ihren alten Besitz erheben, sind Farnese die Hände gebunden. Das müsst Ihr einsehen.»

Griet schlug den Blick nieder. Gar nichts sah sie ein. Für Don Luis mochte es nicht schlimm aussehen, das Häuschen und die zwei Kammern drüben im Kloster zu räumen, für sie aber war es eine Katastrophe. Sie dachte an de Lijs, der in Kürze davon erfahren würde. Gewiss spielte ihr Unglück ihm in die Hände.

«Ich muss sofort eine neue Unterkunft finden», sagte sie.

«In einer Stadt, die mit spanischem Militär vollgestopft ist? Ausgeschlossen. Denkt daran, dass die meisten Eurer Nachbarn Einquartierungen zu ertragen haben. Dass Ihr hier so lange Eure Ruhe hattet, verdankt Ihr nur der Nachsicht des Statthalters.» Don Luis seufzte. «Ich fürchte, Ihr werdet in ganz Oudenaarde nicht einmal ein freies Mauseloch finden.»

«Wenn ich Euch richtig verstanden habe, so bietet mir Margarethe von Parma zum Trost ein Privileg für Namur an?»

Don Luis zögerte; von einem Privileg hatte die Fürstin nicht gesprochen, wohl aber davon, dass sie Griet an ihrem Hof zu sehen wünschte. Er beschloss, sie dennoch in dem Glauben zu lassen. Waren Griet und ihr Vater erst einmal in Namur, würde sich alles finden.

«Gut, dann werde ich die sieben Briefe ausstellen.» Griet warf einen flüchtigen Blick auf den Beutel, den Don Luis ihr im Auftrag Margarethes aushändigte. Er enthielt ein kleines Vermögen an burgundischen Reichstalern, spanischen Dublonen und Dukaten; das sichere Geleit der Nonnen schien der Fürstin am Herzen zu liegen. Ohne zu zögern verstaute Griet den Beutel in ihrem Kassettenschrank und zog den Schlüssel ab. Das Geld würde ihr weiterhelfen, andererseits war das Risiko, das sie einging, gewaltig. Griet konnte nur hoffen, dass den Frauen unterwegs nichts zustieß, denn das konnte ihr endgültig den Hals brechen.

«Ich werde einen Boten zur Vorsteherin der schwarzen Schwestern schicken», sagte Don Luis. «Er soll die Frauen davor warnen, ihre Reise zu lange aufzuschieben. Wenn es erst einmal richtig schneit, wird es draußen in den Ardennen ungemütlich.»

Kapitel 14
Abtei Hertoginnedal, November 1582

Schwester Cäcilia blickte voller Wehmut über die großzügigen Gartenanlagen, die sie mit einigen Novizinnen bis spät in den Herbst hinein gepflegt hatte. Sie empfand Traurigkeit, wenn sie sich vorstellte, die nächste Rosenblüte im Kloster nicht mehr miterleben zu dürfen. Sie würde nicht da sein, wenn die Kirsch- und Mandelbäume Knospen bekamen, und konnte die Frauen nicht mehr beraten, die sich um die Bienenstöcke kümmerten.

Sie hatte den Dominikanerinnen von Hertoginnedal alles beigebracht, was sie selbst über die Bienenzucht und das Honigschleudern wusste. Ein bescheidener Ausdruck ihres Dankes dafür, dass man den schwarzen Schwestern hier Asyl gewährt hatte. Da dies angesichts der täglichen Bedrohung der noch verbliebenen Klöster rund um Brüssel durch calvinistische Rebellen nicht selbstverständlich war, hatte es Schwester Cäcilia überrascht, als Bernhild, ihre Vorsteherin, nach der Vesper alle in den Kapitelsaal gerufen hatte, um zu verkünden, dass die Zeit des Exils vorüber sei und sie alle nach Oudenaarde zurückkehren würden.

Als einzige der letzten sieben Nonnen, die den schwarzen Schleier trugen, war Schwester Cäcilia erst in Hertoginnedal zur Gemeinschaft gestoßen und trotz Bernhilds Argwohn schließlich aufgenommen worden. Sie wusste, dass die Vorsteherin sie für eine flüchtige Ketzerin hielt, das hatte Bernhild ihr bereits am ersten Abend gesagt. Doch Cäcilia war klug genug, keine Fehler zu begehen. Nie hatte sie den Frauen einen Grund gegeben, an ihrer Treue zu den Regeln des heiligen Augustinus zu zweifeln. Klaglos hatte sie alle Aufgaben übernommen, die ihr übertragen worden waren. Als jüngstem Mitglied des Konvents waren dies zunächst die niedrigsten Arbeiten in der Küche, den Stallungen oder im Waschhaus gewesen. Von dort hatte man sie in den Garten geschickt, nicht ahnend, welche Freude man ihr damit machte. Die Äbtissin von Hertoginnedal hatte schnell herausgefunden, wie sehr sich Cäcilia für Botanik, besonders für Heilkräuter, interessierte. Nun durfte Schwester Cäcilia bei der Auswahl des Saatguts helfen. Ihre Geschicklichkeit beim Anlegen neuer Gemüsebeete und bei der Zucht von Arzneipflanzen führte dazu, dass die Abtei es sich wieder erlauben konnte, Armenspeisungen durchzuführen und sogar ein kleines Spital zu unterhalten, das mit frischen Erzeugnissen aus dem Garten beliefert wurde. Dass ihr bei der Vorstellung, all das zurückzulassen und in eine Stadt zu ziehen, die von Alessandro Farneses Truppen erobert worden war, das Herz blutete, war verständlich. Die langen Gesichter ihrer sechs Mitschwestern konnte sich Cäcilia indessen nicht erklären. Sie kannte Oudenaarde nicht.

Keine der Schwestern schien sich über die Neuigkeiten zu freuen, am wenigsten Bernhild, die das Schreiben der Generalstatthalterin Margarethe von Parma mit versteinerter Miene vorlas.

«Wir haben uns den Wünschen der Fürstin zu fügen», rief sie in das anschließende Schweigen hinein. «Wir haben schließlich Gehorsam gelobt. Der Sohn der Fürstin wird uns unser altes Haus zurückgeben, außerdem alle dazugehörigen Nebengebäude. Derzeit lebt an der Pforte noch eine Witwe, doch die wird bis zu unserer Ankunft weggezogen sein.» Sie blickte Cäcilia an.

«Dort gibt es sogar einen Garten für Euch.» Es klang nicht freundlich, eher gehässig, als habe Schwester Cäcilia den Umzug befohlen.

«Aber wir können doch nicht zurück», erhob eine der Nonnen Einspruch. «Ihr wisst genauso gut wie ich, dass eine Rückkehr ins Verderben führt.»

«Still», mahnte eine andere mit einem vorsichtigen Seitenblick auf Cäcilia. «Ihr solltet nicht über diese Dinge reden, solange wir nicht unter uns sind.»

Cäcilia tat so, als habe sie nichts gehört.

Die Vorsteherin stieß mit ihrem Stock auf. «Meint Ihr, ich wüsste das nicht? Ich habe dem Edelmann, der die Fürstin überredet hat, uns nach Oudenaarde zu schicken, versichert, dass wir lieber bleiben würden. Trotz der Bedrohung durch die Calvinisten. Zunächst verstand er kein Wort, verhielt sich abweisend, aber ...» Sie lächelte. «Es gibt da etwas, das er von mir haben will. Er wird uns helfen.»

«Helfen? Wobei?», entfuhr es Schwester Cäcilia. Sogleich biss sie sich auf die Lippen. Nun hatte sie doch einen Fehler gemacht. Es gehörte sich nicht, als Jüngste dazwischenzureden, das würde am Abend eine Strafe nach sich ziehen. Schon richteten sich alle Augen auf sie. Einige Nonnen wirkten verärgert, andere besorgt. Allein Bernhild bewahrte Haltung. Sonderbarerweise lächelte sie immer noch.

«Das werdet Ihr noch früh genug erfahren, meine Liebe!»

In der folgenden Nacht konnte Cäcilia lange nicht einschlafen. Überraschenderweise war sie wegen des Regelverstoßes nicht bestraft worden, wie sie befürchtet hatte. Dafür beschäftigte sie das sonderbare Verhalten ihrer Mitschwestern. Mit vor der Brust gekreuzten Armen lag sie auf dem schmalen Bett ihrer Zelle wach und lauschte zu jeder vollen Stunde auf die Glockenschläge vom nahen Turm. Als sich hinter der Bretterwand, welche die kärglichen Schlafkammern der Klosterschwestern trennte, etwas rührte, dachte sie im ersten Moment, es sei schon Zeit für das gemeinsame Gebet. Aber das konnte nicht stimmen, es war noch viel zu früh. Nun knarrte auch die Bettstatt zu ihrer Linken.

Die Frau war wach, und sie stand auf. Cäcilia spähte unter ihren halbgeschlossenen Lidern hervor und sah, wie sich ihre beiden Nachbarn aus ihren Zellen tasteten und auf den Gang traten. «Schläft sie?», hörte Cäcilia eine der Frauen fragen. Cäcilia bemühte sich, gleichmäßig zu atmen. Da sie keine Antwort vernahm, vermutete sie, dass die Nonne zu ihrer Rechten lediglich genickt hatte.

Sie hörte Schritte, die sich entfernten.

Leise schlug Cäcilia die dünne Decke zurück, sprang auf die Füße und verzog schmerzerfüllt das Gesicht, weil sich etwas Spitzes in ihre Ferse bohrte: ihr Kruzifix. Ihr Rücken schmerzte, als sie sich bückte. Er erinnerte sie daran, dass sie kein junges Mädchen mehr war, sondern eine reife Frau, die beschlossen hatte, ihr Leben hinter den Mauern eines Klosters zu beschließen. War es da nicht närrisch, zu dieser Stunde zwei ihrer Mitschwestern zu verfolgen? Doch deren Geheimniskrämerei war so merkwürdig, und nach der Regel des Augustinus galt es geradezu als Pflicht, andere vor Fehlern zu bewahren. Sie würde erst einmal ergründen, welche Dummheiten die beiden anstellten.

Lautlos folgte Cäcilia den Frauen durch das schlafende Haus. Sie vermutete, dass die beiden sich mit Bernhild treffen wollten, deren Kammer in einem Seitenflügel lag. Zu ihrer Verwunderung schlugen die Nonnen aber den Weg zum Spital ein. Cäcilias Aufregung wuchs. Wie töricht sie sich benahm; vielleicht war eine der Schwestern plötzlich krank geworden und ließ sich von der anderen lediglich zur Apothekerin begleiten? Nein, das ergab auch keinen Sinn.

Nachdem die Nonnen in dem Krankensaal verschwunden waren, erwachte ihr Argwohn wieder. Aus dem Spital drangen mehrere Stimmen, unter ihnen auch die Bernhilds.

Also doch, dachte Cäcilia grimmig. Sie eilte zurück durch den Gang, verließ das Kloster durch die Pforte, die zum Kräutergarten führte, und schlich in geduckter Haltung an der Mauer entlang. Es gab ein Fenster im hinteren Teil der Arzneistube, das so gut wie nie geschlossen wurde. Wenn sie sich Mühe gab, konnte sie lauschen, was ihre Mitschwestern mitten in der Nacht zu bereden hatten. Cäcilia räumte leise einige der Tontöpfe zur Seite, die vor dem Fenster aufgereiht standen. Dann spähte sie in den Raum hinunter.

Mit Ausnahme von Cäcilia hatten sich alle schwarzen Schwestern in der Arzneistube versammelt. Sogar die achtzigjährige Schwester Bartimäa aus Breda war dabei, die so taub war, dass sie der Messe nur noch mit einem Hörrohr folgen konnte. Sie standen um einen Tisch herum, auf dem eine Kerze flackerte. Die Frauen schwiegen und hielten die Köpfe gesenkt. Bernhild trug etwas unter dem Arm, was sie nun in die Mitte des Tisches legte. Cäcilia versuchte, einen Blick auf den Gegenstand zu werfen, doch es war viel zu dunkel dafür. Erst als Bernhild zur Seite trat, um von einem Wandbord einen Krug zu holen, sah sie, dass es sich um ein Buch handelte. Ein sehr altes Buch, wie der Einband verriet. Es lag auf einer Decke, die an ein Altartuch erinnerte. Während Bernhild reihum Becher mit dem Inhalt des Kruges füllte, berührten die Schwestern, eine nach der anderen, das sonderbare Buch ehrfürchtig mit Mittel- und Zeigefinger. Cäcilia verfolgte gebannt, wie Bernhild ihren Schwestern die Becher reichte und sie aufforderte, einen Schluck daraus zu nehmen.

«Wir sind die Hüterinnen der Schrift», sagte die Vorsteherin plötzlich, worauf die anderen ihr im Chor antworteten: «Die Hüterinnen eines heiligen Vermächtnisses.»

«Wir geben unser Leben für das Licht, das wir empfangen haben.»

Der Chor flüsterte: «Es wird uns und eines Tages alle Menschen ins Licht führen.»

Bernhild wirkte zufrieden; sie nahm noch einen Schluck aus ihrem Becher. Cäcilia hielt den Atem an. Sie konnte kaum glauben, was sie sah und hörte. Ausgerechnet die fromme Bernhild, die Cäcilia verdächtigt hatte, nur ins Kloster eingetreten zu sein, um vor Ketzerjägern sicher zu sein, feierte dort unten im Spital der Dominikanerinnen heimlich ein Ritual. Sie hatte ein Buch in ihrem Besitz, dem sie offen Ehrerbietung entgegenbrachte, das sie sogar mit ihrem Leben verteidigen wollte, und ihre Mitschwestern waren alle eingeweiht. Cäcilia sah, wie die Frauen sich nun auf Schemeln niederließen und ihre Köpfe über das sonderbare Buch beugten. Bernhild verfiel in ein monotones Gemurmel, von dem Cäcilia zu ihrer Enttäuschung keine Silbe mehr verstand. Wie es schien, trug sie ihren Schwestern aus dem Buch etwas vor. Von Zeit zu Zeit hielt sie inne und hob erwartungsvoll den Blick. Ein Stöhnen erklang.

Cäcilia hatte genug gesehen. Sie schlug ein Kreuz und sprach ein kurzes Gebet, was ihre Aufregung jedoch nicht minderte. Im Gegenteil, sie bekam entsetzliche Angst. Ihre Welt, die bis heute in Ordnung gewesen war, hatte plötzlich Sprünge bekommen. Es war nur eine Frage der Zeit, bis sie in viele Scherben zerbrach. Sie musste fort von den schwarzen Schwestern, die fromm taten, aber mit ihren Heimlichkeiten ihr Leben in Gefahr brachten. Sollte Bernhilds Ketzerei entdeckt werden, würde man auch Cäcilia bestrafen. Niemand würde ihr glauben, dass sie als Außenseiterin ahnungslos war. Sie wusste nicht, auf welche Weise die Frauen an dieses Buch gekommen waren und warum sie glaubten, es besäße Macht. Aber Cäcilia hatte in ihrem Leben genug erlebt, um zu wissen, dass es den Männern der Inquisition auf solche Feinheiten nicht ankam. Vielleicht war man schon auf Bernhild aufmerksam geworden? Weigerte sie sich deshalb, nach Oudenaarde zurückzukehren? Gab es dort Menschen, die sie ans Messer liefern konnten? Cäcilia atmete tief ein. Ja, das klang plausibel. Aber wie konnte sie diesem Schicksal entgehen?

Sie zog sich am Mauerwerk hoch, kam aber so ungeschickt auf die Füße, dass sie einen der Töpfe umstieß. Ein leises Klirren ließ sie zusammenzucken. Schon im nächsten Moment erlosch hinter dem Fenster das Licht der Kerze. Ein Schatten tauchte auf, aus dem sich ein bleiches Gesicht löste. Unter dem schwarzen Schleier sah es aus, als schwebe es in der Luft.

Cäcilia drehte sich rasch um und duckte sich. Dann schlug sie mit klopfendem Herzen den Weg zurück zum Haus ein. Sie verwünschte ihre Unvorsichtigkeit. Man hatte sie entdeckt, daran gab es keinen Zweifel. Voller Angst erwartete Cäcilia den kommenden Morgen.

Der nächste Tag verging zu Cäcilias Verwunderung, ohne dass eine der Schwestern sie auch nur merkwürdig anschaute. Hilfsbereit gingen die Frauen ihr zur Hand, um die Heilkräuter, die sie nach Oudenaarde mitnehmen wollte, zu bündeln und verschiedene Pflanzensamen in eigens dafür vorgesehene Spanschachteln zu füllen. Die Frauen schienen wie ausgewechselt. Eifrig schmiedeten die sechs Pläne, wobei sie sogar Cäcilia mit einbezogen, und selbst diejenigen, die am Vortag von der Nachricht der baldigen Rückkehr schockiert gewesen waren, schienen voller Vorfreude. Sie beglückwünschten Cäcilia zu dem neuen Garten, den sie im nächsten Frühjahr auf Geheiß der

Vorsteherin anlegen sollte, und schwärmten von den prächtigen Häusern der Kaufleute am Markt, den herrlichen Kirchen und der frischen Luft der Ardennen, die das Leben in der kleinen Stadt an der Schelde angenehm machte.

Cäcilia hörte ihnen mit offenem Mund zu; hin und wieder warf sie etwas ein oder stellte eine Frage, die auch prompt beantwortet wurde, als wäre sie immer ein fester Teil der Gemeinschaft gewesen. Nichts verband die freundlichen Klosterfrauen mit den lichtscheuen Gestalten, die sich in der Nacht zuvor um den Tisch in der Arzneistube versammelt hatten.

Als es dunkelte, waren die Reisevorbereitungen nahezu abgeschlossen. Cäcilia wurde unruhig. Hatte sie mit dem Gedanken gespielt, das Kloster eilig zu verlassen, um sich nicht den Schwestern anschließen zu müssen, kam ihr dieser Gedanke nun reichlich kindisch vor. Vermutlich war sie einfach übermüdet gewesen, hatte irgendetwas falsch verstanden. Gewiss lag kein Grund vor, ihren Mitschwestern zu misstrauen. Und wohin hätte sie auch gehen sollen als entlaufene Nonne?

So stand sie inmitten ihrer Schwestern, als kurz vor der Vesper drei Männer auf den Hof der Abtei geritten kamen. Sie sahen aus wie Kriegsknechte, wiesen sich aber als Abgesandte der Fürstin Margarethe aus und wurden sogleich zu Bernhild geführt. Dort blieben sie eine ganze Weile. Cäcilia hätte gerne gewusst, was die Fremden so lange mit der Vorsteherin zu besprechen hatten, doch die Frauen zuckten nur die Schultern und vermuteten, dass die Waffenknechte den Begleitschutz bildeten. Der Weg durch die Ardennen war zwar nicht weit, aber im Winter durchaus mit Gefahren verbunden. Fürstin Margarethe hatte offenbar Vorkehrungen getroffen, um die Wagen der schwarzen Schwestern bis zur Schelde zu sichern.

Im Morgengrauen bestiegen sieben Frauen zwei am Tor wartende Reisewagen, die sich in Bewegung setzten, sobald der sechste Schlag der Turmuhr verklungen war. Es regnete in Strömen. Von den Leuten aus Hertoginnedal war nur die Äbtissin gekommen, um sich zu verabschieden.

Cäcilia schlug fröstelnd die Plane zurück und warf dem Kloster und ihrem Garten einen letzten Blick zu. Sie hatte sich hier wohlgefühlt, aber entschieden, bei den Nonnen zu bleiben.

Nun gab es kein Zurück mehr.

Kapitel 15

«Ich verstehe nicht, wo sie bleiben. Sie hätten längst hier sein müssen!»

Aufgeregt hob Griet ihren Rocksaum und eilte über die Brücke, die bei jedem ihrer Schritte knarrte. Unter ihren Füßen rauschte die Schelde. Inzwischen war es bitter kalt geworden. Obwohl es nicht mehr schneite, lag das flache Land vor dem Stadttor an diesem frühen Morgen wie erstarrt vor ihr. Nirgendwo regte sich auch nur eine Spur von Leben. Griet hielt das Wolltuch fest, damit der eisige Wind es ihr nicht vom Kopf riss. Don Luis und ihr Vater waren mit ihr vors Tor gekommen, doch keiner der beiden Männer fand ein tröstendes Wort.

«Vielleicht wurden sie nur aufgehalten», versuchte Sinter es dennoch. «Ich kam auch nicht so schnell voran wie erhofft, als ich Brüssel verließ. Und ich bin keine Nonne, der vom vielen Knien und Buckeln die Knochen wehtun.»

Griet seufzte. Ihr Vater meinte es ja gut, aber selbst er musste einsehen, dass fünf Tage Verspätung Anlass zur Sorge gaben. Vor fünf Tagen spätestens hätten die schwarzen Schwestern in Oudenaarde eintreffen sollen. Als ihr Wagen am Abend nicht in Sicht war, hatte sich Griet noch nichts dabei gedacht. Nicht einmal, als der folgende Tag ebenfalls verstrich, ohne dass die Türmer die Ankunft Fremder verkündeten. Sicher kam ihr Reisewagen nur langsam voran, da es geregnet hatte. Die Wege, die durch waldreiche, hügelige Gegenden führten, waren aufgeweicht und schlammig. Vielleicht waren die Räder ihres Gefährts im Morast stecken geblieben. Es war ebenfalls möglich, dass jemand krank geworden war und die Nonnen daher beschlossen hatten, unterwegs eine längere Rast in einem Dorf einzulegen. Aber in diesem Fall hätten sie einen Boten in die Stadt geschickt; wozu hatte die Fürstin ihnen bewaffnete Männer und Wagenknechte mitgegeben?

Es war aber keine Nachricht gekommen. Die schwarzen Schwestern ließen auf sich warten, und Griet wurde von Stunde zu Stunde unruhiger.

«Wir sollten zurückgehen, Tochter», meinte Sinter, der wenig Sinn darin sah, hier draußen auf der Brücke zu frieren, während Griet über die Hügel schaute. Mancherorts gab es dort noch Spuren der feindlichen Belagerung, erloschene Feuerstellen, Seile und zerbrochene Leitern. Ein Stück weiter westlich ließ sich durch die frühmorgendlichen Nebelschwaden der Galgenhügel ausmachen.

«Wir werden uns an den Statthalter wenden», schlug Don Luis vor.

«Ohne mich», widersprach Griets Vater.

Griet warf einen letzten hoffnungsvollen Blick über das waldreiche Umland. In der Ferne glaubte sie einen dunklen Flecken zu sehen, der sich mit einigem Tempo auf die Stadt zubewegte. Doch zu ihrer Enttäuschung waren es nur zwei spanische Reiter, die als Späher unterwegs gewesen waren und nun nach Oudenaarde zurückkehrten. Stürmisch preschten die Männer auf die Brücke zu. Don Luis stellte sich ihnen in den Weg, worauf die beiden ihre Pferde zügelten. Er wechselte ein paar Worte mit ihnen, bevor er sich mit betrübter Miene wieder Griet und Sinter zuwandte.

«Ich habe sie gefragt, ob sie unterwegs einen Reisewagen überholt hätten. Leider konnten sie mir nicht weiterhelfen.

Aber das ist auch nicht verwunderlich, sie kamen aus südlicher Richtung.» Er berührte Griet vorsichtig an der Schulter. «Hört mir zu, Farnese wird ein paar seiner Soldaten losschicken, die werden Eure Klosterschwestern schon finden. Wenn es Euch beruhigt, werde ich selber mit ihnen reiten.»

«Das ist doch mal ein guter Vorschlag!» Sinter klopfte Don Luis auf den Rücken. «Für einen Spanier kümmert Ihr Euch geradezu rührend um meine Tochter, lieber Freund.»

Don Luis errötete. Einen Herzschlag lang glaubte Griet, in den Augen des jungen Mannes einen Ausdruck von Furcht zu erkennen, aber vermutlich irrte sie sich. Sie nickte müde. «Also schön, Don Luis. Diesmal bleibt mir wohl keine andere Wahl, als Farnese aufzusuchen. Vielleicht erfreut er sich ja gerade am Anblick meiner Alexanderteppiche und ist daher gut gelaunt.»

Alessandro Farnese war an diesem Morgen alles andere als gut gelaunt. Als Griet in Don Luis' Begleitung sein Quartier betrat, studierte er einen Brief des Königs, der ihm zu missfallen schien. Mürrisch blickte er von seinem Platz am Kaminfeuer auf. Griet erschrak, als sie sah, wie bleich und erschöpft der Statthalter aussah. Sein Haar hatte schon lange kein Barbiermesser mehr gesehen, auch seine Kleidung wirkte nachlässig.

«Was sucht die Frau denn schon wieder hier?», fauchte Farnese Don Luis an. «Will sie mir das nächste gute Geschäft vorschlagen?»

Don Luis zog sein Barett. «Verzeiht, Euer Gnaden, aber es geht um das Privileg, das Ihr der Witwe Marx ausgestellt habt.»

«Was ist damit?»

«Nun, ich fürchte, dass Schwierigkeiten auf sie zukommen könnten. Ihr habt sicher gehört, dass Eure Mutter die schwarzen Schwestern nach Oudenaarde zurückgerufen und mit sieben Sicherheitsbriefen ausgestattet hat. Sie hätten eigentlich längst eintreffen sollen. Aber leider ist dem nicht so.»

Farnese lachte. «Und was erwartet Ihr und diese Frau nun von mir, Don Luis? Dass ich den Feldzug gegen die widerspenstigen Städte im Süden unterbreche, um ein paar Klosterfrauen zu suchen, die sich in den Ardennen verirrt haben?» Er stand auf und musterte Griet mit einem scharfen Blick. «Ihr kanntet Euer Risiko, meine Liebe, denn Ihr macht Geschäfte mit der Vorsehung. Ich kann keinen meiner Männer entbehren, um Euch bei der Suche nach vermissten Nonnen zu helfen.»

«Es wäre möglich, dass die Frauen in den Ardennen erfrieren, Euer Gnaden», gab Don Luis zu bedenken. «Es wäre ein Jammer, wenn Eure Mutter an ihren Bruder in Spanien schreiben müsste, dass Ihr Euch geweigert habt, ihnen zu helfen.»

Das war kühn. Griet zuckte erschrocken zusammen, insgeheim bewunderte sie Don Luis aber für seinen Mut. Dass er für sie sogar den Zorn seines Vorgesetzten in Kauf nahm, überraschte sie allerdings.

Farnese machte ein Gesicht, als überlegte er, ob er Don Luis eigenhändig erwürgen oder von der Wache abführen lassen sollte. Dann aber sagte er: «Wenn überhaupt, so wird König Philipp erfahren, dass ich alles getan habe, was in meiner Macht stand, um die schwarzen Schwestern in ihr Kloster zurückzubringen. Ich werde meinen fähigsten Mann auf die Suche schicken. Euch, mein Lieber! Packt schon einmal ein paar warme Wämser zusammen, sonst werdet nämlich Ihr es sein, den es in den Ardennen gewaltig frieren wird. Und nun hinaus mit Euch!»

«Aber, Herr ...»

«Ihr habt mich doch verstanden, Don Luis. Ich brauche Euch nicht mehr. Mit Euren ewigen Heimlichkeiten geht Ihr mir schon lange auf die Nerven. Wärt Ihr nicht der Sohn von Don Alfonso de Reon, hätte ich Euch schon früher zum Teufel gejagt. Doch das eine lasst mich zum Abschied noch sagen.» Der Statthalter wandte sich wieder dem Kaminfeuer und seinem Brief zu. Er musste Philipp antworten, eine unangenehme Pflicht, die ihm nur sein spontaner Einfall ein wenig versüßte. «Es gibt in der Gegend nach wie vor Personen, die sich insgeheim gegen mich auflehnen. Aufrührer, gegen die ich vielleicht zu nachsichtig vorging. Vielleicht haben diese ketzerischen Kreaturen ja etwas mit dem Ausbleiben Eurer Nonnen zu tun?»

«Das halte ich für abwegig», sagte Don Luis tonlos. Er schien zu ahnen, mit welchem Einfall sein Herr spielte.

«Eure Meinung kümmert mich nicht. König Philipp erwartet ein energisches Durchgreifen von mir, falls ich meiner Mutter auch offiziell ins Amt des Generalstatthalters folgen will. Sollte ich herausfinden, dass diese schwarzen Schwestern in den Ardennen das Opfer von Rebellen geworden sind, werden in Flandern, und ganz besonders in Oudenaarde, Köpfe rollen, das verspreche ich Euch! Seht nur zu, dass nicht auch der Eurer hübschen Begleiterin dabei ist.»

Griet hatte keine Angst vor Farnese, und doch verspürte sie ein schlechtes Gewissen. Don Luis war in Ungnade gefallen, weil er sich für sie eingesetzt hatte. Warum hatte er das getan? Zurück im Pförtnerhäuschen, wich sie den Fragen ihres Vaters und Beelkens neugierigen Blicken aus und zog sich erschöpft in ihre Schlafkammer zurück. Dort blieb sie, bis ein lautes Klopfen sie aus ihren Gedanken holte. Vor der Tür stand Remeus. Griets Vater hatte ihn eingelassen. Der Hausknecht keuchte atemlos, als hätten ihn Furien durch die Stadt gejagt.

«De Lijs schickt mich mit einer Botschaft zu Euch», sagte er. Es war das erste Mal, dass Griet den Mann einen vollständigen Satz sagen hörte.

«Und was gibt es?»

«Seine Frau ist heute Nachmittag gestorben. Fiel einfach so um und war mausetot.»

Griets Vater stieß scharf die Luft aus. «Der arme de Lijs, ich fühle mit ihm. Es ist schon viele Jahre her, seit ich meine Isabelle verlor, doch noch heute vergeht kein Tag, an dem ich sie nicht vermisse.»

Der Knecht machte keinen besonders betroffenen Eindruck. Er blickte sich vielmehr neugierig in der Stube um und grinste verschlagen, als er auf dem Wandbord einen Krug mit Wein entdeckte. «Vielleicht wäre ja ein Schlückchen auf den Schrecken angenehm, was meint Ihr, Herr?»

«Warum eigentlich nicht?» Sinter schenkte sich einen Becher ein und lehrte ihn in einem Zug. Remeus machte ein langes Gesicht, murmelte etwas, das sich wie ein Fluch anhörte, und machte sich mit trockener Kehle aus dem Staub. Niemand hielt ihn auf.

«Du musst zu ihm gehen», sagte Sinter, nachdem die Tür ins Schloss gefallen war. «Dein Mitgefühl ausdrücken. Der Weinhändler hat mehr für dich getan als jeder andere in dieser Stadt.»

Griet ließ sich auf einen Schemel sinken. Ihr blieb nichts anderes übrig, als schweigend zu nicken. Aber es graute ihr davor, de Lijs zu begegnen.

Zu ihrer Erleichterung ließ sich ihr Vater dazu bewegen, Griet am Abend zum Haus des Weinhändlers zu begleiten. Sinter sprach unterwegs unablässig von Isabelle, und Griet dachte darüber nach, dass der letzte Beileidsbesuch, den sie mit ihrer Schwiegermutter am Tag nach dem Strafgericht unternommen hatte, in eine Katastrophe gemündet war. Die Eingangstür zum Kontor war mit schwarzem Samt verhängt worden. Kein Laut war im Haus zu hören, nur einige dünne Kerzen wiesen flackernd den Weg die Stiege hinauf. Griet und Sinter fanden de Lijs an seinem Stehpult schreibend vor. Er sah nicht mehr so verwahrlost aus wie bei ihrer letzten Begegnung. Er trug ein sauberes blaues Wams, das von einem breiten Gürtel gehalten wurde. An einem Kettchen um seinen Hals hing ein silbernes Medaillon, es zeigte die Jungfrau Maria. Seine Wangen waren leicht gerötet. Als er Griet und ihren Vater sah, hob er den Kopf und begrüßte sie liebenswürdig, aber förmlich. Griets Blick wanderte zu dem Tisch, auf dem sie sich noch vor kurzer Zeit seiner Zudringlichkeit hatte erwehren müssen. Er hatte sie geküsst und geschlagen, aber er war auch betrunken gewesen. Nun war er nüchtern. Und ihr Vater stand neben ihr.

«Ich habe sogleich den Arzt aus Pamele geholt», hörte sie de Lijs sagen. «Ein fähiger Mann. Aber nicht einmal er konnte feststellen, was der Ärmsten fehlte. Vermutlich war es das Herz, das nicht mehr wollte.» Er bekreuzigte sich; seine Lippen berührten das Marienbildnis an seiner Kette. «Dem heiligen Sixtus sei Dank, dass sie nicht lange leiden musste. Ich habe vor, der Abtei von Maagdendale eine großzügige Spende zukommen zu lassen. Vielleicht darf meine Frau dann auf dem Klosterfriedhof ruhen.»

Sinter hielt dies für eine gute Idee. «Wisst Ihr, meine Isabelle ...»

«Es war sehr freundlich von Euch, mich gleich zu besuchen», unterbrach ihn de Lijs, bevor er richtig ausholen konnte. «Und haltet mich nicht für kaltherzig, weil Ihr mich hier im Kontor antrefft anstatt am Sarg der armen Verstorbenen. Aber es gibt nun einmal Dinge, die keinen Aufschub dulden.»

Griet räusperte sich. «Wenn Ihr irgendetwas braucht, lasst es mich bitte wissen, de Lijs.»

Er sah sie an; einen Augenblick zu lange, wie Griet fand. Dann ergriff er ihre Hand und drückte sie fest. Da war er wieder, dieser Ausdruck maßlosen Verlangens. Als sich seine Mundwinkel hoben, erkannte sie, dass seine Trauer nur gespielt war. Er hatte sie zu sich gelockt, und sie war gekommen.

«Nun teilen wir ein gemeinsames Schicksal, Griet», flüsterte er. «Wir sind beide verwitwet. Beide sind wir in unseren Geschäften erfolgreich, aber das schafft keine Befriedigung, wenn wir nachts allein in unseren Betten liegen, nicht wahr?»

Er ließ ihre Hand los. «Ich hörte, die schwarzen Schwestern sind nicht wie erwartet nach Oudenaarde zurückgekehrt. Das ist schlimm für Euch. Habt Ihr genügend Rücklagen in Eurem Kontor, um einen möglichen Verlust auszugleichen?»

«Selbstverständlich», log Griet. Sie fragte sich, wie de Lijs so rasch Wind davon bekommen hatte. Vielleicht spionierte Remeus sie aus und erstattete seinem Herrn regelmäßig Bericht. Zuzutrauen war es ihm. «Macht Euch um mich keine Sorgen.»

«Es ist doch eigenartig, dass diese Klosterschwestern den Weg nach Hause nicht finden. Bernhild, ihre Vorsteherin, ist eine entfernte Verwandte von mir. Sie kommt aus Elsegem, einem Dörfchen ganz in der Nähe. Dort verfügt ihre Familie über Grundbesitz. Sie kennt die Ardennen besser als ein Jagdhund und würde sich niemals verirren.»

«Vielleicht wurden sie von Wölfen oder anderen wilden Tieren getötet», meinte Sinter.

«Danke, Vater, das baut mich auf!»

De Lijs kratzte sich nachdenklich am Kopf. «Ganz so abwegig ist der Gedanke nicht, Griet. Ihr solltet anfangen, Euch gegen unangenehme Nachrichten zu wappnen. Ich würde Euch gern dabei helfen, wenn Ihr mich lasst. Ein paar meiner Knechte könnten sich sofort auf den Weg machen, um die Straßen und Pfade abzusuchen.»

«Das ist sehr großzügig von Euch, mein Lieber», sagte Sinter erfreut. «Trotz Eures schweren Verlusts seid Ihr so gütig zu meiner Tochter. Ich hoffe, sie kann es Euch einmal vergelten.»

Wenn es nach Vater und de Lijs geht, bestimmt sogar, dachte Griet. Sie war zwar immer noch froh, dass sie nicht allein mit de Lijs im Raum war, wünschte sich aber auch, ihr Vater würde endlich den Mund halten und sie nicht angrinsen, als wäre sie schon die Braut des Weinhändlers. Das würde sie niemals sein. Allmählich erwachte in ihr ein schockierender Verdacht. Der Tod der Weinhändlerfrau war überraschend gekommen, unerwartet. Gewiss, so etwas kam natürlich jeden Tag irgendwo vor. Doch ausgerechnet zu dem Zeitpunkt, da de Lijs seine Leidenschaft für sie entdeckt hatte? Griets tauber Arm begann zu zucken.

«Bemüht Euch bitte nicht», sagte Griet. «Ich war beim Statthalter. Er ist sehr besorgt über das Ausbleiben der Klosterfrauen und lässt Don Luis Nachforschungen anstellen.»

De Lijs runzelte die Stirn. «Don Luis de Reon? Dieser junge Spanier drängt sich mächtig in Eurer Leben.»

«So ist es», sagte Griets Vater. «Das habe ich meiner Tochter auch schon gesagt. Dieser Bursche drückt sich zu oft bei uns herum. Das ist nicht gut. Man sollte ihm Einhalt gebieten.»

«Vater!»

«Warum so aufbrausend, mein Kind? Ich meine es nur gut mit dir. Willst du, dass die Leute schon wieder über dich klatschen, weil du dich so oft mit diesem Don Luis herumtreibst? Vergiss nicht, dass er als Spanier ein Feind unseres Volkes ist.»

«Ach, auf einmal? Vielleicht sollte ihm das mal jemand deutlich vor Augen führen», brummte de Lijs. Sein Blick verriet Griet, dass er voller Eifersucht war. Sinter hingegen deutete die Bemerkung als Beweis seiner Sorge um Griets guten Ruf und fühlte sich geschmeichelt.

Griet wollte gerade zu einer Bemerkung ansetzen, als die Tür aufging und der Drucker Rink ins Kontor trat. Er sah blass und bestürzt aus.

«Ich kam so schnell ich konnte. Ist es denn wahr?»

«Jawohl, es ist wahr», knurrte der Weinhändler. «Sie liegt drüben in der Stube aufgebahrt. Pater Jakobus und das Totenweib sind bei ihr, solange ich hier zu tun habe.»

Pieter Rink nickte verständnisvoll, dann wandte er sich Griet zu. «Und wie geht es Euch, meine Liebe? Wie man hört, habt auch Ihr in diesen Tagen einigen Kummer.»

Griet atmete geräuschvoll aus. Sie mochte den Druckermeister; er gehörte zu den wenigen Menschen in Oudenaarde, die ihr mit Respekt begegneten und sie nicht wie ein kleines Kind behandelten. Dennoch hatte sie genug davon, angesehen zu werden, als wäre sie schon auf halbem Wege ins Armenhaus. Weder de Lijs noch Rink und ihr Vater hatten eine Erklärung dafür, warum die schwarzen Schwestern ihr Ziel nicht erreicht hatten. Sie misstrauten Don Luis aus verschiedenen Gründen.

Es blieb ihr keine andere Wahl, als selbst nachzuforschen.

Kapitel 16

Am nächsten Morgen nahm Sinter sich Don Luis vor, kaum dass dieser die Stube betreten hatte. Derb schüttelte er den jungen Spanier an der Schulter. «Redet ihr das gefälligst wieder aus», brüllte er ihn an.

«Gern, wenn Ihr mir verratet, worum es geht?»

Sinter warf Griet, die schweigend einen Wäschebeutel füllte, einen missmutigen Blick zu. «Ich rede davon, dass meine verwitwete Tochter es sich in den Kopf gesetzt hat, Euch bei der Suche nach diesen verflixten Nonnen zu helfen. Sie will Euch hinaus in die Ardennen begleiten. Zu dieser Jahreszeit. Das geht nicht, das ist absolut unmöglich. Griet wird hier gebraucht. Sie hat einen kleinen Jungen.»

«Der keine Zukunft in Oudenaarde hat, wenn das Geschäft seiner Mutter ruiniert ist», gab Griet zu bedenken. Sie packte ungerührt weiter.

Sinter winkte ab. «Ach was, da gäbe es doch auch noch andere Möglichkeiten. Du musst nicht arbeiten wie ein Waschweib. De Lijs hat dir seine Hilfe angeboten. Ich begreife nicht, wie du sie ablehnen konntest, um stattdessen nun mit diesem ... diesem Herrn hier in die Berge zu reiten. Dass du dich nicht schämst!»

Don Luis war überrascht. Hatte Griet wirklich vor, mit ihm zu kommen? So sehr er sich darüber freute, das konnte er nicht zulassen. Ihr Vater hatte vollkommen recht, in den Ardennen lauerten Gefahren. «Ihr solltet mir die Nachforschungen überlassen», sagte er. «Glaubt mir, ich habe im Auftrag des Statthalters schon so manchen Kerl aufgespürt, der verlorengegangen war. Ich werde auch Eure schwarzen Schwestern finden.»

«Dann bin ich ja beruhigt», sagte Griet freundlich. «Und nun lasst mich weiterpacken. Wo stecken denn nur meine dicken Strümpfe?»

«Man könnte auch mit einem Laib Brot reden», schimpfte Sinter. «Sie war schon als Kind stur. Leider hat sich daran nichts geändert. Keine Ahnung, von wem sie das hat. Isabelle war so ... sanftmütig.» Erschöpft griff er nach seinem Weinbecher. Er trank viel in letzter Zeit, weder Griet noch Beelken schafften es, ihm das auszureden. «Überleg doch mal, wie gut du es bei de Lijs hättest. Ihr müsst nur die Trauerzeit abwarten, dann ...»

«Aber ich liebe de Lijs nicht, Vater!» Besänftigend hauchte Griet Sinter einen Kuss auf die Stirn, dann verschwand sie im Nebenraum, um sich von Basse zu verabschieden.

«Sie macht einen Fehler», murmelte der alte Mann. «Einen Fehler, der sie mehr kosten wird als nur ihren lächerlichen Handel mit Briefen.»

Eine Stunde später brachen sie auf. Don Luis, der eingesehen hatte, dass Griet nicht in der Stadt bleiben würde, besorgte ihr ein kleines Gespann, da sie wegen ihres Arms nicht gut reiten konnte. Einen Wagen zu lenken bereitete ihr keine Schwierigkeiten, das hatte sie schon oft getan. Außerdem bot ein Gefährt genug Platz, um den Proviant und die warmen Sachen unterzubringen, die Griet eingepackt hatte. Die Kälte war jetzt schon gewaltig, draußen in den Wäldern musste es noch viel schlimmer sein.

Don Luis wollte nicht auf sein Pferd verzichten und trabte neben dem Wagen her. Er ignorierte die spöttischen Blicke und

Rufe der spanischen Soldaten, die sich am Tor über ihn amüsierten. Es hatte sich längst herumgesprochen, dass der Statthalter seiner Beratung überdrüssig geworden war und ihn weggeschickt hatte. Don Luis ließ den Spott mit einem undurchsichtigen Lächeln von sich abgleiten. Er hatte seine steife spanische Amtstracht abgelegt und sich stattdessen wie ein flämischer Handelsmann gekleidet. Sein blondes Haar wurde vom Wind zerzaust, seine Wangen waren gerötet.

«Es wäre mir lieb, Ihr könntet während unserer kleinen Reise vergessen, dass ich Spanier bin», erklärte er Griet, als diese fragte, was die Maskerade zu bedeuten habe. «Wir werden bald Landstriche durchqueren, die noch von rebellischen Geusen kontrolliert werden. Sollten die mich als Spanier erkennen, sind wir verloren.»

Griet nickte. Die Rebellen machten den Spaniern in den Niederlanden das Leben schwer. Im Süden der Provinz Holland waren sie erfolgreich von der See aus gegen die Eindringlinge vorgegangen, indem sie spanische Galeonen geentert oder versenkt hatten. Daneben gab es auch Gruppen von Kämpfern, die sich Buschgeusen nannten und aus dem Dickicht heraus Angriffe ausführten. Griet wollte keiner der Gruppen in die Hände fallen, sie war froh, dass Don Luis die niederländische Sprache akzentfrei beherrschte. Falls sie unterwegs angehalten wurden, würde ihm schon eine Geschichte einfallen, die einigermaßen plausibel klang.

«Ihr werdet Euch einen anderen Namen zulegen müssen», schlug Griet vor. «Ich kann Euch Don Luis nennen, solange wir allein sind, doch in Gesellschaft anderer wäre das nicht gut. Wir werden in jeder Herberge zwischen Oudenaarde und Brüssel haltmachen und nachfragen, ob jemand die Nonnen gesehen hat.»

Don Luis lachte. Griets Eifer gefiel ihm. «Als Kind wurde ich

Floris gerufen», sagte er. «Pater Jakobus nennt mich noch heute manchmal so.»

Griet blickte verwundert auf. Sie hatte sich schon gedacht, dass Don Luis nicht erst kürzlich nach Flandern gekommen war, doch dass er bereits als Kind hier gelebt hatte, war ihr neu. Sie hätte gern mehr darüber gewusst, doch die verschlossene Miene des jungen Mannes lud nicht dazu ein, Fragen zu stellen.

«Na schön, dann also Floris.»

Schweigend setzten sie ihren Weg fort. Er führte sie über schmale, hügelige Landstraßen, die von dichtem Wald umgeben waren. Hin und wieder lichtete sich das Dickicht und gab den Blick auf einen Weiler frei, der aus Hütten und Stallungen bestand. Manche der Behausungen wirkten verlassen, vor anderen tummelten sich Menschen, es wurde Holz gesägt, Kinder spielten und Frauen hängten Wäsche auf.

Don Luis und Griet hielten vor jeder Hütte an, um ein paar Worte mit den Bauern zu wechseln, doch die Antwort, die sie auf ihre Frage erhielten, war überall die gleiche. Keiner wollte einen Reisewagen mit Klosterfrauen gesehen haben. Als es dunkel wurde, breitete Don Luis eine Karte aus. Mit einem Kohlestift machte er ein paar Markierungen.

«So weit sind wir heute gekommen. Morgen ist auch noch ein Tag. Hoffen wir, dass es nicht regnet.»

Griet seufzte, während sie eine schmerzende Stelle in ihrem Nacken abtastete. Von der Schaukelei über die schlechten Straßen tat ihr jeder Knochen weh. Aber das wollte sie Don Luis nicht sagen. Es fehlte gerade noch, dass er sie nach Oudenaarde zurückschickte, weil sie ihn aufhielt. Da biss sie lieber die Zähne zusammen.

Sie saßen auf Strohballen in der Scheune eines Viehbauern, der ihnen erlaubt hatte, dort die Nacht zu verbringen. «Was habt Ihr dem guten Mann erzählt, wer ich bin?», wollte sie wissen. Sie trank einen Schluck Kräuterbier aus dem Lederschlauch, den Beelken ihr gefüllt hatte.

Don Luis hob die Augenbrauen und schaute sie mit einem Blick an, der kein Wässerchen trüben konnte. «Ich habe ihm gesagt, ich reise mit meiner treuen Leibmagd. Er erwartet Euch morgen früh, kurz vor Sonnenaufgang, im Ziegenstall zum Melken. Damit wäre unser bescheidenes Nachtlager abgegolten.»

«Ihr habt *was* getan?» Griet sprang empört auf die Füße, doch das breite Grinsen in Don Luis' Gesicht verriet ihr, dass er sich nur einen Scherz mit ihr erlaubt hatte. Griet musste nun auch lachen. Im Nu waren ihre Kopfschmerzen vergessen.

«Welche Aufgaben hat denn Eure Leibmagd?», flüsterte sie. «Abgesehen davon, dass sie für Euch die Zeche bezahlen muss?»

Don Luis lächelte sie an. Sein Herz klopfte, als er ihr Haar berührte. Dann streichelte er zärtlich ihre Wange und näherte sich mit seinen Lippen ihrem Ohr. «Der Bauer hält Euch für meine Ehefrau», raunte er ihr zu. «Lassen wir ihn in dem Glauben.»

«Ein hervorragender Einfall!» Griet schloss die Augen, als sie seine Fingerspitzen auf ihren Wangen spürte. Sie schienen jede Einzelheit ihres Gesichts erkunden zu wollen. Dann wanderten sie ihren Hals hinunter bis zu ihren Brüsten. Ein Schauer fuhr durch Griets Körper, der ein heftiges Zittern nach sich zog. Sie sank zurück, überließ sich ihren Gefühlen und öffnete die Augen erst wieder, als sie Don Luis auf sich spürte. Er küsste sie zuerst zärtlich, dann ein wenig wilder, wobei seine Zunge und seine Lippen nicht aufhörten, jede Stelle ihres Körpers, die nicht von Mieder und Stoff gefangen gehalten wurde, zu erforschen. Als ihre Blicke sich kreuzten, fand sie in seinen Augen die Bitte, ihm mehr zu erlauben. Sie war wie gebannt und konnte nicht anders, als ihn nun ebenfalls stürmisch zu küssen und ihm ohne Worte zu zeigen, dass sie ihm gehören wollte. Als er behutsam ihren Rock hochschob, quietschte die Stalltür. Fluchend rollte sich Don Luis zur Seite.

Der Bauer stand an der Tür, ein Holztablett mit Käse, Brot und Winteräpfeln in der Hand. «Mein Weib schickt Euch was zu futtern», erklärte er mit einem frechen Grinsen. «Hätte ich gewusst, wonach Euch der Appetit steht, hätte ich vorher angeklopft.»

Griet spürte, wie das Blut in ihre Wangen schoss, und ahnte, dass ihr Gesicht knallrot war. Zu ihrer Erleichterung hatte sie sich nicht völlig entblößt. Rasch schüttelte sie ihren langen Rock über die Knie und wandte sich schamvoll ab.

«Na, na, wir waren doch alle mal jung verheiratet», polterte der Bauer. Seine Stimme klang wie ein Donnerschlag, aber gutmütig. Offensichtlich hatte er es nicht eilig, den Stall wieder zu verlassen. Umständlich stellte er das Tablett auf einer Kiste ab.

«Richte deiner Frau unseren Dank für das Essen aus», sagte Don Luis kühl. «Es wäre nicht nötig gewesen, auch wenn ich für dieses Nachtlager tief in die Tasche gegriffen habe.»

«Weiß ich doch, Herr!» Der Bauer musterte Griet, die mit ihrer Haube kämpfte. «Ihr wart sehr großzügig. In diesen Zeiten müssen aber auch wir zusehen, wo wir bleiben. Unser Hof wurde schon zweimal geplündert. Die Soldaten haben uns das Korn weggenommen und das Federvieh. Unsere Magd, dieses Luder, ist ihnen freiwillig gefolgt.»

Don Luis runzelte die Stirn. «Das tut mir leid.»

«Nun ja, wir werden schon irgendwie durchkommen. Mir ist da noch etwas eingefallen, wegen der Frauen, nach denen Ihr Euch erkundigt habt.»

«Ihr habt sie gesehen?», rief Griet überrascht.

«Nein, das nicht, aber ... Es gibt da ein paar Leute, die unsere Straßen im Auge behalten, wenn Ihr versteht, was ich meine.»

Don Luis stieß scharf die Luft aus. Es war kein Geheimnis, auf wen der Bauer anspielte. Er meinte die Geusen. Also ging auch er davon aus, dass sie die schwarzen Schwestern verschleppt hatten. Doch war eine Entführung ohne jede Forderung sinnlos. Aus purem Hass auf Farnese und die spanischen Truppen gingen die Aufständischen sicher kein solches Risiko ein. Forderungen waren aber nicht gestellt worden. Es musste mehr dahinterstecken.

Don Luis zückte den Beutel, den er an einer Schnur um den Hals trug, und entnahm ihm zwei Münzen. «Also, Bauer, was weißt du?»

Am nächsten Morgen warteten sie das Frühstück nicht ab, sondern verschwanden aus dem Stall, noch bevor sich im Bauernhaus etwas regte. Der Hofhund, der an einer Kette lag, hob nur den Kopf, als Don Luis und Griet an ihm vorbeikamen, war aber zu müde, um zu bellen, und rollte sich wieder zusammen.

Griet wusch sich bei der ersten Rast, die sie an einem Bach einlegten, Gesicht und Hände. Sie war zum Umfallen müde, denn sie hatte nur wenig geschlafen. Stundenlang hatte sie gegrübelt, zuerst über die schwarzen Schwestern und dann, ob der Rat des Bauern das Geld wert war, das Don Luis ihm gegeben hatte. Schließlich waren ihre Gedanken in eine ganz andere Richtung abgeschweift, nämlich zu Don Luis. Sie hatte das gleichmäßige Atmen des jungen Spaniers neben sich vernommen und die Wärme gespürt, die von seinem Körper ausging.

Was empfand sie für ihn? Sie wusste es nicht. Die Gefühle, die in ihr tobten, konnte sie nicht deuten. Das verunsicherte sie. Sie versuchte, sich daran zu erinnern, wie es gewesen war, als Willem ihr den Hof gemacht hatte, doch das war eine halbe Ewigkeit her. Sie war sicher, dass es schöne Augenblicke gegeben hatte, aber die Erinnerung daran war blass, während Don

Luis etwas in ihr ansprach, das sie als warm, freundlich und farbenfroh empfand.

Du machst dich lächerlich, Griet, beschimpfte sie sich selbst in Gedanken. Don Luis war Spanier, er sah blendend aus und hatte eine glanzvolle Zukunft vor sich. Diese würde er nicht wegen einer flämischen Witwe ohne großes Vermögen, dafür mit einem lahmen Arm, aufs Spiel setzen. Griet befahl sich, nicht mehr an Don Luis und die Nacht in der Scheune zu denken.

Don Luis kritzelte wieder auf seiner Karte herum. Seiner angestrengten Miene nach stellte er irgendwelche Berechnungen an. Griet wollte ihn nicht stören. Sie wartete geduldig, bis er sich ihr zuwandte.

«Ist es weit bis Horebeke?»

Don Luis blickte auf. «Bis Mittag müssten wir das Dorf erreicht haben», sagte er. «Ich hoffe nur, dieser Bauer lockt uns nicht in eine Falle.»

«Warum sollte er? Ihr habt ihn großzügig bezahlt und ...»

«Er hat nicht mal gefragt, warum wir die schwarzen Schwestern suchen. Dabei hatte ich mir eine so schöne Geschichte zurechtgelegt. Nun ja, wir werden sehen, ob sie für die Leute von Horebeke annehmbar klingt.»

Sie kamen nur mühsam vorwärts, was nicht an Griets Gespann lag, sondern daran, dass Don Luis alle paar Minuten hielt, um sich zu vergewissern, auch wirklich die richtige Richtung eingeschlagen zu haben. Immer wieder stieg er ab, um seine Karte zurate zu ziehen, doch die half ihm nicht weiter. Das Dorf, das sie suchten, war darauf nicht eingezeichnet. Immerhin schien die Himmelsrichtung, die der Bauer ihnen genannt hatte, zu stimmen. Sie legten einige Meilen zurück, dann kreuzte ein kleiner Pfad ihren Weg.

«Der Pfad muss ins Dorf führen», erklärte Don Luis. Er rollte die Karte zusammen und warf sie auf Griets Wagen.

«Seid Ihr sicher?»

«Der Bauer hat mich gewarnt, dass der Weg nach Horebeke leicht übersehen wird, aber er hat mir die Abzweigung genau beschrieben. Wenn wir in einer halben Meile auf Höfe treffen, haben wir es geschafft.»

Griet seufzte. Vor zwei Stunden hatte ein Sprühregen eingesetzt, der allmählich durch sämtliche Schichten ihrer Kleidung drang. Sie sehnte sich nach einem Gasthaus, in dem sie sich am Feuer aufwärmen und eine heiße Suppe essen konnte. Über das Dorf, in dem man ihnen vielleicht weiterhelfen konnte, hatte sie sich noch keine Gedanken gemacht, sie hoffte, dass es dort etwas gab, was einer Herberge nahekam.

Sie brauchten eine weitere Stunde, bevor sie zwischen den Bäumen strohgedeckte Dächer ausmachen konnten. Sie hatten das Dorf erreicht. Griet hätte vor Erleichterung am liebsten gejubelt, als sie das klapprige Gefährt auf die schlammige Dorfstraße lenkte. Ihr Rücken tat ihr weh, und die Kopfschmerzen waren auch wiedergekommen. Dennoch war sie erleichtert. Don Luis stieg von seinem Pferd ab und führte es am Zügel weiter. Die Leute, hauptsächlich Frauen und Kinder, starrten ihn und Griet an, schienen sich aber nicht vor ihnen zu fürchten. Weshalb auch? Sie sahen aus wie ein gewöhnliches Händlerpaar, obwohl sie keine Waren mit sich führten.

Das Dorf bestand aus zwei schmalen Straßen, die an ihrem Mittelpunkt ein Kreuz bildeten. Die Bauernhäuser, die sich verschachtelt am Weg aufreihten, waren klein und windschief. Einige größere Gebäude waren mit Fachwerkbalken durchzogen. Alle verfügten jedoch über Gärten, die zum größten Teil nicht umzäunt, sondern lediglich mit Hecken, Sträuchern und Buschwerk eingefasst waren. Die Einwohner von Horebeke schienen in trauter Nachbarschaft miteinander zu leben. Am

Ende der Dorfstraße erhob sich ein aus Feldstein gemauertes Kirchlein, das zwar über keinen Glockenturm, doch dafür über einen schmucken Dachreiter verfügte. Zu Griets Bedauern machte keines der Bauernhäuser den Eindruck, als beherbergte es ein Gasthaus. So waren sie und Don Luis vermutlich wieder gezwungen, die Nacht in einer Scheune zu verbringen. Sie blickte in den grau verhangenen Himmel hinauf und hoffte inständig, dass wenigstens der Nieselregen bis zum Abend aufhören würde.

«Lasst uns rasch jemanden nach den schwarzen Schwestern fragen», drängte sie Don Luis, der ihren Karren unter einem kahlen Lindenbaum mitten auf dem Dorfanger abstellte. «Dann können wir uns nach einem Quartier für die Nacht umschauen.»

«Wir sollten das langsam angehen lassen. Nur nichts überstürzen. Wenn wir mit der Tür ins Haus fallen, werden die guten Leute argwöhnisch.»

Griet blickte sich um. Es waren nicht mehr viele Menschen auf der Gasse, die argwöhnisch hätten werden können. Hinter ihr schlug jemand geräuschvoll einen Fensterladen zu. In der Nähe fauchten sich zwei Katzen an.

«Schön, aber wen sollen wir denn nun fragen?»

Don Luis deutete auf die Kirche. «Geistliche erweisen sich meistens als gesprächig. Sie sind zu oft allein, haben keine Familie. Dort sollten wir es zuerst versuchen.»

Doch Don Luis irrte. Möglicherweise hätte der Dorfpriester ihnen helfen können, aber es gab keinen. Die Kirche war ebenso verlassen wie das kleine Pfarrhaus, das versteckt direkt dahinterlag. Das Haus stand inmitten eines Gärtchens mit Obstbäumen, das noch verwilderter aussah als das Grundstück der schwarzen Schwestern in Oudenaarde. Vermutlich wohnte hier schon lange niemand mehr.

«Was habt ihr hier zu suchen?», hörte Griet plötzlich eine

Stimme hinter sich. Erschrocken drehte sie sich um. Unbemerkt hatte ein hochgewachsener junger Mann, dem trotz seiner Jugend schon ein dichter Vollbart wuchs, den Garten betreten. Das braune Haar trug er lang, über der Stirn gescheitelt und im Nacken zu einem Pferdeschwanz gebunden. Begleitet wurde er von einem Prachtexemplar von Hirtenhund, der allerdings keinen Laut von sich gab. Vermutlich wartete das Tier erst den Befehl seines Herrn ab, bevor es sich auf sie stürzte und sie zerfleischte.

«Wir mögen hier keine Fremden», sagte der junge Mann gefährlich leise. «Ihr seht zwar aus wie Krämervolk, aber zu verkaufen habt ihr nichts. Ich habe in euren Karren geschaut. Also seht zu, dass ihr aus unserem Dorf verschwindet. Es gibt hier nichts für euch!»

«Darf ich fragen, wem wir diesen guten Rat verdanken?», fragte Don Luis liebenswürdig. Er tat so, als gäbe es den schwarzen Hund an der Seite des Mannes gar nicht.

«Ich bin Jan Kollinck, der Sohn des Dorfältesten, wenn ihr es unbedingt wissen wollt. Und der Bursche, der euch gleich die Gurgel aufreißen wird, heißt Arro. Solange mein Vater nicht im Dorf ist, sorgen wir beide hier für Ruhe und Ordnung.»

«Ich bin überzeugt davon, dass ihr das sehr gut macht.» Don Luis lächelte. «Gewiss ist dein Vater stolz auf dich. Weißt du, wir haben uns soeben gefragt, warum die Kirche verlassen ist. Wo steckt der Priester?»

Jan Kollinck schüttelte den Kopf. «Ist keiner mehr da. Hat längst das Weite gesucht. Wie die meisten Dorfbewohner auch. Gleich, als die Spanier kamen. Nur wenige sind geblieben.»

«Verstehe.»

«So?» Der junge Mann verzog verächtlich das Gesicht. «Das glaube ich kaum. Verschwindet jetzt endlich, bevor ich Arro loslasse.»

«Wir haben euch doch gar nichts getan», versuchte nun Griet ihr Glück. Der Hund machte ihr Angst, aber die Aussicht, die Nacht draußen im Wald zu verbringen, war ganz und gar nicht verlockend. «Wir kommen aus Oudenaarde und suchen sieben Frauen, die während ihrer Reise durch die Ardennen spurlos verschwunden sind. Ein Bauer riet uns, nach Horebeke zu reiten, weil man uns hier vielleicht weiterhelfen könnte.»

Der junge Mann wirkte überrascht. Er blickte hinüber zur Kirchentür, die Don Luis nicht geschlossen hatte und die nun, von einem Lüftchen bewegt, in den Angeln quietschte. «Ich weiß nichts von euren Nonnen», sagte er leise, aber weniger schroff. «Seit Titelmans hier umging, verlassen wir unser Dorf kaum noch. Wie sollten wir euch da helfen können?»

«Ein Gasthaus habt ihr hier wohl auch nicht», sagte Griet müde. «Wir sind durchnässt und hungrig.»

Wieder zögerte der Sohn des Dorfältesten, bevor er sich schließlich mit einem Seufzen dazu durchrang, Griet und Don Luis ein Nachtlager anzubieten. «Ihr könnt bei uns schlafen», verkündete er ein wenig gönnerhaft. «Da behalte ich euch wenigstens im Auge. Meiner Mutter wird es recht sein, seit sie erblindet ist, hat sie nicht mehr viel Abwechslung. Aber lasst euch nicht einfallen, sie auszuhorchen, sonst jagt Arro euch doch noch hinaus.» Er tätschelte dem großen Hund den Rücken.

Kapitel 17

Don Luis und Griet blieben bei ihrer verabredeten Geschichte. Er nannte sich Floris, sie war seine Frau, und sie nahmen die Reise durch die Ardennen auf sich, um nach sieben Frauen zu suchen, mit denen sie angeblich Geschäfte gemacht hatten, die nun aber während einer Reise durch die Wälder verschwunden waren.

Die Frau des Dorfältesten hieß Isolda, im Gegensatz zu ihrem Sohn freute sie sich tatsächlich über die unerwarteten Gäste. Die Familie besaß das größte und ansehnlichste Haus im Dorf, das inmitten eines ummauerten Hofes ein wenig abseits der Straße stand. Von dem Hof führte ein kleiner Weg zur Mühle, die ebenfalls den Kollincks gehörte. Isolda brauchte Griet nicht zu berühren, um zu wissen, dass deren Kleider nass geworden waren. Ihre feine Nase verriet es ihr. Sogleich rief sie eine Magd herbei und wies sie an, für ihre Gäste trockene Sachen herauszulegen. Dann ließ sie den langen Eichentisch in der gutgeheizten Stube decken, an dem Gesinde und Familie gemeinsam ihre Mahlzeiten einnahmen. Nach dem Gebet, das die Hausherrin sprach, machte ein Krug mit heißem Kräuterbier die Runde, aus dem jeder trinken musste. Anschließend tischte Isoldas Magd einen würzigen Eintopf auf, dazu Brot und fette Würste aus der Räucherkammer. Griet ließ es sich schmecken; es störte sie nicht, dass sie auf ihrer Bank zwischen Don Luis und Jan wie eingekeilt saß. So wurde ihr nach den Stunden im Wald wenigstens wieder richtig warm.

Das Essen wurde von ihren Gastgebern weitgehend schweigend eingenommen. Jan hing seinen Gedanken nach, seine Mutter war damit beschäftigt, alle Anwesenden satt zu kriegen. Nur Don Luis' Mundwerk stand nicht still. Er malte eine erfundene Geschichte über eine frühere Handelsreise nach Frankreich aus, was unterhaltsam klingen sollte, den Leuten am Tisch jedoch nur ein Achselzucken entlockte. Schließlich gab er es auf und wartete, bis die Müllerin mit einem Klatschen in die Hände die Mahlzeit für beendet erklärte.

«Mein Sohn hat mir gesagt, weshalb ihr nach Horebeke gekommen seid», begann die Blinde, nachdem die Magd den Tisch abgeräumt und sich zurückgezogen hatte. «Leider sind die Wege, die durch die Wälder führen, nicht sicher. Mein Mann und einige unserer Nachbarn sind heute früh aufgebrochen, um einen Wolf zu erlegen, der ganz in der Nähe des Dorfes gesehen wurde. Sie sind noch nicht zurückgekehrt. Über verschwundene Frauen wissen wir aber nichts. Das müsst Ihr meinem Sohn glauben.»

«Warum sollte uns der Bauer in die Irre geschickt haben?» Don Luis schob die langen Ärmel des Kittels, den die Magd ihm gegeben hatte, über die Handgelenke zurück. «Er hätte gar nichts sagen müssen.»

Isolda lächelte. Sie war eine hübsche Frau mittleren Alters, deren rundliches Gesicht keine Falten aufwies. Ihre leeren Augen wirkten auf Griet wie frisches, kristallklares Wasser aus einem See. Es erschien seltsam, dass sie ebenso nutzlos sein sollten wie Griets tauber Arm. Sie spürte, dass sie die Müllerin mochte.

«Der Mann wollte mehr Geld. Er hätte Euch nach Paris geschickt, um es zu bekommen.» Sie dachte einen Moment lang nach, wobei sie mit den Fingerspitzen kleine Kreise auf den Tisch malte. «Vielleicht hat er auch Gerüchte über uns gehört. Horebeke ist kein Dorf wie jedes andere. Wir mussten unter der

Inquisition leiden, nachdem die neuen religiösen Ideen aus dem Deutschen Reich und aus Frankreich auch in die Ardennen Einzug hielten. Damals kamen Männer in die Dörfer und Weiler, sie predigten unter freiem Himmel und zogen Tausende von Menschen in ihren Bann. Unglücklicherweise schickte auch der Großinquisitor aus Brüssel, ein gewisser Titelmans, seine Häscher aus. Er ließ alle Leute, die den neuen Lehren anhingen, gnadenlos verfolgen. Wer nicht rechtzeitig floh, wurde gefoltert und hingerichtet. Nur einer Handvoll Mutigen gelang es, sich in die Wälder zurückzuziehen. Sie wurden von uns Waldbettler genannt.»

«Der Wald hinter der Mühle heißt heute noch Bettlerwald», warf Jan ein.

Griet atmete tief durch. Sie entsann sich der Worte des Bauern, der von Rebellen erzählt hatte, die in den Wäldern hausten, dafür aber die Landstraßen genau im Auge behielten. Für sie gab es kaum noch einen Zweifel, dass diese Leute etwas über das Schicksal der schwarzen Schwestern wussten. Sie blickte Isolda an, die immer noch lächelte. Trotz ihrer körperlichen Versehrtheit wirkte sie so zufrieden und von Ruhe erfüllt, wie Griet es sich oft für sich selber wünschte.

«Eure Augen», sagte sie schließlich zaghaft. «Das war auch dieser Titelmans, nicht wahr?»

Die Müllerin nickte nach einem kurzen Zögern. Sie schien beschlossen zu haben, Griet zu vertrauen.

«Das ist lange her. Damals saß Margarethe von Parma noch im Schloss von Brüssel und ließ sich von ihrem Berater, dem schrecklichen Bischof Granvelle, Gift in die Ohren träufeln. Titelmans' Ketzerjäger kamen mit bewaffneten Männern ins Dorf und versuchten, mir ein Geständnis zu entlocken. Sie haben es nicht geschafft, deshalb blendeten sie mich schließlich und ließen mich gehen.» Sie erhob sich und rief nach ihrer Magd.

«Ihr müsst mich nun entschuldigen», sagte sie. «Ich bin sehr müde. Hoffentlich ist Euch das kleine Kämmerchen über der Mühle nicht zu unbequem, aber es ist das einzige Quartier, das wir Euch anbieten können. Mein Sohn wird Euch alles zeigen.»

Don Luis verneigte sich, obwohl Isolda die Geste nicht sehen konnte, und bedankte sich für ihre Gastfreundschaft. Jan öffnete derweil die Tür und weckte Arro, der unter dem Tisch geschlafen hatte, mit einem Pfiff. Der Hund erhob sich gähnend und trottete widerwillig in die Kälte hinaus. Griet wollte ihm gerade folgen, als sie Isoldas Hand auf ihrem Arm spürte. Die Blinde hatte sich lautlos an sie herangepirscht.

«Müsst Ihr unbedingt nach diesen Frauen suchen?», flüsterte sie. «Manchmal ist es besser, die Dinge auf sich beruhen zu lassen und ihnen nicht auf den Grund zu gehen. Wir ersparen uns dadurch Schmerz und Leid.»

Griet stockte. Es lag ihr auf der Zunge, der Müllerin vom Statthalter Farnese zu erzählen, der Menschen wie sie verdächtigte, von ihrem dem Untergang geweihten Geschäft und von de Lijs, der nur darauf wartete, dass sie einen Fehler beging. Einen Fehler, der sie in sein Haus und Bett treiben würde. Aber sie unterließ es, sie konnte Don Luis' warnenden Blick unmöglich übergehen. So verabschiedete sie sich mit einem kurzen Gruß und folgte den Männern hinaus.

In der Mühle war es gemütlich warm, es roch nach Holz und Mehl. Jan warf ein paar grobe Decken auf zwei Strohsäcke, die sonst von den Gesellen seines Vaters benutzt wurden. Dann ließ er Griet und Don Luis allein.

«Die Frau hat Euch empfohlen, die Suche abzubrechen, nicht wahr?», wollte Don Luis wissen, während er die beiden Strohsäcke misstrauisch nach Wanzen absuchte. Griet fand das überflüssig. Wie im Haus der Kollincks blitzte es auch in der Mühle vor Sauberkeit. Isoldas Mann und seine Gehilfen schienen viel Wert auf Ordnung zu legen. Soweit Griet im Schein der Tranlampe, die Jan ihnen dagelassen hatte, sehen konnte, hatte jedes Werkzeug, jeder Nagel und jeder Sack Korn seinen vorgesehenen Platz. Nichts lag einfach so herum. Sogar die Böden waren blankgescheuert.

«Und? Werdet Ihr es tun?»

Griet horchte auf. «Was tun?»

«Nach Oudenaarde zurückkehren und die Sache auf sich beruhen lassen.»

«Nie im Leben», sagte Griet. «Nicht, bevor ich den Weg der schwarzen Schwestern bis zum Ausgangspunkt zurückverfolgt habe. Es muss doch irgendwo eine Spur geben, einen Hinweis. Und wenn es nur ein paar Fußabdrücke sind. Sieben Menschen verschwinden nicht einfach, ohne dass jemand davon Notiz nimmt.»

Don Luis machte ein skeptisches Gesicht, das Griet mit Unbehagen erfüllte. Sie brauchte einen Begleiter, der ihr Mut zusprach, sie tröstete. Keine Unke, die nur schwarzmalte.

«Was ist, wenn die Nonnen längst tot sind? Sie könnten von Wegelagerern ermordet oder durch einen Steinschlag umgekommen sein.»

«Und danach haben sie sich in Luft aufgelöst?», fragte Griet sarkastisch. «Oh nein, an einen solchen faulen Zauber glaube ich nicht. Die schwarzen Schwestern haben die Abtei von Hertoginnedal bei Brüssel verlassen und sich auf den Weg gemacht, dafür gibt es Zeugen. Sie müssen irgendwo stecken, und ich werde sie finden und nach Oudenaarde schaffen, selbst wenn ich sie eigenhändig durchs Stadttor ziehen müsste. Ich schwöre Euch, Don Luis, der Statthalter wird mir mein schönes Geschäft nicht kaputt machen.» Sie hielt kurz inne, um zu Atem zu kommen. Durch die schmale Luke in der Rückwand konnte sie den dunklen Umriss eines der Mühlenflügel sehen. Der ausgestreckte Arm wirkte gespenstisch.

«Dieser Jan hat etwas zu verbergen», sagte sie plötzlich mit tonloser Stimme.

«Ein aufgeblasener junger Schwätzer! Ohne seinen schwarzen Köter würde er sich nicht so wichtig nehmen.»

Griet blickte immer noch aus der Öffnung. Trotz der Dunkelheit erspähte sie das Anwesen des Müllers mit seinem großen Hoftor, weiter südlich breitete sich ein schwarzer Flecken aus, vermutlich ein Tümpel, und dahinter begann gleich der Wald. Für den Bruchteil eines Moments glaubte Griet einen Lichtschein zwischen den Bäumen zu sehen, doch sie war sich nicht sicher, ob es ihn gab oder ob ihr die Müdigkeit einen Streich spielte.

«Wollt Ihr Euch nicht endlich schlafen legen?», fragte Don Luis unwirsch. «Was gibt es dort draußen so Spannendes zu entdecken?»

Griet fuhr herum und starrte ihn an; ihre Wangen glänzten vor Aufregung. «Er sagte, er wisse nichts von unseren Nonnen. Ja, das waren seine Worte. Jetzt erinnere ich mich wieder ganz genau.»

«Natürlich sagte er das. Alle haben das behauptet!»

«Aber wieso sprach Jan von Nonnen?», fragte Griet. «Als er uns bei der Kirche überraschte, habe ich nur erwähnt, dass wir sieben Frauen suchen. Dass es sich dabei um die schwarzen Schwestern handelt, sagte ich nicht. Er hat es gewusst. Er hat es die ganze Zeit gewusst, und seine Mutter auch.»

Griet lief wieder zu der Fensteröffnung zurück. «Soll ich Euch etwas verraten, Don Luis? Ich wette, dieser Müller und seine Freunde befinden sich nicht auf einer Wolfsjagd. Sie haben die sieben Klosterschwestern in ihrer Gewalt.»

«Das ist doch unmöglich. Ihr müsst Euch irren», protestierte

Don Luis. «Mag sein, dass der Junge von Nonnen geredet hat, vielleicht aber auch nicht. Ihr seid überreizt, könnt nicht mehr klar denken.»

Griet warf dem jungen Spanier einen vernichtenden Blick zu. «Ich weiß, was ich gehört habe, und es passt alles haargenau zusammen. Dieser Müller und sein Sohn sind in die Sache verwickelt. Vielleicht hassen sie alle Priester und Ordensleute, weil sie insgeheim Ketzer sind und das Schicksal der armen Frau dort drüben einfach nicht vergessen können. Falls Jan verhindern will, dass wir auf seinen Vater treffen, muss er ihn noch in dieser Nacht warnen. Ich bin sicher, dass wir ihn innerhalb der nächsten Stunden in den Wald gehen sehen.»

Don Luis streckte sich auf seinem Lager aus und verschränkte die Arme im Nacken. «Ich kann Euch wohl nicht überreden, Euch auszuruhen?»

«Ausgerechnet jetzt? Ihr träumt wohl.»

«Wie sollte ich, wenn ich Euch die ganze Nacht zum Fenster hinausstarren sehe?», gab er schlagfertig zurück. Er seufzte tief, weil er seinen Schlaf entschwinden sah. «Also schön, ich möchte nicht, dass Ihr vor Müdigkeit umfallt. Daher werde ich Wache halten. Falls Euer Müllerbursche tatsächlich Heimlichkeiten hat, werde ich Euch wecken.»

«Versprecht Ihr es?»

Don Luis lächelte. «Ihr habt das Wort eines spanischen Hidalgos.»

Der mühelos als flämisches Schlitzohr durchgehen könnte, dachte Griet. Sie zögerte, aber auf einmal schien Don Luis im Gegensatz zu ihr hellwach zu sein. Ob er ihren Verdacht teilte oder nur in Betracht zog, dass etwas daran war, ließ er nicht erkennen. Aber er deckte Griet fürsorglich zu und versprach, das Fenster im Auge zu behalten.

Griet bedankte sich mit einem Lächeln. Sie wollte nur kurz

die Augen schließen, damit der brummende Schmerz in ihrem Kopf endlich nachließ, doch wenige Augenblicke später war sie eingeschlafen.

Als Don Luis sie wachrüttelte, war es noch finster. Griet hatte keine Ahnung, wie lange sie geschlafen hatte. Sie fror, und ihre Glieder fühlten sich steif an. Sie brachte nur ein trockenes «Und?» hervor.

«Ich fürchte, ich muss Euch Abbitte leisten», sagte Don Luis ernst. «Dieser Jan hat soeben das Haus verlassen. Ich konnte mich gerade noch rechtzeitig ducken, sonst hätte er mich gesehen. Ich glaube, er kommt hierher, zur Mühle.»

Griet erschrak. Was, wenn der Sohn des Müllers beschlossen hatte, auch sie verschwinden zu lassen? Niemand in Oudenaarde wusste, wo sie sich aufhielten. «Was sollen wir tun?», hauchte sie voller Angst.

«Rückt zur Seite und lasst mich zu Euch unter die Decke.»

«Don Luis, jetzt ist nicht die Zeit, um ...»

«Still», befahl er energisch. «Wir sind ein harmloses Krämerpaar, habt Ihr das vergessen?» Blitzschnell legte er sich neben Griet, doch ihr entging das Messer nicht, das er unter die Decke schob und fest umschlossen hielt. «Bewegt Euch nicht, stellt Euch schlafend. Sollte der Bursche uns angreifen, bereite ich ihm die Überraschung seines Lebens.»

Wenige Augenblicke später hörte Griet ein knarrendes Geräusch auf der Stiege, die hinauf zur Kornkammer führte. Sie hielt die Luft an. Don Luis hatte einen Arm um ihre Schultern gelegt. Auf seinem Gesicht lag ein Ausdruck tiefster Entspannung, als schlafe er wirklich. Sie aber konnte die Augen vor Aufregung nicht schließen. So sah sie, wie sich die Tür langsam öffnete. Sie erkannte die schlaksige Gestalt des Jungen, der sich still an ihr Lager heranpirschte. Dann blieb er stehen und lauschte. Griet hörte seinen Atem und spürte gleichzeitig, wie sich die Muskeln in Don Luis' Arm anspannten. Sein Gesicht mochte es nicht verraten, aber er war bereit, aufzuspringen und sich mit dem Messer auf Jan zu stürzen.

Der Müllersohn stand einfach nur da. Eine Ewigkeit schien zu verstreichen, ohne dass er sich bewegte oder einen Laut von sich gab. In Griets Nase begann es zu kribbeln, als liefen Ameisen über ihre Wangen. Sie hoffte, etwas würde passieren, denn lange würde sie nicht mehr so daliegen können. Ob Jan nicht längst Lunte gerochen hatte? Er musste doch merken, dass sie und Don Luis nur die Schlafenden spielten.

Dann war der Spuk vorüber. Der junge Mann verschwand ebenso leise, wie er gekommen war. Geräuschlos schloss er die Tür hinter sich.

Und schob den schweren Riegel vor.

«Er ist weg», flüsterte Griet Don Luis zu. Sie schlug die Decke zurück, dann wischte sie sich einige Male erleichtert über die juckende Nase.

«Das ist gut», sagte Don Luis mit einem Blick auf die Klinge seines Messers.

«Und er hat uns hier oben eingeschlossen.»

«Das ist weniger gut. Aber keine Sorge, wir kommen hier schon wieder raus. Ich habe den Jungen unterschätzt, das hätte mir nicht passieren dürfen.»

Griet schlich in geduckter Haltung zu der Fensteröffnung und spähte hinaus. Eine kleine Flamme tänzelte einsam durch die Nacht. Sie bewegte sich auf den Waldrand zu.

«Er geht in den Wald», zischte sie böse. «Ich hab's gewusst. Wir hätten ihn überwältigen müssen, solange wir die Gelegenheit hatten. Stattdessen lassen wir uns einsperren wie zwei Schafe.»

«Glaubt Ihr wirklich, dieser Bengel hätte uns zu seinem Vater geführt, wenn ich ihn angegriffen hätte?» Don Luis schüttelte den Kopf. «Niemals! Wir hätten das Dorf sicher nicht mehr lebend verlassen.»

«Und was sollen wir Eurer Meinung nach jetzt machen?»

Don Luis untersuchte die Luke. Sie war zu schmal für einen erwachsenen Menschen. Aber zweierlei war Jan entgangen. Er hatte sie für schlafend gehalten, und er hatte vergessen, dass er seine Gefangenen in einer Kammer voller Werkzeug zurückgelassen hatte. Nach kurzer Suche fand Don Luis eine Säge, mit der er zum Fenster zurückkehrte. Vorsichtig setzte er sie an und zog die Schneide einige Male probeweise durchs Holz. Er musste die Luke nur so weit vergrößern, dass er sich hindurchzwängen konnte. Doch so einfach, wie er geglaubt hatte, war die Unternehmung nicht. Obwohl die Seitenwand hauptsächlich aus Holz bestand, stieß die Säge immer wieder auf harten Lehm, mit dem das Flechtwerk ausgestrichen worden war. Eine Weile arbeitete der Spanier verbissen und konzentriert, dann schleuderte er die Säge mit einem Schwall spanischer Flüche in die Ecke.

Während Don Luis beleidigt schimpfte, fand Griet genug Zeit, um das Innere der Kammer zu erforschen. Es wunderte sie, dass durch die Decke, die hoch über ihrem Kopf auf einem Gerüst aus verwinkelten Strebepfeilern und Balken ruhte, ein leichter Windzug in den Raum trat. Die Lampe war erloschen, daher verfügte sie über keine Lichtquelle, um nachzuprüfen, aus welchem Winkel die Zugluft tatsächlich kam, doch je länger sie zu den Balken hinaufstarrte, desto mehr wuchs ihre Überzeugung, dass es dort oben eine Öffnung geben musste. Als sie es Don Luis sagte, brummte der etwas, das nicht schmeichelhaft klang. Dann aber befeuchtete er einen Finger und hielt ihn hoch. «Ihr habt recht, Griet, dort oben muss es noch eine andere Luke geben. Gebe Gott, dass sie größer ist als dieses Mauseloch hier.»

«Aber wie wollt Ihr hinaufkommen?», fragte Griet mit einem skeptischen Blick auf die finsteren Balken, die kaum mehr als in Umrissen zu erkennen waren.

«Seile gibt es jede Menge!» Don Luis schnappte sich ein stabiles Geflecht aus Hanfstricken, das ordentlich aufgerollt über einem Haken hing, und prüfte es kurz, indem er daran zerrte. Dann schlang er ein Ende des Seils um einen Schemel und warf diesen geschickt über den untersten Balken. Bereits sein zweiter Versuch war erfolgreich: Die Beine des Schemels verhakten sich mit dem Balken, sodass das Seil fest saß. Don Luis lächelte grimmig. «In Spanien habe ich einmal einen Berg bestiegen, dagegen ist das hier ein Kinderspiel.»

«Passt bloß auf, dass Ihr Euch bei diesem Kinderspiel nicht den Hals brecht.»

Don Luis keuchte vor Anstrengung, während er sich Stück für Stück am Seil emporzog. Griet konnte sehen, wie seine Arme nach kurzer Zeit zu zittern anfingen. Wann immer er seinen spanischen Berg bestiegen haben mochte, es schien eine Weile her zu sein. Das Seil, an dem er hing, schaukelte bedrohlich. Griet fürchtete, der Schemel könnte abgleiten und Don Luis abstürzen. Rasch schleppte sie die Strohsäcke und Decken herbei, um einen möglichen Sturz abzumildern. Aber Don Luis schaffte es. Wenige Augenblicke später zog er sich auf den Balken und setzte sich rittlings auf ihn, um den Schemel aus seiner Verankerung zu lösen. Da er von hier oben die nächsthöheren Balken nur aufrecht balancierend erreichen konnte, schlang er sich ein Ende des Seils um den Bauch, während er das andere in einer lockeren Schlinge an den Balken befestigte, über die er sich vorsichtig vorwärtsbewegen musste. Griet sah bald nur noch einen vagen Schatten, der sich oben im Gebälk bewegte. Die Stille, die vom Ächzen der alten Balken unterbrochen wurde, setzte ihr zu, aber sie wagte nicht zu rufen, aus Angst, Don Luis aus dem

Gleichgewicht zu bringen. Eine Ewigkeit schien zu vergehen, bevor er schließlich einen wilden Schrei ausstieß.

«Habt Ihr eine Öffnung gefunden?», rief Griet in die Dunkelheit hinauf. «Sagt doch was!»

Sie erhielt keine Antwort.

Sie rief ein zweites Mal nach ihm und dann noch einmal. Verflucht, dachte sie voller Angst. Was konnte geschehen sein? Hatte er sich mit seinem eigenen Seil erhängt? Sie konnte nichts erkennen, nicht einmal eine Kontur. Alles, was sie sah, war ein schwarzes Geflecht aus Holzbalken, von dem Staub auf sie herabregnete. Sie trat einen Schritt zurück und rechnete jeden Moment mit dem Aufprall seines Körpers. Aber er blieb verschwunden. Sie blickte zu den aufgerollten Seilen. Wie gern hätte sie eines davon genommen und wäre Don Luis gefolgt, aber wegen ihres Arms war daran nicht zu denken.

Plötzlich hörte sie, wie der Türriegel vor der Kammer zurückgezogen wurde. Don Luis steckte seinen Kopf herein.

«Ihr habt es geschafft», rief Griet und legte die Hand auf ihr pochendes Herz. Sie war so erleichtert, ihn zu sehen, dass ihr beinahe die Tränen kamen. Dann aber gewann der Ärger die Oberhand. «Hättet Ihr mir nicht antworten können?», beschwerte sie sich. «Ich bin beinahe gestorben vor Angst.»

Don Luis beschwichtigte sie mit einem Kuss, den sie sich gefallen ließ, weil sie fand, dass sie ihn verdient hatte. «Ich hätte das halbe Dorf geweckt, wenn ich gerufen hätte», erklärte er. «Das Dach der Mühle sieht aus wie ein Trichter, aber Ihr habt mal wieder recht behalten, meine Liebe. Ganz oben gab es eine Öffnung, durch die ich mich bequem schieben konnte. Der Rest war ein Kinderspiel. Kommt jetzt, wir müssen uns beeilen.»

Griet bezweifelte, Jan noch einholen zu können, aber Don Luis strahlte mit einem Mal so viel Zuversicht aus, dass sie ihm widerspruchslos folgte. Vorsichtig schlugen sie den Weg zum

Waldrand ein. Im Dorf schlief noch alles, obwohl hier und dort ein Hahn krähte. Bis der Morgen graute, würde es noch eine Weile dauern.

Es war ein unerhörtes Wagnis, weiterzugehen, Griet wusste das. Aber wollte sie etwas über das Schicksal der Nonnen herausfinden, durfte sie sich jetzt nicht entmutigen lassen. Natürlich war Jan längst verschwunden, als sie die ersten Bäume erreichten. Griet blickte zurück und sah nun, dass im Haus des Müllers Licht brannte. Eine der Hausmägde musste aufgestanden sein, um das Herdfeuer zu entfachen.

«Ich glaube nicht, dass Jan weit in den Wald hineingelaufen ist», sagte Don Luis. «Gewiss hat er vor, noch vor Sonnenaufgang wieder im Dorf zu sein, um uns nicht misstrauisch zu machen.»

«Es ist zwecklos», meinte Griet niedergeschlagen. «Man sieht die Hand vor Augen nicht. Wir wissen nicht mal, in welche Himmelsrichtung er sich gewandt hat.»

Don Luis überlegte, während seine Blicke sich starr auf den Boden unter seinen Füßen hefteten. «Jans Vater und die anderen angeblichen Wolfsjäger übernachten bei diesem Wetter bestimmt nicht unter freiem Himmel. Sie müssen einen Unterschlupf haben, irgendein ... verdammt, was ...»

Er konnte seinen Satz nicht mehr beenden, denn plötzlich wurden ihm die Beine unter dem Körper fortgerissen. Er ruderte verzweifelt mit den Armen, um nicht zu straucheln, doch ehe er sich versah, flog er auch schon durch die Luft. Es ging alles so schnell, dass Griet nur mit offenem Mund danebenstehen konnte. Ihm zu helfen war unmöglich.

Don Luis hing kopfüber zehn Fuß über der Erde. Er musste in eine versteckte Falle getreten sein. Neben Griet schlug ein länglicher grauer Gegenstand zu Boden. Verwirrt bückte sie sich. «Mein Messer», keuchte Don Luis. «Hebt es auf!»

Griet gehorchte, doch noch bevor sie einen Weg fand, den Spanier aus seiner misslichen Lage zu befreien, drang das wütende Gekläff eines Hundes an ihr Ohr. Das Gebell kam näher. Im Unterholz raschelte es.

«Verschwindet, lasst mich hier zurück», rief Don Luis, dem die Scham darüber, wie ein Kaninchen gefangen worden zu sein, stärker zusetzte als der Schmerz an seinem Knöchel. Aber Griet rührte sich nicht. Das Messer in der Hand, blieb sie stehen, bereit, ihr und Don Luis' Leben damit zu verteidigen.

Aus dem Dickicht brachen drei Gestalten hervor. Zwei kräftige Burschen, mit Schwertern bewaffnet, bildeten die Vorhut. Ihnen folgte Jan Kollinck, der seinen Arro mit Mühe am Halsband festhielt. Der schwarze Hund gebärdete sich so wild, als hätte er tatsächlich zwei Kaninchen vor sich. Erst als Jan ihm drohend zurief, die Schnauze zu halten, beruhigte sich das Tier. Dafür wurde Griet von Jans Begleitern gepackt. Einer von beiden entwand ihr mühelos das Messer, während der andere Mann sie zu Boden stieß.

«Sagtest du nicht, du hättest die Schnüffler aus der Stadt eingesperrt?», herrschte er Jan an, der schweigend zusah, wie sein Freund den Fallstrick, an dem Don Luis hilflos wie ein Kind baumelte, durchtrennte. Stöhnend fiel der Spanier zu Boden und landete in einer Lache.

«Weiß der Teufel, wie sie sich befreit haben», verteidigte sich der Sohn des Müllers. «Mich trifft keine Schuld. Ich wollte doch nur Vater warnen, erst wieder ins Dorf zurückzukehren, wenn die Fremden verschwunden sind.»

«Am besten wird sein, wir schneiden ihnen gleich hier die Kehlen durch und verscharren sie. Ihren Karren kann Arnout im Tümpel hinter eurem Haus versenken. Dann werden alle denken, sie seien weitergereist. Deine Mutter wird davon gar nichts mitbekommen. Ist auch besser, so zart besaitet, wie sie ist.»

Sein Kumpan grunzte zustimmend. Er hatte Don Luis dessen eigenes Messer an die Kehle gesetzt und wartete nur auf den Befehl, zuzustoßen.

Doch zu seinem Bedauern blieb dieser Befehl aus. Stattdessen löste sich die Gestalt eines weiteren Mannes aus dem Dunkel des Waldes. Auch er war groß und von gedrungener Statur, wirkte jedoch mit seinem silbergrauen Haar, den buschigen schwarzen Augenbrauen und dem scharfgeschnittenen Kinn bei weitem nicht so plump wie Jans Begleiter. Davon abgesehen schien er über eine gewisse Autorität zu verfügen, da sowohl sie als auch der junge Müllersohn ihn respektvoll anschauten. Es war Arro, der Griet verriet, wen sie vor sich hatten. Der Hund riss sich von Jan los, trottete auf den Fremden zu und leckte ihm die Hand.

«Ihr seid also der Dorfälteste von Horebeke», stieß sie erschöpft hervor. «Wir haben Euch gesucht.»

Der Mann gab Jans vierschrötigem Begleiter, der Griet mit derbem Griff an der Schulter festhielt, ein Zeichen, sie loszulassen. Dann trat er auf sie zu und streckte die Hand aus, um ihr aufzuhelfen. «Mein Sohn hat mir erzählt, dass Ihr viele Fragen gestellt habt. Ihr wolltet nicht auf die Warnung meiner Frau hören. Nennt mir einen guten Grund, warum ich Arnout nicht erlauben sollte, Euch zu töten.»

«Wenn Euch die Fragen einer Frau mit lahmem Arm und eines unbewaffneten Mannes größere Angst einjagen als Messer oder Schwerter, werdet Ihr das tun müssen», sagte Griet. «Doch dieser Sieg wird einen schalen Beigeschmack haben. Euer Sohn wird sich sein Leben lang daran erinnern, wie Ihr zwei Wehrlose im Wald ermordet habt. Er wird es Euch niemals vorwerfen, dafür ist er zu loyal. Aber Ihr selbst werdet den Vorwurf in seinen Augen sehen. Und in den Gesten Eurer Frau, die ein gutes Herz hat.»

Der Dorfälteste blickte sie ohne Regung an, dennoch spürte Griet, dass sie ihm gegenüber die richtige Tonart angeschlagen hatte.

«Ihr habt keine Ahnung, welches Unglück einfache Fragen über meine Familie gebracht haben», sagte der grauhaarige Mann schließlich. Es klang nicht bissig, vielmehr wehmütig.

«Wenn Ihr damit die Männer der Inquisition meint, die damals Horebeke auf der Suche nach Ketzern heimgesucht haben, kann ich mir vorstellen, wie Euch zumute ist. Ich habe Isolda kennengelernt. Und ich bewundere sie, weil sie weder hart noch verbittert, sondern heiter und lebensfroh erscheint.»

«Wir haben den Fremden nichts verraten, Vater!», mischte sich Jan ein, der seinen Hund inzwischen an die Leine genommen hatte.

«Dafür hast du dich verraten, mein Junge», sagte Don Luis, der die Klinge nach wie vor an seiner Kehle spürte. Dennoch hatte er sich so weit gefangen, dass er in den Wortwechsel eingreifen konnte. «Du hast gesagt, dir sei nichts über vermisste Nonnen zu Ohren gekommen, dabei hatten wir gar nicht erwähnt, dass wir nach Ordensfrauen suchen.»

Jans Vater legte seinem Sohn eine Hand auf die Schulter. «Ist das wahr?»

Der junge Mann machte eine ausweichende Geste, doch eine Antwort fiel ihm nicht ein. «Nun, dann ist es wohl sinnlos, länger zu leugnen», erklärte der Dorfälteste trocken. «Kommt mit!»

«Wohin bringt Ihr uns?» Griet schaute sich besorgt nach den beiden Burschen um, die sie und Don Luis bedroht hatten. Ihre düsteren Mienen verrieten ihr, dass ihre Angst, doch noch erschlagen und an Ort und Stelle verscharrt zu werden, nach wie vor berechtigt war. Es blieb fraglich, ob der Müller und seine Kumpane sie nach seinem Geständnis laufen lassen würden.

«Ich werde mit Euch reden, aber nicht hier, im Wald, sondern in meinem Haus. Wärt Ihr von dieser Stelle aus nur hundert Schritte weitergegangen, hätte ich Euch beide töten lassen müssen. Kein Fremder darf in den Wald gehen und am Leben bleiben.» Er lächelte sanft. «Mein Sohn weiß das ebenso gut wie meine Frau.»

Der Müller hieß Carel. So stellte er sich Griet und Don Luis vor, als sie zitternd vor Kälte und Erschöpfung an seinem Tisch in der Stube saßen. Vor der Tür hielt einer seiner Knechte, der Mann, den Jan im Wald Arnout genannt hatte, Wache. Sein Misstrauen gegenüber Griet und Don Luis war noch genauso groß wie vorher, und er gab durch abfällige Bemerkungen zu verstehen, dass er die Entscheidung seines Herrn, die angeblichen Spione zu schonen und sogar in sein Haus einzuladen, missbilligte.

Die junge Dienstmagd, die beim Abendbrot die Speisen aufgetischt hatte, schöpfte nun auf Geheiß ihres Herrn heiße Graupensuppe mit fettem Speck in die Holzschalen, die auf der blankgewischten Tafel bereitstanden. Doch diesmal rührten weder Griet noch Don Luis das Essen an. Am Vortag waren sie Gäste im Haus des Müllers gewesen, nun fühlten sie sich wie Gefangene. Davon abgesehen hatte Don Luis Schmerzen im Knöchel, was ihn besonders ärgerte, nachdem er die Kletterpartie aufs Mühlendach unbeschadet überstanden hatte. Und nun hatte ihn ein einfacher Fallstrick auf dem Waldboden außer Gefecht gesetzt. Griet warf ihm einen warnenden Blick zu. Es war nicht klug, die Männer, die sich um sie scharten, zu reizen. Sie hielt Ausschau nach Isolda, aber die Frau des Müllers ließ sich zu dieser frühen Morgenstunde nicht blicken. Auch die Magd verschwand, nachdem sie den Männern am Tisch aufgewartet und das Feuer geschürt hatte, und zog die Tür hinter sich zu.

«Ihr geht in den Wald, um geflohene Ketzer und Rebellen, die sich dort verstecken, mit Nahrung und Waffen zu versorgen, nicht wahr?», brach Don Luis schließlich das Schweigen. «Dort draußen gibt es ein Lager, vielleicht sogar eine kleine Ansiedlung. Vergessen von der Welt.»

Der Hausherr hob den Kopf. «Von der Welt? Ja, das mag sein. Doch nicht von Gott, junger Freund. Wir tun, was unser Gewissen uns befiehlt, und werden nicht zulassen, dass jemand unsere Schutzbefohlenen aufspürt und den Spaniern überantwortet.» Er brach ein Stück Brot aus dem Laib, der auf einem Holzbrett vor ihm lag, und steckte es sich in den Mund. «Wir können nicht erlauben, dass Ihr auf der Suche nach diesen Frauen durch die Wälder streift und möglicherweise auf etwas stoßt, was nicht für Eure Augen bestimmt ist.»

«Wollt Ihr damit andeuten, dass die sieben Frauen etwas gesehen haben, was sie mit dem Leben bezahlen mussten?», entfuhr es Griet. Ihr Mund war trocken. Liebend gern hätte sie einen Schluck Milch oder Kräuterbier getrunken, aber sie traute sich nicht, darum zu bitten. In ihrem Kopf jagten sich die Gedanken. Wenn die Nonnen durch einen dummen Zufall von ihrem Weg abgekommen und auf ein Rebellennest gestoßen waren, waren sie nun tot. Damit bewahrheitete sich die Vermutung des Statthalters. Er würde nicht ruhen, ehe nicht das letzte Dorf zwischen Oudenaarde und Brüssel geplündert, der letzte Weiler in Flammen aufgegangen war. Ganz zu schweigen von dem, was er sich für die Stadt und ihre Einwohner ausgedacht hatte.

Doch zu Griets Überraschung schüttelte der grauhaarige Mann den Kopf. «Nein, so ist es nicht gewesen. Unsere Leute haben den Ordensfrauen nichts angetan.»

«Was ist dann mit ihnen geschehen? Sind sie dort draußen im Wald?»

Carel warf seinem Sohn einen Blick zu, bevor er antwortete.

«Die Buschgeusen, wie die Aufständischen in den Wäldern sich nennen, haben vor einigen Tagen Männer ausgeschickt, die spanische Patrouillen auf dem Weg von Brabant nach Flandern beobachten sollten. Dabei sahen sie zwei Reisewagen, die das Wappen der Generalstatthalterin Margarethe von Parma trugen. Sie wunderten sich noch über den bewaffneten Geleitschutz, der die Wagen begleitete. Die Geusen folgten den Wagen in einiger Entfernung, bis diese in der Nähe eines ritterlichen Landguts bei Elsegem die Straße verließen. Die Wachen sollen sehr unruhig gewesen sein und sich dauernd umgeblickt haben. Unsere Leute entdeckten sie jedoch nicht. Die Geusen sind daran gewöhnt, sich zu tarnen. Sie warteten noch ein Weilchen. Zugegeben, sie waren an den Wagen interessiert, den Nonnen hätten sie nichts zuleide getan. Sie sahen die Frauen in das Gutshaus gehen. Dort schien bereits jemand auf sie zu warten. Doch es war kein freundlicher Empfang. Plötzlich drangen laute Stimmen und grässliche Schreie aus dem Gebäude.»

«Großer Gott», flüsterte Griet fassungslos.

«Es klang, als würden in dem Haus Menschen niedergemacht. Unsere Leute beschlossen, den Frauen zu helfen, aber als sie das Haus erreichten, sahen sie nur noch, wie sich einige Reiter mit wehenden schwarzen Mänteln aus dem Staub machten.»

Don Luis gab einen erstickten Laut von sich. Er war bleich geworden. Griet fiel auf, dass er unaufhörlich die Hände zu Fäusten ballte und sie gegeneinanderschlug. Der Bericht des Müllers schien ihn nicht weniger zu berühren als sie selbst. «Dann sind sie ... wirklich tot?», krächzte er, wobei sein Tonfall plötzlich den weichen, melodischen Klang der spanischen Sprache annahm. Erschrocken stieß Griet ihn an. Vergaß er etwa, dass er sich verriet, wenn er so daherredete?

Zu seinem Glück schienen die Männer am Tisch nichts davon bemerkt zu haben. Carel nickte lediglich, um Don Luis' Frage zu beantworten.

«Aber das kann nicht sein», begehrte Don Luis temperamentvoll auf. «Ihr müsst Euch irren!»

Griet war den Tränen nahe. In ihrem Herzen hatte sie es längst geahnt, es war sinnlos, sich etwas vorzumachen und die Wahrheit nicht zu akzeptieren. Und wenn Don Luis sich nicht zusammennahm, würde man ihn wieder in den Wald hinausschleppen und dort doch noch als Spion aufknüpfen. Damit war niemandem geholfen.

«Mein Vater hat Euch gesagt, was wir wissen», fuhr Jan den Fremden an. «Könnt Ihr nicht Ruhe geben?»

Das fiel Don Luis sichtlich schwer. Sein Blut schien zu kochen. Tatsächlich konnte sich Griet nicht erinnern, den jungen Mann schon einmal so in Rage erlebt zu haben. Er stand auf und pflanzte sich wütend vor Jan auf. «Hast du dich vielleicht davon überzeugt, dass die Frauen getötet wurden? Wenn nicht, rate ich dir, den Mund nicht zu voll zu nehmen. Dein Bart und das Höllenvieh an deiner Seite machen noch keinen Mann aus dir, mein Junge!»

Jan stieß einen zornigen Schrei aus und warf sich auf Don Luis, der jedoch gewandter war und dem Angriff mühelos auswich. Er versetzte dem Müllersohn mit der Faust einen Hieb gegen das Kinn, sodass dieser gegen den Tisch schlug. Nun aber griffen auch die Knechte des Hausherrn in die Rangelei ein. Einer packte Don Luis von hinten, legte den Arm um seine Kehle und würgte ihn, bis er keine Luft mehr bekam. Jan holte aus und versetzte ihm einen Faustschlag in den Magen. Ein weiterer Schlag traf seinen Wangenknochen.

«Genug!», befahl der Hausherr streng. Er hatte zunächst nicht eingegriffen, wollte aber auch nicht zulassen, dass sein

Sohn und seine Knechte Don Luis in seinem Haus totschlugen. «Schafft den Mann hinaus. Etwas kaltes Wasser ist weitaus wirkungsvoller, als ihm den Schädel einzuschlagen.»

«Es tut mir leid», sagte Griet leise, während sie zusah, wie die Knechte Don Luis über die Türschwelle schleppten. «Bitte verzeiht meinem Mann. Er hat die Beherrschung verloren.»

«Mein Sohn ist auch kein Heiliger. Eine kleine Abreibung tut ihm von Zeit zu Zeit gut. Das rückt ihm den Kopf zurecht. Allerdings ...» Der Dorfälteste blickte Griet mit gerunzelter Stirn an. «Ich habe ein feines Gehör für Stimmen und verschiedene Arten des Ausdrucks, und ich könnte schwören, dass Euer Mann vorhin Flämisch gesprochen hat wie ein Spanier.»

Kapitel 18

«Was habt Ihr Euch nur dabei gedacht, handgreiflich zu werden? Um ein Haar hätte man Euch als Spanier entlarvt! Habt Ihr überhaupt eine Ahnung, was die dann mit Euch gemacht hätten?»

Griet schnalzte verärgert mit der Zunge und trieb ihr Pferd im Gespann zur Eile an. Dabei bemühte sie sich, Don Luis zu ignorieren, der gleichmütig neben ihrem Karren herritt, als sei es durch seine Unbeherrschtheit niemals zu einem Zwischenfall gekommen. Der junge Mann sah bemitleidenswert aus. Sein linkes Auge war geschwollen, die Haut war voller Schrammen und blauer Flecken, und sein Knöchel musste höllisch wehtun. Doch er lebte, und das kam einem Wunder gleich. Dabei konnte Griet nicht einmal sagen, ob der scharfsinnige Dorfälteste ihren Ausflüchten geglaubt hatte oder sie beide wider besseres Wissen hatte gehen lassen. Dass Don Luis schmollte, fand Griet indessen empörend. Sie hätte Grund dazu gehabt, nicht er. Dennoch war er es, der sich in kindisches Schweigen hüllte, seit sie das Dorf mit all seinen Geheimnissen hinter sich gelassen hatten, und der anscheinend nicht daran dachte, auf ihre Fragen zu antworten.

«Redet Ihr heute noch mit mir, oder muss ich Euch einen Brief schreiben?», versuchte Griet es noch einmal. «Ich wüsste gern, wie lange wir nach Elsegem brauchen.»

Don Luis warf ihr einen scheuen Seitenblick zu. «Also gut, Ihr seid aufgebracht, und ich bitte Euch um Verzeihung. Mir sind die Gäule durchgegangen, aber Ihr versteht doch, dass der Bericht dieses Kerls mir ebenso zugesetzt hat wie Euch. Wenn die Nonnen wirklich ermordet wurden, wie die Geusen behaupten, könnte es in Oudenaarde ein Blutbad geben.»

Griet erschrak. Sie legte sich eine Decke über die Schultern und spähte hinauf zu den Wipfeln der kahlen Bäume. Der befürchtete Regen war bis jetzt ausgeblieben, dafür hüllten sich die sanft ansteigenden Hügel in ein düsteres, nebliges Zwielicht, das Griets Gemüt zusetzte. Der Himmel über ihr sah aus wie ein abgeschabtes Stück Kalbshaut. Und es roch nach Schnee.

«Ich hätte meinen Vater mit Beelken und Basse nach Brüssel schicken sollen», sagte sie reuevoll. «Oder nach Namur, wie Ihr vorgeschlagen habt. Dort wären sie vor Farnese in Sicherheit gewesen. Nun ist es leider zu spät dafür. Man wird sie nicht mehr aus der Stadt lassen.»

Don Luis' Miene deutete an, dass er ganz ähnliche Befürchtungen hatte. Er war verpflichtet, dem Statthalter Bericht zu erstatten, auch wenn er Griet versprechen musste, das Dorf Horebeke und seine Bewohner nicht zu erwähnen. Griet wollte nicht, dass Farneses Truppen den Wald durchsuchten und Menschen wie Isolda, die in den Fängen der Inquisition genug gelitten hatten, hinrichten ließ. Aber Farnese war nicht dumm, und ein Mordanschlag auf sieben Angehörige eines gut beleumdeten katholischen Ordens war in Zeiten des Krieges eine politische Angelegenheit von höchster Brisanz, die er für seinen Kampf gegen den Prinzen von Oranien und die nördlichen Provinzen zweifellos nutzen würde.

«Es gibt eigentlich nur eine Möglichkeit, heil aus der Sache herauszukommen», sagte Don Luis. «Wenn nicht die Geusen die schwarzen Schwestern auf dem Gewissen haben, muss es einen oder mehrere andere geben, die gute Gründe hatten, sie sich vom Hals zu schaffen. Wir brauchen einen Schuldigen, um Farnese zu überzeugen, dass es in Oudenaarde keine Verschwörung gegen ihn und den König gibt.» Er seufzte. «Ich hoffe, wir finden in Elsegem brauchbare Hinweise auf die Männer, von denen der Müller gesprochen hat.»

Griet stimmte zu. Sie selbst hatte darauf gedrungen, so schnell wie möglich das Landgut aufzusuchen, bei dem die Schwestern und ihre Begleiter zuletzt lebend gesehen worden waren. Einer Tatsache musste sie sich jedoch schweren Herzens stellen. Gleichgültig, ob es ihr und Don Luis gelingen mochte, Farnese einen Täter oder die Drahtzieher des Überfalls zu bringen: Die Schulden, die sie nun, nach dem Tod der Nonnen, bei Margarethe von Parma hatte, waren zu hoch, um sie auf einmal zu begleichen. Damit war ihr Geschäft ruiniert. Was ihr blieb, war die Aussicht auf eine Zuflucht bei ihrem Vater in Brüssel oder eine Verbindung mit de Lijs. Falls Farnese seine Drohung nicht wahr machte und sie persönlich anklagte. Die nächsten Stunden grübelte sie unentwegt, bis die starre Kälte ihre Gedanken einzufrieren drohte; auch Don Luis verfiel wieder in Schweigsamkeit. Legten sie eine Rast ein, so verzehrte jeder still sein Brot. Erst als sie die Straße nach Elsegem erreichten, wurde Griet wieder munter. Neugierig blickte sie sich um und fragte sich, ob sie in diesem Dorf Ähnliches erwartete wie in Horebeke.

Ein Unterschied fiel ihr sogleich ins Auge. Der Ort, der zum Grundbesitz der adeligen Familie Aubrement gehörte, besaß ein Gasthaus, in dem Reisende nach Oudenaarde und Gent nicht nur übernachten, sondern auch ihre müden Pferde gegen frische wechseln konnten. Das Gebäude, ein ansehnliches Fachwerkhaus, das hinter einem mit wildem Wein bewachsenen Torbogen lag, beherbergte eine jener typischen flandrischen Gastwirtschaften, deren Fenster mit bunten Fahnen geschmückt waren und in deren Schankräumen zur Musik von Flöten und Sackpfeifen getanzt, deftig gegessen und schäumendes Dunkelbier getrunken wurde. Der Fußboden der Schankstube, die Don Luis und Griet betraten, war mit trockenen Binsen und duftendem Stroh ausgelegt, im Kamin knisterte ein Feuer, das zwar rauchte, dem Raum aber dennoch eine behagliche Note verlieh. Sie wurden von der Wirtin, einer höflichen Matrone, die an Durchreisende gewöhnt war, empfangen und bekamen, da die Herberge im November fast leerstand, sogleich eine große Schlafkammer mit zwei Bettkästen, sauber bezogenen Strohsäcken und einem dicken, von Hand gewebten Teppich, der die Kälte vom Alkoven fernhalten sollte.

Griet war angenehm überrascht; sie hatte noch nicht oft in Gasthäusern übernachtet. Einmal, um genau zu sein, als Willem sie vor ihrer Hochzeit von Brüssel nach Oudenaarde geholt und sie dabei von einem furchtbaren Gewitter überrascht worden waren. Die Spelunke, die Willem ausgesucht hatte, war ein baufälliges Loch gewesen, das von Schmutz, Ungeziefer und einem verschlagenen Wirtspaar beherrscht wurde. Dieses Gasthaus war dagegen direkt fürstlich. Als Griet den Geruch von gebratenen Zwiebeln und Fleisch auffing, stieß sie einen erleichterten Seufzer aus. Hier würde sie zu essen bekommen und baden können.

«Die Herren van Aubrement halten ihren Besitz offenbar gut in Schuss. Es herrscht hier eine völlig andere Atmosphäre als in Horebeke.» Sie lief zum Fenster und öffnete den Laden, um etwas frische Luft in den Raum zu lassen. Unter ihr lag der Dorfplatz mit Tenne und Kornwaage, ein Stückchen weiter erspähte sie eine hübsche Kirche, hinter deren steinernem Glockenturm ein schmaler Pfad hinauf zu einem Herrenhaus führte. Griet schluckte, als sie das von hohen Mauern umgebene Bauwerk im letzten Licht des Tages sah. Es wirkte abweisend und kalt. Dort mussten die schwarzen Schwestern ihre Wagen verlassen haben. Waren die Nonnen überrascht gewesen? Beunruhigt? Verängstigt? Hatten sie das Schicksal erahnt, das hinter den düsteren Mauern auf sie wartete? Vielleicht hatten ihre letzten Blicke dem roten Schindeldach der Kirche gegolten, während sie sich um ihre Vorsteherin scharten. Diese hatte sie hierhergeführt, denn nach allem, was Griet wusste, stammte sie aus dem Ort und gehörte zweifellos zur Familie des Grundherrn. Griet stellte sich vor, wie die Frauen eine nach der anderen im Herrenhaus verschwunden waren, um hernach nie wieder unter die Lebenden zu treten.

Es klopfte. Eine Magd der Wirtsleute kam mit einer Lampe herein, die sie mit einem Gruß ihrer Herrin auf dem Tisch abstellte. Den auswärtigen Gästen solle es an nichts fehlen. Don Luis bedankte sich mit einem warmherzigen Lächeln, das dem Mädchen die Röte ins Gesicht trieb.

«Wie ich hörte, hat es in eurem Dorf kürzlich einige Todesfälle gegeben», hielt Griet die Magd auf, als diese schon gehen wollte.

Die Magd erbleichte. «Todesfälle? Wenn Ihr die Mutter des Ziegenbauern van Stickert meint, ja, die ist vor ein paar Tagen gestorben. Aber sie war schon alt und gebrechlich. Seit Mariä Hoffnung ist sie gar nicht mehr aus dem Bett gestiegen.»

Don Luis schüttelte den Kopf. «Nein, mein hübsches Kind. Die meint meine ... Frau nicht. Sie spricht von den Damen, die ins Herrenhaus wollten. Das ist kaum sieben Tage her. Ihr müsst doch ihre Wagen gesehen haben.»

Die Magd starrte den Spanier mit Kuhaugen an. «Habt Ihr noch einen Wunsch? Wenn Ihr etwas essen wollt, müsst Ihr hinunter in die Schankstube gehen. Die Meisterin hat heute in der Früh gebacken, und über dem Feuer hängt ein Kessel mit Schmorfleisch.»

«Hier bekommen wir bestenfalls eine Portion fettes Schmorfleisch, aber keine Auskunft», sagte Griet, nachdem das Mädchen das Weite gesucht hatte.

Don Luis lachte. «Nun, die Kleine gehört offensichtlich nicht zur schwatzhaften Sorte. Aber keine Bange. Wir finden schon jemanden, der gesprächiger ist.»

In der Wirtsstube ließen sich beide am Feuer nieder und bestellten das Essen, für das die junge Magd geworben hatte. Tatsächlich war die Mahlzeit nicht nur genießbar, sondern außergewöhnlich schmackhaft. Das zarte Fleisch zerging Griet fast auf der Zunge, und der Wein, den Don Luis ihr vorsetzte, entschädigte sie ein klein wenig für die Strapazen der vergangenen Tage. Dennoch ließen sich Griets Sorgen nicht so einfach abschütteln. Sie dachte an Basse, der vermutlich zu dieser Stunde von Beelken ins Bett gebracht wurde. Die Vorstellung, wie er lachte und mit ihr scherzte, versetzte ihr einen empfindlichen Stich. Sie verging fast vor Sehnsucht nach dem kleinen Jungen und verwünschte sich einmal mehr, weil sie ihn nicht aus Oudenaarde fortgebracht hatte. Gott allein wusste, wie lange sie noch mit Don Luis durch die Dörfer und Marktflecken Flanderns ziehen musste und ob es überhaupt einen Nutzen hatte, was sie tat.

«Darf es noch eine Kelle sein?», erkundigte sich die Wirtin, eine etwa sechzigjährige dicke Frau mit gütigen Augen, deren Hals unter einem gewaltigen Doppelkinn begraben lag. Ihren Kleidern haftete der Geruch von Räucherkammer und Backhaus an, doch die Rufe der Wirtshausbesucher, die ihren Becher erhoben, als sie die Frau sahen, deutete an, dass sie für ihre Kochkünste in gutem Ruf stand.

«Wenn ich noch ein Krümelchen esse, platze ich», meinte Don Luis schmunzelnd. Er klopfte sich auf den Bauch, der nicht halb so mächtig war wie der der Wirtin.

Die Frau lachte ihn mit dröhnender Stimme aus. «Das behaupten die Burschen, die ich mit einem Huster umwerfen könnte. In meinem Haus, lieber Herr, ist noch keiner verreckt.»

Don Luis' Augen begannen zu funkeln. «Dann wären die bedauernswerten Nonnen, die neulich in Elsegem das Zeitliche segneten, besser bei Euch im Wirtshaus abgestiegen als im Herrenhaus, nicht wahr?»

Aus dem Gesicht der Wirtin verschwand das Lächeln. Nervös zupfte sie mit ihren wulstigen Fingern an ihrer Schürze. «Woher wisst Ihr davon?», fragte sie leise, nachdem sie sich mit einem hastigen Blick davon überzeugt hatte, dass die Männer an den anderen Tischen sich wieder ihren Bierkrügen und Spielkarten widmeten. Ein bärtiger Greis, unter dessen Wams spindeldürre Beine in knallroten Strümpfen hervorschauten, hatte die Sackpfeife von einem Haken an der Wand genommen und begann, mit aufgeblähten Backen zu blasen.

«Ich bewohne das Pförtnerhäuschen des Klosters in Oudenaarde, in das die Nonnen nach Jahren des Exils zurückkehren sollten», antwortete Griet wahrheitsgemäß. «Aber sie sind nicht heimgekommen. Da sind wir unruhig geworden.»

Die Wirtin nickte. Sie war nicht so scheu wie ihre Magd, aber auch nicht bereit, ihr Wissen so ohne weiteres preiszugeben. Dennoch ließ sie sich eine Auskunft entlocken, als Don Luis seinen Gürtelbeutel öffnete und eine Münze auf den Tisch legte.

«Ihr solltet zum Herrenhaus gehen», schlug sie zögerlich vor. «Unser Grundherr Gilles van Aubrement ist allerdings erst vor zwei Tagen von einer Reise nach Löwen zurückgekehrt, wo sein Sohn studiert. Das Unglück traf den Ärmsten daher völlig unvorbereitet. Ob er Euch die Tür öffnen wird, ist fraglich. Er ist ein komischer Kauz, der in einer Dachstube haust und dort nachts Bücher liest. Im Dorf lässt er sich kaum jemals blicken, deshalb haben die Kinder Angst vor ihm, wenn sie ihm doch mal begegnen. Aber seit ich dieses Gasthaus betreibe, hatte ich noch nie Grund, über ihn zu klagen. Er ist ein milder Herr.»

«Warum meldete er den Tod der sieben Frauen nicht sogleich?», wollte Don Luis wissen. «War eine der Nonnen nicht eine Angehörige der Grundherrenfamilie?»

Die Wirtin schnaubte. «Bernhild, meint Ihr? Die hat schon seit Jahren niemand mehr gesehen. War genauso wunderlich wie ihr Vetter, der alte Gilles. Keine Ahnung, warum der die Sache nicht meldete. Wozu auch? Die Frauen wurden auf einer Reise krank, schleppten sich noch bis zum Herrenhaus und starben dort. Kein Wunder. Die schwarzen Schwestern pflegen doch Pestkranke und Aussätzige. Es war nur eine Frage der Zeit, wann eine Seuche auch sie dahinraffte.»

«Das ist Unsinn», brauste Griet auf. «Selbst wenn sie erkrankt sein sollten, so werden doch wohl nicht alle sieben auf einmal gestorben sein. Wo wurden sie bestattet?»

«Na wo schon?» Die Wirtin vollführte eine knappe Kopfbewegung in Richtung Küche, doch sie meinte wohl den Gottesacker, der hinter der Kirche lag.

«Pater Benedikt sprach die Leichenpredigt und weihte die Gräber», sagte sie anschließend. «Mehr weiß ich aber nicht, Ihr könnt Euer Geld also im Beutel lassen. Und warum der alte Herr Gilles den Tod der Ordensfrauen nicht meldete, kann ich nicht sagen. Ist mir auch egal, das ist schließlich seine Sache. Auch wenn die Spanier im Land sind, schulden wir doch in erster Linie dem Herrn van Aubrement Gehorsam. Und der ist ein treuer Diener des Königs und der heiligen Kirche.»

«An einer Seuche gestorben, pah!» Griet konnte es kaum erwarten, die stickige Schankstube zu verlassen. Das gute Essen lag ihr plötzlich wie ein Stein im Magen. «Die Leute hier stellen sich blind und taub, damit sie nicht in Dinge hineingezogen werden, die ihnen unangenehm sind.»

«Werft Ihr ihnen das vor?», fragte Don Luis. «Auf dem Land ist es schon seit Jahrhunderten so. Die Bauern und Taglöhner entrichten dem Grundherrn ihre Abgaben, dafür regelt er alle Belange auf seinen Gütern. Ihm obliegt auch die Gerichtsbarkeit in den Dörfern seiner Herrschaft, sofern keine schwerwiegenden Verfehlungen vorliegen. Nach altem flämischen Brauch darf er allein entscheiden, wie mit dem Fall zu verfahren ist.»

Griet verstand, was Don Luis meinte, doch sie war noch immer gereizt. «Ich weiß, Ihr seid ein Mann des Rechts. Am besten überlasse ich es dann Euch, mit diesem Grundherrn zu reden. Wenn er wirklich ein treuer Diener König Philipps ist, könnt Ihr Euch sogar als Spanier und Abgesandter des Statthalters zu erkennen geben. Vielleicht hilft das seinem Gedächtnis ein wenig auf die Sprünge.»

Don Luis erwiderte nichts darauf. Seit seinem Gefühlsausbruch im Haus des Müllers hatte er sich zwar wieder gefangen, doch Griet kannte ihn bereits gut genug, um zu wissen, dass er ihr etwas verheimlichte. Er wirkte bedrückt.

Sie drehten gemeinsam eine Runde durch das Dorf, das der Nacht entgegendämmerte. Der Dorfplatz besaß neben einigen Pferdetränken auch einen überdachten Brunnen von beachtlicher Größe, den ein Marienbildnis schmückte. Winterblumen lagen davor auf der Erde. Die Leute, die hier lebten, schienen in der Tat fleißig und fromm zu sein. Griets Blick fiel auf Häuser und Scheunen, die einen ordentlichen Eindruck machten.

«Der Ort sieht nicht so aus, als würde der Grundherr nur über seinen Büchern brüten», meinte Don Luis anerkennend. «Er wirkt auf mich keineswegs vernachlässigt. Und Kriegsvolk scheint hier auch lange nicht gewütet zu haben. Vermutlich hat Farneses Heer das Dörfchen ebenso links liegen lassen wie Horebeke. Das zeigt mir, dass die Herren van Aubrement es tatsächlich mit dem König halten und treu zur Kirche gehen. Die Wirtin erwähnte doch einen Priester, der hier die Messe liest.»

Griet blieb stehen. «Vielleicht würde Alessandro Farnese das Wort des Grundherrn gelten lassen», meinte sie hoffnungsvoll. «Wenn ein flämischer Landedelmann, dessen Familie loyal zu König Philipp steht, ihm bestätigt, dass die schwarzen Schwestern eines natürlichen Todes gestorben sind, wäre das womöglich die Lösung unserer Probleme.» Aufgeregt trat sie von einem Bein aufs andere. «Ich habe unser Reglement nicht in allen Einzelheiten im Kopf, aber könnte es nicht sein, dass eine Krankheit uns nicht verpflichtet, Margarethe von Parma zu entschädigen?»

Don Luis hob zweifelnd die Schultern. «Ihr selbst habt doch gesagt, es sei unmöglich, dass alle sieben Nonnen am selben Tag an einer Krankheit gestorben sind. Durch einen Unfall vielleicht. Aber sie sind nicht in voller Fahrt gegen einen Baum gerast oder aus dem Wagen in eine Schlucht gestürzt, sondern haben mit ihrer Begleitung das Herrenhaus betreten. Welchen Unfall sollen sie dort erlitten haben? Sind sie von der Treppe gefallen, oder würzten sie ihren Wein versehentlich mit Schierling und Stechapfel? Wenn wir das schon für absurd halten, glaubt Ihr, Farnese lässt sich mit dieser Auskunft zufriedenstellen? Auf die Aussage eines alten Kauzes, der jenseits der Bannmeile seines Dörfchens unbekannt ist? Niemals.»

«Ich suche nach einem Ausweg!»

«Das tue ich auch, aber auf diese Weise werden wir ihn nicht finden.» Er berührte Griets Wange und lächelte ihr aufmunternd zu. «Ob wir wollen oder nicht, wir müssen uns im Haus dieses Herrn van Aubrement umschauen, wenn wir herausfinden wollen, was nach Ankunft der Frauen geschehen ist und wer die Kerle waren, die sie hier überraschten.»

Um zum Herrenhaus zu gehen, war es bereits zu spät, daher beschlossen Griet und Don Luis, zum Gasthaus zurückzukehren, um ein wenig zu schlafen. Völlig übermüdet sanken sie auf ihre Lager und machten die Augen erst wieder auf, als sie am nächsten Morgen aus der Wirtsstube Lärm hörten.

«Ich nehme an, Ihr wollt Eure Reise fortsetzen», wurde Griet von der Wirtin begrüßt, die hinter dem Schanktisch stand und hölzerne Näpfe mit heißem Haferbrei füllte. «Habt Ihr den Weg zum Herrenhaus gefunden?»

«Es war schon spät, wir wollten niemanden stören», sagte Griet vorsichtig. Sie nahm einen Napf in Empfang und setzte sich an einen Tisch, um auf Don Luis zu warten, der zum Stall gegangen war. Während sie ihren Löffel in den zähen Brei tauchte, fügte sie hinzu: «Später werden wir den Herrn aber aufsuchen müssen.»

Die Frau zuckte mit den Achseln. Ihrer Miene war anzusehen, dass sie Griets Neugier nicht guthieß, aber als Wirtin war sie daran gewöhnt, den Gästen ihren Willen zu lassen und sich nicht in deren Belange einzumischen.

«Diese Frau hat dem Dorf nie etwas anderes als Unheil gebracht», murmelte sie plötzlich.

Griet blickte überrascht auf. «Meint Ihr die Verwandte Eures Grundherrn? Die Oberin der schwarzen Schwestern?»

«Ich will natürlich nichts gegen die Ordensgemeinschaft sagen. Die Frauen sind fleißig wie die Beginen und so barmherzig, dass der heilige Rochus seine Freude an ihnen hätte. Überall, wo sie sich niederlassen, bauen sie Spitäler und legen Gärten für Heilpflanzen und Kräuter an.» Sie kratzte den Topf aus und schob sich selbst einen Löffel Brei in den Mund.

«Diese Bernhild scheint aber nicht so recht in dieses Bild zu passen. Was war an ihr bloß so merkwürdig?»

Die Wirtin nickte. «Sie war schon als Kind ungestüm und

wild. Nicht wirklich bösartig, aber eitel und launenhaft. Sie pflegte nachts mit wehenden Kleidern über die Felder zu reiten. Als ihre Familie beschloss, sie einem Orden anzuvertrauen, atmete die gesamte Grundherrschaft auf. Die Leute glaubten, sie würde dort beten und arbeiten lernen. Nun, das ist viele Jahre her. Tatsächlich hörte man im Dorf nicht mehr viel von ihr und ihren Frauen. Nur dass ihr Konvent Oudenaarde verließ, nachdem die Bilderstürmer ihre Häuser angegriffen hatten. Wohin sie gingen, wussten wir nicht. Doch als sie vor einigen Tagen hierherkam, ahnte ich, dass Unheil ihr auf dem Fuß folgte. Und mein Gefühl trog mich nicht.» Die Wirtin bekreuzigte sich und senkte dann den Blick, um mit ihrer Arbeit fortzufahren. «Nun sind sie tot und begraben. Mögen sie in Frieden ruhen!»

«Amen», kam es vom Eingang. «Dem ist wohl nichts mehr hinzuzufügen.» Don Luis stand dort, ein paar Decken über dem Arm. Sein Gesicht war gerötet von der Rasur, seine blonden Haare waren noch feucht und standen ihm in widerspenstigen Büscheln vom Kopf ab. Zu Griets Überraschung hatte er den einfachen Leinenkittel, den er seit Antritt ihrer Reise nicht abgelegt hatte, gegen ein elegantes nachtblaues Wams eingetauscht, das an beiden Ärmeln gebauscht und mit Silberfäden durchwirkt war. Seine schwarzen Stiefel glänzten; er musste sie geputzt haben, während Griet gefrühstückt hatte. Griet fand ihn sehr stattlich, was man von ihrer eigenen Kluft nicht behaupten konnte. Ihr rotbrauner Rock war am Saum zerrissen, der wollene Umhang noch immer feucht.

«Wie ich sehe, wollt Ihr dem Grundherrn van Aubrement nicht in der Aufmachung des flämischen Wanderkrämers gegenübertreten», sagte sie spitz. «Dann bleibt für mich wohl wieder nur die Rolle der Leibmagd übrig.»

«In der Ihr perfekt wärt, wenn Ihr mir auch eine Schale von diesem köstlichen Brei besorgen könntet», erwiderte Don Luis lachend. «Und vielleicht einen Becher Bier? Mir knurrt der Magen.»

Griet seufzte. Aber sie sorgte ohne Widerspruch dafür, dass Don Luis ein Frühstück bekam, bevor sie aufbrachen. Was war nur los mit ihr? Es erschien ihr ganz natürlich, sich um ihn zu kümmern, so, wie sie sich jahrelang mit mäßigem Erfolg bemüht hatte, Willem eine gute Ehefrau zu sein. Das sanfte Lächeln, das er ihr schenkte, empfand sie als ausreichenden Lohn dafür. Lag es vielleicht an seiner ritterlichen Gewandung? Keine Frage, diese machte Eindruck auf sie. Beinahe widerwillig musste sie sich eingestehen, dass sie inzwischen jeden Augenblick ihres Zusammenseins auf eine befremdliche Weise genoss, und sie fragte sich, wie sie es ertragen sollte, wenn sie nach ihrer Rückkehr in die Stadt wieder getrennte Wege gingen.

«Ihr seid schon wieder abwesend!»

Griet schreckte hoch. «Bitte ...»

«Darf ich erfahren, wo Ihr mit Euren Gedanken seid?», beklagte sich Don Luis, wie er es manchmal zu Hause tat, wenn sie im Kontor waren. «Ich sagte, dass wir uns auf die Suche nach den Reisewagen der Nonnen machen sollten. Die müssen doch noch irgendwo sein.»

«Ihr habt recht. Außerdem gab es da doch einige Knechte der Margarethe von Parma, die den Zug der Nonnen begleiteten. Wie lässt sich ihr Verschwinden erklären? Auch durch eine Seuche?»

«Wohl kaum.» Don Luis leerte seinen Becher, dann erhob er sich. «Kommt, wir werden uns dieses Herrenhaus etwas genauer anschauen.»

Kapitel 19
Oudenaarde, November 1582

«Heraus mit der Sprache! Wo steckt deine Herrin?»

Beelkens Nacken versteifte sich vor Aufregung. Die Angst vor den beiden Männern, die nach dem Mittagsläuten plötzlich im Pförtnerhäuschen aufgetaucht waren und wie Plünderer in Griets Sachen herumwühlten, lähmte sie so sehr, dass sie es nicht einmal fertigbrachte, zur Tür zu laufen und die Nachbarn herbeizurufen. Ob man ihr Beistand leisten würde, war allerdings fraglich, denn ihre ungebetenen Gäste gehörten zu den angesehensten Familien der Stadt. Beelken kannte sie nur vom Sehen, aber sie wusste, dass es Adam und Coen waren, die Söhne des hingerichteten Bürgermeisters.

Adam ließ den Deckel der großen Aussteuertruhe fallen, die er soeben durchsucht hatte. Abschätzig wandte er sich wieder Beelken zu. «Ich glaube, du hast mich nicht verstanden, Mädchen», sagte er drohend. «Deine Herrin, diese spanische Hure, ist mit einem von Farneses Leuten auf und davon. Aber dir und ihrem Vater wird sie doch gewiss geschrieben haben.»

Beelken brachte keinen Ton heraus. Ihre Zunge schien wie gelähmt. So brachte sie nur ein schwaches Kopfschütteln zustande.

«Nein?», fragte Adams Bruder. Er gab sich freundlicher als Adam, verständnisvoller. Sogar ein kleines Lächeln schenkte er Beelken. Sein Blick wanderte zu ihrem gewölbten Bauch. Nur wenige Monate blieben noch, dann würde sie niederkommen. Doch momentan machte ihr Zustand sie angreifbar. Coen streckte seine Hand aus und berührte Beelkens Leib, bevor sie zurückweichen konnte. «Von einem Spanier ist das Balg, nicht wahr?», fragte er unverblümt. «Hat dir aufgelauert und dich geschändet. Du konntest weder um Hilfe rufen noch dich verteidigen. Und dann hat er sich aus dem Staub gemacht und dich zurückgelassen wie den Dreck unter seinen Stiefeln. So lautete doch die Geschichte, die du deiner Herrin aufgetischt hast.» Der junge Mann lachte leise. «Vermutlich empfindest du es als großes Glück, dass deine Herrin dir nicht den Stuhl vor die Tür gestellt hat. Vielleicht hat sie dir sogar versprochen, sich nach der Geburt deines Kindes um euch beide zu kümmern.»

Beelken nickte schniefend. Sie schaute zur Tür hinüber, hoffte aus tiefstem Herzen, dass sie aufgehen und Griets Vater hereinkommen würde. Aber der Herr war mit Basse an der Hand zur Kirche gegangen, was bedeutete, dass er in einem Wirtshaus saß und würfelte. Remeus ließ sich seit Griets Abreise kaum noch blicken. Beelken war allein im Haus.

Adam Osterlamm stieß einen triumphierenden Schrei aus. Er hatte auf dem Wandbord über der Herdstelle den Schlüssel zu Griets Kontor im Haupthaus gefunden. «Jetzt hole ich mir den Ring meines Vaters zurück, den dieses Weib meiner dämlichen Schwester abgeschwatzt hat.»

«Das dürft Ihr nicht, Herr», wagte Beelken aufzubegehren, wurde aber sogleich still, als Adam sie wütend anfunkelte. Flink hob sie den Arm, um ihr Gesicht zu schützen, weil sie glaubte, er würde sie schlagen. Doch er rührte sie nicht an. Beelken nahm ihren ganzen Mut zusammen, dabei dachte sie an das Kind in ihrem Leib. Die Schwangerschaft, die sie durchstand, war eine unheimliche Angelegenheit. Nie zuvor in ihrem Leben hatten so viele Gefühle in ihrem Innern miteinander gerungen. War sie vor einem Moment noch kleinlaut und verzagt gewesen, so spürte sie plötzlich beim Gedanken daran, die Männer könnten ihrem Kind etwas zuleide tun, eine Kraft, die ihr beinahe widerwillig Worte in den Mund legte, die den Brüdern Einhalt gebieten sollten.

«Verschwindet aus diesem Haus», rief sie aufgelöst. «Ich werde Herrn van den Dijcke sagen, wie Ihr Euch hier aufgeführt habt. Wollt Ihr, dass er zum Statthalter geht und Euch wegen Diebstahls anzeigt?»

«Wie war das, du Hurenstück?», knurrte Adam. Seine Faust schloss sich um den Schlüssel. «Hast du den Verstand verloren? Du wagst es, einem Patrizier zu drohen?»

Beelken stampfte mit dem Fuß auf. Unter Tränen stieß sie hervor: «Ihr seid kein Patrizier mehr, sondern der Sohn eines Hochverräters. Das weiß jeder. Ich mag nur eine Dienstmagd sein, aber wenn Ihr mir etwas antut, wird der Statthalter Euch hängen lassen.» Sie rang um Atem. «Glaubt Ihr, ich wüsste nicht, dass Ihr hier schon einmal eingebrochen seid? Ihr habt unsere Katze getötet und meine Herrin fast zu Tode erschreckt. Legt den Schlüssel zurück, bevor Ihr geht. Dann werde ich vergessen, dass Ihr hier alles auf den Kopf gestellt habt.»

«Wir machen uns doch nur Sorgen um deine Herrin», sagte Coen. Immer noch lächelte er. «Dieser Spanier, dem sie in die Ardennen gefolgt ist, meint es nicht ehrlich mit ihr. Er ist ein Teufel!»

Beelken erschrak. «Ein Teufel? Don Luis? Was meint Ihr damit, Herr?»

«Nun, ich will damit nur sagen, dass Griet ihm nicht trauen darf. Er spielt ein falsches Spiel mit ihr. Deshalb müssen wir sie finden, um sie rechtzeitig vor ihm zu warnen.»

«Ausgerechnet Ihr? Aber Ihr hasst Griet doch.»

Adam lachte grimmig. «Kluges Mädchen. Mir ist es egal, was deine Herrin mit dem Spanier treibt. Aber der Weinhändler de Lijs macht sich Sorgen. Wir tun ihm nur einen Gefallen.»

Beelkens Kopf wurde schwer; ein Schwindelgefühl breitete sich in ihr aus. Sie mochte die beiden Brüder nicht, fand sie abstoßend und gefährlich. Coen sogar noch mehr als Adam, denn der zeigte seine Abneigung wenigstens deutlich und verstellte sich nicht. Coen ging mit List und Tücke vor, nutzte ihre Schwäche geschickt aus, damit ihm genau das gelang, was Beelken am meisten fürchtete: die Saat des Zweifels zu säen.

Coen nahm seinem Bruder den Schlüssel aus der Hand und legte ihn zurück auf das Regal, zwischen die Milchkrüge. «Das hat Zeit. Wir werden Vaters Ring schon zurückbekommen. Das Mädchen wird uns dabei helfen. Sie wird uns alles sagen, was sie über die Reise ihrer Herrin weiß.» Er trat nahe an Beelken heran, die bleich geworden war. «Als Gegenleistung bin ich gerne bereit, dein kleines, bittersüßes Geheimnis zu bewahren.»

«Mein ... Geheimnis», krächzte Beelken entsetzt. «Ihr wisst ...»

«Ganz recht, ich weiß Bescheid über dich und das Kind in deinem Leib. Falls die Wahrheit über deinen spanischen Soldaten im Ort die Runde macht, bleibt dir nur noch der Weg in die Schelde oder als Dirne auf die Landstraße. Also gehorche gefälligst. Sobald du einen Brief von deiner Herrin bekommst, wirst du ihn Remeus oder mir persönlich aushändigen.»

Die beiden Männer verließen ohne jedes weitere Wort das Torhaus. Als eine Weile später Sinter mit Basse zurückkehrte, stand Beelken noch am selben Fleck vor der Herdstelle.

Das Haus der Herren van Aubrement sah von nahem betrachtet noch einschüchternder aus als von fern. Abgestorbene Bäume streckten ihre Äste gen Himmel, als Griet Don Luis durch eine kleine Allee folgte, die vor dem Tor des grauen Bauwerks ganz abrupt endete. Der Boden dort war schlammig und von Wagenrädern und Hufspuren nahezu umgepflügt worden. Im hinteren

Teil des Hofes sah Griet eine Kapelle mit spitzem Dach, über deren Pforte zu lesen war: *Wo Hochmut ist, da ist auch Schande.*

Griet überließ es Don Luis in seinem prächtigen spanischen Gewand, den Türklopfer zu betätigen, und hielt sich im Hintergrund. Ihr war es hier nicht geheuer. Wieder drängte sich das Bild einer Schar besorgter Nonnen in ihre Gedanken. Sie hatten hier gestanden wie sie jetzt und fröstelnd darauf gewartet, dass man sie einließ. Griet zwang sich, den Blick von dem hässlichen Löwenkopf zu lösen, der als Türklopfer diente. Die Figur riss den Schlund auf, als wolle sie Griet verschlingen.

«Nichts», sagte Don Luis missmutig. «Ich klopfe noch einmal.» Ungestüm donnerte er den Löwenschlund gegen die Tür, bis dahinter jemand kreischte, es sei genug, und er solle ihr nicht die Tür einschlagen, sonst lasse sie die Hunde los.

Eine hagere Frau, die so lang war, dass es den Anschein hatte, sie breche jeden Moment in zwei Hälften, öffnete. Den Mund schon geöffnet und bereit, eine Schimpftirade auf Don Luis niederprasseln zu lassen, hielt sie inne, als sie sein strenges spanisches Gewand bemerkte. «Oh, mein Gott, auch das noch. Ihr seid Spanier?»

Don Luis machte ein amtliches Gesicht. «In der Tat, gute Frau. Ich bin Don Luis de Reon, Abgesandter seiner Hoheit, des Herzogs Alessandro Farnese von Parma, Oberbefehlshaber der Truppen Seiner Majestät König Philipps von Spanien.»

Die hagere Dienerin spähte vorsichtig an Don Luis vorbei durch die Allee, als befürchtete sie, er könnte die spanischen Truppen gleich mitgebracht haben.

«Der Hausherr ist nicht zu sprechen», sagte sie. Sie wirkte noch nervöser und horchte ins Hausinnere. «Er lebt aber streng nach den Gesetzen und zahlt sogar den *tiende penning*, auch wenn ich diese Steuer für eine Unverschämtheit halte.»

«Oh, er wird sich Zeit nehmen müssen. Andernfalls komme

ich mit einigen Landsknechten zurück, die ihn zwingen werden, mir Auskunft zu erteilen.»

Die Hagere wich der angedrohten Gewalt. Vermutlich hielt sie Don Luis für einen Steuereintreiber. Mit saurer Miene bat sie ihn und Griet in die Halle und forderte sie auf, dort zu warten.

Griet blickte sich um. Die Halle, von der eine Holzstiege zu den oberen Gemächern führte, war nicht groß, aber eines Landedelmannes durchaus würdig. Mit den Bodendielen, den getäfelten Wänden und dem prunkvollen, rußgeschwärzten Kamin, über dem ein Wappenschild angebracht war, erinnerte sie Griet sogar an das Zuhause ihrer Kindheit in Brüssel. Damals hatte ihre Familie ein feudales Stadthaus nicht weit von der kaiserlichen Residenz und dem Haus der Herzöge von Brabant bewohnt, das aber eines Nachts durch die Unachtsamkeit eines Hausdieners in Flammen aufgegangen war. Ihr Vater hatte es wieder aufbauen lassen, doch noch nach Jahren hatte Griet den Brandgeruch in der Nase gespürt.

Oben auf der Galerie tauchten nun zwei Männer auf. Sie starrten auf Don Luis und Griet herab und setzten sich erst in Bewegung, als Don Luis grüßend die Hand hob.

«Ich bin Gilles van Aubrement, Grundherr von Elsegem und Richter zu Lindewijk», stellte sich der ältere von beiden vor, als er das Ende der Treppe erreicht hatte. Dort blieb er stehen und hob erwartungsvoll die Augenbrauen.

«Don Luis de Reon!» Er nickte Griet zu. «Die Dame ist Griet Marx aus Oudenaarde, die auf ihrer Reise durch die Ardennen unter meinem persönlichen Schutz steht.»

Der Hausherr nickte Griet verständnisvoll zu. Er machte keineswegs den Eindruck eines stumpfsinnigen Eigenbrötlers. Er war mittelgroß und stämmig. Seine Wangen leuchteten rot und frisch, als habe er einen langen Spaziergang oder einen Ritt über die Wiesen hinter sich. Sein Begleiter indes wirkte abgezehrt, als verbringe er seine Tage bei Wasser und Brot in einem finsteren Kellergelass anstatt unter lebenden Personen. Daher schaute nicht nur Griet verblüfft drein, als Gilles van Aubrement den kränklich wirkenden Mann ausgerechnet als seinen langjährigen Arzt und Berater, Hieronymus Ferm, vorstellte. Ferm, dessen Körper in einem bodenlangen, karmesinroten Mantel steckte, verbeugte sich so vorsichtig, als habe er Angst, seine Knochen könnten dabei brechen.

«Marx», rief der Hausherr plötzlich aus. Seine Miene hellte sich auf. «Es gibt eine berühmte Manufaktur für Wandteppiche in Oudenaarde, die diesen Namen trägt, nicht wahr? Mein Vater besaß eine Sammlung prächtiger Verdüren. Früher zierten sie die Wände dieser Halle. Gehört Ihr der Familie an, meine Liebe?»

Griet bestätigte es und gab zu, dass auch sie in früheren Jahren ein wenig gewebt hatte. Dies schien den Landadeligen zu entzücken, nicht aber die hagere Frau, die ein Tablett hereinbrachte, auf dem vier grünlich schimmernde Gläser standen. Sie schüttelte den Kopf. «Unser Vater musste die Teppiche auch nicht ausklopfen und Staub schlucken», sagte sie. «Nachdem er gestorben war, nahm ich alle ab und legte damit die Dachkammern aus.»

«Meine Schwester Anne habt Ihr wohl schon kennengelernt», sagte Gilles van Aubrement mit sichtlichem Missvergnügen. «Leider gehört sie nicht zu den Menschen, die Sinn für Kunst und Schönheit haben. Sonst hätte sie auch einen Mann gefunden.» Brühwarm erklärte er, dass sie nie geheiratet habe und er aus diesem Grund dazu verdammt sei, sich ihr Gejammer anzuhören.

«Gejammer?», rief die Frau bissig. «Ich flicke deine Hemden und Wämser, weil dir der Gewandschneider zu teuer ist. Ich reinige die Halle und schrubbe die Böden wie eine Magd. Und ich versorge dich, obwohl dir mein Essen nicht genehm ist und du dich lieber von der dicken Matrone aus dem Gasthaus beliefern lässt. Dabei bist du ein Geizhals!»

«Ich glaube nicht, dass der Señor und diese Dame gekommen sind, um Euch zu Euren Kochkünsten zu befragen, meine liebe Anne», sagte der Arzt. Er wirkte eher gelangweilt als peinlich berührt; vermutlich geschah es nicht zum ersten Mal, dass er einem Streit zwischen den Geschwistern beiwohnte.

«So ist es», sagte Don Luis ungeduldig. «Wir sind hier, um Euch über die Vorkommnisse in diesem Haus vor einigen Tagen zu befragen. Die Fürstin Margarethe von Parma und ihr Sohn, Statthalter Farnese, brennen darauf zu erfahren, warum die schwarzen Schwestern nur bis Elsegem gekommen sind.»

«Wir waren aber nicht hier, als Bernhild ankam», rief Anne van Aubrement, noch bevor ihr Bruder den Mund aufmachen konnte. «Mein Neffe in Löwen war erkrankt, deshalb nahmen wir die Reise auf uns, um nach ihm zu sehen. Ferm begleitete uns.»

«Dann stand das Haus also leer?»

Der Medicus hob die Schultern. «Es gibt hier seit Jahren keine Dienerschaft mehr, nur den alten Tankred, aber der ist stocktaub. Er ist der Einzige, der im Haus wohnen darf.»

Während die Männer miteinander sprachen, begutachtete Griet den Boden in der Halle. Er schien erst vor kurzem gereinigt worden zu sein. Doch an einer Stelle fand sie einen winzigen rostbraunen Fleck, der an getrocknetes Blut erinnerte. Sie beugte sich hinunter, um ihn genauer zu betrachten. «Das ist Blut», verkündete sie dann. «Ich glaube, dass die Frauen in dieser Halle getötet wurden.»

Gilles und seine Schwester warfen einander ratlose Blicke zu. Dann erklärte Gilles: «Als wir vor zwei Tagen das Dorf erreichten, bot sich uns ein Anblick, den ich nie vergessen werde. Es war grauenhaft. Ich kann es noch immer kaum fassen. Die

Nonnen lagen dort vorne. Jemand hat sich die Mühe gemacht, sie aufzubahren und Kerzen anzuzünden, als wären sie eines natürlichen Todes gestorben.» Er stieß röchelnd die Luft aus. «Unsere Verwandte Bernhild erkannten wir sogleich wieder.»

«Sie hatte sich kaum verändert», pflichtete seine Schwester ihm bei. Sie schien weniger entsetzt über den Tod der schwarzen Schwester als vielmehr über die Tatsache, dass diese sich dafür ausgerechnet ihre Halle ausgesucht hatte. «Ich rief nach Tankred, fand ihn aber nirgendwo. Er ist verschwunden. Keine Ahnung, wohin.»

Griet blickte die Frau an. Sie konnte nicht glauben, wie kaltschnäuzig die Schwester des Grundherrn über die Geschehnisse hinwegging. Für sie bedeutete der Tod der Frauen ein Ärgernis wie ein Krug verschüttete Milch oder ein staubiger Wandteppich. Dabei ging es um Menschen. Am liebsten hätte sie das dürre Weib angeschrien und es geschüttelt, doch damit hätte sie kaum mehr herausgefunden. Vielleicht versuchte Anne van Aubrement ja auch nur zu verbergen, wie erschrocken sie war.

«Ich bat meinen Freund Hieronymus Ferm natürlich sogleich, die armen toten Frauen zu untersuchen, die dort in ihrem Blut lagen», sagte Gilles van Aubrement mit heiserer Stimme. «Aber meine Hoffnung, dass wenigstens eine noch leben könnte, erfüllte sich leider nicht. Sie waren alle tot. Drei von ihnen wurde der Schädel eingeschlagen, vielleicht mit einem Knüppel. Zwei verbluteten an Stichwunden. Meine Verwandte ... Bernhild ...» Er redete nicht weiter, senkte bloß erschüttert den Kopf. Die Erinnerung an den grässlichen Anblick war zu viel für ihn. Sein Arzt führte ihn zu einem gepolsterten Stuhl und redete ihm gut zu. Anschließend ergänzte Ferm den Bericht. «Bernhild van Aubrement wurde mit einer Schnur erdrosselt. Es ist davon auszugehen, dass mehr als ein Angreifer über sie und die übrigen Nonnen herfielen. Es muss zuvor aber einen erbitterten Kampf gegeben haben. Als ich mit meinem Gehilfen das Haus durchsuchte, stießen wir in einer Kammer auf drei Männer, die man dorthin geschleift haben muss. Sie hielten noch Waffen in den Händen, sie haben wohl versucht, die Schwestern zu verteidigen. Sie wurden ebenfalls niedergemacht, jedenfalls zwei von ihnen.»

Don Luis, der dem Bericht des Arztes schweigend zugehört hatte, riss die Augen auf. «Wollt Ihr damit sagen, dass einer der Waffenknechte überlebt hat? Meine Güte, warum rückt Ihr erst jetzt damit heraus?»

Der Arzt verzog sein mageres Gesicht, um anzudeuten, dass er wenig Hoffnung für den Verwundeten hatte. Hastig erklärte er, dass die Verletzungen des Mannes gereinigt seien und er ihm beinahe stündlich Kräutertränke gegen das Fieber verabreichte. «Herr Gilles und ich sahen nach ihm, kurz bevor ihr eintraft», sagte er. «Dem Mann geht es sehr schlecht, er redet im Fieber wirres Zeug, das für mich keinerlei Sinn ergibt.» Ferm zuckte bedauernd die Achseln. «Leider sind der ärztlichen Kunst Grenzen gesetzt.»

«Habt Ihr die erschlagenen Nonnen hinter der Kirche beigesetzt?», wollte Griet wissen. Anne van Aubrement bejahte das und fügte hinzu, dass sie es für das Beste gehalten hatten, den Überfall nicht an die große Glocke zu hängen. Obwohl sie und ihr Bruder sich niemals gegen die Obrigkeit aufgelehnt hatten und nachweislich loyal gegenüber der Krone waren, hegten sie doch nicht den Wunsch, fremde Untersuchungsrichter ins Dorf zu holen. Sie hatten das Gerücht ausgestreut, sechs kranke Frauen seien auf dem Rittergut gestorben, und der alte Tankred, der Angst vor der Pest gehabt hatte, sei auf und davon, um nicht ebenfalls an der Seuche zugrunde zu gehen, die die Frauen dahingerafft habe.

Eine Stunde später standen Griet, Don Luis und Hieronymus

Ferm auf dem Friedhof vor den frisch aufgeschütteten Erdhügeln, unter denen die sterblichen Überreste der schwarzen Schwestern zur ewigen Ruhe gelegt worden waren. Griet kämpfte mit den Tränen. Sie hatte die Frauen nicht gekannt, empfand aber dennoch Trauer um sie. Vielleicht weil ihr eigenes Geschick einige Wochen lang mit dem ihren verbunden gewesen war. Sie warf Don Luis einen scheuen Seitenblick zu und stellte fest, dass er mit verbissener Miene auf die Gräber starrte. Seine Lippen waren nicht mehr als zwei dünne, blutleere Linien, die sich nicht bewegten. Griet sprach ein Gebet und schlug das Kreuz. Sie wollte sich gerade abwenden, als ihr etwas auffiel.

«Bernhild liegt nicht hier auf dem Friedhof, sondern unter einer der Grabplatten in der Kirche», murmelte sie.

Don Luis nickte abwesend. «Das behauptet zumindest dieser Gilles.»

«Bernhild van Aubrement hat in ihrem Testament verfügt, dass sie in der Familiengruft beigesetzt werden möchte», sagte Hieronymus Ferm. Der Arzt zitterte, da sein Mantel aus Schafwolle ihn nur notdürftig vor der Kälte schützte.

Griet streckte den Arm aus und zeigte auf die Reihe eng zusammenliegender Grabstellen, die hinten von der Friedhofsmauer und weiter vorne von einer Gruppe Eiben eingefasst wurden. «Ich zähle fünf Gräber. Zwei weitere liegen abseits. Das sind die Männer, die den Begleitschutz der Reisenden bildeten. Man hat sie wohlweislich in einiger Entfernung zu den Ordensfrauen begraben. Der dritte Waffenknecht lebt noch.»

Ferm schüttelte den Kopf. Ihm war anzusehen, dass er lieber wieder ins Gutshaus hineingehen würde, anstatt hier in der Kälte zu frieren. «Ich fürchte, ich kann Euch nicht folgen, Herrin», sagte er. «Der Dorfpfarrer, Vater Benedikt, ist ein frommer, erfahrener Mann, der die Gebote der heiligen Kirche stets sorgfältig erfüllt. Ihm ist gewiss kein Fehler unterlaufen.»

«Ich rede auch von keinem Fehler des Priesters, sondern davon, dass ...»

«Ein Grab fehlt», platzte Don Luis heraus. «*Madre de dios*. Das war es, was mir die ganze Zeit falsch vorkam. Jetzt verstehe ich. Der Gutsherr und Ihr habt vorhin im Haus von sechs Nonnen gesprochen. Aber es waren sieben Frauen, die sich auf die Reise gemacht haben. Für sieben Frauen kaufte Margarethe von Parma Schutzbriefe.»

Durch Griets lahmen Arm jagte ein prickelnder Strom, der so belebend wirkte, dass sie beinahe aufgeschrien hätte. Doch diese plötzliche Aufwallung ebbte schnell wieder ab und überließ den Arm erneut der Gefühllosigkeit, die sie kannte. «Das bedeutet doch, dass nicht alle Frauen tot sind. Eine von ihnen muss das Massaker überlebt haben.»

«Meint Ihr wirklich?» Hieronymus Ferm war skeptisch. «Ich halte das für ziemlich abwegig. Diese Kerle sind mit einer grausamen Gründlichkeit vorgegangen. Nach ihrer schrecklichen Tat haben sie die Frauen aufgebahrt, ihre Beschützer in eine Kammer geschleift ...»

«Sie haben sich nicht davon überzeugt, ob wirklich alle tot waren», fiel Griet ihm ins Wort. «Vermutlich befanden sie sich in Eile. Sie mussten damit rechnen, dass jemand sie sehen und vielleicht verfolgen würde. Ich glaube daher nicht, dass sie es waren, die die schwarzen Schwestern aufgebahrt haben. Eine solche Haltung passt nicht zu gemeinen Mördern.»

Don Luis griff sich an die Stirn. «Aber zu einer überlebenden Ordensfrau würde es passen. Möglicherweise konnte sie sich rechtzeitig verstecken, oder sie war nicht tödlich verletzt und konnte sich davonschleppen, nachdem ihre Peiniger die Halle verlassen hatten.» Er dachte einen Moment lang nach, dann bat er Griet, ihm zu folgen.

«Wohin?»

«Wir haben immer noch nicht die Reisewagen der Schwestern gefunden. Es könnte doch sein, dass wir unter ihren Habseligkeiten etwas finden, was uns einen Hinweis darauf gibt, wer sie verfolgte und warum sie hier überfallen wurden.»

Gilles van Aubrement hatte veranlasst, die Pferde der Nonnen in seine eigenen Stallungen, die Wagen aber in eine Scheune zu schaffen, die am Rand seines umfangreichen Besitzes lag und nur während der Heuernte im Sommer genutzt wurde. Hieronymus Ferm ging nicht mit ihnen. Er entschuldigte sich, weil er nach dem Verwundeten sehen wollte. Um diesen stand es nach wie vor so schlecht, dass er nicht ansprechbar war. Ferm hatte die Spitze einer Lanze aus seiner Leiste entfernt, die Wunde mit Weinbrand und Öl gewaschen und einen Verband angelegt, den er mit einer Salbe aus Ringelblumen, Kampfer und Stechapfel eingefettet hatte. Nun hieß es abwarten.

Griet und Don Luis fanden die Scheune auf Anhieb. Im Inneren befanden sich zwei Wagen, auf denen mehrere Personen bequem Platz fanden. Griet kletterte auf den am nächsten stehenden und hob die aus geölter Kalbshaut gefertigte Plane, die zum Schutz der Reisenden aufgezogen worden war. Wie sie feststellte, hatten die schwarzen Schwestern nur sehr wenige Habseligkeiten mit auf ihre Reise genommen, was nicht ungewöhnlich für Frauen war, die sich dem Armutsgelübde verpflichtet fühlten. Es gab eine Buckeltruhe mit stabilen Eisenbeschlägen, in der Griet einige feinbestickte Altartücher und weitere Tafelwäsche, Wachskerzen und eine Schnitzerei fand, die den heiligen Rochus, einen Schutzpatron aller Kranken und Notleidenden, darstellte.

«Sonst nichts?», erkundigte sich Don Luis. Er hatte sich offenbar den falschen Reisewagen vorgenommen, in seinem befand sich außer einigen Polstern und Sitzkissen nichts. «Keine Briefe, Schriften oder Urkunden?»

«Ein kleines Buch. Aber wartet ...» Griet ertastete auf dem Boden der Buckeltruhe ein paar prallgefüllte lederne Säckchen. Sie nahm sie heraus und reichte sie an Don Luis weiter. Erwartungsvoll öffnete der junge Spanier einen der Beutel und verzog das Gesicht, als feine Körnchen auf seine Hand rieselten. «Was soll denn das sein, zum Teufel? Schießpulver?»

Griet musste unwillkürlich lächeln. «Das sind Proben verschiedener Pflanzensamen», sagte sie. «Die schwarzen Schwestern sollen heilkundig sein. Vermutlich bestand ihr größter Schatz aus den Samen der Kräuter und Pflanzen, die sie in Oudenaarde ziehen wollten, um daraus Salben und Heiltränke herzustellen.»

Don Luis warf die Samen zu Boden. «Mag sein, aber das führt uns keinen Schritt weiter. Was ist mit dem Buch?»

Griet gab es ihm und sah zu, wie er es vorsichtig aufschlug und darin blätterte. Das Buch steckte in einem roten Lederfutteral und sah so alt und abgegriffen aus, als ob es durch viele Hände gewandert wäre. «Was ist das?», wollte Griet wissen.

«Eine Grammatik der hebräischen Sprache. Ich habe ein solches Exemplar gesehen, als ich auf Reisen im Süden Deutschlands war. Es stammt von einem gewissen Johannes Reuchlin.»

«Wozu brauchten die Schwestern eine hebräische Grammatik?»

Don Luis schlug das Buch zu. «Ich habe keine Ahnung. Ihr Orden ist ja nicht gerade für seine Gelehrsamkeit bekannt. Vielleicht hat jemand den Nonnen das Buch geschenkt?»

Griet nahm die Grammatik zur Hand und begann nun ihrerseits darin zu blättern. Ganz vorne, auf der ersten Seite, fand sie den Namen Bernhild van Aubrement in zierlichen Lettern geschrieben, was darauf hindeutete, dass die Vorsteherin das Buch als ihren persönlichen Besitz betrachtet hatte. Auffallend war, dass Bernhild auf nahezu allen Seiten Randbemerkungen hinterlassen und einzelne Passagen mit Tinte unterstrichen hatte. Sie musste die Grammatik immer wieder aufmerksam studiert haben.

«Bernhild van Aubrement hat sich intensiv und über einen langen Zeitraum mit der hebräischen Sprache befasst. Für eine Nonne, deren Orden mit der Pflege Kranker und der Herstellung von Leinen und Borten betraut war, ist das doch ein eher ungewöhnlicher Zeitvertreib, nicht wahr? Die meisten Nonnen verstehen kaum so viel Latein, dass sie der Messe folgen können.»

«Pflanzensamen und alte Bücher», murrte Don Luis, der Griets Überlegungen offensichtlich für Zeitverschwendung hielt. «Wäre diese Frau nicht so eitel gewesen ...» Er hielt inne. Ohne ein weiteres Wort nahm er Griet die Grammatik aus der Hand.

Griet sah ihn verwundert an. Er verheimlichte ihr etwas, das spürte sie schon eine ganze Weile. Nun erweckte er beinahe den Eindruck, als suchte er nach etwas ganz Bestimmtem. Nach Briefen und Urkunden hatte er sich erkundigt. Weshalb Briefe?

«Ihr habt gehofft, auf dem Wagen etwas zu finden, nicht wahr?» Es war nur so ein Gefühl, welches sie die Frage stellen ließ.

Don Luis zuckte mit den Achseln. «Natürlich, deshalb sind wir doch hergekommen.»

«Weicht mir bitte nicht aus, Don Luis.» Griet konnte sich nicht erklären, was sich verändert hatte, aber mit einem Mal fürchtete sie sich vor ihm. Sie hatte geglaubt, ihn zu verstehen, ja vielleicht sogar zu lieben, und musste nun feststellen, dass er ihr fremder nicht sein konnte. Ohne es zu wollen, wich sie vor ihm zurück und spähte zur Eingangstür, die Don Luis geschlossen hatte.

«Ich glaube Euch nicht, dass Ihr völlig ahnungslos seid.» Griets Stimme zitterte. Sie dachte an die frischen Gräber auf dem Kirchhof und an die alte Frau, die mit einer hebräischen Grammatik im Gepäck in ihr Heimatdorf zurückgekehrt war, nur, um hier unter mysteriösen Umständen den Tod zu finden. «Ihr wisst mehr über die Geschehnisse, als Ihr mir sagt.»

«Wie kommt Ihr darauf?», fragte er kalt.

Griet würgte an den Worten, die sie ihm an den Kopf zu werfen gedachte, und sah, wie er langsam auf sie zukam. «Seit wir Oudenaarde verlassen haben, schaut Ihr unentwegt auf Eure merkwürdige Karte. Ihr kennt die Gegend nicht, seid angeblich niemals zuvor durch die Ardennen gereist. Jedenfalls nicht ohne Karte. Aber den Gutsbesitz Elsegem habt Ihr auf Anhieb gefunden.»

«Griet, Ihr wisst nicht, wovon Ihr sprecht!»

«So? Ich glaube, dass Ihr eine Ahnung habt, warum die Nonnen ermordet wurden.»

Don Luis schüttelte den Kopf. «Nein, habe ich nicht, aber ich gebe zu, dass ich diese Bernhild im Palast der Generalstatthalterin in Namur schon gesehen habe. Sie wurde zu Margarethe bestellt, nachdem die Fürstin beschlossen hatte, die Nonnen zurück nach Oudenaarde zu schicken.»

«Warum habt Ihr mir nicht erzählt, dass Ihr sie gekannt habt?»

«Gekannt ist ein zu großes Wort.»

«Dann sucht ein kleineres, Hauptsache, es trifft die Sache!»

Don Luis zögerte, dann aber atmete er tief durch und beschloss, Griet die Wahrheit zu sagen. Dazu kam es jedoch nicht, da plötzlich Anne van Aubrement in die Scheune geeilt kam. «Da seid Ihr ja», rief sie. «Hieronymus Ferm sucht Euch überall. Ihr sollt gleich ins Haus kommen. Der Verwundete ist eben erwacht, aber Ferm fürchtet, dass ihm nicht mehr viel Zeit bleiben wird.»

Kapitel 20

Sie verließen die Scheune und eilten den Weg über die Wiesen hinunter, bis die hohen Mauern des Gutshauses vor ihnen aufragten. Der Verletzte war im Erdgeschoss in einer abgelegenen engen Kammer des Gesindetrakts untergebracht worden. Durch ein Fenster in der massiven Eichentür fiel nur ein wenig Licht. Das Bett, in dem der Mann lag, war mit frischem Leinen überzogen, es war jedoch so kurz, dass seine Füße über den Rand hinausragten.

Griet näherte sich dem Krankenlager mit sichtlichem Unbehagen. Im Raum war es stickig. Verbrauchte Luft mischte sich mit dem strengen Geruch verschiedener Kräuter. Der Verletzte selbst, ein stämmiger Bursche mit strähnigem rotem Haar und einer platten Nase, schien vor Fieber zu glühen. Sein Gesicht war nass vor Schweiß, die Augen blinzelten, als fühlte er sich geblendet von der einzigen Kerze, die neben ihm auf einem Schemel brannte. Als der Mann Griet sah, öffnete er den Mund und bewegte den Kiefer, womit er ihr zu verstehen gab, dass er durstig war. Griet blickte sich um und fand neben dem Bett einen Krug mit Wasser sowie einen Becher. Behutsam setzte sie dem Kranken den Becher an die Lippen und wartete, bis dieser einige Schlucke zu sich genommen hatte.

Der Mann stöhnte kurz auf, schien sich aber zu entspannen. Sein Oberkörper war entblößt und von der Brust bis hinunter zum Nabel mit blutgetränkten Tüchern verbunden.

«Könnt Ihr sprechen, mein Freund?», flüsterte Griet dem Verwundeten lächelnd zu. Der Mann schien sie zu hören, denn er verzog sein Gesicht und öffnete mühsam den Mund. «Wo bin ich?», lallte er, wobei er seine ganze Kraft aufzuwenden schien.

Ferm trat zu ihm, um seinen Puls zu fühlen. Er sah nicht zufrieden aus.

«Erinnert Ihr Euch denn nicht mehr?» Griet setzte sich auf den Rand der Bettstatt. Der Mann starrte sie an. Er schien sein Gedächtnis zu durchforsten, was eine Ewigkeit dauerte. Dann erklärte er mit schwacher Stimme, er erinnere sich daran, im Auftrag der Generalstatthalterin eine Gruppe von Ordensfrauen aus einem Kloster in Brabant abgeholt und durch den Wald begleitet zu haben.

«Könnt Ihr mir denn sagen, was die Nonnen hier gesucht haben?», erkundigte sich Griet. «Warum seid Ihr nicht auf der Landstraße nach Oudenaarde geblieben?»

Der Mann verzerrte schmerzerfüllt das Gesicht. Als sein Blick auf Don Luis fiel, der mit verschränkten Armen vor dem Türpfosten stand, riss er die Augen auf und hob den Arm. «Fragt ihn!»

Griet runzelte die Stirn. «Das habe ich bereits.»

«Also schön», sagte Don Luis. «Es tut mir leid, dass ich Euch etwas vormachen musste, aber Ihr müsst mir glauben, dass es mir niemals darum ging, Euch zu schaden. Die schwarzen Schwestern wollten unter keinen Umständen nach Oudenaarde zurück. Bernhild setzte mich unter Druck, ihr bei ihrer Flucht zu helfen. Sie wollte einen Überfall vortäuschen, damit jeder denken sollte, sie seien von Aufständischen verschleppt oder getötet worden. Ihre Begleiter, auch dieser Mann dort, waren in den Plan der Nonnen eingeweiht. Versteht bitte, Bernhild van Aubrement hatte panische Angst davor, nach Oudenaarde zurückzukehren. All die Jahre seit dem Bildersturm lebte sie mit ihren Frauen in einem abgeschiedenen Kloster bei Brüssel in relativer Sicherheit. Nur die Generalstatthalterin wusste, wo sie sich aufhielten. Nun aber sollten sie alle in ihr altes Haus zurückkehren. Es gab dort aber offensichtlich jemanden, den Bernhild aus ihrer Zeit in Oudenaarde kannte und dem sie keinesfalls begegnen wollte.»

Der Verwundete keuchte auf. «Es war aber niemals die Rede von einem echten Überfall», stieß er hervor. «Glaubt Ihr, wir hätten uns sonst darauf eingelassen? Ihr habt uns Mörder auf den Hals gehetzt, damit es keine Zeugen gibt, die gegen Euch aussagen können.»

Don Luis atmete heftig aus. «Dein Fieber lässt dich nicht klar denken, Mann. Glaubst du, Bernhild hätte mich um Hilfe gebeten, wenn sie mir nicht vertraut hätte? Ich weiß nicht, wer euch überfallen hat.»

«Eben behauptetet Ihr noch, Schwester Bernhild habe Euch unter Druck gesetzt, Don Luis. Ihr vergesst Eure eigenen Lügen», sagte Griet. Sie fuhr sich erschöpft mit der Hand über das Gesicht. Sie war froh, dass Anne und Ferm sich ebenfalls in die Kammer gedrängt hatten und dem Wortwechsel zuhörten. Ferm, weil er seinen Patienten im Auge behalten wollte, und Anne, weil sie neugierig war.

Don Luis machte ein unglückliches Gesicht. «Ich weiß, dass ich Euch belogen habe, Griet. Ich werde mir das selbst niemals verzeihen, aber ich konnte nicht anders. Bernhild bat mich um Hilfe. Im Gegenzug dazu wollte sie mir Informationen über meine ... Mutter zukommen lassen.»

«Über Eure Mutter?»

Don Luis nickte. «Ich hielt sie für tot, bis ich durch eine Fügung Gottes erfuhr, dass sie noch am Leben ist. Seitdem bin ich auf der Suche nach ihr.» Verzweifelt schlug er mit der Faust gegen die Tür. «Bernhild behauptete, mir helfen zu können, versteht Ihr? Sie wusste, wo sich meine Mutter aufhält, aber sie wollte es mir erst sagen, nachdem ich ihre Flucht ins Ausland in die Wege geleitet hätte. An alles hatte sie gedacht. Sogar einen Brief wollte sie vorbereiten, in dem sie bekennen würde, dass der Überfall nur vorgetäuscht war und sie das Land aus freien Stücken verlassen habe, um an einem unbekannten Ort ein neues Leben zu beginnen.»

«Deshalb wart Ihr so erregt, als Ihr in der Scheune nur ein paar belanglose Habseligkeiten und dieses hebräische Buch gefunden habt?» Allmählich ergab manches, was er sagte, für Griet Sinn, dennoch verspürte sie Wut, hintergangen worden zu sein. Der Vertrauensbruch wog schwer für sie. Wenn Bernhilds Plan mit Don Luis' Hilfe geglückt wäre, so hätten alle Beteiligten frohlockt, mit Ausnahme von ihr. Sie allein wäre ruiniert gewesen. Als sie Don Luis das vorhielt, erwiderte er: «Ich habe mir viele Nächte lang darüber den Kopf zerbrochen, Griet. Es hätte eine Lösung gegeben, glaubt mir. Ich hätte niemals zugelassen, dass Ihr und Basse mittellos auf der Straße gelandet wärt. Aber Ihr müsst verstehen, dass ich so handeln musste. Als diese Frau mich in Namur abpasste und behauptete, sie würde meine Mutter kennen, wollte ich mich zuerst abwenden, aber es ging nicht. Ich konnte es einfach nicht. Ich habe eine Mission zu erfüllen, Griet. Eine ... Buße, wenn Ihr so wollt. Erst wenn ich meine Mutter gefunden habe, bin ich frei.»

«Und vor wem hatte meine unglückselige Verwandte nun solch panische Angst?», mischte sich Anne van Aubrement in die Unterhaltung ein. «Die Bernhild, an die ich mich erinnere, war eine energische Person, die sich nicht so leicht fürchtete.»

Alle Blicke richteten sich erneut auf das Krankenlager. Der Verwundete, der auf Griets Frage angab, Maarten van de Vlees zu heißen, schüttelte geschwächt den Kopf. «Ich weiß nicht, wer die Kerle waren oder wer sie beauftragt hatte, uns niederzumachen. Als wir die Halle betraten, glaubten wir, wir könnten uns hier mit Reiseproviant und frischer Kleidung eindecken. Wir mussten auch die Reisewagen mit dem Wappen der Fürstin loswerden. Die alte Frau wollte Briefe an Don Luis und den Statthalter schreiben. Außerdem habe ich gehört, wie sie auf eine ihrer Nonnen einredete, in Elsegem zu bleiben, um Don Luis ihre Briefe später persönlich zu übergeben. Es gab einen heftigen Wortwechsel zwischen den beiden Frauen, offensichtlich war die andere nicht besonders angetan von der Vorstellung, allein im Dorf zurückzubleiben. Sie schien sich den anderen Nonnen aber auch nicht wirklich zugehörig zu fühlen, obwohl sie deren Ordenstracht trug. Schon unterwegs blieb sie eher für sich. Niemand sprach oder betete mit ihr.»

«Fandet Ihr es nicht merkwürdig, dass das Gutshaus verlassen war?»

«Schwester Bernhild schien sich als Verwandte des Grundherrn bestens auszukennen. Sie besorgte uns Männern sogar Wein. Ich weiß noch, wie wir die Waffengurte abschnallten und es uns in der Halle am Feuer bequem machten, aber die Augen öffnete ich erst, als ich einige der Frauen entsetzt aufschreien hörte und die fremden Männer sah, die sich auf sie stürzten. Dann ging alles ganz schnell. Meine Kameraden waren wegen des Weins noch gar nicht bei Sinnen und daher leichte Beute für diese Mörder. Ich selbst wehrte mich verbissen, ging aber zu Boden, nachdem mich ein Schwerthieb in die Brust traf. Was dann geschah, kann ich Euch nicht sagen. Ich kam erst in dieser Kammer wieder zu mir.»

Griet drehte sich zu Don Luis um, der noch immer wie versteinert dastand, und bedachte ihn mit einem Blick, der ihre ganze Enttäuschung wiedergab. «Wollt Ihr dem vielleicht noch etwas hinzufügen?»

Don Luis nickte. «Als ich Bernhild van Aubrement in Namur traf, erwähnte sie ein Buch, das sie unter allen Umständen vor jemandem in Sicherheit bringen wollte. Aber würde jemand eine Gruppe Ordensfrauen eines Buches wegen überfallen?»

«Das muss es sein», sagte der Verwundete leise. «Eine der Nonnen sprach unterwegs von einem Buch. Mein Gott, wie nannte sie es bloß?» Eine Weile schloss der Mann die Augen und bemühte sich unter sichtlichen Qualen, sein von Fieber und Schmerz umnebeltes Gedächtnis nach dem Titel zu durchsuchen, den die Frau während der Reise genannt hatte. Griet hatte wenig Hoffnung, dass er sich daran erinnerte, doch schließlich legte sich ein Lächeln über die aufgesprungenen Lippen des Waffenknechts. «Das *Buch des Aufrechten*. Ja, so hieß es. Die Frau machte sich Sorgen um das Buch. Sie meinte, Bernhild hätte es nicht mit auf die Reise nehmen, sondern in der Abtei bei Brüssel lassen sollen. Als ihre Mitschwestern bemerkten, dass ich in der Nähe war und jedes Wort verstehen konnte, befahlen sie der Frau energisch, zu schweigen.»

«Was ist mit der anderen Nonne, von der du vorhin sprachst?», wollte Don Luis wissen. «Hat sie etwas von der Unterhaltung mitbekommen?»

Der Mann versuchte sich zu erinnern. Schließlich nickte er. «Ich denke schon, dass sie über das Buch Bescheid wusste.»

Griet seufzte. Sie fand die ganze Geschichte schwer nachvollziehbar. Nun sollte plötzlich ein Buch Anlass für den Überfall geboten haben? Gewiss gab es in Klöstern und fürstlichen Bibliotheken Schriften von unschätzbarem Wert, doch sie hatte noch nie davon gehört, dass jemand in den Sinn gekommen wäre, zu töten, um ein Buch in seinen Besitz zu bekommen. Dieser Gedanke klang abwegig. Andererseits wurden harmlose Ordensfrauen, die sich auf einer Reise durch die Ardennen befanden, auch nicht grundlos überfallen. Also musste jemand von ihrem Plan, heimlich das Land zu verlassen, erfahren haben. Und dieser Unbekannte hatte genau das verhindert.

«Ich habe in unserem Haus kein fremdes Buch gefunden», beharrte Anne van Aubrement auf Don Luis' Nachfrage. «Ihr dürft mir gern glauben, dass ich es entdeckt hätte, wenn es noch dagewesen wäre.»

Davon war Griet auch überzeugt. Annes ganzer Lebensinhalt bestand darin, ihren Bruder zu versorgen und das Gutshaus der Familie in einem ordentlichen Zustand zu halten. Sie hatte viel Kraft aufgeboten, um jede Spur des für sie unangenehmen Zwischenfalls zu beseitigen. In gewisser Weise erinnerte sie Griet an ihre Schwiegermutter Hanna, die ohne jeden Zweifel ähnlich vorgegangen wäre, um die Erinnerung an ein quälendes Erlebnis auszutilgen. Nur konnten ein paar Eimer Wasser, Essig und Scheuersand zwar das Blut auf dem Dielenboden entfernen, nicht aber die Tat als solche ungeschehen machen. Da gab es noch die verlassenen Reisewagen in der Scheune, die frischen Gräber auf dem nahen Kirchhof und den verletzten Mann in der Gesindekammer. Sie erinnerten daran, was hier geschehen war.

«Wenn diese unbekannten Männer Bernhild des Buches wegen überfallen haben, müssen sie von ihm gewusst und seinen Wert gekannt haben», überlegte Griet, als sie wenig später in der Halle saßen. Der Waffenknecht war in einen tiefen Schlaf gefallen; so schnell würde er nicht wieder erwachen und für weitere Fragen zur Verfügung stehen. Sie mussten sich daher gedulden.

Draußen hatte ein Sturm eingesetzt. Wütend peitschte der Regen über das Gras der Wiesen und Kuhweiden und trommelte gegen die Butzenscheiben der Fenster. Anne war sogleich zu den Ställen gelaufen, um die Türen fest zu verschließen. Triefend von Kopf bis Fuß schloss sie nun auch noch in der Halle die Läden vor den Fenstern, woraufhin es in dem Raum augenblicklich dunkel wurde wie in der tiefsten Nacht. Griet sprang auf, um der mürrischen Landadeligen zur Hand zu gehen, doch diese lehnte mit der ihr eigenen Mischung aus Stolz und Eigensinn ab. Ihrem Bruder Gilles, der geduldig wartete, bis auch noch die Kerzen angezündet wurden, warf Anne einen vorwurfsvollen Blick zu, dachte aber nicht daran, ihn um Hilfe zu bitten. Schlotternd verschwand sie schließlich, um in der Küche Würzwein zu erhitzen.

«Eine tüchtige Frau», murmelte Hieronymus Ferm anerkennend, nachdem Anne die Halle verlassen hatte. «Wie schade, dass sie ihre besten Jahre hier vergeudet. In Brüssel würde eine Dame ihres Standes ganz anders leben, nicht wahr, meine Liebe? Ihr stammt doch ursprünglich aus Brüssel?»

Griet bestätigte das widerstrebend. Es war lange her, dass sie sich wie eine Edeldame gefühlt hatte, falls dies überhaupt jemals in ihrem Leben der Fall gewesen war. Ihre Mutter, die schöne Isabelle, hätte Hieronymus Ferms Frage ohne zu zögern beantworten können. Ihre Welt hatte einem immerwährenden Reigen aus Flötenspiel und höfischen Tänzen geglichen, einem Fest mit prächtigen Kleidern, wertvollem Schmuck und Einladungen in die Residenz Kaiser Karls V. und seiner Schwester, der früheren Regentin Maria von Ungarn, mit der Isabelle van den Dijcke angeblich sogar gut befreundet gewesen war. Während die Welt Isabelle zu Füßen gelegen war, hatte ihre Tochter angefangen, die Schönheiten ebendieser Welt in bunten Wandteppichen zu verewigen. Wissend, dass diese sie nicht enttäuschen und niemals dunkle Wolken dort aufziehen würden, wo sie sich Sonne wünschte. Auf diese Weise war sie ihrer unnahbar schönen Mutter für eine kurze Zeit ebenbürtig, ja vielleicht sogar überlegen gewesen. Griet runzelte die Stirn. Im Gegensatz zu ihrem Vater dachte sie für gewöhnlich nie an Isabelle. Nur hin und wieder, wenn sie nachts wach lag und dem Wind lauschte, der wie jetzt an Türen und Fenstern rüttelte, glaubte sie, ihr perlendes Lachen zu hören.

Es blieb ihr nichts übrig, als die Frage des Arztes mit einer nichtssagenden Floskel zu beantworten. Insgeheim aber dachte sie, dass Anne van Aubrement aufs Land gehörte und nicht in die höfische Gesellschaft zu Brüssel.

«Meine Schwester behauptet zwar, ihr würde nichts im Gutshaus entgehen, aber vielleicht hat unsere unglückselige Verwandte das kostbare Buch ja irgendwo versteckt?», schlug Gilles vor. Er hatte seinen Gästen angeboten, die Nacht unter seinem Dach zu verbringen, da sie es kaum trockenen Fußes zum Gasthaus schaffen konnten. Die Einladung schloss Hieronymus Ferm ein. Gilles schien große Stücke auf den Arzt zu halten und hatte ihn offenbar gern in seiner Nähe, obwohl er selbst trotz seines Alters wesentlich gesünder aussah als Ferm.

Don Luis schüttelte den Kopf. «Ich glaube nicht, dass Bernhild dafür noch Zeit fand», sagte er. «Es gibt einen Bericht von Augenzeugen, die erklärten, dass die Nonnen bereits in Eurem Haus von ihren Widersachern erwartet wurden. Demzufolge haben sich die Männer Zutritt verschafft und erst einmal abgewartet, bis die Waffenknechte eingeschlafen waren. Sie hätten es bemerkt, wenn Bernhild das Buch im Haus versteckt hätte.»

«Vermutlich blieb der Ärmsten nichts anderes übrig, als den Männern das auszuhändigen, was sie haben wollten», sagte Ferm in bedächtigem Ton. «Anschließend tötete man sie, um keine Zeugen am Leben zu lassen.»

«Und das alles spielte sich in meinem Haus ab», stöhnte Gilles van Aubrement auf. «Wie konnten diese Teufel nur wissen, was die Nonnen planten und dass sie hier rasten würden? Jemand muss es ihnen doch verraten haben.»

«Schaut mich nicht so misstrauisch an!» Don Luis runzelte

die Stirn, gleichzeitig warf er Griet einen um Nachsicht bettelnden Blick zu, den diese aber überging. «Ich habe mit keiner Menschenseele darüber gesprochen. Bernhild wollte zunächst Richtung Oudenaarde reisen, um keinen Verdacht zu erwecken. Das war mir durchaus bekannt. Sie sagte mir, wenn ich zehn Tage nach ihrer Abreise zum Landgut von Elsegem reiten würde, würde ich dort auf jemanden treffen, der mir ihre Briefe aushändigen und mir nähere Informationen über den Verbleib meiner Mutter geben würde. Dann wären sie und ihre Schwestern in Sicherheit.»

Griet nickte. Was Don Luis sagte, klang einleuchtend. Sie fand sogar einen Hauch von Verständnis für die Nöte des Mannes, was sie selbst überraschte, wenn man sich vor Augen hielt, wie schamlos er sie getäuscht hatte. Warum hatte er sich ihr nicht anvertraut? Nicht einmal nach der Nacht in der Bauernscheune, als er sie geküsst hatte und es im Stroh beinahe zu mehr gekommen war, hatte er sein Schweigen gebrochen. Das war unverzeihlich. Oder nicht? Griet kämpfte mit den Tränen. Hatte womöglich ihr Vater doch recht gehabt, als er ihr gegenüber de Lijs' Vorzüge angepriesen hatte? De Lijs war von einer ungeschlachten Grobheit. Er hatte sie erschreckt und von seinem Verlangen überwältigt schlecht behandelt. Aber er hatte ihr auch niemals etwas vorgemacht, er hatte sie nie belogen. Und er wollte sie haben, was man von Don Luis offenkundig nicht behaupten konnte.

«Was auch immer geschehen ist, ich fürchte, wir werden es nie herausfinden», sagte sie trocken. Sie erhob sich, als Anne wieder in die Halle kam. Die Schwester des Hausherrn hatte sich inzwischen umgezogen und ihre Haare getrocknet.

«Wenn Ihr erlaubt, Herr Gilles, würde ich gern Briefe an meinen Vater und meine Magd schreiben», sagte sie leise. «Sobald der Sturm sich gelegt hat und ich meine Angelegenheiten geklärt habe, werde ich nach Oudenaarde zurückkehren und mich meiner Verantwortung stellen.»

«Ich bitte Euch, tut das nicht», rief Don Luis. Er ging Griet nach und berührte sie am Arm. Sie wirbelte herum, wobei sie ihn trotzig ansah. «Sagt mir bitte nicht, was meine Pflicht ist. Falls Ihr befürchtet, ich könnte dem Statthalter etwas von dem Abkommen erzählen, das Ihr mit dieser Bernhild getroffen hattet, so braucht Ihr Euch keine Sorgen zu machen. Ich werde schweigen. Alessandro Farnese würde mir ohnehin kein Wort glauben.»

«Würde er mir denn glauben, wenn ich behauptete, die Schwestern seien eines merkwürdigen Buches wegen umgebracht worden?» Zum ersten Mal, seit Griet den jungen Mann kannte, sah dieser verängstigt aus. «Er würde mich auslachen und seine Männer zu einer Strafexpedition in die umliegenden Dörfer aussenden. Es sei denn, wir würden ihm mit den Schuldigen auch das Buch als Beweisstück bringen.»

«Kein Mensch hat dieses *Buch des Aufrechten* jemals gesehen. Möglich, dass es nur in der Einbildung dieser Bernhild existierte.»

«Ihr habt vergessen, dass nicht alle schwarzen Schwestern hier ums Leben kamen. Eine der Frauen hat überlebt und ist geflohen. Ich möchte schwören, dass sie uns Näheres zu dem Buch sagen könnte.»

Griet musste ihm wohl oder übel zustimmen. Sie konnte sich momentan auch keinen anderen Grund vorstellen, warum jemand den Nonnen nach dem Leben trachten sollte. Doch die Frau, wer immer sie auch sein mochte, war auf und davon. Wie sollten sie sie finden? Sie hatten keine Ahnung, wer sie war. Bernhild van Aubrement hatte Don Luis lediglich bestellt, sie werde eine ihrer Anvertrauten mit Briefen auf dem Landgut zu Elsegem zurücklassen. Vermutlich würde die Nonne auf der

Flucht ihre Identität verändern, musste sie doch befürchten, dass man sie verfolgte.

Und das Buch? Über dessen Herkunft und Bedeutung etwas herauszufinden würde ein schwieriges Unterfangen sein, das Griet unter Umständen Tage, wenn nicht gar Wochen von Oudenaarde fernhalten konnte. Als sie Don Luis diese Bedenken anvertraute, schlug er vor, den Priester der Sint-Walburgakerk einzuweihen.

«Pater Jakobus war früher Mönch», sagte er. «Er ist ein wunderlicher Kauz, aber was alte Bücher und Schriften betrifft, gibt es in ganz Flandern kaum einen, der mehr davon versteht als er. Ob er mit dieser merkwürdigen Schrift etwas anfangen kann, weiß ich zwar nicht, aber wie die Dinge liegen, ist er unsere einzige Möglichkeit, etwas über dieses Buch zu erfahren.»

Griet gefiel der Plan. «Und was die geflohene schwarze Schwester angeht, so sollten wir zu der Abtei bei Brüssel reiten, welche den Nonnen damals Asyl gewährt hat. Vielleicht kann uns die Priorin ein paar Fragen beantworten.»

Kapitel 21

Beelken musste mit einer Hand ihren Rücken stützen, sie fühlte sich immer schwerfälliger in ihren Bewegungen. Morgens, wenn sie aufstand, taten ihre Füße schon so weh, als sei sie die ganze Nacht auf den Beinen gewesen. Aber sie durfte sich keine Rast gönnen. Basse musste gewaschen und angezogen werden. Der Junge war schwierig geworden, seit seine Mutter Oudenaarde verlassen hatte. Häufig stellte er sich taub, wenn sie ihn rief. Auch das Essen verschmähte er neuerdings, was sie beunruhigte.

Die junge Frau seufzte, während sie einige Eier zerbrach. Sie hatte Basse versprochen, Pfannkuchen zu backen, wenn er gehorsam war und nicht mehr über den ganzen Klosterhof vor ihr davonrannte. Während sie Holz nachlegte, fiel ihr Blick auf den Brief, den ein Bote kurz nach Tagesanbruch überbracht hatte. Sie hatte den Mann nicht gekannt, er stammte aus einem Dorf, das nicht weit von Oudenaarde entfernt lag, hatte er gesagt. Beelken fragte sich, warum Griet nicht selbst gekommen war. Allem Anschein nach wollte sie noch weiter nach Norden reisen, weil sie jemanden suchten. Beelken setzte die Schüssel ab und griff nach der Büchse, in der sie das Mehl aufbewahrte. Sie war fast leer.

Viel Geld, um auf den Markt zu gehen, war nicht mehr im Haus. Griets Vater hatte sich bereits mehrere Male aus der Geldkasse bedient. Eines Nachts war er betrunken nach Hause gekommen und hatte etwas von einem Würfelspiel gelallt, wobei er verloren habe. Man brauchte nicht viel Phantasie, um sich vorzustellen, wohin er das Geld ihrer Herrin trug. Obgleich er Beelken keine Rechenschaft schuldete, hatte er ihr geschworen, jeden Gulden zurückzuzahlen, sobald er wieder in Brüssel war und an sein Vermögen kam. Beelken glaubte ihm nicht, wollte die angespannte Lage im Haus jedoch nicht zusätzlich vergiften. Wieder fiel ihr Blick auf den Brief. Eigentlich waren es zwei Papiere, eines von beiden war an sie gerichtet. Beelken war stolz darauf, ein wenig lesen zu können. Das hatte sie als Kind gelernt, während sie den frommen Schwestern vom Spital bei der Pflege Kranker geholfen hatte. Ihre Aufgabe war es unter anderem gewesen, den Apothekenschrank zu sortieren, also musste sie auch entziffern können, was sich in den einzelnen Spanschachteln, Fläschchen und Phiolen befand.

Griet erkundigte sich in dem Schreiben an sie nach Basse und gab ihr einige Anweisungen, den Jungen betreffend. Über den Erfolg ihrer Mission schrieb sie allerdings nur wenig, was Beelken beunruhigte. Offensichtlich hatte sie vor, noch länger mit Don Luis durch die Ardennen zu reisen. Beelken fragte sich, ob der zweite Brief genauere Informationen enthielt, doch sie wagte es nicht, das Siegel zu brechen. Dieses Siegel gehörte einem Edelmann, dem Herrn des Guts Elsegem.

Beelken vermengte Eier und Mehl, dann fügte sie Wasser und einen Schuss Milch hinzu und rührte so lange, bis ihr der Arm wehtat. Den Brief mit dem fremden Siegel sollte sie so rasch wie möglich zur Kirche bringen und dem Priester aushändigen.

Warum dem Priester?, fragte sich Beelken immer wieder. Sie war durcheinander, der Schmerz in ihren Zehen und der verspannte Rücken machten ihr zu schaffen.

Nach dem Essen nahm sie Basse an die Hand, legte den Brief in einen Korb und machte sich auf den Weg in die Stadt.

Sie hatte vor, Griets Schreiben abzuliefern, Griet sollte keinen Grund finden, ihr zu misstrauen. Doch je näher sie den Türmen der Kirche kam, desto unsicherer wurde sie. Die Brüder Osterlamm und ihre Drohungen fielen ihr wieder ein. Coen hatte ihr befohlen, sofort zu ihm zu kommen, wenn Griet sich melden sollte. Beelken blieb stehen. Sie schob die Entscheidung vor sich her, bis sie nicht mehr weiterwusste. Schwer atmend lehnte sie sich gegen eine Hauswand und beobachtete die Menschen, die an ihr vorbeiliefen. Kaum einer nahm Notiz von ihr, nur zwei Dominikanerinnen, die geflochtene Körbe mit Brennholz auf dem Rücken stadteinwärts trugen, warfen ihr einen mitleidigen Blick zu.

«Gehen wir in die Kirche?», wollte Basse wissen. Er zog so heftig an ihrem kleinen Finger, dass Beelken beinahe vor Schmerz aufgeschrien hätte. Gleichzeitig spürte sie, wie sich das Kind in ihrem Bauch bewegte. Für gewöhnlich genoss sie es, das kleine Wesen zu spüren, heute aber brach ihr trotz der winterlichen Kälte der Schweiß aus.

«Komm schon weiter», rief sie Basse zu, der sie auf das Kirchenportal zuschob. Sie hatte ihre Entscheidung getroffen. Ohne auf die Protestrufe des kleinen Jungen zu hören, machte sie kehrt. Sie eilte am Rathaus und an der Tuchhalle vorbei, bog in die Hoogstraat ein und stand wenige Minuten später erhitzt und atemlos vor dem hohen Patrizierhaus der Familie Osterlamm. Vorsichtig schaute sie sich nach bekannten Gesichtern auf der Gasse um. Ausgerechnet hier bei einem verbotenen Botengang ertappt zu werden, wollte sie unbedingt vermeiden. Dann betätigte sie den Klopfer.

«Ich hätte nicht gedacht, dass du so folgsam bist», erklärte Coen Osterlamm lächelnd, als Beelken ihm mit Todesverachtung Griets Brief reichte.

«Ich betrüge nicht nur meine Herrin, sondern auch einen

Priester», stieß Beelken hervor. «Das Schreiben ist für Pater Jakobus bestimmt und nicht für Euch.»

Coen Osterlamm zuckte verächtlich die Schultern. Er schob Beelken und Basse in eine Stube, in der neben einem Spinnrad nur noch zwei Schemel und eine einfache Rundbank standen, vermutlich war sie für das Gesinde eingerichtet worden. Beelken sah zu, wie der Sohn des ehemaligen Bürgermeisters das Siegel brach, ohne mit der Wimper zu zucken.

«Weißt du, worum deine Herrin Pater Jakobus bittet?», fragte er nach einer Weile.

Beelken schüttelte kurz den Kopf. Es war ihr unangenehm, mit Coen allein in einem Raum zu sein. Obwohl er ihr gegenüber Distanz wahrte, brannte ihr der Boden unter den Füßen. Zudem schämte sie sich, Griet zu hintergehen.

Es verging eine Weile, bevor Osterlamm den Blick von dem Schreiben löste. Er schien zu überlegen, wie er die Neuigkeiten zu seinen Gunsten verwenden konnte. Dann sagte er zu Beelken: «Du bringst den Brief jetzt zu Pater Jakobus. Sag ihm, du hättest das Siegel aus Versehen zerbrochen. Der Alte ist so zerstreut, er wird darüber hinwegsehen.»

Pater Jakobus freute sich über den Besuch der blassen jungen Frau. Er erinnerte sich dunkel, sie und das Kind an ihrer Hand bereits in der Kirche gesehen zu haben, doch erst als sie ihm den Brief übergab, wusste er, wo sie hingehörte. Freundlich erkundigte er sich nach Griets Befinden. Als er hörte, dass sie gemeinsam mit Don Luis durch die Ardennen zog, um nach den verschwundenen schwarzen Schwestern zu suchen, seufzte er.

«Ich nehme an, meine Herrin und Don Luis brauchen Eure Hilfe», sagte Beelken schüchtern. Coen Osterlamm hatte ihr mit keiner Silbe verraten, was in dem Brief stand, doch insgeheim hegte sie die Hoffnung, Pater Jakobus würde sich als gesprächiger erweisen. Tatsächlich faltete der Geistliche sogleich das Schreiben auseinander; auf das zerbrochene Siegel ging er mit keinem Wort ein.

«Das Schreiben stammt nicht von deiner Herrin, sondern von meinem Freund Don Luis», erklärte der alte Mann, nachdem er sich in die Zeilen vertieft hatte. «Er bittet mich wirklich um Hilfe. Allem Anschein nach ist er auf der Suche nach einem sehr kostbaren Buch, das den Titel *Buch des Aufrechten* trägt.»

Er verzog das Gesicht, dann fuhr er sich mit der Hand einige Male über die Stirn, als habe ihn plötzlicher Schwindel überfallen. Besorgt machte Beelken einen Schritt auf ihn zu. «Ist Euch nicht wohl?»

«Wie? Oh doch. Es ist nichts. Ich verstehe nur nicht ...» Er schüttelte ratlos den Kopf. «Ich dachte, deine Herrin und Don Luis seien auf der Suche nach den Nonnen, die in Oudenaarde erwartet werden, und nun lese ich etwas von einem Buch, das ...» Anstatt weiterzureden, ging Pater Jakobus zu einem Brokatvorhang, der mit einem Heiligenmotiv geschmückt war. Dahinter befand sich eine Nische, in der der Messwein verwahrt wurde. Beelken hörte, wie der alte Mann ein kurzes Gebet murmelte, offenbar wollte er sein Gewissen erleichtern, bevor er sich an dem Wein vergriff. Er musste sich einfach stärken, und der Weg hinüber zum Pfarrhaus war zu weit.

«Hast du jemals etwas von diesem Buch gehört?», wollte er von Beelken wissen. Noch ehe sie antworten konnte, hob er abwehrend die Hand. «Nein, natürlich nicht. Wie sollte ein Dienstmädchen etwas von Dingen wissen, die nicht einmal dem Heiligen Vater in Rom, seinen Kardinälen und den gelehrten Herren der Universitäten Sorbonne und Padua bekannt sein dürften.» Er kicherte plötzlich. «Eher würde ich annehmen, dieser Martin Luther könnte davon gehört haben. Aber nein, auch das ist unmöglich. Für die Protestanten gilt die Lehre *sola scrip-*

tura. Allein die Schrift reicht für sie aus, um hinter die Geheimnisse Gottes zu kommen. Damit meinen die sogenannten Reformatoren die uns bekannten Bücher der Heiligen Schrift.»

«Und dieses Buch, von dem in Don Luis' Brief die Rede ist? Ist es Euch bekannt?»

Pater Jakobus schüttelte den Kopf. Er sah ängstlich aus, als laure zwischen den Zeilen des Briefes, den er gerade gelesen hatte, ein dunkler Schatten. «Ich bin kein Experte für verlorene Schriften der Bibel», sagte er. «Es gibt allerdings Gelehrte, die der Ansicht sind, dass der Kanon, den der Priester für das ungebildete Laienvolk auslegt, nur einen geringen Teil des eigentlichen Gotteswortes beinhaltet.»

Beelken hörte Pater Jakobus staunend zu, wie dieser sie über die Ansichten von Ketzern belehrte, die steif und fest darauf beharrten, von der Existenz weiterer Bücher der Bibel zu wissen. Bücher, die einst verlorengegangen waren oder wissentlich entfernt wurden, weil ihr Inhalt den früheren Päpsten und Kirchenvätern nicht gefiel und sie ihn für gefährlich einstuften.

«Das *Buch des Aufrechten* gehört auch zu diesen verbotenen Schriften. Ich kann Don Luis und deiner Herrin nur dringend ans Herz legen, sich nicht damit zu befassen. Sie riskieren ihr Seelenheil und rufen die Inquisition auf den Plan.» Er seufzte. «Aber sie werden natürlich nicht auf mich hören, so viel ist sicher. Und sie warten auf eine Nachricht von mir. Ich soll sie ihnen nach Hertoginnedal schicken, dort gibt es noch ein Nonnenkloster.»

Beelkens Mund war so trocken, als hätte sie tagelang keinen Schluck getrunken. Sie musste gehen; Griets Vater fragte sich gewiss schon, wo sie und Basse so lange waren.

«Aber Ihr werdet meiner Herrin doch helfen?», erkundigte sie sich mit ängstlicher Stimme. Sie erwog einen Augenblick, den Priester zu bitten, ihr drüben in der Kirche die Beichte abzunehmen. Es wäre eine Befreiung gewesen, sich alles, was sie plagte, von der Seele zu reden, einschließlich der Tatsache, dass sie Coen Osterlamm einen Brief gezeigt hatte, der nicht für seine Augen bestimmt war.

Aber sie tat es nicht.

Pater Jakobus murmelte vor sich hin. Falls er spürte, dass Beelken etwas quälte, so ging er darauf nicht ein. «Viel kann ich nicht für sie tun, mein Kind. Aber möglicherweise gibt es in Brüssel einen Mann, an den ich sie verweisen kann. Als wir noch jung waren und voller Begeisterung studierten, kannte er sich mit Schriften jeglicher Herkunft aus. Ich werde einen Boten nach Hertoginnedal senden, der Don Luis bestellen soll, wo er meinen Freund finden kann.»

Die Antwort des Paters erreichte Don Luis und Griet in Hertoginnedal an demselben Nachmittag, an dem es ihnen gelang, mit der Priorin der Abtei ein Gespräch zu führen. Die Frau, eine Französin, die seit ihrer frühen Jugend in Brabant lebte, erwies sich als redselig und freundlich, musste aber zugeben, dass die sieben Frauen, die unter ihrem Dach einst Zuflucht gefunden hatten, ihr und ihren Mitschwestern gegenüber stets distanziert geblieben waren.

«Die meisten meiner Schwestern waren nicht unglücklich, als Bernhild nach ihrer Rückkehr aus Namur bekanntgab, dass sie und ihre Nonnen nach Oudenaarde zurückkehren würden», erklärte sie mit einem entschuldigenden Lächeln.

Sie nahm Griet und Don Luis mit in die Gartenanlagen der Abtei, die trotz des Nebels, der sich seit dem Morgen wie Tau über die Rasenflächen und Beete legte, noch viel von ihrer Schönheit preisgaben. Griet stellte sich die Gärten im Frühling vor, wenn die Kirsch- und Mandelbäume kleine weiße und rosa Blüten bekamen und die vielen Pflanzen und Kräuter in den feingeharkten Beeten ihren würzigen Duft verströmten. Die Anlage schien der ganze Stolz der Abtei zu sein.

«Ihr habt mich vorhin nach einer schwarzen Schwester gefragt, die sich ein wenig von den anderen absonderte.» Die Priorin bückte sich nach einem Schneckenhaus, das vor ihr auf dem Weg lag. «Nun, da fällt mir eigentlich nur Schwester Cäcilia ein, unsere Gärtnerin.»

Griet war überrascht. Waren die Gärten etwa von der Frau angelegt worden, nach der sie suchten?

«Was könnt Ihr uns über diese Cäcilia sagen?»

Die Priorin lächelte milde. «Ich fürchte, nicht allzu viel. Sie kam nicht mit den anderen aus Oudenaarde, sondern klopfte mit dem Empfehlungsschreiben eines befreundeten Konvents an unsere Pforte. Schwester Bernhild freute sich wohl nicht besonders über die Ankunft einer weiteren schwarzen Schwester, sie blickte ziemlich entsetzt drein. Das fand ich merkwürdig, denn nach allem, was die Ordensfrauen durch die Bilderstürmer hatten erleiden müssen, hätten sie über jede Verstärkung froh sein können. Die meisten von ihnen empfanden Schwester Cäcilia aber als Last, und das ließen sie die Ärmste auch bei jeder Gelegenheit spüren.»

Don Luis hatte bislang nichts gesagt, dafür umso aufmerksamer zugehört. Hatte er bei allen zurückliegenden Missionen, die er für die spanische Krone erfüllt hatte, entschieden zu handeln gewusst, so musste er sich nun eingestehen, dass er nicht wirklich weiterkam. Zwar deckten sich die Angaben der Priorin mit dem, was der verwundete Waffenknecht in Elsegem geäußert hatte, von dieser Cäcilia wollte dennoch kein rechtes Bild entstehen. Sie war erst spät zu den schwarzen Schwestern gestoßen, und dort hatte man ihr das Leben schwer gemacht. Gut. Sie hatte geschickte Hände für die Arbeit im Garten. Auch gut. Doch darüber hinaus fiel selbst der Priorin, die doch einige Jahre lang mit der Frau unter einem Dach gelebt hatte, nichts ein. Nicht einmal Cäcilias Aussehen konnte sie genauer beschreiben. Sie sei nicht besonders groß gewesen und habe freundliche Augen gehabt, die während der Arbeit in den Gärten stets geleuchtet hätten. Darüber hinaus war sie sicher, dass Cäcilia mit keiner ihrer Mitschwestern oder mit den übrigen Bewohnern der Abtei je ein persönliches Wort gewechselt hatte.

Kurz darauf kündigte eine der Dominikanerinnen die Ankunft des Kuriers aus Oudenaarde an. Don Luis entschuldigte sich mit einer höflichen Verbeugung vor der Priorin, um die Antwort entgegenzunehmen, und ließ Griet im Garten zurück.

«Die schwarzen Schwestern sind also nie in Oudenaarde angekommen», sagte die Priorin, wobei in ihrer Stimme nicht die Spur von Überraschung mitschwang. «Sie sind tot, nicht wahr?»

Griet, die es zunächst vermieden hatte, über die Geschehnisse im Gutshaus zu Elsegem zu sprechen, sah nun keinen Grund mehr, ihr die Wahrheit zu verschweigen. «Ja, ich fürchte, sie fielen einem Überfall zum Opfer.»

Die Priorin hob die Augenbrauen; offenbar hatte sie mit dieser Möglichkeit durchaus gerechnet. «Und Cäcilia? Lebt sie auch nicht mehr?»

Griet fand darauf keine Antwort. Alles, was sie getan hatten, seit sie in Elsegem die Gräber auf dem Kirchhof gesehen hatten, beruhte auf Mutmaßungen. Es war keineswegs sicher, dass es wirklich diese Cäcilia war, die den Mördern entkommen war. Gleichfalls klammerten sie sich an einen Strohhalm, wenn sie davon ausgingen, dass sie auch das Buch ihrer Vorsteherin mitgenommen hatte. Doch tief in ihrem Herzen spürte Griet, dass die Frau, die den Garten so liebevoll angelegt hatte, aber von ihren Mitschwestern stets an den Rand geschoben worden war, noch lebte. Irgendwo, nicht weit von hier, musste sie sein. Vielleicht hatte sie sich nach Hertoginnedal durchgeschlagen und beobachtete sie in diesem Moment von einem Versteck aus. Das würde freilich bedeuten, dass Cäcilia in großer Gefahr war. Wer auch immer Bernhild van Aubrements Buch für sich beanspruchte, hatte nicht gezögert, dafür sechs Ordensfrauen mitsamt bewaffneten Begleitern zu ermorden. Es musste eine Person sein, die entweder skrupellos oder fanatisch genug war, um das zu bekommen, was sie wollte, und für die weder Gnade noch Mitgefühl etwas bedeuteten.

«Vielleicht kehrt Schwester Cäcilia wieder zu uns zurück?», meinte die Priorin, während sie das hölzerne Tor verschloss, das zu den Gärten führte. «Hier war sie glücklich. Sie fehlt uns, obwohl wir sie kaum kannten.»

Griet fand es rührend, wie die ältere Frau über Cäcilia sprach, doch sie bezweifelte, dass diese sich jemals wieder in Hertoginnedal blicken ließ. Nachdem der ehemalige Zufluchtsort der schwarzen Schwestern durch den Übereifer der Generalstatthalterin bekannt geworden war, war die Abtei mit Sicherheit der erste Ort, an dem der Unbekannte nach Cäcilia forschen würde. Sie konnte nicht mehr zurück. War sie vorher schon eine Ausgestoßene gewesen, so hatte sie Bernhilds Geheimnis nun auch noch zur Heimatlosen gemacht.

Griet überlegte weiter, während sie auf Don Luis wartete. Wohin würde sie an Cäcilias Stelle gehen? Würde sie in den Niederlanden bleiben, hier, im spanisch besetzten Süden? Gab es vielleicht Angehörige, die sie aufnehmen konnten? Alte Freunde, auf deren Schweigen sie sich verlassen durfte? Cäcilia hatte sich einem Orden angeschlossen. Oftmals bedeutete ein Rückzug ins Kloster, dass Brücken hinter sich abgebrochen, alte Bekanntschaften bewusst gemieden wurden. Bernhild, die darüber etwas hätte sagen können, war tot, und der Priorin von Hertoginnedal hatte sich Cäcilia nie anvertraut. Es war wie verhext. Wenn Pater Jakobus ihnen nicht helfen konnte, hatte Griet nur wenig Hoffnung, jemals auch nur eine Spur von Cäcilia zu finden. Ohne sie aber würden sie nie erfahren, was sich im Gutshaus zugetragen hatte.

Die nächste Stunde verbrachte Griet im Gästequartier des Klosters, einem einfachen, mit Stroh ausgelegten Raum nahe den Stallungen, der jedoch angenehm warm war. Eine junge Nonne brachte ihr einen Becher heißen Holunderbeerwein.

Als Don Luis endlich kam, empfing sie ihn voller Ungeduld. «Und? Hat Pater Jakobus geschrieben?»

Don Luis schwenkte als Antwort ein zusammengefaltetes Blatt in der Hand. Er reichte es Griet. Diese vertiefte sich in die Zeilen und hob den Kopf erst wieder, nachdem sie jedes einzelne Wort entziffert hatte.

«Pater Jakobus scheint der Meinung zu sein, dass dieser Mann in Brüssel uns mehr zu dem Buch sagen kann», meinte sie in Gedanken versunken. «Aber hilft uns das auch, Cäcilia zu finden? Sie ist die Einzige, die die Wahrheit kennt und vor Alessandro Farnese bezeugen kann, dass ihre Mitschwestern keineswegs von Waldgeusen oder, noch schlimmer, von Bürgern aus Oudenaarde überfallen wurden.»

Don Luis hörte ihr nur mit halbem Ohr zu. Griet spürte, dass er es kaum erwarten konnte, die Abtei zu verlassen. Sie selbst war schon seit Jahren nicht mehr in Brüssel gewesen. Die Stadt war Isabelles Reich gewesen, nicht das ihre. Andererseits überkam sie eine Sehnsucht, als sie an das stille Haus ihrer Kindheit zurückdachte, das nun, da ihr Vater sich in Oudenaarde aufhielt, leerstand. So konnte es ihr und Don Luis wenigstens ein bequemes Obdach bieten, solange ihre Erkundigungen sie beide in der Hauptstadt aufhielten.

Während Griet und Don Luis sich darauf vorbereiteten, ihre Reise fortzusetzen, stürmte Coen Osterlamm mit triumphierender Miene in das Kontor des Weinhändlers. Es war später Nachmittag und bereits so dunkel, dass man ohne Fackel nicht auf die Straße gehen konnte. De Lijs hob verärgert die Augenbrauen. Er war nicht allein. Sein Freund, Druckermeister Pieter Rink, hatte sich zu einem Umtrunk bei ihm eingefunden, den die beiden Männer am Kaminfeuer einnahmen. Als der Drucker Coen bemerkte, wollte er sich erheben, wurde aber von de Lijs genötigt, sitzen zu bleiben.

«Habt Ihr keine Manieren, junger Mann?», herrschte er den Sohn des Bürgermeisters an. «Bis heute dachte ich, nur Euer Bruder Adam sei ein Grobian!»

Coen verzog das Gesicht. Die Zurechtweisung ließ ihm das Blut in den Kopf steigen. Da ihm kein Platz angeboten wurde, blieb er stocksteif neben der Tür stehen. «Ich habe Neuigkeiten für Euch, de Lijs», stieß er schließlich beleidigt hervor. «Ich weiß, wo sich die Frau aufhält, die Euch so lieb und teuer ist. Ihre Dienstmagd war so freundlich, es mir anzuvertrauen.»

«Eure Vorliebe für Dienstmägde in allen Ehren ...» De Lijs biss sich auf die Unterlippe. Seit die Brüder öfter sein Haus besuchten, war ihm klar geworden, wie wenig er sie mochte. Mit ihren langen Armen und Beinen erinnerten sie ihn an Spinnen, die niemand gern in seinem Haus duldete. De Lijs hatte dreißig Jahre lang versucht, ein ehrbares Leben zu führen; nicht einmal hatte er sich unehrlicher Geschäftspraktiken bedient, um jemanden zu übervorteilen, obwohl er sich als Händler durchzusetzen wusste. In der Gilde stand er daher in gutem Ruf. Zweimal hatte er das Amt des Gildemeisters ausgeübt und bei jeder Prozession voller Stolz die goldenen Insignien der Kaufmannschaft von Oudenaarde vor sich hergetragen. Zur Beisetzung seiner Frau waren alle erschienen, die durch Geburt einen edlen

Stand einnahmen oder es mit Fleiß und harter Arbeit zu etwas gebracht hatten. Sogar der Statthalter hatte einen Abgesandten geschickt. Dass er es nun so weit hatte kommen lassen, sich Läuse wie diese Brüder in den Pelz zu setzen, machte ihn wütend.

Erneut erhob sich Pieter Rink, dem anzusehen war, dass er den gemütlichen Teil des Abends für beendet hielt. «Dem jungen Mann brennt doch etwas unter den Nägeln, mein guter de Lijs», entschuldigte er sich mit einem milden Lächeln. «Ich werde gehen. Muss sowieso noch in der Druckerei vorbeischauen, bevor mein Gehilfe irgendwelchen Unfug anstellt.» Pieter Rink neigte knapp den Kopf in Coen Osterlamms Richtung, was der junge Mann aber übersah. Der Drucker interessierte ihn so wenig wie ein Pferdeknecht.

«Ich möchte aber nicht, dass Ihr geht, Rink. Osterlamm kann auch in Eurer Gegenwart vorbringen, was er mir zu sagen hat. Falls die Neuigkeit, wie ich annehme, mit der armen Witwe Marx zu tun hat, habt Ihr auch ein Anrecht darauf, sie zu erfahren. Schließlich seid Ihr geschäftlich ebenso mit ihr verbunden wie ich.»

Coen Osterlamm sah nicht so aus, als ob ihm das gefallen würde, doch schließlich zuckte er mit den Schultern. «Die Witwe Marx und dieser Spanier halten sich in einer Abtei in der Nähe von Brüssel auf. Von dort aus will der Kerl sie in die Stadt schaffen.»

Pieter Rink stellte seinen Becher ab. Auf seiner Stirn bildete sich eine tiefe Falte. «Was meint Ihr damit, er wolle sie in die Stadt schaffen? Soviel ich weiß, geht Griet der Frage nach, warum die schwarzen Schwestern noch immer nicht in Oudenaarde angekommen sind.»

Coen lachte. «Ihr mögt Euch mit Druckschriften auskennen, Meister, aber was das wahre Leben betrifft ... Ihr seid dem Weib ebenso auf den Leim gegangen wie der gute de Lijs. Die Schwestern sind doch längst tot. Sie haben es nicht geschafft, alt und gebrechlich, wie die meisten von ihnen schon waren.»

«Woher wollt Ihr das wissen?» De Lijs ärgerte sich, wie wenig Respekt Coen seinem Freund erwies.

«Das liegt doch auf der Hand.» Coen weidete sich an den bestürzten Blicken der Männer. Als er sich einen Becher mit Wein füllte und in einem einzigen Zug leerte, rief ihn de Lijs nicht zur Ordnung.

«Der Spanier ist Farneses rechte Hand», flüsterte Pieter Rink. Es klang ängstlich. «Mir wird übel, wenn ich mir vorstelle, wie der Statthalter reagieren wird, sobald ihm dieser Don Luis verrät, was er herausgefunden hat. Kehrt er nach Oudenaarde zurück ...» Er sprach nicht weiter, aber die anderen wussten auch so, worauf er anspielte.

«Dann darf der Hurensohn eben die Stadt nicht mehr lebend erreichen», sagte Coen zu de Lijs, der bleich in seinen Lehnstuhl gefallen war. «Ihr hättet Adam und mir früher erlauben sollen, dem Spanier eine Abreibung zu verpassen. Nun müssen wir nach Brüssel reiten, um ihn zu finden.»

«Wieso hätte ich Euch unterstützen sollen?» De Lijs wechselte einen Blick mit Pieter Rink. «Euch ging es doch nur darum, sich das Privileg der Witwe Marx unter den Nagel zu reißen. Ihr und Euer beschränkter Bruder seid neidisch auf sie und macht sie unsinnigerweise für das Schicksal Eures Vaters verantwortlich. Dabei ist es nicht ihre Schuld, dass Ihr in der Stadt kaum noch Einfluss habt und Euer Vermögen schrumpft. Die Osterlamms hatten ihre goldene Zeit, doch damit ist es vorbei.»

Coen kam näher und beugte sich unverfroren über den Stuhl des Weinhändlers. «Nicht wenn unsere beiden Häuser sich enger miteinander verbinden, guter Freund.»

«Worauf wollt Ihr hinaus?»

Coen lachte. «Griet Marx will Euch nicht; sie hat Euch abgewiesen und ist mit dem Spanier davongelaufen. Meine Schwester Pamela hingegen ...»

Pieter Rink stöhnte gereizt auf. «Ihr macht Euch zum Narren, Coen», rief er. «Schreckt Ihr eigentlich vor gar nichts zurück?»

Coen riet dem Drucker in drohendem Ton, den Mund zu halten und kein Wort von dem, was er während der letzten halben Stunde gehört hatte, auszuplaudern.

«Ich bin mit Griet Marx befreundet», zischte der Drucker empört. «Sie wird nicht zulassen, dass dieser Don Luis de Reon ihrer Heimatstadt Schaden zufügt.»

«Aber Oudenaarde ist nicht ihre Heimat», gab nun auch de Lijs zu bedenken, in dessen Gedanken sich Zweifel auszubreiten begannen. «Wir bedeuten ihr nichts, sonst wäre sie längst nach Hause gekommen, anstatt sich mit Don Luis in Brüssel herumzudrücken.»

Coen nickte. «Eben. Griets Dienstmagd behauptet, sie sei dorthin unterwegs, um nach einem wertvollen Buch zu suchen.»

«Nach einem Buch?», riefen de Lijs und Rink gleichzeitig aus.

«Das ist natürlich Unsinn! Wenn Ihr mich fragt, hat sich die feine Dame abgesetzt, weil sie weiß, dass der Stadt durch die Aussage ihres Liebhabers Unheil und Verderben drohen. Aber diese Suppe werden Adam und ich ihr versalzen.»

«Was habt Ihr vor?», fragte Pieter Rink. Obwohl ihm seine Wut anzusehen war, wagte er es nicht, den jungen Patrizier offen zu kritisieren. Dies mochte sich ein Kaufmann wie de Lijs erlauben, nicht aber ein einfacher Drucker wie er, der vom Wohlwollen seiner betuchten Nachbarn abhängig war. Seine Hände zitterten, als er Umhang und Mütze vom Haken an der Tür nahm.

«Ich werde mich sogleich auf den Weg nach Brüssel machen. Ich weiß, wo ich die beiden suchen muss.» Coen wartete, bis der Drucker sich verabschiedet und die Stube verlassen hatte, dann fügte er mit einem breiten Grinsen hinzu: «Es wäre Pamela eine Ehre, wenn Ihr sie in den nächsten Tagen aufsuchen würdet. Ihr braucht eine treue, gehorsame Frau, auf die Ihr Euch verlassen könnt.»

«Man erzählt sich, dass Eure Schwester sich in einen Beginenhof einkaufen will», erklärte de Lijs ausweichend. Er dachte an Griet, verglich sie mit dem dürren Mädchen, das er bei ihren letzten Begegnungen nur in Tränen aufgelöst gesehen hatte. Nein, er war noch längst nicht bereit, sich auf eine neue Ehe einzulassen. Nicht, solange Griet Marx noch in seinen Träumen herumgeisterte.

«Es wäre außerdem notwendig, Griets Vater und ihre Magd genauer im Auge zu behalten, sonst verschwinden die auch noch nach Brüssel.» Coen trat ans Fenster und sah den dürren Blättern zu, die über den Hof zwischen den Lagerhäusern geweht wurden. «Ich traue diesem schwangeren kleinen Biest nicht. Noch gehorcht sie, aber wer weiß, wie lange noch. Euer Hausknecht ist ein Säufer und Taugenichts, der kann uns diesen Dienst kaum erweisen.»

De Lijs sprang wütend auf. «Wie soll ich Griets Angehörige im Auge behalten? Ich bin ein vielbeschäftigter Mann.»

Eine Antwort blieb Coen ihm schuldig, doch sein Blick verriet, was in seinem Kopf vorging.

Es war nicht schwer, Menschen verschwinden zu lassen, nach denen ohnehin kein Hahn krähte.

Sinter van den Dijcke war beunruhigt, als Beelken ihm von dem Brief erzählte, den sie dem Pater überbracht hatte. Doch noch entsetzter war er, als er erfuhr, dass sich Griet auf dem Weg nach Brüssel befand. Grübelnd lief er durch die Stube des Pförtnerhäuschens, in dem es nach Feuerholz und Erbsensuppe roch. Dann blieb er unvermittelt stehen und drehte sich nach der Magd um, die Basses Wäsche flickte. «Irrst du dich auch nicht? Wollten sie wirklich nach Brüssel?»

Diese Frage hatte Beelken ihm bereits dreimal beantwortet. Ruhig bestätigte sie, dass Pater Jakobus Griet schriftlich empfohlen habe, einen Gelehrten in der Stadt aufzusuchen, der etwas von alten Sprachen und Schriften verstand.

«Geht es Euch nicht gut, Herr?» Beelken legte ihre Näharbeit weg. «Soll ich nach dem Arzt schicken?»

Sinter verneinte mit verdrießlicher Miene. Es gab nichts, was ein Arzt für ihn tun konnte. An diesem Abend blieb er zu Hause und ging nicht ins Gasthaus. Beelken fragte sich, was seine Laune derart verdorben haben konnte, dass er keine Sehnsucht nach einem Würfelspiel und ein paar Bechern Wein verspürte. Aber da der Alte nicht preisgab, welche Stürme in seinem Kopf tobten, beschloss sie, sich wieder ihrer Arbeit zu widmen.

Es war schon Schlafenszeit, als jemand kräftig gegen die Tür des Pförtnerhäuschens schlug. Sinter sprang auf und ging zur Tür.

«Was gibt es?»

Der Mann, der ergeben die Mütze zog und eine kleine Verbeugung andeutete, war Sinter fremd, doch gefährlich sah er nicht aus. Seiner Kluft nach gehörte er der städtischen Wache an. «Seid Ihr Sinter van den Dijcke, der Vater der Witwe Marx?»

Sinter nickte misstrauisch.

«Kapitän Ramirez, der Adjutant des Statthalters, schickt mich zu Euch. Er möchte Euch und die Jungfer Beelken, die in Eurem Haus wohnt, auf der Stelle sprechen.»

Sinter erbleichte. Seit er in Oudenaarde war, hatte er es vermieden, Farnese unter die Augen zu kommen. Was hatte dieser Befehl zu bedeuten? Zum Statthalter wurde niemand zu so später Stunde beordert, wenn kein ernster Anlass vorlag. Sinter versuchte, den Boten auszuhorchen, doch seine Bemühungen scheiterten, da der Stadtwächter lediglich mit den Achseln zuckte.

«Und mein Enkel?», murrte Sinter, während er umständlich seinen schwarzen Hut über die Ohren zog. «Wir können den Kleinen doch nicht allein zurücklassen.»

Der Bote lächelte listig. «Dann nehmt ihn mit», sagte er. «Seine Hoheit wird schon wissen, was zu tun ist. Wahrscheinlich hat der Statthalter nur ein paar Fragen an Euch, dann seid Ihr bald wieder zurück.»

Sinter nickte abwesend. Er ahnte, dass es bei dem Befehl um mehr als nur ein paar Fragen ging, aber er sah keine Möglichkeit, ihm aus dem Weg zu gehen. *Möglicherweise hat Farnese nur erfahren, dass ich der Beamtenschaft von Brabant angehöre*, beruhigte er sich. *Als Statthalter ist er darauf angewiesen, dass seine Beamten ihn informieren*. Diese Vermutung teilte er auch Beelken mit, die völlig verschreckt auf den Hof trat. Vor der Mauer warteten zwei weitere Männer, die Fackeln trugen. Sie nahmen Griets Vater und Beelken, die Basse an der Hand hielt, in ihre Mitte und durchschritten dann eilig das Tor. Auf der Straße begegneten sie niemandem. Nur von fern hörte Sinter Gelächter, das er dem verrückten Tyll zuschrieb.

Sie waren die Straße ein Stück hinuntergegangen, als der Bote plötzlich die Hand hob und sich lauernd umblickte. «Halt!», rief er. Sinter stieß die Luft aus. Er witterte die Falle wie ein Reh, das den Jäger erspäht, aber es war zu spät. Er wollte Beelken zurufen, wegzulaufen, doch da wurde das zu Tode erschrockene Mädchen auch schon von Basse getrennt, der schrill aufschrie. Einer der Fackelträger schubste sie zu einem Heuwagen, der an der Straßenecke bereitstand. Sinter wollte helfen, spürte aber einen brennenden Schmerz im Genick, der ihn bewegungsunfähig machte. Dann hörte er einen weiteren, langgezogenen Schrei. Vor seinen Augen wurde es feuerrot. Er war noch bei Bewusstsein, als sein Körper an den Füßen über das schmutzige Pflaster geschleift, dann ruckartig angehoben und in weiches Heu geworfen wurde.

Kurz darauf setzte sich der Wagen in Bewegung.

Kapitel 22
Brüssel, November 1582

Die Stadt war stark befestigt. Mit ihren Türmen, Zinnen und hohen Mauern glich sie einer Festung und machte auf Griet einen uneinnehmbaren Eindruck. Überall wimmelte es von Soldaten. Schon am Brabanter Stadttor kam es zu langen Wartezeiten, weil die Wächter jedermann, der Brüssel betreten wollte, umfangreichen Kontrollen aussetzten. Es wurde schon dunkel, als Griet ihren Pferdekarren endlich über den großen Marktplatz lenken konnte.

Neben ihr reitend, schaute sich Don Luis nach allen Seiten um, als habe er vor, sich jeden Winkel einzuprägen. Ein Gefühl, zu Hause angekommen zu sein, verspürte Griet nicht. Früher hatte sie gerade in den Vierteln rund um den prachtvollen Platz jedes Haus gekannt, doch die Gebäude mit den hohen Mauern und Bögen, den galanten Giebeln und Verzierungen wirkten fremd auf sie. Brüssel hatte seit den Jahren des Aufstands sein Gesicht verändert. War die reiche Handelsstadt noch in Griets Kindheit Schauplatz glanzvoller Hoftage und Bankette des Adels gewesen, so hatten inzwischen Scheu und Armut Einzug gehalten. Die Stadt war leise geworden, als bemühe sie sich verzweifelt, nicht auf sich aufmerksam zu machen. Die Menschen bewegten sich vorsichtig. Selbst auf dem riesigen Marktplatz ging es ruhiger zu; es wurde mehr getuschelt als lebhaft gefeilscht. Stimmengewirr, Musik und Gesang drangen nur aus den wenigsten Schenken. Griet erinnerte sich daran, wie ihr Vater die Abdankungsfeierlichkeiten von Kaiser Karl V. geschildert hatte. Damals war die Stadt beinahe übergequollen vor Rittern in glänzenden Rüstungen, prunkvoll gewandeten Edelleuten und herausgeputzten Damen, die am Hoftag in der kaiserlichen Residenz teilgenommen hatten. Tagelang war in den Straßen der Stadt geprasst worden. Küchenmeister und Bänkelsänger, Gaukler und Poeten hatten ihr Können aufgeboten, um aus dem Regierungswechsel ein bedeutendes Ereignis zu machen, das die Welt nicht so rasch vergessen sollte. Junge Mädchen hatten Rosenblätter aus den Fenstern geworfen, die ganze Stadt war mit farbenfrohen Bannern und Fahnen geschmückt gewesen. Doch die Regierung des Sohnes von Kaiser Karl, Philipp, hatte den Provinzen nicht das ersehnte Glück gebracht, im Gegenteil. Ein einziges Mal hatte Griet den König gesehen, als er mit einigen seiner Vertrauten in majestätischem Zug auf einem Schimmel an ihrem Vaterhaus vorbeigeritten war. Ihre Mutter hatte damals dafür gesorgt, dass jedes Fenster bis hinauf zum Dachboden mit spanischen Fahnen geschmückt wurde, und sie war voller Stolz in einer golddurchwirkten Robe vor die Tür getreten, um dem neuen Herrn über die Niederlande zu huldigen. Griet war verboten worden, sich blicken zu lassen, doch hinter einem Fenster hatte sie mit angesehen, wie der junge König ihrer Mutter feurige Blicke zugeworfen hatte. Bald darauf war ihr Vater in die königliche Rechnungskammer von Brabant berufen worden.

Die Eindrücke und Erinnerungen, die der Anblick der Häuser rund um den Platz in ihr wachrief, strengten sie an. Sie sehnte sich danach, sich in ihrem Elternhaus auszuruhen, bevor sie sich auf die Suche nach der ominösen Cäcilia und ihrem Buch machten.

«Ich hoffe, Euer Vater hat nichts dagegen, dass wir unter seinem Dach Zuflucht suchen, während er nicht in der Stadt ist.

Don Luis saß kerzengerade im Sattel, aber seine gespielte Fröhlichkeit täuschte nicht darüber hinweg, dass er am Ende seiner Kräfte angelangt war. Umständlich wich er einer Schar zerlumpter Bettler aus, die von einem Büttel Richtung Brabanter Tor getrieben wurde.

«Mein Vater erfreut sich doch schon seit geraumer Zeit meiner Gastfreundschaft», meinte Griet ungerührt. «Es sollte ihn nicht stören, dass ich in seinem Haus übernachte. Schließlich war ich hier einmal daheim, wenngleich das auch lange her ist.»

Griet gab sich gelassen, doch innerlich zitterte sie vor Aufregung, als sie nach einigem Suchen in die ruhige Seitenstraße nahe der Kirche von St. Michael einbog. Vor Ausbruch des Bürgerkriegs hatten hier zahlreiche königliche Hofbeamte gewohnt. Neben deren Anwesen, die zum Teil Palästen glichen, wirkte das Haus des Advokaten van den Dijcke bescheiden. Griet stutzte. Sie hatte es größer und auch stattlicher in Erinnerung gehabt. Zu ihrer Überraschung stellte sie fest, dass der Putz abblätterte. Der schmiedeeisernen Laterne, die neben der Tür hing und in der bei Tag und Nacht eine Kerze brennen sollte, fehlte das Glas, und auch der kleine Hof mit der Remise für die Sänfte, in der sich ihr Vater einst ins Amt hatte bringen lassen, sah verwildert aus. Im Haus brannte kein Licht. Griet zweifelte schon, vor dem richtigen Gebäude zu stehen, als sie ein schwaches Plätschern hörte. Ohne zu zögern betrat sie den zugewachsenen Innenhof und stieß einen erleichterten Seufzer aus, als ihr Blick auf einen steinernen Brunnen fiel. Plätschernd fiel das Wasser durch ein aufgerissenes Fischmaul in ein halbrundes Becken, dessen Boden mit Moos bewachsen war. Griet tauchte ihre Hand hinein und genoss das Prickeln, welches das eisige Wasser auf ihrer Haut hinterließ. Wie oft hatte sie sich als kleines Mädchen hier draußen die Hände gewaschen, bevor sie ins Haus zu ihrer Mutter durfte. Der stumme Fisch war in ihrer

Kindheit ein guter Freund gewesen. Er war noch immer da und hatte demnach nie aufgehört, die Bewohner des Hauses zu erfrischen.

Als Griet sich endlich von dem Becken losreißen konnte, stellte sie fest, dass Don Luis in einigem Abstand zum Brunnen stehen geblieben war. Seine Miene verriet, dass er spürte, was in Griet vorging, und er ließ sie geduldig in Erinnerungen schwelgen. Griet war ihm dafür dankbar.

Auf Griets Klopfen hin öffnete eine Dienerin. Die Frau war jung und stammte ihrem Dialekt nach nicht aus Brüssel, sondern aus einer der nördlichen Provinzen. Unsicher, wie sie mit den beiden Fremden umgehen sollte, die um Einlass baten, ließ sie Griet und Don Luis erst einmal warten, um sich von einer älteren Magd Rat zu holen. Auch die Frau, die kurz darauf an die Tür kam, war Griet unbekannt. Sie kaute, offensichtlich war sie beim Essen gestört worden, was ihre Laune beeinträchtigte.

«Die Herrschaft ist nicht da», sagte sie mürrisch, nachdem sie den Mund frei hatte. «Kommt ein andermal wieder!»

Griet schluckte; sie hatte befürchtet, sich mit der Dienerschaft ihres Vaters herumschlagen zu müssen. Sie war einfach zu lange nicht mehr hier gewesen. Aber es mussten doch noch Knechte und Mägde im Haus sein, die sich an sie erinnerten. Zu ihrer Verwunderung lachte die ältere Frau sie aus, als sie sich als Tochter des Hausherrn zu erkennen gab.

«Verkohlen kann ich mich selbst, Mädchen. Der Herr hat gar keine Tochter, das müsste ich wissen, wo ich ihm doch schon so lange diene. Macht besser, dass ihr verschwindet. Ich habe strikte Anweisung, kein Bettelpack ins Haus zu lassen.»

Bettelpack? Griet war entsetzt. Was sollte das nun wieder bedeuten? Als Bettlerin hatte man sie noch nie beschimpft, allerdings musste sie zugeben, dass sie in ihrer von Schlamm und Regen beschmutzten Aufmachung nicht besonders ordentlich aussah. Beinahe wäre sie in Tränen ausgebrochen. Doch plötzlich kam ihr ein Einfall.

«Steht an der Stirnseite der Halle noch der schwere Lehnstuhl mit dem Brokatkissen? Er wurde einst mit großen Nägeln an der Wand befestigt.»

Die Magd runzelte argwöhnisch die Stirn, sagte aber nichts. Die Frau wusste offenbar, wovon sie sprach.

«Als Kind habe ich meinen Namen auf die Unterseite der rechten Armlehne geschnitzt. Ihr müsstet ihn ertasten können. Schaut nach, wenn Ihr mir nicht glaubt. Ich war hier zu Hause!»

Die Magd schien erbost. Doch bevor sie Griets Bemerkung als Hirngespinst abtat, gab sie der jüngeren Dienerin, die neugierig die Ohren spitzte, den Auftrag, die Behauptung der Fremden auf der Türschwelle zu überprüfen.

«Ich warne Euch, wenn Ihr mir meine Zeit stehlt oder versucht, mich hinzuhalten, damit Ihr eindringen und uns ausrauben könnt ...»

Keine zwei Minuten später kehrte die junge Dienerin zurück. Sie strahlte.

«Da ist tatsächlich etwas in die Armlehne eingeritzt. Lesen konnte ich es nicht, weil ...»

«Weil du ebenso wenig lesen kannst wie ich», fiel ihr die Alte grob ins Wort, als sei es eine Zumutung, Derartiges von einer Dienstmagd zu verlangen. Allerdings wurden ihre strengen Züge nun doch ein wenig weicher.

«Ich begreife allmählich», sagte sie mit plötzlich teilnahmsvoller Stimme. «Nun, das ist ja eine schöne Bescherung. Damit rechnet man ja nicht. Nicht nach drei Jahren.»

«Nach drei Jahren?», hakte Don Luis nach. «Wollt Ihr damit sagen, dass dieses Haus gar nicht mehr dem Advokaten van den Dijcke gehört?»

Die Magd lachte bitter auf. «Ach ja, so hieß der Bursche, der früher hier lebte. Jetzt fällt es mir wieder ein. War das Euer Vater, armes Kind?»

Griet nickte langsam. Sie war bestürzt, aber allmählich begann sich auch in ihrem Kopf der Nebel zu lichten. Daher hatte ihr Vater auf ihre Fragen nach seinem Grundbesitz in Brüssel so ausweichend reagiert. Kein Wunder, dass er nichts von der Dienerschaft erzählt und sich geweigert hatte, seinen Leibdiener mit Geld und Kleidern nach Oudenaarde kommen zu lassen. Haus und Hof gehörten ihm nicht mehr.

Die Magd hatte nun endlich ein Einsehen und ließ Griet und Don Luis eintreten. «Der Herr muss ja nichts davon erfahren», erklärte sie. Während Griet die Halle durchquerte, wuchs ihr Unbehagen. Soweit sie feststellen konnte, hatte sich hier nicht viel verändert. Die wuchtigen Truhen aus Eichenholz, die Griet in ihrer Jugend immer ein wenig eingeschüchtert hatten, gab es noch, ebenso die Teppiche, die den Dielenboden bedeckten. Sie wirkten abgetreten, waren aber nicht fortgeschafft worden. Dem neuen Hausherrn war es vermutlich zu mühsam gewesen, die Halle nach seinem Geschmack einzurichten, woraus Griet schloss, dass er entweder geizig oder unverheiratet war. Eine Frau hätte dem düsteren Raum gewiss Leben eingehaucht und wäre mit ihren Mägden dem Muff zu Leibe gerückt. Die einzige Veränderung, die Griet feststellen konnte, waren die neue Dienerschaft, eine Wappentafel aus Zinn an der Wand, die ihr nichts sagte, und ein reichlich finsteres Ölporträt, das einen spitzgesichtigen, rotbärtigen Mann mit stechenden Augen darstellte, der sich in ritterlicher Pose auf ein Schwert stützte.

«Ist das Euer Dienstherr, Frau?», wollte Griet wissen.

«Gewiss doch, das ist Graf Beerenberg.» Sie lächelte wie ein verliebtes Mädchen. «Aber auf dem Gemälde war er noch etwas jünger.»

«Und wie ist er an das Haus meines Vaters gekommen?»

Griet hatte nicht vorgehabt, diese Frage zu stellen, weil sie sich die Antwort denken konnte. Ihr Vater hatte sie nach Strich und Faden belogen und ausgenutzt. Er war kein königlicher Beamter mehr, sondern ein Herumtreiber, der kaum mehr besaß als das, was er auf dem Leib trug. Vermutlich war er, als das Wasser ihm bis zum Hals stand, auf Schusters Rappen durch die Ardennen gewandert, um bei ihr in Oudenaarde unterzuschlüpfen. Dort stapelten sich seitdem die Rechnungen der Schuh- und Hutmacher, Gewandschneider und Gastwirte auf ihrem Schreibpult.

Die Wirtschafterin des Grafen erzählte Griet bei einem Becher heißer Buttermilch alles, was sie über die Angelegenheit wusste. Sie hatte beschlossen, die beiden nicht vor die Tür zu setzen, sondern sie im Haus ihres Herrn übernachten zu lassen. Sie bestand sogar darauf, dass Griet ihre alte Kammer neben der Treppe bezog, sie glaubte, ihr damit eine Freude zu machen. Das Stübchen diente heute nur noch als Abstellkammer und war bis zur Decke voller Gerümpel, Gegenstände, die nach Sinter van den Dijckes Auszug für nutzlos angesehen wurden. Griet störte das nicht. Sie hatte während der letzten Nächte oft unbequemer geschlafen. Außerdem ahnte sie, in dieser Nacht kein Auge zumachen zu können.

«Morgen früh nach Sonnenaufgang verschwinden wir von hier», versuchte Don Luis sie zu beschwichtigen. «Vergesst nicht, dass wir nicht in Brüssel sind, um uns um das Haus Eures Vaters zu kümmern, sondern um diesen Gelehrten zu finden, den Freund des Paters.»

«Das Haus meines Vaters», murmelte Griet verbittert. «Mein Vater hat kein Haus mehr. Er hat es verloren. Bei einem verflixten Kartenspiel.»

Don Luis zuckte die Achseln. «Das soll schon vielen ehrenwerten Herren passiert sein. Euer Vater ist, wenn Ihr mir diese

Bemerkung erlaubt, ein Leichtfuß. Ohne die Rente, die der König ihm gezahlt hat, wäre er schon lange verhungert. Aber er scheint nach dem Tod Eurer Mutter auch keinen rechten Lebenswillen mehr aufzubringen. Er muss sehr einsam gewesen sein. Alles, wofür er einst gelebt hat, ist ihm zwischen den Fingern zerronnen. Kein Wunder, dass er die gefährliche Reise auf sich nahm, um bei Euch zu sein.»

«Bei mir oder bei einem warmen Ofen?»

«Ist das wichtig? Er ist drei Jahre irgendwo herumgeirrt und hat vermutlich von der Hand in den Mund gelebt, bevor er sich ein Herz nahm, um zu seiner Tochter zu reisen.»

Griet riss verwundert die Augen auf. Von dieser Seite hatte sie es noch nicht betrachtet, dennoch sträubte sie sich gegen den Gedanken, ihren Vater als Opfer zu sehen.

«Ich habe ihn doch nicht gezwungen, zu trinken, zu spielen und sein Geld zu verprassen», entgegnete sie Don Luis trotzig. «Wäre er früher zu mir gekommen und hätte mir von seinem Unglück erzählt, hätte ich ihm ...»

Don Luis lachte. «Was? Die Hölle heiß gemacht?»

Bin ich wirklich so schlimm?, überlegte sich Griet. Jage ich den Menschen Angst ein, oder bin ich so abweisend, dass sie sich fürchten, mir mit Vertrauen zu begegnen? Hatte sich Willem in den letzten Monaten vor seinem Tod deswegen von ihr zurückgezogen? Erst vorsichtig, dann energischer berührte Griet ihren gefühllosen Arm, bis sie schließlich ihre Fingernägel derb in das weiche Fleisch bohrte. Wie gewöhnlich spürte sie nichts, absolut nichts. Was, wenn ihr Herz bald genauso taub war wie ihr Arm? Der Gedanke erschreckte sie. Ihr Blick fiel auf eine Schneiderpuppe, über der ein fadenscheiniges Kleid aus grün gefärbtem Leinen hing. Es entsprach dem Stil ihrer Mutter. Isabelle hatte farbenfrohe Kleider geliebt, doch Griet erinnerte sich nicht daran, sie in dieser Robe gesehen zu haben. Ihr Vater, ja, der hätte ihr sagen können, wann und zu welchem Anlass sie es getragen hatte. Gewiss war Sinters Herz gebrochen, als er all die alten Erinnerungsstücke hier zurücklassen musste. Plötzlich empfand Griet Mitgefühl und Zuneigung für den alten Mann.

«Es ist nicht leicht, zu seinen Fehlern zu stehen, Griet», sagte Don Luis leise. «Ihr seid keineswegs gefühllos. Redet Euch bloß nicht immerzu ein, nicht gut genug für diese Welt zu sein. Ich weiß sehr wohl, was für ein gutes Herz Ihr habt und dass Ihr eine leidenschaftliche, mitfühlende Frau seid. Es sind Eure Verluste, die Euch misstrauisch gemacht haben.»

«Kein Wunder, wenn man schon so oft belogen wurde.» Griet erwiderte seinen Blick. «Ihr selbst, Don Luis, habt mich bezüglich der schwarzen Schwestern hintergangen. Ja, ich weiß, Ihr hattet Gründe, mir die Wahrheit vorzuenthalten. Vater hatte auch seine Gründe, mir den wohlhabenden Hofbeamten vorzugaukeln. Flandern und Brabant befinden sich in einer blutigen Auseinandersetzung. Auch für diesen abscheulichen Krieg wurden schon gute Gründe genannt. Ich sehe nur nicht ein, warum sich all diese Gründe immer gegen mich und das bisschen Glück richten, von dem ich träume. Verlange ich so viel? Warum soll ich immer die Leidtragende sein?» Sie schob einige Kisten zur Seite und breitete eine Decke über dem Strohsack aus, den die Wirtschafterin in die Kammer gelegt hatte. «Ich möchte nun nicht mehr darüber reden.»

«Zerfließt nicht in Selbstmitleid, sonst hat die arme Frau da unten morgen gute Gründe, den Boden hier zu wischen», sagte Don Luis.

Er duckte sich gerade noch rechtzeitig, bevor Griets Holzpantine ihn am Kopf erwischen konnte.

Die Kammer in dem Haus, das Griets Familie nicht mehr gehörte, war weitaus angenehmer als der Verschlag, in dem Cäcilia die Nacht verbrachte. Die Frau zitterte vor Kälte. Die Decke, die sie – der Himmel mochte ihr vergeben – von einer Wäscheleine gestohlen hatte, schützte sie nur notdürftig vor der Kälte, die durch die Ritzen ihrer Zufluchtsstätte drang. Obwohl sie sich vorgenommen hatte, den Schuppen nicht näher zu erforschen, ließ es sich nicht vermeiden, die Blicke schweifen zu lassen. Sie war nicht allein in dem nach Abfällen und schwitzenden Körpern riechenden Raum. Mehr als zehn Personen, viele von ihnen alt und nur in Lumpen gehüllt, zählte sie. Die meisten hatten sich nach Einbruch der Dunkelheit eingefunden und waren von den anderen knapp begrüßt worden. Niemand fragte Cäcilia, wer sie war und woher sie kam. Es gab Regeln in dem Schuppen. Eine davon besagte, dass die Ausgestoßenen, die sich der Verhaftung und Vertreibung durch den Bettelvogt entziehen konnten, ihre Leidensgenossen in Ruhe schlafen ließen. Dies war aber auch die einzige Rücksichtnahme, die Cäcilia hier feststellen konnte. Wer etwas zu essen hatte, aß, wer nichts hatte, hungerte. Kranke wurden aus Furcht vor Seuchen an die Luft gesetzt. Einige Personen besaßen Kerzenstummel oder eine Tranlampe, die wenigstens mattes Licht spendete. In Cäcilias Umgebung, wo nur ein Weib mit zwei Kindern hockte, herrschte dagegen Finsternis wie in Jona' Fischbauch. Das fand Cäcilia jedoch nicht schlimm, ihre Augen brannten, da war die Dunkelheit angenehmer. Außerdem hätte sie es bedrückend gefunden, wenn die Bettler und Spitzbuben sie angestarrt und überlegt hätten, was sie zu ihnen führte. Es war klar, dass Cäcilia nicht in diesen Schuppen gehörte, der mitten im Brüsseler Hurenviertel zwischen einer heruntergekommenen Schenke und der Behausung eines Abdeckers lag.

Im Laufe des Abends schwoll das Flüstern der Ausgestoßenen zu einem lauten Geplauder an. Dies hatte damit zu tun, dass der Lärm in der benachbarten Schenke die Geräusche der

Bettler im Schuppen übertönte. Diese fühlten sich nun sicher und ungestört. Einige jüngere Männer, die ihre älteren Leidensgenossen von den Strohballen verjagt hatten, begannen im Schein einer Wachskerze ein Würfelspiel. Cäcilia roch Wein und Bier, das aus schmutzigen Lederschläuchen direkt in die Münder der Spieler quoll. Der Spieleinsatz, über den die Burschen kicherten, war eine dralle, schwarzhaarige Frau. Da das Alter sie unförmig gemacht und eine Krankheit ihr Gesicht mit hässlichen Pockennarben gezeichnet hatte, war sie aus dem benachbarten Dirnenhaus vertrieben worden und versuchte nun zu überleben, indem sie den Bettlern für einen Bissen Brot und einen Schluck Wein ihren Körper anbot.

Cäcilia schloss die Augen und versuchte, sich auf ihre Gebete zu konzentrieren. Doch es gelang ihr nicht, die richtigen Worte zu finden. Sie hatte das Ordensgewand der schwarzen Schwestern abgelegt und nur das hölzerne Kruzifix um den Hals behalten; in dem zerrissenen Lumpen, der ihren mageren Körper einhüllte, war sie nicht mehr als Nonne zu erkennen. Vielleicht zürnte ihr der Himmel, weil sie das Los ihrer Mitschwestern nicht geteilt hatte? Sie wusste es nicht. Es ist keine Sünde, zu überleben, rief sie sich die Worte eines Freundes ins Gedächtnis. An ihn, einen Pater, der in Oudenaarde lebte, musste sie in letzter Zeit häufiger denken. Doch hier, in dieser trostlosen Umgebung, wären dem frommen Mann gewiss auch keine tröstenden Worte mehr eingefallen.

Wiederholt tastete sie mit den Fingern nach dem Bündel, auf dem sie wie eine Glucke saß. Seit sie sich in dem Schuppen niedergelassen hatte, wagte sie nicht aufzustehen. Nicht einmal, um sich zu erleichtern, weil sie panische Angst hatte, einer der Galgenvögel könnte das Bündel bemerken und es stehlen. Damit aber wäre ihr Leben mit einem Schlag sinnlos geworden. Sie betrachtete es als Fügung Gottes, dass sie in Elsegem nicht den

Tod gefunden hatte. Noch lebte sie, aber das konnte sich jederzeit ändern. Voller Grauen erinnerte sie sich zurück, wie Bernhild sie gerufen und mit ihr gestritten hatte. Alles andere lag in tiefer Dunkelheit, aus der Gott sie erst im Wald, viele Meilen von dem kleinen Dorf, in dem der Reisewagen gehalten hatte, erlöst hatte. Zu Beginn ihrer Flucht war sie nicht allein gewesen. Sie erinnerte sich an einen ältlichen Mann, der zum Gutshof von Elsegem gehörte. Wie sie hatte auch er sich in Sicherheit bringen können, und im Wald hatten sich ihre Wege gekreuzt, vielmehr war er in blinder Hast über sie gestolpert. Er war bei ihr geblieben, bis das Fieber aus ihrem Kopf gewichen war und sie wieder auf ihren Beinen stehen konnte. Dies rechnete sie ihm hoch an. Aber ihrem Wunsch, sie nach Brüssel zu bringen, hatte sich der Alte widersetzt. Er wollte bei seiner Schwester, einer Köhlerwitwe, Zuflucht suchen, die in der Gegend von Gent lebte, und von dort aus nach Elsegem zurückkehren.

Cäcilia zog es nicht zurück an diesen Ort des Unheils. Auch die Abtei von Hertoginnedal bot keinen Schutz mehr für sie. Cäcilia war davon überzeugt, dass sie gesucht wurde. Zweifellos fahndete der Mann, der Bernhild getötet hatte, bereits in ganz Flandern nach ihr. Was er von ihr wollte, lag in dem Bündel, auf dem sie saß.

Es dauerte Stunden, bis sie dem Jucken ihrer Augen nachgab und sich zurücklehnte. Die Männer würfelten und tranken noch immer, angefeuert von der Pockennarbigen, die mit schwerer Zunge von den Wonnen schwärmte, die den Sieger in ihrem Schoß erwarteten. Cäcilia wurde dabei so übel, dass sich ihr Magen schmerzhaft verkrampfte. Sie krümmte sich, um Erleichterung zu finden; auf keinen Fall durfte sie ihren Platz verlassen. Neben der Tür lungerten mehrere Gestalten herum, die nicht zögern würden, ihn ihr streitig zu machen, falls sie sich erhob. Stöhnend drehte sie sich auf die Seite. Ich muss mich ablenken, überlegte sie. Sie dachte an den wunderschönen Garten von Hertoginnedal, der so nahe war, dass sie ihn in einem strammen Fußmarsch von vier Stunden hätte erreichen können. Dann rief sie sich die Choräle ins Gedächtnis, die sie in der Klosterkirche gesungen hatte, und die Zeit ihrer Ankunft bei den schwarzen Schwestern und das Leben davor. Ein Leben, das ebenso wenig zu ihr gehörte wie der vermoderte Schuppen, in dem sie lag. Cäcilia spürte, wie das Fieber, das sie nach ihrer Flucht überfallen hatte, wiederkehrte. Zorniger als beim ersten Mal griff es nach ihr, bis ihre Haut zu brennen begann. Gott steh mir bei, flehte sie. Sie durfte nicht krank sein. Wenn sie hier, zwischen Ratten, Wanzen und fauligem Stroh, starb, würden die Gehilfen des Abdeckers, dem der Schuppen gehörte, morgen eine nackte, ausgetrocknete Leiche finden. Eine Namenlose, die zusammen mit verendeten Tieren in der Abdeckergrube enden würde. Nicht einmal Gewand und Umhang würde man ihr lassen, denn auch das war Gesetz unter Ausgestoßenen: Jedes Stückchen Tuch, und mochte es auch nur ein Lumpen sein, hatte seinen Wert. Wer von Lebenden stahl, wurde totgeschlagen, doch der Tod selbst lud ein, sich zu nehmen, was brauchbar war. Cäcilia ballte keuchend die Fäuste und erbat von Gott, dem sie jahrelang gedient hatte, die Kraft, bis zum letzten Atemzug zu kämpfen. So rasch starb man nicht, sagte sie sich. Weder an Fieber noch an Magenschmerzen.

Plötzlich hielt ihr jemand einen Kanten Brot unter die Nase. Es war das Bettelweib mit den beiden Kindern, die von ihrem Stöhnen geweckt worden waren. «Nun nimm schon», sagte die Frau. «Vielleicht gibst du dann Ruhe. Dein Gejammer hält ja kein Mensch aus.»

Cäcilia schüttelte den Kopf. Das fehlte noch, Kindern etwas wegzuessen.

«Brauchst dir wegen der Kleinen keine Gedanken zu machen. Wir hatten heute ausnahmsweise genug zu futtern. Der Küchenmagd von so einem reichen Fetthändler ist das Brot einfach aus dem Korb gefallen, dazu noch ein Stück fette Blutwurst.» Sie grinste. «Tja, das kann passieren, wenn man vor lauter Schwatzen nicht achtgibt.» Die Frau zog ihre schmutzige Haube aus der Stirn; vielleicht, damit Cäcilia sie anschauen konnte und Zutrauen fasste. Zögerlich nahm sie den Kanten Brot und biss hinein. Er war trocken und klebte an ihrem Gaumen wie geriebener Sand, war aber wenigstens nahrhaft. Cäcilia verschwendete keinen Gedanken daran, dass das Brot gestohlen war. Die raue Decke über ihren Knien war es ja auch.

«Na also», flüsterte die junge Diebin zufrieden. «Wirst sehen, dass es dir gleich wieder besser geht. Wenn auch nicht so gut wie der dort drüben!» Sie wies mit ihrem spitzen Kinn auf die Würfelrunde, die grölend einen Sieger der Partie kürte. Die Pockennarbige klatschte in die Hände und hob ihre Röcke, um dem Gewinner als Vorgeschmack einen kurzen Blick auf ihre dicken Waden zu gewähren.

Cäcilia fand es keineswegs erstrebenswert, mit der Hure zu tauschen. Mehr als ein paar Bissen Brot würde die für ihre Dienste auch nicht bekommen. Falls sie Pech hatte, würden die Männer so oft über sie herfallen, bis sie entkräftet in einer Ecke lag, und ihr die Entlohnung schuldig bleiben.

«Ich bin übrigens Dotteres», stellte sich die junge Frau vor. «Mein Kleiner heißt Balthasar, weil ich ihn an einem Dreikönigstag zur Welt gebracht habe. Leider bekam ich zu seiner Geburt weder Gold noch Myrrhe und Weihrauch, sondern wurde von meiner Herrschaft aus dem Haus gepeitscht. Es waren Leute von niederem Adel, aber großem Ehrgeiz, und mein kleiner Balthasar sah dem Sohn der Familie zu ähnlich. Egal. Wir nennen ihn den kleinen König, manchmal benimmt er sich auch so. Liegt wohl im Blut. Damit muss ich leben. Das Mädchen ist mir vor ein paar Monaten bei Haarlem zugelaufen. Sie ist stumm wie ein Fisch. Ich rufe sie Willemina, nach dem Schweiger.»

Cäcilia nickte flüchtig. Die Frau sprach Flämisch, aber an der Art, wie sie bestimmte Wörter betonte, hörte Cäcilia heraus, dass sie nicht aus den südlichen Niederlanden stammte. Wie es schien, hielt sie es mit den Rebellen aus dem holländischen Norden und verehrte deren Anführer, Prinz Wilhelm von Oranien. Was sie ausgerechnet nach Brüssel verschlug, wollte sie Cäcilia nicht sagen. Vielleicht hatte der Hunger sie und die Kinder in den Süden geführt. Die Landstraßen waren dieser Tage voll mit Flüchtlingen. Manche flohen vor den Spaniern, andere vor dem Hunger. War der Magen leer, fragte sowieso niemand lange nach Grenzen. Als habe die Frau Cäcilias Gedanken erraten, sagte sie: «Bin mit dem Heer des Schweigers von einem Schlachtfeld zum nächsten gezogen. Sogar in Den Briel war ich, als die Rebellenflotte es den Spaniern abjagte. Das war ein Spaß, kann ich dir sagen. Aber die Zeit unter den Soldaten hat sich für mich nicht bezahlt gemacht. Die Kriegsknechte des Oraniers sind ebenso raue Gesellen wie die Truppen des Königs. Sie haben mich ausgenutzt, bis ich nichts mehr hatte.»

Cäcilia wusste, wovon die Diebin sprach. Auch ihr hatte der Krieg alles genommen. Wie ein Ölbaumzweig war sie von einer Woge des Schicksals zur nächsten getrieben worden. Immer weiter, fort von dem, was ihr einst lieb und teuer gewesen war: ihre Familie und ihr Glaube.

Eine neue Schmerzwelle zwang Cäcilia, die Zähne zusammenzubeißen. Sie hielt es nicht länger auf dem harten Lehmboden aus. Sie musste aufstehen und vor die Tür treten, um ihre Notdurft zu verrichten. Dotteres half ihr beim Aufstehen.

«Meine Sachen ...», murmelte Cäcilia müde, während sie sich unsicher auf den Ausgang zu schleppte. «Ich will sie mitnehmen.»

«Balthasar und Wilhelmina werden darauf aufpassen wie zwei Luchse. Die Knirpse sind schon sehr gewitzt für ihr Alter.» Die Frau warf den Kindern einen vielsagenden Blick zu und gab dem Mädchen, das sich sogleich auf Cäcilias Decke ausbreitete, mit einigen Gesten zu verstehen, dass sie gleich wieder zurück war.

Vor dem Tor hockten zwei halbwüchsige Jungen, die Nüsse knackten. Außerdem behielten sie die Gasse, die an dem Hurenhaus vorbeiführte, im Auge, um die anderen im Notfall warnen zu können. Es war allerdings unwahrscheinlich, dass der Bettelvogt um diese Zeit noch einmal seine Runden drehte. Vermutlich steckte der städtische Bedienstete selbst in einem Zuber des Badehauses oder ließ es sich bei einer der Dirnen gutgehen.

«Verzieht euch», herrschte Dotteres die Knaben an, als diese neugierig Cäcilia anstarrten. «Wir müssen mal, und im Schuppen ist der Kackeimer voll!»

In Dotteres' Stimme lag eine Autorität, um die Cäcilia sie bewunderte. Die Jungen wagten nicht, ihr zu widersprechen. Sie murrten zwar leise, schnappten sich aber ihr Körbchen mit Nüssen und verschwanden damit in der Finsternis.

Cäcilia atmete befreit auf, als sie im Gebüsch zwischen zwei Häusern eine Stelle fand, wo sie sich Erleichterung verschaffen konnte. Hoch über ihrem Kopf hörte sie durch ein offenes Fenster das Lachen einer Frau, das sich mit dem Klang einer Flöte mischte. Sie atmete tief durch, versuchte, so viel frische Luft wie nur möglich in die Lungen zu pressen. Wenig später ließ der Schmerz in ihren Eingeweiden nach, auch der Druck im Kopf wich. Als sie ihre Röcke in Ordnung brachte und wieder zu Dotteres zurückkehrte, fühlte sie sich bereits viel besser.

Da stürmte auf einmal der kleine Balthasar ins Freie; verzweifelt sah er sich nach seiner Mutter um. Als er sie entdeckte, winkte er aufgeregt. Sogar in der Dunkelheit konnte Cäcilia erkennen, dass seine linke Wange gerötet war, als habe er soeben Dresche bezogen.

«Was machst du hier draußen, kleiner König?», rief Dotteres streng. «Solltest du nicht bei deiner Schwester bleiben und aufpassen?»

Der Kleine wurde rot und stammelte: «Die Frau, die mit den Männern beim Würfelspiel saß ...»

«Habe ich dir nicht verboten, zu dem liederlichen Weibsbild hinüberzuschauen? Verflixter Bengel, du bist zu jung für solche Schweinereien.»

«Habe ich doch gar nicht, Mutter», verteidigte sich Balthasar. «Ehrlich nicht. Aber sie ist zu uns rübergekommen, gleich nachdem du mit der Frau rausgegangen bist. Sie hat Wilhelmina einfach weggeschubst und sich das Bündel der Fremden geschnappt.»

«Was?» Cäcilia durchfuhr ein eisiger Schrecken; gleichzeitig schalt sie sich eine Närrin, weil sie, von ihrer Schwäche überwältigt, nicht besser auf ihre Habseligkeiten aufgepasst hatte. Das Buch hatte Menschenleben gekostet. Und was tat sie? Sie überließ es dem Schutz von Kindern. Am liebsten hätte sie ihre Wut und Verzweiflung in die Nacht hinausgeschrien.

«Als ich es ihr wieder wegnehmen wollte, hat sie mir eine Ohrfeige gegeben», sagte der Junge aufgebracht.

Dotteres fuhr ihrem Sohn mit grimmiger Miene durch den wilden Haarschopf, eine grobe, sehr mütterliche Geste. Sie hatte allen Grund, auf den Jungen stolz zu sein, der versucht hatte, Cäcilias Habseligkeiten zu verteidigen. «Hat dir niemand geholfen?», wollte sie wissen.

Balthasar schüttelte langsam den Kopf. Dass seine Mutter nicht auf ihn böse war, sondern den Gaunern im Schuppen grollte, schien ihm Mut zu machen. Seine Stimme klang fester, als er erklärte: «Die Jungen, die draußen Wache halten sollten, sagen, es sei nicht schlimm, die Fremde zu beklauen. Die gehöre gar nicht zu uns, sondern sei eine Nonne, die aus ihrem Kloster abgehauen ist. Wenn die Spanier sie unterwegs auf der Flucht erwischten, drohe ihr der Scheiterhaufen, haben sie gesagt. Und allen anderen, die ihr helfen, auch.»

Dotteres fuhr argwöhnisch zu Cäcilia herum, die wie vom Donner gerührt dastand. Wie bei allen Heiligen hatten die Spitzbuben sie nur entlarvt? Was hatte sie falsch gemacht? War es ihre Art, sich zu bewegen, oder hatte sie im Fieber zu laut auf Lateinisch gebetet?

«Stimmt es, was der Junge sagt?»

Cäcilia bemühte sich um ein Lächeln, das ihr misslang. Wie sollte sie dieser Frau auch erklären, wer sie war und was sie in Brüssel suchte? Selbst wenn sie Dotteres überzeugte, dass sie keine entlaufene Nonne im herkömmlichen Sinn war, würde die ihre Geschichte vermutlich doch als Hirngespinst abtun. Statt nach Erklärungen zu suchen, sagte sie: «Das Bündel, das die Hure gestohlen hat, gehört mir. Ich muss es zurückhaben.»

Dotteres lachte bitter auf. «Und sonst hast du keine Sorgen?» Sie stieß die knarrende Tür auf, trat zurück und machte eine einladende Handbewegung. «Bitte, nur zu. Versuch dein Glück, Schwester. Aber erwarte bloß nicht, dass ich dir helfe. Ich habe genug Schwierigkeiten am Hals und will mit derlei Dingen nichts zu tun haben.»

Cäcilia erwartete keine Hilfe, und doch brach ihr der Schweiß aus allen Poren, als sie in den Schuppen zurückging und auf das glühende Kohlebecken zuschritt. Sie entdeckte die Pockennarbige gleich. Sie hatte sich mit ihrem Diebesgut, das ihr niemand streitig machte, in einen Winkel des Schuppens verzogen, um es in aller Ruhe zu begutachten. Ihrer Miene nach war sie enttäuscht; offensichtlich hatte sie mit etwas Essbarem oder sogar mit ein paar Münzen gerechnet.

Während Cäcilia die Frau beobachtete, sank ihr Mut, und sie fühlte sich schwach. Die Jahre im Kloster hatten sie zwar weiß Gott nicht verweichlicht, aber die Hure war ungeachtet ihres verblühten Gesichts jünger als sie und darüber hinaus auch kräftiger. Freiwillig würde sie Cäcilias Eigentum nicht herausrücken. Cäcilia musste versuchen, es ihr wieder abzujagen.

«Du hast meine Sachen gestohlen», sprach Cäcilia die Frau an. Um ihrer Anklage zu unterstreichen, reckte sie das Kinn und stemmte ihre Arme in die Taille, wie sie es früher oft bei Marktweibern beobachtet hatte, die einen Streit miteinander austrugen. Die Hure beeindruckte das wenig. Sie hob kaum den Kopf, schien aber zu grinsen.

«Hättest nicht weggehen sollen, Herzchen!» Die Stimme der Frau triefte vor geheuchelter Anteilnahme. «Ich hab das Bündel gefunden, also behalte ich es.»

«Unter einem kleinen Mädchen hast du es gefunden, das darauf hockte, um es für mich zu hüten», stieß Cäcilia wütend hervor. «Schämst du dich denn gar nicht?»

Cäcilias Worte verdarben die gute Laune der Hure. Sie sagte: «Ich gebe dir einen guten Rat, Schwester. Sieh zu, dass du verschwindest, sonst sorg ich dafür, dass der Bettelvogt sich mit dir beschäftigt.» Sie stand auf und klopfte sich das Stroh vom Rock, während Cäcilia wie erstarrt stehen blieb. Die Frau begann nun, sie zu umkreisen wie ein Raubtier, das auf Beute aus ist.

«Ich hab gesehen, was du in dem Bündel versteckst. Ein Buch, nicht wahr, Herzchen? Uralt und in einer fremden Sprache geschrieben, da springen bestimmt ein paar Gulden für mich heraus. Nicht dass ich etwas von solchem Kram verstehen würde, aber sicher hat der ehrenwerte Großrichter von Brabant ein offenes Ohr für mich, wenn ich es zu ihm bringe. Das Zauberbuch und die entlaufene Nonne, die es aus ihrem Kloster gestohlen hat, um es zu verhökern. Ich kenne den Sekretarius des frommen Herrn. Der Kerl kam fast jeden zweiten Abend zu mir, als ich noch drüben arbeitete.»

Cäcilia zuckte nicht mit der Wimper, doch die Hure schien geübt darin, in den Gesichtern der Menschen zu lesen. «Na, was ist? Hat es dir die Sprache verschlagen?», fragte sie höhnisch. «Gefällt dir mein Vorschlag?»

Cäcilia sog die stickige Luft ein. Ihre Handflächen begannen zu schwitzen, und ihre Augen tränten vom Ruß der Lampen. Sie bemerkte, wie die jungen Männer auf ihr Wortgefecht aufmerksam wurden. Sie gaben mit schwerer Zunge anzügliche Kommentare von sich, um die Hure weiter aufzustacheln. Cäcilia verstand, warum. Die Burschen wollten sie mit ihr kämpfen sehen. Von fern hörte sie Dotteres schimpfen, aber sie drehte sich nicht nach der jungen Diebin um. Wozu auch? Hilfe war von dieser Seite nicht zu erwarten.

Die Pockennarbige wandte sich den angetrunkenen Bettlern zu und versprach den Männern mit einem boshaften Lächeln gute Unterhaltung. «Die Betschwester werde ich unter meinen Absätzen zertreten wie eine Wanze», prahlte sie.

«Ich will nur das zurückhaben, was mir gehört», sagte Cäcilia. «Nicht mehr, aber auch nicht weniger.»

Die Menge brach in Gelächter aus. «Jeder von uns will, was ihm zusteht», rief ein bärtiger Greis, der nur noch Lumpen am Leib trug. «Ich wünsche mir das Haus der Herzöge von Brabant, dazu eine Kutsche und einen Leibdiener. Aber der Rat erhört mich leider nicht.»

«Halt, Freunde, so macht das doch keinen Spaß», wandte einer der Würfelspieler ein. «Ich habe noch nie eine Nonne gegen eine Hure kämpfen sehen. Falls die Fremde siegt, soll sie ihre Habe zurückbekommen. Andernfalls darf unsere Dicke mit ihr machen, was sie will. Wie wäre das?»

Der Vorschlag des Bettlers fand Beifall. Die Männer und

Frauen wichen zurück, bis sich nur noch Cäcilia und die Pockennarbige gegenüberstanden. Diese starrte Cäcilia siegesgewiss an. Dann bückte sie sich nach dem Bündel und warf es ein Stück weit hinter sich ins Stroh. «Hole es dir, Betschwester. Wenn du es schaffst, an mir vorbeizukommen, kannst du es behalten!»

Cäcilia schluckte schwer; ihre Finger fuhren hinauf zum Hals und ertasteten die aus winzigen Perlen geknüpfte Kette, an der ihr Kruzifix hing. Mit einem Aufschrei schoss sie vorwärts, den Kopf wie ein Rammbock geneigt. Sie stieß ihn in den Bauch der Hure, die überrumpelt die Luft ausstieß und taumelte. Doch die Schrecksekunde der Frau dauerte nur einen Moment. Sie packte Cäcilias Bein und brachte sie zu Fall, als diese versuchte, an ihr vorbeizukommen. Cäcilia stöhnte auf. Die Pockennarbige warf sich über sie und versetzte ihr einen Fausthieb ins Gesicht. Cäcilia gelang es gerade noch, die Beine anzuwinkeln und ihre Gegnerin von sich zu stoßen, bevor diese sie unter ihrem ganzen Gewicht begraben konnte. Ihr Tritt fiel nur schwach aus, verschaffte ihr aber Zeit, sich zur Seite zu rollen und an einem Balken in die Höhe zu ziehen. Nun stand sie wieder aufrecht. Ihr Gesicht brannte wie Feuer an der Stelle, wo der Schlag sie getroffen hatte; mit der Zunge tastete sie nach ihren Zähnen und schmeckte Blut. Wenigstens hatte sie nicht die Besinnung verloren. Die Hure kam erneut auf sie zu. Die Hände zu Fäusten geballt, traktierte sie sie mit Schlägen, denen Cäcilia nur mühevoll auswich, indem sie hinter dem Balken Schutz suchte. Da bekam die Hure ihren Arm zu fassen. Sie zerrte sie hinter dem Stützbalken hervor und schleuderte sie wie einen Sack ins Stroh. Cäcilia stützte sich auf die Ellbogen, versuchte davonzukriechen, wurde jedoch an beiden Fußgelenken gepackt, geschüttelt und quer über den Lehmboden gezerrt. Sie spürte, wie ihre Haut an den Beinen aufriss; der Schmerz war so höllisch, dass ihr die

Tränen in die Augen schossen. Ihre Finger versuchten am Boden Halt zu finden. Als die Hure sie jedoch im Genick packte und herumriss, um sie zu würgen, warf sie der Frau eine Handvoll Sand, Lehm und Stroh in die Augen. Der Schrei, den die Hure ausstieß, bestätigte Cäcilia, dass sie getroffen hatte. Im nächsten Moment stand sie auf ihren Füßen und versetzte nun ihrerseits ihrer Gegnerin einen kräftigen Stoß mit dem Ellbogen in die Seite, welcher der Hure den Atem nahm. Die Frau tappte rückwärts; sie fauchte vor Wut. Mit ausgebreiteten Armen, doch nahezu blind, stürmte sie auf Cäcilia zu, aber dieses Mal gelang es dieser, die Keifende ins Leere laufen zu lassen.

«Wo bist du, du Miststück?», krächzte die Frau, weiß vor Zorn.

Blitzschnell bückte sich Cäcilia nach der Schaufel, die neben dem rauchenden Becken lag, und schleuderte ein paar der glühenden Holzkohlestücke nach der wütenden Angreiferin. Diese kreischte wie eine Furie, als die heiße Kohle sie im Gesicht traf. Sie hob schützend die Arme. Ihre Schreie gingen in ein Wimmern über. Ein letzter Versuch, nach Cäcilia zu greifen, wurde durch einen wohlplatzierten Schlag mit der Schaufel vereitelt, der die Frau auf dem Boden niederstreckte. Ohnmächtig blieb sie liegen.

Cäcilia ließ die Schaufel fallen. In ihrem Schädel brummte es wie in einem Bienenkorb, und ihre Knochen schmerzten furchtbar. Sie fühlte sich wie ein geprügelter Hund, aber als die Umstehenden in grölendes Geschrei ausbrachen, begriff sie, dass sie den Zweikampf nicht nur überlebt, sondern auch gewonnen hatte. Dankbar berührte sie ihre Kette.

Langsam begab sie sich zu der Stelle, wo die Frau ihr Bündel hingeworfen hatte, und bückte sich danach. Erleichtert bemerkte sie, dass das Buch keinen Schaden genommen hatte.

Ein Würfelspieler kicherte vergnügt, als sie an das Kohlebecken zurückkehrte. Er reichte ihr einen bis zum Rand gefüllten Becher Würzwein. Cäcilia zögerte, doch dann schluckte sie ihren Ekel vor dem schmutzigen Gefäß hinunter und trank. Ihre Kehle tat ihr so weh, dass sie sogar Wasser aus einem Sumpf getrunken hätte.

«Du hast gekämpft wie eine Löwin um ihr Junges», sagte der Mann anerkennend. «Hast du das Buch wirklich aus einem Kloster gestohlen?»

Cäcilia runzelte die Stirn. «Warum willst du das wissen?»

«Weil du dann wie eine verdammte Närrin gehandelt hättest. Es bringt nämlich Unglück, sich an Kircheneigentum zu vergreifen. Jeder kleine Gauner und Beutelschneider in Brüssel weiß und respektiert das. Aber du siehst nicht wie eine Närrin aus. Eher wie eine Frau, die sich daran gewöhnen musste, um ihr Überleben zu kämpfen.»

Cäcilia fand einen arglosen Zug im Blick des älteren Mannes. Gewiss, er war ein Vagabund, vielleicht sogar noch Schlimmeres. Aber sie spürte, dass sie von ihm nichts zu befürchten hatte. Sie drückte ihr Bündel mit dem Buch wie einen Säugling gegen die Brust. «Ich muss fort», sagte sie schließlich leise. «Verstehst du?»

Der Mann kratzte sich am Kopf. «Nun ja, heute Nacht wird dich hier niemand mehr ...»

«Nein, so meine ich das nicht. Ich muss fort aus Brüssel und brauche einen guten Führer. Einen vertrauensvollen Burschen, der nicht auf den Kopf gefallen ist und mir helfen kann, spanischen Patrouillen aus dem Weg zu gehen.»

Die Augen des alten Mannes glitzerten. Was er über die merkwürdige Nonne dachte, gab er nicht preis. Nach einem kurzen Augenblick sagte er: «Du wärst nicht die Erste, die ich erfolgreich außer Landes geschafft habe, mein Kindchen. Nachdem Herzog von Alba die Grafen Egmont und Hoorn wegen Hochverrats auf dem Marktplatz enthaupten ließ und weitere Todesurteile fällte, habe ich vielen Landsleuten geholfen.» Er rieb lächelnd Daumen und Zeigefinger gegeneinander. «Gegen ein entsprechendes Entgelt wird sich kein Spanier an dir und deiner Habe vergreifen. Wo auch immer du sie ... gefunden hast.»

Cäcilia hob irritiert die Augenbrauen. Sie konnte die Hitze des Kohlebeckens nicht mehr von ihren fiebrigen Wangen unterscheiden. Vielleicht war es Irrsinn, ihr Leben und das Buch einem armen Teufel wie diesem zerlumpten Mann anzuvertrauen. Ganz sicher war es ein Wagnis, aber die vergangenen Tage hatten sie gelehrt, nicht allzu wählerisch zu sein. Im Schein der Tranlampen und Kerzenstummel betrachtete sie sich den Mann genauer. Zu ihrer Verblüffung stellte sie fest, dass er jünger sein musste, als es den Anschein hatte. Es waren der wirre weiße Bart und die gebückte Haltung, die sie getäuscht hatten.

«Wie heißt du?», wollte sie wissen.

«Nennt mich einfach Tobias.»

«Nun gut, Tobias, dann vertraue ich mich deiner Führung an. Aber lass dir zwei Dinge gesagt sein.» Sie näherte sich mit ihren Lippen dem Ohr des Mannes und raunte ihm zu: «Das Buch, das ich in meinem Bündel habe, geht dich nichts an. Frag mich niemals nach ihm und verlange nicht, dass ich es dir zeige. Ich habe es nicht gestohlen. Mehr brauchst du nicht zu wissen.»

Tobias grinste, damit konnte er leben. «Und was noch?»

Cäcilia klopfte sich die Strohhalme von ihrem Gewand. «Wenn du bezahlt werden willst, redest du mich besser nie mehr mit ‹mein Kindchen› an. Ich heiße Cäcilia.»

Die beiden blieben noch eine Weile am wärmenden Feuer sitzen. War Cäcilia zuvor eine Außenseiterin gewesen, die man nach Herzenslust beleidigen und bestehlen durfte, so hatten ihr Sieg über die Pockennarbige und Tobias' Fürsprache ihr eine

Verschnaufpause beschert. Die Hure sah Cäcilia nicht mehr; offensichtlich hatte sie aus Scham über ihre Niederlage das Weite gesucht. Mit einer Selbstverständlichkeit, die Cäcilia verwunderte, verlangte Tobias für sie und sich selber Brot, Milch und eine Schüssel kalten Erbsenbrei, was ihm auch nicht verweigert wurde. Keinem der Bettler und Spitzbuben im Schuppen fiel es ein, Cäcilia noch einmal zu belästigen. Nur Dotteres, die mit ihren Kindern neben der Tür unter einem Ziegenpelz kauerte, warf ihr bohrende Blicke zu. Es schien ihr nicht zu passen, dass Cäcilia bei Tobias hockte und mit ihm aus einer Schüssel aß. Cäcilia, die plötzlich einen Riesenhunger verspürte, zog es vor, sie nicht zu beachten.

«Ihr seid eine bemerkenswerte Frau, Cäcilia», sagte Tobias nach einer Weile. «Ihr seid klug und habt eine gute Erziehung genossen. Das erkenne ich daran, wie Ihr Euch ausdrückt. Normalerweise kann ich in den Menschen lesen wie Mönche in einem Buch, aber an Euch beiße ich mir die Zähne aus. Betrachtet das als Kompliment.» Er lächelte entwaffnend. Cäcilia fand, dass er ganz anders aussah, wenn er sich fröhlich gab. Ohne den struppigen Bart und das zerlumpte Wams hätte er ein Mann sein können, der ihr gefiel. Dass er ein Halunke war, machte die Sache noch reizvoller. Es überraschte sie, dass sie nach all den Jahren im Kloster noch wie eine Frau empfand. Sie fühlte sich sogar geschmeichelt, was ihr guttat. Die schwarzen Schwestern wären über diesen Anflug von Eitelkeit zu Recht außer sich gewesen, aber hatten sie Cäcilia nicht ohnehin klargemacht, dass sie nicht wirklich zu ihnen gehörte? Seit dem Mord an Bernhild und ihren Mitschwestern trug sie eine gefährliche Last auf ihren Schultern. Das musste als Rechtfertigung genügen.

«Warum habt Ihr Euer Kloster verlassen?», fragte Tobias so beiläufig wie möglich. Er wollte nicht neugierig klingen und das Vertrauen, das zwischen ihm und Cäcilia langsam entstand, zerstören. «Ihr dürft Euch mir anvertrauen, meine Liebe. Ich beschütze Euch.»

Cäcilia kratzte schweigend den Rest Gemüsebrei aus der Schüssel und schob ihn sich in den Mund. Dann gab sie sich einen Ruck. «Das Kloster hat mich verlassen, nicht umgekehrt. Es war nicht mein Wunsch, die Sicherheit hinter den Mauern meines Konvents gegen ... das hier zu tauschen, aber mir blieb keine andere Wahl.» Sie stutzte. «Wie habt Ihr eigentlich erraten, dass ich einem Orden angehörte?»

Tobias hob die Hand und berührte behutsam Cäcilias Kopf. Sie zuckte zusammen, und plötzlich verstand sie. Als sie einen Schlafplatz gesucht hatte, hatte sie ihr graues, kurzgeschorenes Haar unter einem Tuch verborgen. Doch das musste sie im Dunkeln verloren haben, ohne es zu bemerken. Hinzu kam ihre Kette mit dem Kruzifix. Kein Wunder, dass ihr Anblick Argwohn ausgelöst hatte.

«Ihr wärt nicht die erste Nonne, die vorhat, ein neues Leben zu beginnen, nachdem sie mit ketzerischem Gedankengut in Berührung gekommen ist», sagte Tobias. «Ich habe erst vor vier Monaten zwei ehemaligen Benediktinerinnen geholfen, aus Gent zu entkommen. Sie fühlten sich in der Kleidung, die ich ihnen besorgte, unbehaglich. Als trügen sie eine fremde Haut. Fortwährend griffen sie sich an den Kopf, weil sie fürchteten, man könnte ihr kurzes Haar bemerken. Manchmal rieben sie die Finger gegeneinander, als ob sie die Perlen eines Rosenkranzes abzählten.»

Cäcilia stellte die Schüssel auf den Boden. Sie konnte nur hoffen, dass sie es Tobias leichter machen würde, seinen Auftrag zu erfüllen. Angst hatte sie auch, Todesangst sogar. Jedoch nicht vor den Männern der Inquisition oder vor den Calvinisten, sondern vor Bernhilds Mördern, die gewiss längst ihrer Spur folgten, um sie zum Schweigen zu bringen.

«Es könnte gefährlich werden, sich mit mir abzugeben», sagte sie, nachdem sie eine Weile den Kohlen zugesehen hatte, von denen winzige rote Fünkchen in die Luft stoben. «Ich bringe den Tod.»

«Keine Sorge, an schwierige Frauen bin ich gewöhnt.»

Cäcilia schüttelte den Kopf. «Nein, ich meine damit weder die Spanier noch die Inquisition. Es gibt einen anderen, der hinter mir her ist, um mich zu vernichten. Ich kenne weder seinen Namen noch sein Gesicht. Er hat meine Mitschwestern getötet, als wir auf dem Weg nach Oudenaarde waren. Ich konnte im letzten Moment entkommen, weil ich ...» Überwältigt von ihren Erinnerungen, holte sie tief Luft. Vor ihrem geistigen Auge beschwor sie die letzten Augenblicke herauf, die sie mit den Schwestern verbracht hatte. «Ich war wütend auf meine Oberin, weil sie mich zwingen wollte, in dem Dorf zu bleiben, in dem wir rasteten. Ich spürte, dass die Frauen etwas vorhatten, in das sie mich nicht einweihen wollten. Wir stritten uns fürchterlich, und dann lief ich davon. Aber zuvor sah ich noch, wo sie das Buch versteckten.»

«Das Buch, um das Ihr vorhin gekämpft habt?»

«Ich weiß nicht, warum ich es mitgenommen habe», gestand Cäcilia. Und das entsprach der Wahrheit. Sie hatte sich seit jener unheilvollen Nacht oft gefragt, wieso sie das Buch nicht einfach in seinem Versteck gelassen oder es unterwegs im Wald vergraben hatte. Sie hätte es auch dem Erzbischof von Lüttich ausliefern und sich seiner Gnade anheimstellen können. Aber keine dieser Möglichkeiten hatte sie auch nur für einen Moment in Betracht gezogen. Allein die Vorstellung, sich von dem Buch zu trennen, trieb ihr den Schweiß auf die Stirn. Auch das erfüllte sie mit Angst.

«Kann es sein, dass dieses Buch Euch verhext hat?», fragte Tobias. Er lächelte nicht mehr. Sorgenvoll blickte er Cäcilia an.

«Ich weiß schon, ich soll Euch nicht darauf ansprechen. Aber ich meine es nur gut. Davon abgesehen habt Ihr davon angefangen. Wenn das Buch so großen Einfluss auf Euch hat, solltet Ihr es besser jemandem geben, der sich mit derlei Dingen auskennt. Einem Priester oder Kanoniker vielleicht. Aber die gibt es hier nicht mehr.»

Cäcilia war entsetzt. Nein, das kam nicht in Frage. Sie hatte bislang nur wenig Gelegenheit gehabt, mehr als flüchtige Blicke in die alte Schrift zu werfen. Doch inzwischen war sie davon überzeugt, dass das Werk andere Hüter brauchte als Priester und Bischöfe. Bernhild van Aubrement hatte ein paar Seiten des Buches aus der hebräischen Sprache ins Lateinische und Flämische übersetzt. Das Ergebnis mochte holprig geklungen haben, ihm fehlte gewiss jede stilistische Feinheit, und doch schufen die Worte, die Bernhild gewählt hatte, eine Atmosphäre, die faszinierender war als alles, was Cäcilia jemals gefühlt hatte. Dem Buch wohnte zweifellos eine Kraft inne, die mit nichts vergleichbar war, was sie kannte. Eine Kraft, die sie durchströmte, sobald sie Bernhilds Übersetzung las, und die sie sich nicht anders erklären konnte als mit einem Angebot des Himmels, der diesseitigen Welt eine Gabe zurückzubringen, die lange Zeit verschollen gewesen war. Weder der Heilige Vater in Rom noch der Großinquisitor von Brabant, ja nicht einmal die Verkünder der Reformation hätten dafür freilich Verständnis aufgebracht.

«Du hast von Nonnen gesprochen, denen du geholfen hast, die Niederlande zu verlassen», sagte sie schließlich. «Bring mich dorthin, wohin du sie geführt hast. Mehr verlange ich gar nicht. Ich brauche einen Ort, wo ich zur Ruhe kommen kann. Und wo ich jemanden finde, der mir hilft, das ganze Buch zu übersetzen.»

Kapitel 23

Als Griet im Morgengrauen erwachte, war Don Luis schon auf den Beinen. Er drängte sie, sich zu beeilen. «Ich weiß, wo wir den Mann finden können, der uns etwas über das *Buch des Aufrechten* sagen kann.» Griets Kopf war schwer wie Blei; um ihre Augen lagen Schatten. Sie hatte schlecht geschlafen. Zweimal hatten Albträume sie aufgeschreckt, in beiden hatte sie Basse gesehen, wie er an der Hand ihrer Mutter eine Straße hinunterging. Purer Unfug, die beiden waren sich niemals begegnet. Zu allem Überfluss begann ihr Arm wieder zu zucken. Sie brauchte lange, ehe sie sich so weit gefangen hatte, dass sie die kleine Stube verlassen konnte.

In der Halle stand sie plötzlich einem dürren, ganz in Schwarz gekleideten Mann gegenüber, der sich ihr sichtlich gelangweilt als der neue Hausherr vorstellte. Graf Beerenberg schien nicht erfreut darüber, dass seine Wirtschafterin der Tochter des Mannes die Tür geöffnet hatte, dessen Besitz ihm durch eine Laune des Schicksals in die Hände gefallen war.

«Falls Ihr glaubt, ich habe mich unrechtmäßig bereichert, solltet Ihr den Notar aufsuchen, der die Urkunden ausgestellt hat», brummte er verdrießlich. «Es hat alles seine Richtigkeit.»

Das bezweifelte Griet nicht. Sie erklärte dem Grafen, dass sie nicht nach Brüssel gekommen sei, um das Haus zurückzufordern. Schließlich habe sie bis gestern gar nicht gewusst, dass ihr Vater sein Hab und Gut verloren hatte. Als Graf Beerenberg dies hörte, wurde er ein wenig zugänglicher. Er trug seiner Dienerin sogar auf, seinen Gästen ein Frühstück zuzubereiten. Er bot Griet zwar nicht an, während ihres Aufenthalts in Brüssel weiterhin im Haus zu wohnen, erlaubte ihr aber großmütig, sich unter den Sachen aus der Schlafkammer ein Erinnerungsstück auszusuchen.

«Für mich besitzt der alte Plunder keinen Wert», erklärte er, wobei er die Arme vor der Brust verschränkte. «Euer Vater muss seine Kostbarkeiten zum Pfandleiher getragen haben.»

«Wie leid mir das für Euch tut, Graf», sagte Don Luis, während er nach dem Brotkorb griff. «Da fällt Euch durch Fortunas Laune ein Patrizierhaus in den Schoß, und dann müsst Ihr entdecken, dass seine Schatzkammer leer ist.»

«Ich wüsste nicht, was es da zu spotten gibt», brauste der dürre Mann auf. «Geschäft ist Geschäft. Vielleicht liegt der jungen Dame ja etwas an dem alten Haus ihrer Eltern. Ich würde es unter Umständen an sie zurückverkaufen.»

Griet verließ die Tafel, ohne dem Grafen eine Antwort zu geben. Ein letztes Mal ließ sie ihre Blicke durch die Halle schweifen, die ihr auch bei Tageslicht so grau erschien wie ein raues Büßergewand. Nein, hier gab es nichts mehr, was sie hielt. Mit Isabelles Tod und Sinters Auszug hatten die Räume und Flure etwas Beklemmendes angenommen, das selbst ein ruppiger Mensch wie Graf Beerenberg zu spüren schien. Wen wunderte es, dass er versuchte, das Gebäude mit all seinen Erinnerungen loszuwerden. Griet aber sehnte sich nach Oudenaarde, nach Basse und ihrem Geschäft. Der Graf zuckte enttäuscht mit den Schultern, als sie ihm ihre Entscheidung mitteilte. Er bestand jedoch darauf, Griet noch etwas aus dem Haus mitzugeben.

«Ein Porträt?» Griet starrte das Ölgemälde an, das die Wirtschafterin des Grafen ihr auf Anweisung ihres Herrn überreichte. Auf der verblichenen Leinwand war eine fürstlich gekleidete, dunkelhaarige Frau mit verträumten Augen zu sehen, die ironisch lächelte. Ein hochmütiger Ausdruck lag in ihrem Blick, als sei sie daran gewöhnt, zu befehlen. Griet erinnerte sich noch dunkel an die Zeit, als das Porträt entstanden war. Der Künstler, einer jener jungen flämischen Maler, die für Aufträge des Adels alles gaben, hatte sich oft bis nach Mitternacht in den Räumen ihrer Mutter eingeschlossen. Während sie Modell saß, durfte niemand die beiden stören. Griet hatte das merkwürdig gefunden und weder den Maler noch sein Bild gemocht, obwohl es Isabelle verblüffend ähnlich sah. Nun verwunderte es sie, dass ihr Vater es im Haus zurückgelassen hatte. Auf Drängen des Grafen ließ sie das Gemälde schließlich hinaus zum Karren bringen. Ihr Vater würde sich vielleicht darüber freuen.

«Was ist eigentlich mit Eurer Mutter geschehen?», wollte Don Luis wissen, nachdem sie endlich aufgebrochen waren. «Ihr sprecht nie über sie, dabei spüre ich, dass sie Euer Leben berührt haben muss. Seid Ihr vor Eurer Mutter nach Oudenaarde geflohen?»

Geflohen? Griet blickte ihn verwundert an. Wie kam er nur auf diese Idee? Sie musste daran denken, wie sehr er auch aus dem Schicksal seiner eigenen Mutter ein Geheimnis machte. «Isabelle van den Dijcke ist schon vor Jahren gestorben. Seit ich selbst Mutter bin, wünsche ich mir, uns wäre mehr Zeit geblieben, einander besser kennenzulernen. Bis heute habe ich nur ein paar schwache Erinnerungen an sie, die zudem von dem Bild beeinflusst sind, das mein Vater von ihr hat.» Sie wies auf das Gemälde, das unter einer Decke zu ihren Füßen lag. «Seine Schwärmereien sind wie dieses Porträt hier. Sie gehen von einem wahren Kern aus, werden aber mehr dem Wunsch als der Wirklichkeit gerecht.»

«Und wie sieht die Wirklichkeit aus?»

Griets Miene verdüsterte sich. «Sie hat mir das Gefühl gegeben, ich sei nur auf der Welt, um sie zu bewundern. In ihrer Gegenwart wurde ich einfach übersehen. Sie war die Rose, ich das Gänseblümchen. Eine Rose will gehegt und gepflegt werden, damit sie nicht verblüht. Mein Vater trug mir auf, mich um sie zu kümmern. Ihr keinen Ärger zu machen und ihre Launen zu tolerieren. Aber sagt das mal einem kleinen Mädchen. Wie hätte ich es schaffen sollen, eine schwierige Frau wie Isabelle glücklich zu machen? Es vergingen viele Jahre, bevor ich begriff, dass sie eine selbstsüchtige, in sich verliebte Person war. Aber vermutlich konnte sie gar nichts dafür. Sie wollte mehr, als Vater und ich ihr geben konnten.» Sie hielt kurz inne, um Don Luis' Miene zu studieren. «Schockiert es Euch, dass ich so über meine Mutter rede?»

Er schenkte ihr einen mitfühlenden Blick. «Ich habe mir das Porträt genau angesehen. Was Ihr sagt, bestätigt meinen Eindruck. Wer auch immer sie gemalt hat, verstand etwas von seinem Handwerk. Er bildete eine Edeldame ab, die mit kühlen Augen lächelt, während ihr Kopf von einer Flut düsterer Gedanken heimgesucht wird. Ihr seid da ganz anders, Griet. Wenn Ihr lächelt, was leider zu selten vorkommt, dann täuscht Ihr nichts vor, sondern lasst Eure Seele und Euer Herz sprechen.»

Griet errötete. So hatte sie es noch nie betrachtet. Als Kind war sie gern fröhlich gewesen. Erst an dem Tag, an dem sie die Macht über ihren Arm verloren hatte, hatte sich das geändert.

«Euer kranker Arm hat mit Isabelle zu tun, nicht wahr?»

Griet ließ sich Zeit mit einer Antwort. Es war nicht so, dass sie fand, es ginge ihn nichts an. Sie war nur noch nicht bereit, ihm zu erzählen, was an jenem schicksalhaften Tag vorgefallen war. Sich daran zu erinnern bedeutete, alte, längst vernarbte Wunden aufzureißen. Jedenfalls hatte sie es bislang so betrachtet. Nicht einmal Willem hatte sie erzählt, was sich zwischen ihr und ihrer Mutter zugetragen hatte. Im Nachhinein tat Griet dieses Versäumnis leid. Gut möglich, dass sich Willem und seine Familie in ihrer Gegenwart wohler gefühlt hätten, wenn sie vertrauensvoller gewesen wäre. Den Wandteppichen hatte sie ihr Geheimnis anvertraut. Sie hatte Schmerz und Kummer in schillernden Seidenfäden verewigt, ihn ihren Angehörigen jedoch vorenthalten.

«Jetzt seid erst einmal Ihr dran», entschied Griet mit fester Stimme. Sie hatten den großen Marktplatz von Brüssel erreicht, auf dem es bereits lebhaft zuging. Hier, im Schatten der prächtigsten Patrizierhäuser, die Griet je gesehen hatte, wurde mit allem gehandelt, was einen Namen hatte. Duftende Gewürze aus Indien und dem fernen Asien fanden hier ebenso ihre Käufer wie starkes, dunkles Bier aus Brabant, Wein aus Frankreich und glänzender Stahl aus Toledo. Geschickte Hut-, Fächer- und Handschuhmacher buhlten mit lombardischen und flämischen Garnhändlern um Kundschaft. Es gab Dutzende von Galanteriewarenhändlern, die Glasspiegel mit verspielten Rahmen, Pulverflaschen aus Zinn und bemalte Ofenkacheln auf ihren hölzernen Laden anboten. Gleich daneben schnatterten Gänse, Enten und Hühner um die Wette. Bauernjungen holten sie aus ihren Käfigen, um sie anzupreisen. Knochenhauer zerteilten mit Hackbeilen Schweinehälften auf ihren Schragen, und vor dem mit Winterblumen geschmückten Marktkreuz spielten Musikanten auf. Es wehte ein starker Wind, der die Buden ächzen und die Zeltplanen flattern ließ, aber die Brüsseler gaben sich dem Markttag mit sichtlichem Vergnügen hin. Don Luis mied das stärkste Gedränge und bog vor der Kathedrale St. Michael in eine ruhigere Seitenstraße ein, in der die Buchhändler und Kartenmaler ihrem Gewerbe nachgingen.

«Was wollt Ihr wissen?»

«Nun, Ihr habt mir immer noch nicht gesagt, wie es dazu kommen konnte, dass Ihr Eure Mutter aus den Augen verloren habt.»

Don Luis seufzte, doch er spürte, dass er Griet endlich etwas über sich erzählen musste. «Ich bin, wenn Ihr so wollt, das Ergebnis eines Bundes zwischen Spanien und Flandern», begann er schließlich. «Nachdem Kaiser Karl V. 1555 hier in Brüssel abdankte, war ihm und seinem Nachfolger König Philipp klar, dass Schwierigkeiten in den niederländischen Provinzen nicht lange ausbleiben würden. Die alten Handelsstädte Amsterdam, Antwerpen, Brügge und Gent waren viel zu reich und zu selbstbewusst, um eine Beschneidung ihrer alten Privilegien kampflos hinzunehmen. König Philipp kam daher auf die Idee, Ehen zwischen spanischen Hidalgos und niederländischen Kaufmannstöchtern zu arrangieren. Es ist zwar nicht unüblich, dass Eltern bestimmen, wen ihre Kinder heiraten sollen, doch in diesem Falle waren es der König und seine Minister, die über die Köpfe der Betroffenen hinweg entschieden, wer mit wem vor den Traualtar zu treten habe. Das geschah, wie Ihr Euch denken könnt, nicht auf freiwilliger Basis. Es gab Streit und Tränen. Viele spanische Edelleute fühlten sich in ihrem Stolz verletzt und ließen das die ihnen aufgezwungenen Ehefrauen spüren. Es kränkte sie, dass die Kinder aus den mit königlicher Gunst geschmiedeten Ehen nicht nur nach spanischer Tradition erzogen wurden, sondern auch die Sprache und Lebensweise ihrer flämischen Mütter kennenlernen sollten.»

«Eure Eltern scheinen den Wunsch des Königs sehr gewissenhaft erfüllt haben», meinte Griet trocken. «Ihr seid ein spanischer Ritter, seht aber – bitte verzeiht – aus wie ein Brabanter Bierbrauer.»

Don Luis zog eine Grimasse. «Die Ehe meiner Eltern stand leider unter keinem guten Stern. Als es für mich Zeit wurde, nach Spanien zu gehen, um in Madrid erzogen zu werden, folgte Mutter uns zwar, aber wir ahnten, dass sie unter der heißen Sonne Kastiliens nicht würde leben können. Sie und mein Vater waren zu verschieden. Hinzu kam, dass sie anfing, sich mit religiösen Schriften zu befassen, die gefährlich waren. Sie las ganze Nächte hindurch und glaubte schließlich gar, Erscheinungen zu haben wie die heilige Hildegard von Bingen. Vater war entsetzt, und mir war es peinlich, dass er sie immer wieder bei Hofe entschuldigen oder zu Hause verstecken musste. Die religiöse Besessenheit meiner Mutter erfüllte mich als Junge, der nichts weiter wollte, als seine Aufträge als Page zu erfüllen, und der reiten, fechten und auf Festen tanzen wollte, mit Unbehagen. Mein Vater befürchtete, dass Mutter den Namen de Reon, der in Madrid hohes Ansehen genießt, in den Schmutz ziehen könnte. Sie war eine Ausländerin, derb und aufmüpfig und nicht einmal von Adel. Die Granden des Reiches sahen auf uns herab und spotteten insgeheim, obwohl sie wussten, dass mein Vater nur unter Zwang die Ehe mit einer Krämerstochter aus Antwerpen geschlossen hatte. Damals war jeder Edle erleichtert, an dem dieser Kelch vorüberging.»

Don Luis schwieg einen Moment. Die Gasse, durch die er Griets Karren lenkte, wurde immer schmaler und finsterer. Die Häuser in diesem Viertel wirkten ärmlich und waren teilweise verfallen. Die Mauern wuchsen direkt neben ihnen senkrecht in die Höhe, nur ein winziges Stück Himmel war über ihren Köpfen zu sehen. Hier gab es keine Auslagen mit Büchern mehr, keine quer über die Straße gespannten Schnüre, an denen Land- und Seekarten hingen. Die verwinkelten Dächer besaßen keine roten Schindeln mehr, sondern waren mit Stroh bedeckt. Viele Fenster und Türen waren mit Brettern zugenagelt.

«Für ein Kind ist es gewiss schwierig, immer dazwischenzustehen», kam Griet auf Don Luis' Bericht zurück. Sie hörte ihm gerne zu. Es war überhaupt das erste Mal, dass er etwas über sein Leben preisgab.

Don Luis lachte bitter. «Oh, ich stand nicht zwischen Mutter und Vater. Damals glaubte ich, meine Wahl getroffen zu haben, eine gute Wahl. Ich war Spanier, die Niederlande waren mir inzwischen fremder als die Neue Welt. Als Mutter nach Antwerpen zurückging, wünschte ich ihr am Hafen noch mit formvollendeter Höflichkeit eine gute Reise. Insgeheim hoffte ich nur, sie würde sich in ihrer Heimat fangen und nicht irgendwelchen Ketzern auf den Leim gehen. Schließlich war sie noch immer die Gemahlin des achtbaren Don Alfonso de Reon.»

«Habt Ihr danach noch etwas von ihr gehört?»

Don Luis nickte; sein Blick wurde starr. Er zügelte das Pferd im Gespann, und Griet fragte sich, ob er anhielt, weil sie angekommen waren oder weil die Erinnerung ihm zusetzte. Sie hätte das gut verstanden. Plötzlich fühlte sie sich ihm so nah, dass sie am liebsten seine Hand genommen hätte. Aber etwas in ihr hielt sie davon zurück.

«Vor etwa sechs Jahren erreichte meinen Vater ein Lebenszeichen von ihr. Es kam aus dem belagerten Antwerpen. Ihr wisst ja, dass die Stadt damals nicht so glimpflich davonkam wie Oudenaarde. Die Soldaten, die mal wieder keinen Sold bekommen hatten, plünderten nach Einnahme der Stadt tagelang. Sie richteten unter der Bevölkerung ein schreckliches Blutbad an, dem nur wenige entkamen. Männer, Frauen und Kinder wurden niedergemetzelt oder einfach in die Schelde geworfen, wo sie ertranken. Zu Recht wurden diese finsteren Tage des Schreckens später *spanische Raserei* genannt.»

Griet erinnerte sich noch gut an den Tag, als Willem kreidebleich in die Weberei gelaufen kam und ihr erzählte, was in Antwerpen geschehen war. Damals hatte er schon davon gesprochen, das Land zu verlassen und sich im Ausland eine neue

Existenz aufzubauen. Aber sie hatte ihn beschwichtigt und überredet, in Oudenaarde zu bleiben. «Eure Mutter ... kam sie mit dem Leben davon?»

«Sie bat um unsere Hilfe», flüsterte Don Luis. «Sie wollte zurück nach Spanien, zusammen mit ihren betagten Eltern. Mein Vater war damals schon todkrank, er konnte nicht nach Flandern reisen, um sie zu holen. Alles, was in seiner Macht lag, war, ihr mit Hilfe des Königs Papiere zu beschaffen, die sie als Gemahlin eines spanischen Granden auswiesen und vor jeglicher Heimsuchung beschützt hätten. Mein Vater sandte einen Kurier nach Cordoba, wo ich damals lebte. Ich solle mich schleunigst auf den Weg machen ...» Er atmete schwer aus. «Der Bote musste mich tagelang suchen, weil ich es mir auf dem entlegenen Landgut eines Freundes gutgehen ließ, anstatt den letzten Wunsch meines Vaters zu erfüllen. Als ich schließlich in Flandern ankam, lag Antwerpen schon in Schutt und Asche. Meine Großeltern hatten die Raserei nicht überlebt, und von meiner Mutter fehlt seither jede Spur.»

«Aber das ist nicht Eure Schuld, Don Luis», sagte Griet. «Vermutlich wärt Ihr in jedem Fall zu spät gekommen, um Eure Mutter noch aus der Stadt herauszuschaffen.»

«Mein Vater sah das ganz anders. Er muss sie doch geliebt haben, denn auch ihn plagten Schuldgefühle. Er rief seinen Beichtvater, der ihm die Sterbesakramente spendete, mir aber wegen meines Versagens eine Buße auferlegte. Diese besagt, dass ich nicht nur meine Mutter und meine flämischen Wurzeln wiederfinden, sondern auch noch im Dienst einer frommen Fürstin alles tun muss, um einer ganz bestimmten Familie in Flandern ein ähnliches Schicksal zu ersparen wie das meiner Mutter.»

«Diese Cäcilia ...» Griet fiel ein, was die Äbtissin in Hertoginnedal ihnen über die Nonne, die Gärten und Kräuter über alles liebte, erzählt hatte. Sie befand sich mit dem Vermächtnis der schwarzen Schwestern auf der Flucht. Vielleicht war der Gedanke weit hergeholt, doch er ließ sich nicht vertreiben. «Könnte sie vielleicht Eure Mutter sein?»

Don Luis hob ratlos die Hände. «In den Urkunden meines Vaters, die mir nach seinem Tod ausgehändigt wurden, taucht der Name Doña Juana de Reon auf. Hier in Flandern wurde sie vermutlich Johanna gerufen. Cäcilia hat sie sich meines Wissens nie genannt.»

«Wenn sie sich den schwarzen Schwestern anschloss, ist es aber naheliegend, dass sie sich einen Ordensnamen auswählte. Warum nicht Cäcilia? Der Hinweis auf diese Frau und ihr Buch ist der einzige Anhaltspunkt, den wir haben.»

Don Luis nickte. Stumm deutete er nun auf ein schmales Haus, vor dem ein Tisch und eine Pferdetränke standen. Auf sein Klopfen kam der Besitzer des Hauses selbst an die Tür. Er war alt. Seine Hände waren von bräunlicher Farbe und rissig wie das Leder, in das er seine Bücher band, der Körper steckte in einem langen Mantel aus schwarzer Wolle, dessen Saum beim Gehen über den Fußboden schleifte. Irritiert schob er bei Griets Anblick seine dicken Brillengläser die Nase hinauf, dann begegnete er ihr und Don Luis mit der Höflichkeit eines Kaufmanns, der ein Geschäft witterte.

«Wenn Ihr seltene Bücher sucht, seid Ihr bei Paulus Dorotheus richtig.» Der Mann lispelte beim Sprechen, was auf den Verlust einiger Zähne zurückzuführen war. «Folgt mir bitte nach hinten, wo meine guten Stücke lagern. Ich möchte mich nicht loben, aber meine Bibliothek kann es mit der der Universität von Löwen aufnehmen. Ganz gleich, ob Ihr etwas über die alchemistische Praxis sucht oder ein medizinisches Fachbuch, bei mir werdet Ihr es finden.»

Der alte Mann durchquerte trotz seiner schwachen Augen

den engen, dämmrigen Korridor mit einer Geschwindigkeit, die Griet staunen ließ. Zudem musste sie zugeben, dass sie nie zuvor so viele Bücher an einem Ort gesehen hatte. Wohin sie blickte, fand sie dicke Wälzer und sorgfältig gebündelte Druckschriften. An den Wänden und in den Ecken waren sie zu Türmen gestapelt, Truhen und Kisten vermochten die Menge kaum zu fassen. Manche Bücher waren in der Mitte aufgeschlagen, ihre Seiten wurden von einem Lufthauch bewegt, als würde ein unsichtbarer Geist darin lesen. Einige besonders umfangreiche Werke waren angekettet wie Hofhunde.

Paulus Dorotheus führte Griet und Don Luis in sein Studierzimmer, einen Raum in Form eines Hufeisens, der von einigen Kerzen in einen warmen, gelblichen Schein getaucht wurde. Dort, rund um das schwere Pult, das dem Katheder einer Universität nachempfunden war, schlug das Herz des Bücherhauses. Regale, bis zur Decke mit Schriften vollgestopft, daneben ein halbes Dutzend Tische, beladen mit Urkunden, Karten und Skizzen. Inmitten der Unordnung stand ein Schaukelstuhl, abgegriffen zwar, doch an den Lehnen mit zierlichen Schnitzereien versehen, in den sich der alte Mann nun fallen ließ. Über seinem Kopf hing ein eiserner Vogelkäfig. Darin wetzte ein Star seinen Schnabel an den Gitterstäben. Von Zeit zu Zeit stieß das Tier schrille Töne aus.

«Eine erbauliche Bilderschrift zur Unterhaltung für die Dame?» Dorotheus hob abwartend die Augenbrauen, erst als eine Antwort ausblieb, fügte er hinzu: «Ich habe erst vor wenigen Tagen ein Buch mit brillanten Pflanzenzeichnungen angekauft. Es enthält kolorierte Skizzen eines Krauts, das die wilden Völker in der Neuen Welt verwenden. Ob Ihr es mir glaubt oder nicht: Sie zünden das Gewächs an und stecken es sich in den Mund, bis der Teufel rauchend aus ihnen ausfährt. Gott ist mein Zeuge, dass ich nicht lüge. Der Bericht stammt von einem spanischen Mönch aus einem Kloster in der Nähe von ...» Er hielt inne, um in den Tiefen seines Gedächtnisses nach einem Namen zu suchen, den er aber nicht fand. Er gab es auf. «Ach, was kümmern ein junges Ding schaurige Geschichten von rauchenden Wilden? Wo der alte Dorotheus doch eine schöne Auswahl an Gebet- und Stundenbüchern führt. Zu meinen Kunden zählen die fromme Gräfin de Rochamps aus Namur und Seine Exzellenz der Herzog von ... Ach verflixt, ich kann mir einfach keine Namen merken. Aber was macht das schon? Dafür kenne ich die Titel meiner Bücher in lateinischer, griechischer und niederländischer Sprache. Mein Verstand ist treuer als die unseligen Augen. Die wollen einfach nicht mehr, welch ein Jammer für einen Herrn der Bücher.» Er kicherte schrill, bevor er seine Arme ausbreitete wie ein Vogel, der im Begriff stand, sich in die Lüfte zu erheben. Der Vogel stimmte sogleich in das Gelächter ein.

«Stellt mich nur auf die Probe! Ihr sucht ein bestimmtes Buch, das in ganz Brüssel nicht zu haben ist? Paulus Dorotheus hat von ihm gehört und wird es Euch innerhalb kürzester Zeit hier auf den Tisch des Hauses legen. Wie ich das mache, muss Eure Sorge nicht sein.»

Don Luis machte einen Schritt auf den wunderlichen Kauz zu und hielt mit einer raschen Handbewegung seinen Schaukelstuhl fest. «Wenn das so ist, dann beschafft mir das *Buch des Aufrechten*!»

«Äh, wie war das? Ich höre schlecht, junger Mann.»

«Das Buch des Aufrechten», kreischte der Star.

«Ihr mögt schlecht sehen, Meister Dorotheus, doch Euer Gehör funktioniert tadellos. Ich möchte etwas über das *Buch des Aufrechten* erfahren. Und zwar alles, was Euch einfällt. Mich interessieren vor allem die spannenden Einzelheiten, die Dinge, von denen nur ein Mann weiß, der sein Leben damit verbringt, wie ein blinder Maulwurf in Büchern zu wühlen.»

Paulus Dorotheus funkelte Don Luis hinter seinen geschliffenen Linsen an. «Wie seid Ihr auf mich gekommen?»

«Pater Jakobus aus Oudenaarde lässt Euch grüßen. Er ist der Meinung, dass Ihr uns helfen könnt. Also seid so gut und enttäuscht den Pater nicht.»

Paulus Dorotheus fluchte, ging aber mit keinem weiteren Wort auf Pater Jakobus ein. «Ich fürchte, Ihr jagt einem Trugbild hinterher, junger Mann. Das hätte Euch Euer Freund in Oudenaarde auch sagen können. Ist wohl schon ein bisschen wirr im Kopf, der alte Knabe?» Er kicherte mit dem Star um die Wette. «Sollte es dieses Buch wirklich geben, so hat es seit Jahrhunderten niemand mehr in Händen gehalten.»

«Wir wissen aber, dass es existiert», sagte Griet. «Ihr hattet nicht zufällig Besuch von einer Frau, die mit Euch darüber reden wollte?»

Der Alte schüttelte energisch den Kopf. «Eine Frau? Aber nein. Ich schwöre bei allen vier Evangelien, dass Ihr seit sehr langer Zeit die Ersten seid, die das Buch erwähnen.»

«Demnach hat sich schon einmal jemand deswegen an Euch gewandt.» Don Luis ließ nicht locker. Er beabsichtigte, dem alten Mann so lange zuzusetzen, bis dieser endlich alles verriet, was er wusste, und wenn er ihm die Würmer einzeln aus der Nase ziehen musste. «Kommt schon, Meister, oder muss ich Euren Star fragen? Der scheint plötzlich gesprächiger zu sein als Ihr!»

«Ich weiß nur, was mir ein Tuschhändler vor ein paar Jahren auf den Stufen der Kathedrale von St. Michael erzählt hat. Der Mann behauptete, im Hafen von Genua die Bekanntschaft mit einem Pilger gemacht zu haben. Will man den Gerüchten glauben, so soll der Mann in Jerusalem einem türkischen Händler uralte Schriftstücke abgekauft und als Erinnerung an das Heilige Land in seine Heimat mitgenommen haben. Man sagt, solange er diese Schriften bei sich trug, sei es ihm gut ergangen. Er wurde weder von Räubern überfallen wie viele seines Pilgerzugs, noch wurde er ernsthaft krank. Ein wahrhaft glücklicher Mensch, nicht wahr?» Wieder ertönte schrilles Gelächter aus dem Vogelkäfig. Don Luis drohte dem Vogel mit der Faust, worauf dieser verstummte.

«In Oudenaarde gab der Pilger die Schrift aus der Hand, während er sich in der Herberge eines Ordens von den Strapazen seiner Pilgerreise erholte. Prompt erkrankte er an der Pest. Die Ordensschwestern pflegten ihn zwar, gaben aber bald jede Hoffnung auf.»

«Und was geschah dann?»

«Immer mit der Ruhe, junger Freund. Ich muss nachdenken!» Paulus Dorotheus begann in einem Stapel von Schriftstücken zu wühlen. Er schien das Rascheln des Papiers zu genießen. «Wie war das doch gleich? Ach ja, jetzt fällt es mir wieder ein. Der Pilger überlebte.»

Don Luis stutzte. «Er überlebte die Pest? Seid Ihr sicher?»

«Fängt ein Frosch Fliegen? Natürlich bin ich sicher. Der Bursche genas von seinem Leiden, weil die Nonnen ihm das Buch ans Krankenlager brachten, nach welchem er im Fieber immer wieder fragte: Das *Buch des Aufrechten*. Er las ein wenig darin, woraufhin sein Zustand sich besserte. Eine hübsche Geschichte, nicht wahr? Ein Wunder. Natürlich gehört sie ins Reich der frommen Legenden.» Er blickte Griet an. «Ich habe eine Handschrift über die Vita der heiligen Barbara, wäre das nicht nach Eurem Geschmack?»

Griet wechselte einen Blick mit Don Luis. So also waren die schwarzen Schwestern mit dem *Buch des Aufrechten* in Berührung gekommen. In ihrem eigenen Kloster, denn es lag auf der Hand, dass sie es gewesen waren, die den Pilger gepflegt hatten. Bernhild musste damals miterlebt haben, auf welche Weise der fremde Pilger geheilt worden war. Vermutlich hatte sie seine Rettung wirklich als göttliches Wunder angesehen. Hatte sie unter dem Eindruck der unglaublichen Heilung beschlossen, sich die Schrift anzueignen?

«Ist der Mann mit dem Buch wieder aus Oudenaarde verschwunden?», fragte Don Luis.

Paulus Dorotheus dachte angestrengt nach. Mit fliegenden Fingern schob er die speckige Lederkappe zurück, unter der dünne weiße Haarsträhnen hervorquollen. «Nein, das glaube ich nicht. Soviel ich weiß, blieb er in Oudenaarde und bat die Nonnen, die ihn aufgenommen hatten, sein Buch für ihn aufzuheben. Damals befanden sich doch die ganzen Niederlande im Aufruhr. Die Inquisition wütete unter den Lutheranern und Calvinisten, bis der Adel eingriff und Margarethe von Parma ihnen Zugeständnisse machte. Hätte man im Haus eines Pilgers eine Schrift aus Jerusalem gefunden, hätte ihn das nur verdächtig gemacht. Die Schwestern dagegen waren über jeden Verdacht erhaben.»

«Aber dann muss etwas passiert sein, was ihre heimliche Übereinkunft beendete», sagte Don Luis leise.

Griet pflichtete ihm bei. «Der Bildersturm», fiel ihr ein. «Die schwarzen Schwestern flohen Hals über Kopf, als ihr Haus in der Wijngaardstraat geplündert wurde, und das Buch nahmen sie mit, ohne den wahren Besitzer um Erlaubnis zu fragen. Sie verschwanden einfach von der Bildfläche. Der Pilger muss darüber sehr aufgebracht gewesen sein. Gewiss hatte er nicht im Traum damit gerechnet, dass ausgerechnet Bernhild ihm sein Eigentum vorenthalten würde. Aber sie hatte inzwischen den Wert der Schrift erkannt, sie sogar zu übersetzen begonnen und dachte nicht daran, sie wieder herzugeben. Sie nahm alles in Kauf, um sie zu schützen, sogar das Leben ihrer Mitschwestern.»

Don Luis pflichtete ihr bei. «Bernhild geriet bei dem Gedanken, zurückzukehren, in Panik. Ihr war klar, dass es in Oudenaarde noch jemanden gab, der auf sie wartete, weil er eine Rechnung mit ihr begleichen wollte. Den Pilger. Der Mann war auf Rache aus.» Don Luis warf dem alten Dorotheus, der wieder in seinem Stuhl zu schaukeln begonnen hatte, einen strengen Blick zu.

«Ihr braucht mich gar nicht so anzuschauen, Herr», giftete der Alte verdrießlich. «Da hat dieser Narr von Jakobus mir ja etwas Schönes eingebrockt. Dabei weiß ich von Eurer Schrift und diesen verrückten Nonnen nicht mehr als ein Säugling vom Dichten eines Sonetts.»

Griet glaubte ihm. Dorotheus war ein zerstreuter Sonderling, der Pergament, Tinte und Druckerschwärze zum Leben brauchte wie andere Menschen Luft und Sonnenlicht. Aber er machte keinen durchtriebenen Eindruck. Dennoch bestand der Hauch einer Hoffnung, dass Cäcilia das Haus des alten Mannes noch aufsuchen würde, um Rat einzuholen. Ein gewisser Ruf als Kenner alter Schriften ging ihm schließlich in Brüssel voraus.

«Wer könnte nur dieser verflixte Pilger gewesen sein? Wenn wir das herausfinden, können wir dem Statthalter zumindest einen Namen nennen.» Er warf Griet einen forschenden Blick zu. «Ich komme nicht aus Oudenaarde, daher kenne ich die meisten Menschen nicht, die dort leben. Ich habe keine Ahnung, wer wie lange in der Stadt ansässig ist und ob je einer nach Jerusalem gepilgert ist.»

Auch für Griet, die seit ihrer Heirat in Oudenaarde lebte, war es nicht möglich, diese Frage zu beantworten. Dennoch überlegte sie angestrengt. Hatten Willem oder seine Eltern je von einem Mann gesprochen, der eine Pilgerfahrt unternommen hatte? Sie konnte sich beim besten Willen nicht daran erinnern.

In Gedanken ging sie alle Nachbarn und Bekannten durch, musste sich aber bald geschlagen geben. Während ihre Schwiegermutter Hanna nahezu jedermann in der Stadt gekannt hatte, hatte sie selbst ein zurückgezogenes Leben geführt und nur Willem zuliebe hin und wieder an Festlichkeiten im Tanzhaus oder dem Zunftgebäude der Teppichwirker teilgenommen.

«War Pater Jakobus jemals auf Reisen?», fragte sie schließlich.

«Pater Jakobus?» Entsetzt riss Don Luis die Augen auf. «Das meint Ihr nicht im Ernst, meine Liebe! Er ist Priester, kein Meuchelmörder.»

Paulus Dorotheus lachte. «Das eine muss das andere ja nicht ausschließen, oder? Der alte Knabe war einmal gut zu Fuß. Ich weiß es, denn wir sind gemeinsam auf Schusters Rappen nach Rom gewandert, wo wir eine Weile am berühmten Collegium Germanicum studierten. Hat er Euch das nicht erzählt, junger Freund?» Ein Ausdruck von Stolz glomm in seinen trüben Augen auf, als er sich die alten Zeiten ins Gedächtnis rief. «Nein, vermutlich hat er das nicht. Kein Wunder, ich begriff ja auch wesentlich schneller als er. Sein Latein reichte kaum aus, um einen Diakon nach dem Weg zur nächsten Kirche zu fragen.»

«Man sieht, wohin Euch Eure rasche Auffassungsgabe gebracht hat, Meister», sagte Don Luis ungerührt.

Der alte Mann hob beleidigt die Augenbrauen. «Was wollt Ihr? Es waren die Umstände, die verhinderten, dass ich die geistliche Laufbahn ergreifen konnte. Dafür genieße ich heute eine Freiheit, von der Euer armseliger Pater in Oudenaarde nur träumen kann, wenn er abends seine Suppe löffelt oder sich heimlich am Messwein vergreift. In Jerusalem war er jedenfalls nie. Er kennt das Heilige Land bestenfalls aus seiner Bibel.»

Don Luis atmete erleichtert auf. Damit war sein alter Mentor für ihn entlastet. «Was ist mit diesem de Lijs? Er ist Kaufmann.

Möglicherweise hat er nicht immer mit Wein gehandelt, sondern wesentlich weitere Reisen unternommen als nach Burgund oder Venedig.»

Griet erfasste eine schreckliche Erinnerung. Sie dachte daran, wie sich grobe Hände an ihren Röcken zu schaffen gemacht hatten, und erschauerte. Sich einzureden, das alles wäre nicht geschehen, hätte geheißen, sich selbst zu betrügen. De Lijs hatte wiederholt die Fassung verloren. Als Kaufherr war er daran gewöhnt, zu erreichen, was er wollte. Dass er so unverblümt um sie gefreit hatte, nachdem seine Frau überraschend gestorben war, hatte Griet erschüttert. Dennoch konnte sie sich nur schwer vorstellen, dass er sich für eine alte hebräische Schrift interessierte und dafür sogar den Galgen riskierte.

«De Lijs schien mir damals aufrichtig betroffen, als er vom Verschwinden der schwarzen Schwestern erfuhr», sagte sie zweifelnd.

«Aber es passte ihm gut in den Kram, dass sie wegblieben.» Don Luis runzelte die Stirn. «So glaubte er, Druck auf Euch ausüben zu können.»

«Ja, aber mit dem alten Buch aus Jerusalem hat das nichts zu tun. Außerdem waren de Lijs und Bernhild entfernt verwandt. Das hat er mir selbst gesagt.»

Don Luis vermochte ihr Einwand nicht zu überzeugen. Streit unter Verwandten hatte schon so manches Mal tödlich geendet.

Griet schwirrte der Kopf. Obwohl sie einsah, dass wohl nur einer der vorgeblich unbescholtenen Bürger von Oudenaarde hinter dem Mord an den schwarzen Schwestern stecken konnte, fiel es ihr schwer, Verdächtigungen auszusprechen. «Wir müssen die Frau finden», sagte sie mit Nachdruck. «Diese Cäcilia. Mag sie nun Eure Mutter sein oder nicht: Sie hat das Buch an sich genommen, und nur sie kann uns den Namen des Mörders nennen.»

Als sich Don Luis erneut an Paulus Dorotheus wandte, der das Gespräch schweigend verfolgt hatte, war er höflich zu dem alten Mann. «Könnt Ihr uns noch etwas zu dem Buch sagen? Bitte denkt nach, Meister! Jede Einzelheit könnte wichtig sein.» Um dem Gedächtnis des Alten ein wenig auf die Sprünge zu helfen, zückte er seine Lederbörse und entnahm ihr eine Münze. «Es soll nicht Euer Schaden sein.»

Dorotheus ließ das Geldstück in einer Falte seines langen Mantels verschwinden.

«Das *Buch des Aufrechten* wird an zwei Stellen der Heiligen Schrift erwähnt», sagte er nach einigem Zögern. «Im Buch des Propheten Samuel wird zum Beispiel vom Tod des Königs Saul berichtet. David ließ dessen Mörder erschlagen, weil der den Gesalbten des Herrn getötet hatte. Seine Totenklage auf Saul, den ersten König Israels, ließ er im sogenannten *Buch des Aufrechten* niederschreiben. Dort soll auch eine Begebenheit festgehalten worden sein, wonach Gott auf die Worte eines Mannes hin tödliche Steine auf Feinde regnen sowie Sonne und Mond stillstehen ließ.»

Griet überlief ein Schauer. «Ihr meint, in diesem *Buch des Aufrechten* steht, wie man die Naturgewalten beherrschen und für seine Zwecke gebrauchen kann? Aber damit besäße jeder, der die Schrift deuten kann, größere Macht als Kaiser und Papst zusammen.»

«Gute Frau, ich stelle keine Vermutungen an», sagte der alte Buchhändler. «Ich breite vor Euch einen bunten Teppich aus Legenden, Mythen und Erzählungen aus. Ob Ihr einen Fuß daraufsetzen wollt, ist allein Eure Entscheidung. Ich glaube nicht, dass jeder, der dieses Buch liest, sogleich die richtigen Worte findet, die man braucht, um Gottes Beistand zu gewinnen. Andererseits gibt es Hinweise, dass es zumindest in einem Fall gelungen sein muss, die Macht des Buches zu beschwören. Der unbekannte Pilger war von der Pest befallen, wurde aber wieder gesund.»

Don Luis runzelte die Stirn. «Bernhild scheint nicht die richtigen Worte entdeckt zu haben, um sich gegen ihren Mörder zu wehren. Es regneten weder Steine vom Himmel, noch blieb die Sonne stehen. Ihr hat der Besitz des Buches nur Unglück gebracht.» Er sprach nicht aus, was er dachte, nämlich, dass er sich auch um Cäcilia Sorgen machte, die nichts oder nicht viel über die Macht des Buches wusste.

«Begreift Ihr, warum das *Buch des Aufrechten* kein Teil unserer Heiligen Schrift wurde?», fragte Paulus Dorotheus. «Es wurde von Propheten niedergeschrieben, die Gott sich erwählt hatte. Keinesfalls gehören solch gefährliche Schriften wie das Buch in die Hände unbedarfter Pilger oder neugieriger Nonnen.» Er senkte den Blick. «Nicht einmal ich würde es wagen, das Buch zu öffnen.»

Kapitel 24
Oudenaarde, November 1582

De Lijs kochte vor Wut. Dass er in Pieter Rinks Druckerei nur den Gesellen antraf, dämpfte seinen Ärger auch nicht gerade. Sein Herr sei noch unterwegs, gab der Mann ihm wortkarg Auskunft.

«Dann warte ich eben, ich muss mit deinem Meister reden.» De Lijs ließ sich auf einer Kiste nieder, auf der er jedoch nicht lange sitzen blieb. Zu groß war seine Ungeduld. «Hast du keinen Wein?», herrschte er den Mann an, der nichts anderes zu tun schien, als die winzigen Lettern in den Buchstabenkästen zu polieren. «Beim heiligen Nepomuk, in dieser Bude ist es so heiß und stickig, dass einem die Zunge im Mund verdorrt.»

«Ihr seid doch Weinhändler», bemerkte Rinks Geselle spitz. «Schickt uns ein, zwei Fässchen von dem süffigen Roten, von dem die Spanier nicht genug bekommen können. Dann sitzt Ihr bei Eurem nächsten Besuch auch nicht auf dem Trockenen.»

Dummkopf, dachte de Lijs. Er ging zum Fenster und starrte auf den menschenleeren Marktplatz hinaus. Es dunkelte bereits. Die Glocke der nahen Sint-Walburgakerk schlug zum siebten Mal. Ein paar Leute, vornehmlich alte Weiber, traten aus dem Kirchenportal und eilten über den Platz.

«Na endlich», beschwerte sich der Weinhändler, als er die Werkstatttür hörte. «Wo hast du gesteckt? Ich warte seit Stunden auf dich.»

«Dann muss ich dich übersehen haben, als ich vor zwanzig

Minuten das Haus verließ, alter Freund», entgegnete Pieter Rink mit einem müden Lächeln. Von de Lijs' schlechter Stimmung ließ er sich nicht aus der Ruhe bringen. Gemächlich tauschte er Schlapphut und Spitzkragen gegen Lederschürze und Holzpantinen. «Der Rektor der Lateinschule hatte eine griechische Grammatik bestellt, die ich ihm gleich nach Fertigstellung ausliefern sollte. Du kennst den guten Mann, er ist einsam, seit ihm die Frau vorigen Winter gestorben ist.»

De Lijs blickte den Drucker ungeduldig an. Rink hatte ihm zuzuhören, keinem geschwätzigen Magister. Ungehalten sagte er: «Gut, dass du wieder da bist. Ich muss mit dir reden, es ist wichtig.»

Pieter Rinks Bedarf an schlechten Nachrichten war für diesen Tag eigentlich gedeckt, dennoch brachte er es nicht fertig, seinen Freund zu enttäuschen. Wenn de Lijs mit einer solchen Leichenbittermiene zu ihm kam, konnte es sich nur um etwas Unerfreuliches handeln. Er rief seinen Gehilfen und schickte ihn ins Gasthaus, damit er und de Lijs ungestört waren.

«Sie haben mich betrogen», rief de Lijs, noch während Rink die Werkstatttür schloss. «Ist das zu fassen? Und nun sind beide auch noch verschwunden. Ich laufe mir die Hacken ab, aber niemand ist bereit, mir zu sagen, was geschehen ist. An die Spanier in der Garnison möchte ich mich natürlich nicht wenden.»

Pieter Rink verstand kein Wort von dem, was de Lijs von sich gab. «Wer ist verschwunden?»

«Adam und Coen! Die Schwachköpfe hatten den Auftrag, Griets Vater mitsamt Knaben und Magd in Gewahrsam zu nehmen. Sie sollten die drei in meinen Weinkeller sperren, um sie an einer Flucht aus der Stadt zu hindern. Ich befahl ihnen, die Leute gut zu behandeln. Sie sollten als Pfand dienen, verstehst du? Als kleine Sicherheit, damit Griet nach Oudenaarde zurückkehrt. Das wird sie auch tun, wenn sie nichts von ihrer Familie hört. Aber diese Erzschurken haben sich nicht an den Plan gehalten.»

Pieter Rink legte die Stirn in Falten. «Dieser Plan ist, mit Verlaub, auch der größte Blödsinn, den sich je ein Mensch ausgedacht hat. Verzeih mir, alter Freund, aber ich begreife einfach nicht, welcher Teufel dich hierbei geritten hat. Seit dem Tod deiner Frau machst du einen Fehler nach dem anderen. Die ganze Stadt spricht darüber, dass dein Weinhandel in Schwierigkeiten steckt, weil du Absprachen vergisst, Fristen versäumst und Verträge nicht einhältst. Erst kürzlich hast du dir eine Fuhre Essig andrehen lassen, den nicht einmal ein Hund saufen würde. Und nun auch noch das. Die Entführung eines Brüsseler Advokaten und seines Enkelsohns kann dich an den Galgen bringen.»

«Ach was», winkte de Lijs nervös ab. «Ich war vorsichtig. Kein Mensch bringt mich mit seinem Verschwinden in Verbindung. Die Leute denken, er habe die Stadt wieder verlassen. Wer weiß, vielleicht bin ich dem Statthalter ja nur zuvorgekommen. Er scheint nicht mehr viel von seinem ehemaligen Vertrauten de Reon zu halten. Mich macht nur wahnsinnig, dass ich keinen blassen Schimmer habe, wo diese Tölpel den Kerl hingebracht haben. Die Brüder sind auf und davon, vielleicht schon längst in Brüssel, um nach Griet und Don Luis zu suchen. Ich war bereits in ihrem Haus, aber dort weiß niemand etwas. Nicht einmal ihre Schwester konnte mir weiterhelfen. Und die Pferde der beiden stehen im Stall. Meine Hoffnung war, sie könnten sich bei dir gemeldet haben.»

Pieter Rink lachte. «Ausgerechnet bei mir? Diese hochnäsigen Burschen haben immer auf mich herabgesehen, weil mir Druckerschwärze unter den Nägeln klebt. Ihr Vater, der alte Bürgermeister, war kein bisschen besser. Noch nicht einmal deine Freundschaft zu mir hat daran etwas geändert.» Die Augen des Druckers verengten sich. «Ich bin froh, dass sie fort sind, und du solltest das auch sein. Sie haben dich nur in schmutzige Dinge hineingezogen.»

De Lijs seufzte. Pieter Rink hatte recht, doch darauf kam es im Moment nicht an. Er ertappte sich bei dem Wunsch, sich die Brüder vom Hals zu schaffen. Ohne sie und ihre Ränke war ganz Oudenaarde besser dran. Gleichzeitig zitterte er aber bei dem Gedanken, es könnte ihnen etwas zugestoßen sein. Wie die Dinge lagen, waren sie die Einzigen, die wussten, wo Griets Angehörige waren. Kehrten Adam und Coen nicht mehr zurück, würden der alte van den Dijcke, das Dienstmädchen und Griets Junge möglicherweise in irgendeinem düsteren Loch verhungern und verdursten.

Wie vor den Kopf gestoßen, wankte der Weinhändler aus der Druckerei.

Pamela Osterlamm saß am Kamin und mühte sich mit ihrer Stickerei ab. Das Tuch, an dem sie arbeitete, wollte sie Uta, der *Grande Dame* des hiesigen Beginenhofes, schenken. Viel Zeit blieb ihr nicht mehr, wenn es zum Christfest fertig sein sollte, aber heute mochten ihr Nadel und Garn einfach nicht gehorchen. Zum wiederholten Mal musste Pamela die Naht auftrennen, und als sie sich schließlich auch noch in den Finger stach, warf sie Tuch und Rahmen wütend in eine Ecke und ging zur Tür, um nach einer Magd zu rufen. Es wurde allmählich Zeit für das Nachtessen. Im Haus duftete es nach frischgebackenem Brot und ausgelassenem Speck. Pamela schnupperte, verspürte jedoch keinen Hunger. Sie hörte die Schritte ihrer Mutter in der Kammer über sich. Ruhelos lief die alte Frau auf und ab. Bestimmt sprach sie ihre Gebete. Sie ist ebenso durcheinander wie ich, dachte Pamela.

«Hol mir meinen warmen Umhang», befahl sie, als die Dienerin den Kopf in die Kammer steckte.

«Ihr wollt jetzt noch hinaus? Aber es ist doch schon dunkel, außerdem fängt es an zu schneien.»

Pamela fuhr der Magd brüsk über den Mund. «Meinen Umhang, habe ich gesagt. Hörst du schlecht?»

Kurz darauf verließ sie das Haus. Die Magd hatte nicht übertrieben, stellte sie fest. Es war wirklich ungemütlich auf der Gasse. Eisig blies der Wind von der Schelde herauf, wehte Pamela Schnee ins Gesicht und zerwühlte ihr sorgfältig frisiertes Haar. Aber die junge Frau war zu beunruhigt, um sich über Schnee und Kälte Gedanken zu machen. Der überraschende Besuch des Weinhändlers wollte ihr nicht mehr aus dem Kopf gehen. Als ihre Magd ihn angekündigt hatte, hatte Pamela tatsächlich geglaubt, er mache ihr aus Höflichkeit seine Aufwartung. Sie hatte sich gefreut und rasch ihren schönsten Schmuck angelegt. Doch dann hatte es sich gezeigt, dass de Lijs gar nicht ihretwegen gekommen war. Er suchte nach Coen und Adam. Regelrecht schockiert war er gewesen, als sie ihm sagen musste, dass ihre Brüder nicht zu Hause waren. Warum bloß? Sie fragte sich, was die beiden mit de Lijs zu schaffen hatten. Seit Vaters Tod lag das Geschäft brach wie ein ungenutzter Acker. Es war eine Schande, dass die Faulpelze sich nicht endlich aufrafften und an die Arbeit gingen. Ihre Leichtfertigkeit schien sie wieder mal in Schwierigkeiten gebracht zu haben. Nun trieben sie sich auch noch herum, anstatt ihre Verabredung mit de Lijs einzuhalten.

Pamela spürte, wie der Zorn sie packte. Der Tod ihres Vaters hatte die Familie schwer getroffen, doch Adam und Coen benahmen sich seit einiger Zeit vollkommen verantwortungslos. Ihr Neid auf Griet Marx machte sie blind für die Bedürfnisse ihrer Angehörigen. Pamela seufzte, als sie daran dachte, mit wie viel Tapferkeit die Witwe des Teppichwirkers ihr Schicksal in die Hand genommen hatte. Ein klein wenig Neid, das musste sie zugeben, empfand auch sie auf Griet. Ein eigenes Geschäft aus dem Nichts aufzubauen und mit Männern zu verhandeln, als sei es das Normalste auf der Welt, erforderte nicht nur Geschicklichkeit und Weitsicht, sondern auch Mut. Pamela brach der Schweiß aus, als sie sich vorstellte, von ihr würde etwas Ähnliches verlangt. Nein, dafür war sie nicht geschaffen. Sie tröstete sich mit dem Gedanken, dass sie gesund und hübsch war, während Griet mit ihrem lahmen Arm wohl darauf angewiesen war, Geld zu verdienen. Alles, was Pamela jetzt brauchte, war ein Ort, an dem sie genug Ruhe fand, um sich über ihre Zukunft klarzuwerden. Sie nahm sich vor, gleich morgen Uta zu besuchen und die Begine um Aufnahme in ihre Gemeinschaft zu bitten. Sie hatte genug Zeit damit verschwendet, auf einen Ehemann zu warten. Der Erlös des wertvollen Ringes mit dem Stadtwappen, den Griet für sie versichert hatte, würde gewiss helfen, ihr bei den Beginen ein sorgenfreies Leben zu ermöglichen. Ihre Mutter konnte es sich dann aussuchen, ob sie im Haus der Osterlamms zurückblieb und hoffte, dass Adam und Coen sich auf ihre Pflichten besannen, oder ob sie sich lieber ihr anschloss. Als Pamela klar wurde, dass sie zum ersten Mal in ihrem Leben eine eigene Entscheidung treffen würde, beschleunigte sie unwillkürlich ihre Schritte. Sie würde es ihren Brüdern sagen, sobald sie die beiden aufgespürt hatte. Sie durften sie nicht mehr aufhalten. Niemand durfte das.

Ihr Weg führte sie zunächst zur Wijngaardstraat, wo sie Griets Haus verschlossen vorfand. Niemand antwortete auf ihr Rufen. Das bedeutete, dass Griet noch nicht von ihrer Reise zurückgekehrt war, folglich konnte sie ihr den Ring auch nicht aushändigen. Verärgert starrte Pamela zu den dunklen Fenstern des Pförtnerinnenhauses hinauf. Warum öffnete Griets schwangere Dienerin nicht? Sie konnte bei diesem Wetter doch nicht mit Griets kleinem Jungen ausgegangen sein?

Pamelas Hochstimmung schwand, als sie sich auf den Heimweg machte. Wie gern hätte sie der Witwe von ihrer Entscheidung berichtet oder ihr zumindest eine Nachricht hinterlassen. Außerdem brauchte sie ihren Ring, sie konnte Uta nicht mit leeren Händen unter die Augen treten. Sie erwog, de Lijs aufzusuchen, er musste doch wissen, was ihre Brüder im Schilde führten. Sie musste Adam und Coen finden, bevor sie auf den Beginenhof umsiedelte.

Unvermittelt fiel ihr das alte Haus ein, das Adam vor einiger Zeit Griets Schwiegervater, dem Teppichwirker Marx, abgeschwatzt hatte. Ihre Mutter war über diesen Kauf sehr erbost gewesen, was Adam jedoch nicht davon abgehalten hatte, in die Familienkasse zu greifen. Es bescherte ihm Genugtuung, in der Teppichweberei herumzustolzieren und seine losen Mädchen in die Kammern einzuladen, die einst von Griet und ihrer Familie bewohnt worden waren. Was Adam mit dem Haus vorhatte, hatte er Pamela nicht gesagt. Freilich besaß das Grundstück mit seinen Gebäuden, Werkstätten und Stallungen einen gewissen Wert. Pamela wunderte sich nur, dass Jooris de Lijs nicht daran gedacht hatte, dort nach ihren Brüdern zu suchen.

Pamelas Herz klopfte heftig, als sie das alte Tor aufstieß. Es war das erste Mal, dass sie das Grundstück betrat, und das Gefühl, etwas Verbotenes zu tun, legte sich über sie. Adam hatte sie und ihre Mutter nie eingeladen, das Haus zu besichtigen. Wozu auch? Ihr Elternhaus war um ein Vielfaches komfortabler als die verstaubte Teppichweberei. Es hieß, der alte Marx habe gut gewirtschaftet, aber jeden Gulden Gewinn in sein Geschäft gesteckt, anstatt es sich zu Hause bequem zu machen. Pamela lief durch den verschneiten Innenhof, an der hohen Hauswand klapperten einige Läden. Pamela fand das Geräusch gespenstisch. Verlassene Häuser hatten etwas an sich, das ihr nicht behagte. Es fehlte Leben, ja, dieses Haus wirkte tot. Am liebsten wäre sie gleich nach Hause gelaufen. Nichts, nicht einmal ein dünner Lichtschein, deutete an, dass Adam und Coen sich hier aufhielten.

Trotz ihrer Scheu betrat Pamela das Gebäude, das bis auf ein paar Tonbecher und Teller sowie einige Klafter Brennholz leer war. Adam schien lange nicht mehr hier gewesen zu sein. Allmählich kam ihr die Suche lächerlich vor, sie hatte sich wohl von de Lijs' Aufregung anstecken lassen. Das gehörte sich nicht für eine angehende Begine. De Lijs war ein Trottel, befand sie. Für ihn kam es schon einer schweren Kränkung gleich, wenn jemand nicht pünktlich zu einer Verabredung erschien. Vermutlich leerten Adam und Coen gerade in einer Taverne einige Becher Wein und hatten schlichtweg vergessen, dass de Lijs sie sehen wollte.

Die Tür hinter sich zuziehend, verspürte sie keine Gewissensbisse mehr, ihre Familie zu verlassen und fortan nur noch an ihr eigenes Glück zu denken. Zum Teufel mit Adam und Coen. Mochten sie ihr Geld mit Schankdirnen verschwenden, das ging sie nichts mehr an. Vielleicht nahm Uta sie ja schon vor dem Weihnachtsfest bei sich auf? Als Pamela vorsichtig die vereisten Stufen der Treppe hinunterging, hörte sie plötzlich ein dumpfes Geräusch in ihrem Rücken. Erschrocken drehte sie sich um, wobei sie beinahe den Halt verloren hätte. Im letzten Moment fand sie den hölzernen Handlauf, an den sie sich klammern konnte. Sie spitzte die Ohren und lauschte – da war es wieder: ein merkwürdiger Laut, der aus dem Inneren des Hauses zu kommen schien. Pamela hob ängstlich den Kopf. Immer heftiger klapperten die Fensterläden am Haus, doch das Geräusch, das sie gehört hatte, rührte von etwas anderem her. Tatsächlich glaubte Pamela jetzt, eine feine Erschütterung, kaum mehr als ein Zittern, wahrzunehmen. Es war, als ramme jemand tief unter ihren Füßen einen schweren Gegenstand gegen das Mauerwerk.

Sie beeilte sich, der rutschigen Treppe zu entkommen, und stürzte, kaum dass sie wieder auf festem Grund stand, auf das Hoftor zu. Dort blickte sie sich noch einmal um. Das Haus machte einen friedlichen, schlafenden Eindruck. Hatte sie sich die Erschütterung nur eingebildet? Pamela atmete tief durch. Lachhaft. Hier gab es nichts, was ihr Angst machen konnte, außer ihrer eigenen Einbildungskraft. War es nicht ganz normal, dass in einem leerstehenden Haus Geräusche zu hören waren? Ob Adam und Coen sich durch Unachtsamkeit irgendwo selbst im Haus eingesperrt hatten? Als sie darüber nachdachte, erschien ihr das immer einleuchtender. Ja, dort unten, wo sich die Keller der ehemaligen Teppichweberei befanden, war jemand, der versuchte, auf sich aufmerksam zu machen. Jemand, der ihre Hilfe brauchte. Als künftige Begine durfte sie diese nicht verweigern, andernfalls würde ihr neues Leben unter schlechten Vorzeichen beginnen.

Pamela kehrte zum Haus zurück. Kaum hatte sie die Treppe erreicht, vernahm sie das Geräusch wieder. Dieses Mal war es sogar lauter. Es war bestimmt keine Einbildung.

«Hallo!», rief Pamela, in der Hoffnung, einer ihrer Brüder würde ihr antworten. Doch es folgten keine Antwort, kein Hilferuf. Das stets wiederkehrende Geräusch war alles. Die Laute konnten unmöglich aus den Kellerräumen unterhalb der großen Stube des Haupthauses kommen, sie hätte sie bei ihrem Rundgang sonst deutlicher hören müssen. Pamela tastete sich an der Hauswand entlang, bis sie ein Stück weiter, wo der Hof bereits in ein verwildertes Gartenstück überging, auf ein paar schmale Stufen stieß. Diese führten durch einen ummauerten Vorbau offenbar zu Kellerräumen, die sich rechts und links eines schmalen Ganges befanden.

Ich habe es doch gewusst, dachte Pamela plötzlich erregt.

Die Geräusche hatten eine Weile ausgesetzt, brachen aber mit einem Mal wieder los, als Pamela sich in den dunklen Gang hineinwagte. Ein wenig Mondlicht fiel in den Treppenschacht, doch das reichte kaum aus, um mehr als ein paar Umrisse zu erkennen.

Pamela ging weiter. Ihr fiel ein, wie Coen einmal erzählt hatte, die Witwe des Teppichwirkers habe den Statthalter nach einer Jagdgesellschaft hier bewirtet und Farnese dabei die kostbarsten Wandbehänge der Familie gezeigt, die in abgeschiedenen Gewölben untergebracht waren. Die Alexanderteppiche waren tagelang Stadtgespräch gewesen. Der Erlös aus ihrem Verkauf an den Statthalter bildete, soviel Pamela wusste, den Grundstock für Griets Geschäft mit den Sicherheitsbriefen. Pamela ärgerte sich, dass sie damals nur mit halbem Ohr zugehört hatte, aber nun sah es ganz so aus, als sei sie auf das alte Lager gestoßen. Sie folgte dem Dröhnen weiter, das zum Ende des schmalen Ganges hin zunahm, dann aber plötzlich vor einer Tür aus dickem Eichenholz erstarb.

Pamela presste ihr Ohr gegen das Holz. Sie hatte sich nicht geirrt. Dahinter war jemand; sie konnte deutlich hören, dass in dem Lagerraum gesprochen wurde. Leise klopfte sie an. «Coen, bist du das?»

Ein wütendes Hämmern antwortete ihr. Im nächsten Augenblick drang eine Stimme durch die Tür: «Lasst uns raus, verdammt noch mal!»

Pamela sprang entsetzt zurück und schlug die Hand vor den Mund. Nein, das war nicht ihr Bruder. Sie erkannte die Stimme des Mannes nicht, spürte aber, dass sie voller Zorn war. Zu allem Überfluss mischte sich nun auch noch die verängstigte Stimme eines Mädchens in das Gebrüll. Pamela bekreuzigte sich. Auf einmal war ihr Tatendrang wie weggeblasen. Was sollte sie tun? Die Stadtwache holen? Oder besser einen Offizier der spanischen Garnison?

«Seid Ihr noch da?», drang erneut die Stimme des unbekannten Mannes durch die Tür. «Geht bitte nicht weg, das Mädchen hier ...» Pamela hielt sich die Ohren zu. Sie wollte nichts hören, aber weggehen durfte sie auch nicht. Wieder erscholl das unheilvolle Dröhnen. Der Mann, der gegen das Mauerwerk schlug, schien nicht mehr jung zu sein. Seine Stimme klang erschöpft. Zweifellos war er am Ende seiner Kräfte, nachdem er seit Stunden in der Hoffnung, jemand würde ihn hören, auf die Tür einschlug.

«Wer im Namen Gottes seid Ihr?», würgte Pamela hervor. Bei dem Gedanken, Coen und Adam könnten die armen Menschen in dieses Loch gestoßen haben, wo sie ohne Licht und Ofen ausharren mussten, wurde ihr übel. Sie starrte die schwere Tür an und überlegte, ob sie in der Lage war, sie allein zu öffnen. Sie war verriegelt, ein Schloss sah Pamela nicht. Zitternd legte sie ihre Hand an den Riegel, zögerte aber, ihn zurückzuschlagen.

«Ihr habt meine Frage nicht beantwortet.»

Stille trat ein. Vermutlich beriet man sich hinter der Tür, ob ihr zu trauen war. Dann rief der Mann: «Ich bin Sinter van den Dijcke, Griets Vater aus Brüssel. Bei mir befinden sich mein Enkel und dessen Kinderfrau. Wir wurden betäubt und verschleppt. Erst in diesem verfluchten Verlies kamen wir wieder zu uns. Um Christi willen, lasst uns endlich raus, bevor der Mann wiederkommt!»

Der Mann? Pamela spürte, wie ihre Beine kalt und taub wurden. Sie war noch nie in Ohnmacht gefallen und wollte es auch an diesem grässlichen Ort nicht.

Griets Vater? Ja, sie hatte auf dem Markt gehört, dass er sie in Oudenaarde besuchte. Aber warum sollte ihn jemand überfallen und hierherschleppen? Das ergab doch keinen Sinn.

«Ihr befindet Euch im Haus meines Bruders Adam», sagte sie, wenngleich ihr der Hinweis reichlich töricht vorkam. «Vorher gehörte es den Schwiegereltern Eurer Tochter, den Teppichwebern Marx.»

«Das weiß ich doch», stöhnte der Mann hinter der Tür.

«Jungfer Pamela», hörte sie nun die klägliche Stimme der Kinderfrau. «Es ist so kalt hier. Ich kann Basse kaum wärmen. Außerdem fürchte ich ... Bitte, Ihr müsst uns befreien.» Sie schluchzte auf; Pamela konnte es durch die Tür hindurch hören. «Ich habe so schreckliche Angst, dass der Vermummte zurückkommt. Wenn er Euch hier findet, ist es auch mit Euch aus!»

Pamela hatte genug gehört. Mit aller Macht stemmte sie sich gegen den Riegel. Doch obwohl sie aus Leibeskräften daran zog, bewegte er sich nicht. Entmutigt ließ Pamela davon ab. «Ich kann die Tür nicht öffnen», rief sie bedauernd.

«Ihr braucht einen Hammer oder ein anderes Werkzeug für den Bolzen», antwortete ihr Griets Vater. «Schaut Euch um, irgendwo muss doch noch Werkzeug herumliegen. Aber beeilt Euch. Der Kerl kam bis jetzt jeden Tag in den ersten Stunden nach Sonnenuntergang, um uns etwas zu essen zu bringen.»

Pamela begriff. Sie durfte keine Zeit verlieren. Mit klopfendem Herzen lauschte sie, ob sie Schritte hörte. Aber da war nichts. «Wäre es nicht vernünftiger, ich würde Hilfe holen? Ich glaube nicht, dass meine Kraft ausreicht, um den Bolzen zurückzuschlagen. Dieser Riegel sitzt zu fest.»

Hinter der Tür begann ein Wortwechsel, von dem Pamela aber nur wenig verstand. Offenbar war die Kinderfrau dafür, dass Pamela schleunigst verschwand und Hilfe herbeirief, während Griets Vater darauf beharrte, dass sie blieb. Pamela eilte zur nächsten Kammer, in der Hoffnung, darin geeignetes Werkzeug zu finden. Zu ihrer Erleichterung fand sie den kleinen

Raum weder verschlossen noch verriegelt. Ihr Blick fiel auf eine schwere Truhe, die jemand an die Wand geschoben hatte. Abgesehen von ihr befanden sich nur ein paar leere Bastkörbe und sonstiger Plunder im Raum. Pamela schritt auf die Truhe zu und betete, dass sie sich öffnen ließ. Wenn sie Glück hatte, fand sie darin einen Hammer oder ein Stemmeisen. Tiefe Schleifspuren wiesen darauf hin, dass die Truhe zunächst woanders gestanden hatte und erst vor kurzer Zeit über den Steinfußboden gezogen worden war. Pamela warf ihren Umhang ab, um sich besser bewegen zu können. Keuchend stemmte sie den Deckel der Truhe auf.

Und dann erstarrte sie. Ihr Herz schien vor Grauen aus der Brust zu hüpfen. Sie stieß einen Schrei aus, taumelte zurück und hielt den Arm vor Mund und Nase.

In der Holztruhe lagen die blutüberströmten Körper zweier Männer.

«Adam ... Coen ...», würgte sie. Sie erkannte ihre Brüder sofort an ihren Kleidern. Pamela wurde so schlecht, dass sie sich erbrechen musste. Dann sank sie wie betäubt zu Boden und vergrub das Gesicht in ihren Händen. Das dumpfe Dröhnen setzte wieder ein. Griets Vater hämmerte mit voller Wucht gegen die Wand; er wunderte sich bestimmt, wo sie so lange blieb. Pamela versuchte sich aufzurichten, aber ihre Beine zitterten so sehr, dass sie kaum stehen konnte. Nur mühsam gelang es ihr, sich bis zur Tür zu bewegen. Sie konnte es noch immer nicht fassen. Adam und Coen waren tot.

Das dröhnende Geräusch wurde lauter, und plötzlich begriff Pamela, warum der Alte mit aller Kraft gegen das Mauerwerk schlug. Jemand kam in den Keller, und er wollte sie warnen. Tatsächlich waren auf der Treppe nun Schritte zu hören. Pamela warf einen entsetzten Blick zurück zu der Truhe, deren Deckel noch offen stand. Wer auch immer der Unbekannte war, er würde bemerken, dass jemand die Leichen entdeckt hatte. Pamela unterdrückte ein Schluchzen, obwohl sie am liebsten aus Leibeskräften geschrien hätte. In Panik sah sie sich nach einer Fluchtmöglichkeit um, doch es war zu spät, zu entkommen. Der einzige Ausgang war ihr nun versperrt. Sie saß in der Falle. Zur Treppe würde sie es nicht mehr schaffen, und einen anderen Weg gab es nicht. Der schmale Gang endete keine zehn Schritte hinter der Kammer vor einer Wand. Es half nichts; sie musste sich an Ort und Stelle nach einem Versteck umsehen.

Pamela stockte der Atem. Sie kauerte sich neben die Tür und betete, dass der Unbekannte zuerst nach seinen Gefangenen sehen würde, bevor er auf die Idee kam, auch diesen Raum zu betreten und die Leichen fortzuschaffen. Das würde ihr zumindest eine kleine Frist verschaffen. Sie hörte, wie der Riegel vor der Tür des benachbarten Raumes geöffnet wurde. Eine Stimme forderte die Gefangenen auf, sich zur Wand zu drehen. Pamela glaubte, sie schon einmal gehört zu haben, erinnerte sich aber in ihrer Aufregung nicht, wo oder wann. Mehr konnte sie nicht verstehen. Sie vermutete, dass der Mann nicht mehr an der Tür stand, sondern einige Schritte weit in die Kammer hineingegangen war.

Sollte sie es riskieren, zur Treppe zu laufen? Nein, der Mann würde sie hören, mühelos einholen und dann umbringen, wie er es mit ihren Brüdern getan hatte. Aber etwas musste sie doch unternehmen. Tränen schossen Pamela in die Augen, als ihr einfiel, dass sie heute ein neues Leben hatte beginnen wollen. Nun war es fraglich, ob sie überhaupt noch einmal einen Sonnenaufgang sehen würde. Sie atmete tief durch, dann schlich sie zu der Truhe. Behutsam breitete sie ihren Mantel über die Leichen ihrer Brüder, um deren kalte, starre Augen nicht sehen zu müssen. Sie rang ihren Abscheu nieder, dann stieg sie selbst in die Truhe und ließ den Deckel herabgleiten. Erst als die Dunkelheit sie einhüllte, fiel ihr ein, dass sie vergessen hatte, die Spuren ihrer Übelkeit zu beseitigen. Dafür blieb nun keine Zeit mehr; sie konnte nur hoffen, dass dem Mann in der Eile und in der modrigen Luft, die hier unten herrschte, der Geruch von Erbrochenem nicht auffallen würde.

Pamela trat der Schweiß aus allen Poren. Nun hieß es beten, dass das Grab ihrer Brüder nicht auch zu ihrem eigenen werden würde. Unglücklicherweise sah und hörte sie nicht, ob sich in der Kammer oder auf dem finsteren Korridor etwas regte. War der Mann fort, oder lauerte er argwöhnisch auf sie? Van den Dijcke und die Kinderfrau hatten sie bestimmt nicht verraten. Ob sie sich fragten, was aus ihr geworden war?

Es mochten Stunden vergangen sein – vielleicht aber auch nur wenige Augenblicke, als Pamela es schließlich wagte, ihre eingeschlafenen Gliedmaßen zu bewegen. Alles tat ihr weh, außerdem bekam sie kaum noch Luft. Sie versuchte, den schrecklichen Geruch zu ignorieren, der sie wie ein Leichentuch einhüllte, doch allmählich schwanden ihr die Sinne. Sie hielt es nicht mehr aus. Sie würde qualvoll ersticken, wenn sie nicht den Deckel öffnete. Hinzu kam, dass der Gedanke, zwischen zwei Toten zu kauern, sie beinahe um den Verstand brachte.

Sie wölbte ihren Rücken und stützte sich auf die Beine ihres Bruders, um den Deckel der Truhe aufzustoßen. Als dieser mit einem Ruck nachgab und in die Höhe schoss, fiel plötzlich ein Lichtschein in ihr Gesicht. Sie schrie. Dann sah sie ihn. Sie sah eine Gestalt, die in einen langen Schal gewickelt war, der außer den Augen keine Stelle des Gesichts frei ließ. Auch der Mann, der sich mit einer Laterne in der Hand über sie beugte, erschrak. Mit einem Fluch sprang er von der Truhe zurück, wobei ihm die Laterne aus der Hand glitt und auf dem Boden zerbrach. Pamela stieg kreischend und um sich schlagend aus der Truhe. In Panik bewarf sie den Vermummten mit ihrem Umhang und sah, dass irgendetwas zu dessen Füßen Feuer fing. Während der Unbekannte hektisch die Flammen austrat, stürzte sie aus dem Keller und schaffte es über die Treppe auf den Hof hinaus. Ein Keuchen hinter ihr machte ihr klar, dass der Mörder ihrer Brüder die Verfolgung aufgenommen hatte.

Pamela schrie aus Leibeskräften um Hilfe. Ein eisiger Wind schlug ihr entgegen und nahm ihr den Atem. Ihre Schreie wurden in Wortfetzen zerhackt. Am Tor wandte sie sich atemlos um und sah, wie eine von Kopf bis Fuß vermummte Gestalt auf sie zukam. Die Bewegungen des Mannes waren geschmeidig, beinahe katzenhaft. Vor der Treppe, die hinauf zum Haupthaus führte, blieb er unvermittelt stehen und starrte sie an. Offensichtlich überlegte der Mann, ob er es wagen durfte, sich unter freiem Himmel auf sie zu stürzen, bevor ihr Gebrüll die Bewohner der umliegenden Häuser zusammenrief.

Pamela rüttelte wie eine Wahnsinnige am Tor. Die Angst, es könnte klemmen, schnürte ihr die Kehle zu. Er kam näher, nur noch wenige Schritte trennten sie voneinander. Dann gab das Tor mit einem Knirschen nach, und der Weg hinaus in die menschenleere Gasse war frei. Ein letzter Blick zurück zeigte ihr, wie der Verfolger über den Hof rannte.

Gott stehe mir bei, war Pamelas Gedanke, als sie blindlings davonstolperte.

Als der Morgen graute, klopfte es gegen das Tor des Beginenhofes von Oudenaarde. Uta, die Vorsteherin, hatte durchaus erwartet, dass jemand sie in den nächsten Stunden aufsuchen würde. Doch so früh schon? Auf der Gasse war es noch still, nicht einmal das Glöckchen auf dem Turm der nahen Klosterkirche bimmelte, um die Gläubigen zur Frühmesse ins Gotteshaus zu rufen.

Besorgt blickte Uta zu dem schlafenden jungen Mädchen,

das spät in der Nacht an ihre Tür geklopft und ihr schluchzend und weinend eine verworrene Geschichte erzählt hatte, aus der sich Uta keinen Reim machen konnte. Da die Begine gutmütig war und niemanden abwies, der in Not war, hatte sie die aufgelöste und am ganzen Körper zitternde junge Frau in Decken gepackt und sich selbst erboten, bei ihr zu wachen, bis das Schlafmittel, das sie aus verschiedenen Kräutern gemischt hatte, wirkte. Jetzt schlief sie. Unruhig zwar, aber tief genug, um nicht von bösen Träumen geweckt zu werden. Es war nicht auszuschließen, dass das Mädchen krank war, obwohl seine Stirn sich kühl anfühlte. Uta sah es als ihre Pflicht an, herauszufinden, ob an der Behauptung des Mädchens etwas dran war oder ob es sie belog. Erst danach konnte sie den Wunsch der Kleinen, den Beginen beizutreten, überhaupt in Betracht ziehen.

Uta erhob sich und verließ den Raum, um nachzusehen, ob am Tor jemand aus der Familie des Mädchens stand, der sie abholen wollte. Mit der Schar bewaffneter Männer, die wenige Augenblicke später ihren Hof füllte, hatte die Begine nicht gerechnet. Mit einer resoluten Geste scheuchte sie einige Frauen, die neugierig herangetreten waren, zurück ins Haus. Dann rannte sie wieder zu dem Stübchen neben dem Brauhaus, in dem das Mädchen schlief. Obwohl es darin so kalt war, dass man den eigenen Atem sah, schwitzte die Frau aus allen Poren.

«Rasch, du musst aufstehen!» Sie rüttelte Pamela grob, bis diese die Augen aufschlug. «Das habe ich nun von meiner Gutmütigkeit. Da nehme ich dich mitten in der Nacht auf wie eine streunende Katze, und du dankst es mir, indem du uns Ärger machst. Nun mach schon!» Mit einer Handbewegung zog Uta ihrem Gast die Wolldecke von den Beinen und klatschte ihr mit der flachen Hand auf den Oberschenkel. Ihre Miene war hart, als sie Pamela befahl, in den grauen Leinenkittel zu schlüpfen, den sie auf einen Schemel neben das Bett gelegt hatte. Pamelas eigene Kleidung, zerrissen und voller Blut, hatte eine Magd voreilig in den Ofen gestopft. Pamela tat wie ihr geheißen.

Sie war kaum angezogen, da trat auch schon ein städtischer Büttel in den Raum, der sie mit einem verächtlichen Gesichtsausdruck musterte. Der Mann wurde von zwei spanischen Soldaten begleitet. Diese blieben zu beiden Seiten des Ausgangs stehen.

«Jungfer Pamela, Tochter des verstorbenen Vitus Osterlamm, ehemals Bürgermeister von Oudenaarde?», erkundigte sich der Büttel mit näselnder Stimme. «Folgt mir!»

Obwohl Kopf und Beine sich schwer wie ein Stein anfühlten, gehorchte Pamela. Dass man sie zu ihrem schrecklichen Erlebnis befragen wollte, lag auf der Hand. Noch in der Nacht hatte sie Uta alles über den Mord an ihren Brüdern erzählt und mit ihr gemeinsam Gott für ihre wundersame Rettung aus dem Keller gedankt, dann war sie erschöpft zusammengebrochen. Hatten die Soldaten den Vermummten schon gestellt? Weit konnte er in dem Schneetreiben der vergangenen Nacht nicht gekommen sein. Er hatte sogar ihre Verfolgung aufgegeben. Die abweisende Miene der alten Uta verunsicherte Pamela allerdings. Die Begine sprach nicht mehr mit ihr, vermied es gar, sie anzusehen. Als der Büttel sie über die Türschwelle ins Freie schob, starrte sie demonstrativ auf die hölzerne Figur der heiligen Agnes, die auf einem Balken über der Tür stand, und bekreuzigte sich mehrmals, als habe sie während der letzten Stunde ein Ungeheuer beherbergt. Pamela versuchte die Frau anzulächeln, doch ihr Gruß blieb unbeantwortet.

Zu Pamelas Überraschung erwartete sie auf dem Beginenhof der Statthalter. Dass Farnese persönlich erschienen war, um sich um sie zu kümmern, wertete sie als gutes Zeichen. Er unterhielt sich mit einem grauhaarigen Mann, dessen Anblick Pamela ebenfalls seit ihrer Kinderzeit vertraut war. Es war der

Arzt, der auf der anderen Seite der Schelde wohnte. In der Hand, und das verblüffte Pamela, hielt der Mann ein zusammengeknülltes Kleidungsstück aus teurer brauner Wolle, in dem sie sofort ihren eigenen Umhang wiedererkannte. Mit neuerlichem Entsetzen bemerkte sie die Blutflecke darauf. Ja, das war ihr Umhang, den sie auf ihrer Flucht verloren hatte.

«Euer Mantel?», fragte der Statthalter. Es klang streng. Wollte der Mann sie etwa gleich hier in der Kälte verhören?

Pamela nickte verwirrt. «Ich ließ ihn im Keller der Teppichweberei zurück. Der Mann ...»

«Nachdem Ihr Eure Brüder, Adam und Coen Osterlamm, getötet hattet», wurde sie brüsk unterbrochen.

Pamela riss die Augen auf. Was hatte der Statthalter da gesagt? Sie musste sich verhört haben. Dieser Mann konnte sie doch nicht für eine Mörderin halten. Ohne dass sie es wollte, begann sie ein hysterisches Gelächter, das ihren Körper schüttelte. Sie sah, wie der Arzt ausholte und ihr einen heftigen Schlag ins Gesicht verpasste, doch sie spürte keinen Schmerz. Dafür begann der schneebedeckte Hof der Beginen vor ihren Augen zu schwanken wie ein Boot auf stürmischer See. Die grimmige Miene des Statthalters, der sie anschrie, die alte Uta, die wortlos neben dem Tor stand, und die Lanzen, welche die Soldaten auf sie richteten, verschmolzen zu einer einzigen zähen Masse. Sehr weit entfernt hörte sie die Stimme der Begine, die dem Arzt erklärte, dass sie ihr einen starken Schlaftrunk verabreicht habe, und die sich erkundigte, ob man denn in dem Keller keine Spuren von gefangenen Menschen gefunden habe.

Farnese schüttelte den Kopf. «Das ist Unsinn, Frau! Außer den Leichen der Brüder Osterlamm haben wir in der alten Teppichweberei niemanden gefunden. Und nichts deutet darauf hin, dass jemand gefangen gehalten wurde.» Er kniff ein Auge zusammen und blickte auf Pamela. «Dieses unglückselige Geschöpf hat seine besoffenen Brüder umgebracht, so sieht es aus. Der Stadtknecht hat mir bestätigt, dass sie sich häufig mit den beiden gestritten hat. Sie wollte frei sein, um sich den Beginen anzuschließen.» Er wandte sich an Uta. «Nun, Frau, wie kam sie bei Euch an? Abgehetzt? Das Kleid zerrissen und mit Blut an den Händen? Sagt die Wahrheit, sonst lasse ich Euer Haus schließen und setze Euch auf die Straße.»

Uta ballte die Fäuste, hielt Farneses Blick aber mühelos stand. «Es gibt keinen Grund, uns zu drohen, hoher Herr. Wir Beginen sind anständige, hart arbeitende Frauen. Wir legen keine Gelübde ab wie Ordensschwestern, aber auch für uns gelten strenge Regeln. Niemals hätte ich dem Mädchen das Tor öffnen lassen, wenn ich gewusst hätte, was es getan hat.»

«Aber warum glaubt mir denn niemand?», schrie Pamela. «Ich habe meine Brüder gefunden, das ist wahr, aber da waren sie bereits tot. Ich hätte ihnen niemals etwas antun können, sie waren doch viel größer und kräftiger als ich.»

Der Statthalter schnaubte. «Ein scharfes Messer wird nicht stumpf, nur weil es in der Hand einer Frau liegt. Außerdem fanden meine Leute Spuren von Wein und einer Mahlzeit im Keller. Vermutlich prassten die beiden Brüder und wurden getötet, als sie schon nahezu besinnungslos waren.»

«Und die Leute, die mich um Hilfe baten? Griets Vater und ihr kleiner Sohn? Die können sich doch nicht einfach in Luft aufgelöst haben. Der Mann, der in den Keller kam, muss sie fortgeschafft haben, um Euch an der Nase herumzuführen!»

«Griet Marx' Vater und Sohn?» Farnese stutzte. Pamelas Bemerkung schien ihn plötzlich zu verunsichern. Dann straffte er die Schultern und schüttelte den Kopf. «Nein, es gibt diesen Mann nicht. Ihr habt ihn erfunden, um Eure Haut zu retten. Die Kellerräume der alten Weberei sind leer und aufgeräumt, mit Ausnahme des Gelasses, in dem die beiden Leichen gefunden wurden.» Er spuckte voller Abscheu in den Schnee. «Ich hoffe, dass diese Stadt nun endlich von den Osterlamms und ihren Intrigen befreit ist. Ich habe dieser Sippe nie getraut, und mein Gefühl hat mich nicht getrogen. Das Pack war für all den Aufruhr verantwortlich, der Oudenaarde in letzter Zeit heimgesucht hat. Vermutlich geht auch das Verschwinden der schwarzen Schwestern auf ihre Rechnung.» Er lächelte. Nun, da er seinen Schuldigen gefunden hatte, hellte sich seine Stimmung sogleich auf. «Die Witwe Marx wird das bestätigen, sobald sie zurückkommt. War es das, was Ihr fürchten musstet? Vielleicht habt Ihr ja deshalb Griets Vater und ihren Sohn in Eure Gewalt gebracht. Gesteht lieber gleich, dass auch Ihr zu den Geusen gehört, Pamela Osterlamm. Es würde Euch die Folter ersparen.»

«Aber ich habe niemanden ermordet», schluchzte Pamela verzweifelt auf. «Ihr müsst nach Griets Vater suchen und nach ihrem kleinen Kind. Ihnen droht Gefahr! Sie hatten furchtbare Angst.»

«Schweigt, ich habe genug Ausflüchte gehört!»

Pamela beteuerte ihre Unschuld noch, als der Stadtknecht sie gefesselt hinter Farneses Pferd durch die allmählich erwachende Gasse trieb. Die Handwerker und Krämer, die gerade ihre Läden und Werkstätten öffneten, starrten sie überrascht an. Pamela war viel zu verwirrt, um darüber Scham zu empfinden. Ein letztes Mal blickte sie zum Hof der Beginen zurück und las den Zweifel von Utas Gesicht ab, die mit gefalteten Händen neben dem alten Arzt stand und ihr nachsah. Beim Anblick der wie versteinert wirkenden Begine war sie fast bereit, sich einzugestehen, dass die vermummte Gestalt und die Gefangenen im Keller der Teppichweberei nur in ihrem Kopf existierten.

Kapitel 25
Brüssel, November 1582

Griet und Don Luis richteten sich darauf ein, eine weitere Nacht in Brüssel zu verbringen. Sie warteten auf eine Nachricht von Dorotheus, der ihnen nach viel gutem Zureden versprochen hatte, sich nach Cäcilia und dem geheimnisvollen Buch umzuhören. Sollte die Frau auf ihrer Flucht tatsächlich nach Brüssel gekommen sein, musste sie jemand gesehen haben.

Griet fiel es schwer, untätig herumzusitzen und die Hände in den Schoß zu legen, doch im Augenblick blieb ihr nichts anderes übrig. Ungeduldig lief sie durch die Kammer des Gasthauses, in dem Don Luis mit ihr zusammen abgestiegen war. Die Wirtschaft lag weitab von den prachtvollen Zunfthäusern des großen Marktplatzes in einem Stadtviertel, das ebenso düster und voll mit lichtscheuem Gesindel war wie die enge Gasse, in der der Buchhändler wohnte. Don Luis hielt es für angebracht, sparsam mit dem Geld umzugehen. Wer konnte schon wissen, welche Überraschungen die Suche nach der letzten lebenden schwarzen Schwester noch für sie bereithielt? Griet musste ihm zustimmen. Wenigstens lief sie in dieser Gegend nicht Gefahr, früheren Bekannten ihrer Familie zu begegnen. Während sie durch die kleine Fensterluke den Schnee betrachtete, der in immer dickeren Flocken vom Himmel fiel, war sie dankbar dafür, dass die Kammer über der Küche lag. So stieg genügend Wärme durch die Ritzen des Fußbodens auf, um sie nicht völlig einfrieren zu lassen. Hier oben gab es nämlich keinen Ofen, und ihr Atem verwandelte sich allmählich in kleine Wölkchen.

Sie berührte das dünne Glas der Butzenscheiben mit den Fingerspitzen und dachte daran, wie viel Freude Basse an den winzigen Eiskristallen hätte, die wie Blumen aussahen. Wie mochte es dem Jungen gehen? War er gesund und fröhlich? Tobte er mit seinem Großvater und Beelken durch den schneebedeckten Klosterhof und jauchzte dabei vor Vergnügen? Vielleicht konnte Beelken sich in ihrem Zustand schon gar nicht mehr wie gewohnt um ihn kümmern. Griet begann nachzurechnen, wann das Kind auf die Welt kommen würde. Vermutlich nicht vor Beginn des neuen Jahres. Griets Angebot, mit ihr beim Statthalter vorzusprechen und den Burschen, der ihr das angetan hatte, suchen zu lassen, war von der jungen Frau zurückgewiesen worden. Griet fragte sich, warum sie nicht wenigstens ihr gegenüber mit der Sprache herausrückte. Stattdessen ergab sie sich in ihr Schicksal, als habe sie nichts anderes verdient. Sie schien sich weder auf ihr Kind zu freuen noch es zu verwünschen. Griet zuckte seufzend die Achseln und dachte wieder an Basse und an ihre Sehnsucht nach ihm. Was würde sie geben, jetzt sein fröhliches Lachen hören zu können.

Als Don Luis in die Kammer gelaufen kam, befand sich in seiner Begleitung ein kleiner Junge, der sich vor Kälte schlotternd in die Finger hauchte. Der verwahrlosten Erscheinung nach, die der Junge bot, lebte er auf der Straße. Trotzdem schien ihm jemand die nötigen Umgangsformen beigebracht zu haben, denn als er Griet sah, zog er artig seine durchnässte Mütze, unter der ein dichter weizenblonder Schopf hervorquoll. Mit seinem aufgeweckten Grinsen erinnerte sie der Bursche an Basse, obwohl er gut und gern sechs Jahre älter war und seinem Auftreten nach über eine Lebenserfahrung verfügte, die Griet ihrem Sohn bestenfalls in zwanzig Jahren wünschte.

«Das ist der kleine König», stellte Don Luis den Jungen mit einem verschmitzten Lächeln vor. «Er bringt uns die Nachricht, auf die wir gewartet haben. Dafür habe ich ihm mit Eurer Erlaubnis versprochen, dass er sich später in der Wirtsstube auf unsere Kosten seinen Bauch vollschlagen darf.» Er klopfte dem Jungen freundschaftlich auf die Schulter, eine Geste, die Griet auffiel, weil sie es nicht für möglich gehalten hatte, dass ein Mann wie Don Luis Kinder gern hatte.

Der Kleine lachte. Er schien sich in Don Luis' Gegenwart wohlzufühlen. Vielleicht hatte dieser ihm außer einem Teller Suppe auch noch Geld versprochen, weil er ihm leidtat. Es war nicht zu übersehen, dass der Junge von der Hand in den Mund lebte. Dennoch schien es jemanden zu geben, der sich um ihn kümmerte, so war seine Hose aus rauem Segeltuch mit feinen Stichen ausgebessert worden. Griet sah so etwas sofort. Während sie ihn musterte, blickte er sich fortwährend um, als befürchtete er, gleich am Kragen gepackt und wieder hinausbefördert zu werden.

«Soso, eine Nachricht.» Griet hob die Augenbrauen. «Ich hoffe, der kleine König verzeiht mir, wenn ich nicht aufstehe, aber ich fürchte, meine Füße sind ein wenig eingefroren.»

Der Junge kicherte vergnügt. «Aber ich bin doch kein richtiger König, vor dem man sich verbeugen muss. Meine Mutter nennt mich so, weil sie mich am Tag der Heiligen Drei Könige auf die Welt gebracht hat. Sie sagt, ich könnte mich glücklich schätzen, weil viele Jungen in den vom Krieg heimgesuchten Dörfern nicht einmal wissen, in welchem Jahr sie geboren wurden.»

Wie wahr, dachte Griet. «Du hast also noch Eltern?», fragte sie. «Haben sie dich nach Brüssel gebracht?»

Der Junge zögerte. «Eltern? Nein, ich habe nur meine Mutter und meine Schwester, aber die hat, solange ich sie kenne, noch kein Wort gesprochen. Vielleicht hat man ihr die Zunge rausgeschnitten, keine Ahnung. Mama spricht nicht so gern darüber. Über meinen Vater auch nicht ...» Er senkte seine Stimme zu einem verschwörerischen Flüstern. «Ich weiß aber, dass der ein Edelmann war, der sogar König Philipp kannte. Er wollte uns nicht haben, der Mistkerl, weil Mama nur ein einfaches Dienstmädchen war. Hätte er mich anerkannt, so wie der alte Kaiser Karl seine Tochter, die heute Generalstatthalterin ist, würde ich heute am Großen Markt wohnen und jeden Tag Brathähnchen essen.»

Griet unterdrückte ein Lächeln. Der kleine Bursche mochte ein Herumtreiber sein, aber im Geschichtenerzählen machte ihm so leicht keiner etwas vor. Ob er geschwindelt hatte, was seine Herkunft betraf? Sie beschloss, den kecken Burschen nicht zu beleidigen, indem sie ihn auslachte, so lächerlich seine Behauptung, Sohn eines Edelmannes zu sein, auch klang. Bettler legten sich oft die haarsträubendsten Geschichten zu, um Mitgefühl zu bekommen.

Mit ernster Miene sagte sie schließlich: «Nun, kleiner König, lass hören, ob deine Nachricht ein Brathähnchen wert ist.»

«Der Buchhändler Dorotheus schickt mich zu Euch», sprudelte es aus dem Jungen heraus. «Er ruft mich manchmal zu sich, wenn er Besorgungen zu machen hat. Nur mich, die anderen Jungen jagt er davon. Ich habe noch nie gesehen, dass er sein Haus mit den vielen Büchern verlassen hätte. Wahrscheinlich plagt ihn die Angst, jemand könnte ihm was klauen, weil er nicht mehr gut sieht. Nicht mal mit dem Ding auf seiner Nase. Er hat einen Vogel, der kreischt wie ein Mädchen.»

«Die Nachricht, mein Junge», erinnerte ihn Don Luis. «Hat Dorotheus dir einen Brief für uns mitgegeben?»

«Wozu das?» Der Junge gab einen verächtlichen Laut von sich. «Briefe sind was für Greise, die nicht mehr hell genug im

Kopf sind, sich etwas zu merken. Ich habe ein gutes Gedächtnis und erinnere mich an jedes Wort, das der Alte zu mir gesagt hat.»

«Vor allem hast du ein Talent dafür, uns auf die Folter zu spannen», sagte Griet. «Nun, heraus mit der Sprache. Was teilt Dorotheus uns mit?»

«Ich soll bestellen, dass Ihr Glück habt, weil zwei Leute bei ihm waren. Gleich heute, in den frühen Morgenstunden. Ein Mann und eine Frau waren es. Sie haben ihm ein Buch gezeigt und nach einem Übersetzer gefragt, weil es in einer fremden Schrift geschrieben wurde. Die beiden wollten am späten Nachmittag wiederkommen, um sich die Antwort des Alten abzuholen. Wenn Ihr Euch beeilt, werdet Ihr sie noch bei ihm antreffen.»

Griets Augen blitzten. Endlich eine Spur. Dann hatte sich das Abwarten doch gelohnt. «Das könnte sie sein», rief sie aufgeregt. «Meint Ihr nicht auch, Don Luis?»

«Keine Ahnung. Und wer soll der Mann sein, der bei ihr ist? Doch wohl kaum der Kerl, vor dem sie auf der Flucht ist. Es sei denn, sie würde mit ihm unter einer Decke stecken.» Don Luis blickte aus dem Fenster und verzog das Gesicht. Ob ihm die Vorstellung nicht behagte, gleich wieder hinaus in die Kälte zu müssen, oder ob er an seine Mutter dachte, behielt er für sich. Griet konnte nachvollziehen, was in ihm vorging. Inzwischen zweifelte sie nicht mehr daran, dass die geheimnisvolle Hüterin des Buches und Don Luis' verschollene Mutter ein und dieselbe Person waren. Wenn sie Glück hatten, würden sie sie in weniger als einer Stunde sehen. Sie hatten keine Zeit mehr zu verlieren.

Griet ging vor dem kleinen König in die Knie und tätschelte ihm mütterlich die Hand. «Hast du die Leute auch gesehen? Weißt du, ob die Frau Angst vor ihrem Begleiter hatte?»

«Angst, die? Nie im Leben hat die Angst!»

«Nun macht schon, wir müssen aufbrechen», drängelte Don Luis, bevor Griet noch mehr fragen konnte. Hatte er sich eben noch nachdenklich gegeben, so konnte es ihm plötzlich nicht schnell genug gehen. Eilig stürzte er aus der Kammer und polterte die Treppe zum Schankraum hinunter, wo er bei der Wirtin ein gutgebratenes Hähnchen, Dünnbier und eine Schüssel gezuckerten Milchbrei für den Boten bestellte.

Lächelnd zwängte sich Griet in ihre feuchten Stiefel. So voller Tatendrang gefiel ihr Don Luis schon besser.

Sie waren erst wenige Schritte stadteinwärts gegangen, da bemerkten sie, dass der kleine König ihnen hinterherlief.

«Warum bleibst du nicht im warmen Gasthaus, bis wir zurückkommen?», fragte Don Luis. «Hast du Angst, dass wir uns aus dem Staub machen?»

Der Bursche gab sich beleidigt. «Das Brathuhn kann warten. Mein Auftrag lautet, Euch zum Buchhändler zu bringen, und das werde ich tun. Sonst lässt der alte Geizkragen nicht den Gulden springen, den er mir versprochen hat. Das Essen kann ich mir später schmecken lassen.» Er lächelte verschämt. «Außerdem braucht das Hähnchen noch ein Weilchen, bis es gar ist. Die Köchin scheint mir nicht die Schnellste zu sein.»

Griet seufzte. Der Junge platzte schier vor Neugier und wollte sehen, was zwei Fremde wie sie und Don Luis mit dem alten Dorotheus zu schaffen hatten. «Na schön, dann komm eben mit», lenkte sie ein. «Aber wehe, wenn du uns Ärger machst.»

Der kleine König strahlte über das ganze Gesicht. Griet hätte schwören können, dass er Don Luis zublinzelte, worauf dieser kaum merklich die Augenbraue hob. Wie es aussah, hatten sich die beiden verbündet. Ehe Griet sich versah, eilten Don Luis und der Junge voraus, während sie aufpassen musste, auf dem rutschigen Boden nicht auszugleiten und zu stürzen.

Als sie in die Gasse mit den windschiefen Häuschen einbogen, zögerte Griet plötzlich, ihren Weg fortzusetzen. Eine böse Ahnung befiel sie, die stärker wurde, als sie inmitten des Windes den Geruch von Rauch wahrnahm. Don Luis und dem Jungen schien es nicht anders zu ergehen. Ganz in der Nähe brannte es, daran gab es keinen Zweifel. Der kleine König kämpfte sich flink an den Leuten vorbei, die aufgeregt aus ihren Häusern getreten waren.

Griets Befürchtung bestätigte sich, als sie das Haus des Buchhändlers erreichten. Aus einem der Straße zugewandten Fenster quoll Rauch, und Flammen schlugen ins Freie. Einen Augenblick lang starrte Griet benommen auf das brennende Gebäude, während Don Luis hektisch auf den Jungen einredete, der offensichtlich vorhatte, ins Haus zu laufen. Während der Spanier sich noch abmühte, ihn davon abzuhalten, wurde plötzlich die Tür aufgestoßen. Eine Gestalt tauchte im Türrahmen auf, ein Mann, der auf die Straße sprang und Griet beinahe umgerannt hätte. Ihm folgte eine Frau, deren Gesicht durch einen dunklen Schleier verborgen war. Einen Atemzug lang kreuzten sich Griets Blicke mit denen der Frau, dann wurde sie auch schon von ihrem Begleiter am Handgelenk gepackt und fortgerissen. In Windeseile rannten die beiden die Gasse hinunter und verschwanden jenseits eines Torbogens, bevor Griet auch nur Atem holen konnte.

«Mein Gott, das war Cäcilia», presste sie zwischen den Zähnen hervor. «Ganz bestimmt!» Don Luis fluchte wild auf Spanisch. Er ließ den Arm des Jungen los, der wild zappelte, und wollte die Verfolgung aufnehmen, als noch jemand aus dem brennenden Haus herausstürzte. Hustend hielt der Mann sich eine von Ruß geschwärzte Landkarte vors Gesicht. Er hinkte ein wenig, offensichtlich hatte er sich am Fuß verletzt, doch das hinderte ihn nicht daran, auf der Stelle die Verfolgung der ersten beiden aufzunehmen. Er hatte jedoch nicht mit Don Luis gerechnet, der ihm geistesgegenwärtig den Weg versperrte. Der Mann stieß einen ärgerlichen Laut aus, dem einige spanische Wörter folgten.

Don Luis runzelte die Stirn. Mit einer flinken Handbewegung entwendete er dem Fremden die Karte und blickte in ein paar eng zusammenstehende Augen, aus denen gleichermaßen Überraschung und Wut sprachen. Griet sog scharf die Luft ein. Diese hochmütigen Züge hatte sie schon einmal gesehen. Nicht in Brüssel, es war in Oudenaarde gewesen, ja, sie irrte sich nicht. Am Tag nach der Hinrichtung der Ratsherren, als sie sich mit ihrer Schwiegermutter zum Haus der Familie Osterlamm aufgemacht hatte. Zwei spanische Soldaten hatten sie damals bis vors Portal der Sint-Walburgakerk verfolgt, wo Don Luis sie gerettet hatte. Der Mann, der sie nun aus seinen kleinen Augen hasserfüllt anstarrte, war einer der beiden gewesen. Don Luis schien nun ebenfalls bemerkt zu haben, mit wem er es zu tun hatte, doch noch ehe er eine Erklärung fordern oder den Mann außer Gefecht setzen konnte, drängte sich eine Schar aufgeregter Männer und Frauen zwischen sie. Die Nachbarn schleppten bis zum Rand gefüllte Eimer vom Brunnen herbei und schütteten sie in den finsteren Hauseingang, um das Feuer zu löschen. Die Angst der Menschen, es könnte sich ausbreiten und auf ihre zum Teil mit Stroh gedeckten Häuser überspringen, war deutlich.

Der Spanier nutzte die Verwirrung, um einem alten Weib den Eimer zu entreißen und ihn auf Don Luis zu schleudern. Dieser wich dem Geschoss zwar geschickt aus und zog seinen Degen, doch im allgemeinen Gedränge verlor er ihn aus den Augen. Er hörte noch höhnisches Gelächter und einige spöttische Wörter, aber den Mann sah er nicht mehr. Er war wie vom Erdboden verschluckt. Griet lief ein Stück in Richtung Torbogen, unter dem sie den Mann und die verschleierte Dame hatte verschwinden sehen, doch musste sie nach wenigen Schritten einsehen, dass eine Verfolgung zwecklos war. Unter ihren Sohlen knirschte der Schnee, aber es war unmöglich, der Spur eines Einzelnen zu folgen. Wir haben sie verloren, dachte sie verzweifelt. Und das, nachdem wir ihr und dem Buch schon so nahe gewesen waren.

Griet kehrte um und eilte zu Don Luis zurück, der vor Wut darüber, dass ihm der spanische Soldat entwischt war, kochte. Neben ihm stand der kleine König. Griets Blick wanderte an der grauen Fassade des Hauses empor. Die ganze Nachbarschaft war auf den Beinen. Einige Männer bildeten unter Aufsicht des Brandwächters eine Kette mit Eimern, um das Feuer zu bekämpfen, doch ins Haus selbst wagte sich keiner von ihnen. Eine hohe Leiter wurde herbeigeschafft und gegen die Mauer gelehnt. Griet hörte, wie ein paar Männer ihren Frauen auftrugen, nach Hause zu laufen und ihre wertvollste Habe in Bündel zu packen und ins Freie zu schaffen. Sie musste zurückspringen, als eine erste mit mehreren Klaftern Brennholz, Bettzeug und Zinngeschirr beladene Schubkarre an ihr vorbeigezogen wurde.

Nur einen sah sie in dem allgemeinen Durcheinander nicht: Paulus Dorotheus. Ihr Herzschlag beschleunigte sich, als sie nach ihm fragte.

«Dieser Wahnsinnige verkriecht sich wie ein Fuchs in seinem Bau», antwortete ein kahlköpfiger Mann, der ihre Frage aufgeschnappt hatte. «Er wird mitsamt seinen nutzlosen Büchern verbrennen. Und wenn die heilige Jungfrau Maria nicht hilft, steht trotz des Schnees bald das ganze Viertel in Flammen.» Don Luis blickte den Kahlköpfigen mit finsterer Miene an.

«Wir müssen ihn da rausholen», schluchzte der kleine König. Fassungslos starrte er auf die Fenster in dem windschiefen Fachwerkhaus, dessen Schindeldach sich nach oben hin spitz verjüngte. Aus dem kleinen Pferch an der Südseite des Hauses war das schrille Quieken eines Schweins zu hören. Ein paar

Frauen öffneten das Gatter und trieben das Tier mit Stöcken hinaus. Sie hatten es kaum in einen Stall auf der anderen Seite der Gasse gescheucht, als im Haus des Buchhändlers ein Fenster aufgestoßen wurde. Ein gespenstisches Gelächter ertönte. Im nächsten Moment flatterten Dutzende von losen Buchseiten auf die Straße hinunter.

Don Luis zögerte nicht länger. Da keiner der Umstehenden zu bewegen war, mit ihm ins Haus zu gehen, nahm er einem alten Weib den Eimer aus der Hand und befeuchtete mit dem Wasser sein Wams und seinen Umhang. Die Frau riss ein Stück ihrer Schürze ab und reichte es ihm, damit er es sich vor Mund und Nase binden konnte.

Griet folgte seinem Beispiel, verbot aber dem kleinen König, der schon im Begriff war, Don Luis hinterherzulaufen, das brennende Haus zu betreten. Sie war wie gelähmt, als sie das Wasser, mit dem sie Haube und Schultertuch tränkte, auf der Haut spürte. Entweder ich ersticke in dem Qualm, oder ich hole mir das Lungenfieber, dachte sie ergeben, als sie in den finsteren, schlauchartigen Flur eintauchte. Ängstlich suchte sie sämtliche Winkel nach Flammen ab, konnte aber noch keine entdecken. Das Feuer schien seine Nahrung allein in dem höhlenartigen Raum zu suchen, wo der Buchhändler voller Stolz seine besonderen Schätze aufbewahrte. Die Augen halb geschlossen, tastete sich Griet an der Wand entlang. Sie spürte, dass Don Luis direkt vor ihr ging, doch sehen konnte sie ihn nicht. Der Rauch biss sie entsetzlich in den Augen, und mehrmals stolperte sie über umherliegende Bücherstapel. Sie wollte nach dem Buchhändler rufen, bemerkte aber jäh, dass ihre Stimme versagte. Von Augenblick zu Augenblick schien es ihr fraglicher, ob sie diesen Ort lebend verlassen würde. Kurz darauf schlug ihr ein gewaltiger Hitzeschub entgegen.

Don Luis zerrte wild an ihrem Ärmel, er wollte sie auf etwas aufmerksam machen. Griet folgte seinem Finger und erkannte durch die Rauchschwaden zu ihren Füßen ein Kruzifix an einer Kette, das auf dem Fußboden lag. Er hob es auf. Seine Hand schloss sich um das fromme Symbol, während Griet sich umwandte. Cäcilia. Sie musste es verloren haben.

Don Luis keuchte heftig, als er die Tür zum Arbeitszimmer des Buchhändlers aufstieß. Hier brannten die hohen Regale an den Wänden lichterloh und mit ihnen all die Bücher, die der alte Mann wie seine Kinder gehegt hatte. Ein grausiges Spektakel. Auch die beladenen Tische, auf denen Griet und Don Luis Stapel von Pergamenten und Schriftstücken gesehen hatten, leisteten den Flammen keinen Widerstand. Über dem geschnitzten Stuhl, auf dem es sich Dorotheus bei ihrem Besuch bequem gemacht hatte, schaukelte der Vogelkäfig hin und her. Halb wahnsinnig vor Angst, flatterte der Star auf und ab und warf sich dabei immer wieder gegen das Gitter, um nach einem Weg in die Freiheit zu suchen. Seine hellen Schreie hörten sich inmitten des unheilvollen Knisterns der Flammen fast menschlich an. Dagegen erinnerte das Geheul, das aus einem Winkel hinter dem Lehnstuhl kam, an ein in eine Falle geratenes Tier.

Es war Paulus Dorotheus. Griet erkannte seinen langen blauen Mantel und wunderte sich, dass der alte Mann keine Anstalten machte zu fliehen. Er stand vor dem Fenster, durch das wie zum Spott der Schneeregen in die brennende Stube wirbelte. Der Buchhändler hatte einige seiner Kisten ans Fenster geschoben, denen er wahllos Bücher entnahm, mit einem Messer die Seiten heraustrennte und diese dann aus dem Fenster warf. Draußen segelten sie einträchtig neben den weißen Flocken auf das Pflaster hinunter.

Mit zwei Sätzen war Don Luis bei ihm und bedeutete ihm, mit ihnen zu fliehen.

«Ich bleibe hier», rief der alte Mann trotzig. Das Feuer schien er überhaupt nicht wahrzunehmen. Er bückte sich nach dem nächsten Buch, doch der starre Blick, mit dem er seine gedruckten Schätze zerteilte, verriet Griet, dass der Mann einen Schock erlitten hatte.

Hinter ihr brach krachend eines der hohen Wandregale zusammen. Griet schrie erstickt auf, als sie bemerkte, wie der Saum ihres Kleides plötzlich Feuer fing. Don Luis warf seinen Umhang auf Griets Füße und schaffte es, die Flammen zu ersticken. Sie mussten endlich hinaus. Auch nur einen Moment länger zu verweilen bedeutete ihren sicheren Tod. Über Griets Kopf begann das Gebälk zu knirschen.

«Durch die Tür kommen wir nicht mehr hinaus», rief Don Luis. Seiner Äußerung folgte ein Fluch auf Spanisch, der Griet zu verstehen gab, wie gefährlich die Lage für sie geworden war. Das umgestürzte Regal versperrte ihnen den Weg, den sie gekommen waren. Griet blickte sich um. Es blieb nur das Fenster als Ausweg.

«Meine Bücher», rief Paulus Dorotheus außer sich. Er kroch quer über den Fußboden auf das brennende Regal zu, wobei er um ein Haar von dem zweiten Bücherregal erschlagen worden wäre, das nur wenige Schritte von ihm entfernt in sich zusammenfiel. Die umherfliegenden Funken, der Ascheregen und das berstende Holz schienen ihn endlich aus seinem lethargischen Zustand zu holen. «Ich verdammter Narr habe ihnen auch noch eigenhändig die Tür geöffnet.»

Don Luis packte ihn am Genick und zog ihn auf die Füße. Er wollte den alten Mann nicht verletzen, selbst aber auch nicht qualvoll ersticken, nur weil der Buchhändler sich bockig zeigte. «Die Frau, die Euch besucht hat? Hat sie das Feuer gelegt?»

Dorotheus schüttelte wild hustend den Kopf. «Nein, das war der Bursche, der kurz nach ihr an meine Tür klopfte.» Er rang röchelnd nach Atem. «Ein ... Spanier. Er drang in mein Studierzimmer ein und bedrohte uns. Er ...» Wieder wurde der Alte von einem Hustenreiz geschüttelt. «Er verlangte ... das Buch, aber die Frau weigerte sich, es ihm zu überlassen!»

Don Luis schleppte Dorotheus zum Fenster, was nicht einfach war, denn der Buchhändler wog mehr, als sein ausgemergelter Körper andeutete. Die Öffnung, durch die er ihn zwängte, war auch nicht so breit, wie er angenommen hatte, aber es würde gelingen. Es musste einfach gelingen. Er hoffte nur, dass sie sich nicht den Hals brachen, wenn sie hinuntersprangen.

«Was macht Ihr denn da?», keuchte er, als er sah, wie Griet durch den Raum auf den Stuhl zu wankte.

«Ich hole nur den Vogel», stieß sie hervor. Mit letzter Kraft nahm sie den Käfig vom Haken und kam mit ihm zum Fenster zurück, wo sie erst ein paarmal durchatmen musste, bevor sie in der Lage war, das Türchen aufzudrücken und das schreiende Tier in die Dunkelheit zu entlassen.

«Ich kann nicht springen», sagte sie, nachdem der alte Buchhändler sich durch die Öffnung gezwängt hatte. Sie schüttelte den Kopf und wich zurück, als sie hinunterblickte, wo einige Frauen Dorotheus auf die Beine halfen. Don Luis zuckte zusammen. «Was soll das heißen?», zischte er. «Seid Ihr verrückt geworden? *Santa Maria*, nun springt schon, so tief geht es doch nicht hinab!» In seinem Rücken krachte es, als ein Teil des Deckengebälks barst. Die Stützpfeiler, die es getragen hatten, knickten ein wie dünne Schilfrohre. Noch hielten sie dem Gewicht stand, doch es war abzusehen, dass sie in wenigen Augenblicken nachgeben würden. Es blieb kaum noch Zeit. Sprangen sie nicht auf der Stelle, würden sie von den schweren Balken erschlagen werden, noch bevor die Flammen über sie kamen.

Griets Finger schlossen sich krampfhaft um die Enden des nassen Tuches, das sie sich vors Gesicht geschlungen hatte. Warum? Warum sprang sie nicht einfach? Was daran war so schwer? Sie wog viel weniger als der Buchhändler, und dort unten standen Menschen, die sie auffingen. Zumindest würden sie es versuchen. Trotzdem war sie wie gelähmt. Ihr Körper entzog ihr die Vollmacht über seine Glieder und ließ sie in einer Starre verharren. Die Furcht vor dem Feuer wog gleich schwer wie eine andere Furcht, die sie schon viele Jahre mit sich herumtrug. Eine Furcht, die sie quälte, sobald sie durch ein hochgelegenes Fenster in die Tiefe blickte oder in der Kirche auf der Empore saß. Sie schloss zitternd die Augen; während ihr der Schweiß in Strömen über Gesicht und Rücken lief, kämpfte sie gegen die Bilder an, die ihr Gedächtnis heraufbeschwor. Sie drehten sich wie ein Kreisel um ein Ereignis, das sich ihr für immer eingeprägt hatte. Der Grund, warum ihr Arm beschlossen hatte zu sterben, während der Rest ihres Körpers doch leben wollte.

Während sie weiter verharrte, spürte sie plötzlich, wie ihre Füße vom Boden gerissen wurden. «Ich lasse Euch nicht hier oben umkommen», hörte sie Don Luis rufen. Sein Atem war genauso heiß wie das Feuer hinter ihr; sie spürte ihn auf ihren Wangen, was eigentlich nicht sein konnte, da ihr Gesicht doch unter dem Wolltuch geschützt war. Dann verwandelte sich das warme Gefühl in Kälte. Sie spürte, wie der Wind an ihren Kleidern zerrte, während ihre Beine noch mit der Hitze rangen. Dann wurde es dunkel.

Kapitel 26

Als Griet zu sich kam, lag sie auf einem Haufen Stroh. Die Halme piekten sie durch die Röcke hindurch, und sie blickte auf eine Stalllaterne. Durch ein Dach drang Schneeregen, draußen heulte der Wind.

«Schön, dass Ihr wieder bei uns seid. Fühlt Ihr Euch besser?»

Das war Don Luis' Stimme. Er kniete direkt neben ihr im Stroh und sah sie besorgt an. «Ich musste ein wenig grob werden», gestand er zerknirscht lächelnd. Auf seinem Gesicht lag ein Rußfilm, und auch seine Kleidung mit der steifen Halskrause war stark in Mitleidenschaft gezogen worden. In seinem Blick lag jedoch Erleichterung darüber, dass sie das brennende Haus unverletzt hatten verlassen können. Griet konnte sich nicht erinnern, was genau geschehen war. Don Luis musste sie während ihrer Ohnmacht irgendwie aus dem Fenster geschoben und auf die Straße hinuntergeschafft haben.

«Ihr hattet doch keine Wahl», sagte sie einsilbig. Sie schämte sich, im entscheidenden Moment die Nerven verloren zu haben.

«Wie mir scheint, hattet Ihr auch keine.» Don Luis half ihr aufzustehen. Während sie das Stroh von ihrem Rock schlug, bemerkte sie in einem Winkel des Verschlags Paulus Dorotheus. Der Buchhändler rührte sich nicht. Auf seiner rechten Schulter saß, ebenso erstarrt wie er, sein Star. Das Tier hatte die erste Gelegenheit ergriffen, zurückzukehren und nach seinem Herrn zu suchen. Dorotheus saß mit angewinkelten Beinen im Stroh, wobei seine glasigen Augen ins Leere blickten. Seine Hand schloss sich um eine einzelne Buchseite, deren Ecken angesengt waren. Viel mehr als ein paar schmutzige Blätter, die noch draußen in matschigen Pfützen schwammen, war ihm von seiner berühmten Schriftensammlung nicht geblieben. Griet bedauerte den alten Mann zutiefst; die Bücher, die er sein Leben lang gehortet und eifersüchtig bewacht hatte, waren sein ganzer Lebensinhalt gewesen. Innerhalb weniger Augenblicke hatte das Feuer alles in Asche verwandelt.

«Wollt Ihr mir nicht davon erzählen?», lenkte Don Luis Griets Aufmerksamkeit zurück auf sich. Seine Stimme klang ernst, aber sanft, fast so sanft wie die Berührung seiner Finger auf ihrem Handgelenk. Sie entzog ihm ihre Hand nicht, die Berührung tat ihr gut, sehr gut, auch wenn sie wusste, dass Dorotheus keine zehn Schritte entfernt sein Schicksal beklagte.

«Ich habe Euch mein Geheimnis anvertraut, Griet», flüsterte Don Luis. Er lächelte. «Meine unselige Familiengeschichte, die mich nun wieder eingeholt hat. Irgendwie hat das Schicksal es gewollt, dass Ihr zu einem Teil des Ganzen geworden seid. Vielleicht könntet Ihr ebenso versuchen, mir Euer Vertrauen zu schenken.» Als Griet den Mund öffnete, fügte er hinzu: «Ich weiß, dass ich kein Recht habe, das von Euch einzufordern, nach allem, was Ihr meinetwegen ...»

«Wo ist der kleine König?»

Don Luis stutzte. «Wie bitte?»

«Unser Botenjunge. Habt Ihr ihn zum Gasthaus zurückgeschickt?»

Don Luis schüttelte den Kopf. Er hatte den Jungen noch aufgeregt zwischen den Männern, die Griet aufgefangen und danach ihm selbst die Leiter gehalten hatten, umherspringen sehen. Dann aber war er zu beschäftigt gewesen, um sich nach dem kleinen König umzuschauen. Er hatte den Burschen nicht so eingeschätzt, dass dieser einfach davonlief, nachdem er sich zunächst so anhänglich gezeigt hatte. In Don Luis begann es zu arbeiten. Hatte der Junge womöglich beobachtet, in welche Richtung der spanische Soldat verschwunden war? Erschrocken stellte er fest, dass er es dem durchtriebenen Bengel, der in Brüssel jeden Winkel kannte, zutrauen würde. Aber der Mann war gefährlich.

«Ihr macht Euch Sorgen, nicht wahr?», fragte Griet. «Was hat ein davongelaufener spanischer Soldat mit den schwarzen Schwestern zu schaffen? Glaubt Ihr, er ist im Auftrag des Statthalters nach Brüssel gekommen?»

Don Luis hatte an diese Möglichkeit auch schon gedacht. Falls jedoch Farnese von dem Buch gehört hatte und es in die Hände bekommen wollte, weil er an seine Macht glaubte, würde er bestimmt nicht jemanden wie diesen zwielichtigen Soldaten losschicken. Oder etwa doch? Immerhin war der Spanier dem Buch auf den Fersen und schien ihm und Griet sogar eine Nasenlänge voraus zu sein. Da er kaum im eigenen Interesse handelte, musste er einen Auftraggeber haben. Damit waren sie wieder bei dem ominösen Pilger, der das Buch einst den schwarzen Schwestern anvertraut hatte.

Als Griet sich kräftig genug fühlte, aufzustehen, kehrten sie zu ihrem Gasthaus zurück. Griet überredete den Buchhändler, sich ihnen anzuschließen. Wie hätten sie ihn auch zurücklassen können. Don Luis stützte den alten Mann, während der Star meckernde Geräusche von sich gab. «Ich werde mich dafür einsetzen, dass Fürstin Margarethe von Parma Euch für Eure Verluste entschädigt», versprach Don Luis.

Der Buchhändler hob traurig den Kopf. Zum ersten Mal, seitdem er sein Haus verlassen musste, sah er Don Luis in die Augen. «Was soll mir das nützen? Seht mich an, ich bin zu alt, um auch nur einen Bruchteil der Werke wiederzufinden, die ich heute verloren habe. Ich verfluche den Barbaren, der mir das angetan hat!» Er schwieg eine Weile, dann fuhr er fort: «Ihr glaubt, dieser Pilger steckt hinter der ganzen Sache? Er jagt dem Buch hinterher, für das er seine Seele verkauft hat?»

Griet nickte. Sie hatte die Wirtin um zusätzliche Decken gebeten, weil sie nicht aufhörte zu frieren. Don Luis hatte sich um eine Mahlzeit gekümmert, die eine Schankmagd hinauf in die Stube gebracht hatte. Doch keinem von ihnen war nach essen zumute.

«Ihr hattet mir aufgetragen, mich ein wenig umzuhören», begann der Buchhändler. Die Art, wie er seine Worte betonte, ließ einen leichten Vorwurf anklingen.

«Als ich noch einmal über die Geschichte des Pilgers nachdachte, fiel mir ein, dass mich vor einigen Jahren zwei Männer aufsuchten, die exakte Beschreibungen diverser Pilgerwege ins Heilige Land, sogenannte Itinerarien, von mir haben wollten. Selbstverständlich konnte ich die Herren diesbezüglich beraten. Ich empfahl ihnen das *Liber peregrinationis*, den auf Latein verfassten Bericht des Magisters Thietmar, der schon im Jahre 1217 zu den heiligen Stätten nach Jerusalem und weiter zum Grab der heiligen Katharina von Alexandria im Kloster auf dem Sinai wanderte. Außerdem noch die Schrift des Jean de Mandeville, weil sie auch in den Niederlanden weit verbreitet war. Ich erinnere mich, wie begeistert einer der beiden sich für die Reisen de Mandevilles ausgesprochen hat, nachdem ich ihm erzählt hatte, dass der Verfasser darin auch eine Anzahl phantastischer Routen beschreibt, darunter einen geheimen Weg, der angeblich zum Eingang des irdischen Paradieses selbst führen soll.»

«Ihr meint doch nicht den Garten von Eden?», fragte Griet ungläubig.

Dorotheus zuckte mit den Achseln. «Wieso nicht? Es gibt eine alte Legende, nach welcher der sogenannte Baum der Erkenntnis von Gut und Böse kein Baum im eigentlichen Wortsinn war, sondern eine Bibliothek. Die Bibliothek Gottes, geschaffen für all jene Bücher, die einst im Himmel geschrieben werden. Gäbe es einen geeigneteren Herkunftsort für eine Schrift wie das *Buch des Aufrechten*? Der Mann wollte Mandevilles Reisebeschreibung damals unbedingt haben. Als ich meinen Preis nannte, kam es beinahe zum Streit mit seinem Begleiter, der sich für ein weniger kostspieliges Werk entschieden hatte. Aber er wusste sich durchzusetzen, und so verkaufte ich ihm Monsieur de Mandevilles Buch.» Er überlegte einen Moment, bevor er hinzufügte: «Ich habe es seitdem nur noch ein einziges Mal verkauft, an die Äbtissin des Klosters Hertoginnedal, ganz in der Nähe von Brüssel.»

Don Luis und Griet sahen sich erstaunt an. Ausgerechnet die Äbtissin, unter deren Dach Cäcilia gelebt hatte, hatte das Buch erworben? Aber warum sollte sich die Nonne für den Bericht einer phantastischen Pilgerreise nach Palästina interessieren? Als Griet die Äbtissin in Hertoginnedal aufgesucht hatte, hatte sie den Eindruck einer arbeitsamen Frau gewonnen, eine Leidenschaft für Bücher hatte sie dabei nicht feststellen können. Doch das mochte täuschen. Hatte sie vielleicht mehr über Cäcilia, Bernhild und das Buch gewusst, als sie zugab? Das Schicksal ihres Klosters lag in den Händen König Philipps von Spanien, womit sie auch auf die Gunst des Statthalters angewiesen war.

«Habt Ihr jemals wieder etwas von den beiden Männern gehört?», lenkte Don Luis das Gespräch erneut auf das ursprüngliche Thema zurück. «Die Vermutung liegt nahe, dass einer von beiden unser geheimnisvoller Pilger ist. In diesem Fall hat er seinen Handlanger gezielt zu Euch geschickt, weil er ahnte, dass unsere Cäcilia sich früher oder später an Euch wenden würde. Ich habe den Eindruck, dass dem Burschen allmählich der Boden unter den Füßen zu brennen beginnt. Er scheint alle beseitigen zu wollen, die seine Identität lüften könnten. Vermutlich hat er den Spanier angewiesen, den Bücherladen in Brand zu stecken, und gehofft, dass Meister Dorotheus dabei den Tod findet.»

Dorotheus erbleichte; er brauchte eine Weile, bis er sich von diesem neuen Schreck erholt hatte. Doch allmählich verdrängte die Wut über so viel Niedertracht die Angst. Er schlug mit der Faust auf den Tisch. «Ich werde tun, was in meiner Macht steht, um Euch behilflich zu sein», versprach er. «Leider kann ich Euch nur etwas über einen der Männer berichten. Sein Name ist Jan Daten, das weiß ich, weil er später selbst Bücher verfasste. Er war ursprünglich Karmelitermönch, schloss sich aber schon als junger Mann den Calvinisten an und musste außer Landes fliehen. Es heißt, er habe gemeinsam mit anderen Flüchtlingen in der Fremde eine flämische Gemeinschaft gegründet, nachdem Friedrich III., der Kurfürst von der Pfalz, ihn unter seinen persönlichen Schutz gestellt hatte. Wäre nicht alles in Flammen aufgegangen, hätte ich Euch seine Übersetzung der Psalmen und andere seiner exzellenten Schriften zeigen können. Ihm würde ich es zutrauen, das *Buch des Aufrechten* zu übersetzen. Das habe ich auch der Dame gesagt, als sie mich um Rat bat. Aber ein Dieb und Mörder ist Daten gewiss nicht.» Stöhnend raufte er sich das Haar. «Hätte ich die Frau auf der Stelle hinausgeworfen, wäre mir einiges erspart geblieben.»

Don Luis runzelte die Stirn. «Glaubt Ihr wirklich, der Handlanger dieses Pilgers hätte Euch dann geschont? Habt Ihr Cäcilia auch verraten, wo dieser Wunderknabe Jan Daten zu finden ist?»

«Ich habe Ihr alles gesagt, was ich darüber weiß, auch wenn es nicht viel war», sagte der Buchhändler. «Kurfürst Friedrich von der Pfalz überließ den calvinistischen Flüchtlingen vor zwanzig Jahren ein aufgegebenes Chorherrenstift in dem Städtchen Frankenthal. Dort sollten sie Handel und Handwerk nachgehen können. Die meisten von ihnen waren einfache Leute, Tuch- und Teppichweber, aber es gab auch ein paar Maler und Goldschmiede unter ihnen, die der Fürst an seinen Hof in Heidelberg gerufen hat. Unseren Leuten scheint es in der Pfalz gutzugehen, es gibt auch ein paar Leute aus Oudenaarde dort. Der gute Jan Daten wirkte zunächst mit Erlaubnis Kurfürst Friedrichs als Prediger und geistiger Führer unter ihnen. Es würde mich also nicht wundern, wenn diese Cäcilia sich mit ihrem Buch bereits auf den Weg in die Kurpfalz gemacht hat, um ihn dort zu treffen. Wie mir scheint, hat sie einen Begleiter gefunden, einen mit allen Wassern gewaschenen Burschen namens Tobias van Leeuwen, der von den Spaniern gesucht wird, weil er Flüchtlinge aus Flandern ins Ausland gebracht hat.»

Griet erinnerte sich an einen muskulösen Mann, der sie und Don Luis vor der Tür des Buchhändlers beinahe umgerannt hätte. Wie nahe waren sie den Gesuchten gekommen, nur um sie gleich darauf wieder aus den Augen zu verlieren! Das Gesicht des Mannes hätte sie nicht beschreiben können, dazu war alles viel zu schnell gegangen. Die Frau hatte ihre Züge unter einem Schleier verborgen.

Griet senkte mutlos den Kopf. Der Bericht des Buchhändlers klang für sie plausibel, erfüllte sie aber mit Schrecken. Mussten sie Cäcilia bis ins Deutsche Reich folgen, und das mitten im Winter, wo es auf den verschneiten oder matschigen Landstraßen noch gefährlicher war als zu jeder anderen Jahreszeit? Sie konnte das nicht. Sie war in jeder Hinsicht erschöpft und nicht in der Lage, weiterzureisen. Außerdem drängte es sie zurück nach Hause, wo ihr Kind auf sie wartete.

Schnell überschlug sie, wie viel Zeit seit Cäcilias Flucht aus dem Haus des Buchhändlers vergangen sein mochte. Cäcilia und Tobias konnten unmöglich mehr als drei oder vier Stunden

Vorsprung haben; insgeheim betete sie, dass die letzte schwarze Schwester Brüssel noch nicht verlassen hatte. Wenn es ihr und Don Luis doch nur gelänge, ihren Unterschlupf zu finden oder sie und ihren Begleiter am Tor abzufangen.

Dorotheus' Blicke verrieten ihr, dass sie sich diese Hoffnung besser gleich aus dem Kopf schlug. «Tobias weiß von Fluchtwegen aus der Stadt hinaus, die außer ihm nur noch die Kanalratten kennen. Darüber hinaus gilt er in Brüssel als Meister der Maskerade. Damit hat er die Obrigkeit schon oft an der Nase herumgeführt. Das macht ihn als Führer auch so beliebt.»

Sie verbrachten die Nacht im Gasthaus, ohne auch nur ein Auge zuzumachen. Griet fand keinen Schlaf, weil sie mit einer Entscheidung rang. Don Luis hielt Wache. Es ärgerte ihn immer noch, dass er den spanischen Deserteur hatte entwischen lassen, und er befürchtete, der Mann könnte sich in die Herberge einschleichen, um sie im Schlaf zu überfallen. So war der Buchhändler der Einzige, dem spät in der Nacht die Augen zufielen. Griet deckte den alten Mann fürsorglich zu.

Als der Morgen graute, erschien zu ihrer Überraschung Balthasar. Der Junge sah müde und so mitgenommen aus, dass Griet annehmen musste, er habe die Nacht unter freiem Himmel verbracht. Doch abgesehen davon, dass er vor Kälte zitterte und sich ausgehungert über ein Stück Brot mit Ziegenkäse hermachte, schien ihm nichts zu fehlen.

«Ich bin der Spur des Mannes gefolgt», berichtete er stolz, nachdem er auch noch einen Becher Milch in einem Zug geleert hatte. «Ihr wisst schon: der Kerl, der das Feuer gelegt hat. War gar nicht so leicht, sich unbemerkt an seine Fersen zu heften. Aber nun weiß ich, wo er sich verkriecht.»

«Du hast was getan?» Don Luis hob den Kopf und warf dem Jungen einen scharfen Blick zu. In seiner Miene kämpften Ärger und Anerkennung miteinander. «Der Kerl ist gefährlich», sagte er. «Wir müssen davon ausgehen, dass er schon einige Menschen getötet hat, die ihm im Weg waren. Das Leben eines naseweisen Bengels kümmert ihn kein bisschen. Was hätte ich deiner Mutter sagen sollen, wenn du nicht zu ihr zurückgekehrt wärst?»

Der Junge verzog beleidigt das Gesicht. Offensichtlich passte es ihm nicht, dass Don Luis, der sich seiner am Vortag noch so kameradschaftlich angenommen hatte, ihn plötzlich wie ein kleines Kind behandelte.

«Ich kann schon gut auf mich aufpassen», stieß er trotzig hervor. «Aber bitte, mein Herr, wenn Ihr nicht erfahren wollt, was ich über Euren Brandstifter herausgefunden habe, kann ich ja wieder gehen.» Schnurstracks steuerte er auf die Tür zu.

Griet warf Don Luis einen mahnenden Blick zu, den Jungen wieder versöhnlich zu stimmen. Don Luis verstand den Wink und lenkte ein. «Warte!», rief er. «Ich wollte dich nicht anschreien, tut mir leid.»

«Nachdem die Herren ja nun wieder Freunde sind, dürfen wir anderen vielleicht erfahren, wohin du dem Spanier gefolgt bist», sagte Griet. Zugleich plagte sie sich damit, die Zinken eines hölzernen Kamms durch ihr Haar zu ziehen. Als sie bemerkte, wie der Junge ihr dabei beeindruckt zusah, beeilte sie sich, ihren roten Schopf unter die Haube zu zwingen.

Don Luis sah den Jungen an. «Und du hast gesehen, wohin der Brandstifter verschwunden ist?»

Balthasar nickte, erfreut darüber, wie ernst die Erwachsenen ihn plötzlich nahmen. «Ich folgte ihm bis zum Haus eines spanischen Kaufmanns, der erst vor ein paar Monaten in die Stadt gekommen ist. Der Kaufmann heißt Gaspar d'Anastro. Ich habe mal einen Botendienst für ihn erledigt, da hat er geprahlt, dass er ein Freund des Statthalters sei und bald ein hohes Amt bekleiden würde. Sobald der rebellische Norden in die Knie gezwungen, Brüssel befreit und Wilhelm von Oranien mitsamt seinen französischen Bundesgenossen besiegt sei.»

Don Luis stieß scharf die Luft aus. «Von diesem d'Anastro habe ich gehört», erklärte er voller Verachtung. «Zu Beginn des Jahres heckte er einen Mordanschlag auf den Oranier aus und überredete seinen Gehilfen, einen armen Narren namens Juan Jareguy, ihn auszuführen. Hinter der Tat steckten weder politische noch religiöse Motive, sondern allein Geldgier. Señor d'Anastro hatte sich hoch verschuldet. Als er hörte, dass Prinz Wilhelm von Oranien nach Antwerpen ziehen würde, sah er dies als gute Gelegenheit an, sich das Kopfgeld zu verdienen, das König Philipp ausgesetzt hatte. Dabei handelt es sich immerhin um 25 000 Dukaten. Der Bursche war schlau genug, die Stadt rechtzeitig zu verlassen, bevor er seinen verunsicherten Gehilfen mit einer Pistole in die Antwerpener Residenz des Prinzen schickte.»

Griet erinnerte sich daran, wie bestürzt die Nachricht von dem Anschlag in Oudenaarde aufgenommen worden war. Die Stadt hatte sich auf die militärische Unterstützung ihres Verbündeten aus dem Norden verlassen, doch dann war alles anders gekommen. Der Schuss, den der Attentäter aus nächster Nähe abgefeuert hatte, hatte den Prinzen unterhalb des rechten Ohrs getroffen und den Gaumen zerschmettert. Tagelang schwebte der Oranier zwischen Leben und Tod, eine Zeit, in der die Menschen in den Kirchen und auf öffentlichen Plätzen Flanderns für ihn beteten, wie sie den gedungenen Mörder und seine feigen Auftraggeber verfluchten. Wie durch ein Wunder erholte sich der Prinz rasch von seinen Verletzungen. Von dem geflohenen Kaufmann hatte Griet nichts mehr gehört, aber es überraschte sie nicht, dass er sich nach Brüssel begeben hatte. Die Stadt und ihr Umland waren zwar noch fest in der Hand der Aufständischen, doch es gab genügend Bürger, die mit der momentanen Lage der Stadt unzufrieden waren und lieber wieder unter der Herrschaft des Königs leben wollten. In Brüssel brachte niemand den Spanier mit dem Anschlag in Verbindung.

«Ich glaube nicht, dass Kaufmann d'Anastro unserem Brandstifter aus reiner Nächstenliebe Gastfreundschaft gewährt», erklärte Don Luis sarkastisch. Es schien ihm gar nicht zu gefallen, dass es sich bei den Männern, über die sie redeten, um seine Landsleute handelte. Mochte er auch hier in Brüssel wieder seinen flämischen Leinenkittel angezogen haben, so trug er darunter doch ein nach spanischem Schnitt geschneidertes Wams. Für diejenigen, die das Ansehen Spaniens durch ihr Verhalten in diesem Land in den Schmutz traten, empfand er nur Verachtung. «D'Anastro und sein Gast sind beide geldgierig und dienen jedem Herrn, der ihre Gier nach Gold oder Ruhm befriedigt.»

«Der Kaufmann scheint seine Hoffnung auf Farnese zu setzen», sagte Griet. «Aber noch hat der Statthalter weder seinen Feldzug beendet noch die ganzen Niederlande besiegt. Brüssel, Antwerpen und Brügge leisten nach wie vor Widerstand, und der Winter spielt ihnen in die Hände. Somit müsste d'Anastro sich noch eine ganze Weile in Geduld üben, bis etwas für ihn herausspringt. Vielleicht plant er ja mit Hilfe unseres Brandstifters einen weiteren Anschlag auf den Oranier. Wie ich Farnese kenne, würde er sich dankbar erweisen, und der Kaufmann d'Anastro wäre über Nacht ein gemachter Mann.»

Don Luis begann nachdenklich in der Kammer auf und ab zu gehen. Plötzlich blieb er stehen und schlug sich mit der flachen Hand gegen die Stirn. «Jawohl, Ihr habt recht! Ich verwette mein Pferd samt Sattel und Zaumzeug, dass die beiden Burschen einen Pakt geschlossen haben. D'Anastro unterstützt den Brandstifter bei seiner Suche nach Cäcilia. Ob der Kerl ihn über die wahren Hintergründe seines Auftrags aufgeklärt hat, sei einmal dahingestellt. Vermutlich hat er ihm nur gesagt, die Frau habe ihn oder seinen Auftraggeber bestohlen, und es erwarte ihn eine hohe Belohnung, wenn er sie und das Diebesgut zurückbringe. Sobald er Cäcilia dem Pilger ausgeliefert hat, wird er sich in d'Anastros Auftrag in den Norden aufmachen, um nun seinen Teil der Abmachung zu erfüllen.»

«Dann muss der Prinz von Oranien unbedingt gewarnt werden», rief Balthasar aufgeregt. «Ohne seine Hilfe wird Brüssel fallen, das hat mir meine Mutter gesagt, und sie muss es wissen. Sie hat den Prinzen schon mit eigenen Augen gesehen, und er war so freundlich zu ihr, dass sie meine jüngere Schwester nach ihm benannt hat!»

Don Luis klopfte Balthasar auf die Schulter. «Wenn wir verhindern wollen, dass der Statthalter in Oudenaarde unschuldige Menschen umbringen lässt, müssen wir erst einmal den Mörder der schwarzen Schwestern zur Strecke bringen, verstehst du? Außerdem wäre es Hochverrat, wenn wir dem Oranier eine Nachricht zukommen ließen. Vergiss nicht, dass ich Spanier bin. Ich genoss sogar einmal das Vertrauen des Statthalters. Seiner Mutter diene ich noch heute.»

«Ihr seid doch ebenso Flame.»

Don Luis lächelte, als er den treuherzigen Blick des kleinen Königs auffing, schüttelte aber entschlossen den Kopf. «Ich habe König Philipp Treue gelobt, diesen Schwur werde ich nicht brechen. Das gebietet mir meine Ehre. Ich hoffe, dass uns das nicht zu Feinden macht.»

«Vielleicht genügt es, wenn wir einen Weg finden, den Plan des Mannes zu vereiteln», warf Griet ein. Das Problem, das es zu lösen galt, erinnerte sie an die gespannten Fäden eines Webstuhls. So, wie das Weberschiffchen alle Garnfäden miteinander verband, musste auch hier jede noch so kleine Einzelheit berücksichtigt werden. Der Pilger war ein Gegner, der nicht unterschätzt werden durfte. Auch sein Handlanger wusste oder ahnte zumindest, dass er einem gefährlichen Herrn diente. Er würde sich allerdings erst nach dem Erfolg seiner Mission um den Oranier kümmern, das verschaffte ihnen etwas Zeit.

«Wir sollten versuchen, ihn aus seinem Versteck zu locken, auch wenn er unter dem Schutz dieses d'Anastro steht. Vergesst nicht, er hat Meister Dorotheus' Laden angezündet und in Kauf genommen, dass er in den Flammen umkommt.»

«In ganz Brüssel wird nach dem Brandstifter gefahndet», pflichtete Don Luis bei. «Wenn wir ihn schnappen, werde ich schon aus ihm herausholen, wer der Mistkerl ist, der ihm in Oudenaarde den Auftrag gegeben hat.» Er schluckte, als ihm klar wurde, was das für ihn und seinen eigenen Auftrag bedeutete. «Vielleicht brauchen wir Cäcilia dann gar nicht mehr, um ihn zu überführen, und können sie mit ihrem Buch in Ruhe gehen lassen.»

Griet begriff, welcher Ausweg aus der Misere sich ihnen bot. Die Aussage Cäcilias, wie es zur Ermordung ihrer Mitschwestern in Elsegem gekommen war, mochte wichtig sein, ganz sicher wog für Alessandro Farnese jedoch ein Geständnis des Täters schwerer. Bernhild war tot; sie konnte nicht mehr aussagen. Dorotheus hatte den Pilger vor Jahren einmal kurz gesehen, als dieser den Reisebericht bei ihm kaufte, aber genügte das? Mit Sicherheit nicht. Die Augen des Buchhändlers waren viel zu schlecht, um nach so langer Zeit jemanden wiederzuerkennen. Es blieben also Jan Daten, der im Kurfürstentum der Pfalz war, und der Brandstifter. Sie waren die einzigen Zeugen, die sagen konnten, wer der einstige Pilger war, der sich heute in Oudenaarde verbarg. Gelang es ihnen, den Brandstifter dingfest zu machen, konnten sie sich den Weg in die ferne Kurpfalz sparen.

In den nächsten beiden Stunden erdachte und verwarf Don Luis einen Schlachtplan nach dem anderen. Aber er kam nicht weiter, und so überließ sich Griet ihren eigenen Gedanken. Als sie schon erschöpft die Augen schließen wollte, fiel ihr auf, was sie vergessen hatte.

«Großer Gott», stieß sie hervor. Don Luis und Dorotheus drehten sich fragend nach ihr um.

«Was habt Ihr, Griet?»

«Wie konnte ich nur übersehen, dass es noch einen weiteren Zeugen gibt? Eine Person, die den Pilger kennt, die aber völlig arglos ist, weil sie die Zusammenhänge nicht begreifen kann.» Sie schlug die Hände vors Gesicht.

«Wer?»

«Unsere Magd Beelken!»

«Beelken», wiederholte Don Luis. Es klang nicht so, als hätte er eine Ahnung, wovon sie sprach. «Wieso soll ausgerechnet sie die Identität des Pilgers kennen?»

Die Erkenntnis, dass die tödliche Gefahr nun auch nach ihrer eigenen Familie griff, traf Griet hart. Es ging nicht mehr um das Schicksal von Oudenaarde oder ihren Handel mit Sicherheitsdokumenten. Und sie selbst war viele Meilen von zu Hause entfernt und konnte niemanden schützen.

«Ich weiß von Beelken nur sehr wenig», sagte Griet schließlich. «Eigentlich nur das, was mir meine Schwiegermutter berichtet hat. Vermutlich war es ein Fehler, dass ich mich nicht mehr mit ihr befasst habe, schließlich vertraue ich ihr mein Kind an. Beelken wuchs im Hospital zu unserer lieben Frau hinter dem Kloster St. Magdalena auf, wo sie sich mit Gottes Hilfe von einer schweren Krankheit erholte. Damals war sie noch ein kleines Kind. Sie hatte ihre Eltern und alle, die ihr nahestanden, verloren, sie war die einzige Überlebende der Seuche. Die schwarzen Schwestern boten ihr an zu bleiben und brachten ihr im Laufe der Jahre alles bei, was sie über Krankenpflege und die Wirkung verschiedener Heilkräuter wussten. Sie half den frommen Frauen bei der täglichen Versorgung der Menschen im Spital und stand den Schwestern so nahe wie kein anderer. Sie muss wissen, wer der Pilger ist und wie er sich heute nennt.» Sie machte eine Pause und dachte nach. «Als ich nach Oudenaarde kam, wohnte Beelken schon in der Teppichweberei. Sie hat nie über einen Mann gesprochen, der eine Pilgerfahrt ins Heilige Land unternommen hatte. Warum auch? Sie hielt ihn bislang nicht für eine Bedrohung. Vermutlich ist er für sie nur ein netter alter Bekannter, mit dem sie ein paar Worte wechselt, wenn sie ihm auf der Straße oder in der Kirche begegnet. Er ist ein Überlebender wie sie, das verbindet die beiden miteinander. Zumindest war das so, bevor die schwarzen Schwestern auf Wunsch der Fürstin nach Oudenaarde zurückkehren sollten. Inzwischen ist aber viel geschehen, und der Pilger könnte seine einstige Pflegerin als Bedrohung empfinden. Sie könnte ihn doch jederzeit durch eine unbedachte Bemerkung entlarven, zumal er sicher weiß, dass ich mit Alessandro Farneses Billigung nach den schwarzen Schwestern suche. Das wird er nicht riskieren. Er muss sie sich vom Hals schaffen.»

Griet sprang auf. Energisch wischte sie sich die Tränen aus den Augen. «Ich habe mein Kind in Beelkens Obhut zurückgelassen. Das war ein Fehler. Ich kehre auf der Stelle nach Oudenaarde zurück.»

«Und was wollt Ihr dort dem Statthalter erzählen?», fragte Don Luis. «Dass Ihr die Gräber der schwarzen Schwestern gefunden habt? Darauf wartet er doch nur. Das wird ihm den willkommenen Anlass bieten, in Flandern jeden zu vernichten, der sich ihm in den Weg stellt, seine eigene Mutter eingeschlossen. Was soll dann aus den Menschen werden, über die Fürstin Margarethe momentan ihre schützende Hand hält? Nicht jeder hat die Möglichkeit, mit einem Fluchthelfer wie diesem Tobias außer Landes zu gehen, weil er auf einer Todesliste des Statthalters steht.»

Griet verzog gequält das Gesicht. Was Don Luis sagte, war vernünftig. Viel zu vernünftig für ihren Geschmack. Was ging sie Margarethe von Parma an, davon abgesehen, dass sie bei ihr tief in der Kreide stand? Die Fürstin hatte in ihrer Zeit als Landvögtin nicht die nötige Härte aufgebracht, um in den Niederlanden für Frieden zu sorgen, nun durfte sie sich nicht darüber beklagen, wenn ihr Sohn mit der Duldung Spaniens nach der ganzen Macht griff. Andererseits verstand sie auch, dass Don Luis tief in der Schuld der Fürstin stand und sich dem Auftrag, den er von ihr bekommen hatte, verpflichtet fühlte. Wenn sie beide ab jetzt getrennte Wege einschlugen, würde sie ihre Familie möglicherweise aus Oudenaarde hinausschaffen können. Doch was geschah dann? Auf die Hilfe der Fürstin konnte sie kaum noch zählen, wenn sie ihr in einem entscheidenden Moment die Gefolgschaft aufkündigte.

«Also gut, dann holen wir uns den Brandstifter und bringen ihn vor den Statthalter, damit er ein Geständnis ablegt», sagte sie bitter. «Aber ich schwöre Euch, Don Luis: Wenn meinem Jungen in der Zwischenzeit etwas zustößt, werde ich Euch das niemals verzeihen!»

Kapitel 27

Bereits am folgenden Abend bot sich Griet und Don Luis eine Gelegenheit, in das Haus des Spaniers d'Anastro einzudringen. Balthasar hatte in Erfahrung gebracht, dass der Kaufmann eine kleine Gruppe auserlesener Gäste in sein Haus geladen hatte, die er groß zu bewirten gedachte. Als Fremdem in der Stadt war d'Anastro daran gelegen, Kontakte zu den hiesigen Gilden und Zünften, zu Edelleuten und Angehörigen des hohen Magistrats zu knüpfen, um möglichst bald das Bürgerrecht in Brüssel erwerben zu können. Um seine Gäste zu beeindrucken, ließ er das Haus, das er am Großen Markt gemietet hatte, herausputzen, als erwarte er König Philipp II. persönlich. D'Anastro hatte, obgleich noch immer verschuldet, einen französischen und einen venezianischen Koch eingestellt, die nun miteinander wetteiferten, um sich in der Herstellung köstlicher Pasteten, von Zuckerkuchen, Fleisch- und Fischgerichten zu überbieten. Ihr Auftrag war, einen Gaumenschmaus anzurichten, der eines Fürsten würdig war. Von der Einladung ins Haus des Kaufmanns sollte Brüssel noch lange sprechen, und diejenigen, die nicht dabei waren, sollten vor Neid platzen.

Seit den frühen Morgenstunden drehten sich Rebhühner, Kapaune, Spanferkel und sogar ein junger Mastochse an den Bratspießen in der Küche, die sich ein einem Gewölbetrakt befand. Um das Fleisch zart werden zu lassen, wurde es in regelmäßigen Abständen von Küchenmädchen mit Bratensaft übergossen.

Gehilfen putzten gewaltige Berge von Gemüse, hackten Kräuter, knackten Nüsse oder halfen, Früchte zu kandieren. Unter Aufsicht des venezianischen Küchenmeisters kneteten einige Mädchen Teig für eine Süßspeise, die niemals zuvor in Brüssel serviert worden war. Der Kellermeister, zuständig für die Wein- und Biervorräte, war im Auftrag seines Herrn eigens in einige flandrische Dörfer gereist, in denen die besten Brauer lebten, um dort dunkles Kräuterbier zu kaufen, das d'Anastro, obgleich es ihm selbst nicht schmeckte, seinen Brüsseler Gästen anzubieten gedachte.

Der Hausherr stolzierte mit erhobenem Haupt durch die geräumige Tafelstube und sah den Mägden dabei zu, wie sie hohe Silberbecher und italienische Gabeln auf Hochglanz brachten. Er genoss die Betriebsamkeit. Neben dem ausladenden Kamin, über dem zwei gekreuzte Säbel hingen, lag das Brennholz, auf den kunstvoll geschmiedeten Eisendornen der Leuchter steckten zwei Pfund schwere Wachskerzen, deren Schein nicht nur den Wein in den Bechern funkeln lassen, sondern auch die eleganten flämischen Wandbehänge zur Geltung bringen würde.

Der Unterhalt des hohen Giebelhauses mochte eine Menge Geld verschlingen – Geld, das er momentan nicht besaß, doch er zweifelte keinen Moment daran, dass er eine gute Wahl getroffen hatte. Sein Kontor lag nicht nur in nächster Nachbarschaft zum Markt und dem Haus der Herzöge von Brabant, auch die Zunfthäuser ließen sich von hier aus bequem zu Fuß erreichen. Blickte er aus einem der Bogenfenster, sah er die stolz geschwungenen Dachornamente und den verschwenderisch verzierten Erker des *Goldenen Boots*, in dem die Schneiderzunft sich versammelte. Keine fünf Schritte weiter erhob sich die prächtige Fassade der *Taube*, altehrwürdiger Sitz der Brüsseler Kunstmaler, ein Stück weiter reihten sich die Zunfthäuser der Bierbrauer, Fetthändler und Schlachter aneinander. Noch hatten kein Gildemeister und kein königlicher Beamter den zugereisten Spanier auch nur eines Blickes gewürdigt, sooft er vor ihnen auch den Hut gezogen hatte. Sie misstrauten ihm, betrachteten ihn als nicht ebenbürtig und hatten daher seine Einladungen hochmütig ausgeschlagen. Ob sie über seine wahre finanzielle Situation im Bilde waren? So etwas sprach sich in Brüssel schnell herum.

Ein Lächeln umspielte die Lippen des Kaufmanns, als er daran dachte, dass sich das Verhalten der Brüsseler Nachbarn bald ändern würde. Señor d'Anastro war ein gedrungener Mann von vierzig Jahren, dessen deutlicher Bauchansatz ihn zu weitgeschnittener Kleidung verführte, während die aus feinen Spitzen gefältelte Krause den Eindruck vermittelte, sein kahler Kopf ruhe auf einem Tablett wie das Haupt Johannes des Täufers. Blickte man ihm ins Gesicht, so gewann man den Eindruck, der Kaufmann sei träge und schläfrig, was auf seine stets halbgeschlossenen Lider zurückzuführen war. Ein spröder Zug, der um d'Anastros Mund lag, deutete indes an, dass er schlauer war, als er sich gab. Wäre da nicht seine Neigung zu waghalsigen und nicht immer sauberen Geschäften gewesen, zu der sich auch eine Leidenschaft für Glücksspiele jeder Art gesellte, hätte er sich als erfolgreicher Kaufmann ein angenehmes Leben leisten können. So aber war er gezwungen, von Stadt zu Stadt zu reisen und, obwohl kein junger Mann mehr, stets wieder von neuem anzufangen. Nachdem er Spanien hatte verlassen müssen, wo man ihn wegen Betrugs suchte, hatte er einige Male versucht, schnell an viel Geld zu kommen. Zuletzt in Antwerpen, wo ihm das Kopfgeld auf den Prinzen von Oranien durch die Unfähigkeit seines Gehilfen, richtig zu zielen, durch die Lappen gegangen war. Er fragte sich daher, ob es ein kluger Zug war, sich auch in der neuen Angelegenheit eines Handlangers zu bedienen, anstatt alles selbst in die Hand zu nehmen. Nachdem die ersten Gäste an die Tür zur festlichen beleuchteten Halle klopften, betrat kurz darauf ein Diener die Tafelstube. «Herr, zwei Besucher sind eingetroffen. Einer von ihnen behauptet, Spanier zu sein. Er möchte Euch sprechen.»

Ein Landsmann, überlegte d'Anastro. Was mochte er hier in Brüssel zu tun haben? D'Anastro hatte seine Gästeliste sorgfältig zusammengestellt, ein Spanier war nicht unter den Geladenen. Noch ehe er seinem Diener eine Antwort geben konnte, kamen die beiden schon zur Tür herein. Der Kaufmann stutzte, war aber bemüht, sich die Überraschung nicht anmerken zu lassen. In Kürze würden die ersten wirklich eingeladenen Gäste eintreffen, und er wollte nicht den Eindruck erwecken, ungastlich zu sein. Daher breitete er die Arme aus und ging mit einem Lächeln auf den jungen Mann und seine Begleiterin zu.

«Gaspar d'Anastro zu Euren Diensten, Señor», sagte er freundlich. «Wie ich hörte, sind wir Landsleute. Ihr habt für Euren Besuch den richtigen Abend gewählt, denn ich gebe eine kleine Gesellschaft für meine lieben Nachbarn und würde es als Ehre ansehen, wenn Ihr und Eure hübsche Begleiterin an unserem bescheidenen Nachtmahl teilnehmen würdet.»

«Don Luis de Reon!» Don Luis neigte knapp, aber durchaus höflich den Kopf, bevor er auf Griet wies. «Und das ist Griet van den Dijcke, Tochter des Advokaten Sinter van den Dijcke, Mitglied der königlichen Rechenkammer von Brabant.»

Griet reichte dem Kaufmann die Hand und deutete einen höfischen Knicks an, wie ihre Kinderfrau ihn ihr vor vielen Jahren beigebracht hatte. Sie und Don Luis hatten beschlossen, dass Griet unter ihrem Mädchennamen ins Haus des Kaufmanns gehen sollte, da dieser in Brüssel bekannter war als der ihres verstorbenen Mannes und auf alten Brabanter Adel hindeutete. Tatsächlich schnappte d'Anastro nach dem Köder, den sie ihm hinwarf. Sofort wies er seine Bediensteten an, an der bereits prunkvoll gedeckten Tafel Platz für zwei weitere Gäste zu schaffen. Er persönlich sorgte dafür, dass Don Luis und Griet eine Erfrischung in goldenen Bechern gereicht wurde.

Griet sah sich verstohlen um. D'Anastro hatte keine Mühe gescheut, um eine behagliche Atmosphäre zu schaffen. Allein vom Wert der gefärbten Kerzen in der Stube hätte ein Tagelöhner seine Familie mehrere Wochen lang ernähren können. Die bestickten Tafeldecken, das Zinn- und Silbergeschirr und der prunkvolle Kaminaufsatz aus Marmor, der bis hinauf zur Decke reichte und in dessen Stein Jagdszenen und Blumenornamente gemeißelt waren, erinnerten sie an den Reichtum, der ihr im Haus der Osterlamms begegnet war. Hier in Brüssel wirkten jedoch Möbel und Zierrat noch größer, noch prächtiger und wertvoller als zu Hause in der flandrischen Provinz.

«Ich danke Euch für die Gastfreundschaft», erklärte Don Luis, nachdem ihm eine junge Magd den Trinkbecher mit Gruut gefüllt hatte. Vorsichtig nahm er einen Schluck und verzog das Gesicht.

«Nicht zu fassen, was die Flamen unseren spanischen Rebsorten vorziehen, nicht wahr, Señor?» Der Kaufmann warf Griet einen Blick zu, in dem er sie für diese Bemerkung um Verzeihung bat. «Das Bier stammt aus Brügge, das Geheimnis seines Geschmacks liegt in der Zusammensetzung der würzigen Kräuter. Es ist heiß begehrt beim Volk, jedoch in diesen unruhigen Zeiten gar nicht leicht zu bekommen. Aber ich sehe Eurer Miene an, dass Eurem Gaumen ein Becher Wein hundertmal mehr zusagen wird als das derbe niederländische Gebräu.»

«Ich bewundere Eure Beobachtungsgabe, Kaufmann», sagte Don Luis und schob den Becher mit dem Kräuterbier zur Seite.

«Es freut mich, dass mein Versäumnis, heute Abend auch Landsleute in mein Haus zu laden, nun durch die Anwesenheit eines wahren Hidalgos und Dieners unseres Königs Philipp so vortrefflich korrigiert wurde.»

Griet erhob ihren Becher. «Oh, und dabei hätte ich schwören können, dass Don Luis nicht der erste Landsmann ist, dem Ihr in Eurem Haus so großzügig Gastfreundschaft gewährt.»

«Wie meint Ihr das, meine Dame?» D'Anastros Stirn umwölkte sich leicht. Unwirsch stieß er die Magd, die zaghaft andeutete, ihm den Becher wieder zu füllen, in die Seite und scheuchte sie mit einer Geste hinaus.

«Nun, wir wissen, dass Ihr einen Mann beherbergt, dessen Ruf nicht gerade der beste ist, mein lieber Gaspar», antwortete Griet betont liebenswürdig. «Bei aller Sympathie für Eure Landsleute, Ihr solltet Euch nicht von Schurken und Deserteuren ausnutzen lassen, die Eure Großzügigkeit nicht verdienen. Das könnte Euch von den Brüsseler Kaufleuten nämlich übel genommen werden. Sollte bekannt werden, dass Ihr unter Eurem Dach Verbrechergesindel beherbergt, wird wohl kein Nachbar jemals wieder einen Fuß in Euer Haus setzen. Wir Flamen sind eigen darin, wem wir unsere Gunst schenken und wem wir sie entziehen.»

«Und das wäre doch schade, nach all der Mühe, die Ihr Euch gegeben habt, um die reichen Pfeffersäcke der Stadt zu beeindrucken», fügte Don Luis ungerührt hinzu.

Der Kaufmann war bleich geworden; um eine schnelle Antwort verlegen, rutschte er auf seinem Stuhl hin und her. Dabei war ihm anzusehen, dass er es schon bereute, die beiden Fremden überhaupt empfangen zu haben. Wollte er einen Skandal vermeiden und sein Gesicht wahren, musste er sich nun anhören, was sie ihm zu sagen hatten.

«Was wollt Ihr von mir?», stieß er wütend hervor. «Geld, um Euer Schweigen zu kaufen?»

Griet schüttelte lächelnd den Kopf. «Ich denke, Ihr braucht jeden Gulden, um das Essen zu bezahlen, das Ihr gleich auftischen wollt. Nein, wir verlangen im Namen des Herzogs von

Parma und designierten Statthalters König Philipps in den Niederlanden, dass Ihr uns den entlaufenen spanischen Soldaten ausliefert, den Ihr in Eurem Haus versteckt haltet. Alessandro Farnese wünscht, dass der Mann unverzüglich zu ihm nach Oudenaarde gebracht wird.»

D'Anastro dachte einen Augenblick lang nach, dann hellten sich seine Gesichtszüge auf. Ein verschlagenes Lächeln glitt über sein Gesicht. «Nun, ich wüsste nicht, warum ich mich diesem Wunsch verweigern sollte. Ihr müsst wissen, dass ich ein treuer Diener des Königs bin, Don Luis. Niemals würde ich etwas tun, wodurch die Ehre Spaniens geschmälert wird. Ich hatte ja keine Ahnung, welche Kreatur sich da in mein Haus geschlichen und an mein weiches Herz appelliert hat. Mein Wunsch war es nur, einem vermeintlich in Not geratenen Landsmann zu helfen. Es ist nicht leicht für uns Spanier, hier in dieser Mördergrube. Gott helfe, dass unser König mit Hilfe seines wackeren Feldherrn Alessandro Farnese bald alle Städte zurückerobert, die sich seiner Gewalt noch widersetzen. Sobald Ihr mir also die nötigen Papiere gezeigt habt, werde ich meine Diener anweisen, den Kerl in Ketten zu legen, damit Ihr ihn mitnehmen könnt.»

Don Luis blickte ihn scharf an. «Die nötigen Papiere? Wollt Ihr mich beleidigen, indem Ihr mein Wort anzweifelt?»

«Keineswegs, Señor. Aber auch ich muss Vorsicht walten lassen, um keinen Verdacht zu erregen. Ihr seid in einer Stadt, in der die Anhänger des Oraniers das Sagen haben. Und Ihr kommt als Abgesandter seines schärfsten Widersachers.» Er legte beschwörend einen Finger über die Lippen. «In Brüssel lauern Spione hinter jeder Tür. Das werdet Ihr bald herausfinden. Jedes Wort könnte den Männern des Oraniers zugetragen werden und Euch an den Galgen bringen. Stünde Brüssel noch treu zum König, würde ich niemals das Wort eines spanischen Granden anzweifeln. Doch so muss ich darauf bestehen, dass Ihr Euch ausweist, denn es muss alles seine Ordnung haben, nicht wahr? Seine Hoheit hat Euch sicher nicht ohne Beglaubigung auf den beschwerlichen Weg ins Rebellengebiet geschickt, um im Winter einen davongelaufenen Soldaten zurückzubringen.» Er lächelte listig, während seine Finger mit den goldenen Knöpfen seines Wamses spielten. «Nicht dass mich die Beweggründe Seiner Hoheit auch nur das Geringste angingen.»

«Sie gehen Euch in der Tat nichts an!»

«Schaut, ich bin nur ein einfacher Kaufmann, der heute Nacht guten Gewissens schlafen will», fuhr d'Anastro fort. «Zeigt mir den Auslieferungsbefehl, und der Bursche ist Euer. Ich werde erleichtert sein, sobald er mein Haus verlassen hat.»

«Wo steckt er?», wollte Don Luis wissen.

«Das erfahrt Ihr, sobald ich die Papiere gesehen habe, junger Freund.»

«Wir haben die Dokumente nicht bei uns», erklärte Griet mit fester Stimme. Sie hielt dem Blick des Spaniers stand, bis dieser als Erster den Kopf senkte. «Das wäre viel zu gefährlich, Don Luis könnte als Spion verhaftet und von den Rebellen getötet werden. Aber macht Euch keine Sorgen. Die Briefe des Herzogs liegen sicher in unserem Gasthof. Ihr könnt gern einen Boten schicken oder darauf warten, bis wir sie Euch morgen zukommen lassen.»

D'Anastro hob beschwichtigend die Hände. «Nur keine Eile, meine Liebe. Ich möchte, dass meine verehrten Gäste das Nachtmahl in meinem Haus genießen. Keinesfalls habe ich vor, sie mit solch unerfreulichen Angelegenheiten zu langweilen. Es genügt mir daher, wenn ich die Papiere morgen früh sehe. Dafür habt Ihr mein Wort, dass der Mann mein Haus nicht verlässt, bis die Sache geklärt ist.»

Aus dem Flur vor der Tafelstube waren Stimmen zu hören. Die nächsten Gäste waren eingetroffen, ein Diener begleitete einen vornehm gekleideten Herrn und eine ältliche Dame in den Raum, die sich umsah, als befürchtete sie Ungeziefer im Haus des Spaniers. Zu Griets Überraschung handelte es sich bei dem Mann um den Grafen Beerenberg, welcher im Haus ihres Vaters residierte. Als der Graf sie erkannte, schürzte er irritiert die Lippen.

«Ihr seid das? Euch hätte ich hier nicht erwartet.»

Griet lag eine spitze Bemerkung auf der Zunge, die sie aber hinunterschluckte. Stattdessen nickte sie höflich. Dass Beerenbergs Manieren zu wünschen übrig ließen, hatte sie schon in seinem Haus bemerkt, doch die Art, wie er sie nun musterte, als habe er eine Magd vor sich, empfand sie als unverschämt. Dabei bot Griets Erscheinung nicht den geringsten Anlass zum Tadel. Ihr braunes Kleid mit schwarzem Gittermuster bestand aus bestem Tuch und ließ so viel Dekolleté frei, wie Griet es gerade noch verantworten konnte, ohne schamlos zu wirken. Ihre Schuhe hatten auf dem beschwerlichen Weg durch die winterlichen Ardennen gelitten, waren aber von Balthasar poliert worden, sodass das Leder frisch glänzte. Ihr rotes Haar saß unter einem Kopfputz aus Brüsseler Spitze, die sich bei jedem Schritt bewegte wie die Federn eines Sperlings. Obwohl Griet den Grafen artig begrüßt hatte, warf dieser d'Anastro einen verwirrten Blick zu, der von dem Kaufmann seinerseits mit einem gequälten Lächeln beantwortet wurde.

«Don Luis de Reon ist ein Landsmann von mir, der im Dienst unseres verehrten Königs steht», beeilte sich d'Anastro, den Grafen aufzuklären. «Es ist mir eine Ehre, ihn heute Abend zu meinen Gästen zählen zu dürfen. Seine Begleiterin Señora Griet ...»

«Ich kenne die Dame», fiel ihm der Graf ins Wort. «Ihr Vater und ich hatten geschäftlich miteinander zu tun.» Er fixierte Griet wie eine Schlange. «Allerdings wusste ich noch nicht, dass sie sich zu den treuen Dienern des Königs rechnet. Wie man hört, haben sich die Ratsherren von Oudenaarde widerspenstig verhalten, als der Statthalter sie im Sommer zur Übergabe der Stadt aufforderte. Stolz und Hochmut haben ihnen das Genick gebrochen.» Er zog die Augenbrauen hoch. «Wie steht Ihr also zum neuen Statthalter, meine Liebe?»

«Ich verdanke ihm das Privileg, als Frau meine Geschäfte selbständig führen zu dürfen», antwortete Griet, die allmählich wütend wurde. Was bildete sich dieser Graf eigentlich ein? Die Tatsache, dass ihr Vater sein Hab und Gut an ihn verloren hatte, gab ihm noch lange nicht das Recht, sie wie eine Verräterin zu behandeln. Ehe sie scharf antworten konnte, kündigte der Diener glücklicherweise weitere Gäste an, darunter den Zunftmeister der Brüsseler Zuckerbäcker, dessen massiger Körper wegen der Kälte in einem bodenlangen Mantel aus Bärenfell steckte; einen kahlköpfigen Kaufmann namens van Dongen, der mit Wachs und Öl reich geworden war. Wenig später stießen zwei Angehörige der Brüsseler Malergilde zu der Runde, deren Frauen keine zwei Minuten brauchten, bis sie zu streiten begannen. Ein würdig dreinschauender Ratspensionär, der Unmengen von Braten verschlang, und eine ganze Reihe von Zunft- und Gildemeistern mit ihren Ehefrauen, die sich vor allem aus Neugier eingefunden hatten, füllten die restlichen Plätze an der Tafel. In ihrer Mitte saß d'Anastro auf einem thronartigen Stuhl, dessen Rücken mit dem Fell eines Löwen bespannt war. Er hatte Kissen untergeschoben, um größer zu wirken.

Griet, die am anderen Ende der Tafel neben Don Luis Platz genommen hatte, konnte sich ein Grinsen nicht verkneifen. Ihr fiel auf, dass keiner der Brüsseler Patrizier mehr als ein paar höfliche Worte an ihn richtete. Die vornehmen Stadtoberen ließen sich den Wein und die Leckerbissen an seiner Tafel schmecken, behandelten d'Anastro jedoch wie Luft. Griet hingegen, deren

Mädchenname wie ein Zauberwort wirkte, wurde häufig in Gespräche einbezogen. Einige der alten Zunftmeister sowie der glatzköpfige Wachshändler erinnerten sich an ihre Mutter und priesen mit bereits vom Wein schwerer Zunge deren Schönheit, Witz und Anmut. Eine Edeldame wie sie gebe es leider heutzutage nicht mehr in Brüssel, war die einhellige Meinung der Männer. Die Schuld daran wie an der allgemein düsteren Lage der Stadt gaben sie den unseligen Rebellen und den religiösen Eiferern, denen man zu verdanken hatte, dass nun auch noch der katholische Gottesdienst in Brüssel verboten worden war. «Denkt Euch nur, morgen sollen gut zwei Dutzend Nonnen, die man in St. Michael aufgegriffen hat, aus der Stadt getrieben werden. Die Ärmsten werden gezwungen, mit bloßen Füßen bis hinaus nach Hertoginnedal zu laufen, weil sie sich weigern, abzuschwören.»

«Wilhelm von Oranien behandelt Frauen, egal, ob Nonnen oder Fürstinnen, kaum besser als seine Pferde», behauptete Graf Beerenberg. «Kein Wunder, dass ihm reihenweise die Gemahlinnen wegsterben. Ich erinnere nur an Anna von Sachsen. Er hat sie verstoßen, nachdem er ihrer überdrüssig war. Ihre Sippe ließ sie zu Dresden in einem erbärmlichen Loch einmauern, und er heiratete Charlotte von Bourbon, um sich enger an die protestantischen Ketzer in Frankreich zu binden.»

«*De mortuis nihil nisi bene*, guter Mann», erhob der Wachshändler nun Einspruch. «Über Verstorbene nichts Böses, sonst kommen sie nachts in Euer Haus und suchen Euch im Traum heim.» Er lachte polternd. «Charlotte von Bourbon starb an Entkräftung, weil sie ihren Mann nach dem Mordanschlag auf sein Leben bis zur Erschöpfung pflegte.»

«Nun ja, leider ging dieser Anschlag schief, sonst gäbe es heute einen Verräter weniger im Land, über den sich König Philipp den Kopf zerbrechen muss. Ich erinnere mich noch daran, wie er diesen Prinzen mit Gunstbeweisen geradezu überschüttet hat. Und wie hat der es ihm gedankt? Er hat unsere einst blühenden Niederlande in ein Schlachtfeld verwandelt. Im Norden waren diese Ketzer so dreist, einen eigenen Staat auszurufen und unseren König für abgesetzt zu erklären. Nach dem Willen der Stände von Brabant soll der Herzog von Anjou nun neuer Landesherr werden, während dem Oranier in Holland die Grafenwürde winkt. Aber ich verspreche euch, dass Alessandro Farnese bis zum nächsten Frühjahr Brüssel und Antwerpen eingenommen haben wird.» Beerenberg hatte sich in Rage geredet; hastig griff er nach seinem Becher und leerte ihn in einem einzigen Zug. Im Kreis seiner Freunde vergaß er völlig, dass seine Äußerungen hier, weit entfernt von Farneses Truppen, Hochverrat waren. Griet hielt es für unklug, in Gegenwart d'Anastros solche Reden zu schwingen. Aber die übrigen Gäste des Spaniers schienen die Meinung des Grafen uneingeschränkt zu teilen.

«Wenn wir zulassen, dass der Norden sich endgültig von uns löst, werden die Geschäfte darunter leiden», warf der Wachshändler van Dongen ein. «Wir brauchen alle Häfen, wenn wir gegen England nicht den Kürzeren ziehen wollen. Königin Elisabeth unterstützt den Oranier zwar nicht, aber sie wartet nur darauf, dass wir im Handelsstreit zur See unterliegen.» Er ließ sich zum dritten Mal Fisch vorlegen, besonders der in Minze eingelegte fette Aal schien ihm zu munden. «Es wäre von Vorteil, wenn sich noch einmal jemand fände, der diesem Prinzen von Oranien eine Kugel in den Bauch jagte. Den Segen König Philipps hätte er, denn der hat den Rebellen ja schon vor zwei Jahren geächtet. Auch die heilige Kirche würde es begrüßen, wenn die Ketzer damit eine empfindliche Niederlage einstecken müssten.»

Griet verschluckte sich fast, als sie das hörte. Sie hatte nur noch Abscheu für diese Leute, die beisammensaßen und über Verschwörung und Mord redeten, als sei das die normalste Sache der Welt. Sie dachte an ihre Schwiegereltern, die es vorgezogen hatten, in Antwerpen nach Freiheit, auch nach Freiheit in Fragen des Gewissens, zu suchen, und sie dachte an Balthasar, den kleinen König, dessen Wangen sich voller Eifer röteten, sobald er von dem tapferen Prinzen von Oranien schwärmte. Nein, auch wenn sich Griet nicht den Rebellen zugehörig fühlte, hatte sie doch genug Verständnis für ihr Anliegen, um den Führern des Aufstands nicht den Tod durch Meuchelmörder zu wünschen. Als sie Gaspar d'Anastros triumphierendes Grinsen auffing, wurde ihr schlagartig klar, dass er sie durchschaut hatte. Hastig neigte sie den Kopf. Sie durfte ihren Plan nicht gefährden. Don Luis und die anderen verließen sich auf sie. Sie durfte sie nicht enttäuschen.

Es war schon spät, fast Mitternacht, als sie sich endlich verabschiedeten. Der Wachshändler erbot sich, sie und Don Luis ein Stück zu begleiten, doch Griet lehnte dankend ab. Sie konnte es nicht erwarten, den aufdringlichen Mann loszuwerden, und erklärte, dass sie noch etwas mit ihrem Gastgeber zu besprechen hatten.

«Mit wem?», lallte der Kaufmann begriffsstutzig. «Ach so, mit dem fetten Spanier, dem wir unser Wiedersehen nach all diesen Jahren verdanken. Ist der nicht schon längst schlafen gegangen?» Er kicherte boshaft. «Na, wenigstens hat er sich beim Wein nicht lumpen lassen.»

Griet küsste den Anhänger um ihren Hals, als der Mann endlich von zweien seiner Knechte in eine Sänfte geschoben und heimwärts befördert wurde. Bevor er in der Dunkelheit verschwand, hörte sie noch, wie er sich geräuschvoll übergab und dann seinen Trägern vorwarf, sie seien zu schnell gelaufen. Griet drehte sich frierend und angewidert um. Vor der Tür bemerkte sie d'Anastro, der mit ausdrucksloser Miene zusah, wie auch die letzten seiner Gäste den Heimweg antraten. Keiner der Eingeladenen ließ ihn wissen, ob das Gastmahl in seinem Haus nach seinem Geschmack gewesen war oder nicht.

«Denkt an unsere Übereinkunft», erinnerte Don Luis den Mann. Rasch fügte er noch ein paar Worte auf Spanisch hinzu, die d'Anastros Augen zum Funkeln brachten. Doch er lächelte, als er sich vor Griet verbeugte und ihr einen eisigen Kuss auf die Hand hauchte. «Keine Sorge, ich sagte doch schon, dass die Herrschaften sich auf mich verlassen können.»

«Dem Mann steht die Mordgier offen ins Gesicht geschrieben», beklagte sich Griet, als sie kurz darauf an Don Luis' Arm durch den frischgefallenen Schnee stapfte. Bis zum Gasthaus hatten sie noch einen weiten Weg vor sich.

«Habt Ihr denn nicht bemerkt, mit welcher Genugtuung er heute Abend zugehört hat, als seine Gäste darüber sprachen, dass der Prinz von Oranien sterben müsse? Wie sicher er sich seiner Sache ist! Er glaubt, wenn es ihm gelingt, den Oranier zu ermorden, werden die Brüsseler Gilden ihn mit offenen Armen empfangen wie einen Kriegshelden.» Sie atmete tief durch, die eisige Luft brannte in ihren Lungen. «Er hat nicht vor, uns den Brandstifter auszuliefern. Seine Forderung nach den Papieren soll ihm die Zeit verschaffen, die er braucht, um seinen Gast zu warnen. Wir hätten uns unter einem Vorwand hinausschleichen und das Haus durchsuchen sollen.»

Don Luis schüttelte den Kopf. «Das hätte d'Anastro niemals zugelassen, Griet. Er ließ uns den ganzen Abend keinen Moment aus den Augen. Außerdem wäre uns sein Gast bestimmt nicht freiwillig gefolgt. Nein, vertraut mir. Ihr werdet sehen, dass ich an alles gedacht habe.»

Griet konnte nicht umhin, Don Luis für seine Ruhe zu bewundern. Er schien sich fest auf d'Anastro zu verlassen, doch der Kaufmann war kein Mann, der sich leicht überlisten ließ. Er hatte etwas vor, das stand fest. Unvermittelt blieb Griet stehen. War da nicht etwas gewesen? Das knirschende Geräusch von Stiefeln im Schnee? Sie starrte in die Dunkelheit, doch alles, was sie sah, waren Häuser, die sich gegenseitig fast erdrückten, so eng standen sie beisammen. Hinter einigen Fenstern brannten noch Lichter. Ihr Schein drang durch den seit Mittag anhaltenden Eisregen und verfing sich in den schneebedeckten Schindeln der Dächer.

Kapitel 28
Oudenaarde, November 1582

Als Beelken die Augen aufschlug, sah sie um sich herum nichts als Dunkelheit. Für einen schrecklichen Moment lang befürchtete sie, erblindet zu sein.

Panik stieg in ihr auf, die Angst, in einem verschlossenen Sarkophag zu liegen. Zitternd streckte sie die Hand aus und zog sie gleich wieder verängstigt zurück, als ihre Fingerspitzen auf etwas Weiches trafen. Es vergingen einige Augenblicke, bis sie erkannte, dass es Basses Haarschopf war, den sie berührte. Der kleine Junge lag halb auf ihr und schlief. Sein Atem klang flach, aber doch so regelmäßig, dass Beelken etwas Mut schöpfte. Als ihre Augen allmählich die Finsternis durchdrangen, stieß sie auch auf die Umrisse von Sinters kräftigem Körper. Griets Vater lag nur wenige Schritte von ihr entfernt auf dem kahlen Boden. Zum Schutz vor der Kälte, die hier herrschte, hatte er sich in einige Decken und Felle gehüllt, die ihr Kerkermeister ihnen überlassen hatte. Sinters Brustkorb hob und senkte sich, außerdem gab er im Schlaf keuchende Geräusche von sich. Auch der Alte war also noch am Leben.

Beelken verspürte heftige Stiche in ihrem Kopf und eine trockene Kehle, aber hier, an diesem entsetzlichen Ort, gab es weder Wasserkrug noch eine Schüssel mit Brot und Käse. Wo auch immer der Vermummte sie hingebracht hatte, es war ein wesentlich düsterer Ort als der Keller in der alten Teppichweberei. Es kam Beelken so vor, als befände sie sich tief unter der Erde, vielleicht in einer Höhle. Demnach waren sie nicht mehr in der Stadt. Die Luft, die sie atmete, war frisch und feucht, doch lag irgendein Geruch in ihr, den Beelken nicht bestimmen konnte. War es Eisen oder Blut? Um sie herum fühlte sie nur blanken, rauen Fels, aus dem Flechten und Moose wuchsen. Als sie die Ohren spitzte, vernahm sie ganz in der Nähe das Geräusch rinnender Wassertropfen, die in einer Pfütze auf dem Boden zerplatzten. Also gab es hier unten Wasser, sie würden nicht verdursten müssen. Nach einer Weile begann sie der Klang der Tropfen allerdings zu quälen.

«Herr van den Dijcke», flüsterte sie mit tonloser Stimme. «Wachen Sie doch auf!»

Sie erhielt keine Antwort. Die Wirkung des Betäubungsmittels, das ihr Kerkermeister ihnen verabreicht hatte, schien dem alten Sinter stärker zuzusetzen als ihr. Beelken erinnerte sich, wie der Mann sie im Keller des alten Marx-Hauses gezwungen hatte, die dunkle Flüssigkeit aus Kräutern zu schlucken. Widerstand war nicht möglich gewesen, der Mann hatte gedroht, Basse etwas anzutun.

Warum tat er das?, fragte sich Beelken nicht zum ersten Mal. Was führte er im Schilde? Und wozu der Mummenschanz, mit dem er sein Gesicht zu verstecken suchte? Glaubte er allen Ernstes, sie damit täuschen zu können? Dass er sie für so dumm zu halten schien, enttäuschte sie beinahe mehr als alles Übrige.

Und wenn sie versuchte, mit ihm zu reden? Ihn zu überzeugen, dass sie ihm sein neues Leben gönnte und ihm von ihr keine Gefahr drohte? Sie waren doch eins, verbunden durch ein Wunder: das Wunder der Auferstehung, das sie beide miteinander teilten. So, wie sie all die Jahre dahinsiechende Menschen gepflegt hatte, ohne sich anzustecken, war auch er dem Tod von der Schippe gesprungen. Eines Abends hatten sie sogar gemeinsam in der Kapelle des Liebfrauenhospitals gebetet, und sie hatte die Tränen in seinen Augen gesehen. Sie musste ihn herbeirufen. Wenn sie wirklich eins waren, wie sie vermutete, würde er sie hören und zu ihr kommen. Dann konnten sie miteinander reden und beten wie damals. Allein. Weder Sinter noch der Junge sollten sie dabei belauschen. Aber wie sollte sie das anstellen?

In ihr erstes Gefängnis war er noch jeden Abend gekommen, um nach ihnen zu sehen. Er hatte sie mit Wasser und anständiger Verpflegung versorgt und sich einmal, als Sinter nicht zugehört hatte, erkundigt, wie es ihr und dem Kind ginge. Doch inzwischen war er vorsichtiger geworden, kam nur noch, wenn sie tief und fest schliefen. Sie hätten sich die Lebensmittel, die er brachte, gut einteilen müssen, Sinter jedoch schlang meist alles gleich hinunter. Adelige Herren waren so, Frau Hanna hatte ihr das erklärt. Sie hatten nie gelernt, mit Vorräten sparsam umzugehen. Dafür gab es Ehefrauen und Gesinde, und Bauern, die ihre Höfe bewirtschafteten und ihnen den Zehnten lieferten. Hier unten waren Sinters Befehle nichts wert.

Beelken stand auf. Ihre Beine fühlten sich geschwollen an und taten bei jeder Bewegung weh. Hinzu kam ihre Leibesfülle, die sie schwerfällig und verletzlich machte. Obwohl sie der Nacken, ihr Bauch und die Hände schmerzten, kroch sie, sich mit beiden Händen am Gestein abstützend, durch den höhlenartigen Schacht. Sie glaubte, ganz vorn ein wenig Licht und einen Luftzug wahrzunehmen. Tatsächlich wurde ihr sonderbares Gefängnis nach wenigen Schritten heller, und sie konnte zu ihrer Erleichterung auch wieder aufrecht stehen. Als sie sich umblickte, bemerkte sie die Umrisse alter Körbe aus geflochtenem Bast, wie sie Bergarbeiter benutzten, um Erz oder Schlacke aus einer Mine hinauf ans Tageslicht zu befördern. Die Leiter, die gleich danebenstand, wirkte stabil, aber sie erinnerte sich nicht, auf einer Leiter an diesen Ort hinuntergestiegen zu sein. Hatte ihr Bewacher ihre Ohnmacht ausgenutzt und sie, Sinter und den Jungen an einem Seil herabgelassen? Stricke lagen genügend auf dem Boden herum.

Vorsichtig setzte sie einen Fuß auf die erste Sprosse. Das Holz kam ihr morsch vor. Aber sie musste es versuchen. Tastend kletterte sie Sprosse um Sprosse hinauf, wobei sie betete, dass das Kind in ihrem Bauch sich nicht ausgerechnet jetzt regen möge. Schließlich stieß sie mit dem Kopf gegen eine hölzerne Luke. Durch die Ritzen spürte sie frische, kalte Luft auf ihren Wangen. Sie streckte beide Arme aus, um sie gegen das Holz zu stemmen, doch ein plötzliches Schwindelgefühl ließ sie wieder nach der Leiter greifen. Sie begann zu zittern. Du bist schwanger, schoss es ihr durch den Kopf. Das kannst du nicht riskieren. Wenn du die Leiter hinunterstürzt, wird dein Kind niemals das Licht der Welt erblicken. Leise schluchzend machte sich Beelken an den Abstieg. Es blieb ihr wohl nichts anderes übrig, als zu warten, bis Griets Vater wieder zu sich kam. Sie hatte den Gedanken kaum zu Ende gebracht, als über ihrem Kopf die Luke aufgeschlagen wurde und ein Augenpaar kalt und stechend auf sie herabstarrte. Der Mann lachte höhnisch auf.

«Ich dachte mir schon, dass du dich nicht einfach in dein Schicksal fügst. Menschen wie du glauben, dass ihnen das Glück immer wieder begegnet. Selbst an den dunkelsten Orten.»

«Glück?», schluchzte Beelken. Sie brach in Tränen aus, weil sie die Ausweglosigkeit ihrer Lage begriff. Es hatte keinen Zweck, mit ihm zu reden. Tausend heilige Eide aus ihrem Mund würden ihn nicht erweichen. Der Mann, der sie von dort oben argwöhnisch betrachtete, war nicht mehr derselbe, der ihr damals von seiner Pilgerfahrt zum Grab des auferstandenen Erlösers erzählt, der die Schönheit des Jordanflusses gepriesen hatte, in dem Christus getauft worden war, und dessen Bericht über das lebhafte Gewimmel auf den Märkten und Basaren Jerusalems ihre Augen vor Staunen hatten glänzen lassen. Durch seine Erzählungen war auch sie an jenem Ort gewesen, hatte jeden Schritt zurückgelegt, den auch er gegangen war. Beelken hatte sich nicht nur vorgestellt, wie es sich anfühlte, auf einem Kamel zu reiten, wie heißer Wüstensand in den Augen brannte oder wie sonnengereifte Datteln auf der Zunge zergingen, sie hatte es mit allen Sinnen gekostet. Sie hatte mit eigenen Augen gesehen, wie sich Sarazenen und Türken zum Ruf des Muezzins auf ihre bunten Teppiche knieten, um zu beten, und sie hatte den Ölberg erklommen, um im Schatten uralter Bäume zu verschnaufen. So unbeschreiblich nah war sie den Lippen des Pilgers gewesen, die all das Wundersame in Worte gefasst hatten, das sie zuvor nur aus ihren albernen Mädchenträumen gekannt hatte.

Und diese Nähe sollte ihr nun, ein paar Jahre später, zum Verhängnis werden? Verschonte er sie nicht, weil sie die Fähigkeit hatte, zu sehen, was er sah, zu spüren, was er spürte?

«Du weißt, dass für uns beide in Oudenaarde kein Platz mehr ist», sagte er schließlich. Seine Stimme klang ruhig. Gefasst. «Ich habe mir hier eine neue Existenz aufgebaut, und ich kann nicht riskieren, dass du mir alles zerstörst, was ich mir erarbeitet habe.»

Diese Sichtweise hatte sie bereits erwartet, aber es tat dennoch weh, es aus seinem Mund zu hören. «Es ist wegen meiner Herrin, nicht wahr? Weil sie sich auf den Weg gemacht hat, um die schwarzen Schwestern zurückzubringen.»

Er nickte. «Sie wird keinen Erfolg haben, denn sie sind tot. Alle bis auf eine, aber die wird auch bald nicht mehr am Leben sein. Ich habe jemanden hinter ihr hergeschickt.»

«Warum?»

Er gab einen wütenden Laut von sich. «Sie hat mein Buch gestohlen, verstehst du? Ich habe all die Jahre darauf gewartet, dass die Frauen es mir wieder zurückgeben. Nur eine kleine

Weile sollte ich es ihnen überlassen. Es wäre ja nur zu meinem eigenen Schutz, hat diese falsche Schlange Bernhild mir eingeredet. Tatsächlich aber hatte sie längst erkannt, welche Macht damit in ihren Händen lag.»

Während er weiter den Verrat beklagte, fiel Beelken der Septembertag vor vielen Jahren ein, an dem das Buch des überraschend Genesenen seinen Hüter gewechselt hatte. Sie selbst war kurz zuvor noch in der Krankenstube gewesen, um frische Leintücher für die Betten zu bringen, und war dabei Zeuge geworden, wie Mutter Bernhild sich mit einem dünnen, in dunkles Leder geschlagenen Buch an ihr vorbeigedrückt hatte. Damals hatte sie dem keine besondere Bedeutung beigemessen, zumal kurz darauf Uta, die Meisterin des Beginenhofes, mit einer Wagenladung Blütenhonig und Hanna Marx im Spital aufgetaucht waren. Hanna kam, um ihr eine Stellung als Magd im Haus des Teppichwebers anzubieten.

«Was geschieht nun mit Herrn Sinter und dem Jungen?», erkundigte sie sich mit tonloser Stimme.

Er schien darüber nachzudenken, was ihr eigenartig vorkam, denn sie hatte angenommen, er habe das Schicksal von Griets Angehörigen längst entschieden. Sollte er doch etwas für sie übrig haben? Ein Gefühl, das ihr entgangen war? Fast regte sich Eifersucht in ihr, was natürlich völlig kindisch war.

«Da ich nicht ausschließen kann, dass du ihnen von mir erzählt hast, habe ich keine andere Wahl, als sie mir endgültig vom Halse zu schaffen», antwortete er schließlich in einem Ton, der durchaus Bedauern zeigte.

«Niemand darf leben, der mein Geheimnis kennt und mir das Buch ... streitig machen könnte. Mit ihm bin ich in der Lage, das Gottesvolk aus allen Winkeln der Erde zu sammeln, um es unter einem Banner zu einigen. Ich kann das alte Haus Israel wiederherstellen, mit mir als König, dem alle übrigen Herrscher der Erde Tribut senden. Das wird den Spaniern, die unser Land verwüsten, das Genick brechen und ihren König Philipp von seinem Thron wehen.» Er kicherte boshaft. «Allerdings ist es anstrengend, König eines Weltreiches zu sein, in dem die Sonne niemals untergeht. Das musste schon der alte Kaiser Karl feststellen, er zog sich resigniert in sein spanisches Kloster zurück. Ich könnte dagegen die Macht des Buches demjenigen Herrscher zur Verfügung stellen, der mir am meisten dafür bietet.»

Beelken hörte nicht mehr zu. Ihre Gedanken drehten sich nur noch darum, Zeit zu gewinnen. Um sie zu töten, musste der Mann die Leiter hinabsteigen. Einen zweiten Zugang schien es nicht zu geben, er kam also nur auf diesem Weg zu ihnen in den Schacht. Ohne weiter nachzudenken, sprang Beelken vor, packte die Leiter und warf sie um. Das morsche Holz splitterte, Sprossen brachen. Beelken war das egal. Sie hob ihren Kopf und blickte trotzig zur Falltür hinauf.

«Ich werde nicht zulassen, dass Ihr Hand an den Jungen legt», brüllte sie. Ihre Stimme dröhnte durch den Schacht wie der Schrei eines wilden Tieres. Das Lachen des Vermummten, mit dem er ihren leidenschaftlichen Ausbruch kommentierte, klang nur böse.

«Keine Angst, ich habe nicht vor, noch einmal zu euch hinabzusteigen», sagte er. «Aber ihr werdet auch kein Wasser und kein Brot mehr von mir bekommen. Niemand wird euch hier unten finden. Der Ort ist nur einigen wenigen in der Stadt bekannt. Und ich werde dafür sorgen, dass auch diese lästigen Mitwisser bald für immer den Mund halten werden.»

Beelken erstarrte, als sie das hörte. Schützend legte sie ihre Hände vor den Bauch und flehte die Jungfrau Maria um Kraft an. Wie es aussah, waren sie und die anderen zu einem qualvollen Tod verurteilt. Weinend sank sie auf die Knie.

Als sie hörte, wie die Falltür mit einem lauten Geräusch zugeschlagen wurde, wischte sie sich die Tränen aus dem Gesicht. Ihr Blick fiel auf einen der Bastkörbe, und sie entdeckte darin einen prallgefüllten Wasserschlauch aus Leder und gleich daneben einen Gegenstand, der in einen öligen Fetzen Tuch gewickelt war. Mit zittrigen Fingern packte sie ihn aus. Ein Glasfläschchen kam zum Vorschein, wie sie häufig in Klosterapotheken und Spitälern verwendet wurden. Der Inhalt der kleinen Flasche schien selbst im Zwielicht bläulich zu funkeln.

Gift, schoss es ihr durch den Kopf. Nichts anderes konnte sich in dem Fläschchen befinden. Er hatte Wasser und Gift in den Korb geworfen. Er ließ ihr also eine Wahl, aber sollte sie ihm dafür dankbar sein? Beelken dachte nach. Sie hatte zeit ihres Lebens keine Entscheidungen treffen müssen. Sollte die erste Entscheidung gleichzeitig nun auch ihre letzte sein? Fast musste sie darüber lachen, was das Schicksal mit ihr trieb. Die paar Tropfen Gift würden vermutlich nicht ausreichen, um sie alle in den Todesschlaf zu führen. Beelken würde also eine Wahl treffen müssen, wer sofort starb und wer hier unten elendiglich umkam.

Basse wird nichts spüren, nahm sie sich vor, und diese Entscheidung fiel ihr nicht schwer, denn sie liebte Griets Sohn, als wäre er ihr eigenes Kind. Sie kehrte schleunigst zurück in den Schacht, wo der kleine Junge und sein Großvater noch immer schliefen. Sie hatten nichts von dem Wortwechsel zwischen ihr und ihrem Kerkermeister mitbekommen. Vielleicht war das besser so.

Beelken bückte sich und suchte tastend den Boden ab, bis sie einen der Holzbecher fand, aus denen sie getrunken hatten. Sie füllte ihn mit Wasser aus dem Schlauch. Sie wollte gerade das Glasfläschchen entkorken, als ein plötzlicher Schmerz im Unterleib ihr den Atem nahm. Er drang durch ihren ganzen Körper und lähmte ihren Rücken, sodass sie in die Knie sank.

Das Kind, dachte sie voller Angst, während weitere Schmerzwellen über sie hinwegrollten. Es hätte nicht vor dem Jahreswechsel kommen sollen, aber offensichtlich kannte der Spott des Schicksals keine Grenzen. Nun kam es. Zu früh, aber es kam. Kein Zweifel war möglich, das spürte sie, als das Ziehen immer stärker wurde. Der Wasserbecher entglitt ihr und machte ein lautes Geräusch. Endlich kam Sinter zu sich. Benommen hob er den Kopf und fragte, was los sei. Und Basse fing an zu weinen.

Beelken starrte auf das Fläschchen in ihrer Hand. Zu spät, dachte sie. Zu spät.

Kapitel 29
Brüssel, November 1582

Griet bewegte ihre Finger, um das Kribbeln aus der Hand zu vertreiben. Stumm lauschte sie in die Nacht hinein, wartete darauf, dass vom nahen Glockenturm etwas zu hören war. Doch alles war ruhig, kein Laut durchdrang die Stille. Don Luis war ganz in ihrer Nähe, ebenso der alte Dorotheus, aber niemand sprach ein Wort. Am liebsten wäre Griet aufgesprungen und hätte eine Kerze angezündet, denn die Finsternis, in der sie auf ihren vagen Verdacht hin saßen und warteten, begann sich schwer auf ihr Gemüt zu legen.

Und wenn sie sich geirrt hatten?

Griet begann von neuem ihre Finger zu massieren. Es war empfindlich kalt in der Kammer. Aus ihrem Versteck hinter dem Vorhang konnte sie nicht viel mehr als die Umrisse des wuchtigen Kastenbetts sehen, dessen staubige Vorhänge zurückgeschlagen waren. Griets Aufgabe bestand darin, das Fenster im Auge zu behalten und Don Luis im rechten Moment ein Zeichen zu geben.

Nicht einschlafen, befahl sie sich und bemühte sich, die Augen offen zu halten. Einerseits war sie zu aufgeregt, um zu schlafen, andererseits spürte sie, wie die Erschöpfung nach ihr griff. Sie kratzte sich mit den Fingernägeln und sprach alle Gebete nach, an die sie sich erinnerte, nur um wach zu bleiben.

Da. War da nicht eben ein Geräusch gewesen? Ein leises Scharren? Oder spielten Griets Nerven ihr einen Streich? Was auch immer es war, von dem Fenster, das direkt über einem Vordach des Gasthauses lag, kam es nicht. Sollte sie Don Luis auf das kaum hörbare Geräusch hinweisen? Der junge Spanier hatte ihr eingeschärft, keinen Laut von sich zu geben. Nichts sollte darauf hinweisen, dass außer ihm noch jemand in der Kammer war.

Plötzlich bewegte sich die Tür, mit einem feinen Geräusch schwang sie auf. Gerade so viel, dass ein dünner Faden Licht durch den Spalt in die Kammer fiel. Griet hielt den Atem an. Ihr Herz begann wie wild zu schlagen.

Don Luis hatte sich also nicht geirrt. Sie bekamen nächtlichen Besuch. Griet hörte, wie der Wind um das Haus heulte. Dachschindeln klapperten, und in einem nahen Stall meckerten Ziegen, die der Schneesturm nicht schlafen ließ.

Ganz langsam schob sich ein schwarzer Schatten durch den Türspalt. Lautlos, auf jede Bodendiele achtend, schlüpfte er in die Kammer und drückte lautlos die Tür hinter sich zu. Griet fragte sich, ob Don Luis noch immer auf ihr Zeichen wartete. Vermutlich nicht, die Tür hatte er besser im Blick als sie. Sie konnte erkennen, dass der Mann, dessen Einbruch sie erwartet hatten, starr neben den Kleiderhaken verharrte. Er wartete, bis sich seine Augen an die Dunkelheit gewöhnt hatten. Griets Blick fiel auf seinen rechten, leicht angewinkelten Arm; vermutlich hielt er ein Messer in der Hand.

Aus dem schmalen Alkoven drang ein verhaltenes Husten, gefolgt von einem Stöhnen.

Der Mann zuckte kurz zusammen und bewegte seinen Kopf, entspannte sich jedoch gleich wieder. Griet begann zu zittern, als der Mann sich langsam und lautlos auf ihr Versteck zu bewegte. Ahnte er, dass sich hinter dem Vorhang jemand verbarg?

Nun blieb er stehen.

Griet wollte bis zur Wand zurückweichen, doch ihre Hände

hatten sich gegen ihren Willen um eine Falte des Vorhangstoffs gelegt. Sie konnte den Eindringling nun nicht mehr sehen, was noch schlimmer war, als ihn auf sich zukommen zu wissen. Jeden Augenblick konnte sein Messer ihren Körper durchbohren. Die Angst davor schnürte Griet die Kehle zu.

Dann, eine Ewigkeit später, hörte Griet Schritte, die sich wieder entfernten. Nun wagte sie auch wieder einen Blick durch den winzigen Schlitz des Vorhangstoffs.

Er stand nun direkt vor dem Kastenbett, beugte sich über es und hob langsam den Dolch.

Griet schrie laut auf, als das Messer sich durch den Deckenberg und den Strohsack bohrte. Der Mann fluchte, zog die Klinge wieder heraus, zweifellos überrascht, und drehte sich auf dem Absatz um. Er erkannte, dass er getäuscht worden war, eilte zur Tür. Doch der Eindringling hatte nicht auf den hölzernen Baldachin geachtet, auf dem Don Luis still verharrt hatte. Griet verließ nun ebenfalls ihr Versteck, desgleichen der Buchhändler, der Deckung hinter den Bettvorhängen gefunden hatte. Während Don Luis und der Eindringling sich auf dem Boden einen Schlagabtausch lieferten, tastete sich Dorotheus an der Wand entlang, bis er die Tür erreichte. Griet sah, wie er hinauseilte und kurz darauf mit zwei brennenden Kerzen zurückkehrte.

Die Männer kämpften verbissen um das Messer, das der Einbrecher noch immer umklammerte. Es gelang ihm, Don Luis' Wams aufzuschlitzen. Griet stockte der Atem, als seine silbernen Knöpfe über den Dielenboden rollten. Mit einer derart heftigen Gegenwehr hatte sie nicht gerechnet. Der Bursche war wenigstens eine halbe Elle größer als Don Luis und versuchte, ihm das Messer in den Leib zu rammen. Don Luis erwies sich jedoch als wendiger, es gelang ihm, den tödlichen Stößen seines Gegners auszuweichen. Schließlich konnte er den Mann mit einem gezielten Stoß gegen das Brustbein zu Boden drücken. Doch anstatt nun nach dem Messer zu greifen, gab Don Luis seinen Vorteil scheinbar auf, indem er von seinem Gegner abließ und sich flink zur Seite rollte; er winkelte die Beine an und schaffte es gerade noch, seinen Kopf wegzudrehen, bevor ein mit brutaler Gewalt ausgeführter Stich seinen Hals traf. Stattdessen bohrte sich die Klinge in eins der Dielenbretter. Darauf hatte Don Luis gewartet. Während der Mann sich abmühte, die Schneide aus dem Holz zu ziehen, versetzte er dessen Arm mit dem Ellenbogen einen derben Stoß, dann schmetterte er ihm seine Faust ins Gesicht. Ächzend schlug der massige Körper des Mannes zu Boden. Blut schoss aus seiner Nase, aber er ließ nicht davon ab, sich erneut auf Don Luis zu stürzen. Doch da sprang Dorotheus herbei und zog dem bereits Schwankenden einen hölzernen Schemel über den Schädel, sodass er stöhnend zusammenbrach.

«Hab ich es nicht gesagt?», keuchte Don Luis, als Griet einen Schritt auf ihn zu machte. Er war mit seinen Kräften am Ende, schien aber abgesehen von ein paar Kratzern und Schrammen unverletzt.

«Unser ehrenwerter Kaufmann wollte nicht darauf warten, bis ich ihm meine angeblichen Auslieferungspapiere übergab. Er schickte seinen Gast los, um sie uns noch in derselben Nacht abzujagen.»

«Und Euch bei dieser Gelegenheit auch gleich zu ermorden», fügte Griet hinzu.

Erschöpft sah sie zu, wie Don Luis und Dorotheus den Bewusstlosen fesselten und ihm dann Wasser ins Gesicht spritzten, um ihn aufzuwecken. Sie hätte sich eigentlich freuen müssen, denn ihr Plan war aufgegangen. Sie hatten den Mann in ihre Gewalt gebracht, der die schwarzen Schwestern getötet hatte. Mochte er auch nur ein Handlanger gewesen sein, dafür musste er büßen. Je länger sie ihn jedoch beobachtete, desto angespannter fühlte sie sich. Irgendetwas hatten sie übersehen. Aber was? Griet atmete tief durch und dachte nach. Sie mussten den Mann so schnell wie möglich nach Oudenaarde schaffen.

Don Luis baute sich mit verschränkten Armen vor seinem Gefangenen auf und wartete, bis dieser die Augen aufschlug. Der Spanier hustete, dann verzog er angewidert das Gesicht und spuckte Don Luis vor die Füße. Er raunte ihm etwas auf Spanisch zu, das nicht gerade respektvoll klang.

Don Luis zuckte unbeeindruckt die Achseln. «Du fragst mich allen Ernstes, warum ich mich als Spanier nicht schäme, mit Niederländern gemeinsame Sache zu machen, anstatt Männer wie d'Anastro zu unterstützen?» Er sprach Flämisch, da er davon überzeugt war, dass sein Gefangener diese Sprache besser verstand, als er zugab.

«Sprecht Spanisch mit mir», verlangte dieser. Hochmütig warf er den Kopf zurück.

Don Luis schüttelte langsam den Kopf. «Du bist es nicht wert, dass ich auch nur ein Wort in der Sprache an dich richte, die mein Vater mir beibrachte und selbst voller Stolz sprach. Gauner wie du treten unser Erbe mit Füßen in den Staub und bringen unsere Heimat durch ihre Grausamkeit und Skrupellosigkeit in Verruf. Dafür solltest du dich schämen.»

Der Spanier knirschte höhnisch mit den Zähnen. «So reden nur Verräter oder Narren, Don Luis de Reon.» Sein Blick wanderte durch die schäbige Schlafkammer, bis er Griet traf. «Sieh an, der hübsche Krüppel aus Oudenaarde. Ihr verbargt Euch hinter dem Vorhang, nicht wahr, Täubchen?» Er lachte leise. «Das dachte ich mir doch gleich. Ich konnte Eure Angst riechen und Euren Herzschlag hören. Hätte ich auf mein Gespür vertraut, so wärt Ihr jetzt mausetot. So aber seid Ihr mir schon zum zweiten Mal durch die Lappen gegangen. Jammerschade. Ihr erinnert Euch doch noch an unsere Begegnung in Oudenaarde?»

Griet mochte weder daran zurückdenken noch sich verspotten lassen. Aber es war sicher kein Fehler, die redselige Stimmung des Gefangenen auszunutzen.

«Oh, ich erinnere mich gut an dich», erwiderte sie lächelnd. Sie trat näher und tippte ihm spielerisch mit dem Zeigefinger gegen die Brust. «Damals habe ich dich mit einem einfachen Hühnerei besiegt, während Don Luis dir und deinem Kumpan klargemacht hat, dass ihr in Flandern nicht tun und lassen könnt, was ihr wollt. Ist dir damals der Gedanke gekommen, dir einen anderen Herrn zu suchen? Einen, der dir ein höheres Handgeld versprach und in dessen Auftrag du morden und foltern durftest, wie es dir beliebte?»

«Kann schon sein, meine Schöne!» Der Spanier leckte sich lüstern die Lippen. Obwohl sein linkes Auge fast zugeschwollen war und Blut aus der Nase in seinen ungepflegten Bart tropfte, ließ er nicht davon ab, Griet mit anzüglichen Blicken zu verschlingen. «Und nun willst du wohl wissen, wer es war, der mich auf dieses Nonnenpack und sein dämliches Hexenbuch ansetzte, nicht wahr?»

«Nun, wo wir gerade so gemütlich beisammen sind», sagte Don Luis.

Der Spanier schaute ihn stirnrunzelnd an. «Ich sprach mit der hübschen Señora, aber nicht mit Euch, Verräter. Ihr habt keinerlei Befugnis hier in Brüssel, kein Wunder, wo sich die Stadt doch in den Händen der Rebellen befindet. Es gibt keine Auslieferungsforderung. Das ist alles gelogen. Wenn die Ketzerrebellen Euch erwischen, hängt man Euch so hoch wie mich.»

«Du Schuft hast mein Haus angezündet, alle meine Bücher sind verbrannt», schaltete sich Dorotheus ein. Er kreischte schrill vor Wut.

«Ach was, *borrico*! Wenn ich der Obrigkeit erkläre, dass du selbst, blind wie eine Eule, durch Unachtsamkeit den Brand gelegt hast, wird das kaum jemand anzweifeln.» Er grinste den alten Mann höhnisch an. «Pass besser auf, dass du nicht selbst als Brandstifter aus der Stadt gepeitscht oder gleich gehenkt wirst.»

Paulus Dorotheus schnappte nach Luft. Einen Moment stand er da wie ein hilfloser Greis, dann aber verwandelte sich seine Empörung in blanke Wut. Er stürzte sich auf den Gefesselten, und es hätte nicht viel gefehlt, und er hätte ihm die Kehle zugedrückt. Nur mit Mühe gelang es Griet, den alten Mann zu beruhigen.

«Der Alte ist wahnsinnig», frohlockte der Spanier. «Er gehört in den Narrenturm.»

«Halt deinen Mund, ehe ich mich vergesse und ihm ein Messer in die Hand drücke.» Don Luis funkelte seinen Gefangenen mit drohender Miene an. Ihm dämmerte, dass es kein Zuckerschlecken werden würde, ihn quer durch die Ardennen bis nach Oudenaarde zu bringen. Und was, wenn der Bursche sich dort als ähnlich verstockt erwies wie hier? Wenn er Don Luis beschuldigte, ein Spion zu sein? Nach den frostigen Abschiedsworten, mit denen Farnese ihn auf die Reise geschickt hatte, konnte er längst nicht mehr sicher sein, dass der Statthalter ihm den Rücken stärkte. Er würde Beweise fordern, Beweise und Zeugen, die Don Luis' Worte bestätigten. Der Gefangene schien trotz seiner Lage nicht im Geringsten besorgt. Noch immer bedachte er Griet mit unzweideutigen Blicken, dachte aber nicht daran, mit der Sprache herauszurücken.

«Ich werde mich gleich morgen zum nächsten spanischen Feldlager durchschlagen und den Befehlshaber, Don Alonso de Queralt, um Hilfe bitten», meinte Don Luis. Der Vorschlag kam nur zögerlich, aber auch Griet sah ein, dass es kaum möglich war, den Gefangenen ohne Hilfe über die vereisten Straßen zu transportieren. Während Dorotheus den Spanier im Auge behielt, entwarf Don Luis mit ihr zusammen einen Schlachtplan.

«Glaubt Ihr, dieser Don Alonso gewährt uns eine bewaffnete

Eskorte?», fragte Griet skeptisch. Sie hatte nur wenig Vertrauen zu den Truppen König Philipps in Flandern, und das schloss auch seine Offiziere mit ein. Ein Blick aus dem Fenster vergrößerte ihre Sorge. Seit sie das Haus des Kaufmanns verlassen hatte, schneite und stürmte es unentwegt. Wie ein dickes Tuch breiteten sich die weißen Flocken über den Dächern Brüssels aus. Auch auf den Straßen wurde der Schnee höher. An ein Durchkommen mit Griets Wagen war in den nächsten Tagen nur zu denken, wenn es taute. Doch danach sah es nicht aus. Nervös wandte sie sich um und ballte die vor Kälte starren Hände. Wenn Schnee und Eis so heftig weitertobten, würden sie unterwegs jämmerlich erfrieren, bevor sie das Stadttor von Oudenaarde auch nur aus der Ferne sahen.

«Wir kommen hier nicht weg», sagte Don Luis. «Aber mich tröstet der Gedanke, dass der Sturm vermutlich auch meine ... ich meine diese Cäcilia, aufgehalten hat. Ich kann nicht glauben, dass ihr Führer so tollkühn ist, eine ältere Dame, die bereits genug Strapazen erlitten hat, im Schneeregen aus der Stadt zu führen. Sicher verkriechen sie sich irgendwo in Brüssel und warten ab.»

An Cäcilia hatte Griet überhaupt nicht mehr gedacht. Sollte die Frau das Buch der schwarzen Schwestern doch bis ans Ende der Welt bringen, wenn sie so versessen darauf war. Der Spanier konnte ihr nicht mehr gefährlich werden, der saß gefesselt auf seinem Schemel, während Dorotheus um ihn herumschlich und ihm in allen Sprachen und Mundarten, die ihm einfielen, die Pest an den Hals wünschte.

Auf einmal flog die Tür auf, und ein Hauptmann der Brüsseler Stadtwache polterte mit gezückter Waffe in die Kammer. Als er den gefesselten Spanier bemerkte, stutzte er. Er drehte sich zu seinem Begleiter um, der nun ebenfalls über die Schwelle trat. Es war d'Anastro, jämmerlich durchgefroren, aber anscheinend siegessicher. Zuletzt erschien die Wirtsfrau. Sie schleppte sich die Stiege hinauf, in der Hand eine Tranfunzel, und beteuerte bei jedem Schritt, nicht einmal geahnt zu haben, was die Fremden dort oben in ihrer besten Kammer trieben. Der Hauptmann beachtete das Weib kaum, allein, was Gaspar d'Anastro zu sagen hatte, interessierte ihn.

«Sind das die Leute, die sich während des Gastmahls in Euer Haus geschlichen haben, um Euch zu bestehlen?», fragte er den Kaufmann. Seine Stimme klang rau. Bei diesem Wetter auf die Straße zu müssen, anstatt in der trockenen Wachstube Wein zu trinken oder zu würfeln, ging ihm gehörig gegen den Strich.

«Wir sollen gestohlen haben?» Griet schüttelte empört den Kopf. «Behauptet das dieser unverschämte Mistkerl? Sehe ich etwa wie eine Diebin aus?»

«Wie Ihr ausseht, tut hier nichts zur Sache, Frau, wobei ...» Der Stadtknecht unterzog Griet einer kurzen Musterung, während der sie schamhaft die Augen niederschlug. Sie bemerkte, dass ihr Arm ihn ebenso irritierte wie die ordentliche Kleidung, die sie trug. Sie hatte sich seit dem Gastmahl im Haus d'Anastros nicht umgekleidet. Gewiss gab es unter den verkrüppelten Bettlern und Vagabunden genügend Langfinger, aber in der Regel fanden diese nicht Unterschlupf in einem Wirtshaus. Griet entsprach keineswegs dem Bild, das der Wächter von einer diebischen Dirne hatte. Er wandte sich Don Luis zu. «Und wer ist dieser Kerl? Ein Spanier?»

Don Luis verneigte sich mit einem spöttischen Lächeln. «Wenn Ihr erlaubt? Zur Hälfte bin ich spanisch, das Blut der Hidalgos fließt durch meine Adern. Aber die andere Hälfte geht auf flämische Krämerleute zurück. Welches der beiden Völker nun auf das Herz Anspruch erhebt, gälte es noch zu ermitteln.» Der junge Mann versuchte, gelassen zu bleiben und sich nicht von der auf ihn gerichteten Lanze einschüchtern zu lassen, doch

Griet, die ihn inzwischen besser kannte, bemerkte, wie angespannt er war. Gewiss ärgerte er sich, dass er d'Anastros Talent für finstere Machenschaften unterschätzt hatte.

«Was soll dieser Unfug?», knurrte der Stadtwächter Don Luis an. «Wollt Ihr mich auf den Arm nehmen?»

«Gemeine Diebe lauern überall», warf d'Anastro ein. «Ihr Lohn ist immer derselbe: Man knüpft sie auf.»

«Der ehrenwerte Kaufmann d'Anastro, der sich im Frühjahr in Brüssel niedergelassen hat, beschuldigt Euch, sich in sein Haus eingeschlichen, seine Gastfreundschaft missbraucht und ihn zuletzt auch noch bestohlen zu haben. Er schickte seinen Gehilfen, um das Diebesgut sicherzustellen. Erst als der Mann nicht zu seinem Herrn zurückkehrte, hat d'Anastro die Stadtwache informiert.»

Griet schluckte schwer. In den Augen der Ordnungsgewalt mochte das überzeugend klingen. Der Kaufmann trat zu seinem gefesselten Gehilfen, klopfte ihm auf die Schulter und flüsterte ihm etwas auf Spanisch zu.

«Kannst du die Worte deines Herrn bestätigen?», fragte der Stadtwächter.

Der Spanier nickte eifrig. «Si, Señor. Es ist genau so, wie mein Herr Euch gesagt hat. Das schwöre ich bei der heiligen Madonna. Ich überraschte die Gauner, als sie das Diebesgut begutachteten. Als ich es für meinen Herrn zurückforderte, fielen die beiden Männer über mich her. Anschließend fesselten sie mich, bis ich mich nicht mehr rühren konnte. Ihr habt mir das Leben gerettet. Wärt Ihr nicht gekommen, hätten sie mich getötet.»

«Der Mann lügt», rief Griet empört. «Er kam hier hereingeschlichen, weil er nach Papieren suchte. Nach einem Schreiben, in dem der Statthalter seine Auslieferung verlangt. Er wollte es an sich bringen und Don Luis im Schlaf mit dem Dolch erstechen.»

«Ach, wirklich?» Der Kaufmann tat erstaunt. Er öffnete seinen Umhang und zog sein Federmesser aus dem Gürtel. Ohne auf Erlaubnis zu warten, begann er die Fesseln seines Gehilfen zu durchtrennen. «Und wo sind nun diese ominösen Papiere? Könnt Ihr sie dem Stadtknecht zeigen? Zweifellos wird er das Siegel darauf erkennen.»

«Der Stadtknecht kann sogar lesen, sofern es Latein oder Flämisch ist», brummte der Hauptmann missmutig.

«Spart Euch die Mühe!» D'Anastro triumphierte. «Am Ende wart Ihr doch nicht so schlau, Griet van den Dijcke. Falls das wirklich Euer Name ist!» Er deutete auf einen Sack, der zur Hälfte vom Vorhang des Kastenbetts verdeckt wurde. Don Luis bückte sich danach, doch d'Anastro stellte sich ihm mit seiner ganzen Leibesfülle in den Weg. «Finger weg, Dieb», herrschte er Don Luis an. «Das gehört mir!»

Aus dem Sack holte er zwei Pokale aus purem Gold, in die kleine weibliche Gesichter graviert worden waren; der größere war am Rand mit Rubinen, der andere an den Henkeln mit Türkisen besetzt. Beide Gefäße stellten Meisterwerke flämischer Goldschmiedekunst dar und waren so hübsch, dass es Griet die Sprache verschlug. Weder in ihrem Elternhaus noch in dem Anwesen der Teppichweber hatte sie je etwas so Kostbares gesehen.

«Damit wäre doch wohl der Beweis erbracht, dass wir die Wahrheit sagen, Hauptmann», erklärte der Kaufmann gelassen. «Nehmt den Burschen fest und schafft ihn in den Kerker. Das Weib und den Alten könnt Ihr mir und meinem Gehilfen überlassen!»

Was nun geschah, ging so schnell, dass weder Don Luis noch Griet auch nur einen Finger rühren konnten, um es zu verhindern. Griet sah nur, wie der alte Dorotheus sich mit einem wütenden Aufschrei nach dem Dolch bückte, der während des Handgemenges mit dem Spanier zu Boden gefallen war, und ihn dem Mann in den Hals stieß. «Das ist für dich, du Brandstifter», rief er.

D'Anastro stieß einen Fluch aus, als sein Handlanger röchelnd zusammensackte. Er selbst wich zurück, während sich der Hauptmann auf den alten Mann stürzte, um ihn zu entwaffnen.

Don Luis griff nach Griets Handgelenk und schob sie an der kreischenden Wirtsfrau vorbei zur Tür hinaus. Sie rannten die Stiege hinunter.

«Die beiden fliehen!», hörten sie noch die Stimme des Kaufmanns, als sie das Haus verließen und in die eisige Winternacht eintauchten.

In Griets Kopf wirbelten die Gedanken wie Schneeflocken durcheinander. Während sie von Don Luis durch die Gassen gezogen wurde, glaubte sie mehrmals, Schritte hinter sich zu hören. Bestimmt hatte der Hauptmann ihre Verfolgung aufgenommen, zugleich dachte sie an Dorotheus, der ihnen die Flucht ermöglicht hatte. Es war ihnen nicht möglich gewesen, etwas für ihn zu tun. Griet fühlte sich schrecklich. Wenn er nicht erschlagen worden war, würde er wegen Mordes gehenkt werden, so viel stand fest. Davon abgesehen hatten sie ihren Gefangenen verloren, bevor der hatte reden können. Sie würden ihn nicht mehr nach Oudenaarde bringen können.

Griet riss sich ungestüm von Don Luis los. Sie blieb stehen und richtete ihren Blick verzweifelt in den schwarzen Himmel, aus dem es weiter schneite.

«Geht es noch?», erkundigte sich Don Luis besorgt. Er half Griet die Stufen eines engen Kellerabgangs hinunter. Dort konnten sie für ein paar Augenblicke bleiben, um neue Kräfte zu sammeln.

Griets Mundwinkel zuckten, nur mühsam hielt sie die Tränen zurück. «Wie könnt Ihr das fragen? Noch vor einer Stunde glaubte ich wirklich, alles würde gut werden. Wir sahen einen

Weg, doch nun ist der Mann tot, der den Schurken in Oudenaarde entlarven könnte. Und wir ...» Sie lehnte ihren Kopf gegen das kalte Mauerwerk. «Was soll nun werden?» Nie zuvor hatte sie sich so allein gefühlt. Ihr war, als würde jeder Ziegelstein in ihrer Heimatstadt sie verhöhnen.

«Ich gebe zu, dass wir uns zurzeit in keiner besonders günstigen Lage befinden», sagte Don Luis zögerlich.

«Nur gut, dass Euch das auch auffällt! Dieser Stadthauptmann wird ganz Brüssel nach uns absuchen lassen. Dank d'Anastro weiß der Hauptmann, wer wir sind, auch wenn ich mich unter meinem Mädchennamen vorgestellt habe. Wir haben also die Wahl, zu erfrieren oder uns zu stellen.» Sie hob den Kopf. Ein Hauch von Hoffnung ließ ihre Augen leuchten. «Wir könnten versuchen, uns zu den spanischen Truppen durchzuschlagen, und deren Befehlshaber um Hilfe bitten.»

Don Luis seufzte. «Nun ja, ich halte Don Alonso zwar für einen Ehrenmann, aber ich könnte nicht gerade behaupten, dass er ein Freund meines Vaters war. Die beiden stritten sich oft, meistens ging es um Frauen. Ich glaube, er war in meine Mutter verliebt und trug es meinem Vater nach, dass der König sie mit ihm verheiratete und nicht mit Don Alonso.»

Griet schüttelte den Kopf. Gab es in dieser Gegend auch nur einen Menschen, der nicht hinter der geheimnisvollen Cäcilia her war?

«Nein, wir müssen zunächst einmal zusehen, dass wir aus Brüssel verschwinden, ohne erwischt zu werden.» Er klang bitter. «Dieser verflixte d'Anastro, ich könnte ihm den Hals umdrehen. Aber natürlich hätte ich damit rechnen müssen, dass er mit einer List gegen uns arbeitet.»

Griet sah den jungen Mann mitfühlend an. Doch es half niemandem, sich mit Vorwürfen zu belasten. D'Anastro hatte ihnen eine empfindliche Niederlage beigebracht, damit hatten sie sich abzufinden. Allerdings würde der intrigante Kaufmann sich nach einem anderen Handlanger umschauen müssen, den er dem Prinzen von Oranien auf den Hals hetzen konnte.

«Ihr habt doch einen Verehrer in der Stadt!», bemerkte Don Luis plötzlich.

Griet horchte überrascht auf. «Findet Ihr, dass es der richtige Zeitpunkt ist, um mir den Hof zu machen? Meine Nase läuft.»

«Ich spreche nicht von mir, sondern von dem fetten Wachshändler, den wir im Haus d'Anastros getroffen haben. Dieser van Dongen. Der Kerl hat Euch den ganzen Abend mit seinen Blicken verschlungen.»

«Ihr verwechselt mich mit dem Schweinebraten. Wenn van Dongen etwas verschlungen hat, dann den. An mir war er nicht interessiert, ich erinnerte ihn lediglich an ...» Griet sprach nicht weiter. Sie ahnte, worauf der junge Spanier hinauswollte, und es behagte ihr ganz und gar nicht. Allerdings, wenn sie hier nun kläglich erfror, würde sie Basse niemals wiedersehen. Auch nicht, wenn sie in Brüssel des Diebstahls angeklagt wurde. Da war es vielleicht doch besser ...

«Was der Mann gesagt hat, ist die Wahrheit», gab sie widerwillig zu. «Er und meine Mutter kannten sich tatsächlich. Ich glaube, ich weiß, wo er wohnt.»

«Worauf warten wir dann noch?» Don Luis spähte auf die menschenleere Gasse hinaus. Irgendwo rüttelte der Wind an einem losen Fensterladen. Ansonsten war alles still.

Wie zwei Schatten huschten sie durch die Stadt, während der Schnee unter ihren Schuhsohlen knirschte. Ein paar Straßen weiter fand Griet im Hof einer düsteren Chorkapelle eine schmale Pforte. Sie bildete den Zugang zum Anwesen des Wachshändlers, dessen Haus versteckt hinter einer Reihe kahler Bäume zu sehen war.

«Ihr, meine Liebe?» Dem Wachshändler fielen fast die Augen aus dem Kopf, als er Griet zitternd vor seiner Tür stehen sah. «Das nenne ich ja eine angenehme Überraschung! Mein Gott, wie spät ist es denn? Graut etwa schon der Morgen?»

Er öffnete eigenhändig, ohne einen Diener herbeizurufen. Dann gähnte er herzhaft. Griet stellte fest, dass er noch nicht im Bett gewesen war, denn er war vollständig bekleidet. Lediglich die nassen Stiefel hatte er ausgezogen. Griet nahm an, dass er nach seiner Heimkehr beschlossen hatte, den Abend mit einer weiteren Flasche Wein ausklingen zu lassen, und darüber eingenickt war.

«Ich hätte bei diesem Burschen nicht so viel trinken sollen», jammerte der Wachshändler. «Mein Kopf fühlt sich an, als würde er gleich entzweispringen.»

Griet zwang sich zu einem teilnahmsvollen Lächeln. Bevor sie die Tür schloss, winkte sie Don Luis, der seitlich an der Pforte gewartet hatte, und bedeutete ihm, leise hinter ihr ins Haus zu schlüpfen. Ohne sich um Don Luis zu kümmern, ging der Wachshändler gähnend und mit schwankenden Schritten voraus zur Wohnstube, einem getäfelten Raum, in dem ein Feuer im Kamin brannte. Auf dem blankgescheuerten Eichentisch, der fast die gesamte Länge der Stube einnahm, stand eine gigantische goldgelbe Kerze. Ein passender Schmuck für das Haus eines Wachshändlers, fand Griet. Daneben lag ein Brettspiel aus feinpoliertem Holz.

«Offen gestanden habe ich nicht damit gerechnet, Euch so schnell wiederzusehen, meine Liebe!» Van Dongens Blick fiel auf Don Luis. «Und Euch auch nicht», fügte er wenig begeistert hinzu. «Was verschafft mir die Ehre dieses frühen Besuchs?»

Griet hatte Don Luis vorgeschlagen, das Gespräch weitgehend ihr zu überlassen. In der nächsten Viertelstunde rührte sie den Wachshändler mit einer herzzerreißenden Geschichte Jäh ernüchtert hörte dieser ihr zu.

«Zuletzt bin ich ihm davongelaufen, hinaus in den Schnee!» Sie lächelte scheu. «Ich möchte Euch nicht in eine unangenehme Lage bringen, aber da Ihr so freundlich zu mir wart und auch meine Mutter gut kanntet ... Falls ich jedoch ungelegen komme, kann ich mich auch an den Grafen Beerenberg wenden.»

Van Dongen machte eine abwehrende Geste. «Aber ich bitte Euch. Das ist nicht nötig. Es war richtig, dass Ihr zu mir gekommen seid. Wie kann dieser dahergelaufene d'Anastro es wagen, der Tochter meiner guten Isabelle zu nahe zu treten?» Er kaute auf seiner dicken Lippe herum. «Er wollte Euch also verführen, dieser alte Bock? Und weil Ihr ihn zurückgewiesen habt, erfindet er nun Lügen über Euch. Ich muss sagen, dass ich von Anfang an kein gutes Gefühl bei diesem Burschen hatte. Er ist glatt wie ein Aal, versteht es aber auch zuzubeißen.»

«Wir müssen schleunigst abreisen, bevor Gaspar d'Anastro noch andere Leute mit seinen Lügen ansteckt», sagte Don Luis nun doch. Wie Griet hatte auch er sich einen Platz dicht beim Kaminfeuer gewählt, um sich an den knisternden Flammen zu wärmen. Dabei entgingen ihm keineswegs die schmachtenden Blicke, die der Wachshändler Griet zuwarf.

«Abreisen? Wo denkt Ihr hin, junger Mann?» Der Wachshändler schüttelte den Kopf. «Bei diesem Wetter werdet Ihr nicht weit kommen. Die armen Nonnen, die nach Sonnenaufgang aus Brüssel verbannt werden, tun mir jetzt schon leid. Warum lasst Ihr Euch nicht später von mir zum Stadtrichter begleiten? Der Alte ist ein guter Freund von mir, und er kannte auch Euren Vater, meine liebe Griet.»

Das befürchtete Griet gerade. An den einstmals geachteten Amtsträger, der beim Kartenspiel Haus und Hof verloren hatte, erinnerten sich die Gerichte zweifellos. Dass der Wachshändler über diese Schmach kein Wort verlor, hatte wohl nur damit zu tun, dass er die schöne Isabelle nicht vergessen konnte.

«Bitte, Mijnheer van Dongen, vergesst nicht, dass das Andenken meiner Mutter unter einem solchen Skandal leiden könnte.»

Der Blick des Wachshändlers streifte Griets tauben Arm. Einen Moment schien er unsicher, wie er sich verhalten sollte, dann aber nickte er gnädig. «Nun ja, das wollen wir natürlich nicht. Ihr habt damals genug durchgemacht, als die arme Isabelle starb. Sie stürzte aus einem Fenster Eures Hauses, wenn ich mich richtig erinnere. Ein schrecklicher Unfall, der das Leben einer blühenden Frau jäh beendete. Ihr sollt noch versucht haben, sie zu halten, nicht wahr?»

Griet spürte, wie ihr der Hals eng wurde. Obwohl sie noch immer fror, empfand sie die Wärme, die im Zimmer herrschte, plötzlich als unangenehm. Unwillkürlich blickte sie zu Don Luis hinüber. Er sah sie an, abwartend, aber geduldig und liebevoll. Das gab ihr die Kraft, die Bemerkung des Händlers zu bestätigen. Als dieser nach einer Weile den Raum verließ, um für seine Gäste ein Frühstück zubereiten zu lassen, ließ sie es zu, dass Don Luis sie an seine Brust zog. Griet spürte das kalte, feuchte Tuch seiner Jacke an ihrer Wange. Er roch nach frischem Schnee, nach Fremdheit und Vertrautheit.

«Isabelle ... meine Mutter ... war in König Philipp verliebt», stammelte sie schließlich. «Sie konnte ihn nicht vergessen, seine Liebesschwüre hatten sich in ihr Herz gebrannt wie ein Mal. Die Vorstellung, dass sie für ihn nie mehr würde sein können als eine Mätresse, trieb sie langsam in den Wahnsinn. Sie hat mir das selbst gestanden, obwohl ich damals noch ein kleines Mädchen war.»

Er nickte verständnisvoll. Noch immer hielt er sie fest. –Ich ahnte so etwas Ähnliches.»

«Sie hätte niemals seine Frau werden können. Wer war sie schon? Eine Schönheit, gewiss. Temperamentvoll, wohlhabend und geistreich. Aber eben auch eine verheiratete Frau von niederem flämischen Adel, unter deren Fenster Philipp und sein Hofstaat vorbeiritten. Das hielt sie nicht aus. Eines Tages lief sie die Treppe hinauf zu einer der Dachkammern, öffnete das Fenster ...» Griet atmete tief durch. Hatte sie all die Jahre darüber geschwiegen, so spürte sie plötzlich, wie die Worte geradezu aus ihr hinausdrängten. Doch niemals hätte sie sich vorstellen können, dass es eine solche Wohltat war, den Kopf an Don Luis' Schulter zu lehnen und ihm anzuvertrauen, was sie fast ihr halbes Leben lang verheimlicht hatte.

«Ich folgte ihr hinauf und sah sofort, was sie vorhatte. Doch sie ließ sich von mir nicht zurückhalten. Sie stieß das Fenster auf, das auf den Innenhof führte. Ihr kennt ihn, wir sind ja dort gewesen. Ich sehe sie noch vor mir, wie sie ihre Röcke rafft, um leichter über den Fenstervorsprung klettern zu können, und wie sie sich am Dachgebälk festhält. Erst als sie sich aufrichtete, bemerkte sie mich. Einen Augenblick lang verharrte sie ganz still und sah mich an. Da muss sie plötzlich aus ihrem Wahn aufgewacht sein, wenngleich auch nur für einen Moment. Ich sah Angst auf ihrem Gesicht, Verwirrung. Sie rief mir etwas zu, aber ich weiß nicht mehr, was. Ich sprang zum Fenster und erreichte sie in dem Moment, als sie den Halt verlor.»

«Großer Gott», murmelte Don Luis. «Nun kann ich verstehen, warum du es nicht über dich bringen konntest, aus dem Fenster bei Dorotheus zu springen. Du warst noch ein Kind und hast mit ansehen müssen, wie deine Mutter in die Tiefe sprang.»

Griet befreite sich aus seiner Umarmung. «Ich bekam ihre rechte Hand zu fassen, bevor sie fiel. Und ich hielt sie fest, so fest ich nur konnte. Aber ich schrie nicht. Mir war, als wäre ich stumm geworden. Ich brachte die Zähne nicht auseinander. Wäre es mir gelungen, um Hilfe zu rufen, hätte mich vielleicht jemand unten gehört. Mein Vater oder ein Bediensteter. Vater kannte Isabelles Gemütszustand und ließ sie ungern allein. Doch an diesem Tag war er ausgegangen, nur ich war da. Ich zog an Isabelle und biss die Zähne zusammen, denn ich befürchtete, mein eigener Arm würde jeden Moment aus dem Gelenk springen. Ich hatte fürchterliche Angst, und der Schmerz war überwältigend. Ich hatte bis zu diesem Zeitpunkt nicht einmal geahnt, dass etwas so wehtun konnte. Da wusste ich, dass ich sie nicht würde retten können. Es ging einfach nicht, wie sehr ich mich auch mühte. Zu allem Überfluss fürchtete ich, selbst die Balance zu verlieren. Und dann lockerte sich der Griff, sie entglitt mir und stürzte in den Hof hinunter.» Griet deutete auf ihren tauben Arm. «Seither spüre ich ihn nicht mehr. Bestimmt straft mich Gott, weil ich die Hand meiner Mutter losgelassen habe.»

Don Luis hob die Augenbrauen. «Das glaubst du hoffentlich nicht wirklich, Griet? Du warst doch noch ein Kind und nicht verantwortlich für die Entscheidung deiner Mutter. Sie hat *deine* Hand losgelassen, nicht umgekehrt. Ob sie nun ihrem Leben ein Ende setzen wollte oder nicht, eines wollte sie ganz sicher nicht: dass ihre Tochter ebenfalls stirbt. Sie riss sich los, weil sie Angst hatte, du könntest mit ihr gemeinsam hinunterstürzen. Sie mag krank und verwirrt gewesen sein, aber geliebt hat sie dich gewiss.»

Griet konnte die Tränen nicht zurückhalten. All die Jahre hatte sie, wenn überhaupt, nur mit Groll im Herzen an Isabelle gedacht. Sie hatte ihre Zeit damit vergeudet, sich selbst für etwas zu bestrafen, für das sie nichts konnte. Don Luis hatte recht. Nicht Gott hatte ihr den kranken Arm gesandt, vermutlich hatte sie selbst jedes Gefühl darin abgetötet, weil sie der Meinung gewesen war, auf diese Weise büßen zu müssen. Schluchzend vergrub sie ihr Gesicht in den Händen. Wieder zog Don Luis sie an sich. In seinen Armen spürte sie mehr Frieden als jemals zuvor. Er küsste sie zärtlich, zuerst auf die Stirn, dann auf die Lippen, und hörte erst auf, als Schritte im Flur die Rückkehr des Wachshändlers ankündigten.

Van Dongen machte ein sorgenvolles Gesicht. «Mein Knecht ist zurück. Ich hatte ihn zum großen Marktplatz geschickt, damit er sich dort ein wenig umhört. Er bringt eine gute und eine schlechte Nachricht für Euch.»

«Spannt uns bitte nicht auf die Folter», bat Griet. Obwohl sie ihren Platz in Don Luis' Nähe nur ungern aufgab, erhob sie sich und ging dem Hausherrn entgegen. Sie wollte nicht, dass der Händler auf falsche Gedanken kam, was ihr Verhältnis zueinander betraf. Dass sie Don Luis liebte, ging ihn nichts an. Das musste sie erst einmal selbst begreifen.

«Wie es aussieht, hat sich dieser d'Anastro aus dem Staub gemacht. Vermutlich wurde ihm der Boden unter den Füßen zu heiß. Das Gerücht, er sei der Drahtzieher des Anschlags auf Wilhelm von Oranien in Antwerpen, scheint ihn schneller zu verfolgen, als er gedacht hat. Jedenfalls droht Euch von dieser Seite keine Gefahr mehr.»

«Was ist dann die schlechte Nachricht?»

«Unser Stadthauptmann ist ein schärferer Hund als der Großinquisitor von Brabant, wenn es gilt, verdächtige Personen aufzuspüren», meinte van Dongen bitter. «Mein Knecht erfuhr von seinem Vetter, der als Turmwächter dient, dass in der Stadt nach spanischen Spionen gefahndet wird: einem Mann und einer Frau. Zwei weitere Verräter sollen bereits tot sein. Ihr müsst zusehen, dass Ihr Brüssel sogleich verlasst. Trotz des grässlichen Wetters. Aber wie?»

Don Luis hatte schweigend und mit ausdrucksloser Miene zugehört, nun aber hellte sich sein Gesicht auf. Ihm kam eine Idee.

Kapitel 30

Cäcilia saß in einem dunklen Winkel des Schuppens und beobachtete die Menschen, die wie sie Zuflucht vor dem schlechten Wetter suchten. Um sie herum husteten, stöhnten und niesten die Bettler und Galgenvögel um die Wette. Die Kleidung der meisten war durch und durch nass vom anhaltenden Schneeregen. Wohin Cäcilia blickte, fand sie ausgemergelte Kreaturen, bleich, krank und hungrig. Von Zeit zu Zeit ging die Tür auf, und weitere Bedauernswerte schlurften in den nur notdürftig beheizten Holzverschlag. Sie blickten sich nach einem Ruheplatz um und sanken sofort nieder, sobald sie ein freies Fleckchen entdeckt hatten. Vorn, beim rauchenden Kohlebecken, war natürlich kein Platz mehr zu finden. Cäcilia schämte sich fast dafür, dass ausgerechnet sie sich dort wärmen konnte. Sie war nicht der Meinung, dass sie ein Anrecht darauf hatte, aber Tobias sah das anders. Seinem Ansehen, das er unter den Ausgestoßenen Brüssels genoss, verdankte sie, dass ihr jedermann respektvoll begegnete, ja, man hatte ihr sogar einen Kanten Brot und ein mit Stroh gefülltes Kissen gebracht. Es war zerrissen und voller Ungeziefer, aber Cäcilia brachte es nicht über sich, es zurückzuweisen. Möglicherweise hatte sie sich unter diesen Menschen auch ein wenig Respekt und Sympathie erworben, weil sie für ihr Hab und Gut gekämpft und im Handgemenge mit der pockennarbigen Hure sogar den Sieg davongetragen hatte. Cäcilia biss in das Brot, um Tobias eine Freude zu machen. Hunger verspürte sie angesichts des Elends nicht. Erneut flog die Tür auf, wieder blies der Wind Kälte und eine Schar hustender Bettler in den Schuppen. Ihre klappernden Holzschalen, mit denen sie vor den Kirchen der Stadt um Almosen baten, waren heute leer geblieben. Cäcilia schluckte den zähen Klumpen Brot hinunter. Kein Wunder, dass die Unglücklichen ohne Bettelgabe zurückkehrten. Die calvinistischen Prediger gründeten zwar in vorbildlicher Weise Einrichtungen für Bedürftige, stellten Opferkästen in Kirchen und riefen die Bürger dazu auf, ihre armen Mitbürger nicht zu vergessen, doch bettelndem Volk begegneten sie mit Misstrauen. Ihr Elend galt ihnen als Hinweis darauf, dass sie von Gott verstoßen worden waren. Man hielt sich von ihnen lieber fern und überließ es dem Bettelvogt der Stadt, für Ordnung zu sorgen. Abgesehen davon wagte sich bei diesem Wetter kaum jemand ins Freie. Was blieb den Bettlern daher anderes übrig, als sich wieder auf ihren Strohsack zu legen, um vor sich hin dämmernd Hunger und Kälte zu vergessen.

Tobias warf Cäcilia eine Decke über die Schultern und lächelte stolz, als sie sich dafür mit einem warmherzigen Blick bedankte. Der Himmel schien es gut mit ihr zu meinen, sonst hätte er ihr nicht Tobias gesandt. Zwischen ihr und ihm mochten Welten liegen, aber sie glaubte nicht, dass es noch einen anderen Menschen gab, der sie so verstand wie er.

«Worüber denkt Ihr nach?», wollte er wissen. «Macht Ihr Euch Sorgen, weil es immer noch schneit? Keine Sorge, wir werden es schon schaffen. Verlasst Euch ganz auf mich.»

Cäcilia blickte ihren Helfer an, der inzwischen seinen struppigen Bart gebändigt und einen einfachen, aber leidlich sauberen Leinenkittel übergestreift hatte. Sein Gesicht war gerötet vor Kälte, da er es auf dem Hof mit frischem Schnee abgerieben hatte. Er schien Wert darauf zu legen, ihr zu gefallen, und Cäcilia musste zugeben, dass seine Rechnung aufging. Sie senkte den Kopf und gab vor, sich um den Zustand ihrer Stiefel zu sorgen. Für verliebte Blicke und Tändeleien war sie zu alt. Außerdem hatte sie Gelübde abgelegt und befand sich auf der Flucht. Wusste sie, ob sie morgen noch am Leben war? Das garstige Wetter ängstigte sie nicht, aber irgendwo in der Stadt liefen Leute umher, die das Buch haben wollten. Der Mann, der sie im Haus des alten Buchhändlers überrascht hatte, war offensichtlich nicht der Einzige, der ihrer Spur folgte. Zwei weitere Fremde, darunter eine Frau, schienen ebenfalls hinter ihr her zu sein. In welcher Beziehung diese beiden mit den schwarzen Schwestern standen, wusste Cäcilia nicht. Sie hatte den Blick des Mädchens nur kurz aufgefangen, bevor sie im Gewühl der Gasse untergetaucht war. Auf jeden Fall mussten sie und Tobias sich vorsehen. Wollte sie das *Buch des Aufrechten* in die Kurpfalz schaffen und dort übersetzen lassen, so durfte sie von nun an niemandem mehr trauen.

Tobias teilte ihr mit, sich noch ein Stündchen aufs Ohr legen zu wollen. Das war gut, denn er brauchte alle seine Kräfte für den Weg, der vor ihnen lag. Nur zu gern wäre Cäcilia seinem Beispiel gefolgt, aber sie war zu aufgeregt, um auch nur ein Auge zuzumachen. So blieb sie nahe am Kohlebecken sitzen. Als sich eine Hand auf ihre Schulter legte, zuckte sie zusammen.

«Dotteres! Du hast mich fast zu Tode erschreckt. Wie schaffst du es nur, dich anzuschleichen, ohne dass das Stroh unter deinen Füßen raschelt?»

Die junge Diebin ging neben ihr in die Hocke und grinste sie an. «Nicht schlecht, was? Hat mir mein Junge beigebracht. Von dem kleinen König kann selbst ich noch was lernen.»

Cäcilia lächelte. Obwohl sie lieber allein geblieben wäre, vergaß sie doch nicht, wie freundlich die Frau an ihrem ersten Abend im Schuppen zu ihr gewesen war. «Wie geht es dem Jungen?», erkundigte sie sich. «Ich habe ihn heute noch nicht gesehen.»

«Meinst du ich? Der Schlingel treibt sich wieder herum wie ein Straßenkater. Wehe, wenn mir Klagen zu Ohren kommen. Angeblich hat ihn ein fremder Bursche, der mit seiner Frau auf der Durchreise ist, in seine Dienste genommen. Was auch immer das heißen mag. Vermutlich hetzen die Leute ihn durch die Stadt, und alles, was er als Lohn bekommt, sind ein paar abgenagte Hühnerknochen. Das kennt man ja.»

Cäcilia stutzte. «Ein fremdes Paar auf der Durchreise, sagst du? Hast du sie auch gesehen?»

Dotteres schüttelte den Kopf. «Ich kann ihn ja fragen, sobald er sich mal wieder blicken lässt.» Einige Augenblicke lang stocherte sie mit einem Stecken in der Glut herum. Keiner der Männer, die in der Nähe saßen und dösten, jagte sie davon. Tobias' Schutz schien sich auch auf Dotteres auszuweiten. «Hab gehört, Ihr wollt Euch aus dem Staub machen?», fragte die junge Frau nach einer Weile.

Cäcilia antwortete nicht.

«Keine Angst, Schwester. Ich habe keiner Menschenseele verraten, dass du 'ne Ordensfrau bist. Würde ich auch nicht tun, so, wie die Calvinisten euch momentan behandeln.»

«Die Reformierten haben sehr gelitten, kein Wunder, dass sie die alte Lehre und alle, die ihr in den Niederlanden noch folgen, ablehnen.»

Dotteres warf das Stöckchen ins glühende Becken und spie hinterher. «Kannst du uns nicht mitnehmen?», flüsterte sie. «Mich und die Kinder? Brüssel ist doch nicht die richtige Stadt für uns. Hier will uns niemand haben. Wenn wir nicht verschwinden, landet Wilhelmina in ein paar Jahren im Hurenhaus und der kleine König am Galgen.»

«Aber das geht doch nicht, ich bin ...» Cäcilia begann zu stottern. Was sollte sie tun? Tobias hatte ihre Flucht bis ins letzte Detail geplant. Er würde nicht erfreut sein zu hören, dass sich ihm weitere Personen, darunter Kinder, anschließen wollten. Möglicherweise lehnte er es sogar ab, sie zu führen, und überließ sie ihrem Schicksal. Das durfte sie keinesfalls riskieren. Sie war für das Buch verantwortlich, nur dafür. Andererseits hatte Cäcilia auch nie gelernt, nein zu sagen.

«Wenn ich mich nicht irre, sind die Leute, die den kleinen König beschäftigen, hinter mir her», sagte sie schließlich. «Und sie sind gefährlich.»

«Ein Grund mehr, uns mitzunehmen. Oder willst du, dass dem Jungen etwas zustößt?»

Nein, das wollte Cäcilia natürlich nicht. Sie gab sich geschlagen. Unsicher spähte sie zu Tobias hinüber, der sich in einer Ecke zusammengerollt hatte und fest zu schlafen schien. Zwischen den Decken sah sie nur sein graues Haar. Sie würde ihm wohl oder übel später beichten müssen, was sie getan hatte.

«Also schön, dann schließt euch uns eben an, wenn es unbedingt sein muss. Allerdings hat Tobias gewisse Vorkehrungen getroffen, damit wir unerkannt die Stadt verlassen können. Ihr dürft sie nicht gefährden, indem ihr gleich mit uns geht. Wartet, bis es wieder dunkel wird, dann könnt ihr jenseits der Stadtmauern zu uns stoßen.»

«Und ihr werdet wirklich auf uns warten?»

Die ältere Frau seufzte leise. «Ich verspreche es dir.»

Als Dotteres gegangen war, wagte Cäcilia endlich das zu tun, was sie schon lange vorgehabt hatte. Sie nahm das alte Buch aus dem Leintuch und berührte den brüchigen Einband. Wer mochte ihn angefertigt haben? Ein Araber? Ein Perser? Durch wie viele Hände war die Schrift die Jahrhunderte über gewandert? Hatten die Menschen, die mit ihr in Berührung gekommen waren, verstanden, welche Macht ihr innewohnte?

Ein Gefühl tiefer Ehrfurcht durchströmte Cäcilias Körper, während sie vorsichtig die ersten Seiten umblätterte. Dabei wünschte sie sich sehnsüchtig, die wunderlichen Schriftzeichen lesen und deuten zu können, die im Schein der Kohlenglut erschienen. Dass das Buch ihr etwas mitteilen wollte, bezweifelte Cäcilia nicht. Es kannte sie, akzeptierte sie als seine neue Hüterin.

Cäcilias Atem ging schneller. Mit zitternden Händen blätterte sie um, erst eine Seite, dann eine weitere. Bernhilds Notizen verschwammen vor ihren Augen, als hätte jemand Wasser über ihnen ausgeschüttet. Darunter jedoch erschienen nun ganz klar und deutlich Wörter, die Cäcilia lesen konnte, obwohl sie weder lateinischen noch griechischen Ursprungs waren. Cäcilia spürte, wie ihr vor Aufregung das Blut in den Kopf schoss. Träumte sie?

Hastig murmelte sie ein Gebet, denn sie erinnerte sich an einen Bibelvers, in dem ein Mann von einem Blitzschlag niedergestreckt worden war, weil er es gewagt hatte, die heilige Bundeslade des Volkes Israel zu berühren. Was also, wenn es ihr nun ebenso erging und das Buch sie für den Frevel bestrafte, es inmitten all dieses Elends aufzuschlagen? Sie war weder der Papst noch ein Bischof, ja nicht einmal mehr eine Ordensschwester.

Aber das Buch übte Nachsicht, ihr geschah nichts; die fremdartigen Buchstaben fanden sich weiter vor ihren Augen zu Wörtern zusammen, bis sie ganze Sätze zu verstehen glaubte. Manches davon kam ihr bekannt vor, weil es den biblischen Berichten ähnelte, anderes war ihr neu. Eine ganze Weile vertiefte sich Cäcilia in das Buch, wobei sie kaum zu atmen wagte. Dann schloss sie überwältigt die Augen. Sie fühlte Erschöpfung, aber auch ein unbeschreibliches Glücksgefühl.

Als die Tür aufging und jemand in den Schuppen hineinrief, es habe aufgehört zu schneien, schlug Cäcilia das Buch zu.

Sie stand auf und berührte vorsichtig Tobias' Schultern. «Ich glaube, wir können nun gehen», sagte sie. «Ich bin bereit.»

Griet konnte nicht umhin, sich selbst verstohlen von allen Seiten zu betrachten. Obwohl sie Don Luis' Einfall gut fand, war ihr bang, und sie fragte sich, ob die Torwächter sich wirklich täuschen lassen würden. Don Luis versuchte ihre Bedenken zu zerstreuen, indem er sich den Schleier tief in die Stirn zog. Mit einer Geste forderte er sie auf, es ihm gleichzutun.

Seit einer Stunde standen sie dicht aneinandergedrängt vor einem in die Ummauerung eingelassenen Türmchen und warteten. Griet sah van Dongen ein Stück weiter vorne unruhig auf und ab laufen und wünschte sich, er würde sich etwas weniger auffällig verhalten. Der Wachshändler hatte den Wagen, in dem er sie durch die Stadt bis zum Tor gebracht hatte, in einiger Entfernung abgestellt. Unter der löchrigen Plane lagerten nun ein paar Pfund Bienenwachs. Van Dongens Geschäfte, das hatte er Griet anvertraut, liefen schlechter, seit ihm der Rat von Brüssel verboten hatte, den umliegenden Klöstern Wachs abzukaufen.

«Das Haupttor wurde schon vor einer halben Stunde geöffnet», flüsterte Griet. Ihre Nerven waren bis zum Zerreißen gespannt. Obwohl sie in der Turmnische nicht zu sehen waren, fürchtete sie doch, ein Wächter könnte sie auf einem Rundgang entdecken. «Wo bleiben sie denn? Vielleicht hat man sie ja schon heute Nacht heimlich aus der Stadt gejagt?»

Don Luis bezweifelte das. «Van Dongen sagte, sie wurden die ganze Nacht in einer Kirche festgehalten. Vermutlich hat man dort von ihnen verlangt, dass sie ihre Gelübde widerrufen. Ich glaube aber nicht, dass sie darauf eingegangen sind.» Er drückte Griets eiskalte Hand, dann führte er sie zu seinen Lippen und küsste sie. «Vertraut mir, sie werden kommen.»

Keine zehn Minuten waren vergangen, da bog eine von bewaffneten Stadtknechten, einigen Ratsherren und schaulustigem Volk begleitete Gruppe von Menschen um die Ecke, die an ihren schwarzen Ordensgewändern unschwer als Nonnen zu erkennen waren. Es waren die Letzten, die noch in Brüssel geblieben waren. Nun wurden auch sie gezwungen, die Stadt zu verlassen. Ein langer, elender Zug, der durch den Schnee auf das Tor zu stapfte. Mitnehmen durften die Frauen nur so viel, wie auf einem Handwagen Platz hatte.

Griet spürte, wie ihr Herz heftig zu klopfen begann. Es war so weit. Nun kam es darauf an, dass weder van Dongen noch sie die Nerven verloren. Sie dankte dem Himmel dafür, dass der Knecht des Wachshändlers die richtigen Gewänder aufgetrieben und der furchtbare Schneeregen aufgehört hatte. Ihr kam es fast vor, als sei es während der letzten Stunde sogar wärmer geworden. Der Himmel zeigte sich eine Spur freundlicher, ein paar Sonnenstrahlen suchten sich ihren Weg durch die graue Wolkendecke. Ein Wunder, wenn man an die vergangenen Tage und Nächte dachte.

«Ich kann unseren Freund, den Stadthauptmann, nirgends entdecken», sagte Don Luis. «Er könnte jedoch auf einem der Türme oder Wehrgänge stehen.» In seiner Kutte, das Gesicht vollständig von einem Schleier umrahmt, wirkte er nicht mehr wie ein junger Mann, sondern wie ein vom Alter gebeugtes Weib.

Die Klosterfrauen kamen näher, einige schluchzten. Das Gesicht der Frau, die unter Aufbietung all ihrer Kräfte den Handwagen über den Platz zog, war feuerrot. Niemand von den Umstehenden wagte es, ihr zu helfen. Ungefähr zwanzig Schritte vor dem Tor, hinter dem eine breite Brücke aus Holz über den Stadtgraben führte, ertönte vom Wachtturm der schrille Ton einer Fanfare. Dieses Signal hatte van Dongen abgewartet. Erstaunlich behände sprang er auf den Bock seines Wagens, ergriff die Zügel und fuhr auf das Stadttor zu, dessen Flügel im selben

Augenblick aufschwangen. Für die Türmer, Torwächter und Stadtbediensteten, die den Zug der verbannten Nonnen begleiteten, sah es so aus, als habe der Kaufmann die Gewalt über sein Gespann verloren, zumal einige Kisten mit Wachs von der offenen Ladefläche des Karrens fielen und im Schnee landeten.

Die Klosterfrauen stoben kreischend auseinander, als van Dongens Wagen in voller Fahrt auf sie zuhielt. Diesen Moment des Aufruhrs nutzten Griet und Don Luis, ihr Versteck in der Turmnische zu verlassen und sich unter die Gruppe zu mischen. Niemand bemerkte es. Griet atmete auf, weder die Nonnen noch einer der Stadtknechte achteten auf sie. Alle waren damit beschäftigt, van Dongens Wagen anzuhalten und das Gespann zu bändigen. Erst unmittelbar vor dem Stadttor gelang es einem jungen Wächter mit einem beherzten Sprung auf den Wagen, dem scheinbar überforderten Wachshändler die Zügel aus der Hand zu nehmen und die Pferde zu beruhigen. Währenddessen trieben zwei ältere Stadtknechte die Ordensfrauen wieder zusammen. Unter Verwünschungen, Schimpfworten und Steinwürfen wurden sie über die Brücke gescheucht. Einige übermütige Burschen hatten sich inzwischen auf den Wehrgängen eingefunden, von wo aus sie die ausgewiesenen Frauen mit Schneebällen bewarfen. Direkt neben Griet zerbrach eine Flasche in tausend Scherben.

«Nicht zurücksehen», mahnte Don Luis. «Blicke geradeaus und neige den Kopf wie die anderen. Noch sind wir in Sichtweite der Torwächter!» Griet hatte auch nicht den Wunsch, noch einmal zurückzusehen. Seit sie Don Luis anvertraut hatte, was sich damals in ihrem Elternhaus ereignet hatte, war ihr klar geworden, dass es möglich war, mit ihrer Vergangenheit abzuschließen. Sie trug keine Schuld am Schicksal ihrer Mutter. Eines Tages würden das vielleicht auch ihre gefühllosen Körperteile begreifen. Doch war es nicht viel wichtiger, dass Don Luis mit ihrer Behinderung leben konnte? Alle, die sie liebte, konnten das. Darauf kam es an.

Die Klosterfrauen marschierten stramm. Nicht einmal die ältesten beklagten sich über die Strapazen, allein und frierend dem Weg durch die verschneite Ebene zu folgen. Das Ziel der Frauen war das Kloster Hertoginnedal, in dem die wenigen Nonnen, die sich noch in dem von der Utrechter Union kontrollierten Gebiet aufhielten, bis auf weiteres ihrer Arbeit nachgehen konnten. Wilhelm von Oranien hatte den calvinistischen Räten befohlen, Klöster und Kapellen in Ruhe zu lassen; keinesfalls sollte es während des Krieges zu einem erneuten Bildersturm kommen. Dennoch blieb es fraglich, ob sich Hertoginnedal noch lange würde halten können.

Griet ging langsamer, ließ sich bereitwillig von den Nonnen überholen. Schweigend stapften die Frauen an ihr vorüber. Sie schienen sich in ihr Schicksal gefügt zu haben, und wenn eine von ihnen von Zeit zu Zeit den Kopf hob, dann nur, um zu prüfen, ob die Priorin noch genug Kraft hatte, um den Handwagen mit ihren Habseligkeiten zu ziehen.

Gegen Mittag hielt die Priorin an und hob den Arm, womit sie ihre Schwestern zu einer Rast einlud und Anweisung erteilte, sich um den Handwagen zu scharen. Warum, fand Griet heraus, als sie zögernd näher kam. Zwischen alten Kissen und einem Federbett hatte die Frau nicht nur zerfledderte Psalter, Gebetbüchlein und ein Kruzifix versteckt, sondern auch einen Laib Brot, etwas Käse, gedörrtes Obst und eine Lederflasche mit Wasser. Nach einem kurzen Gebet, in das die Nonnen sogleich einstimmten, teilte sie die bescheidene Mahlzeit unter den Mitgliedern der Gruppe auf. Griet und Don Luis erhielten wie selbstverständlich auch ihren Anteil, wobei die Priorin, eine kräftige Frau mit energischen Gesichtszügen und einem leicht vorstehenden Kinn, sie kurz, aber eindringlich musterte. «Noch zwei Seelen, die sich unter den Schutz der heiligen Jungfrau stellen wollen?» Sie hatte sie durchschaut. Ohne Widerworte gelten zu lassen, schob sie Griet auf einem großen hölzernen Löffel ein Stück Käse zu. «Nun, ich frage nicht, warum Ihr Euch verkleidet habt, um unser Schicksal zu teilen. Das habe ich die beiden anderen auch nicht gefragt.»

Don Luis fand, es sei nun an der Zeit, sich seiner Nonnengewänder zu entledigen. Überraschtes Gemurmel lief durch die Reihen der schweigsamen Schwestern. Einen jungen, gutaussehenden Mann hatte wohl keine der Frauen unter dem schwarzen Habit erwartet. Neugierig spähten sie zu Don Luis hinüber und tuschelten. Die alte Priorin lächelte, sie schien amüsiert.

«Von welchen anderen sprecht Ihr?», wollte Don Luis wissen.

«Nun, ich mag alt sein, aber blind bin ich keineswegs. Ich habe schon am Tor in Brüssel bemerkt, dass meiner Herde vier weitere Schafe zugelaufen sind. Wie mir scheint, seid ihr unabhängig voneinander auf dieselbe Idee gekommen, euch uns anzuschließen. Schlau, das muss ich schon sagen. Schließlich waren die neuen Ratsherren froh, uns los zu sein. Weder zählten sie nach, wie viele wir waren, noch schauten sie uns noch einmal an.» Wieder lachte sie, wobei sich ihr Gesicht in lauter Falten legte. «Die Frau habe ich gleich wiedererkannt. Sie ist älter. Unsere Schwestern im Kloster zu Hertoginnedal haben ihr und ihren Mitschwestern einige Jahre Asyl unter ihrem Dach gewährt. Ist es zu begreifen, warum das Leben manchmal Narren aus uns macht? Nun sind wir es, die an fremde Türen klopfen und um ein Nachtlager bitten müssen.»

Die Nonnen seufzten.

Griet durchfuhr ein Schauer. Sie warf Don Luis einen Blick zu und bemerkte, wie auch er nach Luft schnappte. «Cäcilia? Sie ist hier?»

Die Priorin hob erstaunt die Augenbrauen. «Ach, Ihr kennt sie? Nun, vor einer Stunde lief sie noch hinter meinem Handwagen her, neben ihr der Mann, der wie Euer Begleiter unsere Tracht gewählt hat.»

«Und wo sind sie jetzt?» Griet schaute über die weiten, schneebedeckten Felder, über die nur ein paar schwarze Vögel hüpften. Fern am Horizont waren noch die Mauern und Türme von Brüssel zu erkennen. Niemand war zu sehen.

Die Priorin kniff die Augen zusammen, weil der Schnee sie blendete. «Sonderbar. Warum hat sie sich aus dem Staub gemacht? Als unsere Blicke sich kreuzten, legte sie einen Finger auf ihre Lippen und bat mich, sie nicht anzusprechen, was ich selbstverständlich respektierte. Ich nahm an, dass sie mit uns nach Hertoginnedal ziehen würde. Dort war sie doch lange zu Hause und fühlte sich wohl.»

Don Luis war anzusehen, dass er am liebsten geflucht hätte. Griet ging es ebenso. Sie selbst hatte während des Marsches immer wieder darüber nachgedacht, was sie nun, nachdem der Handlanger des Pilgers tot war, anfangen sollte. Sie durfte nicht mehr länger warten. Sie musste nach Oudenaarde zurückkehren. Das bedrückende Gefühl, dass ihr Kind dort in Gefahr war, wurde immer heftiger. Don Luis hatte vorgeschlagen, sich zum Gut Elsegem durchzuschlagen, um von dort aus nachzuforschen, was sich in der Stadt tat. Vielleicht gab es eine Möglichkeit, den kleinen Basse mitsamt Kinderfrau und Großvater unter den Augen der spanischen Besatzer aus Oudenaarde herauszubringen.

«Wir kehren um und versuchen, sie einzuholen», beschloss er. «Ihr Vorsprung kann nicht allzu groß sein. Es hat seit heute früh nicht wieder geschneit, und wir sind bislang auch nur an zwei Wegkreuzungen vorbeigekommen. Wenn wir Glück haben, stoßen wir bald auf ihre Spur.»

Die Priorin bestand darauf, Griet und Don Luis noch ein Stück Brot mit auf den Weg zu geben. Außerdem sprach sie ein Gebet für sie. Der kurze, gemeinsame Fußmarsch über die Felder Brabants hatte genügt, um ein Band der Vertrautheit zwischen Griet, Don Luis und den verbannten Klosterschwestern zu knüpfen. Griet war gerührt. Sie versprach der Nonne, der Muttergottes eine Kerze zu stiften, sobald sie wieder zu Hause war.

Zu Hause. Ob es jemals wieder ein Zuhause geben würde? In Oudenaarde, so viel stand fest, würde sie nicht bleiben können. Ihr Geschäft war ruiniert. Griet hatte keine Ahnung, ob sie noch einmal die Kraft aufbringen würde, von vorne zu beginnen. Aber sie musste es versuchen. Wenn nicht für sich, dann für Basse. Tief in Gedanken strengte sie sich an, mit Don Luis Schritt zu halten.

Die Spuren im Schnee zeichneten sich schwach ab. Eine ganze Weile war nichts weiter zu erspähen als die Abdrücke, die sie und die vertriebenen Klosterfrauen selbst hinterlassen hatten. Erst als sie wieder gefährlich nahe an den Mauergürtel Brüssels gekommen waren, kniete sich Don Luis hin und grübelte. Er fand eine Spur, die in westliche Richtung wies. Es sah so aus, als seien Cäcilia und ihr Begleiter ein Stück zurückgegangen, um etwas zu holen.

Aufmerksam folgten sie den Fußspuren. Griet war froh, als sie sah, dass die Flüchtlinge die Stadt links liegen gelassen und einen Pfad gewählt hatten, der über eine steinerne Brücke führte. Sie wanderten eine halbe Stunde lang weiter, ohne jemandem zu begegnen. Die Wetterbedingungen mochten sich gebessert haben, doch der Schnee lag so hoch, dass Griet mehrere Male einbrach und bis zu den Hüften versank. Don Luis half ihr wieder auf die Füße. So kam es, dass Griet schon nach kurzer Zeit durchnässt und durchgefroren war. Sie tröstete sich mit dem Gedanken, dass es Cäcilia, die etliche Jahre älter war, kaum besser gehen konnte. Auf der anderen Seite graute ihr schon vor dem Heimweg durch die Ardennen. Dieses Gefühl nahm zu, als sie gelegentlich das Geheul wilder Hunde oder Wölfe vernahm, welches aus den nahen Wäldern kam. Don Luis hob im Gehen einen Stock vom Boden auf. Er lächelte Griet aufmunternd zu, doch wusste er so gut wie sie, wie unberechenbar hungrige Wölfe im Winter waren. «Wir müssen schneller gehen und dürfen nicht so oft stehen bleiben», entschied er, wobei seine Augen Felder und Waldrand absuchten.

«Verflixt, die beiden sind doch keine Geister, die sich in Luft auflösen!» Kaum hatte Don Luis das ausgesprochen, machte Griet ihn auf eine Baumgruppe aufmerksam, deren Wipfel sich unter der Last ihrer Schneehauben beugten. Kaum einen Steinwurf davon entfernt machte der Weg eine Biegung, und dahinter versteckten sich die geschwärzten Mauern eines Hauses, das zu besseren Zeiten einmal stattlich gewesen sein musste. Nun aber lag es trostlos da, war kaum mehr als eine Ruine, die von ihren Bewohnern im Zuge der Kriegswirren verlassen worden war. Die Nähe des Hofes zur Stadt hatte sich als verhängnisvoll erwiesen. Wie es aussah, waren die Soldaten verschiedener Lager hier eingekehrt und hatten gewütet, bis kaum mehr ein Stein auf dem anderen geblieben war. Dennoch bot die Ruine den perfekten Unterschlupf für zwei Personen auf der Flucht.

Langsam bewegten sich Griet und Don Luis auf die Baumgruppe zu. Griets Herz klopfte, sie stellte fest, dass auch Don Luis angespannt war. Kein Wunder – möglicherweise würde er noch heute seiner so lange verschollenen Mutter gegenüberstehen.

Plötzlich hielt er an und runzelte die Stirn. «Siehst du das?», fragte er leise. Griet folgte seinem Blick und erkannte gleich, was ihren Begleiter irritierte. Es führten wohl Fußspuren zu dem Haus, aber die stammten eindeutig von mehr als nur von zwei Personen. Vor kurzem mussten noch weitere Personen hier Schutz gesucht haben.

«Was sollen wir tun?» Griet sah sich zögernd um. Abgesehen vom Wind, der wieder stärker geworden war, hörte sie nicht das leiseste Geräusch. Das Wolfsgeheul war verstummt. Griet atmete erleichtert auf.

Don Luis flüsterte ihr etwas zu. Sie schreckte kurz zusammen, nickte dann aber. Ohne zu zögern hielt sie auf den Eingang des Gemäuers zu, der hinter einem laubenartigen Gang lag. Das Spalier reichte bis an eine Brettertür, die zu Griets Überraschung vollständig erhalten geblieben war. Sie quietschte, als Griet sie vorsichtig öffnete. Das Licht fiel durch ein klaffendes Loch im Dach auf den hinteren Teil eines Raumes, in dem der Schnee fast ebenso hoch lag wie im Freien. Es stank nach Abfall und Fäulnis. Plötzlich packte jemand Griet bei der Schulter und stieß sie grob in den Raum. Sie strauchelte und wäre fast zu Boden gestürzt. Als sie den Blick hob, sah sie sich einem älteren bärtigen Mann gegenüber, der sie mit einem Knüppel bedrohte. Tobias, Cäcilias Führer, ging es ihr durch den Kopf. Sie hörte, wie sich hinter ihr etwas bewegte. Hinter Mauerresten und Möbelstücken kamen einige Menschen zum Vorschein, darunter Frauen und sogar Kinder. Ein Mädchen und ein Junge. Unschlüssig standen sie da, stumm, während der Mann mit dem Knüppel Griet unter das Loch im Dach trieb. Er wollte genügend Licht haben, um sie anzusehen.

«Hört zu», fing Griet zu sprechen an. «Ihr braucht vor mir keine Angst zu haben. Ich …» Die drohende Gebärde des Bärtigen überschnitt sich mit dem Aufschrei des Jungen, der plötzlich auf Griet losstürmte und sie mit seinen kleinen Armen umfing.

Griet stockte. «Du, kleiner König? Beim heiligen Rochus, was hast du hier zu suchen?»

Der Junge grinste über das ganze Gesicht. Als Griet ihm kurz übers Haar strich, sagte er: «Wir verlassen Brüssel, genau wie Ihr. Wo ist Don Luis?» Enttäuscht registrierte das Kind, dass Griet allein war. «Habt Ihr Euch verloren?»

«Don Luis?» Erst jetzt nahm Griet die hochgewachsene Frau war, die wie sie noch in der Tracht der Ordensfrauen steckte. Im Gegensatz zu Griet, die sich darin nicht behaglich fühlte, trug sie die dunkle Gewandung so würdevoll, als hätte sie niemals etwas anderes angehabt. Der strenge Schleier gab nicht viel von ihrem Gesicht preis, allein ein paar graue Haare fielen ihr locker über die Stirn. Es war ein kluges Gesicht, befand Griet. Ein Gesicht, in das sich Freude und Schmerz gegraben hatten, welches aber vor allem eines zeigte: Willensstärke. Griet fand Cäcilia sogleich bewundernswert. Ihr Blick fiel auf den länglichen Gegenstand, den die Frau in ein Stück Leinen geschlagen in der Hand hielt. Ihr Herz begann wild zu klopfen. Das *Buch des Aufrechten*, ja, das musste es sein. Sie hatte es endlich gefunden und mit ihm die Frau, die es behütete wie ihren Augapfel. Dem Umfang des Pakets nach war der Text keine Schriftrolle, sondern wirklich ein Buch.

«Der Kleine scheint Euch zu kennen», knurrte der Bärtige hinter Griet. «Dankt ihm für Euer Leben, denn wäre er nicht, hätte ich Euch den Schädel eingeschlagen, falsche Nonne!»

Eine weitere Frau, jünger als Cäcilia, doch mit derselben entschlossenen Miene, trat nun näher ins Licht, um Griet zu mustern. An ihrer Hand hing ein blondes Mädchen, das Griet ängstlich anstarrte.

«Vergiss nicht, dass auch ich nun eine falsche Nonne bin, Tobias», sagte Cäcilia ruhig. Ihr Blick befahl dem Mann, seinen Knüppel sinken zu lassen und zum Eingang zu gehen. Dann wandte sie sich Griet zu. «Warum verfolgt Ihr mich? Und von welchem Don Luis spricht der Junge?»

Griet wollte gerade antworten, als über ihnen ein knirschendes Geräusch zu hören war. Jemand lief über das Dach. Die Frau neben ihr blickte erschrocken hinauf. Auch der Bärtige drehte sich um, doch bevor er reagieren konnte, sprang Don Luis auch schon durch die Dachöffnung. Mit ihm fielen Schnee und Eiszapfen in den Raum. Unmittelbar nachdem Don Luis auf seinen Füßen gelandet war, schleuderte er Tobias einen Ziegelstein gegen die Brust. Der Mann stöhnte auf, wankte und ließ seinen Knüppel fallen. Griet hob ihn geistesgegenwärtig auf.

«Das ist Don Luis», sagte Griet nicht ohne Stolz, wobei sie den Beschützer der letzten schwarzen Schwester nicht aus den Augen ließ. «Kommt er Euch nicht bekannt vor?»

Don Luis starrte die Frau in dem schwarzen Nonnengewand an, sagte aber kein Wort. Endlose Augenblicke verstrichen, bevor Cäcilia einen Schritt auf den jungen Spanier zuging. «Habe ich mich so sehr verändert?» Ihre Stimme klang angenehm, ein feiner Hauch von Ironie lag in ihren Worten. Aufmerksam musterte sie Don Luis, und was sie sah, schien ihr zu gefallen.

«Du bist es wirklich?»

Cäcilia nickte. «Ja, mein Sohn, ich bin es wirklich.» Sie machte keine Anstalten, näher zu kommen oder gar ihre Arme auszubreiten. Beherrscht faltete sie die Hände, als wollte sie ein Gebet sprechen. War sie überrascht, nach so vielen Jahren ihrem Sohn zu begegnen, so zeigte sie das nicht. Sie lächelte nur. Griet war enttäuscht. Bis sie begriff, dass Cäcilia viel zu klug war, ihren Sohn mit ein paar dürftigen Worten der Wiedersehensfreude zu gewinnen. Wäre ihr die Gelegenheit vergönnt gewesen, nur noch einmal mit ihrer Mutter zu sprechen, hätte sie vermutlich auch erst einmal geschwiegen.

«Soll das heißen, dieser Mann ist Euer Sohn?» Tobias stellte die Frage, auf die alle anderen gewartet hatten. «Ein Spanier?»

Cäcilia ließ sich auf einem wackeligen Schemel nieder, einem der wenigen Möbelstücke, die in dem Haus heil geblieben waren. Entschlossen warf sie ihren Schleier ab, sie wollte ihrem Sohn ihr Gesicht zeigen. Als Don Luis' Blick auf das kurze, silbern glänzende Haar fiel, schluckte er.

«Ist dein Vater tot?»

«Schon seit Jahren. Er schickte mich nach Flandern zurück, um dich zu suchen. Damals, als die Spanier Antwerpen einnahmen.»

Tobias murmelte etwas Unverständliches. Vermutlich lag ihm die Neuigkeit, dass die von ihm so bewunderte Cäcilia einen spanischen Sohn hatte, schwer im Magen. Dennoch sah Griet auch in seinen Augen vor allem Neugierde.

«Ich habe den de Reons eine Menge Kummer bereitet», sagte Cäcilia zerknirscht.

Don Luis runzelte die Stirn. «Kummer, sagst du? Ist das alles, was dir dazu einfällt? Ich dachte, du seist tot. Von den Landsleuten deines Mannes erschlagen und in irgendeinem Grab verscharrt. Und das nur, weil ich zu spät kam. Verstehst du?» Er geriet nun völlig in Rage, schrie seiner Mutter alles entgegen, was sich in ihm aufgestaut hatte. Tränen schossen ihm in die Augen. «Deinetwegen kam ich mir wie ein Versager vor. Deinetwegen ließ ich mir eine Buße auferlegen. Deinetwegen jage ich rastlos von Stadt zu Stadt.»

Cäcilia hob erstaunt den Kopf. Sie öffnete den Mund, aber Don Luis war noch nicht fertig.

«Und was hast du getan? Du hast es vorgezogen, dich vor Vater, vor mir und dem Rest der Welt bei den schwarzen Schwestern zu verstecken.»

«Ich bin froh, dass du mich gefunden und mir das alles gesagt hast.» Cäcilia gewann ihre Fassung erstaunlich rasch zurück. «Und wer seid Ihr, meine Liebe?»

Griet berichtete in knappen Worten, dass sie in Oudenaarde

lebte und ausgesandt worden war, um nach den schwarzen Schwestern zu forschen. Dass sie Don Luis liebte, erwähnte sie nicht. Sie fand, dass Cäcilia sich zuerst bemühen sollte, mit ihrem Sohn ins Reine zu kommen. Auf dem Weg nach Oudenaarde würden die beiden Zeit haben, um einander wieder näherzukommen.

Zu Griets Überraschung schüttelte Cäcilia den Kopf. Entschlossen drückte sie das Buch an sich. «Ich werde nicht mit euch gehen. Es tut mir sehr leid, aber das ist ausgeschlossen. Das *Buch des Aufrechten* würde dem Statthalter in die Hände fallen. Oder dem Mann, diesem Pilger, der seine verruchten Handlanger ausgeschickt hat, um es zu stehlen. Vergesst nicht, was er meinen Mitschwestern angetan hat. Sein spanischer Helfershelfer mag tot sein, aber da waren noch andere bei ihm. Mörder, die uns in Elsegem überfielen. Der Pilger wird schon ungeduldig sein, er wartet. Ich spüre, dass er auf Euch wartet!»

Griet ballte die Hände. Am liebsten hätte sie die Frau geschüttelt und angeschrien, aber sie sah nicht so aus, als ob sie das beeindruckt hätte. Erschöpft ließ sie sich auf einen Haufen Stroh fallen. Dass dieses nass war, kümmerte sie nicht.

Tobias, der kurz nach dem Rechten geschaut hatte, kehrte zurück. «Wir sollten nun aufbrechen. Bis in die Kurpfalz haben wir noch einen weiten Weg vor uns.»

«Ihr habt Euch also in den Kopf gesetzt, dieses Buch nach Frankenthal zu bringen?», fragte Don Luis eisig. Er deutete auf Dotteres und ihre Kinder. «Und was ist mit ihnen?»

«Sie kommen mit uns. Wenn du schon herausgefunden hast, wohin wir gehen, weißt du sicher auch, dass unsere flämischen Landsleute in dem Städtchen eine Gemeinde gegründet haben. Der pfälzische Kurfürst hat ihnen sogar ein aufgegebenes Chorherrenstift überlassen. Neben Tuchwebern, Malern und Goldschmieden haben auch ein paar der klügsten Köpfe Flanderns und Brabants die Einladung des Fürsten angenommen, sich darin niederzulassen. Ich muss das Buch zu ihnen bringen. In der Kurpfalz ist es sicher.»

Don Luis holte tief Luft. «Dann verspreche ich dir bei meiner Ehre als Mitglied des Hauses de Reon, dass ich das Buch für dich ins Chorherrenstift von Frankenthal bringen werde. Nur um eines bitte ich dich: Begleite Griet nach Oudenaarde und besänftige den Zorn des Statthalters. Nur du kannst das. Dir wird er glauben.»

Griet warf ihm einen flehentlichen Blick zu. Ihre Lippen formten ein erschrockenes Nein, sie wollte nicht, dass sie sich trennten.

«Ich werde mich beeilen und so schnell wieder bei Euch sein, dass Ihr kaum Zeit haben werdet, mich zu vermissen. Es ist dies nicht mein erster Kurierdienst.»

Cäcilia runzelte skeptisch die Stirn, ließ sich aber überzeugen. Sie gab Don Luis das Bündel, wobei ihr anzusehen war, wie ungern sie sich davon trennte. «Pass auf dich auf, mein Sohn», sagte sie leise.

Er lachte. «Du meinst, auf das Buch!»

Cäcilia schüttelte den Kopf. Dann streckte sie ihre Hand aus und berührte die Wange ihres Sohnes.

Kapitel 31
Oudenaarde, Dezember 1582

Pater Jakobus verließ die Sakristei und lief schnell durch das Kirchenschiff, in dem es so kalt war, dass er seinen Atem in Wölkchen entfliehen sah. Es gab viel zu tun, das Fest des heiligen Nikolaus, das in Flandern seit Menschengedenken mit großem Aufwand begangen wurde, stand unmittelbar bevor. Die Sint-Walburgakerk sollte mit Tannengrün geschmückt werden, und auf den Nebenaltären galt es, neue Kerzen anzuzünden, doch die Frauen, die er damit beauftragt hatte, waren nicht erschienen. Bestimmt würden sie ihr Fernbleiben mit dem schlechten Wetter entschuldigen, Pater Jakobus ahnte jedoch, dass sie wie viele Einwohner Oudenaardes im Herzen noch immer dem Glauben der Calvinisten anhingen und die kirchlichen Feiertage und den Schmuck der Gotteshäuser verabscheuten. Der Pater erwog, diese Einstellung in seiner nächsten Predigt von der Kanzel herab zu rügen, verwarf den Gedanken aber rasch wieder. Tadel und Klage waren ungeeignet, um das Vertrauen der Menschen zu gewinnen. Da der Bischof von Mecheln ihm für die Weihnachtsmesse eine Absage erteilt hatte, würde er sie selbst übernehmen müssen. Der Bischof hatte bestellen lassen, er sei zu krank, um nach Oudenaarde zu kommen, aber der Pater vermutete, dass es dem frommen Würdenträger zu beschwerlich erschien, sich in seinem Reisewagen durch die verschneite Winterlandschaft zu plagen. Kein Wunder, dick, wie er war. Wie konnte er dann seine einfachen Gemeindemitglieder tadeln?

Pater Jakobus wartete einen Moment. Er sah niemanden, der an diesem Nachmittag die Beichte ablegen wollte. Es war wieder kälter geworden, auf den Straßen waren sogar das Stroh und der Dung der Ziegen und Schweine gefroren. Nur einen Steinwurf weit von seiner Kirche entfernt wurde ein Wintermarkt abgehalten. In dürftig zusammengezimmerten Buden und auf den Ladeflächen der Karren boten Bauern aus der Umgebung, aber auch Krämer aus der Stadt nützliche und weniger nützliche Waren an: hölzerne Schlitten und aus Knochen geschnitzte Schlittschuhe, Striegel aus Schweinsborsten, Wandkörbe sowie Öl und Tran für Haus- und Stalllampen. Pater Jakobus konnte den verführerischen Duft von gerösteten Mandelkernen und heißem Kräuterbier bis in sein Gotteshaus riechen. Einerseits freute es ihn, dass die Menschen in der Stadt die schweren Monate überwunden hatten und nicht mehr zu sehr unter der spanischen Besatzung und den Launen des Statthalters litten, andererseits war sein Herz voller Sorge. Noch immer gab es keine Nachricht von Don Luis und der Witwe Marx. Vielleicht waren sie längst tot. Ermordet und verscharrt wie die beiden Söhne des früheren Bürgermeisters Osterlamm, dem vor wenigen Wochen der Kaufmann de Lijs ins Amt gefolgt war. Ihm zur Seite standen achtzehn Ratsschöffen aus angesehenen Familien. Jeder von ihnen war vom Statthalter persönlich verpflichtet worden, dem spanischen König den Treueid zu leisten, bevor sie unter dem Glockengeläut sämtlicher Kirchen der Stadt ihren feierlichen Einzug in die Schöffenstube vorgenommen hatten. Pater Jakobus erinnerte sich daran, dass einige der Ratsschöffen nur widerwillig zur Beichte gekommen waren. Auch sie hingen noch dem reformierten Glauben an, doch er hatte sie nicht verraten. Gott allein wählte diejenigen aus, mit denen er etwas vorhatte. Nicht ein kleiner Gemeindepriester wie er.

Neben Don Luis und Griet galt seine Sorge der jungen Tochter der Osterlamms, die seit Wochen schon in der Schergenstube des Rathauses eingekerkert war. Er war der Einzige, dem der Statthalter die Erlaubnis gegeben hatte, sie zu besuchen. Er sollte sie zu einem Geständnis bewegen, doch sooft er das Mädchen aufsuchte, beteuerte dieses seine Unschuld und beschwor ihn, nach den Angehörigen der Witwe Marx zu suchen, die von demselben Unbekannten verschleppt worden seien, der auch ihre Brüder getötet habe. Pater Jakobus wusste allmählich nicht mehr, was und wem er glauben sollte. Merkwürdig fand er, dass der Statthalter die junge Osterlamm weder durch die peinliche Befragung zu einem Geständnis zwang noch einen Gerichtstag festlegte. In der Stadt redete man schon darüber und fragte sich verängstigt, wie lange der Mord noch ungesühnt bleiben sollte.

De Lijs und die Vorsteherin des Beginenhofes hatten Farnese diesbezüglich auch schon aufgesucht, waren aber von dessen spanischer Garde abgewiesen worden. Es hieß, der Fürst von Parma bereite sich darauf vor, im Frühling zu einem militärischen Schlag gegen Brügge und Gent auszuholen. Vor allem Gent, wo sich unter den Rittern Jan van Hembyze und Frans van Ryhove ein bedeutender calvinistischer Stützpunkt gebildet hatte, war Farnese ein Dorn im Auge. Er gab den Abgesandten der Schöffen mürrisch zu verstehen, dass seine Pflichten es ihm nicht erlaubten, sich mit der Stadt zu befassen, aber der Pater vermutete, dass mehr dahintersteckte. Margarethe von Parma, der Pater Jakobus von Zeit zu Zeit Botschaften nach Namur schickte, zeigte sich ebenso besorgt. Sie ermutigte ihn, das eingesperrte Mädchen weiterhin zu besuchen.

Der Priester wollte die Kirche gerade durch die Sakristei verlassen, als er sah, wie ein zerlumpter Junge durch die Tür des Hauptportals huschte. Der Kleine schaute sich suchend um. Pater Jakobus hatte das Kind nie zuvor in seiner Kirche gesehen, weswegen er beschloss, ihm entgegenzugehen. In diesen Kriegszeiten schreckten Diebe nicht einmal davor zurück, an heiligen Orten zu plündern. Noch bevor die Calvinisten die Herrschaft über die Stadt übernommen hatten, waren ganze Schwärme in das Gotteshaus eingebrochen. Sie hatten Statuen zerschlagen und Altäre verwüstet. Nur wenige Gegenstände hatten die Zerstörungswut der Menge heil überstanden.

«Was gibt es?», fragte Pater Jakobus barsch.

«Ich soll Euch in die Sakristei bitten. Dort wartet jemand auf Euch. Jemand, der eine Nachricht von Don Luis de Reon bei sich hat.»

«Don Luis, sagst du?» Pater Jakobus zögerte, dem fremden Jungen zu folgen, doch die Neugier siegte über seinen Argwohn. In der Sakristei staunte er, als er drei Frauen und einem Mädchen gegenüberstand. Die Frauen trugen einfache Röcke und Schultertücher, die sie sich zum Schutz vor der Kälte über die Köpfe gezogen hatten. Eine der Frauen trat nun auf ihn zu. Nachdem sie ihr Tuch abgenommen hatte, sah er, dass es die Witwe Marx war.

«Ihr?», rief Pater Jakobus. Er ergriff Griets Hände. «Ihr seid also zurückgekommen, gepriesen sei der Herr. Und wo ist Don Luis? Was habt Ihr über die schwarzen Schwestern herausgefunden?»

«Die schwarzen Schwestern sind tot», sagte Griet leise. «Ein Mann, den wir nur als den Pilger kennen, hat sie töten lassen. Ich vermute, Ihr wisst, weshalb.»

Entsetzt bekreuzigte sich der Pater. So wie die Frau ihn ansah, musste der Tod der Frauen mit dem *Buch des Aufrechten* in Verbindung stehen. Er erinnerte sich an den Brief, den Don Luis ihm geschickt hatte.

«Eine schwarze Schwester hat überlebt», holte Griets Stimme den alten Mann aus seinen Gedanken. «Sie hat mich hierher begleitet.»

«Ich freue mich, Euch nach so langer Zeit wiederzusehen, Hochwürden!»

Diese Stimme. Pater Jakobus zuckte freudig erregt zusammen. Er würde sie niemals vergessen. «Cäcilia? Beim Bild der heiligen Muttergottes von Brügge, ist das wahr? Ihr gehört zu den schwarzen Schwestern?»

Cäcilia ergriff die ausgestreckte Hand des Priesters, über dessen Wangen nun vor Rührung Tränen liefen. Dann sagte sie: «Ich bin Euch dankbar, dass Ihr meinem Sohn hier in Flandern ein so guter Freund gewesen seid. Vermutlich hat er es Euch nicht leicht gemacht. Er ist immer noch ein aufbrausender Bursche. Temperamentvoll, aber gerecht und stolz wie sein Vater.» Sie schmunzelte, wobei ihr Blick Griet streifte. «Wenngleich ich annehmen darf, dass die vergangenen Wochen ihn ein wenig gezähmt haben. Macht Euch keine Sorgen um ihn. Er ist unterwegs in die Kurpfalz, um das *Buch des Aufrechten* an einen sicheren Ort zu bringen.»

«Wo sind mein Vater und Basse?», platzte Griet heraus. «Sie sind nicht im Pförtnerhaus der schwarzen Schwestern. Der Junge hat sich dort für mich umgesehen, weil ich ...» Sie sprach nicht weiter, aber der Pater war ein kluger Mann. Er verstand, dass Griet zunächst unerkannt in die Stadt zurückgekehrt war, anstatt gleich den Statthalter aufzusuchen. Besonders in diesem Moment konnte er ihr das nicht verdenken. Seine Drohungen hinsichtlich einer weiteren Strafaktion gegen die Bürger Oudenaardes, falls Griet ihm und König Philipp die schwarzen Schwestern nicht zurückbrachte, hatte der Fürst weder vergessen noch zurückgenommen. Zu seinem Bedauern konnte der Pater Griet jedoch nichts über den Verbleib ihres Kindes und Vaters sagen. In der Stadt erzählte man sich, sie seien geflohen, um nicht von Farnese als Geiseln gefangengesetzt zu werden, doch die Äußerungen der jungen Pamela Osterlamm hörten sich anders an.

Griet erschrak, als der Priester ihr von der Ermordung der Bürgermeistersöhne erzählte. Noch mehr beunruhigte sie aber, dass man ausgerechnet die tugendhafte Pamela dieser Tat beschuldigte. Das kam ihr völlig abwegig vor.

«Ich muss mit Pamela sprechen», beschloss sie kurzerhand. «Auf der Stelle!»

Cäcilia berührte fürsorglich ihren Arm, aber ihr Lächeln kam Griet wie Hohn vor. Sie war auch nach all den Tagen und Nächten, die sie während ihrer Reise durch die Ardennen gemeinsam verbracht hatten, immer noch wütend auf die Frau. Ihrer Meinung nach hatte Cäcilia aus purer Selbstsucht dafür gesorgt, dass Don Luis und Griet sich hatten trennen müssen. Das Buch darf nicht in die falschen Hände geraten, das war alles, was die letzte schwarze Schwester auf ihre Vorwürfe erwidert hatte. Darauf beharrte sie. Dass ihr Begleiter Tobias, der sich offensichtlich in Cäcilia verguckt hatte, sich nach kurzem Zögern erboten hatte, Don Luis an den Rhein zu begleiten, tröstete Griet keineswegs. Insgeheim war sie froh darüber, dass Don Luis nicht allein unterwegs war. Bei dem Gedanken daran, wie innig er sie bei ihrem Abschied geküsst hatte, wurde ihr schwer ums Herz.

Cäcilia blieb ihr jedoch ein Rätsel. Aber im Augenblick gab es wesentlich Wichtigeres, um das sie sich kümmern musste.

Pater Jakobus entging die Spannung zwischen den beiden Frauen nicht. Unruhig blickte er von Griet zu Cäcilia, danach musterte er deren Begleiterin, eine schäbig gekleidete Frau, die mit ihren Kindern ein wenig verloren neben der engen Pforte zum Kirchplatz stand.

«Pamela aufzusuchen, halte ich für reine Zeitverschwendung», sagte er schließlich. «Alles, was sie weiß, hat sie mir bereits anvertraut.» Er dachte kurz nach, bevor er hinzufügte: «Und Uta, der Vorsteherin des Beginenhofes. Wie Ihr vielleicht wisst, war es Pamelas Herzenswunsch, von den Beginen aufgenommen zu werden.»

Griet nickte. Sie selbst hatte ja den kostbaren Ring des Mädchens mit einem ihrer Briefe versichert und ihr bestätigt, dass sein Wert ausreichen würde, um sich auf Utas Hof einzukaufen. Was aus dem Schmuckstück geworden war, wusste sie nicht. Beelken war auch verschwunden. Wenn man Pamelas Geschichte glaubte, teilte sie die Gefangenschaft ihrer Angehörigen. Griet verzog vor Zorn und Verzweiflung das Gesicht. Rückkehr und Aussage der letzten schwarzen Schwester würden möglicherweise den Statthalter davon abhalten, die Bürger wie Rebellen zu behandeln. Doch damit war Basse nicht geholfen. Er und Griets Vater mussten dem Pilger in die Hände gefallen sein. Der Mann wartete ebenso gespannt wie Farnese auf ihre Rückkehr in die Stadt. Anders als dem Statthalter hatte sie dem Pilger aber nichts anzubieten. Für Cäcilia interessierte der sich nicht – was er wollte, war das *Buch des Aufrechten*, und das befand sich inzwischen schon viele Meilen weit entfernt.

«Ihr müsst den Statthalter aufsuchen!» Pater Jakobus erschien dies als der einzig richtige Weg. «Wenn er Cäcilias Geschichte hört und zudem erfährt, dass sie Don Luis' Mutter ist, wird er Euch bestimmt helfen, diesen Pilger zu entlarven.»

Griet bezweifelte das. Alessandro Farnese brannte darauf, seinen Feldzug durch die Niederlande im Frühjahr fortzusetzen. Die erzwungene Untätigkeit während des grimmigen Winters machte ihn wütend. Und unberechenbar. Er würde bestimmt keinen Finger rühren, um sie bei der Suche nach Basse, Beelken und ihrem Vater zu unterstützen. Für ihn war Pamela eine Lügnerin.

Griets Annahme sollte sich als wahr erweisen.

«Ihr habt wahrhaftig Nerven, mich so lange warten zu lassen, Verehrteste.» Der Fürst von Parma empfing sie und Cäcilia zwar sofort, nachdem ein junger spanischer Offizier ihre Ankunft gemeldet hatte, doch der Ton, in dem er sie willkommen hieß, klang vorwurfsvoll und schuf alles andere als eine entspannte Atmosphäre. Jeder Blick des Feldherrn drückte Missbilligung aus. Griet fand, dass Alessandro Farnese blass aussah. Sein dunkler Bart ließ das schmale Gesicht mit den stechenden kleinen Augen, die für gewöhnlich voller Tatendrang funkelten, kränklich aussehen. Farnese hatte gehofft, die Weihnachtsmesse im wärmeren Parma oder wenigstens in Brüssel oder Gent feiern zu können. Dies wäre ein Erfolg gewesen, auf den er mit Stolz hätte schauen können. Doch die flämischen Städte leisteten nach wie vor erbitterten Widerstand gegen die spanischen Truppen, und Prinz Wilhelm von Oranien stellte mit seiner neu ausgerufenen Republik im Norden einen Gegner dar, der ihm zu schaffen machte. Zudem verließen nach wie vor Scharen von Handwerkern und Kaufleuten ihre flandrische Heimat und begaben sich ins Ausland, was die spanische Krone um ihre Einnahmen brachte. Die Rückkehr der Teppichweberwitwe war angesichts all dieser Probleme bedeutungslos. Es fiel Farnese nicht einmal ein, sich nach seinem früheren Vertrauten Don Luis zu erkundigen.

Als Griet ihm von dem Überfall auf die schwarzen Schwestern berichtete, brauste er auf. «Ich habe es gewusst, dass die Calvinisten sie umbringen würden, diese Hunde. Ich werde sogleich nach de Lijs, Eurem neuen Bürgermeister, schicken lassen.» Er betonte Namen und Amt des Weinhändlers mit spürbarer Geringschätzung.

Griet zuckte zusammen. Ihr Blick fiel auf die Alexanderteppiche, mit denen der Statthalter die Wände seiner Amtsräume im

Palast de Lalaing geschmückt hatte. Als sie die kostbaren Stücke erkannte, schnürte es ihr beinahe den Atem ab. Sie hatte ihr Werk diesem Mann in den Rachen geworfen, doch was hatte es ihr eingebracht? Ihre ehrgeizigen Pläne waren mit einem Streich zunichte gemacht worden. Das Geschäft war ruiniert, ihre Familie wurde von einem Wahnsinnigen festgehalten.

Cäcilia hatte bislang unbeeindruckt geschwiegen. Nun ergriff sie das Wort und erklärte in fast beiläufigem Ton, warum sie in die Stadt gekommen war. Dabei vollbrachte sie ein erstes Wunder, denn Farnese ließ sie ausreden, ohne in die Luft zu gehen. Er schien ihr zu glauben und sie als Augenzeugin der Geschehnisse auf dem Herrengut von Elsegem anzuerkennen.

«Meine Mutter wird nicht gerne hören, dass die schwarzen Schwestern wegen eines alten Buches sterben mussten, das sie nicht herausrücken wollten», sagte Farnese, nachdem er eine Weile nachgedacht hatte. Er griff nach einem Pergament auf seinem Pult, welches das Siegel Philipps II. trug. «Und ihr Bruder, der König, auch nicht.»

«Es ist zweifellos eine verworrene Geschichte, Herr», gab Cäcilia zu. Sie ließ sich nicht aus der Ruhe bringen.

«Verworren ist gar kein Ausdruck. Ihr hättet mir das Buch übergeben müssen. Wenn es so alt und kostbar ist, wie Ihr sagt, gehört es Seiner Majestät, dem König von Spanien. Ihr hattet kein Recht, es außer Landes zu bringen.»

Cäcilia schmunzelte. «Aber Herr, gewinnt man mit Büchern Kriegszüge?»

Griet hielt die Luft an. Sie rechnete mit einem weiteren Zornausbruch Farneses, aber zu ihrer Überraschung blieb dieser aus. Stattdessen gab der Herzog nur ein trockenes Lachen von sich. Er schien sich daran zu erinnern, dass Cäcilia, trotz ihrer schäbigen Aufmachung, die Witwe eines geachteten spanischen Granden war.

«Ohne das Buch ist Eure Zeugenaussage unvollständig, meine Liebe», entschied er dann. «Ich will Euch glauben, dass die Stadt Oudenaarde keine Schuld am Tod Eurer Mitschwestern trifft, aber wenn es stimmt, was Ihr sagt, gibt es wenigstens einen Mörder inmitten dieser Mauern. Ich will ihn haben, hört Ihr?» Verärgert warf er den Brief des Königs zurück auf das Schreibpult. «Er soll bezahlen!»

«Dann helft uns», bat Griet. «Lasst Pamela Osterlamm frei. Sie hat mit der Sache nichts zu tun.»

Der Statthalter blickte sie ungnädig an. Seiner Miene war nicht zu entnehmen, ob er die lästige Bittstellerin gleich vor die Tür setzen oder ihrer Bitte entsprechen würde. Als er nach seinem Leibdiener rief, kam es Griet wie eine Erlösung vor. Allerdings erfüllte Farnese ihren Wunsch nicht vorbehaltlos.

«Ich bin immer noch der Meinung, dass in der Stadt Verschwörer lauern, die den wahren Glauben nur zum Schein angenommen haben, in Wahrheit aber mit den Rebellen im Norden gemeinsame Sache machen», sagte er eisig. «Ich habe die kleine Osterlamm bislang nicht hinrichten lassen, weil sie für mich als Geisel wichtiger war. Keine der Gilden und Zünfte hat es gewagt, meine Anordnungen in Frage zu stellen, solange sie im Kerker saß. Um die Ruhe auch weiterhin aufrechtzuerhalten, werde ich das Mädchen in die Obhut der Beginen geben. Mag die alte Uta sich ihrer annehmen.»

Griet atmete auf. Es ziemte sich nicht, den Statthalter darauf anzusprechen, doch als Griet den Raum verließ, konnte sie sich des Eindrucks nicht erwehren, dass seine Laune sich gebessert hatte.

Zwei Stunden später saßen Griet und Cäcilia der jungen Pamela Osterlamm gegenüber. Das Gesicht des Mädchens war so weiß wie der dünne Leinenkittel, der ihr um die abgemagerten Fußknöchel schlotterte. Ihr Haar war noch feucht und ungekämmt, duftete aber angenehm nach Honig und Rosenblüten. Nach ihrer Freilassung, die für Pamela völlig unerwartet gekommen war, hatten die Beginen ihr sogleich Wasser im Kessel heiß gemacht, damit sie im Badehaus den Schmutz und das Ungeziefer ihrer Gefangenschaft loswerden konnte. Die Vorsteherin Uta hatte persönlich eine Schlafkammer für sie vorbereitet und für eine kräftige Mahlzeit aus Käse, Räucherschinken und heißem Bier mit Kirschsaft gesorgt. Aber Pamela war viel zu durcheinander, um auch nur einen Bissen zu sich zu nehmen. Sooft sie Griet ansah, brach sie in Tränen aus. Immer wieder beteuerte sie, dass sie niemanden und am allerwenigsten ihre Brüder Adam und Coen getötet habe.

«Danke Gott, dass du durch eine Laune des Statthalters nun wieder bei uns bist», brummte Uta. Sie gab sich betont schroff, ließ aber gegenüber Griet und Cäcilia durchblicken, dass sie das Mädchen unter ihre Fittiche genommen hatte und nur ungern duldete, dass die beiden Frauen sie befragen wollten, bevor sie gegessen und geruht hatte.

Pamela zuckte die Achseln. «Ich bin nicht müde, Meisterin Uta. In meinem Kerker hatte ich genügend Zeit zu schlafen.» Zaghaft suchte sie den Blick der älteren Frau mit dem abweisend strengen Gesicht. «Darf ich bei den Beginen bleiben?» Die Erschöpfung ließ ihre Stimme zu einem bloßen Hauch werden. Die Begine runzelte kurz die Stirn, dann aber nickte sie. Wenn es ihrer Meinung nach jemand verdiente, auf einem ihrer Höfe Aufnahme zu finden, dann war es Pamela. Gleichgültig, wie hoch die Mitgift war, die sie einbrachte.

«Und Ihr seid Euch wirklich sicher, dass es meine Dienstmagd Beelken war, mit der Ihr im Keller der Teppichweberei gesprochen habt?», hakte Griet nach. «Ist Euch sonst noch etwas aufgefallen? Bitte denkt nach, jede Einzelheit könnte wichtig sein.»

Pamela stand auf und lief unruhig in der Kammer auf und ab. «Das habe ich doch schon getan. Wieder und wieder. Ich könnte vergehen bei dem Gedanken, dass ich mich in die Truhe zu den sterblichen Überresten meiner Brüder gequetscht habe. Ich hatte solche Angst, dass der Mann auch mich ermorden würde. Und er hätte es ohne zu zögern getan, davon bin ich überzeugt.»

«Ihr seid die Einzige, die ihn gesehen hat und noch am Leben ist», sagte Cäcilia ruhig. «Ihr müsst ihn uns beschreiben, und zwar so deutlich, wie Ihr nur könnt.»

«Unmöglich, ich habe gar nichts gesehen! Beschreibt *Ihr* ihn doch!»

«Die Männer, die meine Mitschwestern in Elsegem überfielen, verbargen ihre Gesichter hinter Masken. Sie handelten im Auftrag des Pilgers, genauer gesagt, seines spanischen Handlangers. Aber er war nicht dabei. Er musste in Oudenaarde bleiben, um den Schein zu wahren.» Sie ging auf Pamela zu und legte ihr in einer mütterlichen Geste einen Arm um die Schultern. Uta runzelte die Stirn, schritt aber nicht ein.

«Ich kann mir vorstellen, wie schwer es ist, die schrecklichsten Momente Eures Lebens ins Gedächtnis zurückzuholen, aber wir können Griets kleinen Jungen nur finden, wenn Ihr Euch überwindet. Bitte, Pamela, versucht es. Griet zuliebe.»

Pamela bewegte den Kopf, aber ehe sie ihn schüttelte, verharrte sie plötzlich. Sie entzog sich Cäcilia und trat ans Fenster, hinter dem der kleinere der beiden Höfe des Beginenhauses lag. Einige Frauen hatten unter einem hölzernen Vordach große Laken ausgebreitet, die sie nun mit Hilfe des Schnees sauberbürsteten. Pamela starrte einige Augenblicke lang schweigend auf das Treiben der Beginen, dann drehte sie sich um.

«Seine Hände waren verbrannt», sagte sie.

Griet merkte irritiert auf. Verbrannte Hände? Was sollte das nun wieder bedeuten? Ihr war noch nie jemand in der Stadt über den Weg gelaufen, dessen Hände von Brandwunden entstellt gewesen waren. Auch Uta machte ein ratloses Gesicht.

«Wir können doch nicht durch ganz Oudenaarde laufen und die Hände sämtlicher Männer nach Brandnarben absuchen», rief Cäcilia. Sie hielt Pamelas Beobachtung für lächerlich. Die Zeit lief ihnen davon. Wo auch immer der Pilger das Kind und die beiden anderen hingeschleppt hatte, keiner der Anwesenden zweifelte daran, dass es ein fürchterlicher Ort sein musste. Ein Ort, der so abgeschieden war, dass niemand ihre Schreie hörte. Cäcilia blickte Griet an, der das Entsetzen deutlich ins Gesicht geschrieben stand.

«Ich habe nichts von Brandnarben gesagt», erhob Pamela erschöpft Einspruch. Sie sank auf das einfache Kastenbett, das zusätzlich noch mit warmen Lammfellen bedeckt worden war. «Seine Hände waren einfach verbrannt ... schwarz wie Kohle. An mehr erinnere ich mich nicht. Es ging doch alles so schnell. Ich musste um mein Leben laufen.» Sie begann zu schluchzen. Mit bebenden Schultern vergrub sie ihr Gesicht in den Händen. «Und als ich mich in Sicherheit glaubte, kamen die Männer des Statthalters und ...»

«Genug jetzt!» Die Entscheidung der Begine war unumstößlich. Für sie gehörte Pamela nun zum Hof, und sie würde nicht zulassen, dass ihrer Schutzbefohlenen zugesetzt wurde. Da halfen kein Bitten und Flehen.

Vor dem Tor warteten Dotteres und ihre Kinder. «Na endlich», rief die junge Frau, als sie Griet und Cäcilia kommen sah. «Ich habe schon zweimal ans Tor geklopft, aber diese Weiber sind ja schlimmer als Nonnen. Nicht einmal angeschaut haben sie mich, bevor sie mich als Hure beschimpft und fortgejagt haben!» Sie trat mit ihrem Holzschuh gegen das Holz der Pforte, dass es hallte. «Doch zuvor hat mir ein Bursche einen Fetzen Sackleinen zugesteckt. Nicht für mich.» Sie deutete auf Griet, der sie nach wie vor mit Argwohn begegnete. «Für die da, hat er gesagt. Mir wäre es tausendmal lieber gewesen, er hätte mir einen Zipfel Wurst unter den Rock geschoben.»

«Aber Mutter», protestierte der kleine König. Seine leicht abstehenden Ohren waren nicht nur wegen der Kälte gerötet.

«Klappe, Kleiner», fauchte Dotteres. Sie war nicht gerne nach Oudenaarde mitgekommen, hätte Cäcilia aber auch niemals allein mit Griet durch die Ardennen ziehen lassen. Cäcilia wiederum hing inzwischen mit liebevoller Zuneigung an der kleinen Familie.

Griet streckte voller Ungeduld die Hand aus. «Wärst du bitte so gut …»

«Was?»

«Das Stück Sackleinen, von dem du eben sprachst. Du meinst doch einen Brief? Vielleicht eine Botschaft des Statthalters oder Neuigkeiten von Pater Jakobus.»

Dotteres verzog beleidigt das Gesicht und beklagte sich bei Cäcilia über hochnäsige Stadtweiber, die annahmen, sie habe in ihrem Leben noch keinen Brief in Händen gehalten. Was sie aus ihrem Rockbund zog, war am Ende aber doch nicht mehr als ein aus einem alten Sack getrennter schmutziger Fetzen, auf den jemand in Hast etwas gekritzelt hatte.

Griet entzifferte die wenigen Zeilen, wobei ihr Gesicht weiß wie Schnee wurde. «Wer hat dir das gegeben?», krächzte sie mit schwacher Stimme.

«Hab ich doch gesagt. So ein Kerl, der hier vorbeilief. Wollte vermutlich runter zum Ufer der Schelde.»

«Hatte er schwarze, verbrannte Hände?»

«Was?» Dotteres riss die Augen auf und starrte Griet an, als habe diese sich nach einem feuerspeienden Drachen erkundigt. Noch ehe sie auf Griets Frage eine Antwort fand, nahm Cäcilia das Stückchen Stoff an sich und las, was daraufstand.

«Es ist von ihm», flüsterte Griet. Sie lehnte sich Halt suchend gegen die Mauer des Beginenhofs. «Von dem Pilger. Er weiß, dass ich wieder hier bin. Und er weiß auch von Euch, Cäcilia.» Langsam wandte sie sich der schwarzen Schwester zu, die den Kopf hob. «Er verlangt das Buch für das Leben meines Kindes. Aber ich habe nichts, was ich ihm geben kann!»

Kapitel 32

Die Beginen boten Griet und Cäcilia an, bei ihnen auf dem Hof zu bleiben, Griet lehnte jedoch ab. Sie wollte zurück in ihr altes Pförtnerhäuschen, wo sie ihre Familie zum letzten Mal gesehen hatte. Und sie wollte allein sein. Als sie die schwere Tür aufdrückte und in die Stube trat, rechnete sie mit lähmender Kälte, mit Schnee auf der Schwelle und Eisblumen an den Fensterscheiben. Aber sie wurde überrascht. Im Ofen flackerte ein Feuer, das den ganzen Raum mit angenehmer Wärme erfüllte. Neben der Ofenbank hing ein Weidenkorb an der Wand, bis zum Rand mit gespaltenem Brennholz gefüllt.

Argwöhnisch blickte sich Griet um. Wer mochte für sie eingeheizt und aufgeräumt haben? Utas Beginen gewiss nicht. Auch Pater Jakobus und der Statthalter kamen dafür kaum in Frage. Der Pater war viel zu zerstreut dafür, und Farnese war es egal, ob sie fror oder nicht.

Mit schwerem Herzen schritt Griet die Räume ab. Sie stellte fest, dass nichts gestohlen worden war, alles befand sich an seinem Platz: Kessel und Pfannen, Leinen und Kleider, ja, selbst Griets Aussteuertruhe war während ihrer Abwesenheit nicht geöffnet worden. Griet fand Stiefel ihres Vaters, die er sich kurz vor ihrer Abreise hatte schustern lassen. Sie musste sich zusammennehmen, um nicht laut zu weinen. Wie gern hätte sie dem alten Mann gesagt, dass es ihr nun möglich war, ohne Groll oder Schmerz an Isabelle zu denken, und dass sie ihn trotz all seiner

Schwächen und Fehler liebte und achtete. In einer Familie gab es nichts, was nicht verziehen werden konnte.

Sie ließ sich auf den blanken Dielenboden sinken. Aus irgendeinem Grund betrachtete sie sich nicht als Herrin des Hauses, sondern als Eindringling, der kein Recht hatte, in der Stube etwas anzurühren. Auf dem Tisch stand das hübsche Essgeschirr, polierte Zinnbecher und Schüsseln aus blau bemaltem Ton. Vermutlich hatte Beelken gerade gekocht, als sie …

Griet rang nach Luft. Fast wäre ihr lieber gewesen, sie hätte eine dunkle, eiskalte Kammer betreten als diese so falsch wirkende Idylle. Die vertraute Umgebung, das Licht des Mondes, das durch die Fenster Schattenmuster auf den Fußboden warf, und die Geräusche des brennenden Holzes im Ofen spendeten keinen Trost.

Verbrannte Hände, ging es ihr durch den Kopf. Pamela hatte verbrannte Hände gesehen. Aber wieso? Woran erinnerte sie das nur?

Griet saß noch auf dem Boden und grübelte, als de Lijs hereinkam. Pieter Rink war bei ihm. Die Männer hatten in der Schöffenstube von ihrer Rückkehr in die Stadt gehört und sich gleich nach Beendigung ihrer Ratssitzung aufgemacht, um nach ihr zu sehen.

«Ich wurde mit Billigung des Statthalters zum neuen Bürgermeister gewählt», erklärte der Weinhändler, als er bemerkte, wie Griet seine goldene Kette anstarrte. Er reichte ihr die Hand, um ihr vom Fußboden aufzuhelfen. Griet fragte sich, ob er sie immer noch zur Frau haben wollte, nun, da er in Amt und Würden aufgestiegen war. Die goldene Kette um seinen Hals verlieh ihm etwas unnahbar Würdevolles, doch das Glitzern in seinen Augen erinnerte Griet an Augenblicke, die sie lieber vergessen wollte.

«Ich hoffe, es ist Euch recht, dass ich meinen Freund Rink

mitgebracht habe?», fragte de Lijs, nachdem Griet nicht so recht wusste, was sie zu den beiden Männern sagen sollte. Es wäre höflich gewesen, dem Bürgermeister und seinem Begleiter einen Platz nahe am Ofen und eine Erfrischung anzubieten, aber Griet war viel zu müde, um daran zu denken. Stattdessen nickte sie dem Drucker flüchtig zu, bevor sie sich bei de Lijs erkundigte, ob er von ihrem Vater und von Basse gehört habe.

De Lijs strich sich mit dem Zeigefinger über seinen buschigen Schnauzbart. «Ihr dürft die Hoffnung nicht aufgeben, liebe Griet. Wenn sie nicht aus Oudenaarde geflohen sind, werden wir sie finden. Die Zeit der Gesetzlosigkeit liegt nun hinter uns. Seien wir froh, dass wir die calvinistischen Eiferer los sind. Sie haben nur Unfrieden über die Stadt gebracht.»

«Ihr scheint Euch rasch mit den neuen Gegebenheiten abzufinden. Und ich war immer der Meinung, die Brüder Osterlamm seien Eure Freunde.»

De Lijs schwieg betroffen, aber Pieter Rink schnaubte empört. Er trat an den Ofen und streifte seine teuren Fäustlinge ab. «Die und Freunde? Macht Ihr Witze? Wenn Ihr nur ahnen würdet, was Adam und Coen ausgeheckt hatten, um Euch zu schaden, würdet Ihr unsere Entrüstung teilen. Sie wollten Euch ruinieren, um Euren Handel mit Sicherheitsbriefen in die Finger zu bekommen. Aber seid versichert, dass ich mir lieber die Hand abgehackt hätte, als für sie zu drucken. Ich schätze Euch, Griet. Ihr seid eine von uns.»

De Lijs nickte. «Als der gute Rink von Eurer Rückkehr erfahren hat, ist er Hals über Kopf aus der Schöffenstube gerannt, um ein paar Klafter Feuerholz in Euer Haus bringen zu lassen. In der kleinen Vorratskammer werdet Ihr Brot und Speck finden.»

Griet war erleichtert, als sie das hörte. Fast hatte sie schon geglaubt, das Holz sei eine höhnische Aufmerksamkeit des Pilgers gewesen. Sie bedankte sich höflich, doch die Sorge der Männer, die sie für völlig schutz- und mittellos hielten, war ihr unangenehm. Außerdem hatte sie keine Lust, mit ihnen über Adam und Coen zu reden. Pamelas Brüder waren tot und begraben; wem half es, mit ihnen ins Gericht zu gehen? Der Pilger war es, auf den sie sich nun zu konzentrieren hatte.

Verbrannte Hände. Warum verbrannte Hände?

Er war nicht weit. Vermutlich lauerte er irgendwo draußen in der Dunkelheit und wartete, dass sie ihm das Buch übergab. Tat sie das nicht, war Basse verloren. Sie wollte nicht unhöflich zu de Lijs sein, aber sie wünschte sich, dass er und Rink sie endlich allein ließen, damit sie nachdenken konnte. Helfen konnten die beiden ihr doch nicht. De Lijs mochte nun Bürgermeister sein, aber er hatte noch nicht begriffen, dass er in Wahrheit über keinerlei Machtbefugnisse in Oudenaarde verfügte. Mit all seinen Ratsschöffen, Schreibern und Kämmerern zappelte er wie eine Puppe an den Fäden, die der Statthalter zog. Alessandro Farnese würde die Kontrolle über eine Stadt, die er als wichtigen Stützpunkt für die Unterwerfung Flanderns ansah, niemals aufgeben.

Die beiden Männer verabschiedeten sich und forderten Griet auf, ins Rathaus zu kommen, wenn sie ihre Hilfe brauche. Fünf Minuten später klopfte es erneut an der Tür.

«Meister Rink?» Erstaunt ließ Griet den Drucker eintreten. «Habt Ihr etwas vergessen?»

Rink schob sich an Griet vorbei und schloss die Tür. Langsam schob er den Riegel ins Eisen. Dann ging er zum Ofen, wo er seine Handschuhe zum Trocknen abgelegt hatte. Er hatte sie liegen gelassen. «De Lijs vertraut mir», murmelte er undeutlich. Es klang, als habe er einen Stein im Mund. «Er hat sogar darauf bestanden, mich in den Schöffenrat von Oudenaarde zu holen. Dieser Narr! Glaubt tatsächlich, das neue Amt würde aus ihm einen mächtigen Mann machen. Aber er irrt sich. Er hat nicht die Spur einer Ahnung, worauf sich Macht gründet.» Rink drehte sich zu Griet um. Aus seinem Gesicht war das Lächeln verschwunden. Stattdessen legte sich eine Kälte über seine Züge, die Griet erschauern ließ. Wie zufällig fiel ihr Blick auf die Hände des Mannes, der sich abmühte, seine feuchten Handschuhe überzustreifen.

Druckerschwärze. Die glänzende schwarze Farbe, mit der die Lettern der Druckerpresse behandelt wurden, hatte sich tief in seine Haut gegraben. Vermutlich bekam er seine Finger gar nicht mehr sauber, sooft er sie auch wusch und schrubbte. Sie sahen aus wie ... Griet spürte, wie ihr tauber Arm zu zucken begann. Tatsächlich. Im schwachen Schein der Öllampe sah es aus, als wäre die Haut beider Hände an mehreren Stellen schwarz verbrannt. Das hatte Pamela gesehen. Keine Brandwunden, sondern die Hände eines Druckermeisters.

Griet bemühte sich um Haltung. Sie wollte nicht zeigen, dass sie Rink durchschaut hatte. Doch im selben Moment wusste sie, dass sie sich längst verraten hatte. Dann dachte sie an Basse und dass vor ihr der einzige Mensch auf der Welt stand, der ihr sagen konnte, wo sich ihr Kind befand. Unter Mühe spie sie einen Satz aus: «Ihr ... Ihr seid der Pilger, Rink!»

Rink schien nicht überrascht, das zu hören. Vielmehr deutete seine Haltung an, dass er froh war, das Versteckspiel nun beenden zu können.

«Was hast du mit meinem Kind gemacht, du Mistkerl?», schrie Griet ihn an. «Wo hast du es hingeschleppt? Und meinen Vater?» Ungeachtet der Tatsache, dass sie mit einem Mörder in der Stube war, sprang sie auf Rink zu und schlug ihm mit der Faust ins Gesicht. Blut schoss Rink aus der Nase und tropfte auf seinen weißen Kragen, aber er hielt sie nicht auf. Er lächelte nur und wartete, bis Griets Kräfte von selbst erlahmten. Zuletzt genügte nur ein Stoß, um Griet unsanft auf den Fußboden zu befördern.

«Hast du dich beruhigt, damit ich mit dir reden kann?», fragte er.

«Reden? Ich will nicht mit dir reden, sondern wissen, wo meine Familie ist. Ich werde auf der Stelle den Statthalter aufsuchen und dich in Ketten legen lassen. Farnese wird dich schon zum Sprechen bringen.» Gegen ihren Willen brach sie in Tränen aus.

Rink stülpte sich die Handschuhe über, während er durch das kleine Fenster zum Innenhof spähte. Aber dort draußen war niemand zu sehen. Es hatte wieder angefangen zu schneien. Die Nachbarn verkrochen sich in ihren Stuben, ihre Läden waren geschlossen. Das konnte ihm nur recht sein.

«Sei doch nicht dumm, kleine Griet. Natürlich wirst du dem Statthalter kein Wort über unsere Unterhaltung sagen, denn wer kann schon wissen, wie lange ich es auf der Folterbank aushalte, bis meine Zunge sich lockert? Vielleicht zu lange, um das Leben deines Sohnes zu retten. Würdest du dir das jemals vergeben? Ich verlange doch nicht viel von dir. Nur eine Kleinigkeit, dann sind dein Sohn und die anderen frei. Ich verspreche, dass sie noch am Leben sind. Sie werden ein wenig Hunger und Durst verspüren, denn ich kehre nicht mehr zu dem Versteck zurück, um sie zu versorgen. Aber du könntest es schaffen, sie rechtzeitig zu befreien, bevor sie ...» Er lächelte grausam. «Vorausgesetzt, du hörst mir endlich zu.»

Griet wischte sich mit dem Ärmel die Tränen aus dem Gesicht. Sie blickte dem Mann in die Augen, entdeckte darin aber keine Spur von Anteilnahme. Lediglich ein schwaches Funkeln kündete von einer Leidenschaft, die Rink angetrieben haben musste, seinen tückischen Plan über Jahre hinweg zu verfolgen. Wie lange hatte er darauf gewartet, dass die schwarzen Schwestern ihm das zurückgaben, was er als sein Eigentum ansah? Er hatte Mörder wie den spanischen Deserteur beauftragt, nur um das Buch wieder in die Hände zu bekommen. Nun glaubte er sich am Ziel seiner Wünsche. Er schien davon überzeugt zu sein, dass sie oder Cäcilia das Buch nach Oudenaarde gebracht hatten. Das hieß, dass er in Cäcilia eine schwarze Schwester erkannt hatte. Die einzige, die ihm entkommen war. Griet merkte, wie er sich suchend in der Stube umsah. Offensichtlich rechnete er jedoch nicht damit, dass sie das Buch hier versteckt hatte. Er schien anzunehmen, sie und Cäcilia hätten es irgendwo an einem sicheren Ort deponiert.

Es ging ihm um einen Austausch. Das Leben ihrer Angehörigen für das Buch.

«Rückst du es freiwillig heraus?», wollte er wissen. «Du hast von deiner Freundin erfahren, was mit denen geschieht, die sich mir widersetzen. Bernhild wollte mich betrügen. Sie hatte mit Hilfe dieses Spaniers einen Fluchtplan ausgeheckt, um mir nicht begegnen zu müssen. Aber dieser Verrat ist ihr schlecht bekommen.»

Griet atmete tief durch. Was immer sie nun tat, sie ging ein Risiko ein. Dass Don Luis das *Buch des Aufrechten* in die Kurpfalz schaffte, würde er ihr gewiss nicht glauben. Alles, was ihr blieb, war, Zeit zu gewinnen.

«Woher wusstest du von Bernhilds Plan? Jemand muss ihn dir verraten haben, sonst hätten deine Handlanger die Nonnen nicht auf Gut Elsegem erwarten können.»

Rink lachte auf. «Es waren ja auch längst nicht alle schwarzen Schwestern begeistert von Bernhilds Vorhaben, sich heimlich abzusetzen. Eine der Frauen war durchaus der Meinung, dass mir mein Eigentum zurückgegeben werden sollte. Die gute Seele schickte mir freundlicherweise eine Botschaft, die es mir erlaubte, gewisse Vorkehrungen zu treffen.» Er verzog das Gesicht. «Dass sie mit den anderen sterben musste, hat sie nicht erwartet. Ich glaube sogar, sie war ziemlich überrascht, als es mit ihr zu Ende ging. Aber ich konnte es mir nicht leisten, Mitwisser am Leben zu lassen.»

Griet war entsetzt über die Kälte, mit der Rink ihr seine Verbrechen gestand. Dass er ihr nichts verheimlichte, konnte nur bedeuten: Er hatte nicht vor, sie am Leben zu lassen. Vielleicht würde er ihr verraten, wohin er Basse, Beelken und ihren Vater gebracht hatte, doch was hatte sie davon, wenn er sie danach doch tötete? Griet spürte, dass Rink sie genau beobachtete. Sie gab sich alle Mühe, ihn nicht in ihren Gedanken lesen zu lassen.

«Aber warum habt Ihr die Brüder Osterlamm getötet?»

Rink schnaubte verächtlich. «Ausgerechnet du fragst das? Nach allem, was die beiden dir angetan haben? Sie waren es doch, die dich ins Gerede brachten. Aus reiner Gier wollten sie dein Geschäft mit den Sicherheitsbriefen ruinieren, um es dann selbst weiterzuführen. Glaub mir, kleine Griet, die beiden waren Taugenichtse, um die es nicht schade ist. Als ich von de Lijs erfuhr, dass sich Adam und Coen auf den Weg nach Brüssel machen wollten, um dir und deinem spanischen Freund nachzustellen, musste ich handeln. Ich durfte nicht riskieren, dass sie in Brüssel auch von meinem Buch erfuhren und ihm hinterherjagten. Sie hätten de Lijs davon erzählt, und der sollte davon nichts erfahren. Ich brauche de Lijs. Er ist meine Sicherheit in dieser Stadt, sozusagen der Turm, in dem ich mich verstecken kann, solange das nötig ist. Es war übrigens gar nicht meine Idee, deinen Jungen samt Kinderfrau und alten Herrn zu entführen.»

«Ach nein? Wer steckt dann dahinter?»

Rink lachte. Es schien ihm Spaß zu machen, Griet von einer Ecke in die nächste zu treiben. «Die Brüder Osterlamm kamen auf den Gedanken, und de Lijs billigte ihn. Das sollte nicht verschwiegen werden. Die Herren fürchteten, Ihr könntet Euch alle zu den Anhängern der Rebellen in den Norden absetzen und die

Stadt Farneses Zorn überlassen. Für Kaufleute wie de Lijs und die Osterlamms wäre das ärgerlich geworden. Doch keine Angst, kleine Griet, deine Angehörigen befanden sich nicht lange in den Händen dieser törichten Sippschaft. Ich war so frei, sie zu überzeugen, mir die Gefangenen abzutreten. Daher bin ich nun, wie es aussieht, der einzige Mensch auf Gottes Erden, der dir sagen kann, wo du sie finden kannst.»

Er packte Griet und flüsterte ihr zu: «Bete, dass mir nichts passiert, sonst wirst du deinen Jungen nie wiedersehen, das schwöre ich dir. Und beschaffe mir mein Buch, hörst du? Ich habe lange genug gewartet.»

«Und Ihr habt wirklich vor, Euch auf diesen schrecklichen Handel einzulassen?»

Die alte Uta starrte Griet fassungslos an, als sie hörte, was diese kaum eine Stunde zuvor erlebt hatte. Obwohl es schon spät war, bat sie eine ihrer Mägde, das Feuer noch einmal zu schüren und den Frauen, die sich in ihrer Stube um das Schreibpult drängten, etwas Warmes zu trinken zu bringen.

Griet umklammerte ihren Becher mit heißer Molke, bis ihre Fingerkuppen schmerzten. «Es bleibt mir nichts anderes übrig. Ich muss den Schein wahren, ihn zumindest in dem Glauben lassen, dass ich auf sein Angebot eingehe. Sonst ist mein Kind verloren. Er hat Basse und die anderen irgendwo hingebracht, wo niemand sie suchen würde.»

«Aber du hast doch dieses verrückte Buch gar nicht», brummte Dotteres. «Was in drei Teufels Namen willst du ihm dann geben?»

Cäcilia warf der ehemaligen Diebin einen tadelnden Blick zu, worauf diese seufzte und sich erbot, Griets Becher nachzufüllen. Ein Friedensangebot, das Griet gefreut hätte, wäre sie nicht vor Kummer und Sorge halb ohnmächtig gewesen.

Cäcilia wandte sich Uta zu. «Es ist meine Schuld, Meisterin. Wäre ich nicht so besessen von der Idee gewesen, das Buch in Sicherheit zu bringen, wäre es nun hier, und Griet könnte ihre Angehörigen auslösen. Ich sollte zu diesem Mann gehen und ihm sagen, wo er das *Buch des Aufrechten* finden kann. Vielleicht glaubt er mir. Ich fühle mich zwar nicht mehr als Angehörige des Ordens, aber das kann er nicht wissen.»

«Glaubt Ihr allen Ernstes, er reist dann Eurem Sohn in die Kurpfalz nach oder wartet, bis Ihr einen Boten dorthin geschickt habt?» Uta schüttelte den weißhaarigen Kopf. «Außerdem habt Ihr doch gehört, was die Witwe Marx gesagt hat. Der Mann lässt niemanden am Leben, der von dem Buch weiß oder in ihm den Pilger von damals erkennt. Es muss einen anderen Weg geben, um das Versteck des Knaben und seines Großvaters zu finden. Schließlich können sie nicht vom Erdboden verschluckt worden sein. Das heißt ...» Die alte Frau beendete ihren Satz nicht. Irgendetwas war ihr eingefallen, Griet bemerkte es gleich.

«Was habt Ihr?», rief sie.

Die Begine antwortete nicht sofort. Stattdessen schob sie ihr ausladendes Schreibpult zur Seite, auf dem sie für gewöhnlich die Rechnungsbücher des Hofes führte. Das Pult ließ sich aufklappen. In einer Lade bewahrte Uta einige Bücher, Urkunden und Schriften auf, die ihr am Herzen lagen. Viele waren es nicht, denn auch die Liegenschaften der Beginen waren ständigen Kontrollen ausgesetzt. Daher hatte Uta gleich nach der Einnahme der Stadt dafür gesorgt, dass alle Dokumente und Bücher, die ein falsches Licht auf die Gemeinschaft hätten werfen können, verbrannt wurden. Zwei alte Stadtkarten jedoch hatte Uta behalten. Die eine hatte der Kartograph Jacob van Deventer im Jahr 1560 gezeichnet. Die andere war älter und stammte von der Hand von Utas Vorgängerin, der es ein Anliegen gewesen war, alle Häuser und Äcker, die den Beginen in Oudenaarde gehörten, auf dem Plan einzuzeichnen. Griet verstand nicht viel von der Kunst der Kartographie, stellte aber auf den ersten Blick fest, dass sie nie zuvor eine präzisere Arbeit gesehen hatte. Ohne jede Mühe fand sie sich auf der Karte der Begine zurecht, erkannte die großen Kaufmannshäuser rund um den Grote Markt, das Rathaus und die Kirchen. Der Fluss teilte die Stadt in zwei Hälften, wobei der Ort Pamele, jenseits des Ufers, nur durch den Turm der dortigen Kirche angedeutet wurde.

«Eine schöne alte Stadtkarte», lobte auch Cäcilia. «Ich verstehe nur nicht, wie sie uns bei der Suche nach dem Kind helfen soll.»

Uta ließ sich durch diesen Einwand nicht stören. Sie vertiefte sich in das brüchige Pergament. Mit dem Zeigefinger fuhr sie Linien nach und zog Kreise, als stellte sie im Geiste Berechnungen an. «Als mit dem Bau unseres Rathauses begonnen wurde, war ich noch ein kleines Mädchen, aber ich erinnere mich recht gut an diese Zeit und wie aufregend ich es fand, wenn ich an der Hand meines Vaters die Baustelle besuchen durfte. Der Baumeister, Hendrik van Pede aus Brüssel, wohnte im Haus meines Großvaters, und manchmal, wenn die Männer abends bei einem Becher Wein zusammensaßen, versteckte ich mich unter dem Tisch, weil ich ihren Gesprächen so gern zuhörte.»

«Ja, und?» Cäcilias und Griets Blicke kreuzten sich. Worauf wollte die Begine hinaus?

«Als die Kellergewölbe gebaut wurden, stellte der Baumeister fest, dass es dort unten Gänge aus früherer Zeit gibt, die sich in verschiedene Richtungen verzweigen und bis weit unter den Marktplatz reichen. Möglich, dass es sich dabei um uralte, vergessene Fluchtwege handelt. Hendrik van Pede fluchte, als er einige der Zugänge aushob. Verständlicherweise hatte er Angst um seine Fundamente und das Gewölbe des Rathauses. Deshalb befahl er, die Gänge, die er gefunden hatte, zuzuschaufeln. Begreift Ihr nun? Rink kann seine Gefangenen nicht aus der Stadt geschafft haben, ohne dass ihn jemand gesehen hat. Weder zu Fuß noch auf einem Wagen. Die Spanier oder unsere Stadtwachen hätten ihn am Tor kontrolliert. Wenn er sie aber dort unten in einem der Gänge versteckt hält, dann sind sie buchstäblich vom Erdboden verschluckt worden. Niemand wird sie dort suchen oder ihre Schreie hören. Diese Gefilde sind eine Welt unterhalb der unseren.»

«Vielleicht habt Ihr recht», pflichtete Griet der alten Frau bei. «Ich habe nie etwas von Gängen gehört, die sich unter dem Rathaus verzweigen. Vermutlich wussten nicht einmal die Eltern meines Mannes davon, obwohl sie bis zu ihrem Umzug nach Antwerpen ihr ganzes Leben in Oudenaarde verbracht haben. Aber Ihr sagtet, der Baumeister habe sie damals zuschütten lassen.»

«Wo es einen Anfang gibt, dort gibt es auch ein Ende.» Uta vertiefte sich erneut in ihre Karte. Diesmal nahm sie einen Zirkel und einen Kohlestift zur Hand, mit deren Hilfe sie den Plan mit einer verwirrenden Ansammlung von Kreisen und Linien versah. Einige Minuten lang schien sie völlig abwesend, dann blickte sie auf. «Meister Hendrik vermutete damals, dass die Gänge sich vom Mittelpunkt des Rathausplatzes aus wie die Strahlen einer Sonne verzweigen, aber stets geradlinig verlaufen. Schaut Euch die Karte an!»

Griet, Cäcilia und Dotteres beugten sich über das Pult der Begine. Jetzt erkannten sie, was Uta sagen wollte. Die beiden Geraden, welche den Platz des Grote Markt wie einen Kuchen in vier gleiche Teile schnitten, kreuzten sich dort, wo der Marktbrunnen stand. Wenige Schritte davon entfernt erhob sich das Rathaus. Hier hatte der Baumeister den Zugang zu dem unterirdischen Gang zuschütten lassen. Das einzige größere Gebäude, das sich am Ende der westwärts verlaufenden Geraden befand, war die Sint-Walburgakerk. Aber es war unwahrscheinlich, dass Rink ausgerechnet dort nach einem Zugang zu den unterirdischen Gängen gesucht haben sollte. Er hätte befürchten müssen, von Pater Jakobus oder einem Mesner entdeckt zu werden. Ganz anders verhielt es sich mit der Geraden, die den Marktplatz in südlicher Richtung schnitt. Sie endete offensichtlich inmitten einer dichtbebauten Zeile verwinkelter Fachwerkhäuser, zu der auch das zweistöckige Gebäude gehörte, in dem sich Pieter Rinks Druckerei befand.

Griet schlug sich mit einem spitzen Schrei die Handfläche gegen die Stirn. Sie erinnerte sich an ihren Besuch in diesem Haus und an das Geheimfach, das Rink ihr einmal gezeigt hatte. Im Keller der Druckerei musste es einen Zugang zu den unterirdischen Gängen geben, den Rink entdeckt und für seine Zwecke genutzt hatte. Mit Hilfe dieses Zugangs war es ihm gelungen, seine Gefangenen auf bequeme Weise tief unter der Erde verschwinden zu lassen, ohne auch nur einen Fuß vor die Tür zu setzen.

Mit einer Mischung aus Erleichterung und Furcht blickte sie in die Gesichter der Frauen, in denen sich ähnliche Empfindungen spiegelten. Sie hatten das Versteck gefunden, zumindest auf Utas Papier.

«Sollen wir den Statthalter informieren?», fragte Cäcilia. «Wenn wir ihm erklären, was die ehrwürdige Vorsteherin Uta herausgefunden hat, wird er Rinks Haus durchsuchen lassen.»

«Und was ist, wenn Ihr Euch doch irrt?» Dotteres schüttelte skeptisch den Kopf. «Nehmen wir an, der Statthalter glaubt Euch, dass ein angesehener Ratsherr und Handwerksmeister in Wahrheit ein verrückter Schurke ist, aber die Spanier finden den Zugang nicht. Dann ist Euer Pilger gewarnt und macht sich aus dem Staub.»

Griet wunderte sich, dass die Stimme der Vernunft ausgerechnet aus Dotteres' Mund kam, doch der Einwand hatte Gewicht. «Wir können es nicht riskieren, in die Druckerei zu gehen und nach dem Zugang zu suchen. Rink würde zweifellos Verdacht schöpfen. Dann bleibt uns nur noch die vierte Linie, die den Marktplatz teilt. Wo endet sie?»

Uta deutete auf einen schwachen Punkt auf dem Pergament. «Es wird Euch nicht gefallen, meine Liebe. Wie Ihr seht, endet die Linie direkt vor dem Haus der Vögte. Und dort befindet sich in dieser Zeit das Quartier des Statthalters.»

Griet stöhnte erschrocken auf. Was war schlimmer: Sich heimlich in Pieter Rinks Druckerei zu schleichen oder den Statthalter herauszufordern, der in jedem Flamen einen mutmaßlichen Attentäter sah? Wurden sie erwischt, mussten sie in jedem Fall mit dem Leben bezahlen.

«Das Haus de Lalaing wird gut bewacht», erklärte Griet. Ein dünnes Lächeln umspielte ihre Lippen. «Aber ich muss versuchen, dort hineinzukommen.»

Kapitel 33

Griet freute sich über das Angebot ihrer Mitverschworenen, sie zu begleiten, aber allen war klar, dass es viel zu auffällig gewesen wäre, wenn diese Gruppe von Frauen, noch dazu mit zwei Kindern, zu vorgerückter Stunde das Quartier des Statthalters aufgesucht hätte. Nur eine Person sollte sie daher begleiten. Dotteres schien für Griet die richtige Begleitung zu sein, denn wie sie von Cäcilia wusste, war die junge Frau nicht nur energisch, sondern auch kräftig genug, sich ihrer Haut zu wehren. Außerdem verfügte sie über eine gute Beobachtungsgabe und kannte sich mit rauem Soldatenvolk aus.

Dennoch entschied sie sich für Cäcilia. Die Frau mochte schwirig sein, doch sie war die Mutter des Mannes, den Griet liebte. Auch wenn es zwischen beiden Konflikte gab, spürte Griet, dass die ehemalige schwarze Schwester alles versuchen würde, um ihr beizustehen.

«Wenn ich doch nur Tobias und meinen Sohn nicht fortgeschickt hätte», klagte Cäcilia, während sie an Griets Seite durch die Stadt lief. Sie lachte bitter auf. «Ich kenne Floris leider kaum, ich war ihm keine gute Mutter. Aber der Junge, an den ich mich erinnere, hätte sich geweigert, mir zu gehorchen. Er wäre seinem eigenen Kopf gefolgt und hätte sich von niemandem reinreden lassen. Nun hat er sich einmal meinen Wünschen gefügt, und jetzt wäre ich glücklich, er hätte es nicht getan.»

Griet schwieg, solche Selbstanklagen halfen ihnen auch nicht weiter. Die beiden Frauen begaben sich auf schnellstem Weg zum Haus der schwarzen Schwestern, wo Griet den Lagerraum des Haupthauses nach dem Fässchen Burgunder absuchte, das de Lijs ihr einmal verehrt hatte. Falls der Knecht Remeus es nicht geleert hatte, musste es noch irgendwo sein. Sie hatte Glück. Nach kurzem Suchen fand sie es; Beelken hatte das Fässchen unter einer Lederplane versteckt.

«Und Ihr seid sicher, dass wir so ins Haus gelassen werden?» Cäcilia war skeptisch.

«Es hat schon einmal geklappt», antwortete Griet. «Und nun lasst uns aufbrechen, uns läuft die Zeit davon.» Mit vereinten Kräften wuchteten die Frauen das kleine Fass die Treppe hinauf, wo bereits ein Handkarren für sie bereitstand.

Wenige Minuten später hielten sie vor dem Gebäude, in dem Farnese das Ende des strengen Winters abwarten wollte. Zu beiden Seiten des Eingangs flackerten Fackeln in eisernen Halterungen. Die Wachen musterten die beiden Frauen mit ihrem Handkarren argwöhnisch.

Einer der jungen Männer erkannte Griet allerdings und erinnerte sich, wie rasch sie bei jedem ihrer Besuche zum Statthalter vorgelassen worden war. Dass man sie erneut gerufen haben sollte, wusste er zwar nicht, doch er wollte sich auch nicht die Blöße geben, bei seinem Vorgesetzten nachzufragen. Gefahr konnte von den beiden Weibern und einem Fässchen Wein, das für den Statthalter bestimmt war, kaum ausgehen. Nach kurzem Zögern ließ der Wachtposten Griet und Cäcilia eintreten. Ein dicker Sergeant folgte ihnen mit dem Fässchen auf dem Rücken die Stiege hinauf.

Vor dem Raum, in dem die Alexanderteppiche hingen, liefen sie Farnese direkt in die Arme. Als sein Blick auf Griet fiel, hob er die Augenbrauen.

«Nanu, Ihr seid schon hier? Eben wollte ich Euch holen lassen.»

«Mich?», stieß Griet ertappt hervor.

«Nein, die heilige Einfalt. Wofür haltet Ihr mich? Wollt Ihr meine Zeit vergeuden?» Sichtlich gereizt öffnete er die Tür und machte eine knappe, aber einladende Handbewegung, welche die beiden Frauen in sein Kabinett dirigierte. «Es möchte Euch jemand sprechen und sich, im Namen meiner verehrten Mutter in Namur, davon überzeugen, dass ich Euch weder Finger noch Zehen habe abschneiden lassen.»

Griet glaubte ihren Augen nicht zu trauen. Gleichzeitig überkam sie ein überwältigendes Glücksgefühl. Vor Farneses Tisch stand Don Luis, in einen Umhang voller Schlammspritzer gehüllt. Der junge Spanier sah blass und müde aus, ansonsten schien es ihm aber gutzugehen. Am liebsten hätte Griet sich ihm in die Arme geworfen, aber sie hielt sich zurück.

Cäcilia seufzte. «Gott scheint mir verziehen und meine Gebete erhört zu haben», sagte sie leise. «Du hast mir nicht gehorcht.»

«Macht das bitte unter Euch aus, ich habe zu tun.» Farnese warf Don Luis einen knappen, aber nicht unfreundlichen Blick zu. Damit waren er und die beiden Frauen entlassen.

«Wo sind Tobias und das Buch?» Cäcilia konnte sich nicht länger zurückhalten, nachdem die Tür hinter Farnese ins Schloss gefallen war. Immerhin, fiel Griet auf, erkundigte sie sich zuerst nach ihrem Begleiter. Vielleicht kam die Frau allmählich doch von dem Einfluss, den das Buch auf sie ausgeübt hatte, los.

«Deinem Tobias geht es gut, Mutter», sagte Don Luis. «Er war sofort dabei, als ich ihm sagte, dass ich nach Oudenaarde zurückkehren möchte, anstatt in die Kurpfalz zu reiten. Verzeih mir, Mutter, aber der Gedanke, Griet könnte hier etwas zustoßen, während ich viele Meilen weit von ihr entfernt bin, ließ mir keine Ruhe. Als wir ankamen und das Pförtnerhaus leer vorfanden, hatte ich keine Ahnung, wo ich nach dir und Griet suchen sollte. Daher ging ich zum Statthalter.»

Don Luis grinste. «Ihr habt gesehen, wie sehr Farnese sich über meine Rückkehr freut. Natürlich verlangte er gleich nach dem Buch. Für König Philipp, wie er ganz unschuldig sagte. Ich habe eher den Verdacht, er möchte die Macht des Buches gerne einmal prüfen, um Flandern vollständig zu unterwerfen und den Prinzen von Oranien zu vernichten. Dann kann er sich endlich ganz und gar wie sein wahres Vorbild, Alexander der Große, fühlen.»

«Wo ist Tobias?», wollte Cäcilia wissen.

«Bei Pater Jakobus. Ich bat ihn, dort nach euch zu fragen. Wie ihr euch vorstellen könnt, hatte er kein Interesse, Farnese zu begegnen.»

Griet schaute ihn ängstlich an. «Hast du Farnese das Buch gegeben?» Mit knappen Worten klärte sie Don Luis darüber auf, was sie vor kurzem in Erfahrung gebracht hatten. Während sie sprach, verdüsterte sich seine Miene.

«Rink? Ich kann es nicht fassen, dass er uns so lange an der Nase herumführen konnte. Alle hielten ihn für einen Ehrenmann. Wo ist er?»

Cäcilia machte eine ratlose Handbewegung. «Wo auch immer er sein mag, wir müssen ihm zuvorkommen, bevor er seinen Gefangenen etwas antun kann.» Beschwörend legte sie eine Hand auf die Schulter ihres Sohnes. «Wo ist das Buch?»

Don Luis errötete. «Ich habe es Tobias gegeben, also müsste es jetzt in der Kirche sein. Pater Jakobus sollte als Priester wissen, wie mit einer solchen Schrift am besten zu verfahren ist.»

Cäcilia teilte diese Meinung nicht, das war ihr anzusehen. Ändern ließ es sich jedoch nicht mehr. Am Absatz der Stiege stießen die drei auf den Sergeanten, der dort auf Griets Fass hockte. Er hatte auf sie gewartet.

«Nun, was soll mit dem Wein geschehen? Zum Statthalter damit?»

Don Luis schüttelte den Kopf. «Er wünscht, dass der Wein in den Keller hinuntergebracht wird. Er soll noch ein wenig reifen.»

Der Soldat ließ sich nicht davon abbringen, das Fässchen persönlich in den Keller zu tragen, und Don Luis und die beiden Frauen folgten ihm. Don Luis, der betont selbstbewusst auftrat, gab vor, dem Mann im Auftrag des Fürsten auf die Finger schauen zu wollen, was dieser zähneknirschend akzeptierte.

Ein geeigneter Platz für das angebliche Geschenk war rasch gefunden. Eine Nische neben einer Ansammlung von Krügen, Körben und Käfigen schien wie geschaffen dafür zu sein, das Fass zu verstauen. Einen geeigneten Weinkeller gab es im Haus nicht.

«Du kannst jetzt gehen», fuhr Don Luis den Sergeanten an, da dieser stocksteif neben der Treppe verharrte. «Ich werde mich hier unten noch ein wenig umsehen.» Der Mann zuckte mit misstrauischem Blick die Achseln, gehorchte aber und machte kehrt.

Griet atmete auf. Dann stampfte sie vorsichtig auf. Der Boden unter ihren Füßen bestand aus Lehm. Falls es hier tatsächlich einen Abstieg in diese geheimnisvolle Unterwelt gab, von der Uta so überzeugend berichtet hatte, würden möglicherweise Tage vergehen, bis sie ihn fanden. Aber so viel Zeit hatten sie nicht. Sie mussten Basse, Beelken und ihren Vater noch heute Nacht finden.

Mit einer Kerze in der Hand, die sie an einer Wandfackel auf der Stiege entzündet hatte, schritt Cäcilia den Boden ab, um herauszufinden, wie groß der Bereich war, in dem sie suchen mussten. Der Kellerraum maß nicht mehr als dreißig Ellen in der Länge und fünfzehn Ellen in der Breite. Er wurde von drei mächtigen Holzbalken getragen. Die Wände waren kahl, Stroh und Sand kamen an einigen Stellen aus dem Mauerwerk. Ein winziges vergittertes Rundbogenfenster, kaum mehr als eine Luke, versorgte den Raum mit ein wenig Luft. An den Seiten türmte sich alter Plunder. Von Wert waren einzig ein paar Fässer, die Salz, Heringe und andere Vorräte für den Stab des Statthalters enthielten.

Auf einmal ließ sich Don Luis, der hinter dem mittleren Tragebalken gestanden hatte, auf die Knie sinken.

«Hast du etwas entdeckt?» Als Griet näher kam und die Hand über der Stelle bewegte, auf die Don Luis deutete, spürte sie es auch: ein schwaches, kaum wahrnehmbares Beben und einen dünnen Luftzug, eigentlich nicht mehr als ein Hauch.

«Mein Gott, du hast es gefunden!» Griet hob vor Aufregung die Stimme, wurde aber von Don Luis' warnendem Blick sogleich gestoppt. Es fehlte gerade noch, dass sie hier unten erwischt wurden. Der dicke Sergeant würde sich ohnehin schon wundern, wo sie blieben.

Gemeinsam mit Don Luis und Cäcilia wischte und kratzte Griet Sand und bröckeligen Lehm von der Stelle, wo sie den Luftzug gespürt hatten. Allmählich erkannte sie, dass sie ein Rechteck von der Größe einer Falltür vor sich hatte, das etwa einen Fingerbreit unter der Höhe des restlichen Fußbodens lag. Mit verbissenem Eifer kratzte sie weiter, bis sie auf Holz stieß.

«Es ist tatsächlich eine Falltür», sagte Cäcilia. Sie leuchtete mit ihrer Kerze. «Sogar ein Ring, um sie zu öffnen, hängt noch daran. Aber ich schätze, die Tür ist so morsch, dass ein Tritt genügen sollte ...»

«Wir müssen jeden Lärm vermeiden», sagte Don Luis. Er ergriff den Ring und zog kräftig daran, bis die Holzfläche sich schließlich bewegte. Knirschend schwang die Tür auf und bot Einblick in einen finsteren Schlund. Griet sprang zurück. Bei dem Gedanken, sich durch die schmale Öffnung und den dunklen Gang dahinter zwängen zu müssen, wurde ihr schlecht. Einzig der Gedanke an Basse gab ihr den verzweifelten Mut, sich von Don Luis durch das Loch im Boden helfen zu lassen. Einen bangen Moment lang hingen ihre Füße in der Luft, dann aber fanden sie festen Grund. Griet atmete auf. Sie nahm Cäcilias Kerze in Empfang und wartete, bis sie und Don Luis ihr nachkamen.

Der Abstieg gestaltete sich überaus mühsam. Don Luis musste zunächst nur den Kopf einziehen, bald aber ging es für ihn nur noch auf Knien vorwärts, so eng wurde der Schacht. Je stärker er sich neigte, desto knapper wurde die Luft. Einige Insekten und Ratten flohen vor ihnen. Nichts deutete darauf hin, dass jemals ein Mensch diese Welt unter der Stadt betreten hatte. Es gab keine Treppenstufen, die in den Fels geschlagen worden waren, nicht die geringste Möglichkeit, irgendwo Halt zu finden. Der Gang bot an seiner breitesten Stelle kaum genug Platz, um die Arme auszustrecken.

Cäcilia murmelte vor sich hin, es sei der Zugang zur Hölle, den sie betreten habe. Griet wäre es lieber gewesen, die Ältere hätte den Mund gehalten. Immer wieder schrak auch sie zusammen, weil sie glaubte, eine leichte Erschütterung wahrzunehmen. Was wohl dort oben, über ihren Köpfen, vor sich ging. Befanden sie sich unter dem Marktplatz? Griet wusste es nicht. In ihrem Mieder steckte Utas Karte, aber die nützte ihr hier wenig.

«Kopf runter», schrie Don Luis plötzlich. Griet gehorchte, ebenso Cäcilia, doch keiner von beiden gelang es, dem Schwarm von Fledermäusen auszuweichen, der mit dem Kopf nach unten hängend vor ihnen auftauchte, tief versunken im winterlichen Schlaf. Cäcilia hob die Hände und verzog voller Abscheu das Gesicht, als sie die erstarrten Tiere streifte.

«Weiter», befahl Don Luis und zog Griet mit sich, die entsetzt und fasziniert zugleich die Kolonie der unheimlichen Tiere anstarrte.

Sie hatten sich etwa eine halbe Stunde lang vorwärtsbewegt, als der Gang zum ersten Mal einen anderen Weg kreuzte. Dieser zweite Gang sah noch enger und dunkler aus als ihrer. Er schien wieder leicht anzusteigen. Griet holte nun doch Utas Plan hervor und hielt ihn so nah wie möglich an das Kerzenlicht.

«Was meint ihr?», flüsterte Cäcilia. «Führt der Weg auf eine höhere Ebene, oder landen wir geradewegs in Rinks Druckerei, wenn wir ihm folgen?»

Griet atmete heftig aus; ihr Hals brannte von dem Staub, den sie bereits geschluckt hatte. Im dünnen Schein der Kerze konnte sie erkennen, dass auch Don Luis skeptisch dreinblickte. Schließlich kamen sie überein, ihren Weg durch den ersten Gang fortzusetzen.

Hier irgendwo, vielleicht ganz in der Nähe, war Basse. Griet spürte, wie ihr Arm wieder zuckte. Am liebsten hätte sie laut nach ihm gerufen, aber das traute sie sich nicht. Es wäre töricht gewesen, den Einsturz des gesamten Tunnelsystems zu riskieren.

«Still, bitte!» Plötzlich legte Cäcilia einen Finger vor ihre Lippen. Ihre Augen verdrehten sich, als sie angestrengt lauschte. Griet runzelte die Stirn, denn sie hatte nichts gehört. Es sei denn ...

Doch, da war tatsächlich ein Geräusch. Es war dumpf, klang mal ganz weit weg, dann aber wieder nah, als schlüge jemand gegen das Gestein. Don Luis hörte es auch, wie seine Miene verriet.

«Wir müssen umkehren», entschied er nach kurzem Überlegen. «Der andere Weg ist der richtige!»

Mühsam tasteten sie sich wieder zurück durch die Finsternis.

Sie fassten einander bei den Händen und gaben acht, nicht zu stolpern; immer häufiger lagen nun Kadaver von Fledermäusen auf dem Weg. Der üble Geruch der Verwesung wurde drückender.

Der Gang endete schließlich jäh vor einer zerklüfteten Wand. Bei der näheren Untersuchung stellte sich jedoch heraus, dass der Felsen in der Höhe ihrer Knie einen weiteren Durchgang besaß. Der gesamte Komplex war durchlöchert.

«Ob wir hier jemals wieder herauskommen?», murmelte Cäcilia. Seit sie hier unten waren, war sie ganz still geworden. Um ihre Tatkraft unter Beweis zu stellen, nahm sie ihr inzwischen vor Schmutz starrendes Gebände ab, das unter dem Hals zu straff gezogen war und sie am Atmen hinderte. Dann kniete sie sich hin und kroch als Erste durch den Spalt.

Als Griet und Don Luis auf der anderen Seite der Felswand ankamen, fanden sie Cäcilia wie erstarrt vor. Sie befanden sich in einer Art Gewölberaum, der von Menschenhand geschaffen war. Das Mauerwerk, das teilweise aus Ziegelsteinen bestand und aus dessen Ritzen Sträucher wuchsen, erinnerte Griet an das große Stadttor. Bestimmt befanden sie sich unterhalb des Tores, eines Turms der Befestigungsanlage oder möglicherweise sogar jenseits der Stadtgrenzen. Die gewölbte Felsendecke war hoch genug, um aufrecht stehen zu können. Zu ihren Füßen lag alles Mögliche herum, Stricke, grobe Stalldecken und Ketten, abgenagte Hühnerknochen und verschrammte Becher aus Holz. Hier hatten Menschen gehaust ... bis zu ihrem Tode.

Cäcilia zeigte in einen dunklen Winkel, in dem sie die Körper dreier Gestalten fanden. Sie waren tot und schienen schon einige Wochen hier unten zu liegen. Die Leiber deuteten an, dass sie gewaltsam ums Leben gekommen waren.

«Gift», verkündete Don Luis knapp, nachdem er einen der Trinkbecher aufgehoben und daran geschnuppert hatte. «Unser Freund scheint sich hier einiger seiner Mitwisser entledigt zu haben.»

«Dann sind es nicht ...»

Don Luis schüttelte den Kopf und nahm Griet in den Arm. «Nein, es sind nicht dein Vater und der Junge.»

Cäcilia schlug ein Kreuz und berührte das hölzerne Kruzifix an ihrer Kette mit den Lippen. «Großer Gott, ich habe die Gesichter dieser Männer zwar nie zuvor gesehen, aber ich bin mir ziemlich sicher, dass sie es waren, die meine Mitschwestern auf Gut Elsegem getötet haben. Ich bete dafür, dass sie Erlösung und Vergebung für ihre Schandtaten finden. Aber erst nach einigen hundert Jahren im Fegefeuer.»

«Ich vermute, Rinks Handlanger haben sich hier unten verborgen gehalten. Es war für den Drucker leicht, ihnen mit dem Essen und dem Wasser, das er ihnen brachte, Gift einzuflößen. So war er die Sorge los, sie könnten etwas ausplaudern oder ihn eines Tages erpressen.»

Während Don Luis mit seiner Mutter Decken über die Toten breitete, schaute sich Griet in dem Gewölbe um. Sie fand eine weitere Falltür im Boden, die derjenigen ähnelte, durch die sie im Keller des Statthalterhauses eingestiegen waren. Ihr Herz klopfte, als sie an dem Ring zog und die Tür öffnete. Dahinter befand sich ein Schacht, der zu einem tiefer liegenden Raum führte.

Griet überlegte, wie sie es anstellen sollte, hinunterzusteigen. Da hörte sie ein Wimmern und eine Stimme, die etwas zu flüstern schien. Verzerrt vom Hall der Felsenwände, klang das Gemurmel unheimlich. Sie nahm ihren ganzen Mut zusammen und rief in den Schacht hinunter.

Einige Herzschläge lang geschah nichts. Keine Antwort, selbst das sonderbare Wimmern verstummte. Doch dann erschien unvermittelt ein abgezehrtes, bärtiges Gesicht unter der

Falltür. Ein Mann, der die Augen weit aufriss und ihr die Arme entgegenstreckte. Es war Griets Vater.

«Erbarmen», krächzte der Mann. «Lasst uns raus. Wir sterben!»

Griet schluchzte auf. Am liebsten wäre sie sofort durch die Falltür hinunter in die Kammer gesprungen, aber es war zu tief. «Vater», stieß sie hervor, wobei sie Mühe hatte, die Tränen zurückzuhalten. «Ich bin es, Griet. Don Luis und eine Freundin sind bei mir. Haltet aus, wir holen euch herauf. Ist Basse bei dir?»

Der alte Mann brach in hysterisches Gelächter aus. Die Gefangenschaft in dem Loch schien seinen Geist durcheinandergebracht zu haben, Griet musste ihre Frage noch dreimal wiederholen, bevor Sinter ihr bestätigen konnte, dass Basse am Leben war. Er schlafe, sei jedoch kaum noch wach zu bekommen.

«Ich muss zu ihnen hinunter», rief Griet. Hastig erkundigte sie sich bei ihrem Vater, ob er etwas sehe, was ihr dabei helfen konnte, aber der Alte schüttelte nur den Kopf. Es gab eine Leiter, deren Sprossen zerbrochen waren. Außerdem war er zu geschwächt, um sie zu bewegen.

Griet griff sich eines der Seile, die zu ihren Füßen lagen, und knotete es sich um den Bauch. Don Luis hätte sich lieber selbst abgeseilt, doch er sah ein, dass er Griet nicht würde zurückhalten können.

«Beeilt euch, um Himmels willen», drängte die Stimme ihres Vaters. «Der Mann hat zwar gesagt, er werde nicht mehr kommen und uns dem Schicksal überlassen, aber ich traue ihm nicht.»

Griet verzog das Gesicht. Sie traute ihm auch nicht, aber dieser Mann würde sie nicht daran hindern, ihr Kind aus diesem Schattenreich zu befreien. Niemals.

Vorsichtig ließ Don Luis sie hinabgleiten. Es dauerte nur wenige Augenblicke, bis ihre Füße den Boden berührten und sie Sinter bei der Hand nehmen konnte.

«Wo sind Basse und Beelken?»

Sinter nickte ihr ganz leicht zu. Er hatte sich wieder so weit gefangen, dass er Griet führen konnte. «Es ist nicht weit», flüsterte er. «Ich habe versucht, was ich konnte, das musst du mir glauben. Aber was verstehe ich von diesen Dingen? Isabelle, ja, die hätte Bescheid gewusst. Aber doch nicht ich ...»

Und dann sah sie es vor sich: ein aus schmutzigen Ziegenfellen und schäbigen Decken bereitetes Lager. Der säuerliche Gestank von Schweiß, Kot und Urin schwebte wie eine schwere Wolke über ihren Köpfen. Griet stürzte auf Basse zu, umschlang ihn mit ihrem Arm und bedeckte sein Köpfchen mit Küssen. Der Junge blinzelte kurz, murmelte etwas, dann schlief er wieder ein.

Zeitgleich setzte das klägliche Wimmern erneut ein. Als Griet den Kopf bewegte, erkannte sie, woher die rätselhaften Laute kamen. Keine fünf Schritte von ihr entfernt schmiegte sich ein Neugeborenes an Beelkens Brust und trank mit geschlossenen Augen. Es konnte kaum mehr als zwei Tage alt sein. Griet stieß die Luft aus. Das Kind, Beelkens Kind, war also hier zur Welt gekommen, genauer gesagt: unter die Welt. Von Mitleid erfüllt, kniete sie sich neben ihre junge Magd auf die Erde und griff nach ihrer Hand. Sie war glühend heiß. Erst jetzt schlug Beelken die Augen auf. Als sie Griet erkannte, lächelte sie schwach.

«Ist es gesund?», fragte Griet.

«Sie trinkt ... zum ersten Mal. Vielleicht schafft es die Kleine. Ich würde es mir so sehr wünschen. Euer Vater hat geholfen, sie auf die Welt zu holen.»

Griet streichelte über den winzigen Rücken des Kindes und war ein bisschen stolz auf ihren Vater. Der hatte das kleine

Mädchen leidlich gut gereinigt und in den Ziegenpelz gewickelt, der es warm hielt.

«Wir holen euch hier heraus.» Griet stand auf, weil sie Don Luis nach ihr rufen hörte. Sicher fragten er und Cäcilia sich, was sie dort unten so lange trieb. Als sie sich wieder Basse zuwenden wollte, spürte sie, wie Beelken sie am Ärmel packte.

«Gebt Euch keine Mühe mit mir, Herrin», sagte sie leise. «Ich weiß, dass es zu Ende geht. Ich werde hier unten bleiben.»

«Rede keinen Unsinn. Du musst durchhalten, Liebes.»

Beelkens Lider zuckten, als blende sie ein Licht, das außer ihr niemand sehen konnte. Einen Moment lang schwieg sie, weil die Kräfte sie verließen, dann hob sie aber die Hand, um Griet zu sich zu winken.

«Ihr müsst Euch vorsehen. Der Mann, der uns verschleppt hat, es ist ... Rink, der Drucker. Er ist nie weit weg von hier. Vermutlich weiß er längst von dem Kind ... hat es schreien hören. Er wollte mich verhungern lassen, damit ich ihn nicht verraten kann, aber wenn meine Tochter am Leben bleiben darf, werde ich doch noch über ihn siegen.» Sie lächelte kurz, blickte Griet dann aber voller Sorge an. «Ihr werdet ihr doch von mir erzählen, nicht wahr?»

Griet versprach es. Ein Kloß in ihrer Kehle hinderte sie daran, zu sprechen.

«Das ist gut. Und nun müsst Ihr mir noch versprechen, mir zu verzeihen.»

«Ich habe dir nichts zu verzeihen, weil du mir nichts angetan hast», brachte Griet hervor. Sie strich Basses Kinderfrau sanft ein paar Haarsträhnen aus der Stirn und drückte ihr dann einen Kuss auf die heiße Wange. Das Fieber, vor dem alle Frauen im Kindbett zitterten, schien von Minute zu Minute zu steigen. Und es gab nichts, was sie hier unten tun konnte, um ihr zu helfen.

«Dein Kind ist von Willem, meinem Mann», stellte Griet dann fest und wunderte sich, wie leicht es ihr fiel, ihren Verdacht offen auszusprechen. Dieser Verdacht hatte schon lange an ihr genagt, aber erst hier und jetzt war sie bereit, den Tatsachen ins Auge zu sehen. «Ich weiß, dass du mich nicht hintergehen wolltest. Willem hat sich einfach genommen, was er wollte. Was hättest du tun sollen?»

«Ich hätte ihn nicht lieben dürfen!», kam es schwach von Beelken zurück.

Beelken öffnete die Arme, damit Griet das Kind an sich nehmen konnte. Als sie die junge Frau fragte, wie das Mädchen heißen solle, erhielt sie keine Antwort.

Beelken atmete nicht mehr. Ihre Augen schlossen sich zum letzten Mal.

Behutsam faltete Sinter ihr die Hände und breitete eine Decke über ihr aus. Dann nahm er Basse bei der Hand, der inzwischen erwacht, aber benommen war. Trotz des Verlusts, der auch Sinter naheging, schien die Aussicht auf Rettung ihm neue Kraft zu geben. «Nichts wie raus hier», zischte er.

Kapitel 34

Trotz ihrer Trauer um Beelken konnte Griet ihr Glück kaum fassen. Basse hatte die Gefangenschaft unversehrt überstanden. Als er während ihres beschwerlichen Aufstiegs durch das Tunnelsystem zu sich kam und bei ihrem Anblick zu weinen begann, wurde sie vor Freude und Schmerz fast ohnmächtig.

Don Luis nahm Basse an die Hand, damit Griet sich um den Säugling kümmern konnte. Das kleine Mädchen schlief; weder die Kälte noch der muffige Geruch oder die schlafenden Fledermäuse schienen es zu stören. Dafür fiel Griet auf, dass Cäcilia mit jedem Schritt, den sie zurücklegten, verzweifelter wurde. In regelmäßigen Abständen blieb sie stehen und blickte sich um. Sie hatte Angst, verfolgt zu werden.

Griet konnte ihr das nicht verdenken. Wie Cäcilia stellte sich auch ihr immer wieder die Frage, ob die Befreiung ihrer Lieben nicht zu leicht gewesen war. Rink hatte ihr ein Ultimatum gestellt, er wollte unbedingt das Buch. Nach all den Anstrengungen, die er unternommen hatte, um sein Ziel zu erreichen, kam es ihr töricht vor, dass er nun sein einziges Faustpfand leichtfertig aufs Spiel setzte, indem er die Geiseln sich selbst überließ. Beging er tatsächlich den Fehler, Griet zu unterschätzen? Er konnte doch kaum annehmen, dass sie die Hände in den Schoß legen und sich fügen würde, anstatt nach Kind und Vater zu suchen. Griet war davon überzeugt, dass Rinks Augen inzwischen die ganze Stadt kontrollierten. Nachdem de Lijs ihm einen Platz im Schöffenrat verschafft hatte, konnte er auf Büttel und Stadtwachen zurückgreifen, die seine Anordnungen ganz sicher nicht in Frage stellten. Liefen sie gerade blindlings in ihr Unglück?

Griet steckte so tief in Gedanken, dass sie gar nicht bemerkte, wie Don Luis und Cäcilia vor ihr stehenblieben. Ihr Vater, der die Nachhut bildete, rempelte sie ebenfalls an.

Don Luis schüttelte ungläubig den Kopf, während er auf einen gewaltigen Haufen Geröll blickte, der ihnen den Weg versperrte.

Die Erschütterung, schoss es Griet durch den Kopf. Sie hatte sie gespürt, aber nicht damit gerechnet, dass sie Teile des Gangs zum Einsturz bringen würde.

Don Luis fluchte leise auf Spanisch vor sich hin. Sie waren so weit gekommen, nur um jetzt durch Geröll aufgehalten zu werden. Verbissen stürzte er sich auf die Steinbrocken, bewegte auch einige von der Stelle, doch es waren zu viele. Die meisten saßen viel zu fest, als dass man sie hätte beiseiteschieben können.

«Der Gang wurde absichtlich zum Einsturz gebracht», sagte er hustend. Die Luft war voller Staub und Sand. «Es gibt hier mehrere Schichten von Gestein, die recht locker sitzen. Der Weg zum Keller des Statthalterhauses ist uns damit versperrt. Wir werden umkehren und einen anderen Ausgang suchen müssen.»

Er sah Griet an, die das schlafende Kind in der Armbeuge hielt. In seinem Blick lagen Sorge und Zärtlichkeit. Er wollte ihr den Mut nicht nehmen, aber seine Augen verrieten die Angst davor, hier unten zu ersticken. Griet erwiderte seinen Blick. Sie verstand, dass er sie aufmuntern wollte, ohne den Ernst der Lage zu verschweigen. Fanden sie keinen Ausweg, würden sie hier unten sterben. Das konnte der Drucker allerdings kaum wollen, da dann auch das Buch für ihn verloren war. Oder kannte er Schleichwege, die ihnen bislang entgangen waren? Vielleicht wollte er warten, bis sie ...

«Dieser Wahnsinnige weiß ganz genau, dass wir hier sind», sagte Cäcilia resigniert. «Hätte ich doch noch die Zeit gefunden, Tobias zu verständigen.»

«Auch Uta kennt unsere Pläne», gab Griet zu bedenken. Allerdings erwartete sie von dieser Seite keine Hilfe. Voller düsterer Gedanken starrte sie auf das zerklüftete Felsgestein vor ihnen. Rink hatte sie in eine Falle gelockt, aber er konnte nicht wollen, dass sie hier unten starben. Sein Plan sah vermutlich vor, sie in seine Druckerei zu locken, wo er wie eine Spinne im Netz auf sie wartete.

«Zwei Fluchtwege existieren nicht mehr», sagte sie. «Der Gang zum Rathaus wurde schon vor Jahrzehnten zugeschüttet, und nun ist auch das Haus der Vögte nicht mehr zu erreichen. Dagegen vermute ich, dass wir den Tunnel, der in Rinks Druckerei endet, frei vorfinden werden.»

«Dann lasst uns den Gang nehmen», rief Griets Vater plötzlich in einem Anfall von Verzweiflung. «Ich halte es hier unten nicht mehr aus. Diese Enge, der Staub und der Gestank. Ich kann nicht mehr atmen. Dazu diese Bestien, die mit dem Kopf nach unten auf uns lauern. Seht ihr sie nicht? Sie schlafen nicht, sie starren uns an.» Er wischte sich mit seinem Ärmel den Schweiß von der Stirn. «Wir können doch verhandeln. Man muss doch mit dem Kerl vernünftig reden können!» Er machte kehrt und verschwand in der Dunkelheit. Wenige Augenblicke später waren seine Schritte verklungen.

«Verdammt», knurrte Don Luis. «Dieser alte Narr läuft geradewegs in sein Verderben. Rink wird ihn abschlachten wie einen tollen Hund!»

Der Spanier versuchte Sinter zu folgen, doch da er sich zuerst an Griet mit den Kindern und an Cäcilia vorbeischieben musste, war dies eine aussichtslose Sache. Sinter mochte geschwächt sein, aber die Gänge waren viel zu unübersichtlich und dunkel, um ihn zu finden. Nach einer kurzen Suche gab Don Luis auf und kehrte zu den Frauen zurück.

«Nun können wir nur noch beten, dass wir den Gang finden, der zur Kirche führt», sagte Cäcilia. «Und dass sich der Zugang dort ebenso öffnen lässt wie die Falltür im Haus des Statthalters. Womöglich befindet er sich in der Krypta und wird seit Jahrhunderten von einer schweren Grabplatte bedeckt.»

Vorsichtig tasteten sie sich den schmalen Gang hinunter, bis er nach einer Weile eng wie ein Flaschenhals wurde. Griet spürte, wie Panik in ihr aufstieg. Auf ihrer Stirn bildeten sich Schweißtropfen. Doch da stieß Don Luis einen erleichterten Schrei aus, der Basse erschreckt zusammenzucken ließ. Griet riss die Augen auf. Nun sah sie es auch. Ein Stück weiter vorn gabelte sich der Tunnel erneut, er wurde von einem anderen, deutlich breiteren gekreuzt. «Dieser Gang führt nicht zur Druckerei», sagte Don Luis. «Wir müssen uns unterhalb der Sint-Walburgakerk befinden.»

Cäcilia nahm Griet das Kind ab, das aufgewacht war und heftig zu strampeln begann. Griets freie Hand wurde sogleich von Basse ergriffen. «Gehen wir jetzt endlich nach Hause, Mutter?», flüsterte er. «Ich mag nicht mehr hier unten sein.» Griet strich ihm eine Locke aus der Stirn. Dabei fiel ihr auf, wie grau das helle Haar des Jungen vom Staub des Tunnels geworden war.

Don Luis zwinkerte Basse aufmunternd zu. «Wir haben es gleich geschafft, mein Junge. Siehst du das rote Mauerwerk zwischen dem Felsen? Es besteht aus Ziegelsteinen. Dahinter befindet sich ganz bestimmt ein Zugang zur Kirche.»

Basse beeindruckte das wenig. «Muss ich heute noch zur Kirche?», fragte er treuherzig.

Griet musste lächeln. Sie fuhr mit den Fingern in die Rillen der Ziegelsteine, entfernte Sand, Spinnweben und tote Insekten und fand nach kurzer Zeit eine Struktur, die im Ansatz einem Rundbogen entsprach. Hier musste es einmal eine Tür gegeben haben, die jedoch vor langer Zeit zugemauert worden war.

«Wenn wir hier raus wollen, müssen wir diese Wand durchbrechen.»

Cäcilia überlegte. Sie dachte an Tobias, der in der Kirche auf sie wartete und nicht ahnen konnte, dass sie so nah war. «Wir brauchen Werkzeug», sagte sie knapp. «Aber wir haben keines.»

Don Luis rammte den Ellbogen gegen die Ziegel, was natürlich sinnlos war. Dennoch glaubte er, dass sein Klopfen jenseits der Mauer mit einem hallenden Geräusch beantwortet wurde. Er schlug noch einmal. Tatsächlich. Wieder erklang ein dumpfer Ton.

«Dort ist jemand!» Euphorisch trommelte er mit beiden Fäusten gegen die Wand, während seine Mutter und Griet sich unentschlossen anblickten. Insbesondere Cäcilia sah beunruhigt aus. Wer auch immer hinter der Wand auf ihr Klopfen aufmerksam geworden war, er schien ihnen helfen oder aber sie locken zu wollen.

Cäcilia legte ihr Ohr gegen den Stein und gleichzeitig einen Finger auf ihre Lippen. Dann lauschte sie. Die Klopfgeräusche auf der anderen Seite wurden rhythmischer. Sie erinnerten beinahe an so etwas wie einen Takt.

«Was bedeutet das?», wollte Griet wissen.

«Ein altes Erkennungszeichen, mit dem sich Calvinisten zur Zeit der Verfolgung durch den Herzog von Alba verständigten.» Cäcilia hob die Augenbrauen. «Die Gläubigen wiesen sich an den Türen anderer Anhänger der reformierten Lehre durch solche Klopfgeräusche aus. Oder sie warnten einander vor der Inquisition. Ich habe ähnliche Zeichen damals in Antwerpen oft gehört.» Sie stieß scharf die Luft aus. «Tobias. Ich bin sicher, dass er es ist. Er hofft, dass ich seine Botschaft verstehe.»

Das dumpfe Geräusch wurde noch lauter. Griet machte erschrocken einen Schritt zurück, als die ersten Ziegel zerbrachen und zu Boden fielen. Die Öffnung in der Mauer wurde rasch größer. Eine Staubwolke begann Griet einzuhüllen. Basse klammerte sich keuchend an die Beine seiner Mutter, während Cäcilia sich den Ärmel ihres Gewands vor Mund und Nase hielt und nach Atem rang.

Plötzlich steckte jemand seinen Kopf durch die Öffnung. Es war Pater Jakobus. Der Priester sagte kein einziges Wort, er zwinkerte nur, als habe er Schwierigkeiten, sie zu erkennen. Dann aber winkte er Griet und Cäcilia zu sich und streckte seine Hand aus, um ihnen durch das Loch zu helfen.

Griet nahm die Hand des Paters dankbar an und stieg durch die Öffnung hindurch. Ihre Erleichterung schwand, als sie sah, dass nur wenige Schritte entfernt ein Mann in einer Blutlache auf dem Boden lag. Neben dem leblosen Körper stand Pieter Rink. Seine Augen blitzten triumphierend. Er hatte eine Handfeuerwaffe auf ihren Kopf gerichtet, gleichzeitig warnte er sie mit einer Handbewegung, ihre Gefährten auf ihn aufmerksam zu machen. Griets Arm zitterte vor Wut, als sie das Grinsen auf dem Gesicht des Mannes sah. Er hatte sie überlistet, und sie fand keine Möglichkeit, Don Luis ein Zeichen zu geben, ohne Basse, der sich noch immer an sie klammerte, zu gefährden.

«Es tut mir so leid», murmelte Pater Jakobus, nachdem er auch Cäcilia in den nach Schimmel und Tod riechenden Raum geholfen hatte. «Tobias wollte Euch warnen, aber dieser Schuft hat gemerkt, dass er Euch durch die Klopfzeichen davon abhalten wollte, die Wand einzureißen. Dann hat Rink ihn gezwungen, es selbst zu tun.» Mit zitternden Fingern bekreuzigte sich der alte Mann. Auf einem Schutthaufen zu seinen Füßen lag ein schwerer Hammer, an dem Blut klebte. Offensichtlich hatte Rink mit ihm Tobias' Schädel zerschmettert. Griet hörte, wie Cäcilia aufschluchzte. «Mörder», stammelte sie.

«Vermutlich habt Ihr hier nicht mit mir gerechnet», sagte Rink kalt. «Hättet Ihr den Weg gewählt, der zu meiner Druckerei führt, wärt Ihr in Sicherheit. Aber eine innere Stimme riet mir, dem Pater noch einen späten Besuch abzustatten. Ich hatte recht damit, nicht wahr?»

Griet starrte ihn hasserfüllt an.

«Was habt Ihr, meine Liebe? Muss ich Euch, eine Geschäftsfrau, etwa an unseren kleinen Handel erinnern? Ihr habt mir etwas versprochen, nicht wahr? Nun ist die Zeit gekommen, den Schuldschein einzulösen. Aber tröstet Euch. Immerhin habe ich es zugelassen, dass Ihr in mein Reich eingedrungen seid, um Euren Sohn abzuholen.» Er maß Griet mit einem Blick, in dem eine Spur Bewunderung für ihre Hartnäckigkeit lag. «Hat Euch mein Reich gefallen?»

«Steigt hinunter in das Loch und erstickt an Eurem Staub», stieß Griet wütend hervor. Ihr Ärger darüber, Rink in die Falle gegangen zu sein, verdrängte ihre Angst.

Rink lachte. Er zwang sie mit seiner Waffe, den Raum zu durchqueren, der nur von einer Öllampe beleuchtet wurde. Vor einer Reihe steinerner Grabplatten, die hinter einem Altar in die Wand eingelassen waren, befahl er ihnen, stehenzubleiben. Dann zog er zwei Stricke hervor, welche er Cäcilia und Pater Jakobus vor die Füße warf. Dem Priester befahl er, Don Luis zu fesseln, anschließend war er selbst an der Reihe. «Keine Angst, mein Freund», flüsterte Cäcilia dem vor Angst schlotternden Mann zu, während sie den Strick um seine mageren Handknöchel schlang. Griet versuchte derweil, das kleine Kind auf ihrem

Arm zu beruhigen, das kläglich wimmerte, weil es in der Kälte der Grabkapelle fror. Der Anblick des Neugeborenen schien Rink einen Moment lang zu irritieren.

«Meine treue kleine Spitalpflegerin hat also ein Kind geboren.» Er lachte leise. «Ich gehe davon aus, dass sie und der alte Trottel tot sind, sonst hättet ihr sie wohl kaum dort unten zurückgelassen.»

Don Luis straffte die Schultern und verzog den Mund. Griet sah ihm an, dass er sich am liebsten auf den Drucker gestürzt hätte, doch mit gefesselten Händen war er hilflos.

Griet spürte einen steinernen Fuß, dessen Spitze sich unangenehm in ihr Genick bohrte. Er gehörte zu einer weiblichen Figur auf der Grabplatte, die direkt hinter ihr hing. Griet zog Basse an sich, schützend verschränkte sie die Arme vor seinem schmächtigen Körper. Sie spürte, wie sein Herz klopfte. Natürlich nahm er die bedrohliche Stimmung wahr.

«Starb sie bei der Geburt?», dröhnte Rinks Stimme durch die Krypta. «Beelken, meine ich?»

Die Frage überraschte Griet, denn sie wies darauf hin, dass Rink doch nicht über alles im Bilde war. Langsam nickte sie. «Seid unbesorgt, sie kann Euch nicht mehr mit ihrem Wissen über Eure Beziehung zu den schwarzen Schwestern gefährlich werden. Mein Vater ist auch tot.»

«Dann könnt Ihr mir ja jetzt mein Buch geben!»

Griet blickte sich hilfesuchend nach Cäcilia um, die den Mann mit unverhohlenem Hass anfunkelte. Sie war es auch, die schließlich reagierte. «Ihr hättet Tobias nicht erschlagen dürfen. Ihm hatte ich nämlich das *Buch des Aufrechten* anvertraut. Fragt also die Toten, wo es sich befindet, nicht mich oder Griet.»

Rinks Miene verdüsterte sich, als ihm klar wurde, dass seine Gefangene möglicherweise die Wahrheit sagte. Scharf wies er

Pater Jakobus an, die Taschen des armen Tobias nach dem Buch zu durchsuchen. Der alte Mann gehorchte widerstrebend, fand aber nichts. In seinen Augen stand nackte Angst, als er zu Rink sagte: «Er hat mir nicht verraten, was er mit dem Buch vorhat. Als er mich in der Kirche ansprach, sah ich, dass er ein Bündel mit sich trug. Aber seht selbst, wenn Ihr mir nicht glaubt: Er hat es nicht bei sich.»

Rink brachte Pater Jakobus mit einem Blick zum Schweigen. Er überlegte kurz, dann packte er Basse am Arm und riss ihn grob von seiner Mutter weg. Der Junge schrie vor Angst auf.

«Lass den Jungen in Frieden, Drucker, oder ich werde dafür sorgen, dass der Statthalter dich vierteilen lässt», rief Don Luis. «Wenn ich dir nicht zuvor alle Knochen breche!»

«Ich glaube nicht, dass Ihr noch einmal mit Eurem Freund Farnese sprechen werdet, mein guter Don Luis», höhnte Rink. «Im Übrigen bin ich Eure Ausflüchte leid. Ich zähle bis drei, und wenn ich dann nicht erfahre, wo mein Buch ist, dann ... Eins ... zwei ...»

«Jetzt reicht es mir mit deinen Drohungen», tobte Don Luis.

«Ich weiß, wo sich das Buch befindet», rief Cäcilia plötzlich dazwischen. Sie warf ihrem Sohn einen Blick zu. «Jedenfalls glaube ich es.»

Rink lachte. «Wirklich? So schnell findet eine schwarze Schwester zum Glauben zurück? Ich bin froh, wenn ich Euch dabei behilflich sein konnte. Redet gefälligst!»

Cäcilia wandte sich an Pater Jakobus, der sie ängstlich anschaute. «Wo wart Ihr, als Tobias Euch ansprach?»

«Ich rechnete nicht damit, zu so später Stunde noch jemanden in der Kirche vorzufinden, und erschrak. Noch dazu war es ein Fremder, der mir nicht sonderlich vertrauenswürdig vorkam. Ich wollte mich gerade zurückziehen, als der Mann mir erklärte, dass er Euch kenne und mit Don Luis in die Stadt gekommen sei. Er sagte, er bräuchte meine Hilfe.» Er schlug die Augen nieder. «Ich stand vor dem Altar des Priesterchors.»

Cäcilia nickte. Sie forderte Rink auf, ihr hinauf in die Kirche zu folgen.

«Ihr habt es gehört!» Rink packte Basse am Kragen und bewegte sich rückwärts auf die Tür zu, die über eine Wendeltreppe hinauf in den Chorraum führte. Griet, Cäcilia und Don Luis blieb nichts übrig, als ihm zu folgen. Keiner wagte einen Angriff, auch an Flucht war nicht zu denken, solange der Mann Basse in seiner Gewalt hatte.

Vor dem Altar blieb Cäcilia stehen. Nun kam es darauf an, dass ihr Gefühl sie nicht trog. Sie atmete tief durch, ehe sie sich über das Messbuch beugte, eine Schrift, deren Einband aus lederbezogenen Holzdeckeln bestand. Es stand schräg auf einem verzierten Buchständer aus purem Gold.

«Hab ich's mir doch gedacht», murmelte sie. Ihre Züge wurden vor Trauer weich, als sie die Seiten des Buches berührte. «Das ist kein *Missale*. Messbücher sind viel kostbarer gearbeitet. Bevor Tobias mit dem Pater in die Krypta hinabgestiegen ist, um nachzuschauen, woher die Geräusche kamen, muss er die Bücher vertauscht haben.»

«Zur Seite», befahl Rink. Seine Stimme zitterte. «Das *Buch des Aufrechten* hat lange auf mich gewartet.»

Cäcilia rührte sich nicht von der Stelle. Sie stand einfach nur da, ihre Hände lagen auf den aufgeschlagenen Seiten, während ihre Lippen lautlos Worte formten, als betete sie. Über ihr Gesicht legte sich dabei ein Glanz, der ihre Züge jung und voller Lebenskraft erscheinen ließ. Griet hielt den Atem an. Etwas Einzigartiges geschah mit der alten Frau am Altar, das sah sie deutlich. Je mehr sie sich in die vor ihr liegende Schrift vertiefte, desto weniger nahm sie die drohenden Befehle Rinks wahr, der nachdrücklich das Buch verlangte. Aus irgendeinem Grund wagte er es aber nicht, Cäcilia zu nahe zu kommen.

Griet spürte, wie ihr ein Schauer über den Rücken lief. Scheu wandte sie sich zu Don Luis und dem Pater um, die beide wie erstarrt neben ihr standen.

Dann hob Cäcilia den Kopf. Noch immer haftete ihren Augen der eigentümliche Schimmer an, der von keiner Kerze herrührte. Cäcilia schaute Rink unverwandt an, beinahe trotzig.

«Ihr wollt doch wissen, was das Buch Euch zu sagen hat? Ich kann es Euch verraten, denn es steht hier geschrieben.» Sie deutete auf eine Seite. «Dem Lästerer, der unschuldiges Blut vergossen hat, wird ein Platz im Reich des Todes zuteil.»

Rink erbleichte. Seine Furcht vor dem Buch war plötzlich greifbar. Im Angesicht des Objekts seiner Begierde schien er befangen zu sein. «Lügnerin, das erfindet Ihr, weil Ihr mir mein Eigentum vorenthalten wollt. Ihr seid wie die anderen schwarzen Schwestern.»

«‹Dem Gottlosen, der das Wort entweiht, um finstere Schatten zu jagen, wird ebendieser Schatten folgen, und er wird sich über ihn legen, wenn er tief hinabsteigt›», zitierte Cäcilia, ohne auf Rinks Einwand einzugehen. «‹Die Toten, die er missachtet, werden ihn erschlagen.›»

«Ihr könnt die Schrift nicht lesen», sagte Rink erbost. «Das ist unmöglich. Niemand außer mir kann das!» Schäumend vor Wut, stieß der Drucker Basse von sich und stürmte dann auf den Altar zu, wo er auf Cäcilia anlegte. Doch bevor er feuern konnte, nahm Cäcilia das *Buch des Aufrechten* von seinem goldenen Buchständer und hielt es wie ein Schild vor sich. Rink zögerte.

«Wollt Ihr zur Hölle fahren, Mann?», kam es von Pater Jakobus. «Wenn Ihr das Haus Gottes entweiht ...»

«Haltet den Mund ...» Rink kümmerte sich nicht um den Priester. Langsam bewegte er sich auf Cäcilia zu, wobei er eine

Hand ausstreckte und mit der anderen, welche die Pistole hielt, die beiden Männer und Griet bedrohte. Cäcilia wich vor ihm zurück. Griet, die Basse in den Arm genommen hatte und ihn gegen ihre Schulter drückte, hielt den Atem an. Rink war fest entschlossen, Cäcilia zu töten. Warum gab sie ihm nicht endlich, was er haben wollte, damit dieser Albtraum ein Ende nahm?

«Sind Euch die Worte ausgegangen, schwarze Schwester?», rief Rink, der allmählich seine Fassung zurückgewann.

Cäcilia klammerte sich am Buchdeckel fest wie eine Schiffbrüchige an einer Holzplanke; ihr Blick huschte von ihrem Sohn und dem Priester hinüber zu Rink, den nur noch wenige Schritte von ihr und dem Altar trennten. «‹Die Männer, die das Lied der Mächtigen sangen, sprachen: Was sollen wir mit dem anfangen, der Heiliges entweiht?›», brachte sie mühsam hervor.

«Gebt Euch keine Mühe mehr, Weib. Es ist aus!» Rink holte aus, um den Knauf seiner Waffe auf Cäcilias Schädel niedersausen zu lassen. Es gelang ihr zwar, dem tödlichen Hieb auszuweichen, doch sie schrie vor Schmerz auf, als die Waffe ihre Schulter traf. Sie ließ das Buch fallen, ein Geräusch, das durch das Kirchenschiff hallte. Cäcilia ging in die Knie, wollte erneut nach dem Buch greifen, doch Rink trat ihr brutal auf die Hand. Griet hörte Knochen brechen, Don Luis schrie gequält auf. Der junge Mann lief trotz seiner gefesselten Hände los und sprang den Drucker an wie ein wildes Tier. Er rammte ihm seinen Kopf in den Magen, sodass Rink einen Moment lang tatsächlich strauchelte und von der Wucht des Angriffs gegen die Altarseite geschleudert wurde. Don Luis warf sich mit Gewalt auf ihn und versetzte ihm mit Kopf und Schultern Stöße. Rinks Pistole fiel zu Boden. Doch so leicht ließ sich der Drucker nicht bezwingen.

«Nicht», schrie Pater Jakobus, als Rink nach einem der schweren bronzenen Leuchter vom Altar griff und ihn auf Don

Luis schleuderte. Im letzten Moment gelang es dem jungen Spanier, den Kopf zur Seite zu wenden. Mit lautem Scheppern donnerte der Leuchter gegen die Ostwand des Chores.

Griet ließ Basse bei Pater Jakobus und rannte nun ebenfalls zum Altar. Sie wollte die Pistole suchen, die Rink dort hatte fallen gelassen, und Don Luis helfen, der mit Faustschlägen traktiert wurde. Er versuchte zu verhindern, dass Rink sich einen Weg zu Cäcilia und dem Buch bahnte.

«‹Die Männer, die das Lied der Mächtigen sangen›», hob Cäcilia wiederum an. Sie lag gekrümmt auf den Steinplatten des Chores, ließ aber nicht davon ab, in dem Buch zu lesen. Griet entdeckte die Pistole, und es gelang ihr, an den kämpfenden Männern vorbeizulaufen und sie aufzuheben. Doch als sie sich mit ihr dem Drucker zuwandte, hatte der einen Arm um Don Luis' Hals gelegt. «Schießt auf Euren Freund, wenn Ihr wollt, dass er stirbt. Die Kirche wurde schon einmal geschändet, damals von den Bilderstürmern. Was macht es da aus, wenn noch mehr Blut fließt an diesem Ort?»

Er hatte kaum zu Ende gesprochen, als am Eingang Lärm zu hören war. Laute Stimmen und Schritte, die näher kamen.

«Wo ist der verfluchte Priester?», herrschte Rink Griet an. Griet blickte Don Luis an und begriff. Pater Jakobus war unbemerkt mit Basse zum Hauptportal geflohen. Dort musste er dem Jungen gezeigt haben, wie er die Pforte öffnen konnte. Eine schwere Pforte, eigentlich viel zu schwer, um von einem kleinen Kind aufgestoßen zu werden.

Die Männer, die das Lied der Mächtigen sangen.

Der Statthalter, schoss es Griet durch den Kopf. Und de Lijs. Es war ein Wunder. Sie waren gekommen, mitten in der Nacht, und hatten zudem eine Schar bewaffneter Männer bei sich, die das hallende Kirchenschiff durchquerten. Griets Hand verkrampfte sich, das Gewicht der Pistole ließ sie zittern. Sie hatte keine Zeit, darüber nachzudenken, mit welcher Hand sie die Waffe hielt. Rechts, links, es war in diesem Moment völlig egal.

Pieter Rink fluchte leise vor sich hin. «Ob mir der gute Pater Kirchenasyl gewähren wird?»

Griet funkelte ihn an. «Baut nicht darauf!»

«Wie schade!» Er winkelte den Arm an, und Griet fürchtete, er könnte Don Luis das Genick brechen. Doch Rink schien anderes im Sinn zu haben. Farnese würde seine Männer in einem Gotteshaus nicht auf ihn schießen lassen, schon gar nicht, wenn er einen spanischen Adeligen in seiner Gewalt hatte. Flink bewegte er sich rückwärts bis zu Cäcilia, der er das Buch entriss. Dann zerrte er den sich heftig wehrenden Don Luis zu der Treppe, die zur Krypta hinabführte. Er hatte offenbar vor, durch die unterirdischen Gänge zu entkommen. «Bleibt zurück», rief er Griet warnend zu. «Sonst stirbt der Mann auf der Stelle. Ihr wisst, dass ich meine Versprechen halte!»

«Es wird alles gut, Griet», keuchte Don Luis, der kaum Luft bekam. «Kümmere dich um ... meine Mutter.»

«Luis ...»

Ein gequältes Lächeln glitt über das Gesicht des Spaniers. Seine Lippen formten drei Wörter, die Griet auf Anhieb verstand.

Ich liebe dich auch, dachte Griet unter Tränen. Dann wurden die beiden Männer von der Dunkelheit der Krypta verschluckt.

Kurz darauf nahm ihr der Statthalter die Pistole aus der Hand. Schlecht gelaunt wie immer baute er sich vor Griet auf, wobei seine Augen unablässig die Umgebung abtasteten, als befürchtete er, Rink könnte hinter einer Säule stehen. «Wo ist der Bursche?», rief er. Ein dumpfer Knall verschluckte seine Worte. Es klang, als habe der Wind mit Wucht eine Tür zugeschlagen.

Griet zuckte zusammen.

«Was zum Teufel war das?»

Sie sah, wie Cäcilia auf sie zukam. Die ältere Frau humpelte; von ihrer rechten Hand tropfte Blut auf den Boden. Sie hatte Angst, das war unübersehbar. Nicht um das Buch, sondern um ihren Sohn, der von dem Wahnsinnigen unter die Erde verschleppt worden war.

Doch Alessandro Farnese drängte. «Wo ist der Bursche? Und wo ist nun dieses Buch? Besitzt es wirklich Macht?»

Griet warf dem Fürsten einen gereizten Blick zu, dabei war ihr klar, dass er sich im Kampf um die Macht keine Schwächen leisten durfte. Er würde Griet nie verstehen, aber darum ging es ihr auch nicht. Sie war schon dankbar, dass er zur Kirche gekommen war.

Als Griet ihn fragte, wer ihn alarmiert hatte, sah sie zum ersten Mal die Andeutung eines Grinsens auf seinem Gesicht. «Euer Vater hat mich verständigt. Schaut, dort kommt er mit dem Priester. Er hat keine Ruhe gegeben, bis ich ihn empfing. Dann tischte er mir eine Geschichte auf, die sich so absurd anhörte, dass ich gar nicht anders konnte, als mit ein paar Männern zur Sint-Walburgakerk zu gehen.»

Sinter brachte ein schwaches Lächeln zustande, als er seine Tochter umarmte. «Verzeihst du einem alten Narren, der den Kopf verloren hat?»

«Hättest du ihn nicht verloren, wären wir jetzt vielleicht tot», antwortete sie leise. «Rink nahm an, du seist dort unten umgekommen. Demnach hast du doch den besseren Ausgang genommen.»

Ihr Vater zuckte flüchtig die Achseln. Er beobachtete, wie die Männer des Statthalters die Kirche durchsuchten. «Die Druckerei war leer. Da dachte ich mir schon, dass er in der Kirche auf euch lauert. Ich sah keinen anderen Weg, als Farnese ...»

Ein Soldat, der laut nach seinem Befehlshaber rief, unterbrach ihn. Der Fürst drehte sich um.

«Habt ihr schon eine Spur von den beiden gefunden?» Farnese war noch verwirrt von den Neuigkeiten. Er war von Cäcilia in aller Eile darüber aufgeklärt worden, wie sehr der Mittelpunkt der Stadt unterirdisch ausgehöhlt war.

Der spanische Soldat räusperte sich. Seine Stimme klang belegt, als er sagte: «Ihr solltet unbedingt mitkommen und es Euch mit eigenen Augen ansehen!»

Griet überfiel ein Gefühl von Beklemmung, als ihr der Statthalter die Hand reichte, um ihr über die Stufen in die Krypta hinunterzuhelfen. Die Kälte, die ihr entgegenschlug, erinnerte sie an die Angst, die sie vor kaum einer halben Stunde um Basse und die anderen ausgestanden hatte. Und jetzt Don Luis – lebte er noch, oder lag er schon tot irgendwo dort unten? Sie durften keine Zeit verlieren. Cäcilia drückte ihre Hand. Ihr musste es ähnlich ergehen, nein, schlimmer noch. Tobias war hier unten gestorben. Griet hatte mit ihr noch gar nicht darüber sprechen können. Cäcilia straffte die Schultern, vermied es, in die Richtung zu schauen, in der der blutüberströmte Körper des Mannes lag.

Der spanische Soldat, der Farnese benachrichtigt hatte, wandte sich zu Griet um und hielt seine Fackel höher. «Señora! Schaut!»

Er trat vor die Wand, an der die schweren Grabplatten hingen, und zündete mit seiner Fackel eine Wachskerze an, die er in einer Nische auf einem schmucklosen Altar fand. Griet erkannte auf Anhieb, was der junge Mann ihr zeigen wollte. Eine der schweren Grabplatten war von der Seitenwand herabgefallen, an ihrer Stelle klaffte ein großes Loch im Mauerwerk. Die Platte lag zerbrochen auf dem gestampften Lehmboden.

Griet schlug die Hand vor den Mund. Der Atem stockte ihr, als ihr klar wurde, dass der Spanier ihnen noch etwas anderes zeigen wollte. Unter dem Epitaph lag ein Mensch. Sie sah nur einige Finger und einen Fetzen Tuch. Dazwischen sickerte Blut in den Staub.

«Ist das Rink?», fragte Farnese. «Oder der arme Don Luis?»

«‹Dem Gottlosen, der das Wort entweiht, um finstere Schatten zu jagen, wird ebendieser Schatten folgen, und er wird sich über ihn legen, wenn er tief hinabsteigt. Die Toten, die er missachtet, werden ihn erschlagen.›» Cäcilias Stimme stieg empor wie ein Flüstern, doch was sie sagte, ergab für Griet plötzlich einen furchtbaren Sinn. Sie schüttelte müde den Kopf, während sie voller Angst wartete, bis zwei von Farneses Männern die Trümmer der entzweigebrochenen Platte anhoben, damit ein dritter den Toten hervorziehen konnte. Sie atmete auf. Es war Rink.

«Hier liegt noch einer», verkündete der Fackelträger. «Großer Gott, ich glaube, es ist wirklich Don Luis.»

Griet schnappte nach Luft. So schnell sie konnte lief sie um die Platte herum und half, Don Luis zu bergen. Warum, Gott, schrie sie stumm, während sie ihn von Schutt und Steinen befreiten. Es war ein Fingerzeig des Schicksals, dass Gott Rink beim Versuch, durch das Loch zu schlüpfen, von einer Grabplatte erschlagen ließ. Vermutlich hatte Don Luis Widerstand geleistet, und einer von beiden war bei dem Gerangel gegen den losen Stein geschleudert worden. Genau würde Griet es wohl nie erfahren.

Don Luis hatte die Augen geschlossen, die Glieder waren schlaff und unnatürlich gekrümmt. Cäcilia ging neben Griet in die Knie. Sie streckte die Hand aus, um ihren Sohn zu berühren, schreckte dann aber zurück, als befürchtete sie, jedes Recht dazu eingebüßt zu haben. Griet, der das nicht entging, sah sie an. «Fällt Euch nicht noch ein weiser Vers aus Eurem Buch ein? Einer, der die Toten erweckt, vielleicht?»

Die schwarze Schwester schüttelte traurig den Kopf. «Ihr wisst so gut wie ich, dass ich die Schrift in dem Buch ebenso wenig verstehe wie die Sprache der Vögel. Ich habe mir das ausgedacht, um Rink zu täuschen.»

«Aber es traf doch ein, was Ihr vorgelesen habt.» Griet wusste nun endgültig nicht mehr weiter. «Der Gesang der Mächtigen ... Farneses Leute tauchten im richtigen Moment auf. Und Rink wurde sinnbildlich von Toten erschlagen. Von einem Grabstein. Ihr habt eine Gabe. Das Buch ... wer auch immer sie Euch verliehen hat: Nutzt sie jetzt. Für ihn!»

«Ihr deutet das so, weil es plötzlich für Euch einen Sinn ergibt. Dieser Sinn an sich ist gut und trägt auch Wahrheit in sich. Aber leider verstehen wir meist nur, was wir auch verstehen wollen, und überhören, was nicht sein darf. Wenn das Buch mir etwas beigebracht hat, dann, dass wir nicht mit Gewalt versuchen dürfen, uns Dinge anzueignen, für die wir noch lange nicht bereit sind.»

Cäcilias Worte überzeugten Griet nicht. Sie vermutete, dass die Frau ihr nicht die ganze Wahrheit sagte. Bevor sie protestieren konnte, spürte sie plötzlich, wie Don Luis den Kopf bewegte. Ein leises Stöhnen entwich seinen Lippen. Er atmet, dachte sie überwältigt. «Er lebt», rief sie Farnese zu, der ungläubig zu ihr herüberschaute.

«Ist das möglich?» Der Statthalter beugte sich mit einer Fackel über seinen einstigen Vertrauten und hielt die Klinge seines Schwertes unter dessen Mund und Nase. Die Klinge beschlug leicht.

«Wird Zeit, dass ich hier fortkomme», knurrte er. «Diese Stadt fängt an, mir unheimlich zu werden.»

Kapitel 35
Namur, Weihnachtsabend 1582

«Was machst du denn nun schon wieder? Wer hat dir erlaubt, aufzustehen?»

Griet seufzte. Don Luis im Bett zu halten war genauso schwer wie bei Basse, wenn er eine Erkältung auskurieren sollte. Was sollte sie nur mit ihm anfangen? Ihm Ketten anlegen? Damit drohen, dass sie abreiste? Einen Moment lang sah sie ihm dabei zu, wie er sich mit schweißnassem Gesicht abmühte, einen sauberen Kittel über den Kopf zu ziehen. Die Sonne ging schon unter. Nach Einbruch der Dunkelheit sollte im großen Saal der Burg ein Weihnachtsbankett abgehalten werden, auf das sich seit Wochen jeder hier freute. Hatte Don Luis sich etwa in den Kopf gesetzt, daran teilzunehmen?

Er war erst halb angezogen, wofür er allein eine Stunde benötigt hatte. Als ihm bewusst wurde, dass Griet seine Blutergüsse und Kratzer sah, errötete er. Griet nahm ihm das Hemd aus der Hand und half ihm, obwohl sie der Meinung war, dass er eigentlich noch das Bett hüten musste. Sein Arzt fand das auch. Seiner Meinung nach hatte der junge Spanier großes Glück gehabt und sollte der heiligen Jungfrau danken, dass er noch am Leben war. Eine Rippe war angebrochen, was ihm beim Atmen große Schmerzen bereitete. Tagelang hatte er nicht auf der Seite liegen können. Der linke Arm musste geschient werden, außerdem sah sein Gesicht schrecklich zugerichtet aus. Aber diese Wunden würden verheilen, zumal Don Luis in der Burg von

Margarethe von Parma die beste Pflege bekam. Margarethe selbst erkundigte sich mehrmals am Tag nach ihm und schien zufrieden mit den Fortschritten, die seine Genesung machte. Griet schrieb dies alles einem Wunder zu – Gott oder vielleicht sogar doch dem Buch, obwohl Cäcilia das abstritt. Cäcilia war so fürchterlich vernünftig geworden, seit sie sich nicht mehr für das Buch verantwortlich sah. Sie beharrte darauf, dass Pieter Rink in dem Moment, als sich die schwere Platte gelöst hatte, auf ihren Sohn gefallen war und ihn unter sich begraben hatte. Sein Körper hatte die Wucht des Aufpralls aufgefangen und Don Luis das Leben gerettet. So und nicht anders hatte es sich gemäß Cäcilia zugetragen.

«Ich habe Basse versprochen, ihm die verlassenen Wespennester zu zeigen, die oben im Dachgebälk hängen», erklärte Don Luis keuchend, während er sich in der schlichten Schlafkammer nach seinen Stiefeln umsah.

Wespennester? Griet starrte ihn ungläubig an. «Könnte es sein, dass deine Kopfverletzung ...»

«Unsinn, da oben funktioniert alles bestens. Ich bin übrigens froh, dass du dich entschieden hast, für das Kind deiner Magd zu sorgen. Das ist sehr großherzig von dir.»

Griet errötete. «Was hat das mit Großherzigkeit zu tun? Die Kleine ist eine Marx, Basses Schwester. Sie kann nichts dafür, dass ihr Vater die Leichtgläubigkeit ihrer Mutter ausgenutzt hat. Sie wird die beste Erziehung bekommen, die ich mir leisten kann.» Was Griet nicht erwähnte, war, wie viel Liebe sie schon jetzt für das kleine Mädchen empfand. Was auch geschah, sie würde Willems Kind nicht mehr hergeben; und sollte Fürstin Margarethe sie wegen ihrer Schulden in den Turm werfen lassen, würde sie gute Menschen finden, die für ihre Kinder sorgten.

«Du willst doch hoffentlich keine Heilige werden und in einen Orden eintreten wie meine Mutter?», neckte Don Luis sie.

«Keine Angst, ich bin weit davon entfernt, eine Heilige zu sein. Heilige ärgern sich nicht über belanglose Dinge.»

«Dann habe ich ja Glück gehabt. Heilige sind so anstrengend. Wusstest du, dass die heilige Eleonore das Heer ihres Mannes anführte, während der in Gefangenschaft saß?»

«Solltest du eines Tages von mir verlangen ...»

«Ich liebe dich, Griet», fiel ihr Don Luis ins Wort. Er lächelte verschmitzt, als er sah, wie sie verlegen den Blick niederschlug. Dann küsste er sie, lang und leidenschaftlich, bis ihr der Schweiß aus allen Poren trat.

«Nun, ich bin froh, dass ich keine Gedächtnislücken habe», flüsterte er. «Ich habe dir die drei Worte schon einmal gesagt, in der Kirche, als Rink mich fortzerrte. Lautlos zwar, aber ich war mir sicher, dass du sie verstanden hast.»

Bevor sie etwas erwidern konnte, stürmte Basse in die Kammer und richtete ihr aus, dass die Fürstin auf dem Weg sei, um ihm Gottes Segen für die bevorstehende Heilige Nacht zu wünschen.

«Auch das noch!» Don Luis verzog sein Gesicht. «Ich kann Margarethe von Parma doch nicht in dieser Kammer empfangen. Wenn du mich stützt, werde ich es bestimmt hinunter in die Halle schaffen. Es ist ja nicht weit.» Griet berührte zögernd ihren Arm. In der Sint-Walburgakerk hatte sie sich eingebildet, ihn wieder zu spüren. Es war mehr als nur ein Zucken gewesen. Sie meinte, die Waffe, die sie Rink entwendet hatte, in der gefühllosen Hand gehalten zu haben. Ein wenig später aber war der Zweifel zurückgekehrt, und dieser Zweifel war so mächtig, dass sie sich nicht traute, ihren Arm und die Hand zu bewegen.

Seit sie in Namur angekommen waren, lebte sie in einem Zustand zwischen Hoffen und Bangen. Die Sorge um Don Luis und die Aufregung darüber, bald vor Fürstin Margarethe das Scheitern ihres Geschäfts mit den Sicherheitsbriefen eingestehen zu müssen, drängten alles Übrige in den Hintergrund. Als Don Luis sie noch einmal bat, ihn zu stützen, willigte sie ein. Langsam gingen sie über den verwinkelten Flur.

Die Fürstin hielt sich in ihrem Erkerzimmer auf; trotz der Kälte hatte sie eines der Fenster geöffnet und blickte versonnen hinunter in den schneebedeckten Innenhof, wo sich ein paar Stalljungen mit Schneebällen bewarfen. In ihrer Hand hielt sie einen Brief, dessen Siegel das königliche Wappen trug. Cäcilia, Sinter und der kleine Basse waren bei ihr. Als Margarethes Leibdienerin Griet und Don Luis ankündigte, hob die Frau überrascht die Augenbrauen. «Konntet Ihr diesem dickköpfigen Mann nicht befehlen, im Bett zu bleiben?», rief sie, während Griet und Don Luis sich vor ihr verneigten.

«Ich habe ihm nichts zu befehlen, Herrin», sagte Griet und hoffte, dass dies in den Ohren der alten Dame nicht zu frivol klang. «Das könnt nur Ihr!»

Margarethe von Parma lächelte. «Wartet ab, bis er um Eure Hand angehalten hat, meine Liebe. Dann werdet Ihr schon Mittel und Wege finden, um ihn zur Vernunft zu bringen.» Sie winkte mit dem Brief in ihrer Hand. «Ich darf nach Parma zurückkehren. Ist das nicht wunderbar? Ein schöneres Weihnachtsgeschenk hätte mir mein Bruder nicht machen können.» Sie warf Cäcilia einen verschwörerischen Blick zu. «Mir und meinem Sohn, der es sicher kaum erwarten kann, nun auch offiziell den Titel des Generalstatthalters der Niederlande zu tragen. Offen gesagt, beneide ich ihn nicht. Er wird bald merken, dass sich an unserem Volk schon viele mächtige Herren die Zähne ausgebissen haben, ohne seinen Stolz und sein Selbstbewusstsein zu brechen.»

Cäcilia merkte auf. *Unser Volk*, hatte Margarethe gesagt. Das war ein Bekenntnis, mit dem Cäcilia nicht gerechnet hatte. Aber insgeheim empfand sie Freude und Genugtuung, die Fürstin so sprechen zu hören. Sie selbst hatte das Ordensgewand abgelegt und war als Witwe eines spanischen Granden schwarz gekleidet, was ihr ein würdevolles Aussehen verlieh. Um den Hals trug sie anstelle der gefältelten Krause eine violette Schärpe, bei deren Anblick Don Luis sich kurz auf die Lippen biss. Sie stellte das Bekenntnis zum Haus de Reon dar und wurde seit Generationen in der Familie weitergegeben. Dass seine Mutter diese Schärpe in Gegenwart der Schwester König Philipps angelegt hatte, berührte ihn.

«Dann wird Fürst Alessandro also seinen Feldzug fortsetzen?», erkundigte sich Sinter. Auch er hatte sich während der vergangenen Tage, die er als Gast im Schloss zu Namur verbracht hatte, erholt. Er hatte sich herausgeputzt und sogar seinen Bart gestutzt, um auf die Fürstin Eindruck zu machen.

Margarethe von Parma nickte, doch ihr Gesicht nahm einen verschlossenen Zug an, der Griet verriet, dass sie nicht über die politischen Ziele ihres Sohnes reden wollte. Stattdessen rief sie Basse zu sich, der vor dem offenen Kamin auf einem Bärenfell saß und den Jagdhund der Fürstin streichelte.

«Ich hörte, wie tapfer du gewesen bist, mein Kleiner», sagte sie, während sie den Jungen liebevoll in die Wange kniff. «Was hältst du davon, wenn ich deiner Mutter ihre Schulden erlasse?»

Basse wusste nicht, was das Wort bedeutete, aber Griets Mund wurde trocken; natürlich hatte sie damit gerechnet, dass Margarethe über kurz oder lang auf ihr Geschäft zu sprechen kommen würde. Es war großmütig von der Fürstin, darüber hinwegzusehen, dass Griet ihren Teil des Vertrags nicht hatte einhalten können; die schwarzen Schwestern hatten ihr Haus in Oudenaarde nicht erreicht. Daran ließ sich nichts ändern. Jemand musste dafür bezahlen und Margarethe entschädigen. So stand es im Kontrakt, der beider Frauen Siegel trug.

«Verzeiht, wenn ich mich einmische», sagte Don Luis. Er bestand darauf, stehen zu bleiben, während er sprach, obwohl Margarethes Dienerin genügend Stühle vor den Kamin gestellt hatte. «Euer Sohn, Fürst Alessandro, hat mich vor einigen Monaten als Supervisor eingesetzt. In seinem Auftrag arbeitete ich zusammen mit der Witwe Marx ein Reglement aus, welches sich zu Bedingungen und Ausnahmen im riskanten Geschäft mit der Sicherheit äußert. Ein Exemplar ließ ich Euch hierherschicken, bevor Ihr für die sieben schwarzen Schwestern Briefe kaufen ließet.»

Griet runzelte irritiert die Stirn. An das Reglement hatte sie lange nicht mehr gedacht und wusste auch nicht, wie es ihr helfen sollte. Worauf also wollte Don Luis hinaus?

«Liegt eine ernsthafte Gefährdung der Sicherheit durch die Personen vor, deren Besitz und Leben durch die Briefe gesichert werden sollen, so ist der Vertrag null und nichtig. Bernhild hatte nie vor, nach Oudenaarde zurückzukehren. Sie hat sich Euren Wünschen widersetzt. Eine ihrer Mitschwestern verriet ihre Pläne ausgerechnet an Rink. Damit haben sie das Unheil erst heraufbeschworen. Griet Marx ist daran unschuldig und nach dem Reglement, das Euer Sohn akzeptiert hat, nicht verpflichtet, mit ihrem Vermögen geradezustehen.»

«Habe ich nicht soeben gesagt, dass ich mich gnädig zeigen und der Frau ihre Schulden erlassen will?», fragte Margarethe von Parma scharf.

Don Luis lächelte. «Bei allem Respekt, ich denke, dass Gnade unter Kaufleuten längst nicht so beliebt ist wie das Recht, und das beruht nun einmal auf der Einhaltung von Verträgen. Die Witwe Marx ist niemandem etwas schuldig.»

Einen Moment lang sagte niemand etwas. Dann brach die

Fürstin plötzlich in Gelächter aus, das so ansteckend wirkte, dass alle Übrigen im Raum darin einstimmten. «Hat er das von Euch, meine Liebe?», fragte sie Cäcilia. «Diese Liebe zu Recht und Ordnung?»

«Ich weiß es nicht, Herrin, aber ich wäre glücklich, wenn er mir die Gelegenheit gäbe, das herauszufinden.»

Don Luis lächelte ihr zu.

«Nun denn!» Der Fürstin wurde es vor dem Kamin zu heiß. Sie fächelte sich mit dem Brief des Königs Luft zu, bevor sie sich mit ernster Miene Don Luis zuwendete. «Dann bleibt nur noch eines, mein Freund, nämlich Euch aus meinen Diensten zu entlassen. Ihr habt Euren Auftrag erfüllt. Die Familie, auf die ich Euch aufzupassen bat, ist hier um mich herum versammelt. Ich sehe also keinen Grund mehr, länger ein Geheimnis daraus zu machen.» Sie sah Sinter an, der nervös mit den Knöpfen seines funkelnagelneuen Wamses spielte. Zwei Schneider der Fürstin hatten es genäht. «Was meint Ihr, Bruder?»

Griets Augen weiteten sich jäh. Was hatte die Generalstatthalterin gesagt? Wieso sprach sie ihren Vater derart vertraulich an? Sie warf Don Luis einen Blick zu, in dem sich alle Fragen bündelten, die ihr durch den Kopf gingen.

Don Luis ergriff ihre Hand. «Du darfst der Fürstin glauben, Griet. Dein Vater und sie sind Halbgeschwister. Du weißt, dass sie in Oudenaarde zur Welt kam? Als Tochter Kaiser Karls und einer jungen Zofe namens Johanna, der Tochter eines Teppichwebers? Dieses Mädchen wurde später, nachdem ihr Kind zur Erziehung an den kaiserlichen Hof nach Brüssel gebracht worden war, mit einem Edelmann namens van den Dijcke verheiratet. Deinem Großvater, Griet.»

Griet war so durcheinander, dass sie nur heftig ausatmete. Konnte das wahr sein?

«König Philipp hat meinem Vater bei strenger Strafe verboten, jemals ein Wort darüber zu verlieren», ergänzte Sinter. «Dafür zahlte uns das königliche Schatzamt eine jährliche Pension und ...»

Er redete nicht weiter, aber Griet begriff, dass der Hof die Eskapaden ihres Vaters lange stillschweigend toleriert, ihn mit einem Amt versorgt und mehrmals geduldig seine Schulden beglichen hatte, um die königliche Familie nicht zu kompromittieren. Erst die Wirren des Aufstands gegen die Herrschaft der Habsburger in den Niederlanden und die Auflösung des Hofs in Brüssel hatten dem Arrangement ein Ende bereitet.

«Dann seid Ihr meine ... Tante?» Griet konnte es noch immer nicht fassen.

«Ja, das bin ich wohl», sagte Fürstin Margarethe, während Basse von ihrem Schoß aus den Hund ärgerte. «Mir war bekannt, dass noch immer Blutsverwandte in Oudenaarde leben, und ich wollte nicht, dass ihnen etwas zustößt. Mein Gewissen hat mich ohnehin viele Jahre geplagt, weil ich kaum nach meiner Herkunft geforscht oder nach meinen Geschwistern gefragt habe. Nach der Eroberung von Oudenaarde stellte ich mit Hilfe von Pater Jakobus und Don Luis, den ich in meine Dienste nahm, Nachforschungen an. Diskret, denn mein Sohn sollte davon nichts erfahren. Er ist so ... ungestüm ist wohl das richtige Wort. Ja, ungestüm und misstrauisch. Er hätte sich über Verwandtschaft in einer Stadt, die ihm feindlich gesinnt war, die er belagert und schließlich erobert hat, kaum gefreut.»

Griet lächelte. Es bedurfte keiner besonderen Vorstellungskraft, um Farneses entsetztes Gesicht vor sich zu sehen, wenn er erfuhr, dass sie seine Cousine war; insgeheim wünschte sie sich beinahe, dabei zu sein, wenn seine Mutter es ihm erzählte. Aber sie hielt es für besser, ihm so schnell nicht wieder über den Weg zu laufen.

«Dann hast du dafür gesorgt, dass mein Schwiegervater nicht

mit den anderen Ratsherren hingerichtet wurde?» Griet blickte Don Luis an. Sie hatte schon seit langem geahnt, dass er sich in jener Nacht für den alten Mann verwendet hatte, aber nicht verstanden, was ihn dazu bewogen haben mochte. Nun begriff sie es. Er war ihr heimlicher Schutzengel gewesen. Ein Schutzengel, der sich zuweilen recht ungewöhnlicher Mittel bedient hatte, um seine Ziele zu erreichen.

«Fürstin Margarethe wollte euch schon vor Monaten nach Namur holen», sagte Don Luis. «Aber du hast es mir verdammt schwer gemacht. Ich durfte dir den Grund nicht nennen, denn ich wusste nicht, wie du darauf reagieren würdest. Mir blieb keine andere Wahl, als es euch in Oudenaarde so unbequem wie möglich zu machen. Ich dachte, dann würdet ihr einlenken und die Stadt freiwillig verlassen.» Er seufzte. «Weit gefehlt. Leider hatte ich nicht erwartet, dass du sturer sein kannst als ein spanischer Maulesel.»

«Dann können wir ja jetzt zum Weihnachtsbankett gehen», schlug Margarethe von Parma vor. «Es war mir ein Herzensbedürfnis, auch die Menschen nach Namur zu laden, die euch in den letzten schweren Wochen treu zur Seite standen. In der Halle werdet ihr sie sehen. Ich habe auch eine Amme für das Kind aufgetrieben, das ihr mitgebracht habt. Ein zuverlässiges Mädchen, ihr braucht euch keine Sorgen zu machen. Das ist mein Abschiedsgeschenk, denn sobald das Wetter es zulässt, werde ich mich auf den Weg nach Italien machen.»

Cäcilia bedankte sich bei der Fürstin. Mit so viel Großzügigkeit hatte sie nicht gerechnet. Voller Freude sah sie zu, wie ihr Sohn die junge Frau, deren Herz er erobert hatte, die Stufen der breiten Treppe hinunter zur Halle führte. Sie sah wunderschön aus; ihr langes rotes Haar, das an diesem Abend weder Witwenhaube noch Schleier verhüllte, fiel ihr über die schmalen Schultern. Ihr schlichtes braunes Kleid untermalte die Anmut, mit der sie sich bewegte. Ob ihr bewusst war, welche Hand sie Luis gereicht hatte? Cäcilia freute sich über die zärtlichen Blicke, welche das junge Paar austauschte, und war davon überzeugt, dass sie ein erfülltes gemeinsames Leben erwartete. Ob sie in Namur blieben oder nach Oudenaarde zurückkehrten, war bedeutungslos. Sie gehörten zusammen und würden von diesem Tag an keine Heimlichkeiten mehr voreinander haben. Sie stellte sich ihren Sohn vor, wie er seinen Kindern in einigen Jahren in flämischer Sprache von den Schönheiten seiner spanischen Heimat vorschwärmte, und empfand Stolz bei dem Gedanken, dass er mit Griets Hilfe zu seinen Wurzeln zurückgefunden hatte. Sie freute sich auch darüber, dass Griet das Kind ihrer verstorbenen Magd Beelken aufziehen wollte. Es war nicht leicht für eine Frau, die Untreue eines Mannes zu vergessen. Aber Griet schien in dem jungen Leben mehr zu sehen als die Frucht eines Fehltritts, nämlich einen neuen Bund. Ein Zeichen der Hoffnung auf Versöhnung und einen Neuanfang mit den Menschen, die ihr am Herzen lagen.

Wie schön wäre es, sie bei diesem Neuanfang ein Stück des Wegs zu begleiten, dachte sie versonnen. Doch das musste warten, möglicherweise für lange. Sie konnte nur beten, dass die beiden verstehen würden, warum sie sie verließ. Sie blieb stehen, bis Griets Vater, der Basse führte, um die Ecke gebogen war. Und hoffte, dass keiner sie vermisste, als sie eilig zu ihrer Kammer lief.

Dort war es finster. Aus der Stadt, die tief unter der Burg am Fluss lag, sandten die Glocken einer Kirche das Geläut zur Heiligen Nacht zu ihr herauf. Es mischte sich mit Gesprächsfetzen und dem fröhlichen Gelächter der Menschen, die in der Halle der Fürstin den Sieg des Lichts über die Dunkelheit feierten. Cäcilia atmete schwer. Vor ihrem Bett bückte sie sich und tastete die Dielen ab, bis ihre Finger den Einband des Buches berührten. Einige Augenblicke lang starrte sie den zerkratzten Holzdeckel an und fragte sich, ob sie das *Buch des Aufrechten* wirklich in die Kurpfalz bringen sollte. War es dort sicher? Sie wusste es nicht, und das Buch selbst schwieg, seit sie es aus den Trümmern in der Krypta gezogen hatte. Aber in der Kurpfalz gab es Männer, von denen Tobias ihr erzählt hatte und die sich darauf verstanden, alte Schriften wie diese zu deuten. Sie sollten entscheiden, ob und wann die Zeit reif war, ihre Botschaft bekannt zu machen. Vielleicht konnten die Gelehrten ihr auch sagen, woher die Worte gekommen waren, die sie in der Kirche ausgesprochen hatte und die sich auf wundersame Weise erfüllt hatten.

Früh am nächsten Morgen, als in der Burg noch alle schliefen, schnürte sie ihr Bündel und schlich damit aus der Kammer. Im verschneiten Hof warteten schon Dotteres und ihre Kinder auf sie, frierend, aber die Taschen voller Leckerbissen. Die stumme Wilhelmina hatte ein großes Stück Schinken in der Hand. Die kleine Familie hatte sich von den Resten des Festmahls bedient.

«Das richtige Wetter für eine Reise an den Rhein, was?», murrte Dotteres. Sie warf einen sehnsüchtigen Blick hinauf zu den Butzenscheiben, hinter denen der große Saal der Burg lag.

Cäcilia lächelte. «Die Fürstin würde euch auch nach Italien mitnehmen. Das hat sie mir versprochen. Dort ist es wärmer als hier. Auf den Bäumen wachsen Zitronen und Orangen. Und dein kleiner König würde endlich einmal etwas Vernünftiges lernen.»

Der Junge schnitt eine wilde Grimasse und schüttelte sich. Dann stapfte er mit sichtlichem Vergnügen durch den Schnee auf das Tor zu und winkte den anderen, ihm zu folgen.

Nachwort des Autors

An der Schwelle vom Mittelalter zur frühen Neuzeit bildeten die nördlichen und südlichen Provinzen der Niederlande ein Gebiet, das mit seinen prächtigen Städten durch Handel und Handwerk, aber auch dank der schönen Künste in höchster Blüte stand. Als Erblande waren sie bereits im 15. Jahrhundert von Burgund an das Haus Habsburg gefallen. Kaiser Karl V. von Habsburg, selbst im niederländischen Gent geboren, verstand es noch, den selbstbewussten Kaufleuten und Künstlern ein Gefühl von Sicherheit zu geben, indem er ihre alten Privilegien bestätigte und den Handel förderte. Doch dann begann die Reformation und verursachte einen wahren Sturm neuer Gedanken und Bekenntnisse, der bald auch über den Norden der Niederlande und das südliche Flandern und Brabant fegte. Bilderstürmer plünderten Kirchen und zerstörten Kunstschätze, die Inquisition verfolgte und verurteilte unnachgiebig all jene, die im Verdacht standen, der Lehre Luthers oder Calvins, die in den Niederlanden auf besonders fruchtbaren Boden fiel, zu folgen. Begabte Kunsthandwerker und Kaufleute verließen in Scharen das Land. Unter Philipp II. von Spanien, der seinem Vater Kaiser Karl V. nachfolgte, brach schließlich ein Aufstand gegen ihn und seine spanischen Truppen aus, der sich rasch zum Bürgerkrieg ausweitete. Philipp ließ seine Halbschwester Margarethe von Parma, die als gemäßigte, aber hilflose Statthalterin galt, durch den spanischen Herzog von Alba ersetzen, der den aufständischen Niederländern mit Waffengewalt begegnete und Tausende hinrichten ließ. Einige niederländische Adelige, darunter Wilhelm von Oranien, leisteten erbitterten Widerstand gegen Alba und seine Nachfolger, unter ihnen Alessandro Farnese. Es entstanden überall im Land Widerstandsgruppen zu Land und zur See, welche die spanischen Truppen bekämpften. Was folgte, war ein achtzig Jahre dauernder Krieg, der mit Unterbrechungen bis 1648 geführt wurde und das einstmals blühende Land an der Nordsee spaltete. Die nördlichen, mehrheitlich protestantischen Provinzen erklärten 1581 ihre Unabhängigkeit, die südlichen, wie Flandern, blieben nach ihrer Unterwerfung durch Farnese bei Spanien. Sie gingen unter dem Begriff spanische Niederlande in die Geschichte ein, eine Region, die heute zu Belgien gehört.

Die Stadt Oudenaarde in Ostflandern wurde tatsächlich im Sommer 1582 von Alessandro Farnese erobert, ihre protestantischen Bewohner mussten wieder die katholische Messe besuchen und die Besatzungsmacht ertragen. Der Rat, der Farnese die Stirn geboten hatte, wurde abgesetzt, allerdings fand die Hinrichtung der Ratsherren so vermutlich nicht statt. Margarethe befand sich zu diesem Zeitpunkt in Namur und wartete darauf, dass ihr König Philipp von Spanien erlaubte, sich wieder nach Italien zurückzuziehen. Sie war der Kämpfe und des Streits müde geworden und sehnte sich danach, endlich keine Verantwortung mehr tragen zu müssen. Dass sie in Oudenaarde als Tochter eines Dienstmädchens zur Welt kam, mit dem Kaiser Karl während eines kurzen Aufenthalts in der Stadt eine stürmische Liaison hatte, ist durch historische Quellen verbürgt. Zu ihrer Mutter, die, wie im Roman erwähnt, in Brüssel adelig verheiratet wurde, untersagte ihr der kaiserliche Hof schon als Kind jeden Kontakt. Die Kaisertochter sollte höfisch erzogen und nutzbringend für das Habsburgerreich verheiratet werden. Über ihre Verwandten mütterlicherseits ist somit wenig bekannt, doch ist es naheliegend, dass sie Verwandte in Oudenaarde und Brüssel gehabt hat. In meinem Roman finden sich Verwandte in der Teppichweberfamilie Marx, die in alten städtischen und kirchlichen Registern erwähnt wird. Ein Nachkomme der Familie gelangte im 17. Jahrhundert in die Gegend von Heidelberg und wurde dort zu meinem Ahnherrn. Aber das ist eine andere Geschichte. Wer einen anderen Zweig dieser flämischen Familie kennenlernen mag, sei auf den Roman «Die Meisterin der schwarzen Kunst» verwiesen.

Oudenaarde wurde im 16. Jahrhundert durch seine Tuch- und Teppichwebereien weit über die Stadtgrenzen hinaus bekannt. Zeitweise sollen innerhalb der Stadtmauern bis zu 20 000 Tuch- und Seidenweber, Teppichwirker und Manufakturgehilfen beschäftigt gewesen sein, eine sicherlich etwas hoch gegriffene Zahl, die aber die Bedeutung dieses Handwerks für die Entwicklung und den Wohlstand der kleinen Stadt an der Schelde unterstreicht. Produziert wurden auf den Webstühlen vor allem Verdüren, Wandbehänge von monumentaler Größe in schillernden Grün- und Blautönen, welche Landschaftsszenen abbildeten oder sich historischer, biblischer und mythologischer Motive bedienten. So existieren auch heute noch drei von einstmals acht sogenannten Alexanderteppichen mit Bildmotiven aus dem Leben Alexanders des Großen. Vermutlich wurden sie Alessandro Farnese nach der Eroberung Oudenaardes zum Geschenk gemacht, um ihn milde zu stimmen. Tatsächlich ist nicht überliefert, dass er Oudenaarde plündern ließ. Wie lange sich der Fürst während seines Feldzugs durch Flandern in Oudenaarde aufhielt, ist nicht genau bekannt, es ist allerdings möglich, dass er dort überwinterte. Belegt ist, dass er sich bereits Statthalter nennen ließ, während Margarethe von Parma noch in Namur weilte. Sein Ziel war, die 1581 ausgerufene

Republik der Vereinigten Niederlande im Norden wieder zu zerstören und die Städte Antwerpen und Brügge zu unterwerfen, was ihm erst drei Jahre nach den im Roman geschilderten Ereignisse gelang. Um sich durchzusetzen, schreckte er, ganz Kind seiner Zeit, auch nicht vor Gewalttaten und Mordanschlägen zurück. Vermutlich sandte er dem Prinzen Wilhelm von Oranien wirklich gedungene Mörder auf den Hals oder war zumindest über geplante Anschläge auf ihn unterrichtet. Dass der spanische König ein Kopfgeld auf den unbequemen Freiheitskämpfer aussetzte, ist eine historische Tatsache. Oranien überlebte einen Anschlag 1582, starb aber zwei Jahre später durch die Kugel eines Mörders in Delft.

Die schwarzen Schwestern und ihr Haus in Oudenaarde gab es wirklich. Der Orden, der sich traditionell der Pflege Pestkranker annimmt, war bei den Bürgern geachtet, dennoch wurde das Haus der schwarzen Schwestern während der Reformationszeit in Flandern mehrfach von fanatischen Bilderstürmern geplündert, die Ordensfrauen selbst mussten Oudenaarde schließlich eine Weile verlassen, bis sie nach der Rückeroberung der Stadt zurückkehren und ihre Arbeit wiederaufnehmen durften. Der Beginenhof von Oudenaarde kann indessen noch heute besichtigt werden.

Legenden zufolge soll es unterhalb der Stadt tatsächlich ein Labyrinth von Gängen gegeben haben, die als Verbindung zwischen verschiedenen Gebäuden dienten und sogar jenseits der Stadtmauern weiter bis zu einer Festung im Umland Oudenaardes verliefen.

Das *Buch des Aufrechten* ist kein Mythos, sondern Teil einer heute verschollenen Sammlung hebräischer Aufzeichnungen, die an einigen Stellen des Alten Testaments erwähnt werden, über deren Inhalt und Bedeutung aber nur wenig bekannt ist. Vermutlich enthielt das Buch ähnliche Verse wie die Psalmen, die gesungen wurden, um von wundersamen Begebenheiten in der Geschichte des Volkes Israel zu berichten. Angeblich wohnte manchen der Verse eine gewisse Macht inne, um Feinde zu besiegen. Ich habe mir erlaubt, die geheimnisvolle Schrift auf meine Weise zu deuten und sie über Jerusalem nach Flandern schaffen zu lassen.

Wie immer am Schluss eines Buches möchte ich mich bei allen herzlich bedanken, die mich während der letzten Monate ermuntert, mit Informationen zur Geschichte Flanderns versorgt, bestens bekocht, getröstet und geduldig meinen Ideen gelauscht haben.

Ohne Menschen wie sie gäbe es keine Autoren und keine Bücher.

Guido Dieckmann, August 2012

Das für dieses Buch verwendete FSC®-zertifizierte Papier
Holmen Book Cream liefert Holmen, Schweden.